모멘트

Douglas Kennedy
the moment

THE MOMENT by Douglas Kennedy
Copyright ⓒ 2011 by Douglas Kennedy.
All rights reserved.

This Korean edition was published by Balgunsesang Publishing Co., Ltd. in 2011
by arrangement with Antony Harwood and Aitken Alexander Associates Limited,
London through KCC(Korea Copyright Center Inc.), Seoul.

이 책은 ㈜한국저작권센터(KCC)를 통한 저작권자와의 독점계약으로 도서출판 밝은세상에서 출간되었습니다.
신 저작권법에 의해 한국 내에서 보호를 받는 저작물이므로 무단 전재 및 복제를 금합니다.

더글라스 케네디 장편소설 | 조동섭 옮김

밝은세상

내 진정한 사랑으로
나는 부족을 이루었는데
내 부족이 산산이 흩어지네!
만발한 상심을
내 마음은 어찌 받아들일까?

〈층〉, 스탠리 쿠니츠

Douglas Kennedy
The moment

CONTENTS

제1부 _ 6
제2부 _ 36
제3부 _ 119
제4부 _ 442
제5부 _ 537
옮긴이의 말 _ 593

제1장

 오늘 아침, 이혼서류를 받았다. 어느 정도는 예상한 일이지만 실제로 이혼서류를 받아들자 정신이 아득했다.
 나는 작은 교외 주택에 산다. 메인 주 에지콤 근처 바닷가에 있는 집. 침실 두 개, 서재, 거실 겸 주방, 얼룩진 마룻바닥이 있는 집. 이 집은 지난해 갑자기 구입했다. 아버지가 돌아가신 직후였다. 아버지는 심장병 치료비를 대느라 일찍이 파산했는데 회사에 다닐 때 가입한 보험금이 30만 달러나 남아 있었다. 나는 외동이고, 어머니는 세상을 떠났으므로 보험금은 모두 내 차지가 되었다.
 우리 부자는 그다지 친밀하지 않았다. 일주일에 한 번 정도 전화통화를 하고, 내가 연중 사흘 정도 아버지가 머무는 애리조나의 양로원을 찾아가 만나 뵙는 게 전부였다. 내가 쓴 책이 나올 때마다 보내주긴 했지만 아버지는 별 말씀이 없었다. 우리 부자 사이에는 오래 전부터 어색한 분위기가 깊이 뿌리내리고 있었으니까.

아버지의 장례식을 치르고 나서 유품을 정리하기 위해 혼자 피닉스로 갔다. 그때 아버지의 유언 집행을 맡은 변호사가 나에게 전화를 걸어 말했다.

"〈뮤추얼오마하보험회사〉에서 보험금을 수령하게 되셨습니다."

나는 변호사를 만났을 때 말했다.

"아버지는 그리 어렵게 지내셨는데 왜 보험금을 수령해 쓰시지 않았을까요?"

"저도 여러 번 보험금을 찾아 쓰시라고 말씀드렸지만 그때마다 거절하셨어요. 부친께서는 아드님에게 보험금을 물려줄 수 있게 된 걸 얼마나 자랑스럽게 여기시던지……."

"제가 가끔 보내드리는 수표도 매번 돌려보내셨죠."

"평소 아드님에 대한 자랑을 많이 하셨죠. 유명 작가시라며."

"유명하기는요. 아버지가 제 자랑을 하고 다니실 줄은 몰랐습니다."

갑자기 눈물이 핑 돌았다. 정작 나에게는 책에 대해 별반 말씀이 없으셨는데…….

"그 세대 분들은 좀처럼 감정을 드러내지 않잖아요."

이튿날 나는 잔이 기다리는 캠브리지 집으로 돌아가지 않고, 로건 공항에서 렌터카를 빌려 타고 북쪽을 향해 달렸다. 위스카셋을 지나고 십스캇 강을 건너 가장 먼저 눈에 띄는 모텔 앞에 차를 세웠다. 1월 중순이었고, 영하의 날씨였다. 눈이 쌓여 세상이 마치 하얗게 탈색된 것처럼 보였다.

모텔의 프런트데스크 직원이 물었다.

"이런 계절에 무슨 일로 여기까지 오셨죠?"

"특별한 이유는 없습니다."

그날은 도무지 잠이 오지 않아 가방에 넣어둔 버번위스키를 꺼내 마셨다. 동이 트자마자 다시 렌터카를 타고 동쪽을 향해 달렸다. 언덕 아래로 크게 휘고 구불구불 이어진 이차선 도로였다.

운전이 까다로운 길을 지나자 어마어마한 장관이 눈앞에 펼쳐졌다. 끝이 보이지 않는 광활한 설경이었다. 꽁꽁 언 숲에 둘러싸인 항구의 얼음 표면 위로 짙은 안개가 야트막하게 깔려 있었다.

차에서 내린 나는 눈보라가 쳐 얼굴이 따갑고 눈이 매웠지만 물가를 향해 걸어갔다. 다시 세찬 바람이 몰아쳐 고개를 돌린 바로 그 순간 나는 별장을 보았다. 아주 기본적인 형태의 집, 흰 나무 벽 단층집.

별장에는 차도 없었고, 불빛도 없었다. 집 가까이 다가가 보니 문 앞에 '집 팝니다'라는 팻말이 붙어 있었다.

나는 수첩을 꺼내 팻말에 적힌 부동산중개업자의 이름과 전화번호를 적었다. 차에 올라 아침을 먹을 수 있는 식당을 찾아다녔다. 마을 끝자락에 식당이 있었고, 마을 중심부에 내가 찾는 부동산중개소도 있었다.

30분 뒤 나는 부동산중개업자와 별장 앞에 와 있었다.

"오래돼 낡은 집이지만 뼈대는 튼튼합니다. 주인이 집을 내놓은 지일 년 반쯤 됐는데 아직 살 사람이 안 나타났죠. 집값을 깎아줄 수도 있다는 뜻입니다."

중개업자 말대로 별장은 낡았다. 집주인이 처음 책정한 매입 가격은 22만 달러였다. 나는 그 자리에서 18만5천 달러를 불렀다. 점심때가 지나기도 전에 집주인은 내 제안을 받아들였다. 이튿날 아침, 중개업자의 소개로 그 지역 건축업자를 만났다. 그는 6만 달러에 집을 수리해주겠다고 약속했다.

그날 밤, 집으로 전화했다. 잔은 나에게 지난 72시간 동안 아무런 연락도 없이 뭘 했는지 따져 물었다.

"아버지 장례를 마치고 돌아오는 길에 집을 샀어."

내 말이 끝나자마자 긴 침묵이 이어졌다. 바로 그 순간 잔의 인내심이 한계에 다다른 듯했다.

"농담이지? 나와 한 마디 상의도 없이……."

하지만 농담이 아니었다. 집을 샀다는 내 말은 일종의 선언 같은 것이었고, 그 안에는 많은 뜻이 내포되어 있었다.

이제 잔과 나 사이에는 돌이킬 수 없는 금이 갔다. 이미 예상한 일이었다. 나 자신도 일이 이렇게 되길 바란 것인지도 모른다. 그 후로도 여덟 달 동안 나와 잔이 갈라서는 순간은 오지 않았는데…….

20년간 지속돼온 결혼이라면 한순간에 끝나는 일은 드물다. 시한부 인생이 겪는 갖가지 단계를 다 겪는 셈이라고나 할까. 분노, 부정, 애원, 또 분노, 부정……. 그러나 우리에게는 최종 단계인 '인정'이 남아 있었다.

'인정'의 단계 대신 잔은 내게 선언했다. 우리의 결혼은 이제 완전히 끝났다고. 새로 개조한 별장에서 함께 주말을 보낸 8월의 어느 날이었다. 잔은 그 말을 마치고 나서 다음 버스를 타고 별장을 떠났다.

펑 하는 폭발음은 없었다. 그저……낮게 가라앉은 슬픔뿐.

나는 남은 여름을 별장에서 보냈다. 캠브리지의 집에는 딱 한 번 들렀다. 잔이 집에 없는 주말을 이용했다. 말 그대로 '내 물건들(책, 서류, 옷가지)'을 챙겨 다시 메인 주 별장으로 돌아왔다.

펑 하는 폭발음은 없었다. 그저……몇 달이 흘렀다.

나는 여행도 하지 않았다. 한 달에 한 번씩 캔디스가 다니는 학교를 찾아가 함께 저녁을 먹었다. 캔디스는 학교와 친구 이야기를, 나는 지금 쓰고 있는 책 이야기를 주로 나누었다.

그러다가 크리스마스가 지난 어느 날 캔디스가 나에게 물었다.

"아빠, 잘 지내고 있어?"

"그럭저럭."

내 목소리는 내가 듣기에도 신뢰가 가지 않았다.

"아빠도 데이트 좀 하고 그래."

"이 겨울날 메인 주 숲에서 어떻게 데이트를 해? 집필을 곧 끝내야 할 책도 있고."

"그거 알아? 엄마는 아빠가 늘 책을 우선시한다며 투덜댔어."

"너도 네 엄마와 같은 생각이니?"

"그렇기도 하고 아니기도 해. 아빠는 여행을 다니느라 자주 집을 비웠잖아. 그렇지만 집에 있을 때만큼은 아주 좋은 아빠였어."

"지금도 좋은 아빠라 생각해?"

캔디스가 내 팔을 살짝 꼬집으며 말했다.

"그렇지만 아빠 혼자 외롭게 지내지 않았으면 좋겠어."

"작가에게 내린 저주로 받아들여야지. 늘 혼자 있어야 하고, 자주 집을 비워야 하고, 글쓰기에 매달려야 하고, 가장 가까운 사람에게 상처를 주고. 모두 내 잘못이야."

"아빠는 정말 엄마를 진심으로 사랑한 적이 없어? 엄마 말로는 아빠 마음이 늘 다른 곳에 가 있었다던데?"

나는 캔디스의 표정을 조심스레 살폈다.

"내가 상처를 많이 준 건 사실이지만 난 네 엄마를 진심으로 사랑했어."

"항상 사랑한 건 아니잖아."

"결혼생활이라는 게 그래. 별별 일이 다 있지. 게다가 우린 이십여 년 동안 결혼생활을 지속해왔어."
"아빠 마음은 늘 다른 곳에 가 있었고?"
"오늘은 질문이 많구나."
"아빠가 자꾸만 대답을 회피하니까 그렇지."
"그래, 다 지난 일일 뿐이니까."
나는 미소를 짓고 캔디스에게 와인을 한 잔 더 마시자고 했다.
"물어볼 게 있어, 아빠."
"뭔데, 말해 봐."
"독일어 수업시간에 루터의 경구들을 번역하고 있거든."
"그런데?"
"내가 제대로 경구를 골랐는지 말해줘."
"네가 고른 루터의 경구가 뭔지 말해봐."
"Wie bald 'nicht jetzt' 'nie' wird."
"'지금은 아니'가 '전혀'가 되기란 얼마나 순식간인가."
캔디스가 말했다.
"아빠가 생각하기에도 아주 멋진 말이지?"
"그래, 좋은 말은 진실을 담고 있지. 넌 왜 그 말을 골랐니?"
"내가 '지금은 아니'에 속하는 사람은 아닌지 염려스러워서."
"왜 그렇게 생각하는데?"
"아빠, 나는 순간순간을 충실하게 살지 못하겠어. 그때그때 행복을 느끼는 것에 만족하지 못하겠어."
"왜 그럴까?"
"사실은 아빠도 그러면서."

'지금은 아니'가 '전혀'가 되기란 얼마나 순식간인가.

"순간……. 순간은 지나치게 과대평가되어 있어."

나는 '순간'이라는 말을 난생처음 접하는 사람처럼 말했다.

"하지만 삶이란 순간들이 모여 이루어지잖아. 오늘 이 밤, 이 대화, 이 순간. 이런 걸 빼면 뭐가 남아?"

"과거."

"그렇게 말할 줄 알았어. 아빠는 과거에 얽매어 사는 사람이니까. 아빠 책을 읽어보면 그걸 알 수 있어. 아빠는 왜 그렇게 '과거'에 집착해?"

"과거가 있어야 현재도 있으니까."

그 누구도 과거에서 벗어날 수는 없다. 과거가 맘에 들지 않아도 적당히 끌어안고 살아야 한다. 내 결혼생활은 이미 10년 전부터 삐거덕거리기 시작했다. 내가 메인 주에 별장을 산 그날, 마지막이 다가온 것 같은 징후가 보였다. 그럼에도 나는 내 결혼생활이 돌이킬 수 없는 지경에 이르렀다는 걸 받아들이지 않았다.

캔디스와 저녁을 먹고 헤어진 다음날 아침 내 별장 문을 두드리는 노크 소리가 비로소 우리의 결혼생활이 종말에 이르렀다는 걸 알려주었다.

메인 주 사람들은 동 트기 한 시간 전에 잠에서 깨어나고, 아침 9시를 한낮으로 치니 나 같은 인간은 아예 별종인 셈이었다. 나는 정오가 되기 전에는 세상에 모습을 드러내지 않았으니까.

나는 올빼미 형 인간이다. 10시 이후에 글을 쓰기 시작해 새벽 3시까지 일한다. 3시에 위스키를 한두 잔 마시고, 영화를 보거나 책을 읽다가 5시쯤 잠자리에 든다.

25년 전, 글쓰기를 처음 시작할 때부터 줄곧 그렇게 살아왔다. 신혼 때는 잔도 내 생활패턴에 대해 불만을 토로하지 않았지만 결국에는 큰 장애가 됐다.

"여행 아니면 밤샘 작업. 도대체 내가 당신과 함께 할 수 있는 게 뭐야?"

그러면 난 이렇게 말할 수밖에.

"그래, 내 죄를 인정해."

쉰 살이 지난 지금도 나는 뱀파이어 같은 생활을 지속하고 있다.

그날은 노크소리 때문에 어쩔 수 없이 잠에서 깨어났다. 침대 옆 시계를 보았다. 7시 30분. 발작적인 노크소리는 계속됐다.

나는 가운을 입고 비틀비틀 현관문을 향해 걸어갔다. 문을 열자 파카 차림에 손뜨개 모자를 쓴 땅딸막한 남자가 서 있었다. 남자는 추위에 덜덜 떨며 잔뜩 불만스러운 표정을 지었다.

"마침내 나타나셨군요."

남자의 입에서 하얀 입김이 새어 나왔다.

"누구시죠?"

"토마스 네스비트 씨 맞죠?"

"그렇습니다만……."

남자의 손에는 커다란 마닐라지 봉투가 들려 있었다. 아이에게 자로 체벌을 가하는 교사처럼 남자는 마닐라지 봉투로 내 오른손 손바닥을 가볍게 내리쳤다.

"소환장입니다, 토마스 네스비트 씨."

나는 내 손에 들린 봉투를 내려다보았다.

식탁에 앉아 봉투를 열었다. 매사추세츠 주 정부의 이혼 신청서였다. 내 이름 토마스 앨든 네스비트와 아내의 이름 잔 로저스 스태포드가 인쇄되어 있었다.

이혼 청구자는 잔의 이름으로, 나는 유책 배우자로 표시되어 있었다. 내용은 보지도 않은 채 서류를 옆으로 밀쳐두었다. 꿀꺽, 침 넘어가는 소리가 들렸다.

20년도 넘게 유지한 결혼인데 이혼이라니? 미처 예상하지 못한 상실감이 어마어마하게 밀려왔다.

내가 과연 이 어두운 숲을 헤치고 앞으로 나아갈 수 있을까?

나는 식탁에 놓인 이혼서류를 쳐다보며 생각했다.

'지금은 그 어떤 답도 위로가 될 수 없는데 왜 굳이 답을 찾으려 하지? 삶이 힘들 때면 네가 늘 하던 짓이 있잖아. 달아나기. 이번에도 그렇게 하는 거야.'

보스턴에 있는 내 변호사는 이혼서류에 서명한 다음 잔에게 다시 보내라 말하고는 '너무 당황하지 마세요'라고 속 편한 충고를 했다.

샤워와 면도를 하고 가방을 쌌다. 노트북컴퓨터와 크로스컨트리 스키를 챙겼다. 짐을 지프에 싣고 딸의 휴대전화에 음성 메시지를 남겼다. 일주일 동안 집을 비우지만 다다음 주 화요일의 저녁약속은 지키겠다고.

지프에 올랐을 때 눈이 내리기 시작하더니 금세 눈보라가 시작됐다. 나는 아랑곳하지 않고 도로로 나갔다. 백미러로 별장을 보려 했지만 눈보라에 가려 보이지 않았다. 날씨의 변화만으로도 우리가 확고하게 여기던 모든 게 순식간에 사라져 보이지 않게 될 수도 있다.

위스카셋 우체국에 들렀을 때에도 눈발은 여전히 거셌다. 나는 서명한 서류를 부치고, 서쪽으로 다시 차를 몰았다. 어느새 눈 때문에 앞이 전혀 보이지 않았고, 더 이상 속도도 낼 수 없었다. 모텔을 찾아들어가 눈보라가 잦아들기를 기다리는 게 옳았지만 나는 이상한 고집에 사로잡혀 있었다.

'눈보라를 뚫고 나아갈 수 있어.'

가끔 글을 쓰다가 막힐 때에도 나오곤 했던 고집이었다.

예약한 모텔에 도착하기까지 여섯 시간도 더 걸렸다. 퀘벡 시에 있는 모텔 주차장에 차를 대면서 '도대체 내가 지금 여기서 뭘 하고 있나?' 생각하지 않을 수 없었다.

심신이 지쳐 10시에 침대에 누워 동이 틀 때까지 잤다. 평소처럼 비몽사몽 중에 깨어났고, 곧이어 분노가 치밀었다. 또 하루. 또 고통을 견디려는 몸부림이 시작되었다.

아침을 먹고 나서 세인트로렌스 강을 따라 북쪽으로 차를 몰았다. 자동차 계기판의 온도계로는 영하 23도였다. 전에 잔과 함께 왔던 크로스컨트리 센터에 차를 세우고 내렸다. 차 뒷문을 열고 스키와 폴을 꺼냈다. 스키를 신고, 부츠를 찰칵 소리가 나게 잠갔다.

어찌나 날씨가 추운지 손이 곱아들어 폴을 잡기가 힘들었다. 그래도 억지로 폴을 잡고 속도를 냈다. 크로스컨트리 스키는 인내심을 필요로 한다. 추운 날씨에는 특히 더 그렇다. 몸이 따뜻해질 만큼 운동을 하고 나야 그나마 추위에 적응이 된다.

몸에 열이 오르기 시작할 때까지 30분쯤 걸렸다. 운동으로 체온이 올라가자 손가락이 차츰 말을 듣기 시작했다. 5킬로미터쯤 가고 나서는 몸이 따뜻해졌다. 나는 모든 걸 잊고 스키 동작에만 집중했다.

길이 구불구불해지더니 갑자기 아찔한 언덕이 나왔다.

'달아나려면 이런 시련쯤은 견뎌야 해.'

나는 조심스레 왼쪽 발을 들어 눈밭에 내려놓고 나서 스키의 앞쪽

끝을 모았다. 스키 끝을 모아야 속도가 줄어들고, 방향을 마음대로 조절할 수 있으니까. 하지만 언덕은 꽁꽁 얼어붙었고, 앞서 지나간 사람들의 흔적 때문에 바닥이 미끄러워 내려가는 속도가 좀처럼 줄어들지 않았다. 폴로 바닥을 끌어 보았지만 소용없었다.

곧 엄청난 속도로 활강을 시작했다. 앞에 뭐가 있는지 전혀 분간할 수 없었다. 마치 공중에서 떨어지는 것 같은 느낌이었다. 그러다 엄청나게 큰 나무가 내 앞에 나타났고, 가속도 때문에 미처 몸을 피할 수 없을 듯했다. 곧장 나무와 충돌해 정신을 잃겠지. 아주 짧은 순간 나는 까짓것 부딪치면 어때, 하고 생각했다. 그러나 다음 순간, 캔디스의 얼굴이 떠올랐다.

'캔디스는 평생 아빠가 이렇게 어이없게 죽었다는 생각을 품고 살아가겠지.'

그 순간 몸을 틀어 가까스로 나무를 비켜서며 쓰러졌다. 눈은 푹신한 베개가 아니라 꽁꽁 언 얼음판 같았다. 그 딱딱한 눈 바닥에 몸을 세게 부딪쳤다. 쓰러지면서 머리도 부딪쳐 세상이 흐릿해지고…….

누가 내 옆에 앉아 맥박을 확인하고 프랑스어로 전화하는 게 느껴졌다. 의식은 없었지만 온몸이 아프다는 건 알 수 있었다. 다시 정신이 들었을 때에는 들것에 누운 채 썰매에 실려 어디론가 내려가고 있었.

물결무늬를 이룬 눈밭을 지나갔다. 그제야 고개를 돌려 주위를 살폈다. 나는 스노모빌에 실려 가고 있었다. 눈앞이 다시 흐릿해지면서…….

침대, 방, 빳빳한 흰 시트, 우윳빛 벽, 타일로 된 천장. 고개를 돌리자 내 몸에 꽂힌 갖가지 관과 선들이 보였다. 갑자기 구역질이 일었다. 간호사가 서둘러 달려왔다. 간호사는 그릇을 내 앞에 들이밀었다. 나는 뱃속에 있는 걸 모두 다 토했고, 나도 모르게 눈물이 맺혔다. 간호사가 나를 부축하며 말했다.

"기뻐하세요. 살아나셨어요."

십 분 뒤에 의사가 왔다. 의사는 내가 아주 운이 좋은 편이라며 탈골된 어깨는 곧 나을 거라 말했다. 왼쪽 가슴과 허벅지에 심한 멍 자국이 있고, 머리는 MRI검사 결과 아무런 이상이 없더라고 했다.

"머리뼈가 아주 단단하신가 봐요. 심각한 상처가 없는 걸 보면."

내 심장도 아주 단단한가 보다.

퀘벡 시에 있는 병원이었다. 거기에 이틀 동안 입원해 물리치료를 받고, 신경에 합병증이 없는지 검사받았다.

나는 살아났다는 게 기쁘거나 행복하지 않았다. 좁은 침대에 누워 구멍이 숭숭 뚫린 병원 천장의 타일을 올려다보고 있자니, 눈밭에 몸을 던지던 순간이 자꾸만 떠올랐다. 나무와 정면으로 충돌했다면 내 무거운 짐들을 모두 내려놓고 편히 쉴 수 있었을 텐데……. 결국 나는 마지막 순간에 빠져나왔고 멍 자국, 아픈 어깨, 아픈 머리만 남았다.

병원에서 택시를 불러 지프를 세워둔 곳으로 갔다.

차에 올라 메인 주까지 가는 동안 핸들을 돌릴 때마다 어깨가 몹시 결리고 아팠다.

날이 어두워지기 전에 위스카셋에 도착했다. 우체국에서 우편물을 찾을 수 있는 시간이었다. 내 사서함에 노란 쪽지가 붙어 있었다. 사서함 칸에 들어갈 수 없을 만큼 큰 우편물이 도착해 있으니 카운터에서 찾아가라는 쪽지였다. 우체국 직원 짐이 어깨 통증 때문에 저절로 찌푸려지는 내 표정을 보더니 물었다.

"어디, 다치셨어요?"

"예."

"교통사고?"

"그 비슷한 거요."

내게 온 우편물은 뉴욕의 출판사에서 보낸 상자였다. 나는 미처 생각지도 못하고 왼쪽 겨드랑이에 상자를 끼려 했다가 얼굴을 찌푸리며 물건을 떨어뜨렸다.

내가 수신 확인란에 서명하는 동안 짐이 말했다.

"내일 몸이 불편해 시장에 갈 수 없으면 저에게 전화주세요. 사야 하는 물건들을 불러 주시면 제가 사서 집까지 가져다드릴게요."

메인 주에 살면서 좋은 점은 각자 사생활을 존중하면서도 도움이 필요한 사람에게 주저 없이 손길을 내민다는 것이었다.

"쇼핑카트를 미는 정도는 할 수 있을 것 같아요. 아무튼 고마워요."

나는 차를 몰고 별장으로 돌아왔다. 추운 1월의 날씨에 내 우울은 더욱 깊어졌다. 자동차에서 상자를 가져와 식탁 위에 올려놓고 보일러를 틀었다. 거실 한구석 난로에 장작을 피우고, 스카치위스키를 조금 마셨다.

상자는 넓은 테이프로 단단히 봉해져 있어 가위로 잘라야 했다. 뚜껑이 열리고, 안을 들여다보았다. 내 담당 편집자의 조수로 있는 조이의 편지가 보였고, 그 밑에 두툼하고 큰 봉투가 있었다. 독일 우체국 소인과 우표. 큰 봉투 왼쪽에 발신인의 이름이 적혀 있었다.

'두스만'.

나는 잠시 멈칫했다. 그 이름 그리고 주소.

'베를린, 프렌츠라우어베르크, 자블론스키스트라세 48'.

두스만…….

나는 조이가 보낸 편지를 집어 들었다.

며칠 전에 선생님 앞으로 온 우편물입니다. 개인적인 내용일지도 몰라 열어보진 않았습니다. 수상하거나 이상한 내용이면 저에게 연락 주세요. 적절한 조치를 취하겠습니다.
새 책 집필은 잘 진행되고 있겠죠? 얼른 읽어보고 싶습니다.
늘 건강하시고…….

수상하거나 이상한 내용?
아니야. 그냥 지난 과거의 일일 뿐이야. 이미 오래전 과거. 하지만 그 과거가 다시 내 앞에 나타났다.
'지금은 아니'가 '전혀'가 되기란 얼마나 순식간인가.
그러나 이미 소포가 도착했고, 오랫동안 잊으려 애쓴 일이 다시 현실로 밀어닥치고 있었다.
과거가 더 이상 흐릿한 그림자이지 않을 때는?
그 과거와 더불어 살 수 있어야 한다.

제2장

나는 여덟 살 때부터 늘 탈출을 꿈꾸었다.

여덟 살, 11월의 어느 토요일, 아버지와 어머니는 그때도 다투고 있었다. 새삼스러운 일은 아니었다. 아버지와 어머니는 자주 다퉜으니까. 당시 우리는 맨해튼 2번가 19스트리트의 아파트에 살고 있었다. 아버지는 광고회사 중역이었고 '창의적인 사람'이 되고 싶어 하는 '사업적인 사람'이었다.

어머니는 가정주부였고, 아파트는 비좁았다. 좁은 침실 두 개, 작은 거실, 더 작은 주방. 아버지와 어머니가 짜증을 풀어버리기에는 너무나 비좁았던 아파트였다. 그 당시 나는 너무 어려 내 부모가 서로 화풀이를 하지 않고는 견딜 수 없을 만큼 스트레스와 불만이 쌓여있었다는 걸 알지 못했다.

그날도 아버지와 어머니는 대판 싸웠다. 아버지가 심한 말을 하자 어머니는 '개자식'이라 욕하고는 방으로 들어가 문을 쾅 소리가 나게 닫았다.

나는 읽고 있던 책에서 고개를 들었다. 그때 아버지는 현관문 손잡이를 잡고 있었다. 현관문을 열고 어디로 가려 한 게 분명했다. 아버지는 셔츠 주머니에서 담배를 꺼내 피우며 아직 식지 않은 분을 삭였다.

그때 나는 아버지에게 물었다. 며칠 전부터 꼭 묻고 싶었던 말이었다.

"아빠, 도서관에 가도 돼요?"

"안 돼, 토미. 아빠는 할 일이 있어서 사무실에 가봐야 해."

"저 혼자 도서관에 가면 안될까요?"

내가 혼자 집을 나가도 되는지 물은 건 그때가 처음이었다. 아버지는 잠시 생각하다가 되물었다.

"도서관까지 혼자 갈 수 있겠니?"

"집에서 네 블록만 걸어가면 되잖아요."

"네 엄마가 싫어할 텐데."

"일찍 돌아올게요."

"네 엄마가 싫어한다니까."

"아빠, 부탁해요."

아버지는 또 한 번 담배를 길게 빨았다. 해병대 출신인 아버지는 매사 터프가이인 척했지만 자그마한 체구의 어머니에게 꼼짝 못했다. 공주처럼 자란 어머니는 이제 더 이상 공주로 지낼 수 없게 된 현실을 받아들이지 못해 자주 화를 냈다.

"도서관에서 한 시간만 있다가 집에 돌아올 수 있겠지?"

"틀림없이 그럴게요."

"길을 건널 때에는 길 양쪽을 잘 살펴야 한다. 알지?"

"네, 틀림없이 그럴게요."

"한 시간 넘게 집에 돌아오지 않으면 큰일 날 줄 알아."

"안 늦을게요, 아빠."

아버지는 주머니에서 1달러를 꺼내 나에게 건넸다.

"자, 이 돈을 받아라."

"괜찮아요. 그냥 도서관에 가는걸요."

"오는 길에 가게에 들러 크림소다라도 사먹어."

우유와 초콜릿 시럽에 소다수를 넣은 크림소다. 내가 좋아하는 음료수였다.

"아빠, 크림소다는 이십오 센트면 충분해요."

"남은 돈은 만화책을 사든지 돼지저금통에 넣도록 해."

"그럼, 이제 가도 되죠?"

"그래, 가도 돼."

코트를 입으려는데 어머니가 방에서 나오며 물었다.

"어딜 가려는 거야?"

내가 사실대로 말하자 어머니는 곧장 아버지를 쳐다보았다.

"나와 한 마디 상의도 하지 않고 토미가 혼자 도서관에 가도 된다고 허락한 거야? 어떻게 그럴 수 있어?"

"토미도 이제 몇 블록을 혼자 갈 수 있을 만큼은 컸어."

"난 허락 못해."

"토미, 어서 가보아라."

"안 돼. 집에 있어."

아빠가 말했다.

"어서 도망쳐."

어머니가 아버지에게 욕설을 퍼붓는 틈을 타 나는 얼른 현관 밖으로 나왔다. 밖으로 나온 순간 두려웠다. 혼자 밖에 나온 건 그때가 처음이었다. 옆에서 나를 지키는 아버지나 어머니도 없고, 내 손을 잡고 길을 이끌거나 걸음을 멈추게 하거나 경솔한 짓을 못하게 막아줄 손도 없었다.

나는 2번가 19스트리트 모퉁이까지 걸어가 신호등이 녹색불로 바뀔 때까지 기다렸다. 길 양쪽을 살펴보고 길을 건넜지만 큰 성취감이나 자유를 느끼지는 못했다. 아버지에게 한 시간 안에 돌아오겠다고 약속했다는 생각만이 뇌리를 스쳤다. 나는 아버지와의 약속대로 길을 건널 때마다 아주 조심하며 도서관으로 향했다.

나는 23스트리트에서 왼쪽으로 돌았다. 그 길 중간에 도서관이 있었다. 어린이 책 코너는 1층이었다. 서가를 살펴보다가 아직 읽지 않은 신간 탐정소설 《하디 보이스》 두 권을 발견했다. 그 두 권을 대출해 거리로 나왔다.

집으로 발길을 돌리고 중간쯤 걷다가 21스트리트에서 가게에 들렀다. 바에 앉아 책을 펴고 크림소다를 주문했다. 종업원이 1달러짜리 지폐를 받고 80센트를 거슬러주었다. 벽에 걸린 시계를 보니 집에 도착하기로 한 시간까지 아직 28분이나 남아 있었다.

크림소다를 마시며 책을 읽는데 '이것 참 좋네.' 하는 생각이 들었다.

약속 시간 5분 전에 집에 도착했다. 내가 집을 비운 사이 아버지는 이미 나가고 없었다. 어머니는 식탁에 커다란 레밍턴 타자기를 올려놓고 앉아 있었다. 살렘을 피우는 어머니의 눈은 붉게 물들어 있었지만 정신은 똑바로 차리고 있었다.

어머니가 나에게 물었다.

"도서관에 혼자 가보니 어땠어?"

"좋았어요. 월요일에 또 가도 돼요?"
"그때 다시 생각해 보자."
"엄마, 뭘 쓰고 있어요?"
"소설."
나는 정말로 깊이 감명을 받아 물었다.
"정말로 소설을 쓰세요?"
"쓰려고 애쓰는 중이야."

어머니는 다시 타자에 열중했다. 나는 소파로 가 빌려온 책을 읽었다. 30분 뒤, 어머니는 글쓰기를 멈추고 목욕을 해야겠다고 말했다. 타자기에서 종이를 빼는 소리가 들렸다.

어머니가 욕실로 들어가 물을 틀자 나는 식탁으로 갔다. 원고가 적힌 종이 두 장이 타자기 옆에 뒤집어진 채 놓여 있었다. 나는 종이를 집어 들었다. 첫 장에는 책 제목과 어머니의 이름만 있었다.

《결혼의 죽음》
앨리스 네스비트 소설

다음 장을 집었다. 첫 문장은 이랬다.

'남편이 나를 더 이상 사랑하지 않는다는 사실을 발견한 날, 내 여덟 살짜리 아들은 집에서 달아났다.'

갑자기 어머니의 큰 목소리가 들려왔다.
"어떻게 감히!"

어머니는 분노로 몸을 덜덜 떨며 나에게로 달려왔다. 내 손에서 종이를 낚아챈 어머니가 내 뺨을 세게 때렸다.

"다시는, 다시는 내 글을 읽지 마!"

나는 울면서 내 방으로 뛰어가 베개를 집어들었다. 속상할 때 가끔 하던 대로 벽장 속에 숨어 베개를 꼭 끌어안고 엉엉 울었다. 이 세상에 나 혼자라는 설움이 밀려왔다. 10분, 아니, 15분쯤 울었을까. 노크 소리가 났다.

"토미, 엄마가 코코아 가져왔어."

나는 대꾸하지 않았다.

"엄마가 때린 거 미안해."

나는 대꾸하지 않았다.

"토미, 제발……엄마가 잘못했어."

나는 대꾸하지 않았다.

"종일 그 안에 있을 수는 없잖니? 그건 너도 잘 알지?"

나는 대꾸하지 않았다.

"토미, 이제 그만 마음 풀어."

나는 여전히 입을 열지 않았다.

"네 아빠가 돌아오면……."

마침내 내가 입을 열었다.

"아빠는 다 이해할 거예요. 아빠는 엄마를 미워하니까."

내 마지막 말에 어머니는 엉엉 울었다. 어머니가 방 밖으로 비틀거리며 걸어 나가는 발소리가 들렸다. 어머니의 울음소리가 점점 커지며 숨어 있는 벽장 안까지 들려왔다.

벽장문을 열자 창문으로 들어오는 오후 햇살에 눈살이 찌푸려졌다.

나는 어머니의 울음소리가 나는 곳으로 걸어갔다. 어머니는 침대에 엎드려 울고 있었다.

"엄마를 미워하지 않아요."

어머니는 계속 울었다.

"엄마가 쓴 글을 읽고 싶었던 것뿐이에요."

어머니는 계속 울었다.

"도서관에 다녀올게요."

울음이 멎었고, 어머니가 몸을 일으켰다.

"엄마한테서 달아날 생각이니?"

"엄마가 쓴 소설 속의 아이처럼?"

"그건 그럴싸하게 지어낸 이야기일 뿐이야."

"아니, 저도 그냥 도서관에 가고 싶은 것뿐이에요."

거짓말이었다.

"약속한 시간 내에 집으로 돌아올 수 있지?"

나는 고개를 끄덕였다.

"길 건널 때 조심하고."

내가 돌아서는데 어머니가 말했다.

"작가들은 자기가 쓰고 있는 걸 남에게 보이는 걸 몹시 싫어한단다. 그래서 엄마는 화가 났고……."

어머니는 말끝을 흐렸다.

나는 현관 밖으로 나갔다.

몇 십 년이 흐른 뒤, 잔과 세 번째로 데이트할 때 나는 그 이야기를 들려주었다.

"어머님이 그 소설을 완성하셨어?"

"그 뒤로 한 번도 타자를 치시는 걸 못 봤어. 하지만 아마도 내가 학교에 간 사이에 글을 쓰셨을 거야."

"다락방 어딘가를 찾아보면 상자 속에 숨긴 어머님의 원고가 들어 있을지도 모르겠네."

"어머니가 돌아가시고 나서 아버지가 어머니 물건을 다 치우라고 했어. 그때에도 원고를 보진 못했어."

"폐암으로 돌아가셨다고 했지?"

"마흔여섯 살 때였어. 아버지와 어머니는 쉬지 않고 싸웠고, 쉬지 않고 담배를 피웠어. 원인이 있으면 결과도 있는 거야."

"하지만 똑같이 담배를 피운 아버님은 아직 살아 계시잖아."

"그래, 어머니가 세상을 떠나고 나서 애인을 계속해서 바꾸며 살아 계시지. 지금 애인은 다섯 번째 여자야. 담배도 여전히 하루에 한 갑씩 피우고."

"자기는 늘 도망치려 했고?"

"원인이 있으면 결과도 있으니까."

잔이 내 손을 잡으며 말했다.

"참을 수도 있었잖아. 참을 만한 이유를 찾지 못했기 때문일 거야."

나는 고개를 갸웃거리며 대답하지 않았다.

"어린 시절 이야기를 들으니까 자기한테 훨씬 더 관심이 가는걸."

"누구에게나 상처 한두 가지쯤은 있지 않을까?"

"그렇지만 품어 안고 살아갈 수 있는 상처가 있는가 하면 절대로 치유되지 않는 상처도 있어. 자기 상처는 둘 중 어느 쪽이야?"

나는 씩 웃으며 말했다.

"아, 나는 대부분의 상처를 안고 살아갈 수 있어."

나는 그렇게 대답하고 이야기를 다른 곳으로 돌렸다.

잔은 과거의 상처들이 내게 어떤 그림자를 드리우고 있는지 잘 몰랐다. 나는 그 이야기를 늘 회피했지만 잔은 내가 여전히 과거의 상처들에 영향 받고 있으며, 우리 사이 또한 영향 받는다고 믿었다.

잔과 처음 잔 날, 그녀가 나를 남달리 생각한다는 걸 느꼈다. 잔은 보스턴 로펌에서 일하는 변호사였다. 주로 큰 기업을 변호했지만 일 년에 한 번씩 무료 변호도 맡았다. 잔의 말로는 '양심을 달래기 위해서'라고 했다. 잔은 사실 오래 사귄 남자친구가 있었다. 로펌의 동료 변호사였는데 오랜 애인이었던 그가 서부로 옮겨가게 돼 헤어졌다.

잔이 말했다.

"사람과 사람의 관계는 안정됐다고 생각한 순간 그렇지 않다는 사실을 깨닫게 되나봐. 일이 그렇게 될 때까지 나는 왜 전혀 눈치 채지 못했을까?"

내가 말했다.

"그 사람이 이미 마음속으로 다른 생각을 품고 있었는지도 모르지. 흔한 일이잖아. 자기 생각을 모두 정직하게 털어놓는 사람은 없어. 그러니까 아주 친한 사람이라고 해도 무조건 환상을 품어선 안 되겠지. 사람 속마음은 그 누구도 알 수 없으니까."

"'가장 낯선 세계는 자기 자신이다'는 말도 있어. 사실은 자기가 쓴 알래스카 여행서에 있던 문장이야."

"나에 대한 칭찬이야?"

"좋은 책이었어."

"정말?"

"자긴 좋은 책이란 걸 몰랐어?"

"작가들은 아무것도 믿지 않아."

"왜 그렇게 확신이 없는데?"

"글쓰기란 게 원래 그래."

"내 직업은 달라. 확신이 없는 변호사는 신뢰를 얻을 수 없지."

"사람 일이란 게 더러 확신할 수 없는 것들도 있잖아?"

"변호사는 법정에서 만큼은 반드시 확신을 가져야 해. 상대에게 반론의 여지를 남기면 안 되니까. 하지만 생활에 대해서는 나 또한 확신이 없어."

"그 말을 들으니 기분이 좋아."

그러면서 나는 내 손을 잔의 손 위에 얹었다.

우리 사이가 급격히 발전한 건 바로 그 순간부터였다. 우리 둘 다 그때까지 올리고 있던 방어 자세를 풀고 서로에게 빠져들기로 마음먹었던 순간.

* * *

1957년은 아버지가 해병대에 입대한 지 4년째 되던 해로 콜롬비아에서 근무할 때였다. 고모가 결혼식을 하게 됐다. 고모부는 종군기자로 일하다가 이제 막 홍보 일을 시작한 사람이었다. 고모는 팜비치로 신혼여행을 다녀와 남부에 정착했다. 그 후 15년 동안 남부에 살았는데 고모부는 동맥경화로 일찍 세상을 떠났다.

고모의 결혼식 날, 아버지는 루즈벨트호텔 연회장에서 몸집이 자그마한 한 아가씨를 발견했다. 앨리스 골드파브. 아버지는 브루클린 프로스펙트하이츠에서 자라면서 몸집이 큰 아일랜드 아가씨만 보아 왔는데 앨리스는 정반대였다.

앨리스의 아버지는 보석상이었고, 어머니는 직업 연사였다. 앨리스는 교육을 잘 받아서인지 클래식음악과 발레, 아서 밀러와 엘리아 카잔에 대해 논할 줄 알았다. 아버지는 앨리스에게 첫눈에 반했다. 센트럴파크웨스트 출신의 이 귀엽고 지적인 여자로부터 관심을 받게 되자 아버지는 자못 우쭐해졌다.

어머니의 관을 실은 영구차가 묘지로 향할 때, 아버지는 뒤따르는 리무진 안에서 내게 말했다.

"내가 어쩌겠니? 나는 공주를 만난 거야. 난 처음부터 알았단다. 내가 공주에게 행복을 가져다주지 못하리란 걸. 네 어머니는 파크애비뉴에 사는 안과의사와 살며 주말이면 골프를 치러 다녀야 할 사람이었지. 하지만 그 당시 네 어머니에게 끌리는 마음을 어쩔 수 없었어. 그 결과는……."

말끝을 흐린 아버지는 두툼한 리무진 시트에 몸을 묻고 담배를 꺼내면서 숨죽여 흐느꼈다.

그 결과는…….

실망? 불행? 슬픔? 덫? 화? 분노? 불안? 절망? 체념?

뭐든 하나 골라 빈 칸을 채우면 말이 될 것이다. 어디 저 말들뿐일까. 비슷한 말도 아주 많다. 인생에 대한 회한을 표현하는 말이란 정말이지 무수히 많으니까.

그 결과는…….

삐걱거리는 결혼생활은 24년이나 계속됐다. 그 멜로드라마에서 두 배우는 자기 파괴적인 게임을 끝없이 펼쳐나갔다. 어머니는 담배를 이용한 장기간 자살 계획에 마침내 성공했다. 레스터 햄버거라는 공인회계사와 헤어진 지 일주일밖에 안 된 어머니가 루즈벨트호텔에 나타나지 않았다면 어땠을까? 아니, 어머니가 레스터 햄버거와 함께 결혼식에 참석했다면 어땠을까? 그래도 어머니와 아버지는 서로에게 끌렸을까? 만약 거기에 가지 않았다면 아버지도 상대를 따스하게 배려하고, 사랑하고, 덜 신경질적인 여자를 만나지 않았을까?

앨리스 골드파브와 댄 네스비트가 첫눈에 반하지 않았다면 불행에 대한 책임을 서로에게 전가시키는 암울한 결혼생활은 없었을 것이다. 그와 비슷하게, 내가 세 번째 데이트 자리에서 잔의 손을 잡지 않았다면 지금 이 별장에 앉아 며칠 전 팽개쳐 놓은 이혼서류를 노려보고 있진 않았을 것이다.

현실은 서류만큼 확고하다. 내 이름이 서류에 유책 배우자로 올라 있다. 유책 배우자인 이상 달리 법적 조치를 회피할 수 없다. 질문을 받으면 대답해야 하고, 그 다음에는 응분의 처분을 기다릴 수밖에.

* * *

이혼서류를 받고 나서 변호사가 몇 번 이메일을 보냈다.

'잔은 캠브리지에 있는 집을 요구하고 있습니다. 캔디스가 대학원에 진학하면 학비도 책임지라는군요. 잔의 수입이 다섯 배나 많고, 책을 써서 벌 수 있는 수입에 한계가 있다는 점을 고려하면 지나친 요구인 것 같은데······.'

집은 주어버리면 그만이다. 캔디스의 학비는 어떻게든 마련하면 된다. 나는 변호사 비용을 더 쓰면서까지 법정싸움을 벌일 생각이 없었다. 깔끔하게 끝내고 싶었다.

이혼서류를 멀찍이 치웠다. 아직은 준비가 안 됐다. 일어서서 2층으로 올라가는 좁은 계단으로 갔다. 2층 서재의 문을 열었다. 폭은 좁고 길이가 긴 직사각형 방이었다. 대부분의 공간이 책장으로 차 있고, 책상은 벽을 향한 채 놓여 있다. 책상 왼편, 캐비닛에서 스카치위스키 병을 꺼냈다.

위스키를 한 잔 따르고 책상 앞 의자에 앉았다. 컴퓨터가 부팅되는 동안 위스키를 마셨다. 기억은 정말이지 감정을 들었다 놓았다 한다. 뜻밖의 소포가 도착하고, 과거가 한꺼번에 밀어닥친다. 추억과 그 부스러기들이 들쑥날쑥 떠오른다. 그러나 들쑥날쑥한 기억이란 애당초 없다. 그것이 기억에 대한 절대적인 진실이다. 추억과 그 부스러기들은 어떻게든 서로 연관되어 있고, 그 모두에는 사연이 깃들어 있다. 그중 스스로 인정하는 사연 하나를 우리는 자신의 인생이라 부른다.

컴퓨터 모니터 불빛이 깜박이고, 위스키가 내 몸에 퍼지는 동안 나는 이스트 21스트리트 가게의 바에서 크림소다를 앞에 두고 책을 펼쳤던 어린 시절로 돌아간다. 그때 벌써 나는 고독을 다스리는 법을 배웠다. 어느 곳에서든 마실 걸 앞에 두고 책을 펼치거나 좋은 글이 떠오르기를 기다리며 노트를 펼쳤다. 아무리 힘든 상황이라도 그렇게 혼자 있을 때 나는 전혀 고독하지 않았다.

나는 자주 생각한다.

'아버지와 어머니의 불행이 내게 잠재적인 영향을 미쳤더라도, 나는 내 부모님들이 40여 년 전 어느 11월의 토요일에 나를 도서관에 보내준 것에 대해, 폭풍우 몰아치는 험한 세상에서 편히 쉴 수 있는 안식처를 찾아내는 게 그리 쉽지만은 않다는 사실을 일깨워준 것에 대해 감사해야만 해.'

삶이 순탄할 수만은 없다. 메인 주의 한적한 별장에서 조용히 숨어 지낼 때 송달리가 찾아와 별안간 현관문을 노크할 수도 있다. 혹은 대서양 건너에서 온 소포가 25년 전 베를린 모퉁이의 어느 카페를 떠올리게 할 수도 있다.

스프링 제본의 노트에 아버지로부터 물려받은 빨간색 파카 만년필을 오른손에 쥐고 글씨를 휘갈겨 쓰는 여자. 그녀의 목소리가 들린다. 독일어로 말하는 목소리.

"글자가 참 많네요."

고개를 든다. 그 여자가 보인다. 페트라 두스만. 그 순간부터 세상이 달라진다. 하지만 그것은 내 대답 때문이다.

"네, 글자가 참 많죠. 하지만 이 글자들 모두 허섭스레기입니다."

내가 그렇게 자기비하를 하지 않았다면 그녀가 나에게 다가왔을까? 아니, 여자가 정말 다가오기는 했던가?

삶의 궤도를 어떻게 설명할까? 나는 전혀 모르겠다. 내가 아는 바는 오로지……

1월 말, 저녁 6시 15분. 써야 할 글이 있었다. 병원에서 나오자마자 눈길에서 여섯 시간이나 차를 몰았다. 굳이 밤늦게 일하지 않아도 변명거리가 충분한 상황이었다. 하지만 세상에는 질서라는 게 있다.

나는 남은 위스키를 마저 마시고 첫 문장을 입력하면서 아래층에 내버려둔 소포를 생각하지 않으려 애썼지만 허사였다. 나는 의자에서 일어나 다락방으로 가 내 옛 원고를 보관해두는 캐비닛을 열었다. 별장에 놓아둔 뒤로 여태껏 한 번도 열어본 적이 없었다. 그럼에도 나는 내가 찾는 원고가 어느 캐비닛에 들어있는지 단박에 알 수 있었다. 원고의 마지막 어휘를 입력한 지도 벌써 6년이 지났다. 다 쓰고 나서도 원고를 읽을 수 없어 캐비닛에 처박아두었다. 지금까지.

다락방에서 가져온 원고를 책상에 올려놓고 두 잔째 스카치위스키를 따랐다. 나는 의자에 앉아 원고를 내 앞으로 끌어당겼다.

소설이 소설이 아닐 때는? 작가의 체험담일 때지.

설령 그 소설이 작가의 체험담이더라도 작가의 시각으로 바라본 경험 아닌가. 그래, 내 이야기. 내 시각으로 그린 이야기. 그리고 이렇게 세월이 흐른 뒤에 내가 '지금의 나'로 있게 된 이유.

파일에서 원고를 꺼냈다. 제목이 적혀 있어야 할 첫 장을 뚫어져라 쳐다보았다. 나는 첫 장에 제목을 적어 넣지 않고 공란으로 남겨 두었다.

목이 타 위스키를 꿀꺽 삼켰다. 숨을 깊숙이 들이쉬고 첫 장을 넘겼다.

제1장

1984년 베를린, 내 나이 스물여섯 살.
그 당시 나는 젊었지만 인생에 대해 제법 많이 안다고 자부했다. 이제 돌이켜보면 그때의 나는 별로 아는 게 없었다. 특히 감정의 신비에 대해서는 더욱.

* * *

그 당시 나는 사랑에 깊이 빠져들지 않으려 애쓰며 살았다. 감정의 변화나 마음의 동요로부터 한 발짝 뒤로 물러나 있으려 했다. 당시 나는 사랑을 나를 옭아매는 덫이라 여겼다. 어머니는 담배 때문에 돌아가셨고, 아버지는 늘 자신을 부족한 사람이라 여기며 살아가고 계셨다. 나는 내 부모의 불행이 모두 잘못된 결혼 때문에 빚어진 일이라고 생각했다.

아버지는 내게 말했다.

"넌 아이는 낳지 마라. 아이가 생기는 순간 철창에 갇힌 신세가 될 테니까."

물론 아버지가 그렇게 말한 건 마티니를 석 잔이나 마신 탓이리라. 아들 앞에서 자식 때문에 철창에 갇힌 신세가 되었다고 털어놓은 아버지에게 나는 오히려 친밀감을 느꼈다. 아버지가 나에게 비밀을 털어놓다니.

내 어린 시절, 아버지는 대부분의 시간을 회사에서 보냈다. 집에서의 아버지는 늘 뿌루퉁한 얼굴로 담배 연기에 휩싸여 있었다. 내 앞에서 아버지는 '평범한 아버지' 역할을 연기하려고 애썼지만 성공하지 못했다. 내가 '평범한 아이' 역할에 성공하지 못한 것처럼.

청소년 시절에는 친구 스탠과 함께 주말마다 시내를 쏘다녔다. 영화관이나 박물관, 공연장이 내가 즐겨 가는 곳이었다. 블리커스트리트시네마 극장에서 프리츠 랑 영화제를 보는 아이, 피에르 불레즈가 지휘하는 뉴욕필하모닉 연주회에 가는 아이, 서점을 뒤지는 아이, 루마니아 출신 광인들이 공연하는 오프오프브로드웨이 연극을 보는 아이.

스탠은 공부벌레인 내 급우로 나처럼 영화광이었다. 토요일이 되면 영화 네 편을 보는 게 일과인 아이. 스탠은 몸이 뚱뚱해 동작이 굼떴다. 고교시절, 팀을 나누어 운동 경기를 할 때 스탠과 나는 늘 열외였다.

스탠과 나는 그때부터 30년 간 친구로 지냈다. 스탠은 시카고대학교를 우수한 성적으로 졸업하고 버클리에서 고등미적분을 가르치는 교수가 되었다. 우리는 서로 동부나 서부를 오가며 가끔 만났다.

1984년 여름, 내가 미국으로 돌아온 직후에는 스탠과 보름에 한 번씩 통화했다. 스탠은 결혼하지 않았지만 애인은 끊이지 않았다. 내가

1984년에 베를린에서 겪은 일을 유일하게 털어놓은 사람도 스탠이었다.
스탠은 내 이야기를 듣고 나더니 말했다.
"넌 절대로 그 상처를 극복할 수 없을지도 몰라."
나는 지금도 그 말을 잊을 수 없다.
스탠은 어느 날 캠브리지에서 우리 부부와 주말을 보내고 나서 나에게 말했다.
"네 결혼생활은 정말 재미없어 보여."
그 당시 스탠은 MIT학술회의 발표를 위해 캠브리지에 왔다. 스탠의 학술발표는 열띤 호응 속에서 찬사를 이끌어냈다. 그날 우리 부부는 그와 함께 저녁을 먹었다. 스탠이 고른 아프가니스탄 식당에서 저녁을 먹는 동안 잔은 스탠이 학술발표를 할 때 지식을 과시하는 것처럼 보였다는 뜻의 말을 암시적으로 했다.
스탠이 당시 내 최근작 《캐나다 북극 모험담》의 출간을 축하하자 잔은 또다시 비꼬았다.
"개썰매와 작가의 유아적 상관관계를 다룬 최초의 책이죠."
스탠은 잔의 그 말에 아무런 대꾸도 하지 않았다. 잔은 이튿날 아침에 재판이 있으니 일찍 자리를 끝내고 싶다고 해 나와 스탠을 머쓱하게 했다.
나는 켄달광장 근처에 있는 호텔까지 스탠과 함께 걸었다. 중간쯤 걸어갔을 때 스탠이 갑자기 말했다.
"너는 항상 도피를 원하지. 하지만 네가 인생에서 진정으로 바라는 건 너를 깊이 이해해주는 누군가와 교감하며 사는 것인지도 몰라. 하지만 넌 늘 네가 원하는 방향과 반대로 살아왔어. 가까워질 수 없는 여자와 결혼해 몇 년째 살고 있기도 하고. 네가 자주 여행을 떠나는 건 잔의 냉랭한 태도로부터 네 자신을 보호하기 위해서인지도 몰라. 우습지 않아? 잔은 네가 늘 집을 비운다고 불평하지만 넌 사실 잔 때문에 멀리 떠나지 않을 수 없으니까. 요즘 너희 부부를 보면 결국 언젠가 헤어질 수밖에 없을 거라는 생각이 들어."

스탠은 마지막 말을 강조하려는 듯 잠시 말을 멈췄다. 그런 다음 목소리에 시니컬한 웃음을 담아 말을 이었다.

"하긴 결혼도 안한 내가 뭘 안다고."

몇 주 뒤, 스탠의 막힌 혈관이 터졌다. 스탠의 갑작스런 죽음 앞에서 나는 자제할 길 없이 눈물이 났다. 스탠과 호텔을 향해 걸어가며 나눈 대화가 계속 뇌리를 떠나지 않았다.

누구나 다른 사람의 지적을 받으면 아무리 진실한 말이라 해도 자기 입맛에 맞게 바꿔 생각하기 마련이다. 즉, 나는 스탠의 말을 이렇게 각색했다.

'잔이 아무리 비판적이고 차가운 여자라 해도 그녀가 아니라면 또 누가 나처럼 자주 집을 비우고 어디론가 떠나려는 사람을 받아주며 살 수 있을까?

이제야 스탠의 말이 조금은 이해된다. 그가 건넨 말은 '있는 그대로 나를 사랑해주는 사람을 만날 자격이 있다. 그런 사랑이 찾아오면 주저 없이 받아들여야 한다'는 뜻이었을 것이다.

사실 어딘가로 달아나는 내 버릇은 이미 오래전에 굳어졌다. 여자를 사귈 때도 상대에게 집중할 수 없었다. 누군가 가까이 다가와 관심과 애정을 보이면 얼른 달아나거나 숨을 핑계부터 찾았다. 나는 어떤 관계든 빠져나가는 전문가였다.

대학 졸업장을 받자마자 나는 뉴욕 행 버스에 올라 출판사 편집부

조수로 취직했다. 1980년이었다. 내 연봉은 일만 육천 달러. 출판사의 편집자가 되고 싶은 생각은 없었지만 그 급여로 6스트리트와 C애비뉴 사이에 있는 작은 집을 얻을 수 있었다. 거기서 나는 아무렇게나 닥치는 대로 살았다. 출판사에는 꼬박꼬박 잘 나갔다. 별 볼 일 없는 원고를 읽고 또 읽었다. 일주일에 영화를 다섯 편 보고, 그때까지 가지고 다니던 학생증으로 저렴한 학생 표를 구입해 뉴욕필하모닉의 연주와 뉴욕발레단의 공연을 보기도 했다.

집에 돌아오면 밤늦게까지 소설을 쓰려 애썼다. 밤늦게 아파트를 나가 재즈클럽의 마지막 공연을 보기도 했다. 그러다가 나도 모르게, 정말이지 내 자신도 놀랍게 어떤 여자와 사귀게 됐다. 앤이라는 첼리스트.

우리는 컬럼비아대학교 근처에 사는 어느 친구의 집에서 처음 만났다. 친구의 집도 내 아파트처럼 작았다. 그래도 창이 많아 방은 무척이나 밝았다. 앤의 얇은 치마가 여름 햇살을 받아 반짝였다. 그 아래로 드러나 보이는 긴 다리. 나는 앤을 보자마자 그녀가 바로 내가 꿈꾸던 뉴욕의 보헤미안 아가씨라 생각했다. 게다가 첼리스트라면.

앤은 재능 있는 첼리스트로 줄리어드 음대생이었고, 학생들 사이에서 대단히 뛰어난 실력자로 통했다. 그러나 내 기억에 남아 있는 앤의 모습은 순수하면서도 세속적이다.

앤은 박식했고, 생각에 잠긴 듯한 미소가 좋았다. 겉으로는 낙관적으로 보였지만 우울한 면도 있다는 걸 그 미소를 통해 느낄 수 있었다. 앤은 슬픈 영화를 볼 때나 음악을 듣다가 곧잘 혼자 울기도 했다. 간혹 섹스를 하고 나서도 울어 나를 당혹스럽게 했다. 네 달을 사귀고 나서 내가 끝내자고 말했을 때 앤은 또 펑펑 울었다.

우리 사이에 크게 잘못된 건 없었다. 그다지 의견이 맞지 않는 일도 없었다. 단지 앤의 실수라면 나를 사랑한다는 걸 내가 알게 한 것이었다.

앤과 나는 애디론댁산맥에 있는 오두막을 빌려 여행을 계획했다. 12월 30일, 밤새 눈이 내려 30센티미터쯤 쌓였다. 벽난로에서는 장작이 타고, 오두막 안은 소나무 향이 가득했다. 저녁을 먹고 와인을 마시며 서로 팔을 끼고 소파에 앉아 있었다. 그때 앤이 내 눈을 들여다보며 말했다.

"우리 아버지와 어머니는 스무 살 때 만나 사반세기 동안 함께 지내시지. 어머니는 아버지를 처음 본 순간 '바로 저 남자'라는 느낌을 받았다는 거야. 마치 운명처럼. 나도 자기를 처음 본 순간 그렇게 느꼈어."

나는 앤의 그 말에 대꾸할 말을 찾지 못했다. 그저 불편한 마음을 드러내지 않기 위해 억지웃음을 지었을 뿐이다. 내 마음을 알아챈 앤이 나를 껴안으며 부담을 주려는 건 아니었다고 서둘러 말했다. 내가 파리에 가 일 년 동안 글을 쓰고 온다고 해도 기다릴 수 있고, 스물다섯 살 전에는 결혼하지 않겠다고 해도 기다릴 수 있다고 했다.

"부담을 주는 건 싫어. 그냥 언젠가 자기에게 꼭 이야기하고 싶었어. 자기가 내 인생의 남자라는 걸."

앤은 그 이야기를 다시는 하지 않았다.

며칠 뒤 뉴욕으로 돌아온 나는 밤새 제안서를 썼다. 나일 강에서 카이로와 카르툼까지 가는 여행기를 쓰겠다는 제안서였다.

출판사에서 일한 덕분에 에이전시 몇 명을 알고 있었고, 그 중 한 사람이 내 제안서에 흥미를 보였다. 그는 몇몇 편집자들에게 내 제안서를 보여주었다. 그 중 한 편집자는 젊은 신인 작가에게 모험을 거는 일은 거의 없지만 내 책에 3천 달러의 선인세를 지급하겠다고 말했다.

나는 곧장 받아들였다.

 다니던 출판사에는 넉 달 간의 휴가를 신청했다. 사장이 안 된다고 말리는 바람에 부득이 사표를 썼다. 모든 결정을 내리고 나서야 앤에게 그 사실을 알렸다.

 앤은 화를 냈다. 내가 몇 달 동안 북아프리카 변방으로 떠나기 때문만은 아니었다. 지난 두 달 동안 내가 달아날 계획을 세웠으면서 그녀에게 한 마디 귀띔도 하지 않은 것에 화가 난 것이다.

 앤이 나직이 물었다.

 "왜 나에게 말하지 않았어?"

 앤의 눈에는 나에게 받은 상처가 고스란히 담겨 있었다.

 나는 고개를 갸웃하며 멀리 눈길을 돌렸다.

 앤이 내 손을 잡았다.

 "아무튼 자기 일이 잘돼 기뻐. 첫 집필 계약을 땄잖아. 정말 멋진 소식이야. 왜 그런 일을 계획하면서 내게 비밀에 부쳤는지 이해할 수 없을 뿐이야."

 나는 또 고개를 갸웃하기만 했다. 비겁한 연기를 하고 있는 나 자신이 더없이 싫었다.

 "토마스, 제발 말해 봐. 우리 사이는 아주 좋았잖아."

 나는 앤이 쥐고 있던 손을 슬며시 빼냈다.

 "더는 못하겠어."

 내 목소리는 중얼거림을 겨우 벗어난 정도였다. 앤이 휘둥그레진 눈으로 나를 바라보았다.

 "뭘 못하겠다는 거야?"

 "우리 사이. 자기는 더 좋은 남자를 만나는 게 나아. 자기가 꿈꾸는 그 자잘한 인생에 맞출……."

'자잘한 인생'이라는 말을 꺼낸 순간 나는 즉시 후회했다. 앤이 어떤 반응을 보일지 불을 보듯 뻔했다. 느닷없이 앤의 얼굴을 주먹으로 세게 때린 셈이었다.

"자잘한 인생? 자기는 내가 바라던 삶을 그렇게 생각했어?"

앤은 우리 어머니와 달랐고, 나도 그 사실을 잘 알고 있었다. 우리 어머니는 아버지를 옭아매 지옥 같은 집에 가두었다. 아버지도 그 지옥을 함께 만드는 데 동참하긴 했지만 어머니 때문에 늘 분노하며 살아야 했다. 앤이라면 어머니처럼 나를 집에 옭아매지 않으리란 것도 잘 알고 있었다. 다만 문제는 그게 아니었다. 나를 운명처럼 사랑한다고 말한 게 문제였다. 앤은 나와 평생을 함께 하고 싶다고 말했다. 그 당시 나는 어렸고, 그런 중압감을 견딜 수 없었다.

"나는 자기가 바라는 대로 살 준비가 안 됐어."

앤이 다시 내 손을 잡으려 했지만 나는 손을 슬며시 빼냈다. 앤의 눈에 당황한 표정과 상처가 그대로 드러났다.

"제발 나를 밀어내지 마. 이집트에 서너 달 다녀와서 이야기 해. 기다릴게. 몇 달이 걸린다 해도 우리 사이는 조금도 달라질 게 없어. 그리고 돌아온 뒤에……."

"돌아오지 않을 거야."

마침내 앤의 눈에 눈물이 고였고, 곧 울음이 터졌다.

"왜 그러는지 모르겠어. 우린……."

앤이 잠시 말을 멈추더니 내가 정말로 두려워하던 말을 했다.

"우린 행복했잖아?"

앤은 내 반응을 기다리며 한참 동안 침묵을 지켰다. 나는 끝내 아무런 반응도 보이지 않았다.

몇 달 뒤, 나는 카이로의 값싼 호텔 방에서 잠에서 깨어났다. 혼자였다. 낯선 곳에서 엄청난 소외감과 고독을 느꼈고, 앤과 마지막으로 나눈 대화를 머릿속으로 떠올렸다.

나는 왜 앤을 밀어내야 했을까?

물론 나는 답을 알고 있었다. 결국 그렇게 할 수밖에 없었다고 나 자신을 달랬다. 어쨌든 나는 현실에 순응하지 않고 도전하는 결정을 내리지 않는가. 나는 그 어떤 구속에도 얽매이고 싶지 않았다. 마음 내키는 대로 세상을 떠돌며 모험을 하고 싶었다. 내가 원한다면 지구 끝까지라도 갈 수 있길 바랐다. 아직 20대 초반인데, 왜 가정이라는 좁은 틀에 얽매여 살아야만 하는가.

그럼에도 그날 밤 나를 괴롭힌 질문은 바로 이것이었다.

'나 역시 앤을 사랑하지 않았을까?'

답은 이랬다.

'내가 마음을 터놓았다면 사랑했겠지.'

하지만 나는 그 당시 누군가를 사랑하거나 사랑받는다는 걸 꺼려했다. 미래를 함께 하리라는 가능성을 모두 없애고, 관계의 깊이를 최대한 가볍게 유지하려 애썼다.

카이로에서 불면의 밤을 보낸 나는 복잡한 생각을 몰아내기로 결심하고 여행길에 올랐다. 어찌나 여행에 몰두했는지 나 스스로도 깜짝 놀랄 정도였다. 날마다 새롭고 낯설고 극적인 일을 찾아다녔다. 반년이 지나고 카이로에서 로마를 경유해 뉴욕으로 돌아왔을 때 나는 또다시 짙은 공허감에 휩싸였다.

이집트에 가 있는 반 년 동안 내가 살던 아파트를 배우인 친구에게 임대해주었는데 위생관념이 형편없는 친구였다. 뉴욕으로 돌아온 첫 주에는 집안을 환기시키고 바퀴벌레를 없애느라 시간을 다 보냈다. 아파트를 사람이 살 만한 곳으로 만들고 나서 다시 2주에 걸쳐 집을 단장했다. 페인트를 칠하고, 바닥에 사포질을 하고, 욕실에는 새 타일을 붙였다. 집을 새 단장하는 이유를 나 자신도 잘 알고 있었다. 앤에게 전화하지 않기 위해. 앤에게 백기를 들고 다시 시작하자고 하지 않기 위해. 그러기 위해서는 뭔가 몰두할 수 있는 일이 필요했기에. 이제야 나는 그 당시 내 심정을 조금이나마 이해한다. 젊은 남자들이란 '행복과 안정'을 '덫'이라는 말과 동의어로 생각한다는 것을.

아파트를 새 단장하고 나서 곧장 책을 쓰기 시작했다. 은행 잔고는 3,500달러쯤 남아 있었다. 여러 권의 노트에 적은 메모를 정리해 한 권의 책으로 꾸미자면 시간이 반 년은 족히 걸릴 것 같았다.

여덟 달 만에 내 첫 책인 《일사병 : 이집트 여행기》을 탈고했다. 나 혼자 단출하게 살던 시절이었다. 가정도 없고, 빚도 없고, 나를 옭아매는 것이라고는 아무것도 없었다. 눈보라가 몰아치는 1월의 어느 날 밤, 내 첫 책의 마지막 문장을 입력하고 와인 한 잔과 담배 한 개비로 탈고를 자축한 나는 침대에 그대로 뻗어 열네 시간 동안 잠을 잤다. 그 후 몇 주 동안 반복해서 쓴 말들, 잘못 표현된 생각, 어색한 비유 등을 바로잡았다.

마침내 편집자에게 원고를 건넨 나는 키웨스트에 사는 대학 동창의 집에 놀러 가거나 햇빛 아래 앉아 있거나 술집에서 술을 마시며 내 책에 대한 걱정을 내려놓으려 애썼다.

담당 편집자인 주디스 캐플란이 내 책을 '가장 뛰어난 데뷔작'이자 '읽기 좋은 책'으로 평가했다는 말을 한참 나중에야 전해 들었다. 8개월 뒤에 책이 출간됐고, 전국지 여섯 곳에 평이 실렸다. 《뉴욕타임스》도 호의적인 평가를 내렸다. 고급 잡지의 편집자 예닐곱 명과 전화 인터뷰도 했다. 초판 4천 부가 금세 팔렸지만 그 이상은 없었다. 하지만 중요한 사실은 내가 책을 냈다는 것이었다.

주디스 캐플란이 내가 《트래블러》지의 취재 요청을 받고 아디스아바바에 다녀왔을 때 《뉴욕타임스》에 내 책이 소개된 것을 축하해주기 위해 값비싼 이탈리아 식당에서 점심을 샀다.

"톨스토이가 저널리즘을 두고 한 말이 뭔지 아시죠? 매음굴이라고 했어요. 매음굴이 대개 그렇듯 한 번 발길을 들여놓으면 계속해서 찾게 된다고 했죠. 요즘 잡지에 낼 원고를 쓰신다면서요?"

"잡지 일을 대단하게 생각하지는 않아요. 하지만 비용을 받으면서 여행할 수 있다는 게 좋아요."

"제기 세 책을 준비하자고 제의한다면……"

"벌써 아이디어가 준비돼 있다고 대답하겠죠."

"시원시원해서 좋네요. 어떤 아이디어죠?"

"딱 한마디로 족합니다. 베를린."

나는 주디스 캐플란에게 30분 동안 내 아이디어를 설명했다. 베를린에서 일 년 동안 살면서 소설 형식을 빌린 기행문을 쓰겠다고. 동독에 섬처럼 떠 있는 도시, 20세기의 두 가지 상반된 이념이 서로 맞닿아 있는 도시, 무정부주의의 도시, 양분된 도시, 바이마르 공화국의 데카당스 흔적을 자랑스러워하는 도시. 그러면서도 변방의 한가운데에 있고 싶은 아웃사이더들을 끌어들이는 힘을 가진 도시, 드러나거나 숨은 과거를 지닌 대도시의 현실감을 갖춘 도시, 흑백의 황량한 공산주의와 날마다 어깨를 비비는 도시. 그 도시에서 보낸 열두 달을 기록하겠다고.

"아주 좋은 책이 되겠어요. 토마스 씨는 그런 점이 참 뛰어나요. 인생이 한 편의 소설 같다는 생각을 하게끔 인물들을 아주 흥미롭게 묘사하는 재주가 있죠."

주디스 캐플란은 와인을 홀짝이고 나서 다시 말을 이었다.

"자, 이제 집으로 돌아가셔서 마케팅 담당자들이 깜짝 놀랄 만한 제안서를 쓰세요. 에이전시에게는 저에게 전화하라고 하고요."

일주일 뒤에 제안서를 보냈다. 3주 뒤 출판사에서 오케이 사인이 떨어졌다. 당시에는 출판도 아주 단순했다. 작가 중심으로 적당한 아이디어가 있으면 책을 낼 수 있었다. 에이전시는 선인세로 9천 달러를 받기로 했으며, 그중 절반을 여행 전에 미리 받았다. 첫 계약금보다 세 배나 많은 액수였으므로 나는 자못 의기양양했다.

베를린으로 떠나기 전, 생활비가 얼마나 소요될지 조사했다. 한 달에 150마르크 정도면 룸메이트와 함께 사용하는 아파트를 얻을 수 있을 거라는 계산이 나왔다. 150마르크는 당시 미화로 100달러쯤 되었다. 냉전 상황에 대해 자세히 알게 되면 좀 더 책에 흥미를 배가할 수 있을 거라 생각해 워싱턴에 있는 〈라디오리버티〉에 내 이집트 책과 이력서를 보냈다. 〈라디오리버티〉는 미국 정부가 운영하는 공영방송국으로 철의 장막에 가린 나라들에 미국의 세계관과 뉴스를 홍보하는 방송국이었다. 나는 〈라디오리버티〉에 보내는 편지에서, 일 년 동안 베를린에 살 계획인데, 〈라디오리버티〉 지국에서 작가로 일할 수 있을지를 타진했다.

〈라디오리버티〉에서 긍정적인 답변이 오리라고는 기대하지 않았다. 〈라디오리버티〉에서는 영어뿐만 아니라 그 나라 말에도 능통한 반

공주의자만을 고용할 거라 생각했으니까. 그런데 답변이 왔다. 편성국장 헌틀리 크랜리가 보낸 편지에는 내 책과 이력서를 인상 깊게 보았으며 베를린에 있는 〈라디오리버티〉 지국장인 제롬 웰만에게 책과 이력서를 보냈다고 적혀 있었다. 베를린에 도착하면 제롬 웰만을 찾아가라고. 어쨌든 나를 쓸지 안 쓸지는 전적으로 제롬 웰만에게 달려 있다고.

일주일이 지나자 나는 아파트를 다시 세놓고 가방을 꾸렸다. 두툼한 코트를 입고, 문단속을 하고, 케네디공항으로 가는 버스에 올랐다. 눈이 올 듯 흐린 하늘인데 끝내 내리지는 않는 1월의 저녁이었다. 나는 가방을 부치고, 표를 받고, 검사대를 지나고, 비좁은 비행기 좌석에 앉아 맨해튼 스카이라인이 겨울밤의 어둠 속으로 사라지는 광경을 지켜보았다. 비행기가 고도를 높이고 동쪽으로 향하는 동안 나는 조용히 잠들었다.

비행기에서 땅, 들판, 건물들, 독일 도시 중 가장 상업적이고 볼품없는 프랑크푸르트의 윤곽이 내려다 보였다. 대학 신입생 시절부터 독일어를 공부했다. 그래서인지 독일어와는 애증의 관계였다. 독일어의 조밀한 형태와 강건한 구조는 맘에 들었지만 여격을 비롯한 세부적인 문법들을 머릿속에 집어넣어야 하는 건 큰 고역이었다.

프랑크푸르트에 내렸다가 동베를린으로 가는 비행기에 올랐다. 한 시간 뒤, 창밖을 내다보았다. 바로 아래에 보이는 것…….

베를린 장벽.

비행기가 베를린 상공을 맴돌기 시작했다. 구불구불하고 기다란 베를린 장벽의 모습이 더욱 뚜렷해졌다. 불안정 기류 때문에 비행기는 동독 하늘 위에서 30분 동안 맴을 돈 뒤에야 구름을 뚫고 하강했다.

베를린 장벽은 곧 현실 풍경이 됐다.

　베를린에 도착한 처음 이틀 동안 나는 실내에서만 보냈다. 세 번째 날 처음으로 밖으로 나갔다. 네 번째 날 밤에는 모험을 감행했다. 사비니광장에서 베를린필하모닉까지 3킬로미터를 걸었다. 72시간 동안 도시를 뒤덮었던 눈은 그쳤지만 바람은 여전히 거셌다. 쿠르퓌르스텐담은 백화점들과 현대적인 빌딩들이 늘어선 분주한 상업 지역으로 떠들썩한 분위기였다. 밝은 네온사인 숲을 지나고 나서야 나는 매서운 추위 속에서 돌아다니기로 한 걸 후회했다. 게다가 입장권도 없이 베를린필하모닉으로 향하고 있었으니…….

　베를린필하모닉까지는 거의 한 시간이나 걸렸다. 중간에 포츠담광장을 지났다. 마치 버려진 황무지 같았다. 내가 베를린 장벽을 직접 마주한 건 그때가 처음이었다. 장갑 낀 손으로 벽의 표면을 만져보았다. 거기서 서베를린 쪽을 바라보았다. 악셀 스프링어 출판 제국도 보였다. 가장 높은 층, 편집부로 보이는 곳을 쳐다보았다. 그때 내 머릿속에서 한 가지 생각이 떠올랐다.

　'장벽 동쪽 기자들은 저널리즘을 개인이 아닌 나라 일로 여기면서도 자기 나라조차 제대로 여행하지 못하는 반면, 서쪽 기자들은 동베를린 거리와 베를린 장벽 사이에 놓인 황무지를 확실히 내려다볼 수 있는 고층 건물에서 일하는구나.'

　극심한 추위 때문에 더 이상 서 있을 수 없었다. 바람을 피하기 위해 고개를 푹 숙이고 베를린필하모닉까지 10분을 더 걸었다. 도착했을 때에는 연주회 시작이 채 몇 분 남아있지 않았다. 마침 남는 표를 들고 서 있는 여자가 있었다. 그나마 다행이었지만 아주 좋은 자리여서 130마르크를 내야 했다. 내 예상을 훨씬 웃도는 액수였지만 가끔은 호사를 부려도 괜찮을 때도 있는 것이다. 적어도 카라얀이 지휘하는 베를린필하모닉이 말러의 교향곡 9번을 연주하는 날이라면…….

나는 표를 사 안으로 들어갔다. 객석이 어두워지기 직전에 자리를 찾아 앉았다. 무대는 어느새 흐릿한 빛에 잠겨들었고, 관객들은 조용히 기다렸다. 무대 가운데에는 간단한 철제 스탠드만이 놓여 있었다. 옆문이 열리고 마침내 카라얀이 모습을 드러냈다. 당시 카라얀은 76세였다. 몸은 조금 구부정했지만 근엄하고 굳은 표정, 눈보라처럼 희고 딱딱한 머리카락에서는 시간에 굴하지 않는 거장의 자취가 보였다. 비록 허리는 구부정하게 휘었지만 카라얀은 대쪽 같은 자세로 세상과 결연히 맞서며 살아온 사람의 풍모를 유지하고 있었고, 대가다운 권위를 잃지 않고 있었다.

카라얀은 오케스트라 앞까지 느릿느릿 걸어 나왔다. 만석을 이룬 객석에서는 박수가 터져 나왔다. 카라얀은 제1바이올리니스트의 손을 한 번 쥐고, 다른 연주자들을 향해 고개를 끄덕이고 나서 지휘대에 올라 등을 꼿꼿하게 폈다. 어깨도 올라갔고, 힘들게 지휘대까지 걸어갔던 노인답지 않게 더없이 당당한 자세를 취했다.

카라얀이 고개를 번쩍 쳐들었다. 오케스트라와 관객들에게 준비가 되었다는 걸 알리는 몸짓이었다. 공연장 안은 숨소리도 들리지 않을 만큼 고요해졌다. 카라얀은 30초쯤 그 상태를 유지했다. 관객들은 고요 속에서 침묵의 소리를 들었다.

마침내 카라얀이 지휘봉을 들어 올리더니 아주 작은 몸짓으로 연주를 지시했다. 더블베이스가 낮은 음을 피치카토로 연주했다. 그 아래로 프렌치 혼의 트레몰로가 흐르고, 1악장의 제1주제가 연주되기 시작했다. 애처롭고 슬프고 가슴 아픈 추억 같은 주제. 말러가 51세에 갑작스레 죽기 전 완성했다는 교향곡 9번은 삶의 무상을 이야기했다. 그로부터 90분 동안, 말러는 우리 앞에 되살아나 인생의 의미를 요약했다. 욕망, 열정, 좌절, 불운, 사랑 따위. 그러나 무엇보다 확연히 느낄 수 있는 건 시간의 덧없음이었다. 인간은 시간 앞에서 얼마나 무기력한가? 누구나 인생의 끝에 다다르면 죽음이라는 어둠 속으로 사라지지 않던가?

나는 카라얀에게서 눈을 뗄 수 없었다. 비록 허리는 휘었지만 지휘대에 올라 교향곡의 장대한 구조에 빠져든 그는 여전히 위대한 지휘자였다. 마지막 현악 연주가 서서히 희미해지다가 곧 잦아든 뒤에도 그는 잠시 침묵을 지켰다. 그러다가 손을 쳐들고 고개를 숙인 채 잠시 그 자세를 유지했다. 그 마지막 순간은 짧았지만 깊은 여운을 남겼다.

카라얀은 마치 일부러 그러듯 천천히 팔을 내렸다. 객석은 여전히 고요했다. 관객들은 너무나 큰 감동에 차마 입을 열지 못했다. 그러다가 마치 누가 신호라도 한 듯 박수갈채가 터져 나왔다. 오케스트라 단원들이 모두 일어나 관객의 환호에 답했다.

카라얀은 여러 번 절한 뒤 무대 밖으로 나갔다. 관객도 모두 조용히 빠져나가기 시작했다. 그런 감동을 겪은 뒤에는 각자의 삶으로 조용히 돌아가야만 하니까.

연주회장을 빠져나와 안할터 반호프에 있는 전철역으로 향했다. 그때까지 말러의 음악이 머릿속을 맴도는 가운데, 나는 펜션 와이즈의 방으로 돌아가기에는 너무 이른 시간이라고 생각돼 크로이츠베르크로 갔다.

크로이츠베르크에 다다랐을 때 눈앞에 보이는 거라고는 온통 눈보라뿐이었다. 전철을 타고 있는 동안 눈보라가 다시 시작된 것이다. 손목시계를 보니 10시. 다시 지하로 내려가 전철을 타고 싶은 마음이 간절했지만 앞에 술집이 보였다. 〈검은 코너〉라는 특이한 이름의 술집이었다.

나는 고개를 푹 숙여 바람을 피하며 〈검은 코너〉로 들어갔다. 이름 그대로 술집 안은 온통 검은색 크롬 소재의 바가 길게 이어져 있었다. 네온 빛의 푸른색 관들에서 새나오는 불빛이 조명의 전부였다. 벽에서 검은색이 아닌 부분은 벽화뿐이었다.

나는 헤페바이젠 맥주와 보드카를 주문하고, 바 스툴에 앉아 담배를 말기 시작했다. 헤비메탈 음악이 흘러나오고 있었다. 볼륨이 지나치게 크진 않아 옆 사람과 대화는 가능할 듯했다. 하지만 1월의 눈 오는 날 밤에 나와 대화를 나눌 상대는 없었다.

바에 앉은 손님이라고는 펑크족 청년 한 명, 코 왼쪽에 작은 옷핀 같은 액세서리를 꽂은 아가씨 한 명이 전부였다. 뾰족뾰족하게 세운 검은 머리와 염소수염을 한 청년은 계속 얼굴을 찌푸린 채 럭키스트라이크(담배 상표명 : 옮긴이)를 피우며 스케치북에 낙서를 해대고 있었다. 청년은 내가 맥주와 보드카를 시키는 소리를 듣고, 업신여기는 표정으로 나를 힐끔 쳐다보며 물었다.

"미국인?"

"맞습니다."

그러자 청년은 영어로 물었다.

"여기서 뭐하시우?"

"술 마시죠."

"나에게 빌어먹을 영어나 쓰게 하고."

"저는 그러라고 한 적 없는데요."

"좆같은 제국주의자."

나는 얼른 독일어로 말했다.

"나는 제국주의자가 아니오. 내가 미국인이라는 이유만으로 그런 꼬리표를 달긴 싫군요. 하지만 댁이 국적에 따라 사람을 가르는 걸 좋아하는 것 같으니, 나는 댁을 '유대인 살인자'로 부르는 게……."

나는 아무 생각도 없이 마구 말을 뱉어냈다. 그러다가 바텐더의 휘둥그레진 눈을 보고, 과연 이 술집에서 무사히 빠져나갈 수 있을지 염려되기 시작했다.

그때 코에 옷핀을 꽂은 아가씨가 식식거리며 나와 대화를 나눈 미술가 청년을 향해 욕설을 퍼부었다.

"헬무트, 이 형편없는 놈아. 지금 네가 얼마나 한심하고 멍청한 말을 한지 알아?"

청년은 아가씨에게 인상을 썼다. 그러자 바텐더도 끼어들었다.

"사비네 말이 맞아. 자, 이제 이 미국 신사 분에게 정중히 사과해."

청년은 아무 말도 하지 않고 스케치북에 낙서를 계속했다. 나는 그를 더 이상 못 본 체하는 게 좋겠다고 생각하고 보드카를 마시며 담배 마는 일에만 열중했다. 종이에 침을 적셔 담배를 말고 불을 붙였다. 그때 청년이 술잔을 들고 내 옆에 섰다. 청년은 술잔을 내 앞에 내려놓으며 말했다.

"베를린 사람들은 지나치게 배타적이죠. 나쁜 뜻은 없었어요."

청년이 손을 내밀었다. 나는 청년과 악수하며 말했다.

"그럼요. 나 또한 무작정 나쁘게 받아들이지는 않았어요."

나는 보드카 잔을 높이 들고 '건배'라고 말한 다음 단숨에 마셨다.

영화였다면 이 청년과 내가 통성명하고 금세 둘도 없는 친구가 되었을 것이다. 청년은 언제 시비를 걸었냐는 듯 나에게 베를린 시내를 구석구석 안내할 것이고, 나는 아주 유쾌한 사람들을 만나보게 될 것이다. 하지만 인생은 영화가 아니었다. 청년은 나에게 보드카 한 잔을 사고 대충 사과하고 나서 스케치북을 챙겨들고 바텐더에게 가운뎃손가락을 들어 욕하고는 술집에서 사라졌다.

바텐더는 허허 웃고 나서 사비네에게 말했다.
"내일 다시 올 거면서 꼭 저런다니까."
"형편없는 놈이니까 그냥 내버려둬."
"전에 같이 자던 사이라고 그렇게 욕하는 거야?"
"어머, 자기도 나와 잤으면서 뭘 그래?"
바텐더가 미소를 지었다.
사비네가 나에게 소리쳤다.
"술 한 잔 사주면 오늘밤 내가 같이 자줄 수 있는데."
내가 말했다.
"아, 저도 그런 제안을 받는 날이 오는군요."
"지금 내 주머니에는 삼 마르크밖에 없는데 그 돈으로는 담배를 사야 해요. 술을 얻어먹고 싶고, 오늘밤은 혼자 자기 싫으니까 댁과 같이 자고 싶어요. 자, 내 제안에 문제 있어요?"
"아뇨, 전혀 문제없어요."
"그럼 이리 와서 나한테 술을 사요. 아니, 한 잔이 아니라 여러 잔을 사도 좋아요."

사비네는 나에게 어디 출신인지(아, 맨해튼. 나도 들어 봤어요.), 무슨 일을 하는지(베를린에 있는 미국인들은 모두 자기가 작가라고 말하죠.) 물었다. 하지만 질문할 때 목소리가 심드렁한 것으로 보아 그저 예의상 묻는 것 같았다.

바텐더가 술집 문을 닫아야 한다며 부산스럽게 움직였다.

나는 사비네에게 말했다.

"나와 같이 가지 않아도 괜찮아요."

"나와 자는 게 싫어요?"

"아니, 전혀. 내 말은 그냥 의무감으로 그러지 않아도 된다는……"

술값을 계산하고 밖으로 나왔다. 사비네와 나는 취기와 눈보라 속에서 서로를 부축하며 걸었다.

사비네의 집은 온통 낙서로 뒤덮인 허름한 건물 5층이었다. 계단을 올라가니 제법 넓은 방이 나왔다. 바닥에 놓인 매트리스, 오디오, 아무렇게나 쌓아놓은 음반과 책, 전기레인지와 작은 냉장고만 두고 임시로 꾸민 주방. 방 곳곳에 옷이 널려 있었다. 척 보기에도 정리정돈과는 거리가 먼 사람의 방이었다.

사비네가 파이프와 대마초를 꺼내더니 스콜피언스의 앨범을 틀었다. 우리는 대마초 몇 모금을 나눠 피우고 나서 서로의 옷을 벗기고 아주 어색하게 사랑을 나누었다.

대마초 때문에 아주 오래 섹스를 했다는 것만 빼면 이제 그날의 섹스는 그다지 기억나지 않는다. 베를린, 눈에 갇힌 도시, 외로운 밤.

정오가 지날 때쯤 자동차 소리와 옆집에서 터키 말로 싸우는 소리에 놀라 잠에서 깼다. 사비네가 팔꿈치를 바닥에 대고 턱을 괴더니 호기심 어린 눈으로 나를 쳐다보았다.

"이름이 뭐라고 했지?"

내가 이름을 말하자 사비네는 손목시계를 흘깃 쳐다보고 나서 말했다.

"젠장, 출근 시간이 벌써 십 분이나 지났어."

나는 5분도 안 걸려 옷을 입고 집을 나왔다. 춥지만 맑은 날이었다. 길 한쪽에 눈이 쌓여 있었다.

사비네가 나한테 살짝 키스하며 말했다.

"얼른 가봐야겠어."

"다시 만날 수 있을까?"

사비네는 빙긋 웃으며 나를 바라보다가 말했다.

"아니."

사비네는 모퉁이를 지나 사라졌다.

날씨가 그리 춥거나 배가 고프지 않았다면 나는 숙취 때문에 그냥 길에 서 있었을 것이다. 하지만 늦게라도 아침밥을 먹어야 한다고 생각하고 카페를 찾아 두리번거렸다. 그곳은 베를린 장벽 앞이었다. 그렇게 베를린 장벽과 마주하다니.

장벽. 진부한 엄숙.

나는 생각했다.

'그래, 여기서 책을 써야 해. 내가 있을 곳은 바로 여기야.'

하인리히 하이네 체크포인트까지 간 다음 다시 서쪽의 크로이츠베르크 중심부로 걸어갔다. 밤이 되기 전에 내가 살아야 할 집을 찾아볼 생각이었다.

제2장

　인간 존재는 우연에 의해 지배된다. 우연의 힘을 절대로 과소평가해선 안 된다. 우연히 어떤 때에 어떤 장소에 있게 되었다가 그 우연이 그 사람의 존재를 통째로 바꿀 수도 있다. 우리는 누구나 인생이라는 우연한 리듬에 묶인 포로다.
　내가 연주회장을 나와 크로이츠베르크에서 술집을 찾아보려 하지 않고 숙소로 곧장 돌아갔다고 가정해 보자. 나는 지하철에서 나오자마자 눈보라를 피해 서둘러 숙소로 달려갔을 것이다. 그러나 나는 술집으로 갔다. 못된 청년과 말을 섞었다가 코에 옷핀을 꽂은 여자와 이야기하게 됐다. 여자와 나는 하룻밤을 같이 보냈다. 이튿날, 여자는 나를 찼다. 나는 길거리에 혼자 서 있게 됐다. 밥 먹을 곳을 찾아보다가 맨 처음 눈에 띈 카페로 들어갔다.
　안으로 들어가려는데 카페 벽에 영어로 이런 전단이 붙어 있었다.
　'방 같이 쓰실 분을 찾습니다. 아틀리에에 여분의 방이 있어 세놓으

려 합니다. 집세는 비싸지 않습니다. 보증금도 많지 않습니다. 단, 착한 분이어야 합니다.'

전단에는 이름도 적혀 있었다. 알스테어 피치몬스로스. 전화번호도 적혀 있었다. 나는 이름과 전화번호를 메모했다.

나는 카페에서 진한 터키 커피를 일곱 잔이나 마셨다. 카페 주인에게 전화 좀 쓰겠다고 부탁했다. 처량한 눈빛에 지저분한 콧수염, 담배를 문 누런 이를 한 주인남자가 전화 한 통에 20페니히를 내라고 했다.

나는 손목시계를 보았다. 12시 49분. 전화를 걸었다. 신호음이 열네 번쯤 울렸다. 그냥 끊으려는데 누군가 전화를 받았다. 겨우 잠에서 깬 목소리.

"이렇게 이른 시간에 전화해서 사람을 깨워도 되는 거요?"

담배 때문에 심하게 허스키가 된 목소리. BBC에서 흔히 듣던 바로 그 억양이었다.

"낮 한 시가 다 됐습니다. 알스테어 피치몬스로스 씨 맞습니까?"

"무슨 용무요?"

"저는 토마스 네스비트라고 합니다."

"게다가 빌어먹을 미국인이라니······."

"통찰력이 뛰어나시군요."

"댁은 빌어먹을 미국인답게 아침 다섯 시에 일어나 젖소 젖을 짜고, 이렇게 일찍 남의 집에 전화하는 걸 당연하게 여기겠지."

"저는 맨해튼 출신이라 젖소에 대해서는 전혀 모릅니다만······. 저도 깨어난 지 얼마 안 됐지만 지금은 한낮이고······."

"그래서 용건이 뭐요?"

"방 때문에 전화했습니다. 하지만 처음부터 이렇게 나오는데 집을 같이 쓰기는……."

"잠깐, 잠깐……."

심한 기침 소리. 나도 담배를 지나치게 피운 다음날 아침이면 그렇게 발작적인 기침을 한 경험이 있었다.

알스테어는 기침이 가라앉자 간신히 한 마디 했다.

"젠장……."

"괜찮습니까?"

"장기만 이식하면 괜찮을 거요. 그래, 집을 찾는다고요?"

"네."

"이름이 뭐요?"

"아까 말씀드렸습니다만."

"아, 말했지. 하지만 이렇게 아침 일찍……."

"나중에 다시 전화할까요?"

"마리엔스트라세 오 번지요. 입구 초인종에 이름이 있어요. 삼층이오. 한 시간 뒤에 와요."

남자는 전화를 끊었다.

한 시간 동안 크로이츠베르크를 돌아다녔다. 19세기 건물들은 외장이 벗겨진 정도도 다양하지만 표면은 단단해 보였다.

나는 구불구불한 골목길을 돌아다니며 생각했다.

'집값도 비싸지 않고, 낯선 사람도 경계하지 않는 동네야. 여기서 살면 잡념 없이 오로지 살아남는 데에만 집중할 수 있겠어.'

알스테어 피치몬스로스가 말한 아파트 건물 옆에는 작은 잡화상이 있었다. 일부러 위생법규를 위반하듯 아무렇게나 진열된 과일과 채소에는 곰팡이가 잔뜩 피어있었다. 잡화상 주인은 건장한 체구의 터키 남자였다. 남자는 계속 담배를 피우며 샌드위치를 만들고 있었다. 거리 끝, 작은 공원 너머로 베를린 장벽이 희미하게 보였다.

나는 '알스테어 피치몬스로스'의 이름이 붙어있는 초인종 버튼을 눌렀다. 아무런 대답도 들려오지 않았다. 다시 버튼을 누르고 30초 동안 기다렸다가 다시 세 번째로 버튼을 눌렀다. 그제야 문이 열렸다.

나는 3층으로 올라갔다. 집 안에서 볼륨을 크게 올린 바로크 음악소리가 들려왔다. 문이 열려 있어 안을 흘깃 엿보았다. 페인트 냄새가 났다. 방은 아주 넓었고, 벽에도 현관문처럼 흰색 페인트가 칠해져 있었다. 벽에는 붓 자국이 그대로 나 있었고, 공사장에서 볼 수 있는 커다란 조명이 벽마다 걸려 있었다. 그림이 든 커다란 액자 두 개가 두 벽을 장식하고 있었다. 점차 짙어지는 파란색으로 기하학적 패턴을 그린 그림이었다. 12미터쯤 떨어진 앞쪽 벽 긴 탁자에는 갖가지 물감이 올려져 있었고 각각 진행 단계가 다른 그림들이 미완성인 채 놓여 있었다.

넓은 아틀리에 같은 방에서 내 눈을 사로잡은 건 벽에 걸린 그림들이 모두 척 보기에도 범상치 않다는 사실이었다. 어쨌든 이 방에 사는 사람이 실력을 제대로 갖춘 화가라는 건 분명했다.

"아까 전화한 미국인이오?"

바흐의 음악 위로 왕왕거리는 영국식 억양이 들려왔다. 목소리는 방 한구석의 계단 쪽에서 났다. 나는 몸을 돌렸다. 아주 키가 크고 깡마른 남자가 서 있었다. 나이는 서른다섯쯤 돼 보였다. 누런 피부, 푹 꺼진 눈가, 상태가 엉망인 치아. 그러나 눈은 남자가 그린 그림처럼 파란색으로 빛났다. 남자는 색 바랜 청바지, 마른 몸을 전혀 감추지 않은 두꺼운 검정 터틀넥 스웨터를 입고, 물감이 묻은 값비싼 가죽 부츠를 신고 있었다. 어쨌든 외모에서 가장 두드러지는 부분은 깊은 바다처럼 푸른 눈이었다. 세상에 반항적이면서도 쉬 상처를 받는 성격이 눈에 그대로 드러났다. 말을 험하게 하는 건 자신을 보호하려는 보호막에 지나지 않아보였다. 먼저 거친 태도를 취하면 상대방으로부터 쉽게 공격을 받지 않을 테니까.

남자가 한 번 더 바흐의 음악 너머로 크게 소리쳤다.

"그냥 알아서 들어온 거요?"

"문이 열려 있어서……."

"그래도 주인 허락 없이 막 들어오다니?"

"제가 지금 멋대로 주방을 쓰고 있는 것도 아니잖습니까?"

"주방에서 뭐 먹을 거라도 내놓으라는 거요?"

"준다면 사양하진 않겠습니다. 그나저나 음악소리나 조금 줄이시면……."

"바흐가 싫어요?"

"그럴 리가요? 하지만 〈브란덴부르크 협주곡〉보다 크게 소리쳐야 대화를 나눌 수 있으니……."

알스테어 피치몬스로스의 입 꼬리가 살짝 올라갔다.

"클래식 음악을 아는 미국인이라니, 그것 참 놀랍군."

"독선적인 영국인보다는 놀랍지 않은 것 같은데요."

알스테어 피치몬스로스는 그 말을 듣고 잠시 생각하더니 오디오로 가서 음악을 껐다.

"난 영국이 아니라 아일랜드 출신이오."

"억양은 영국인 같은데요."

"이런 억양을 쓰는 아일랜드 사람도 아직 조금 있어요."

"영국 서부에 있죠?"

"아일랜드를 잘 알아요?"

"책을 읽고 여행을 가는 미국인도 있으니까."

"미국인들은 일 년에 한 번 식당에서 사람들 이야기를 어깨 너머로 듣겠지."

"아니, 그저 햄버거 집에서 만나죠. 그나저나 커피는 안 주실 겁니까?"

"미안하지만 난 홍차만 마셔요. 홍차, 보드카, 적포도주."

"홍차도 좋네요."

"술을 마실 줄은 알아요?"

"그럼요."

알스테어 피치몬스로스는 주방으로 가서 녹슬고 낡은 주전자를 꺼냈다.

"다행이오. 며칠 전에 미국인이 우리 집에 왔어요. 흉한 파란색 양복을 입고 명찰을 달았더군. 마치 웃고 있는 좀비 같았지."

"모르몬교도?"

"아, 바로 그거요. 내가 홍차를 대접하겠다고 내놓으니까 나를 아예 벌레 쳐다보듯 하던걸."

"모르몬교도는 카페인이 들어간 음료는 마시지 않아요. 홍차, 커피, 콜라 뭐든. 담배와 술도 안 하죠."

"아, 그래서 내가 담배에 불을 붙이니까 그 사람들 얼굴이 사색이 되었군 그래. 댁은 어때요? 괜찮아요?"

"담배요?"

"그렇소, 미국인 양반."

"그 '미국인'이라는 말 좀 빼시죠."

내 말투는 화내거나 쏘아붙이는 투가 아니었다. 그저 비꼬는 듯한 말투였다.

"댁은 아주 직설적이오, 미스터 뉴욕. 댁의 이름이 기억나지 않으니 부득이 이렇게 부를 수밖에 없지만……."

나는 이름을 다시 말했다. 그러자 알스테어가 말했다.

"음, 톰이나 토미가 아니라 토마스로 자신을 소개하는 걸 보니, 진지한 척하는 사람이구려."

"왠지 토마스가 더 좋아요."

"그럼, 나는 댁을 토미라 부르겠소. 아니, 토미 보이라 부를까? 자, 토미 보이, 담배 피워요?"

"모르몬교도가 아니니까. 아, 저는 담배를 직접 말아서 피웁니다."

"존 웨인 흉내를 내는 건가?"

"재능이 뛰어나신 분이 정말 입은 험하시네요."

"뭘 보고 나더러 재능이 뛰어나다는 거요?"

"벽에 걸린 저 그림들."

"하나 살 거요?"

"셋방을 얻으려고 온 사람이 그림 살 돈이 어디 있습니까?"

"내 그림이 비싼지는 어떻게 알고?"

"그냥 직감이죠."

알스테어는 끓는 물을 찻주전자에 따르고 시간을 확인했다.

"홍차를 제대로 우려내려면 적어도 사 분을 기다려야 하지. 아니면 흐린 오줌 같은 차를 마시게 될 테니까."

"저는 진한 오줌 같은 차가 좋습니다."

알스테어가 조금 구겨진 골루아즈(프랑스의 담배 상표명 : 옮긴이) 담뱃갑을 내밀었다.

"자, 제대로 된 담배를 한 대 피워봐요."

나는 담뱃갑을 받아 한 개비 꺼내고 불을 붙인 다음 깊게 한 모금 빨았다. 골루아즈는 녹슨 파이프 같은 금속성 맛이 났다.

알스테어가 물었다.

"댁이 보기에 저 그림 값이 얼마쯤 할 것 같소?"

"미술품 가격에 대해서는 전혀 모릅니다. 특히 유럽 상황은 더더욱 모르죠."

"내 그림은 주로 벨그라비아의 커클랜드갤러리에서 전시하지. 거기서 삼천 파운드만 주면 내 그림을 사는 영광을 누릴 수 있을 거요."

"큰돈이네요."

"내가 프랜시스 베이컨이나 루시앙 프로이트 급은 아니지만 좀 비싸긴 하지. 그래도 데이비드 실베스터가 나를 로스코에 비교한 적은 있어요. 데이비드 실베스터에 대해 알고 있소?"

"안타깝게도 모릅니다."

"전후 영국에서 가장 영향력이 큰 미술평론가요."

"그렇게 좋은 평을 받으셨다니 축하합니다. 실베스터의 말이 맞네요. 저 두 그림에서 그리스 섬에 간 로스코 같은 색상이 느껴져요."

"로스코와 나는 완전 반대의 길을 가고 있소."

"어떤 면에서요?"

"먼저 구도에서 그렇지. 로스코의 그림에는 빌어먹을 탈출구가 있어요. 붉은색이 아래로 갈수록 짙어지지. 그건 자기연민의 표시요."

"사각형 구조와 색상 때문에 로스코를 생각했는데요."
"겨우 그것 때문에 자기 손목을 자른 로스코와 나를 비교하다니."
"로스코를 존경하지 않는 화가는 처음 봤습니다."
"그럼 댁은 지금 로스코에 대해 새로운 사건을 겪은 거요. 축하하오. 내가 댁의 순결을 빼앗았소."
"그럼 제가 그렇게 심오하고도 멍청한 말을 조용히 인정한 셈인가요? 글쎄, 이런 말을 꺼내긴 싫지만 댁의 그림은 정말 뛰어납니다. 그렇지만 입은 걸레군요."

알스테어는 담배를 끄고 차를 따르고 나서 작은 냉장고를 열었다. 냉장고 안에는 와인과 맥주가 몇 병 들어있었고, 우유와 러시아 보드카 한 병이 들어 있었다(라벨에 적힌 글자가 러시아어인 것 같아서 보드카라고 짐작했다).

알스테어는 우유를 꺼내 내 찻잔에 따랐다. 홍차가 금세 갈색으로 변했다.

"홍차는 이렇게 마셔야 제 맛이 난다니까."

알스테어는 설탕도 한 스푼 넣었다. 그가 의자를 가리켰고, 나는 그 의자에 앉았다.

알스테어가 새 담배에 불을 붙이며 말했다.

"자, 어디 보자. 아마도 댁은 작가일 거요. 위대한 소설이나 뭐 그따위 것들을 쓰려고 베를린에 왔겠지."

"네, 작가는 맞지만 소설을 쓰지는 않습니다."

"이런, 제발 시인은 아니기를. 빌어먹을 시인이라면 더블린의 트리니티대학교에서 실컷 봤으니까. 그놈들은 평생 이를 안 닦아 치아상태도 엉망이고, 몸에서 지독한 냄새도 나지. 종일 싸구려 술집에 앉아 세상을 한탄하고, 자기가 얼마나 똑똑한지 자랑만 일삼더군. 불쌍한 소규모 잡지 편집장이 자기 시를 수정했다고 욕지거리나 하고, 그런 개소리를 옆에서 듣고 나면 누구나 절대로 시를 안 읽게 될 거요."

"원래 그런 일에는 별로 신경을 쓰지 않는 성격 아닌가요?"

"아, 벌써 내 성격을 알아챈 거요?"

"어쨌든 나는 '빌어먹을 시인'은 아닙니다."

나는 출간된 내 책을 언급하며, 내가 어떤 글을 쓰는지 설명하고, 베를린에 어떤 책을 쓰러 왔는지에 대해서도 이야기했다.

"댁이 썼다는 책을 봐도 되겠소?"

"그럼요. 혹시 더블린 출신인가요?"

"더블린 바로 옆인데 위클로라고 가봤소?"

"한 번 가본 적이 있습니다. 파워스코트, 글렌달로그, 라운드우드."

"거기가 바로 내 고향이오. 라운드우드."

"아주 아름다운 곳이죠."

"거기에 고전적인 아일랜드 스타일의 커다란 집이 있었지. 그런데 아버지가 날려버렸어요."

"저런, 어쩌다가?"

"아일랜드에서는 흔한 일이오. 술과 도박."

"왠지 사연이 재밌을 것 같네요. 좀 자세히 들려주세요."

"설마 나중에 책에 써먹으려는 건 아니겠지?"

"뭐, 저는 작가니까 그럴 수도 있겠죠. 하지만 그런 걸 염려하실 분은 아니잖아요?"

"내가 좀 그렇긴 하지. 게다가 댁이 쓴 책을 누가 읽겠어."

"이래봬도 지난번에 쓴 책은 사천 부나 팔렸어요. 그러니까 읽는 사람이 조금은······.”

알스테어가 내 얼굴을 찬찬히 뜯어보았다.

"댁은 내가 무슨 말을 해도 짜증을 내지 않는구려.”

"짜증을 내도 계속 약 올릴 거잖아요. 제가 이 집에 들어오길 바란다면 중요한 조건이 한 가지 있습니다. 집이 조용해야 합니다. 하지만 클래식음악을 즐겨 듣는 취향을 알았으니······. 늘 그렇게 음악을 크게 틉니까?”

"자주 그런다고 볼 수 있어요.”

"저는 음악소리가 크게 나는 집에서는 살 수 없으니, 이 집을 얻으면 안 되겠군요.”

"댁이 민감한 예술가다, 뭐, 그런 말이오?”

"글을 쓸 때는 주위가 조용해야 하거든요. 단지 그뿐입니다.”

"그리고 나는 집세를 받아야 하고. 그러니까 서로 절충할 수 있지 않겠소? 나도 그림을 그릴 때에는 조용한 게 좋거든.”

"그러니까 제가 이 집에 살게 되면 글을 쓰거나 잠잘 때 음악을 크게 틀지 않겠다고 약속하실 수 있······.”

"약속하지.”

"집세는 얼마죠?”

"방을 본 다음에 이야기합시다.”

알스테어가 찻잔을 내려놓았다.

"여기는 내 공간이오. 작업실, 주방, 거실. 잠은 저기서 자요.”

알스테어가 작업실 공간 끝에 있는 문을 가리켰다. 문이 열려 있었고, 침대 하나가 보였다. 침대 시트는 깨끗했다.

"혹시 그리스에서 생활하신 적이 있습니까?”

"그게 드러나 보여요?"

"그럼요. 흰 벽, 파란색 그림. 그런데 왜 이 잿빛 도시에서 지내시죠? 그것도 거대한 장벽 바로 앞에서?"

"댁과 같은 이유일 거요. 달아나기. 생활비가 적게 들고 뭔가 사연이 있는 동네에서 살아보기. 아, 산토리니도 생활비는 아주 적게 들긴 하지. 하지만 정말 재미없는 곳이더군. 나와 섹스를 한 남자들 같은 곳이었지. 무척 아름답긴 하지만 텅 비었다는 점에서."

나는 알스테어가 동성애자일 거라 이미 짐작하고 있었다.

"여태 만난 댁의 애인이 모두 그리스 섬처럼 아름다웠다고요?"

알스테어가 껄껄 소리 내어 웃었다.

"그럴 리 없다는 걸 이미 댁도 잘 알잖소? 자, 어쨌든 이제 위로 올라갑시다. 댁이 묵을 방을 봐야지."

"내가 여기 묵게 될지 어떻게 확신하시죠?"

"이런 재미있는 상황을 뿌리칠 사람이 아니잖소? 게다가 이 집은 아주 깔끔하게 방탕한 곳이기도 하고."

"깔끔하게 방탕하다! 그 표현을 언젠가는 꼭 써먹겠습니다."

주방 뒤로 작은 나선형 계단이 있었다. 계단을 올라가다보니 반 층쯤 올라간 높이에 다른 주거공간이 나왔다. 작은 주방, 침실, 욕실이 갖춰진 공간이었다. 작은 냉장고, 전기레인지, 오븐, 싱크대가 구비돼 있었다.

거실은 제법 넓었다. 우윳빛 천을 씌운 낡은 소파, 책상으로 써도 좋을 만한 탁자. 무엇보다 마음에 든 건 가구를 모두 사포질해 자연 그대로의 색을 드러나게 했다는 점이었다. 가구는 흰 벽과 잘 어우러져 아주 깨끗해 보였다. 바깥의 무질서에 비해 좋은 안식처가 될 것 같았다.

무엇보다 내 호기심을 가장 크게 자극한 건 집주인 알스테어였다. 그는 험한 말을 앞세워 남에게 전혀 흥미가 없다는 듯 행동했지만 집을 보면 단박에 알 수 있듯 아주 꼼꼼한 사람임에 틀림없었다.

"아주 좋아요. 집세만 안 비싸면 좋겠습니다."

"지금은 어디서 지내고 있소?"

나는 펜션 와이즈를 설명하고, 그곳이 아주 마음에 든다고 말했다.

"그럼 거기서 살면서 그 동네에 사는 금융인들 이야기나 쓰지 그래요. 아니면 해마다 오백만 마르크씩 버는 화상들 이야기를 쓰거나. 여기 크로이츠베르크에는 마약중독자들이나 부인을 때리는 터키 남자들밖에 없어요. 아니면 내가 〈검은 코너〉에서 돈을 주고 산 미성년자와 섹스하다가 적발되는 모습이나 보게 될 거요."

"아, 그 술집은 나도 알아요. 어제 들렀거든요."

"거기서 어떤 여자를 만났고."

"어떻게 아셨죠?"

"〈검은 코너〉니까. 크로이츠베르크에서 대마초를 피우고 하룻밤 잠자리 상대를 찾고 싶은 사람은 누구나 거기에 간다고 보면 될 거요. 누구에게나 탈출구가 필요하니까. 대마초를 피우고 싶으면 오르한을 찾아요. 터키 사람이고, 뚱뚱한 난쟁이지. 백설공주의 난쟁이를 떠올리면 될 거요. 그래도 오르한이 파는 대마초는 맛이 최고라 할 수 있지."

알스테어가 새 담배에 불을 붙이고 나서 물었다.

"자, 이 집에 들어오겠소?"

"집세는요? 지금 제 형편이 그리 넉넉하지 않아서요."

"이름이 벨라인 흑인 가정부가 있는 파크애비뉴 가정 출신이 아니라는 뜻이오?"

"저는 맨해튼 이 번가의 구석, 방 두 개짜리 아파트에서 자랐죠."

"아, 혼자서 살려고 애써야 했던 아이."

"우리 둘 다 같은 처지잖아요. 댁의 아버님이 어떻게 가산을 탕진했는지는 아직 못 들어봤지만."

"그 얘기는 절대 들려주지 않을 거요."

"자, 집세가 얼마죠?"

"한 달에 일천 마르크."

"뉴욕 아파트보다 비싼……."

"그래도 여기는 독채나 다름없고……."

"베를린에는 삼백 마르크에 빌릴 수 있는 작업실 겸 숙소도 많은 것으로 아는데요. 저는 그 정도를 예상하고 왔어요. 난방비 포함해서."

"어림없소."

"그럼, 만나서 반가웠습니다."

나는 주저 없이 계단을 내려갔다.

"오백 마르크."

"삼백오십. 더는 못 내요."

"사백이십오."

"그럴 돈이 없어요. 어쨌든 홍차는 잘 마셨습니다."

"정말 못된 뉴욕 사람이군."

"무슨 뜻인지?"

"돈 욕심이 많다는 뜻이오."

나는 유대인이라는 말과 같은 뜻이냐고 묻고 싶었지만, 그 말은 입 밖에 내지 않고, 이 말만 했다.

"댁의 말투는 정말이지 마음에 안 들어요."

그러자 알스테어는 다시 절박한 심정을 드러내며 말했다.

"알았소, 삼백오십."

나는 알스테어에게 악수를 청했다.

"그럼, 거래가 성립된 건가요?"

"그런 셈이오. 한 가지만 더. 한 달치 월세를 보증금으로 받아야 하겠소."

"이 집 소유주세요?"

알스테어가 담배 연기를 내뿜으며 기침을 했다.

"내가 집을 소유할 사람으로 보여요? 이 집 주인은 아주 막돼먹은 터키인이오. 금목걸이에 검은색 메르세데스벤츠를 몰고 돌아다니지. 집주인은 내가 집을 새로 꾸미는 조건으로 세도 좀 깎아줬어요. 그런데 이제 와서 세를 올려 달라는 거요. 한 달에 사백 마르크나 더 내라니 나로서는 황당할 수밖에."

"그래서 룸메이트를 구하려는 거군요."

"나쁜 뜻으로 받아들이지는 말아요. 실은 나도 다른 사람과 살아야 한다는 게 정말 싫거든. 아니, 댁이 싫다는 뜻이 아니라 다른 사람과 같은 공간을 써야 하는 게 싫다는 거요."

"그럼, 혼자서 그레타 가르보 흉내나 내며 노시죠."

나는 뒤도 돌아보지 않고 계단을 내려갔다.

알스테어가 뒤에서 소리쳤다.

"알았어요, 앞으로는 말조심하겠소."

"돈을 찾아서 몇 시간 뒤에 올게요."

"보증금과 한 달치 월세를 선불로 주면 좋겠소."

"여섯 시쯤에 집에 계신다면……."

"돈을 가지고 온다면 당연히 집에 있어야지."

펜션 와이즈에 가서 여행자수표를 챙긴 다음 근처 은행에서 현찰로 바꿨다. 카페에 앉아 낮에 있었던 일들을 적었다. 알스테어와 나눈 대화도 모두 적었다. 그 다음, 전철을 타고 크로이츠베르크로 갔다. 정문의 자물쇠 번호는 아까 알스테어에게서 이미 들었다. 그래서 이번에는 초인종 버튼을 누르지 않았다.

현관문 앞에 도착했을 때는 6시 15분이었다. 문 너머에서 마일스 데이비스의 〈섬데이 마이 프린스 윌 컴Someday My Prince Will Come, 언젠가 왕자님이 나타날 거야)〉' 이 크게 들려왔다. 알스테어는 큰 소리를 싫어한다고 말했는데, 아주 큰 음악소리였다.

나는 현관문을 쾅쾅 두드렸다.

"계세요?"

대답이 없었다. 문을 열고 작업실 공간으로 들어갔지만 알스테어는 보이지 않았다. 침실 쪽을 보았다. 문이 활짝 열려 있었다. 나는 눈앞에 펼쳐진 광경을 보고 숨을 크게 들이쉬지 않을 수 없었다. 웃통을 벗어 붙인 알스테어가 왼쪽 팔을 굵은 고무줄로 동여맨 채 혈관에 마약을 주사하고 있었다.

"집세를 가져왔소?"

그때 내가 왜 곧장 돌아서서 나오지 않았을까. 책을 쓰려는 사람이라면 그런 모습까지도 관찰해둘 필요가 있을 거라 생각했기 때문이다. 나는 '저런 게 죄다 책의 소재야'라고 생각했다.

"가져왔어요."

"식탁에 두세요. 혹시 주전자에 물 좀 끓여 홍차를 만들어 줄 수 있겠소?"

"그러죠."
알스테어의 눈은 마약 기운 때문에 멍하면서도 푸른색으로 빛났다.
"홍차는 사 분을 우려야 제 맛이 나지."
"알았어요."
나는 팔에 주삿바늘을 꽂은 남자에게서 등을 돌리고 생각했다.
 '자, 이게 내가 살 집이야.'

제3장

알스테어는 내가 건넨 홍차를 조용히 마셨다. 나는 7백 마르크를 내놓았고, 알스데이는 주머니에서 뭔가 꺼내 식탁에 올려놓고 내 쪽으로 밀었다.

"열쇠요. 아무 때나 이사해도 괜찮아요."

"내일 짐을 좀 가져다두고, 이사는 금요일에 할게요."

"맘대로 해도 좋소. 아참, 마약 걱정은 하지 않아도 될 거요. 나는 아주 조심하고 자제하면서 즐기는 것뿐이니까."

나는 아무런 대꾸도 하지 않았다. 알스테어가 내 앞에서 멀쩡한 척하려고 무척이나 애쓴다는 걸 알 수 있었기 때문이다.

작가는 다른 사람을 팔아먹는다. 나는 알스테어와 5분을 함께 이야기하고 나서 그를 팔아먹을 궁리부터 했다. 나는 알스테어의 집에서 목격한 하류인생 이야기로 새 책을 시작하리라 마음먹었다.

이튿날 펜션 와이즈에 살 집을 구했다는 걸 알리고, 카데베백화점으로 갔다. 거기서 흰 침대 시트 두 장, 흰 수건들, 탁자에 놓을 스탠드, 그릇, 주전자, 커피메이커 등을 샀다.

짐을 모두 택시에 싣고 알스테어의 아파트로 갔다. 짐을 다 들고 세 계단을 올라갔다. 알스테어는 보이지 않았다. 나는 짐을 풀고, 침대에 시트를 깔았다. 그리고 근처의 카페 이스탄불에 가서 점심을 먹었다.

나는 이스탄불을 단골로 삼기로 했다. 나지막이 들리는 음악, 중년 남자들의 속삭이는 대화를 빼면 비교적 조용했기 때문이다. 카페 주인 오마르도 나를 단골로 받아들였다. 나는 오마르에게 내 이름을 말해주었지만 그는 늘 나를 '작가 양반'이라 불렀다. 내가 들어가면 음악소리를 알아서 줄이기도 했다. 내가 오후에 두 시간이나 구석 자리에 앉아 전날 있었던 일들을 노트에 적고 있어도, 오마르는 자연스럽게 받아들였다.

카페 이스탄불에는 비싸지 않고 맛있는 음식이 꽤 많았다. 메뉴에는 '모두 직접 만듭니다'라고 적혀 있었다. 볼로네즈 스파게티, 카르보나라 스파게티, 양고기 케밥, 포도 잎에 속을 채운 요리, 슈니첼, 코프티, 갖가지 피자, 그리스 음식인 무사카도 있었다.

이스탄불 음식의 특징은 두 가지로 요약될 수 있었다. 첫째, 맥주와 함께 넘기고 터키 커피로 입가심하면 그런 대로 먹을 만했다. 둘째, 6마르크를 넘는 음식은 없었다.

그 당시 나는 요리하기를 싫어했다. 중년이 된 지금도 먹을거리를 만드느라 시간을 쓰는 걸 그리 좋아하지 않는다. 식도락을 즐긴 적도 없다. 그런 나에게 카페 이스탄불은 아주 제격인 안식처였다. 첫날, 나는 구석 테이블에서 파스타를 먹었다(이후 그 자리는 내 지정석처럼 됐다).

나는 담배 세 개비를 피우며 알스테어가 마약을 주사하던 모습과 카페 이스탄불의 풍경을 노트에 적었다. 베를린에는 망명자들이 유난히 많았다. 전체주의 국가나 가난한 국가에서 온 사람들, 혹은 나처럼 스스로 달아나기를 선택한 사람들, 혹은 그저 다른 곳에서는 살아갈 수 없는 사람들.

새 집에서 첫날을 보내기 위해 침대로 올라갔다. 막 잠이 들려는데 시끄러운 음악소리가 잠을 깨웠다. 집시 풍 관현악곡이 아래층에서 큰소리로 울려오고 있었다. 귀가 먹먹할 만큼 큰 소리였다.

맘보가 고약한 알스테어가 텃세를 부리는 게 분명했다. 침대에 걸터앉아 눈을 비비면서 어떻게 대응할지 곰곰이 생각했다. 한번 심호흡을 크게 한 나는 티셔츠와 가운을 걸치고 아래층으로 내려갔다.

알스테어는 작업실 공간에 서 있었다. 물감이 튄 티셔츠와 청바지 차림이었다. 맨발에도 물감이 튀어 있었다. 알스테어가 아주 빠른 붓놀림으로 빈 캔버스에 파란 물감을 칠하고 있었다. 나는 알스테어의 실력에 탄복하지 않을 수 없었다. 그는 정말이지 엄청난 집중력과 빼어난 기교로 붓을 놀리고 있었다.

나는 음악소리에 놀라 잠에서 깬 것에 화가 나 그를 혼내줄 생각이었다. 하지만 창의력이 발휘되는 순간을 알고 있는 작가로서 작업을 방해할 수는 없었다. 그래서 그냥 내 방으로 돌아왔다. 알스테어에게 내가 계단을 내려왔던 걸 들키지 않게 살금살금 걸었다.

나는 잠이 멀리 달아난 김에 글을 썼다. 딱딱한 의자에 앉아 노트를 펴고 만년필로 글을 쓰기 시작했다. 한참 동안 몰입했다가 시계를 보니 2시 15분이었다. 나는 계속 글을 썼고, 새벽 네 시쯤 음악소리가 갑자기 멈췄다. 그제야 나는 반쯤 남은 포도주와 잔 두 개를 들고 계단을 내려갔다.

알스테어는 소파에 늘어진 채 마약을 주사하고 있었다. 그가 거칠고도 맹한 목소리로 말했다.

"난 지금 바빠요. 안 보여요?"

나는 다시 위층 내 방으로 올라가 담배를 피우고 포도주를 마시고 나서 침대에 누웠다.

간밤에 잠을 설치는 바람에 오전 11시에 잠에서 깼다. 아래층에서 끙끙거리는 신음소리가 들려왔다. 나는 비몽사몽간이었고, 두 남자가 관계를 하는 소리라는 걸 깨닫기까지 조금 시간이 걸렸다.

라디오를 켜고 다이얼을 이리저리 돌리며 음악방송을 찾았다. 클래식을 들으며 커피를 만들었고 담배를 두 개비나 피웠다.

'오늘은 〈라디오리버티〉 지국에 연락하고, 내일은 베를린 장벽 주변의 동베를린을 돌아보자.'

아침을 먹고 설거지를 하고 나서 라디오를 껐다. 아래층에서는 더 이상 소리가 들려오지 않았다. 나는 목도리를 집어 들고, 노트와 만년필과 담배를 챙겨 밖으로 나갔다.

알스테어의 작업실 공간을 지나 곧장 현관문으로 나가려는데, 목소리가 들렸다.

"잘 잤느냐고 인사도 안 하는 무례는 뭐요?"

나는 고개를 돌렸다. 알스테어가 식탁에서 커피를 홀짝이며 골루아즈를 피우고 있었다. 옆에는 20대 후반으로 보이는 갈색 피부의 마른 남자가 앉아있었다. 남자는 머리를 짧게 자르고, 왼쪽 귀에 작은 귀고리를 달고 있었다. 왼손 검지에는 결혼반지를 끼고 있었고, 테두리를 흰 모피로 장식한 베이지색 가죽 재킷을 입고 있었다. 그 남자는 방금 알스테어와 잠자리를 하고도 유부남이라는 표시를 그대로 드러내고 있어 잔뜩 호기심이 일었다. 아무튼 그와 알스테어는 내 글의 좋은 소재가 될 것 같았다.

"잘 잤습니까?"

알스테어는 유창한 독일어로 옆의 남자에게 말했다.

"토마스는 미국인이고, 우리 집에 세 들어 살고 있어. 아무리 봐도 그다지 밉상은 아닌 것 같아."

알스테어는 '밉상은 아닌 것 같아'라고 아주 크게 말했고, 옆의 남자는 움찔했다.

알스테어가 그 남자를 나에게 소개했다.

"이쪽은 메메트요."

메메트는 나에게 가볍게 인사하더니 자리에서 일어섰다.

"가봐야 해요."

알스테어가 말했다.

"정말? 이렇게 일찍?"

"잘 알면서 그래요. 한 시에는 일을 시작해야 하니까."

"그럼 이틀 뒤에 다시 만나."

메메트는 고개만 끄덕이고 나서 나와 눈 한 번 마주치지 않고 현관문을 향해 갔다.

현관문이 닫히자 알스테어가 말했다.

"홍차를 마시겠소? 찻주전자에 아직 한 잔 남았는데."

나는 메메트가 앉았던 자리에 앉았다.

"이미 알아챈 것 같은데……"

"그가 유부남이라는 사실 말입니까?"

"아이고, 눈치 한번 빠르네."

"결혼반지를 못 알아보는 사람도 있나요?"

"불쌍한 터키 청년들은 세상에 나오는 순간부터 인생이 정해진다오. 메메트는 어른들이 정한 대로 뚱뚱한 육촌 여동생과 결혼할 수밖에 없었지. 메메트는 열다섯 살 때 자기가 동성애자라는 걸 깨달았지만 그 이야기를 아무에게도 할 수 없었대요. 메메트는 하인리히 하이네 가에서 아버지가 운영하는 세탁소에서 일하고 있고……."

"그 세탁소에서 메메트를 만난 건 아니잖아요?"

"이런, 아주 흥미로운 추리요. 아니, 우린 훨씬 더 로맨틱한 장소에서 만났지. 주(Zoo) 지하철역 화장실에서. '감히 이름을 말할 수 없는 사랑'을 찾는 우리 같은 사람들에게는 주 지하철역 화장실이 사랑을 만나기에 적합한 장소로 유명하지. 혹시 메메트와 나 때문에 잠을 설치지는 않았소?"

"뭐, 솔직히 잠을 좀 설쳤죠."

"충격을 받았나요? 혹시 겁먹진 않았소?"

"그럴 리가요? 저는 뉴욕사람이잖아요."

"아하, 넓게 말하자면 미국 사람. 어쨌든 메메트에게도 익숙해지는 게 좋을 거요. 우린 여기서 일주일에 세 번씩 만나요. 대개 아침 시간에 만나지. 메메트는 대부분 구십 분 이상은 머물지 않소. 적절한 한계 설정을 하고 만나니까 복잡한 문제가 생길 염려는 없는 관계라 할 수 있지."

"복잡한 문제라는 말이 나왔으니 말인데, 음악 이야기 좀……."

"무슨 음악 이야기?"

"간밤에 튼 음악."

"내 선곡이 마음에 안 들었소?"

"선곡은 그런 대로 괜찮았지만 새벽 두 시에 듣기에는 음악소리가 너무 컸죠."

"어쩐다지? 나는 밤 열두 시부터 새벽 네 시 사이에 작업을 해야 하는데. 그때 그림이 제일 잘 나오니까. 게다가 음악을 크게 틀지 않으면 그림을 그릴 수가 없어서……."

"지난번에 음악 문제를 논의할 때 시끄럽게 틀지 않기로 약속한 것으로 아는데요?"

알스테어가 담배에 불을 붙였다.

"거짓말을 좀 했지."

"이제 보니 그런 것 같네요. 문제는 음악소리 때문에 제가 잠을 못 잔다는 겁니다."

"그럼 자는 시간을 바꿔 봐요. 나처럼 완전히 야행성으로 살아요."

"일방적인 해결책이군요."

"그럼, 내가 생활습관을 바꾸길 바라는 거요?"

"당장 칠백 마르크를 돌려주세요."

"이미 빚 갚느라 다 써버렸어요. 자, 그러니까……."

"이제 계약은 끝났으니까 어서 돈을 돌려줘요."

"내가 왜 그래야 하는 거요?"

"그래야만 해요."

"법으로 해결하자고? '변호사가 연락할 겁니다' 같은 개소리를 늘어놓으려고?"

알스테어는 그 말을 할 때 미국식 억양을 흉내 내서 말했다. 영국인들은 미국인을 비하하고 싶을 때 그런 억양을 이용한다. 그 말을 듣자 나는 정말로 화가 났다. 하지만 겉으로 드러내진 않고 속삭이듯 나직이 말했다.

"저는 분명 음악을 틀지 않는 조건으로 이 집을 계약했어요. 약속한 건 지켜야죠."

나는 돌아서서 밖으로 나갔다.

이제 방법을 찾아야 했다. 밤에 조용히 지낼 수 있되 알스테어의 작업을 방해하지 않을 수 있는 방법. 거리를 산책하다가 우연히 발견한 오디오 상점에 들어가 성능 좋은 헤드폰과 10미터짜리 헤드폰 줄을 샀다.

저녁때가 다 되어 카페 이스탄불로 갔다. 오마르에게 카페 전화번호를 내 연락처로 써도 될지 물었다(나를 찾는 사람이 알스테어와 통화하게 되는 일은 피하고 싶었다).

"돈을 내면 그렇게 해드리죠."

"얼마나요?"

"카페 전화번호를 연락처로 쓰는 손님이 대여섯 명쯤 돼요. 모두 일주일에 오 마르크씩 내죠. 장담하지만 전화는 확실히 받아줄게요. 오 마르크를 내면 시내전화도 하루에 다섯 통씩 걸게 해드리죠."

나는 수첩을 꺼내 〈라디오리버티〉 베를린 지국장 제롬 웰만의 연락처를 찾아보았다.

웰만 지국장의 비서가 전화를 받았다.

"지국장님도 알고 계신 일인가요?"

"아마도 헌틀리 크랜리 씨한테서 이야기를 들었을 겁니다."

내가 독일어로 대답하며 워싱턴 〈라디오리버티〉의 거물급 인사의 이름을 언급하자 비서는 잠시 말을 멈췄다.

"크랜리 씨의 이름은 누구든 다 들먹일 수 있죠. 일자리를 찾는 사람이 늘 찾아오는데 모두 똑같은 말을 하거든요. 워싱턴 〈라디오리버티〉에 있는 높은 사람을 알고 있다고. 하지만 실상은……."

"크랜리 씨가 분명 웰만 지국장님께 제 이야기를 전했다던데요."

"그럼 최근에 워싱턴 본사에서 지국장님께 보낸 텔렉스를 다 살펴볼게요. 맥의 이야기가 정말인지 확인되면……."

"제가 지금 거짓말을 한다는 뜻입니까?"

"꼭 그런 건 아니지만 지금껏 제가 겪은 바로는 충분히 그럴 수도 있으니까요. 우리가 고용할 사람이면 확실히 알아보아야 하지 않겠어요? 일자리 때문이 아니라 단순히 지국장님을 만나려 한다 해도 그 사람의 신원을 확인해봐야 하잖아요. 나쁜 뜻은 전혀 없습니다. 업무 규정이에요. 늘 신중을 기해야 합니다. 더구나 여기는 베를린이잖아요."

"무슨 말씀인지 잘 알았습니다."

나는 그렇게 답하고, 카페 전화번호를 알려주며 나중에 메시지를 남겨달라고 했다.

"글쎄요, 메시지를 남기게 될지는 모르겠지만 어쨌든 거기가 어디죠?"

"크로이츠베르크에 있는 카페입니다. 카페 이름은 이스탄불."

"왜 카페를 연락처로 삼았죠?"

"제 숙소에서 모퉁이만 돌면 있는 카페니까요. 숙소에는 아직 전화가 없습니다."

"사십팔 시간 안에 연락이 없으면 지국장님께서 만날 의사가 없다는 뜻으로 아세요. 그럼……."

지국장 비서는 딱딱하게 구는 걸 마치 자신의 존재이유로 삼는 사람 같았다. 그런 비서라면 워싱턴에서 온 전갈을 아예 확인도 하지 않앉을 확률이 높았다. 그러면 내가 책에 쓰리라 마음먹은 다양한 사건들도 아예 경험하지 못하게 될 수도 있었다. 나는 서방세계의 프로파간다를 전파하는 냉전시대의 게임을 직접 경험해보고 싶었다.

오마르가 나에게서 전화기를 받아들며 말했다.

"일이 잘 안 풀린 모양이군요."

나는 카페 이스탄불 전화 서비스 요금으로 5마르크를 내밀며 말했다.

"전화가 오면 꼭 알려주실 거죠?"

"돈을 받았으니 당연히 알려드려야죠."

나는 '계약은 계약이다'라고 말할 뻔했다. 아니 적어도 나는 계약을 중요하게 여긴다. 알스테어와 맺은 계약도 제대로 지켜져야 한다고 생각했다. 밤에 숙소로 돌아가 보니 알스테어는 집에 없었다. 나는 헤드폰과 10미터짜리 줄을 오디오 옆에 놓아두고 쪽지도 썼다.

'선물입니다. 헤드폰 줄이 길어 작업실을 맘껏 돌아다니기에 불편이 없을 겁니다. 오디오 상점 점원 말로는 음질이 아주 좋은 헤드폰이랍니다. 그럼 즐겁게 음악을 감상하시기 바랍니다. 토마스.'

그리고 위층으로 올라갔다. 일찍 자기로 마음먹고 11시에 누웠다. 자정이 지나자마자 음악이 시끄럽게 울렸다. 이번에는 버르토크나 존 콜트레인처럼 특별한 음악이 아니었다. 더없이 시끄러운 헤비메탈이었다. 알스테어는 양보하지 않겠다는 마음을 내게 분명하게 알리려고 그 노래를 고른 게 틀림없었다.

나는 가운을 입고 아래층으로 성큼성큼 걸어 내려갔다. 알스테어는 그림에 열중해 있었다. 그는 오디오가 있는 곳에서 등을 돌리고 있었으므로 내가 턴테이블의 바늘을 들어 올리는 걸 보지 못했다. 갑자기 사위가 조용해지자 알스테어가 몸을 홱 돌렸다. 나는 턴테이블의 전

선을 빼내 창가로 갔다. 알스테어는 내가 창을 활짝 열어젖히자 깜짝 놀라 소리쳤다

"도대체 무슨 짓이오?"

"저와 분명히 약속했죠?"

"설마 정말로……."

"약속을 지킬 겁니까?"

"내가 협박에 굴복할 사람으로 보여요?"

"그럼, 저는 사기꾼에게 순순히 당할 사람으로 보여요? 약속을 지키든지 당장 칠백 마르크를 내놓든지 선택하세요. 아니면 턴테이블을 저 아래로 던질……."

"나더러 이래라저래라 하지 마."

"그럼 뭐 마음대로 하세요."

나는 턴테이블을 창밖으로 힘껏 내던졌다.

알스테어의 얼굴이 창백해졌다. 그가 캔버스 앞에 털썩 주저앉아 멍하게 앞만 바라보았다. 이제 알스테어는 어찌할 바를 모르는 어린아이 같았다. 내가 너무 지나친 건 아니었는지 죄책감이 들 정도였다. 물론 그렇게 하지 않았다면 앞으로 밤새 음악 때문에 잠을 못 이룰 테니 어쩔 수 없었지만…….

알스테어를 그냥 내버려두고 위층으로 올라왔다. 적포도주 예닐곱 잔을 마시고 담배도 두 개비를 말아 피웠다. 혹시 알스테어가 망치를 들고 계단을 살금살금 올라오지 않는지 가끔 문으로 확인했다. 조금 신경과민이었던 건 나도 인정한다. 하지만 알스테어는 마약중독자고 변덕스러운 성격이니 무슨 일을 벌일지 어찌 알겠는가? 그때는 적어도 그렇게 생각했다. 나는 이튿날 오후에 그 집을 나가기로 마음먹었다.

2시가 되어서야 침대에 올라가 곧장 잠에 곯아떨어졌다. 잠에서 깨 보니 정오가 다 되어 있었다. 블라인드로 햇살이 비쳐 들어왔다. 보기 드문 겨울 햇살이었다. 잠시 비몽사몽간에 있다가 머릿속으로 해야 할 일을 정리했다.

'한 시간 안에 카페 이스탄불에 가서 펜션 와이즈에 전화하자. 장기간 숙박할 테니 숙박비를 깎아달라고 해야지. 그 다음은 〈라디오리버티〉에 전화해 내 연락처가 바뀌었다고 알리고, 다시 여기로 와서 짐을 싸자. 알스테어에게는 칠백 마르크로 턴테이블 값을 대신하자고 쪽지를 남겨야지(그러면 내 양심의 가책도 덜 수 있겠지).'

나는 늘 먹던 치즈와 빵으로 아침을 먹고, 진한 에스프레소 두 잔을 마셨다. 코트를 집어 들고 현관문으로 가다가 알스테어를 보았다. 그는 그림을 그리고 있었다. 붓이 춤추며, 푸른 사각형을 겹치고 겹치게 그렸다. 그는 내가 사준 헤드폰을 끼고 있었다. 헤드폰의 선이 새 오디오에 이어져 있었다.

알스테어가 몸을 돌리다가 나를 보더니 헤드폰을 벗으며 말했다.

"잡년."

그리고 아주 희미하게 웃었다.

내가 말했다.

"카페 이스탄불에서 점심 살게요. 같이 갈래요?"

알스테어는 잠깐 동안 생각하다가 대답했다.

"하긴 달리 더 좋은 일도 없겠네."

아직은 그 집을 떠날 때가 아닌 듯했다.

제4장

알스테어는 전적으로 현재에 충실한 사람이었다. 나는 그런 그가 부러웠다. 지난일은 금세 잊어버리고 후회도 하지 않았다. 지난밤 나와 다툰 일에 대해서도 전혀 이야기하지 않았다. 오늘 정오도 되기 전에 새 턴테이블을 구입한 것에 대해서도 일체 말이 없었다.

라자니아가 나왔다. 맛있었다. 알스테어도 맛에 감탄한 것 같았다.

"정말 궁금한 게 있어요."

"궁금하면 물어보면 되지."

"왜 마약을 시작했어요?"

"내가 그 사악한 약에 빠져든 이유? 이봐요, 토미 보이. 싸구려 소설을 쓸 생각이오? 《마약 중독자 호모의 자유 여행》."

"언젠가 그 제목을 제 글에 꼭 써보고 싶군요."

"베를린에 온 뒤로 헤로인을 시작하게 됐소. 처음에는 들이마시다시피 했지. 그러다가 그때 함께 살던 마틴이 주사를 권했소. 1980년부터 주사를 맞았지. 우리 아버지는 비록 가산을 탕진하긴 했지만 '외모는 늘 깔끔하게 가꾸라'는 가르침을 남겼지. 아버지는 나에게 재산을 날릴 수도 있고 사랑하는 사람을 수렁에 빠뜨릴 수도 있지만 구겨진 바지와 지저분한 구두 차림으로는 절대 사람들 앞에 나서지 말아야 한다고 가르쳤어요. 그런 가르침을 베푼 것에 대해 아버지에게 절이라도 해야 할 판이지요. 어쨌든 아버지 덕분에 관리를 비교적 잘하고 있으니까. 나는 비록 마약중독자가 되긴 했어도 주삿바늘은 절대로 같이 쓰지 않소. 그 덕분에 아직 살아남았는지도 모르지. 안타깝게도 마틴은 그러지 못했어요. 에이즈 때문에 좋은 친구들을 서른 명 가까이 잃었소. 아버지, 명복을 빕니다. 제가 아버지의 판박이인 덕분에 목숨을 부지하고 있습니다."

"부친께서는 언제 돌아가셨죠?"

"삼 년 전. 간경변이었소."

"부친과 친했습니까?"

"그렇다마다. 아버지는 내가 동성애자라는 사실을 끝내 받아들이지 않았지만 화가로서는 인정했소. 어머니는 전형적인 영국인이어서 차갑고 냉소적이었는데, 이미 오래 전에 아버지 곁을 떠났소. 아버지는 얼마 남지 않은 돈으로 홀로 생활했지. 아버지는 라운드스톤에 사는 옛 친구의 집 옆에 있는 작은 오두막에서 살았소. 병원에서 길어야 석 달 남았다는 말을 들은 아버지가 나에게 편지를 보냈어요. 잠깐 고향에 와 당신을 만나고 가라고 하더군. 나는 물론 아버지를 만나러 갔어요. 아버지에게 마약을 한다는 걸 한 번도 들키지 않았소. 아버지가 알았다면 아마도 몹시 실망했겠지만. 사실 아버지는 사랑을 원하는 사람이었소. 그렇지만 살면서 자신을 감췄지. 우리 모두가 그러하듯이."

알스테어는 담배를 눌러 끄더니 또 한 개비를 피워 물었다.

"누군가를 사랑한 적 있어요?"

"열 명쯤 될 거요, 그쪽은?"

"저를 정말 많이 사랑한 여자가 있었죠."

"음, 그 여자가 지나치게 잘해줬겠군. 그런 거요?"

"그렇다고 할 수 있겠네요."

"혹시 댁의 어머니는 댁을 낳은 게 인생 최대의 실수라 여기지는 않던가요? 물론 결혼이 더 큰 실수라 여겼을 테고. 그리하여 댁은 여기 베를린에 왔고, 여전히 사랑을 회피하고……."

"어머니는 칠년 전 담배 때문에 세상을 떠났어요."

"그런데도 댁은 여전히 도망을 다니고 있군. 내가 한 마디만 할게요. 달아나려고 애써도 피할 수는 없소. 나는 십오 년 동안 어머니를 만나지 않았어요. 어머니는 아버지와 헤어지고 퇴역군인 남자와 결혼해 보수적인 동네에서 살고 있지. 어머니는 늘 그 동네 사람들을 가리켜 '자기 격에 어울리는 사람들'이라 말하더군. 나와 아버지는 어머니의 기준에서 보자면 격이 떨어지는 사람들이라는 뜻이었겠지. 아버지는 아내에게서 어머니 같은 모습을 기대했는데 뜻대로 되지 않았던가 봐요. 자, 그러니까 댁을 사랑했다는 그 여자는……."

나는 알스테어의 말을 끊고 물었다.

"헤로인을 끊으면 지출도 줄일 수 있지 않습니까? 그런 생각은 한 번도 해본 적이 없습니까?"

"토미 보이, 대답하기 괴롭거나 분위기가 좀 어색해지는 이야기가 나오면 말을 슬쩍 돌리는 버릇이 있군요. 그런데 그게 너무 티가 난단 말이지. 뭐, 어쨌든 나는 내가 짊어진 짐을 내려놓겠다고 생각한 적은 없어요. 그런 짐이 있어야 앞으로 계속 나아갈 수 있거든. 그래야 이 암울한 현실을 견딜 수 있고."

"사랑을 거부하기 때문인가요?"

알스테어의 얼굴에 아이러니한 미소가 떠올랐다.

"남의 약점을 찌르는 재주도 아주 뛰어난 편이구려. 모름지기 작가라면 남의 약점이 뭔지 잘 알아야 하겠지만. 어쨌든 삼십 분 뒤에 메메트와 집에서 만나기로 했어요. 우리가 내는 소리를 듣고 싶지 않으면……."

"저는 산책이나 하다 들어갈게요."

"그렇게 말할 줄 알았소. 댁 같은 유형은 내가 잘 알지. 자유롭고, 창의적이고, 편견이 없는 사람. 아마 호모 친구도 몇 명 있을 거요. 그렇지만 사생활을 방해 받는 건 죽어도 싫어하지."

"남의 머릿속을 읽는 재주도 있었군요."

"물론이오. 그나저나 오후에는 뭘 할 생각이오?"

담배를 찾으려고 주머니에 손을 집어넣었다. 담배 옆에 미국 여권이 들어 있었다. 시계를 보았다. 12시 30분이었다.

"동베를린에 다녀올까 합니다."

"그러니까……저 장벽 너머에?"

"여기서 오 분밖에 안 걸리잖아요."

"아니, 거기 가봤으면 알겠지만……."

"아직 한 번도 가본 적이 없어요."

"그럼 가서 둘러봐요. 하지만 장담하는데, 여섯 시 전에 여기로 돌아와 다시는 거기에 발을 내딛지 않겠다고 결심하게 될 거요."

"그 정도로 형편없는 곳이던가요?"

"더블린이나 런던에 사는 공산당원이라면 저 인민의 낙원이 아주 멋지게 보일 수도 있겠지. 게다가 서방세계 여권이 있어 언제라도 국경을 넘나들 수 있다면 더더욱 그렇겠지. 하지만 그 안에 사는 사람들은……뭐, 어쨌거나 일단 가서 둘러보면 잘 알게 될 거요. 침체된 듯 보이는 세상에도 그 이상의 미덕이 있을 수 있는데 내가 미처 보지 못한 것인지도. 아니면 그저 내가 댁보다 통찰력이 떨어질지도 모르고."

"무슨 말인지 알았어요."

"그래도 쿠바나 앙골라에서 온 공산주의자들 중에 질 좋은 헤로인을 파는 사람을 만나면……."

"정말 못 말리겠군요."

"다들 나를 보고 그렇게 말하더군. 아무튼 무사히 다녀오길 바라겠소. 그럼, 미안하지만 나는 먼저……."

알스테어가 기페를 나갔다.

지금이 베를린 장벽을 넘기에 적당한 시간일까? 그렇지는 않았다. 벌써 정오가 지났고, 잔뜩 찌푸린 하늘은 곧 눈이 쏟아지리라는 걸 예고하고 있었다. 그래도 나는 전철을 타고 코크스트라세로 갔다. 거기서 조금만 가면 하인리히 하이네스트라세고, 그곳에서 장벽을 넘기가 훨씬 쉬웠다. 하지만 내 책에 쓸 내용을 감안하자면 냉전상황에 대한 핵심적이고도 전반적인 인식이 필요했다. 그러자면 찰리검문소에서 국경을 건너는 게 가장 바람직할 것이다.

전철이 천천히 코크스트라세 역으로 들어서자 두려움이 밀려왔다. 막연한 두려움이었다. 쿠바에서 러시아 미사일을 미국에 겨눈 시절부터, 그리고 고교 시절 솔제니친을 읽고 났을 때에도, 대학 시절 폴란드의 스탈린주의를 꼬집은 안드레이 바이다의 영화를 봤을 때에도, 내 마음속에 자리 잡곤 했던 두려움. 베트남전에 대한 반전의 목소리가 높아질 때 아버지가 했던 말이 가져다준 두려움.

'반전 좋아하네. 모스크바에서 저렇게 거리 시위를 해봐라. 당장 시베리아 강제노동수용소로 끌려갈걸. 소비에트는 사람들의 입을 다물게 하는 방법을 잘 알고 있지.'

찰리검문소를 직접 대면하는 순간 나는 두려움을 느꼈다. 전철에서 내리면서 사진으로 많이 본 표지판이 바로 내 눈앞에 보였다.

'이제 미국 영역에서 벗어납니다.'

그 말은 '여기로 들어가는 사람은 희망을 모두 버리라'는 뜻인가?

나는 손목시계를 보았다. 1시가 조금 넘어 미군초소로 갔다. 초소로 다가가면서 여권을 미리 꺼냈다.

"안녕하십니까?"

"동베를린으로 가려면 여기에서 등록을 해야 합니까?"

"아닙니다. 저쪽에도 미국대사관이 있습니다. 하지만 당일로 돌아오실 거죠?"

내가 고개를 끄덕였다.

"반체제 인사를 만나거나 기독교 선교 활동을 할 생각만 아니라면……"

"그럴 리 없습니다."

"그럼 문제없습니다. 자정 전에는 꼭 돌아오셔야 합니다."

"동베를린에 가본 적 있습니까?"

"군복을 입은 미군은 동베를린에 못 들어갑니다. 그럼, 잘 다녀오십시오."

검문소를 지나 커다란 문 앞에 섰다. 온통 가시철조망이었다. 문 너머에서 동독 경관 두 명이 나타났다. 내가 다가가자 동독 경관들이 나를 향해 고개를 끄덕이고는 문을 열었다.

한 경관이 독일어로 말했다.

"여권."

나는 여권을 내보였다.

경관은 위에 있는 막사를 가리키며 딱딱한 영어로 말했다.

"저쪽으로 가봐요."

나는 독일어로 고맙다고 인사하고 앞으로 걸어갔다. 뒤에서 문이 닫히는 소리가 들려왔다. 막사에는 중무장한 경관 예닐곱 명이 서 있었다. 군복을 입은 군인도 있었다. 경관 한 명이 내 여권을 살피며 나에게 독일어를 할 줄 아는지 물었다. 내가 독일어로 대답하자 경관은 하루용 비자를 내주었다. 비자는 자정까지만 유효했다.

"자정 전에는 반드시 이 문으로 나가야 합니다. 다른 문으로 나가면 안 됩니다. 그리고 서독 돈 삼십 마르크를 내십시오. 동독 돈 삼십 마르크로 바꾸어 드립니다."

어이없는 교환이었다. 동독 돈 1마르크는 서독 돈으로 20페니히에 불과했다. 그러므로 정확하게 하자면 1대5로 바꿔야 마땅했다. 동독에서 이렇게 환율을 적용해 높은 수익을 얻는다는 걸 관광안내서에서 본 기억이 났다.

경관은 나에게서 서독 돈 30마르크를 받고 커다란 명부를 펼치더니 내 여권의 정보와 대조하며 몇 분이나 자세히 살폈다. 다행히 내가 블랙리스트에 오르진 않았나보다. 경관은 입국 부적격자 명부를 덮고, 입국 허가 도장을 스탬프잉크를 묻혀 찍었다. 내 여권 새 페이지에 도장이 찍혔다. 경관은 나에게 여권을 돌려주며 다 됐다는 뜻으로 고개를 끄덕였다.

무장한 군인이 내 어깨를 톡톡 치더니 바리케이드를 가리켰다. 주차장에서 흔히 볼 수 있는 바리케이드와 똑같았다. 그곳에도 무장한 군인들이 있었다. 그 뒤로는 동베를린을 관통하는 프리드리히스트라세가 뻗어 있었다. 나는 그 마지막 관문으로 가면서 의외로 경비가 허술한 이유가 뭘까 생각했다. 혹시 이 나라로 몰래 숨어들어오려는 사람이 없기 때문은 아닐까?

마지막으로 여권을 확인한 군인이 또 한 번 나에게 자정 전까지 출입구로 나와야 한다고 말했다. 경관들이 차단막대를 올렸다. 나는 마침내 동베를린 땅으로 들어갔다.

검문소를 나올 때 땅딸막한 50대 남자가 내 앞을 지나갔다. 남자는 갈색 플라스틱 가방과 비닐 백, 맥주 두 병을 들고 있었다. 머리에는 갈색 인조 모피 모자를 썼다. 남자는 프리드리히스트라세 뒤에 있는 음울한 콘크리트 아파트 단지로 걸어갔다.

나는 궁금했다. 과연 저 남자의 직업은 뭘까? 오후 1시 16분에 맥주를 들고 집에 가는 것으로 보아 직장 교대시간이 아주 이른 모양이었다. 작은 아파트에서 혼자 살까? 장벽에서 이렇게 가까운 곳에 사는 걸 보면 동독 체제에 대한 충성심이 증명된 사람일까? 퇴근하면 뭘 할까? 텔레비전을 볼까? 책을 읽을까? 집 근처 스포츠센터에 갈까? 취미가 있을까? 같이 사는 여자가 있을까? 새벽 4시부터 정오까지 일하고, 함께 일하는 유부녀와 일주일에 두 번씩 밀회를 갖는 건 아닐까?

그 남자의 오른쪽으로 회색코트를 입은 구부정한 여자가 보였다. 스카프로 머리를 감싸고, 왼손 손가락 사이에 담배를 끼우고 있었다. 오른손으로는 수선화가 담긴 가방 손잡이를 꽉 쥐고 있었다. 혹시 저 여자가 남자의 정부는 아닐까? 여자의 남편은 형사이고, 여자는 일부러 거리를 두고 남자의 집으로 서둘러가고 있는 건 아닐까? 이 모두가 잿빛 동베를린에 첫발을 내디딘 순간, 내 머릿속에 떠오른 터무니없는 상상에 불과할까?

 남자가 모퉁이를 돌았다. 여자도 남자를 뒤따라 모퉁이를 돌아 사라졌다. 나의 관심은 그들 남녀에서 건물로 바뀌었다. 오른쪽에 낮고 큰 석조 건물이 보였다. 정문에 달린 간판에는 〈불가리아 은행〉이라 적혀 있었다. 앞쪽에 커다란 창 두 개가 있는 19세기 건물로, 새롭게 보수하고 페인트칠을 해야 할 것 같았다.

 창에는 먼지가 덕지덕지 쌓여 더러웠다. 창에 누렇게 바랜 포스터가 붙어 있었다. 수확한 밀을 들고 기뻐하는 농부의 사진 포스터. 1957년 작 사회주의 리얼리즘 사진 위에는 손으로 쓴 듯한 슬로건이 적혀 있었다.

 '5개년 계획을 따르자! 모두 함께 사회주의 미래를 건설하자!'

 눈이 내리기 시작했다. 계속 걷는 게 최선일 듯했다. 프리드리히스트라세는 역사적으로 베를린의 중심 도로이고 쇼핑의 중심가이기도 했다. 그러나 내 눈에 보이는 프리드리히스트라세는 그저 텅 비고 닫힌 거리일 뿐이었다. 자동차만 가끔씩 조용히 지나갔다. 몇몇 사람들이 두꺼운 코트를 입고 고개를 숙인 채 걸어갔다. 옷 가게도 있었다. 쇼윈도에 보이는 옷을 보니 수량도 적었고, 그나마 모양도 볼품없었다. 마치 맨해튼 로어이스트사이드의 헌 옷 가게에서 보던 옷 같았다.

 마치 버려진 거리 같았다. 빛바랜 흑백의 세계.

 베를린의 큰길인 운터덴린덴은 브란덴부르크 문과 라이히스타그로, 또 티어가르텐 공원으로 이어졌다. 나는 왼쪽으로 걸음을 옮겼다. 동베를린 지리를 어떻게 아느냐고? 베를린 장벽이 큰길을 따라 이어지므로 그 너머가 브란덴부르크 문이라는 걸 알 수 있었다. 나는 운터덴린덴 중심에서 장벽을 한참 동안 바라보았다. 여기에서 본 장벽은 모든 걸 지배했다. 서베를린 크로이츠베르크의 골목에서 장벽을 보면, 그저 길을 가로막고 있는 벽으로 여겨질 뿐이다. 벽 너머로 갈 수는 없어도 그것이 오히려 자유로운 서방세계에 있다는 증거가 되기도 한다. 하지만 동베를린의 장벽은 그야말로 '장벽' 이었다.

'우리는 여기에 기꺼이 바리케이드를 친다. 이렇게 고립되어 사는 것이 행복하다. 여기가 폐쇄된 사회라는 걸 널리 알릴 수 있어서 기쁘다.'

갇혀 지내는 것에 대한 두려움, 원하지 않는 삶에 갇힐지도 모른다는 공포가 나를 무섭게 엄습해왔다. 그것이 바로 베를린 장벽이 나에게 준 큰 충격이었다.

장벽에 갇혀 지내야 한다면 얼마나 괴로울까? 파리에 가서 1년 동안 글을 쓰는 게 평생의 바람인데, 그걸 아예 이룰 수 없다면 어떤 기분이 될까? 평생 장벽에 막혀 꼼짝할 수 없다면?

나는 세상이 내 놀이터라는 생각을 하며 자랐다. 물론 어림없는 생각이었지만 어쨌든 내가 스스로를 속박하지 않는 한 세계 어디든 탐험할 수 있다고 믿으며 자랐다.

이후 몇 시간 동안은 운터덴린덴에서 알렉산더플라츠까지 걸어갔다. 코미스키 오페르를 지나자 칼 마르크스라 이름 붙여진 서점이 나왔다. 서점의 벽면은 하이네 뮐러, 크리스타 볼프 같은 동독 작가들의 글귀와 정치적 선동문구로 채워져 있었다.

서점 안내데스크에 젊은 여자가 앉아 있었다. 내 또래인 20대 중반으로 보였다. 그녀는 길고 검은 머리를 잘 땋아 머리 위로 올리고, 검정 스웨터와 짧은 갈색 코듀로이 치마를 입고, 검정 타이츠를 신고 있었다. 몸은 호리호리했지만 가슴과 엉덩이는 풍만했고, 피부는 하얗고 투명했다. 작은 안경을 코끝에 걸쳤는데, 그 안경 이미지 때문인지 진지한 책벌레 같은 인상을 풍겼다.

여자는 담뱃갑을 꺼냈다. 담뱃갑 디자인이 세계대전 전에 나온 듯 우중충했다. 여자가 담뱃갑에서 꺼낸 담배를 보니 필터도 없고 만듦새도 조악해 보였다.

나도 모르게 여자에게 말을 걸었다.

"말보로를 드릴까요?"

여자는 내 질문에 놀란 표정을 지으며 나를 쳐다보았다. 나는 베를린 장벽을 넘기 전, 카페 이스탄불 근처에 있는 작은 가게에서 말보로 세 갑을 샀다. 동베를린에서는 필터 담배가 말아서 피우는 담배보다 편리할 거라 생각했기 때문이다.

여자는 내 가죽 재킷과 흙이 많이 묻은 검정 부츠, 목에 두른 두꺼운 목도리를 보자마자 내가 외국인이라는 걸 금세 알아챘다. 여자는 주위를 둘러보았다. 아무도 없다는 걸 확인한 여자가 속삭이듯 말했다.

"왜 저에게 담배를 권하죠?"

"그러고 싶으니까요."

내가 다가가 담뱃갑을 내밀었다. 여자는 다시 서점 안을 살피고 나서 창밖도 면밀히 살폈다. 다행히 서점 안을 들여다보는 사람은 없었다. 여자가 손을 내밀어 담배 한 개비를 집었다. 여자는 성냥을 켜 담배에 불을 붙이더니 내 입에 물린 담배에도 불을 붙여주었다. 여자는 담배를 길게 한 모금 빨았다. 여자의 입가에 아주 옅은 미소가 떠올랐다. 여자는 담배 연기를 내뿜고는 나에게 물었다.

"미군이 미국 담배로 동베를린 여자를 꼬드기는 영화를 보고 흉내를 내는 거죠? 그래서 오늘 아침에……"

"내가 오늘 아침에 동베를린에 온 걸 어떻게 알았죠?"

"아침에 와서 자정 전에 나가야 하니까요. 공식적인 일 때문에 여기 오지 않는 한 누구든 그래야 하니까. 어쨌든 공식적인 일로 여기 왔다면 이 서점에 들어와 미국 담배를 권하며 여자를 꼬드기지는 않을 테니, 당연히 그쪽은 관광객이겠죠."

"왜 내가 당신을 꼬드긴다고 생각하는데요?"

"댁은 남자잖아요. 남자는 여자를 꼬드기는 게 당연하죠. 게다가 그쪽은 미국인이고, 선정적인 서방문화에 길들여져 있을 테니까."

여자는 나를 놀리는 게 즐거운 듯했고, 나는 조금 당황했다.

"아, 그 표정이라니? 내 말에 충격 받았어요? 공산주의자는 유머 감각도 없는 줄 알았죠?"

"당신은 공산주의자요?"

"동독에 살고 있으니까 당연히 공산주의자죠. 그래서 이렇게 동독 수도의 좋은 서점에서 일하고 있고, 미테에 있는 아파트에서 살 수 있죠. 뭐, 그쪽은 내 아파트가 보고 싶어 몸이 달겠지만."

"저를 초대한다는 뜻입니까?"

"아뇨, '여자를 꼬드기는 남자'에 대한 일반적인 비유였어요. 댁의 머릿속에는 온통 그 생각뿐이잖아요."

"제가 미국인이라 확신하는 이유는 뭐죠?"

"어머, 왜 이러세요? 그 정도는 기본이죠. 어쨌든 댁의 독일어 실력은 깜짝 놀랄 정도예요."

"저는 토마스라고 합니다."

"제 소개는 생략해야겠어요. 크레플린 씨가 점심을 먹고 돌아올 시간이 십오 분밖에 안 남았거든요. 크레플린 씨에게 제가 그쪽과 이야기하는 모습을 들키면…….”

"무슨 뜻인지 잘 알겠어요. 혹시 이따가 만날 수 있어요?"

"어디서요? 카페에서요? 아니면 제 아파트에서요? 뭐, 그쪽은 제 아파트를 더 선호하겠지만…….”

"네, 당신 아파트에 가보고 싶어요."

내가 단도직입적으로 말하자 여자는 잠시 생각하더니 창밖을 다시 한 번 살폈다.

"글쎄요, 저도 그게 좋을 것 같네요. 하지만 제가 외국인, 그것도 미국인과 함께 아파트에 함께 있었다는 이야기가 당국의 귀에 들어가는 날이면 동베를린에서 가장 좋은 서점에서 일할 수 있는 자리를 잃게 될 거예요. 제가 댁과 함께 있는 이상 그 일은 어떻게든 알려지게 돼 있어요. 게다가 저는 말보로 한 개비에 미국 남자에게 넘어간 셈이니 헤픈 여자라는 말을 듣겠죠."

여자는 또 한 번 깊게 담배를 빨았다.

"말보로는 생각보다 아주 괜찮군요."

나는 말보로 담배 한 갑을 여자에게 통째로 건넸다.

그러자 여자는 다른 손으로 내 손을 감쌌다.

"얼른 가요. 혹시라도 크레플린 씨가 보면…….”

"알았어요. 그래도 당신 이름만큼은 알아두고 싶어요."

"안젤라."

"만나서 반가웠어요, 안젤라."

"저도 반가웠어요, 토마스. 다시 만나자는 말은 안 할게요. 왜냐하면…….”

"그것 참 안타까운 일이네요."

"그게 현실이니까. 자, 그럼, 안녕히."

나는 안젤라에게 인사하고 서점을 빠져나왔다. 돌아보니 안젤라가 불안한 표정으로 말보로를 얼른 백에 감추고 있었다. 그때 회색 나일론 재킷을 입고 플라스틱 가방을 든 50대 남자가 내 앞을 지나갔다. 나를 쳐다보는 남자의 얼굴에 의심이 가득했다. 남자는 칼 마르크스 서점으로 향하고 있었다.

저 남자가 혹시 크레플린? 그렇다면 안젤라가 얼른 나를 내보낸 건 정말 잘한 일이었다. 남자의 인상이 체제 순응적인 밀고자 같았으니까. 어디서나 감시당하고 있다는 생각이 내 긴장감을 부쩍 높였다. 냉전의 악몽을 모두 뭉쳐놓은 거대한 유령이 바로 동베를린이었다.

북쪽으로 걸어갔다. 한때는 화려했을 합스부르크 양식의 건물들을 지나쳤다. 훔볼트대학교 건물들이었다. 캠퍼스 안을 돌아다니며 구경하면 재미있지 않을까 하는 기대감을 갖고 정문을 기웃거렸다. 대학생들과 대화를 나누며 동독의 대학 분위기를 느껴보고 싶었다. 학생들과 맥주를 마시며 대화를 나눌 수도 있지 않을까. 그러나 입구로 다가가자 제복 차림의 경비원이 출입자의 신분증을 일일이 확인하고 있었다.

경비원이 나를 흘깃 쳐다보았다. 내가 서방사람이란 걸 한눈에 알아챈 것 같았다. 경비원은 '저 놈이 왜 여기서 기웃거리지?' 하는 의아한 표정이었다. 나는 경비원에게 미소를 지어 보였다. 가지 말아야 할 곳에 실수로 발을 내디딘 이방인이 짓는 어색한 미소. 나는 얼른 운터덴린덴 쪽으로 걸어갔다.

2차세계대전 당시 베를린 동쪽은 연합군의 폭격을 덜 받은 반면 서쪽은 단순한 복구 작업 정도로는 되살릴 수 없을 만큼 크게 파괴됐다. 이제 서베를린에는 유서 깊은 건물이라고는 거의 남아 있지 않았다. 점보제트기가 추락해 승객 대부분이 사망하고 겨우 두 명만 살아남은 셈이랄까.

서방세계의 힘으로 재건이 이루어진 서베를린은 모더니즘 스타일로 새 기운을 발산하는 도시가 됐다. 동베를린에도 폭격피해를 입은 건물들이 많지만 알렉산더플라츠로 이어지는 거대한 기념비 같은 건물들은 완전히 파괴되지 않고 부분적인 손상만 입은 채 살아남았다. 하지만 동독에서는 건물들을 예전 모습으로 복원할 자본이 부족했다. 그런 까닭에 동베를린에는 잿빛 콘크리트 건물만이 남았다. 공산주의 미학을 상징하게 된 칙칙한 느낌의 잿빛 콘크리트 건물.

운터덴린덴에서 좀더 가면 20세기 독일 문학에서 매우 중요한 위치를 점하고 있는 지역이 나온다. 알렉산더플라츠가 바로 그곳이다. 알프레드 되블린의 1929년 작 《베를린 알렉산더플라츠》의 배경이 된 곳. 《베를린 알렉산더플라츠》는 이곳 하층민의 생활을 파노라마로 그린 소설이다. 이 소설은 바이마르공화국 시대 작품들 가운데 가장 뛰어난 걸작으로 손꼽힌다. 바이마르공화국 당시 독일에서는 뛰어난 예술가들이 많았다. 브레히트, 발터 그로피우스, 바우하우스 건축가들과 디자이너들, 토마스 만, 프리츠 랑 감독. 당시의 독일 예술가들은 세계 예술의 판도를 바꿀 만큼 왕성한 창작활동을 펼쳤다. 그러나 1920년대 말, 나치즘의 출현으로 그 모든 영광이 사라졌다.

알렉산더플라츠 전철역의 맞은편 카페로 들어갔다. 바닥과 벽은 온통 리놀륨이었고, 조명은 형광등이었다. 카페 안 공기에 기름 냄새, 탄 양배추 냄새가 떠돌았다. 테이블에 앉았다. 카운터 뒤에는 엉덩이가 크고 얼굴이 붉은 여자가 서 있었다.

"커피 주세요."

커피를 기다리는 동안 나는 노트를 펴고 찰리검문소를 넘은 뒤 겪은 일들을 모두 적어나가기 시작했다. 말보로도 두 개비째나 피우고 있었다.

카페 구석에서 누군가 나에게 말했다.

"담배 한 대 줄래요?"

내 또래 남자였다. 갈색 피부, 짧게 자른 검정 머리, 물 뺀 청바지, 갈색 가죽 재킷. 남자 앞에는 커피와 동독 담배가 놓여 있었다.

"자, 맘껏 피우세요."

남자는 내가 던진 담뱃갑을 받아들고 한 개비 꺼내 불을 붙이고 나서 강한 억양의 독일어로 말했다.

"루안다에서도 말보로를 팔죠."

"앙골라 출신입니까?"

"루안다가 앙골라에 있는지 어떻게 알았죠? 루안다에 가본 적 있어요?"

"아직 가보지는 않았지만 평소 지도를 보는 걸 좋아해서요. 동베를린에는 무슨 일로 왔습니까?"

카운터 뒤에 있던 여자가 커피를 들고 내 테이블로 다가와서 말했다.

"카페에 앉아 사람들을 괴롭히려고요. 저런 족속들은 오지 말라고 해도 기어코 다시 오죠."

내가 말했다.

"저는 괴롭힘을 당한다고 생각하지 않았는데요. 게다가 저런 족속들이라니, 무슨 뜻이죠?"

여자는 나에게 눈을 부라리고 커피를 탁 내려놓았다. 커피가 받침 접시에 조금 쏟아졌다.

여자가 말했다.

"삼십 페니히예요."

나는 여자에게 말보로를 내밀며 말했다.

"담배 줄까요?"

여자는 얼른 담배 한 개비를 빼내 카운터 뒤 주방으로 돌아갔다.

저쪽 테이블의 남자가 말했다.

"저 여자는 나를 싫어해요."

내가 말했다.

"여기 있는 사람 모두를 싫어하는 것 같은데요."

나는 맛이 끔찍한 커피는 그냥 식게 내버려두고, 다시 노트에 글을 적어나가기 시작했다. 가끔 카운터 뒤의 여자를 흘끔흘끔 쳐다보면서. 여자는 냉장고 옆 스툴에 앉아 누렇게 곰팡이가 핀 천장을 멍하게 쳐다보며 담배를 피웠다. 텅 비고 지친 표정, 무거운 눈빛, 세상에 진력이 난 얼굴.

"오늘 기분이 안 좋아요?"

나는 카페를 나오면서 여자에게 물었다.

틀림없이 내 말을 들었을 텐데 여자는 그저 고개만 갸웃했을 뿐 아무런 대답도 하지 않았다. 나는 여자에게 인사하고 출입문으로 향했다.

그제야 여자가 나에게 말했다.

"담배 한 개비 더 얻을 수 있을까요?"

나는 남은 말보로 한 갑을 여자에게 주었다.

"다 가져도 돼요."

"필요 없어요. 그냥 한 개비만 줘요."

여자가 말보로 한 개비를 꺼내더니 고맙다는 인사인 양 고개를 까딱했다. 그러고는 다시 천장을 멍하니 쳐다보았다.

남은 시간에는 주로 미테와 프렌츠라우어베르크를 걸어다녔다. 홍미로운 건물들이 많았다. 폭격 피해를 당한 건물이 많았지만 동독 정부가 40년 동안 보수를 하지 않아 황폐한 모습으로 남아 있었다.

프렌츠라우어베르크의 중심부인 콜비츠플라츠에는 작은 공원이 있고, 거기서 어머니들이 아이들을 그네에 태우거나 벤치에 앉아 담배를 피우며 수다를 떨고 있었다. 여자들의 옷 색깔이 건물처럼 잿빛인 것도, 놀이기구들이 구식인 것도 문제되지 않았다. 에리히 호네커의 초상화와 동독정부의 5개년 계획을 선전하는 커다란 홍보판이 붙어 있는 것도 문제되지 않았다. 중요한 건 맘껏 뛰어다니는 아이들과 이야기를 나누고 있는 엄마들이었다.

동베를린의 현실이 힘겹긴 해도 사람들은 살아가고 있었다. 음식을 만들어 먹고, 잠자리를 꾸미고, 아이들을 학교에 데려가고, 버스와 전철을 타고, 일을 하고, 가정으로 퇴근하고, 저녁을 먹고, 텔레비전·책·영화·연극·연주회 같은 문화생활을 즐기고, 침대로 가고, 섹스를 즐기고, 잠을 잔다. 우리의 삶은 대부분 이런 날들이 모여 이루어지는 게 아니던가. 행복한 연인, 불행한 결혼, 즐거운 직업, 지겨운 일.

날이 어두워지기 시작했다. 콜비츠플라츠 근처의 작은 식당이 눈에 띄었다. 아까 갔던 카페처럼 벽과 바닥이 모두 리놀륨이었고, 조명은 형광등이었다. 삶은 양배추 냄새가 짙게 배어 있었다. 나는 거기서 폴란드 보드카를 두 잔 마시고, 슈니첼을 주문했다. 슈니첼은 반죽이 너무 두꺼워서인지 맛이 없었다. 맥주 두 병으로 슈니첼을 억지로 넘겼다. 맥주는 거품이 적당하고 맛있었다. 형편없는 음식의 가격은 1마르크 50페니히.

8시. 프렌츠라우어베르크로 갔다. 전철을 타고 알렉산더플라츠로 가서, 다시 전철을 갈아타고 스타트미테에서 내렸다. 베를린이 동서로 나뉘지 않았다면 스타트미테 다음에는 코크스트라세로 이어졌을 것이다. 하지만 동베를린의 전철은 스타트미테에서 끝난다. 거기서는 역 밖으로 나갈 수밖에 없다. 밖으로 나오면 프리드리히스트라세였다.

서쪽을 보았다. 찰리검문소가 가까이 보였다. 이제 어디로 갈까 생각했다. 그러나 그 시간의 동베를린은 완전히 문을 닫았다. 눈이 내리고 있었고, 갈 곳도 없어 검문소를 향해 걷기 시작했다. 검문소에 다다랐을 때에는 몸이 꽁꽁 얼어붙어 있었다. 바리케이드 옆 초소에서 경비원이 차단막대를 올렸다. 이렇게 눈보라 치는 밤에도 중무장한 군인 세 명이 추운 바깥에 서 있었다. 내가 검문소 안으로 들어가는 동안에도 군인들은 나를 감시했다.

안으로 들어가 여권을 내보였다. 제복 입은 경관이 물었다.

"반입 금지 품목을 가지고 있지는 않습니까?"

"네."

"아무것도 안 사셨나요?"

"네."

경관은 내 얼굴에서 긴장하거나 초조한 기색을 찾아내려는 듯 나를 찬찬히 살폈다. 나는 침착했다. 경관은 내 여권에 스탬프를 찍고 나서 나에게 돌려주었다.

검문소를 두 곳이나 더 지난 다음 마침내 '미국인 구역'에 다다랐다. 그곳에도 경비원이 세 명이나 있었다. 마침내 문이 열렸다.

경비원이 나가라고 손짓했다. 나는 서베를린으로 첫발을 내디뎠다. 전철역에서 다시 찰리검문소를 바라보았다. 그러나 눈발에 가려 아무것도 보이지 않았다. 눈은 내가 보고 싶지 않은 것들을 모두 지웠다.

제5장

집에 들어갔을 때 알스테어는 캔버스에 푸른 물감을 열정적으로 칠하고 있었다. 오디오에서는 프리재즈가 흘러나왔다. 생동감 넘치는 음악이었다. 능숙한 테크닉으로 유연하게 붓을 놀리는 그를 보면서 그토록 일에 열중할 수 있다는 것에 감탄했다. 그가 그림에 빠져들어 해방감과 즐거움을 느끼고 있다는 게 나에게도 전달돼 왔다. 창작 행위로 얻을 수 있는 가장 큰 위안은 바로 그것이다. 창작을 하는 동안에는 작가가 모든 걸 마음대로 주무를 수 있다. 그림을 화랑 주인의 손에, 혹은 원고를 편집자의 손에 넘기고 나서 작가는 더 이상 그런 힘을 발휘할 수 없다. 그러나 창작을 하는 동안에는 모든 게 작가의 손에 달려 있다. 작품이 어떻게 전개될지 깊이 생각할 필요도 없다. 그저 창작할 뿐이다. 작품이 작가를 지배한다. 작가가 작품에 완전히 빠져들면 작품 자체의 힘만으로 앞을 향해 나아간다.

나는 알스테어의 모습을 보며 생각했다.

'이거야. 바로 이 순간이야. 이것이야말로 완벽한 로맨스야. 순수하게 미친 사랑.'

나는 알스테어를 방해하지 않기 위해 살그머니 내 집으로 올라갔다. 책상에 놓인 종이가 보였다.

'오늘 오후에 카페 이스탄불에 갔다가 주인 오마르한테 들었어요. 웰만 지국장의 비서에게서 전화가 왔다더군요. 다시 전화해 달라고.'

끝에는 알스테어의 서명이 있었다.

아래층의 음악소리가 시끄러웠다. 알스테어에게 소리를 줄이라고 말했다가는 몰입의 순간을 방해하게 될 게 뻔했다.

할 수 없이 나는 포도주를 따르고 노트를 펼쳤다. 저녁에 겪은 일들을 노트에 모두 적었다. 음악이 새벽 4시에 멈춰 아래층으로 내려갔다. 알스테어는 보드카를 앞에 두고 식탁에 앉아 있었다. 완전히 탈진한 모습이었다. 잭슨 폴록이 뿌린 물감을 그대로 맞은 듯 옷에는 온통 푸른 물감이 점점이 튀어 있었다. 알스테어는 골루아즈에 불을 붙이고, 잔에 보드카를 따랐다. 나는 그가 그린 그림을 보았다. 이전 그림의 특징인 사각형의 날카로운 경계선들이 이번에는 흐릿해져 있었다.

알스테어가 말을 걸어왔다. 밤늦도록 그림을 그려 지친 눈빛이었다.

"들어온 줄 몰랐어요."

"그림에 빠져 있더군요."

"왜 음악을 끄라는 말을 안 했소?"

"방해하기 싫었어요. 아주 열중해 있기에."

"몰래 엿본 거요?"

"좋은데요, 저 그림."

"그림이 아니라 작품이오."

"어쨌든 맘에 들어요."

알스테어가 고개를 갸웃하고 나서 선반에서 뭔가를 꺼냈다.

"이걸 읽어 봤소."

알스테어가 건넨 건 내가 쓴 책이었다.

"어디서 구했죠?"

"내가 서점에서 직접 샀소."

"정말?"

"그다지 놀랄 일은 아니잖소? 칸트스트라세에 있는 카페 파리스 근처에 영어 책을 파는 서점이 있어요. 거기에 이 책도 있었소."

"감동했어요."

"그렇다고 내가 댁의 책을 좋아한다는 뜻은 아니오."

"마음에 안 들었나봐요?"

"뭐, 데뷔작이니까 이 정도면 성공적이라고 할 수 있지. 재능도 뛰어나 보이고, 작가로서의 관찰력도 일급이고……."

"어쩐지 그 다음에 '그러나'라는 말이 이어질 것 같은데요."

"댁의 글을 본 소감을 말한 거지 비판할 생각은 없소."

"누군가를 한 번도 사랑한 적 없어요?"

"난 계속 사랑에 빠지지"

"아니, 진지한 사랑 말입니다."

알스테어는 의자와 보드카 병을 손으로 가리켰다. 나는 찬장에서 잔을 꺼내고 식탁에 앉았다. 그가 내 잔에 보드카를 따르고는 골루아즈 담배를 내밀었다.

"진지한 사랑? 내가 진지한 사랑에 빠진 적이 있냐고?"

"네, 바로 그렇게 물었어요."

알스테어가 보드카를 단숨에 들이켜더니 새로 한 잔을 따랐다.

"평생 함께 하고 싶은 사람을 만났다고 생각한 적이 있었지. 런던에서 화랑을 운영하는 사람이었소. 아, 내 전속 화랑은 아니고 나는 절대로 일과 연애를 한데 섞지는 않으니까. 프레드릭은 내 작품이나 작업에는 전혀 관여하지 않았소. 나보다 나이가 스물여섯 살이나 많은 사람이었어요. 그는 잘난 체하기로 유명한 귀족 집안 출신이었지. 그는 유명한 가문 출신으로 자신이 동성애자라는 걸 숨겼소. 귀족 집안 출신 여자와 결혼도 했지. 불쌍하지만 조금 멍청한 여자였어요. 머리는 금발이고, 이름은 아만다. 아만다는 남편의 '추악한 비밀'을 알아챘을 때 산 채로 껍질이 벗겨진 듯 반응했다더군. 그 즈음 프레드릭을 만난 거요. 당시 프레드릭은 자신이 원하는 대로 살 것인지 아니면 자신의 의무대로 살 것인지 고민하고 있는 중이었소.

그런 와중에 내가 프레드릭의 인생 안으로 들어간 거요. 나와 마찬가지로 그도 내 인생 안으로 들어왔소. 우린 모든 면에서 다 좋았지. 우리는 서로 딱 어울리는 상대를 만났던 거요. 몇 주 뒤 프레드릭은 가족을 버리고 나와 살기로 결정했소. 프레드릭은 메이페어에 우리가 살 집을 구했어요. 작지만 아주 멋진 집이었소. 우린 거리낌 없이 연인 사이라는 걸 숨기지 않았어요. 그게 바로 칠년 전 일이었지. 그때는 지금보다 동성애에 대해 훨씬 덜 개방적이었지. 프레드릭은 나에게 '난생 처음 행복을 느꼈는데 그걸 왜 숨겨야 하지?'라고 했소. 프레드릭이 죽기 전날이었어요. 단둘이 있을 때에도 자기감정을 철저히 숨기던 사람이 그런 말을 한 거요."

"왜 죽었는데요?"

"화랑 사무실에서 심장 발작을 일으켰소. 전화를 받다가 그만 심장이 멈춰버린 거요. 평생 담배와 육류를 가까이하고 스트레스를 많이 받아 결국 심장이 버텨내지 못했을 거요. 그의 나이 쉰세 살이었소. 나와 함께 지낸 지는 여덟 달쯤 됐고. 그 여덟 달 동안 그와 함께 자다가 잠에서 깨어나면 나는 늘 이렇게 생각했소.

'프레드릭과 함께 있으면 인생은 정말이지 아름다워.'

내가 인생을 그렇게 낙관적으로 대한 경우는 없었고, 앞으로도 없을지도 몰라요. 프레드릭이 죽으면서 다 사라졌소. 영원히."

"다시 좋은 일이 생길 수도 있어요."

"아니, 나는 세상 이치를 너무나 잘 알아요. 하늘 끝까지 올라가 봤으면 남는 건……."

"다른 사랑이 찾아올 수도 있잖아요."

"또 뻔한 얘기를 하는군. 이제 내 인생에서 그 부분은 완전히 죽어서 땅에 파묻혔소. 사랑? 나는 다시 그 세계에 발을 들여놓을 생각이 없소. 지금의 메메트처럼 계약 관계에 만족해요. 서로에게 아무런 구속도 없이 일주일에 세 번."

"그림의 느낌이 점점 어두워지고 있어요."

"아마도 현재 내가 처한 상황 때문이겠지. 하긴 뭐, 마약중독자의 생활이 이 정도면 꽤 괜찮은 편이지."

알스테어가 담배를 눌러 끄고 나서 덧붙였다.

"그나저나 잘 시간이 지나지 않았어요? 알다시피 나는 잠들려면 약이 필요해서……."

나는 계단으로 갔다.

이튿날 정오, 나는 알스테어와 메메트가 사랑을 나누는 소리에 잠에서 깨어났다. 그 소리를 듣지 않으려고 라디오를 크게 틀었다. 아침을 먹고 샤워를 하며 아래층에서 문이 닫히는 소리가 들리기를 기다렸다. 메메트가 나가는 소리를 듣고 나서 나도 밖으로 나갔다.

알스테어는 메메트와 사랑을 나누고 나면 늘 그렇듯 작업을 준비했다. 나를 본 그의 얼굴에 당황해하는 기색이 역력했다.

"내가 지난밤에 너무 말이 많지 않았나요?"

"그랬어요? 저는 몰랐는데요."

"사적인 이야기를 털어놓다니……. 유치하게. 내가 미국인도 아니고."

"아일랜드 인이라 그랬나 보죠. 들어올 때 뭐 좀 사다 줄까요?"

"골루아즈 두 갑과 스톨리크나야 한 병. 문 옆에 걸린 재킷 주머니에 손을 넣어 봐요. 삼십 마르크가 들어 있을 거요."

스톨리크나야는 알스테어가 늘 마시는 러시아 산 보드카 이름이었다. 빅토리아 스타일의 낡은 옷걸이에 허름한 갈색 가죽 재킷이 걸려 있었다. 주머니에는 지폐 꾸러미와 함께 단단하게 묶인 작은 비닐봉투가 들어 있었다. 봉투 안에 든 흰 가루가 보였다.

나는 헤로인이 들어 있는 비닐봉투를 들고 말했다.

"여기 돈 말고 다른 것도 있을 텐데요."

"이런 젠장. 잃어버린 줄 알았는데 거기 있었네."

나는 비닐봉투를 건네며 말했다.

"중요한 걸 이제야 찾았군요."

"재킷 주머니는 아예 찾아볼 생각도 안 했는데, 요즘 내가 이렇다니까."

나는 거리로 나갔다. 카페 이스탄불에서 커피를 주문하고, 오마르에게 전화를 써도 되는지 물었다. 오마르가 전화기를 카운터 위에 올려놓았다.

나는 〈라디오리버티〉 베를린 지국 전화번호를 적어 둔 수첩을 펴고 다이얼을 돌렸다. 일전에 통화한 그 비서가 전화를 받았다. 내가 이름을 말하자 비서는 전처럼 딱딱한 어투로 대답했다.

"지국장님이 내일 오전 열한 시에 만나자고 하셨습니다. 여기 주소는 아세요?"

"네, 열한 시, 괜찮습니다. 거기 주소는 모릅니다."

"여기 주소는 전화번호부에 없을 테니까 받아 적어요. 오실 때 신분증도 가져오시고요. 신분증 없이는 출입이 불가능하니까. 내일 지국장님 스케줄이 아주 빡빡하니까 늦지 마세요."

이튿날 약속 시간보다 10분 앞서 〈라디오리버티〉 베를린 지국 사무실에 도착했다. 나름 가장 점잖은 재킷을 골라 입었다. 팔꿈치에 갈색 스웨이드를 덧댄 갈색 코듀로이 재킷이었다. 여기에 검정 셔츠와 짙은 푸른색 청바지를 입었다.

〈라디오리버티〉 지국 사무실은 베딩이라는 산업지구에 있었다. 지하철역에서 나오자마자 거대한 제약회사 바이엘 건물이 보였다. 아파트 단지와 사무실 건물이 늘어선 곳을 지나갔다. 거리 동쪽은 베를린 장벽으로 막혀 있었다. 〈라디오리버티〉는 호시스트라세 근처였다. 아무런 표시도 없는 낮은 벽돌 건물. 유명 방송국이라고 생각할만한 표시는 건물 어디에도 없었다. 하지만 경비가 삼엄한 건물이라는 건 그 앞을 지나가기만 해도 충분히 알 수 있었다. 철조망이 건물 바깥을 둘러싸고 있었고, 입구에는 보안카메라가 설치돼 있었다.

내가 건물 입구에서 벨을 누르자 푸른 제복을 입은 덩치 큰 경비원이 울타리 옆 경비소에서 튀어나왔다.

"무슨 일이죠?"

나는 여권을 내보이고, 웰만 지국장과 약속이 있다고 말했다. 경비원이 내 여권을 받아들며 잠시 기다리라고 말하고 경비소로 들어갔다. 나는 추위를 이기려고 장갑 낀 손을 재킷 주머니에 깊숙이 찌르고 발을 까딱거렸다. 10분쯤 지나자 경비원이 문을 열어주었다.

"건물로 들어가 곧장 앞으로 걸어가면 '안내데스크'라고 적힌 문이 나옵니다. 거기서 오르프 씨가 기다릴 겁니다."

"오르프 씨는 누구죠?"

"웰만 지국장님 비서."

아, 그 여자.

"이제 여권은 돌려받을 수 있죠?"

"나갈 때 돌려드립니다."

경비원은 안내데스크 쪽을 가리켰다.

나는 비서의 얼굴이 교도소 간수나 극성스러운 어머니 같을 것이라 예상했지만 오르프는 아주 아름다운 40대 중반 여사였다. 호리호리한 몸매, 넘실거리는 긴 갈색 머리카락, 프랑스 여배우 같은 기묘한 미소.

오르프도 내가 자기 미모에 반한 걸 눈치 챈 듯 매우 건조한 어투로 말했다.

"토마스 네스비트 씨, 만나서 반갑습니다."

오르프를 따라 안으로 들어갔다. 탁 트인 공간에 칸막이로 가려진 책상 수십 개가 놓여 있었다. 오르프가 어찌나 성큼성큼 걷는지 나는 바삐 뒤를 따르느라 일하는 사람들의 모습을 제대로 살펴볼 틈이 없었다.

그 공간 너머에는 방송용 스튜디오가 있었다. 대여섯 개의 스튜디오마다 방음창과 마이크가 보였다. 두 스튜디오 사이에 또다른 문이 나 있었다. 그 문 앞에 '지국장실'이라는 팻말이 붙어 있었다.

오르프가 문을 열었다. 사무실 벽은 1950년대 〈라디오리버티〉의 포스터들로 장식되어 있었다. 깔끔한 오르프의 책상 옆으로 또 다른 문이 있었다. 오르프가 그 문을 똑똑 두드렸다. 안에서 소리가 들렸다.

"들어오세요."

오르프가 안으로 들어갔다가 다시 나와 말했다.

"지국장님을 뵈러 가시죠."

내가 옷을 제대로 고른 것 같았다. 제롬 웰만도 팔꿈치에 스웨이드를 덧댄 코듀로이 재킷을 입고 있었다. 웰만의 재킷 색은 나와는 달리 진녹색이고, 안에는 진갈색 터틀넥 스웨터를 입고 있었지만……. 50대 초반의 긴 얼굴, 잘 다듬은 수염이 인상적인 남자. 지국장의 사무실은 책으로 장식되었고, 사진 액자들도 몇 개 걸려 있었다. 유명한 정치인(포드, 카터, 헬무트 슈미트)이나 문화계 인사(에인 랜드, 로스트로포비치, 커트 보네거트, 레너드 번스타인)와 웰만이 함께 찍은 사진들로, 그 사람들이 이 방송국에 들렀을 때 찍은 기념사진들 같았다. 좌파 성향의 보네거트와 번스타인, 자유주의를 대표하는 철학자 에인 랜드 등과 찍은 사진을 보며 나는 웰만 지국장에게 호기심을 느꼈다. 웰만의 인상은 컬럼비아대학교에서 칸트를 강의하는 교수 같았다. 냉전시대에 이데올로기 전쟁을 벌이는 사람으로는 왠지 어울리지 않아 보였다.

웰만은 나에게 책상 앞 의자에 앉으라는 손짓을 보내며 말했다.

"잘 아시겠지만 〈라디오리버티〉는 비엔나, 함부르크, 트리스테, 뮌헨에도 지국이 있습니다. 다른 지국들은 폴란드어나 불가리아어, 체코어 등으로 방송하죠. 여기 베를린 지국은 상황이 좀 독특합니다. 베를린이라는 특별한 도시 상황에 맞춰 동독 청취자에게만 집중해 프로그램을 만듭니다. 자, 그래서 한 가지 중요한 질문이 있습니다. 독일어에 능통한가요?"

이후 30분 동안 웰만은 독일어로만 말했다. 내 독일어 실력을 테스트하려는 목적이었다. 나도 독일어만 썼다. 지국장은 내 대학 생활, 이 집트를 다룬 내 책, 크로이츠베르크의 내 생활에 대해 물었다. 동베를린에 다녀온 느낌이 어땠는지도 물었다. 나는 서점에서 만난 여자 등에 대해 자세히 이야기하고, 동베를린에서 베를린 장벽을 보았을 때의 느낌도 솔직하게 털어놓았다.

마침내 웰만 지국장이 나에게 악수를 청했다.

"좋아요. 저녁 아홉 시 뉴스 뒤에 '외국 통신'이라는 프로그램이 있어요. 기자나 작가가 쓴 여행담이나 시사 평을 듣는 프로그램이죠. 독일어와 영어, 두 가지 언어로 방송됩니다. 네스비트 씨가 원고를 작성하면 여기서 일하는 번역가들이 번역하고 배우들이 독일어로 낭송합니다. 하지만 영어 방송은 작가가 직접 낭송해야 합니다. 가장 기본적으로 해야 할 일은 방금 나에게 들려준 이야기처럼 원고를 쓰는 것이죠. 예를 들자면 '처음으로 장벽을 건너다' 같은 제목의 글이 되겠죠. 나는 작가들에게 이래라저래라 요구하지 않습니다. 동베를린을 바라보는 시각차만 없다면 무엇을 쓰든 상관하지 않습니다. 우리 방송을 들을 타깃이 누구인지만 명심하세요. 그렇다고 흑백논리로 무장하라는 뜻은 아닙니다. 회색에도 다양한 단계와 정도가 있지 않습니까? 그런 걸 재미있는 글로 표현하세요. 물론 미국 본사에서는 우리가 '신의 축복을 받은 땅 미국'이라는 말을 오 분마다 한 번씩 쓰지 않는다고 불평을 하는 사람도 더러 있긴 하죠. 하지만 직접적인 선전보다 은근한 홍보가 훨씬 효과적이라는 걸 모르고 하는 소리죠. 실제로 우리가 자기비판이나 반성을 내보이는 게 동독사람들에게는 훨씬 더 잘 먹힙니다. 어쨌든 일단 첫 방송을 해본 다음에 결과에 따라 다음 계약을 체결합시다. 하지만 여기 예산이 그리 넉넉하지는 않아요. 공영방송 규약에 맞춰 원고료를 지급합니다. 작품 한 편당 이백 달러입니다. 거기에 낭송비도 포함됩니다. 원고료가 적다고 생각하시면……."

당시 미화 200달러면, 독일 마르크로는 560마르크였다. 집세와 한 달 생활비로 충분한 돈이었다.

내가 말했다.

"원고료는 만족합니다."

"잘됐군요. 다음 주까지 원고를 써주실 수 있나요? 담당 피디한테 말해두겠습니다. 담당 피디 이름은 포웰 안드레히프스키입니다. 폴란드 사람인데 여기서 일하는 다른 사람들처럼 독일어에 능숙합니다. 포웰은 지금 녹음 중인데 오 분 뒤면 끝날 겁니다. 실력이 뛰어난 피디지만 성격이 좀 까다롭긴 하죠. 어쨌든 두 사람이 잘 맞으면 앞으로 같이 시도해볼 수 있는 일이 많을 겁니다. 〈라디오리버티〉에서 일하고자 하는 작가들은 많습니다. 그러니까 포웰한테 좋은 인상을 남겨야……."

전화벨이 울렸다. 지국장은 전화를 받자마자 말했다.

"들여보내세요."

문이 열리고 젊은 여자가 들어왔다. 30대 초반으로 보통 키에 몹시 마른 체격이었다. 짧은 갈색 머리에 청치마와 검정 타이츠, 검정 긴팔 티셔츠 차림이었고 한 손에는 불붙은 담배를, 다른 손에는 서류를 들고 있었다. 초조한 일이 있었는지 손가락에 손톱을 깨문 자국이 보였다. 오른쪽 스타킹 무릎에 작은 구멍도 보였고, 종아리까지 오는 검은 부츠는 닦을 때가 한참 지나 보였다.

내가 여자의 차림새를 자세히 볼 수밖에 없었던 이유가 있다. 그 얼굴을 차마 자세히 볼 수 없었기 때문이다. 피부가 투명할 만큼 깨끗했다. 잠을 못 잔 듯 눈 밑에 다크서클이 잡혔고, 갈색 눈에서는 슬픔과 절박함, 여자다운 연약함이 느껴졌다.

나는 금세 알아챘다.

'이 여자는 아픔을 안다. 하지만 겉으로는 기죽지 않은 모습을 보이려 한다.'

구멍 난 스타킹 같은 사소한 문제에 신경 쓰지 않는 것, 손톱을 깨물고도 매니큐어를 칠하지 않은 것을 보며 나는 여자에게 끌렸다. 여자는 아름다웠다. 모델이나 여배우에게서 볼 수 있는 매력이 아니었다. 지성, 자유, 자신감, 외로움 등이 느껴지는 아름다움이었다.

여자는 내 얼굴을 뚫어져라 쳐다보았다. 처음 우리 눈이 마주쳤을 때, 그 여자도 놀란 게 분명했다. 그녀는 얼른 고개를 돌리고 웰만 지국장에게 독일어로 말했다.

"말씀하신 번역 원고입니다."

"고마워요, 페트라. 소개할 사람이 있어요. 실력이 뛰어난 미국 작가요. 토마스 씨, 이쪽은 번역가인 페트라 두스만입니다."

여자가 나를 보며 손을 내밀었다. 다시 우리의 눈이 허공에서 마주쳤다. 손을 잡고 악수를 나누며 나는 직감했다. 여자도 나와 비슷한 생각을 하고 있다는 것을.

페트라는 내 손을 놓고 다시 웰만 지국장에게 말했다.

"혹시 원고에 이상이 있으면……."

"그럴 리가요? 아, 토마스 씨와 조만간 같이 일하게 될 겁니다."

지국장의 말에 페트라가 희미하게 웃었던가? 아니, 얼른 고개를 끄덕여 그 웃음을 가렸던가?

내가 말했다.
"함께 일하게 되기를 고대합니다."
페트라는 나를 보지도 않고 대답했다.
"네, 고마워요."
페트라가 나가고 문이 닫힐 때 나는 생각했다.
'내가 알던 삶이 방금 전에 완전히 바뀌었다.'

제1장

'내가 알던 삶이 방금 전에 완전히 바뀌었다.'

나는 그 문장을 식탁에서 맥주를 마시며 노트에 적었다. 만년필이 노트 위를 날아가듯 가볍게 움직였다. 이튿날 아침 깨어나 그 문장을 다시 읽었다.

'이런 맙소사. 그냥 눈을 한 번 마주친 것뿐이야. 그게 전부야.'

커피가 끓기를 기다리며 나는 내 자신을 타일렀다. 그러나 내 안에서 또 다른 목소리가 물었다.

'그럼 왜 그녀를 처음 만난 순간을 모두 머릿속에 생생하게 기억하고 있지? 왜 머릿속에서 그 여자의 얼굴을 지우지 못하고 있지?'

페트라가 나가고 나서 지국장이 한 이야기는 모두 일에 관한 것들이었다.

지국장은 전화로 포웰을 불렀다. 포웰이 오기를 기다리는 동안 지국장은 나에게 보안을 위해 내 뒷조사를 조금 했다고 말했다.

"굳이 밝히지 않아도 되지만 그런 문제는 피차 투명한 게 좋잖아요. 〈라디오리버티〉에서 일하려면 프리랜서라도 신원 확인을 반드시 거쳐야 합니다. 베를린에서 미국 CIA정보원이라고 말하는 사람을 만나면 일단 조심하세요."

노크 소리가 났다. 비서가 고개를 내밀고 포웰이 도착했다고 말했다.

포웰은 키가 크고 마른 체격이었다. 숱이 많은 검은 머리, 사각형 안경, 검은 진 바지, 검은 터틀넥 스웨터 차림에 한 손에는 담배를 들고 있었다. 포웰은 나를 재는 듯 아래위로 살펴보았다.

"지국장님, 저를 찾으셨다고요?"

'지국장님'이라는 말을 특히 강조하는 말투에서 아부성이 강한 성격이라는 게 느껴졌다.

"이쪽은 토마스 네스비트 씨요. 왜, 일전에 내가 이집트에 관한 책을 줬죠? 아주 괜찮은 책이었잖아요. 네스비트 씨는 다른 책을 쓰려고 베를린에 왔어요. 아, 네스비트 씨, 이번 책 주제는 뭐죠?"

"베를린일 겁니다."

포웰이 말했다.

"겁니다? 자기 책의 주제도 분명하게 몰라요?"

"어느 정도 완성되기 전까지는 저도 확신할 수 없으니까요."

"어느 정도? 글쓰기가 판결을 기다리는 재판인가요?"

"베를린을 재판이나 열리는 곳으로 여기시나봐요?"

"아뇨, 그저 댁의 말을 인용한 것뿐입니다."

"제 말을 잘못 이해하신 것 같군요."

"책을 몇 권이나 쓰셨죠?"

"한 권입니다."

"아직 신참이군요."

"네?"

"책 한 권 정도로는 작가라 말할 수 없죠."

"처음 만나는 사람한테 늘 이렇게 시비를 거나요?"

포웰이 씩 웃으며 대답했다.

"그럼요."

그쯤에서 지국장이 끼어들었다.

"토마스 씨가 글을 쓰게 되면 연출은 포웰 피디가 맡도록 해요. 두 사람이 잘 협력해서 프로답게 일하리라 믿습니다. 자, 포웰 피디, 토마스 씨를 데리고 방송국을 안내해줘요."

"네, 분부대로 하겠습니다, 지국장님."

"포웰 피디, 그 비꼬는 말투를 버리면 세상이 훨씬 살기 좋은 곳으로 변하지 않을까요? 아, 그리고 토마스 씨는 동베를린에 첫발을 내딛은 경험담을 첫 번째 원고로 쓸 겁니다."

포웰이 말했다.

"제목을 '드디어 공산주의자들을 만나다'로 정할까요?"

내가 말했다.

"정말 멋진 제목이네요. 어쩜 그렇게 상상력이 뛰어나죠?"

지국장이 말했다.

"두 사람이 정말 잘 어울리는군. 자, 이제 둘 다 나가요. 토마스 씨, 베를린에 온 걸 환영합니다. 포웰한테 휘둘리지 말아요."

포웰이 말했다.

"제가 누굴 골탕 먹인다고 그러세요? 자, 가시죠, 초보 작가님. 방송국을 둘러봐야죠."

사무실에서 나가는데 오르프가 서류철을 내밀었다.

"네스비트 씨, 계약서입니다."

오르프는 내가 일을 맡았는지 어떻게 알았을까? 나는 오르프에게 묻고 싶었지만 포웰이 내 질문을 대신했다.

"지국장님 방에서 오가는 대화를 엿들었군."

오르프는 그 말에 콧방귀를 뀌었다.

"폴란드 사람이면서 코미디언처럼 굴려고 하지 말아요. 안 어울리니까."

"오르프는 정말 유머를 모른다니까."

나는 오르프에게서 서류를 받아 원고료, 마감 일자, 저작권 등을 확인하고 나서 서명했다.

"이 여자가 준 서류에 서명하다니, 남을 너무 잘 믿는 것 아닙니까?"

"네스비트 씨, 포웰 피디와 일하시게 되다니 정말 안쓰럽네요."

포웰이 오르프에게 말했다.

"나를 아직 못 잊어 그러죠?"

오르프는 고개를 절레절레 흔들었지만 웃음을 겨우 참는 것 같았다.

"포웰 씨, 누가 들으면 오해하겠어요. 우린 동침한 적도 없잖아요."

"정말?"

오르프는 나에게서 서류를 받아들며 말했다.

"네스비트 씨, 좋은 하루 되세요."

문 밖으로 나가자마자 포웰이 나에게 말했다.

"고문을 당해도 나와 동침한 적 없다고 말할 여자지."

"그 사실을 어떤 희생을 치르더라도 숨기고 싶은가 보죠."

"저 여자 남편이 심한 파시스트요. 그래서 저렇게 감추려 드는 거죠."
"심한 파시스트라는 건 구체적으로 어떻다는 뜻입니까?"
"기독민주당을 지지하는 크룹스 이사죠. 외모는 오랑우탄 닮았고."
"오르프 씨 남편에 대해 잘 아시는군요."
"작년 크리스마스 파티 때 봤어요. 그 사람 귀에 대고 부인이 좀 헤프다고 귀띔해주고 싶었는데 대기업 이사면 보디가드도 있을 테고……그래서……."

그 말을 들으며 나는 포웰의 말투를 파악했다. 포웰은 늘 목소리를 나지막하게 깔아서 말했다. 화를 낼 때조차도 말투는 침착했다.

포웰이 사무실로 앞장서 걸어가며 속삭였다.

"저 여자는 반드시 피해야 할 상대죠."

포웰은 슬쩍 고갯짓으로 어떤 여자를 가리켰다. 몸집이 큰 여자였다. 40대로, 머리카락이 아주 까맸다. 새빨간 립스틱을 바르고, 열 손가락 모두에서 금반지가 빛났다. 그녀는 금빛 플라스틱 파이프에 끼운 담배를 손에 들고 있었다. 여자가 포웰을 향해 비웃는 듯한 표정을 지었다.

"안녕 소라야? 우리 새 작가와 인사해. 네스비트 씨야."
"당신 친구?"
"친구든 아니든 그게 뭔 상관이람?"
"당신 친구라면 아예 아는 체 하고 싶지 않아서."
내가 말했다.
"우린 사실 만난 지 몇 분밖에 안 지났습니다."
"내가 그쪽이라면 당장 포웰과 모르는 사이로 지내겠어요."
"그건 좀 곤란해. 지국장님이 나를 네스비트 씨 담당 피디로 정했거든."

소라야가 나에게 말했다.

"정말 안됐네요."

다른 곳으로 가면서 내가 포웰에게 속삭였다.

"팬이 많군요. 소라야하고도 동침했다는 말은 제발 하지 마세요."

"소라야는 터키 출신이고, 남편은 예전에 불가리아에서 비밀경찰을 지냈어요."

"지금은요?"

"공사장에 이동화장실을 대여하는 사업을 해요. 하지만 내가 보기에는 유령사업이 틀림없어요."

"유령사업이라면 뭘 숨기기 위해서죠?"

포웰은 유령사업으로 가릴만한 비밀스러운 사업이란 얼마든지 있지 않겠냐는 뜻으로 고개를 갸웃했다.

"소라야는 여기서 중동 모니터 요원으로 일해요. 독일어, 아랍어, 터키어에 능통하죠. 그리고 에티오피아 정책에는……."

나도 모르게 웃었다. 포웰의 말대로 생각하자면 〈라디오리버티〉 베를린 지국에서 일하는 사람들 모두 방송 일 때문이 아니라 수상쩍은 이유로 여기에 모여 있는 셈이었다.

포웰은 땅딸막하고 유쾌해 보이는 남자에게 다가가 말했다.

"별일 없지?"

로버트는 브람스처럼 수염을 길렀고, 배가 조금 나온 사람이었다. 로버트가 파이프에 담배를 눌러 담으며 포웰에게 말했다.

"나야 잘 지내지. 내 폴란드 인 친구도 잘 지내는지 몰라."

"자네 폴란드 인 친구도 잘 지내."

포웰이 로버트의 말투를 흉내 내며 놀리듯 말했다. 로버트는 개의

치 않았고, 포웰의 말을 무시했다.

포웰이 다시 말했다.

"자네 폴란드 인 친구에게 새 동료가 생겼어."

나는 로버트와 인사했다. 로버트는 갈색 가죽조끼에서 성냥을 꺼내 파이프에 불을 붙이고 흐뭇하게 담배를 피우며 내게 물었다.

"진짜 미국인이오?"

"네, 백 퍼센트 미국인입니다."

"여기에도 미국인이 한 명 있죠, 지국장님. 아, 미국정보국에서 온 '친구들'도 있구나."

"친구들? 친구는 개뿔. 우리들의 주인이지."

로버트가 계속 싱글거리며 물었다.

"이 젊은 친구도 정보국에서 온 게 아닐까?"

포웰이 말했다.

"이 분은 책을 쓰는 작가야."

"부카린도 책을 썼어."

"스탈린한테 숙청되기 전의 일이지."

"협동농장에 반대한다고 숙청되다니? 당시에는 집단 의견에 반대하는 발언만 해도 당장 총살이었으니까."

로버트가 나에게 물었다.

"협동농장에 반대해요?"

"반대한다는 이유로 총살된다면 안 해야죠."

"똑똑한 젊은이네. 환영해요."

로버트의 귀에 닿지 않을 만큼 걸어간 포웰이 내게 말했다.

"저 독일 바보를 조심해요. 이 방송국의 독일어 뉴스 책임자죠. 즉,

지국장 다음 가는 파워맨이라 할 수 있어요. 필시 저 자리까지 오른 걸 보면 서독비밀경찰이 틀림없어요."

우리는 다음 책상으로 갔다. 머리카락을 세우고 얼굴을 하얗게 화장한 여자가 커다란 헤드폰을 끼고 릴 테이프를 듣고 있었다. 그녀는 담배를 피우고 있었으며, 책상에는 빈 콜라 병 세 개가 놓여 있었다.

포웰이 여자에게 폴란드 말로 인사했다. 여자는 씩 웃으며 포웰을 보고 나서 일부러 눈을 감고 혼자 노래를 불렀다. 헤드폰으로 듣고 있는 노래 같았다. 여자가 부르는 노래는 조 잭슨이 부른 〈이즈 쉬 리얼리 고잉 아웃 위드 힘Is She really going out with him〉이었다. 포웰이 다시 말을 걸었지만 여자는 더 크게 비웃고는 눈을 꽉 감았다.

포웰이 여자의 어깨를 톡 쳤다. 여자는 내키지 않는 듯 천천히 헤드폰을 벗었다. 여자와 포웰은 속사포처럼 빨리 폴란드 말을 주고받았다.

포웰이 나에게 고갯짓하며 독일어로 말했다.

"내 동포 말고르자타를 소개할게요."

여자가 유창한 영어로 말했다.

"영문으로는 마가렛이죠."

포웰이 말고르자타에게 말했다.

"여기서는 독일어를 쓰는데, 네스비트 씨가 미국인인 건 어떻게 알았어?"

"겉모습만 봐도 알아요. 척 보기에도 괜찮은 미국인 차림새잖아요."

"들었죠? 즐로타 바바 말고르자타가 보자마자 댁을 꼬드기는군요."

말고르자타는 폴란드 어로 포웰에게 뭐라고 맞섰다.

내가 말했다.

"무슨 얘기인지 저도 좀 알 수 있을까요?"

말고르자타가 말했다.

"포웰이 나를 즐로타 바바라고 불렀어요."

내가 물었다.

"즐로타 바바가 무슨 뜻이죠?"

"최고의 여자라는 뜻이에요."

포웰이 독일어로 말했다.

"분명 칭찬하는 말이죠."

"아뇨, 놀리는 말이에요. 자, 이제 포웰이 뭐라 하든지 저는 일이나 할래요. 미안하지만 포웰의 착한 미국인 친구도……."

나는 말고르자타의 말을 가로챘다.

"우리는 친구 사이가 아닙니다."

"그 말을 들으니 한결 마음이 놓이네요. 저는 음악 담당이에요. 베를린 장벽 너머로 내보낼 노래들을 고르죠. 네스비트 씨는 무슨 일을 하죠?"

"글을 씁니다."

"틀림없이 재밌는 글이겠군요. 우리 또 만나요."

말고르자타가 다시 헤드폰을 쓰더니 의자를 빙글 돌려 포웰에게서 돌아앉았다.

나는 말고르자타의 자리에서 멀어지는 동안 포웰에게 말했다.

"여자를 대하는 방식이 참 뛰어나시네요."

"물론이죠. 말고르자타도 나와 사귀었는걸요."

"하나 물어봐도 될까요? 이 방송국에서 혹시 사귀지 않은 여자도 있습니까?"

포웰은 스튜디오로 가는 여자를 고갯짓으로 가리키며 말했다.

"바로 저 여자."

페트라였다. 페트라가 포웰의 말을 들었을까? 그것은 모르겠지만 포웰이 '저 여자'라고 말하는 순간, 페트라가 우리 쪽을 돌아보았다.

페트라는 나를 보고 움찔 놀라는 것 같았다. 그러다가 곧 미소를 지으며 나에게 고개를 까딱해 인사했다. 페트라를 보자마자 내 몸에는 또 짜릿한 전기가 흘렀다. 단 몇 초 동안 눈이 마주쳤을 뿐인데, 나는 왼손에 원고를 들고 스튜디오로 가는 페트라에게서 눈을 뗄 수 없었다. 이번에는 늘씬한 다리와 우아하게 움직이는 허리도 눈에 띄었다. 머리카락을 가볍게 쓸어 넘기는 모습도 매력적이었다.

페트라는 스튜디오 문 앞에서 얼른 몸을 돌려 다시 나를 쳐다보았다. 페트라가 나를 향해 다시 한 번 고개를 까딱했다. 그 고갯짓. 아무것도 아닌 동시에 전부인 몸짓. 그저 고갯짓이라 생각하면 아무것도 아니었지만 페트라가 몸을 돌려 나를 다시 확인했기에 무한한 의미를 담은 몸짓일 수도 있었다. 나도 모르게 페트라를 보며 빙긋 웃었다. 페트라는 고개를 숙이고 녹음 스튜디오로 들어갔다.

그렇게 헤벌쭉 웃다니 잘못한 걸까? 내가 너무 오버했을까? 보이지 않는 경계를 너무 빨리 넘어섰나? 페트라가 고개를 숙이고 몸을 돌려 스튜디오로 들어간 이유가 무엇이든 나는 그녀의 행동 때문에 괴로웠다. 분명 앞으로 며칠 동안 계속해서 괴로울 것 같은 예감이 들었.

내 이성이 나를 타일렀다. '잊어버려, 잊어버려. 다 네 상상일 뿐이야. 기껏 몇 마디 나눈 게 전부인 여자를 네가 상상 속 상대로 삼았을 뿐이야. 괜히 소설을 지어내지 마.'

"저 여자는 난공불락이죠."

"그렇게 보이네요."

나는 스튜디오 방음창에서 눈길을 돌릴 수 없었다. 페트라는 함께 있는 남자의 말에 웃고 있었다. 30대로 보이는 꽤 매력적인 남자였다. 남자가 재미있는 농담을 던졌는지 페트라는 더 크게 웃으며 남자의 어깨를 툭 쳤다. 나는 또 어이없는 생각에 빠져들었다.

'두 사람이 애인 사이인가? 저 남자가 내 연적이라면 만만치 않겠는걸.'

포웰이 말했다.

"저 여자는 비밀투성이죠. 딱 한 가지, 동독에서 정치적인 이유로 추방됐다는 것만 알려져 있어요. 지국장과 미국정보원들을 빼고는 아무도 페트라 두스만에 대해 몰라요."

나는 최대한 가볍게 보이려 애쓰며 물었다.

"만나는 남자는 있어요?"

"그야 모르죠. 페트라한테 데이트를 신청할 생각이라면 아예 포기하는 게 좋아요. 시간 낭비일 테니까. 이 방송국에서 가장 폐쇄적인 여자니까. 번역 일은 정확하고 전문적이고 사려 깊어요. 하지만 그 이상은 없어요. 전혀 개인적인 친분을 만들지 않죠. 지난 크리스마스 파티 때에는 한 시간 정도 참석해 조금 이야기를 나누더니 일찍 돌아가더군요. 사는 곳이 크로이츠베르크라던가?"

크로이츠베르크라니? 나와 그녀가 같은 동네에 살고 있다는 사실을 알게 된 기쁨을 포웰에게 들키지 않아 천만다행이었다. 나는 계속 녹음 스튜디오를 바라보았다. 페트라는 남자와 회의를 마쳤는지 문으로 나오며 남자에게 손을 흔들어 인사했다.

'두 사람이 연인 사이라면 키스를 했겠지? 아니면 눈빛만이라도 주고받았겠지? 아, 내가 왜 이러지? 직장 동료끼리 이야기하는 장면을 보고 연인 사이라 상상하고……. 도대체 왜 이러는 거야?'

페트라가 스튜디오에서 나왔다. 그녀는 나를 쳐다보지도 않고 사무실 공간에서 사라졌다. 내 머릿속에서는 페트라를 다시 보고 싶다는 생각이 비죽비죽 솟구쳤다. 또 다른 나는 어이없는 상상일 뿐이라고 계속 나 자신을 타일렀고, 그러는 편이 분명 더 이성적일 테지만 나는 페트라에 대한 생각을 단념할 수 없었다. 이 방송국에는 이상한 구석이 있었다. 나는 지금껏 한 번도 겪어본 적 없는 풍경 속에 들어와 있었다. 그 모두가 페트라 때문이었다.

페트라는 왜 스튜디오를 나가면서 나를 돌아보지 않았을까?

"데이트 신청을 했는데 손톱 만큼도 관심을 안 보이더군요. 나는 그저 남녀 사이에 오갈 수 있는 말을 한 것뿐이거든요. 소라야도 그런 말 정도는 웃으면서 대꾸하죠. 그런데 페트라에게는 어림없었어요. 철옹성이었죠. 폴란드에서는 이런 농담이 있어요. 소련 공산주의자보다 더 심한 사람이 있다면 그건 바로 독일공산주의자라고."

"하지만 동독에서 추방됐다면서요? 공산주의자라고 할 수는 없잖아요."

"그렇지만 아직 그 체제의 사고방식이 남아 있다고 봐야죠."

"반체제 문제로 추방됐는데 그럴 리가요."

"반체제 인사는 원래 체제를 철저히 믿는 사람 가운데 나오기 마련이죠. 충성도가 높은 당원이 변절하니까 더 크게 처벌을 받는 거죠. 독실한 사제가 파계 당하면 여자들과 닥치는 대로 자게 되는 셈이랄까."

"파계된 사제는 본인 사연인가요?"

"내가 폴란드 출신이라고 하면 미국인들은 으레 공산당을 피해 탈출했거나 서방세계를 막연히 동경했기 때문일 거라 생각하더군요."

"그럼 사실이 아닌가요?"

"어쨌든 그처럼 단순하진 않아요. 나는 함부르크 영화대학교에 합격했고, 폴란드 정부의 허가를 얻어 대학교에 다녔어요."

"아무런 조건도 없었나요?"

"물론 조건이야 있었죠. 늘 그래요. 하지만 지금은 그 이야기를 하고 싶지 않네요. 나중에 더 친해지면 그때 해요. 자, 이제는 네스비트 씨가 어떤 글을 구상하고 있는지 들어볼까요?"

포웰의 책상 앞이었다. 가죽 재킷을 입고 검은 안경을 쓴 포웰이 역시 검은 가죽 재킷과 네모진 안경을 쓴 50대 남자와 함께 찍은 사진이 있었다.

포웰이 물었다.

"누군지 알아요?"

"동포인가요?"

"안드레이 바이다도 몰라요?"

"폴란드의 위대한 영화감독이죠."

"아는 게 한둘은 되는군요. 바이다는 나에게 아버지 같은 존재죠. 내가 함부르크에 있는 영화학교에서 영화 연출을 전공하게 힘을 써주기도 한 분이에요."

"그런데 어쩌다가 여기서 일하게 됐죠?"

"영화는 만들지 않고, 왜 미국 정치 선전을 위한 프로그램이나 만들고 있느냐는 뜻인가요?"

"제가 말한 원래 뜻보다는 훨씬 자학적인 표현이네요."

"나도 잠에서 깨는 아침마다 그런 생각을 하니까요. 영화를 만드는 일은 쉽지 않아요. 돈이 많이 들고, 갖가지 복잡한 일을 조절해야 하죠. 게을러서인지 나에게는 그런 일이 벅차더군요. 게으르게 사는 게 나한테 맞아요. 그래서 여기 〈라디오리버티〉에서 동독 사람들에게 소박한 서방 이야기를 소박하게 소개하는 일을 하고 있죠. 자, 내 이야기는 이쯤 해두고 이제부터 원고 이야기를 할까요. 담당 피디로서 작가가 어떤 원고를 구상하고 있는지 정도는 알아야 하고……."

포웰은 깍지 낀 양손을 머리 뒤에 대고 의자에 몸을 묻었다. 이제 듣기만 하겠다는 자세였다. 나는 목청을 가다듬고 숨을 깊이 들이쉬었다. 지국장에게 한 이야기를 되풀이했다. 포웰은 무심한 표정으로 그저 듣기만 했다. 내가 말을 마치자 포웰은 고개를 갸웃하고 나서 손가락으로 머리카락을 쓸어 넘기며 말했다.

"장벽을 넘어가 알게 된 게 고작 그것뿐이에요? 음식은 형편없고, 옷은 합성섬유 재질이고, 건물이 잿빛이라는 것? 동독사람들이 우리 방송을 들으면서 '저 외국인은 적어도 고리타분한 소리는 하지 않는군'이라고 생각할 만한 게 있어야죠. 내가 지금껏 들은 이야기에는 독창성도 없고, 깊이 있는 시각도 없어요. 나흘 뒤에 독창적인 이야기를 들고 다시 와요. 그러면 방송을 고려해 보죠. 하지만 방금 이야기한 것처럼 뻔한 원고를 가져오면……."

나는 얼굴을 정통으로 얻어맞은 기분이었다. 지국장은 내 이야기를 좋아했는데 포웰은 교통경찰 역할을 자임했다. 더구나 포웰은 우리 관계에서 자신이 위에 있다는 걸 확실히 해두려 했다. 나는 '지국장님은 제 이야기가 괜찮다고 했습니다' 같은 말을 하려 했지만, 그럴 경우 포웰이 뭐라 대답할지 뻔했다.

'프로그램을 만드는 사람은 지국장님이 아니라 바로 나요.'

이런 순간, 내 머릿속에서는 아버지가 떠오른다. 아버지는 의견이 맞지 않는 사람을 만나면 욕을 했다. 결국 아버지는 사회생활에서 낙오했다. 이런 순간 포웰에게 내가 책을 출간한 바 있는 작가이며 상관인 지국장도 내 이야기를 듣고 좋아했다는 말을 해봐야 그다지 좋은 대책이 아니라는 걸 잘 알고 있었다. 그래서 이렇게 말했다.

"보통 원고 분량은 얼마나 될까요? 마감은 며칠까지죠?"

"나흘 안에 열 장 분량으로 써오면 돼요. 날짜를 넘기면 안 받겠습니다."

포웰은 의자를 돌리고 서류를 집어들었다. 대화가 끝났다는 걸 알리는 몸짓이었다.

나는 가만히 선 채로 말했다.

"그럼 나흘 뒤에 뵙죠."

포웰은 살짝 고개만 끄덕였다. 나는 밖으로 나가면서 사무실 공간을 훑어보았다. 혹시 페트라를 다시 볼 수 있을까 했지만 보이지 않았다. 출입구로 가서 방문증을 주고 여권을 받아 거리로 나갔다.

한 시간 뒤, 크로이츠베르크의 집에 도착했다. 노트를 펴고 글을 쓰기 시작했다. 생각마다 온통 페트라가 끼어들었다. 나는 현실적으로 생각하라고 계속 나 자신을 타일렀다.

'포웰이 페트라에 대해 뭐라 말했는지 잘 생각해. 페트라는 폐쇄적인 얼음 공주라잖아. 페트라가 왜 너에게 관심을 두겠어? 너한테 미소를 지었다 치자. 그건 그저 예의로 지은 미소야. 네가 너무 눈에 띄게 관심을 보이니까 어쩔 수 없이 미소를 지은 것이거나. 이봐, 네 눈길을 끌고 감정을 부풀어 오르게 한 여자가 어디 한둘이야? 저 여자가 진짜 네 짝이 아닐까 생각한 적이 한두 번이야?'

하지만 페트라를 처음 본 순간처럼 기묘하고 강력한 확신을 느낀 적은 단 한 번도 없었다. 내가 아무리 생각을 바꾸려 애써도 내 안의 목소리가 점점 더 크게 울렸다.

'지금 느끼고 생각하는 게 다 맞아. 페트라가 바로 진짜 네 짝이야.'

하지만 겨우 한 번 봤을 뿐인 여자를 내 짝이라고 확신하다니? 커피 한 잔 같이 마신 적도 없는데 나는 왜 페트라를 계속 집요하게 생각하고 있을까?

나는 머릿속을 오가는 생각을 모두 노트에 적었다. 그런 다음 노트를 덮고 멀찍이 밀쳐두었다. 아마도 내일 지금 적은 글을 다시 읽는다면 내 자신의 어리석은 생각을 크게 비웃게 되리라.

냉장고에서 폴라네르 맥주를 꺼냈다. 내가 즐겨 마시는 맥주. 가격이 한 병에 75페니히로 내 빡빡한 생활비에 맞는 값싼 맥주였다. 담배는 미리 세 개비를 말아두고, 선반으로 가 빨간 올리베티 타자기를 꺼냈다.

시간은 12시 33분. 이 빌어먹을 원고를 포웰에게 빨리 가져갈수록 페트라를 더 빨리 볼 수 있겠지. 내일 아침에 페트라에게 전화해 데이트하자고 말하고 싶었지만 포웰의 말이 거짓이 아니라면 괜히 서둘렀다가 일을 망칠 수도 있었다.

'내가 성급하게 관심을 표하면 아예 문을 닫아 버릴지도 몰라.'

아무튼 침착하게 처신할 필요가 있었다.

어쨌든 원고를 쓰는 게 급선무였다. 〈라디오리버티〉에서 인정을 받아야 베를린에서 정기적인 수입을 얻을 수 있다. 선금으로 받은 돈을 아껴 써야 책을 집필할 때도 돈 때문에 다른 일에 정신을 팔지 않을 수 있다.

타자기에 종이를 끼우고, 허리를 꼿꼿이 폈다. 담배에 불을 붙이고, 연기를 깊이 빨아들였다. 원고를 어떻게 시작할까. 원래는 지국장에게 설명한 대로 찰리검문소를 지나간 시점부터 시작하려 했다. 총천연색에서 흑백으로 갑자기 변모한 세상을 묘사하려 했다. 그러나 포웰의 비판이 마음에 걸렸다.

나는 타자기 앞에 앉아 '첫 문장을 어떻게 시작할까?' 하는 문제로 고민을 거듭했다. 포웰이 지적한 문제를 다시 한 번 떠올렸다. 인정하긴 싫지만 포웰의 말에 일리가 있었다. 동독사람들이 왜 이미 알고 있는 이야기를 굳이 들으려 하겠는가? 공산주의 사회의 도시가 잿빛이라는 건 진부하기 짝이 없는 이야기인데 왜 그 부분을 또 들추어내는가? 베를린 장벽과 감시가 심한 동독사회 이야기는 스파이 소설에서도 자주 언급되는 소재인데 과연 그 이야기를 또 할 필요가 있겠는가? 포웰이 내게 하려던 말은 '뻔한 걸 뻔하지 않게 이야기할 방법을 찾아야 한다'가 아닐까?

편집자나 제작자와 일할 때에는 그들이 바라지 않는 글이 무엇인지 먼저 알아야 한다. 포웰은 서방사람들이 동유럽을 무조건 깔보는 글을 싫어하는 게 분명했다. 그래서 나는 그 부분을 최대한 줄이고, 아름다운 서점 여자 이야기에 집중하기로 마음먹었다. 그래서……

갑자기 손이 저절로 첫 문장을 타자하기 시작했다.

'눈은 왜 세상을 고요하게 만들까? 눈은 왜 세상을 정화하고 우리를 존재론적 절망에 가득 찬 어른의 세계에서 끌어내 동심의 세계로 돌아가게 할까? 우리의 어린 시절은 에드나 세인트 빈센트 밀레이가 말했듯 마법의 왕궁이다. 아무도 죽지 않고, 아무도 장벽을 쌓지 않는 곳.'

잠깐 타자를 멈췄다. 포웰이 과연 '존재론적 절망' 같은 말을 좋아할까? 그렇지만 문장 하나하나까지 포웰의 눈치를 보지는 말자고 마음먹었다. 남이 내 글을 어떻게 볼지 염려될 때의 해결책은 단 한 가지다. 일단 적고 나중에 다시 읽어 보는 것이다.

나는 새 담배에 불을 붙였다. 담배를 깊이 빨고 다시 타자를 시작했다. 세 시간 동안 줄곧 글에만 열중했다. 가끔 손닿는 곳에 놓아둔 맥주를 마시고, 새 종이를 타자기에 끼울 때를 빼고는 글만 썼다.

마지막 단어를 타자하고 나서 종이를 타자기에서 홱 빼낸 다음 담배에 불을 붙였다. 어지럽고 피곤했다. 시계를 보니 새벽 3시 직전이었다. 여덟 장의 원고를 챙기고, 타자기를 다시 케이스에 넣어 선반에 올려두었다. 재킷을 집어 들고 아래로 내려갔다. 현관을 나가려다가 알스테어 때문에 걸음을 멈췄다.

"타자 치는 소리 때문에 짜증났소."

"이제 음악소리 때문에 내 기분이 어땠는지 알겠죠? 그런데 헤드폰은 왜 안 썼죠?"

"그림을 그릴 수 없을 때에는 음악을 안 들으니까. 오늘은 그림을 못 그렸소."

"왜요?"

"못 그리겠으니까. 글을 쓰다가 막혔을 때, 왜 막혔느냐는 질문을 받으면 댁은 뭐라 답하는데요?"

"글을 쓰다가 막힌 적이 없어서 잘 모르겠는데요."

"그렇겠지. 댁은 빌어먹을 미국인이니까. 자기 자신을 한 가닥 의심 없이 완전하다고 믿고, 세상이 온통 자기 위주로 돌아간다고 착각하고……."

알스테어의 짜증에도 나는 여전히 부드럽게 말했다.

"그냥 입 다물고 나가서 한잔 할까요?"

그러자 알스테어가 잠시 생각하더니 말했다.

"내가 말을 좀 함부로 하지요?"

"절대 아니라고는 말 못하죠."

밖으로 나왔을 때에는 새벽 4시가 머지않은 시간이었다. 베를린에서는 보기 드물 만큼 맑은 하늘이었다. 세 시간 동안 글쓰기에 열중했더니 해방감과 함께 기분 좋은 피로감이 밀려왔다. 그래서인지 영하 10도의 추운 날씨인데도 정신이 번쩍 들지는 않았다. 나는 브레히트가 가사를 쓰고 쿠르트 베일이 작곡한 노래를 불렀다.

"아, 가까운 위스키 바로 안내해……."

알스테어가 웃으며 노래를 이어 불렀다.

"오, 왜냐고 묻지 마, 왜냐고 묻지 마. 가까운 위스키 바를 못 찾으면 정말이지 죽을 거야. 정말이야, 정말이야. 정말이지 죽을 거야."

내가 다시 끼어들었다.

"아, 앨라배마의 달이여 이제 작별인사를 해야 해요. 다정한 우리 엄마가 세상을 떠났어요. 그래서 위스키를 마셔야 해요."

알스테어는 이제 이런 놀이는 식상하다는 듯이 손을 내저었다.

"바로 그거요. 앨라배마의 달."

"무슨 뜻이죠?"

"내가 가고 있는 곳."

"여기에 앨라배마의 달이라는 술집이 있어요?"

"당연하지. 여기는 베를린이잖소."

그 술집은 택시를 타고 가야 했다. 택시는 템펠호프공항 근처 구불구불한 길을 지났다. 나는 템펠호프공항을 구경한 적이 있었다. 여행안내책자마다 아르데코 미학을 볼 수 있는 건물이라 극찬해놓았기 때문이다. 정말이지 템펠호프공항은 분단 전부터 베를린에 존재한 매우 뛰어난 건축물임에 틀림없었다.

알스테어가 말했다.

"나치가 가진 건 동성애 감수성뿐이었소. 나치즘은 동성애를 숨기려는 의도 아래 유대인과 집시, 동성애자를 체제의 적으로 분류한 것이지. 히틀러와 그의 추종자들은 자신 안에 내재한 동성애 기질을 스스로 인정할 수 없었던 거요. 역사학자들이 왜 그런 사실을 치밀하게 파고들지 않는지 이상할 뿐이오. 이차대전은 히틀러 일당이 동성애를 숨기려고 벌인 전쟁인데 말이오. 히틀러의 친구이자 레즈비언 영화감독인 레니 리펜스탈의 영화를 봐요. 〈의지의 승리〉와 〈올림피아〉는 여태껏 나온 영화들 중에서 가장 뛰어난 호모에로티시즘을 담고 있지……."

알스테어는 소리 높여 혼자 떠들어댔다. 마치 흥분제에 취한 사람 같았다. 물론 알스테어라면 흥분제를 먹었다 해도 결코 이상한 일이 아니겠지만……. 아무튼 그의 말에 나도 모르게 빙긋 웃었다. 게다가 그가 독일어가 아닌 영어로 떠드는 게 나로선 고마웠다. 이십대 후반으로 보이는 택시운전사가 그의 말을 듣고 오해하는 일이 없도록 그 나름대로 주의를 기울인 것이다.

알스테어가 말했다.

"부처처럼 빙글빙글 웃고만 있지 말고, 나에게 헛소리 그만하라고 해야 하지 않소?"

"나치에 대한 당신의 해석을 언젠가 강의 소재로 써야 할 것 같은데요. 사람들에게 오히려 그런 역사 해석이 잘 먹히지 않을까요?"

"계속 나를 놀리는군."

"제가 당신처럼 멋진 분을 왜 놀린다고 그러세요?"

그러자 알스테어는 흠칫 놀라며 고개를 끄덕였다.

우리는 인적이 드문 거리의 어떤 건물 문 앞에서 택시를 내렸다. 간판에는 그래피티 같은 글씨체로 〈앨라배마의 달〉이라 적혀 있었다. 허름한 거리였고 상점도, 아파트도, 오가는 자동차도 없었다. 오로지 달빛을 받아 빛나는 창고 같은 건물뿐이었다. 그러나 택시에서 내릴 때부터 '크다'는 말로는 설명이 부족할 만큼 시끄러운 불협화음이 내 귀를 때렸다.

알스테어가 말했다.

"여긴 조금 이상한 곳이라는 말을 미처 못 했군요."

우리는 문으로 갔다. 빡빡 깎은 머리, 툭 튀어나온 이두박근, 심한 문신을 한 남자가 문지기처럼 문 앞에서 10마르크씩 입장료를 받았다. 그 남자가 무기를 겨누지 않는 게 이상하게 보일 만큼 인상이 우락부락했다. 음악소리와 말소리가 크게 울렸다. 통로는 자줏빛 네온만 빛을 낼 뿐 대체로 어두웠다.

우린 안으로 들어갔다. 〈앨라배마의 달〉은 바이커들이 즐겨 모이는 술집이나 게이바, 헤비메탈 따위의 술집이 아니었다. 그 모두를 한곳에 모은 곳이라고나 할까. 농구코트만 한 공간에 천장 높이는 3미터도 되지 않았고, 베를린의 여러 술집들처럼 온통 검은색으로 꾸며놓았다. 보라색 네온 조명만이 겨우 빛을 냈다. 한쪽 벽에는 바가 길게 뻗어 있었다. 그 맞은편에 작은 무대가 있고, 흑인 남자 다섯 명으로 구성된 밴드가 트럼펫·색소폰·피아노·베이스·드럼을 각기 연주했다. 나이는 20대(색소폰)부터 70대(피아노)까지 다양한 이 5인조 밴드는 프리재즈라 할 만한 음악들을 선보이고 있었다.

손님들은 각자 자기만의 욕망에 빠져 있었다. 바에서는 보드카와 맥주만 파는 것 같았다. 대마초 냄새가 곳곳에 떠다녔고, 보이는 사람마다 손에 담배를 들고 있었다. 술집 한 구석에서 마약을 하는 사람들, 두 명이 짝을 지어 검은 커튼 뒤로 사라지는 사람들도 보였다.

나는 알스테어가 다른 중독자들과 마약을 하러 사라진 게 아닐까 생각하며 주변을 둘러보았다. 알스테어는 바에서 보드카를 마시고 담배를 피우며 근육질의 스킨헤드족과 이야기에 빠져 있었다. 알스테어는 잠깐 나를 보았지만 아는 체하지 않고 스킨헤드족과 계속 이야기를 나눴다.

나도 고개를 돌리고 주변의 모든 걸 자세히 관찰했다. 음악에 고막이 찢어질 것 같고, 담배연기 때문에 눈물이 날 것 같았다. 마음 한쪽에서 얼른 달아나고 싶은 생각이 일었다. 누가 커튼에 불을 지르기라도 한다면 이 공간 안에 있는 7백 명 모두가 패닉 상태에 빠져 출구를 못 찾고 아우성치다가 죽을 게 뻔했다. 하지만 그건 늘 지나치게 조심하고 경계하는 나의 습관에서 비롯된 생각일 뿐이었다. 또 다른 나 즉, 극단적인 걸 좋아하는 나는 오히려 이 무질서한 세계에 감탄했다. 정말 멋지게 데카당스한 풍경이었다. 아무것도 금지되지 않은 향락 그 자체. 누구랄 것도 없이 서로 대마초 파이프를 넘겼다. 나도 받아 두 모금을 빨았다. 머리가 핑 돌았다.

"좋아요?"

그렇게 물은 사람은 자그마한 키의 20대 초반 여자였다. 머리를 허리 중간까지 길게 늘어뜨리고 정성껏 땋은 여자. 왼쪽 얼굴은 가부키 배우처럼 하얗게, 오른쪽 얼굴은 새까맣게 화장한 게 특이했다. 입술은 보랏빛이었다. 그건 보랏빛 네온불빛 때문일 수도 있고, 내가 대마초 기운에 취해 색을 잘못 보았을 수도 있었다.

"재미있네요."

"한 모금 더 해요."

여자가 다시 대마초 파이프를 내밀었다. 나는 한 모금 더 살짝 빨았다. 그런데 이번에는 대마초가 아니었다. 나는 콜록콜록 기침을 했다.

"파이프 안에 든 게 뭐죠?"

"스컹크."

"뭐요?"

"스컹크. 어서 가요."

여자가 내 손을 잡아끌었다.

"어딜?"

"뒤쪽."

나는 여자의 손에 이끌려 사람들을 헤치고 나아갔다. 이제 주위의 소리는 모두 비현실적으로 들렸다. 사람들을 헤치고 가느라 한참 시간이 걸렸다.

마침내 검은 커튼 앞에 다다랐다. 여자는 커튼 너머로 나를 끌어당겼다. 매트리스들이 놓여 있고, 여러 커플이 갖가지 체위로 섹스 파티를 벌이고 있었다. 스컹크 기운 때문일까. 그 광경이 지나쳤기 때문일까. 너무 지나친 모험에서는 한 걸음 물러서는 나의 조심스러운 습관 때문일까. 아니, 그저 사람들 앞에서 낯선 여자와 섹스하기 싫었기 때문일까. 혹은 양쪽을 완전히 다르게 화장한 조그마한 여자에게 그다지 마음이 끌리지 않았기 때문일까.

머릿속에서 온갖 잡생각이 떠올랐다. 페트라. 페트라를 그렇게 간절히 생각하면서 내가 어떻게 이 낯선 여자와 지저분한 매트리스에 올라갈 수 있겠는가.

여자가 말했다.

"젠장, 빈 매트리스가 없네."

나도 주변을 둘러보았다. 정말 빈자리가 없었다.

여자는 다음에 보자고 말하며 그곳을 나갔다.

나는 생각했다.

'일이 생각보다 쉽게 풀렸네. 얼른 여기서 나가야 해.'

그 다음은 잘 생각나지 않는다. 다만 헐떡이는 사람들에게서 등을 돌리고 커튼 밖으로 나가려 할 때, 확연한 미국 억양으로 말하는 여자의 목소리가 들린 것만은 생생하게 기억났다.

"달의 뒤편에서 이런 일이 벌어지리라고는 아무도 생각 못하겠죠."

나는 그 목소리의 주인공이 누구인지 보려고 안을 둘러보았다. 어둠 속에서 벌거벗은 사람들의 윤곽밖에 볼 수 없었다. 어쩌면 스컹크 약효 때문에, 혹은 내 강박관념 때문에 헛소리를 들었는지도 모른다.

나는 사람들을 밀치고 긴 복도를 지나 거리로 나왔다. 아, 이런 젠장. 스컹크는 약효가 셌다. 자동차 불빛이 비췄고, 주위에 다른 빛은 없었다. 갑자기 택시가 나타났다. 나는 택시에 올라 간신히 내 주소를 웅얼거렸다. 택시운전사는 그다지 화도 내지 않고 나에게 세 번이나 주소를 되물었다. 택시가 출발하자 나는 뒷자리에 웅크리고 앉아 바보처럼 울기 시작했다. 내 슬픔이 모두 쏟아지는 듯했다. 한심한 약 때문에 감정이 극에 달하다니…….

마침내 집 앞에 다다랐다. 나는 운전사에게 돈을 주고 비틀거리며 집으로 올라가 침대에서 옷을 다 벗고 오들오들 몸을 떨었다. 침대가, 방이 빙글빙글 맴을 돌았다. 마치 롤러코스터를 탄 것 같았다. 토할 것 같았다. 화장실로 가다가 미처 다 못 가 마구 토했다. 주방으로 비틀비틀 걸어가 차가운 수돗물에 얼굴을 들이밀었다. 그런 다음 나 자신에게 욕을 퍼붓고는 다시 침대로 가 엎드린 채 잠들었다.

아침이었다. 아니 창으로 빛이 들어와 눈을 떴다. 여전히 정신이 들지 않았다. 혀를 입술에 대어 보았다. 간밤에 토한 찌꺼기가 입술에 말라붙어 있었다. 시트도 땀으로 흠뻑 젖어들어 있었다. 몸을 움직이려 했지만 열과 한기가 동시에 느껴지며 몹시 어지러웠다. 일어서기조차 힘들었다. 걸음을 걷는다는 건 더욱 힘들었다. 지난밤의 흔적 때문에 다시 토할 뻔했다. 사방이 토사물 천지였다.

내 자신의 어리석음 때문에 벌어진 일을 모른 체하려고 손으로 눈을 가린 채 바닥에 웅크리고 싶을 때가 있기 마련이다. 하지만 아버지는 해병대 출신답게 침대시트는 늘 잘 정리해야 하고, 구두는 늘 반짝이게 닦아야 하고, 청소는 늘 깔끔하게 해야 한다는 가르침을 내 침대 머리맡에서 항상 주입했다. 그런 주입 교육 때문인지 나는 바닥에 웅크리지 않고 주방으로 가 수돗물에 머리를 댔다. 차가운 수돗물에 정신이 들길 바랐다. 그런 다음 걸레, 양동이, 고무장갑, 세제를 꺼냈다.

한 시간 동안 내가 간밤에 남긴 끔찍한 흔적을 깨끗이 지웠다. 내 어리석음의 흔적이 전혀 보이지 않을 때까지 욕실을 깨끗이 청소했다. 욕실이 깨끗해지고 세제의 레몬 향으로 향기로워지고 나서 침대시트를 갈고, 차가운 물에 샤워했다.

커피 두 잔을 벌컥벌컥 들이켜 정신을 추스르고 나서 지난밤에 벌어졌던 일들을 모두 노트에 적기 시작했다. 한참 글을 쓰다가 그제야 그때가 몇 시인지 시간도 확인하지 않았다는 걸 깨달았다.

손목시계를 흘긋 보니 2시 30분이었다. 세상에 낮이 절반도 넘게 지나가 있었다. 잃어버린 시간을 찾을 방법을 생각하기 시작했다. 간밤의 일을 다 적고 나서 시트를 세탁소로 가져가고, 카페 이스탄불에서 늦은 점심을 먹고, 거기서 방송국 원고를 손봐야지. 머리는 아직 맑지 않지만 원고를 방송국에 가져가려면 반드시 지금 읽고 정리해야 해.

자제하자, 자제하자. 자제만이 혼란스러워지기 쉬운 삶에 대한 약이다. 하지만 지난밤의 미친 경험을 적을수록 그 타락과 방종이 점점 더 즐겁게 느껴졌다. 그 술집에 모인 사람들은 궁극적으로 무엇을 찾고 있었을까? 그저 잠시 일탈과 위안을 바랐을까? 〈앨라배마의 달〉은 갇힌 한계에서 벗어나는 일이라면 뭐든 할 수 있는 곳이었다. 그 술집의 손님들 대부분이 나와 비슷한 처지일 게 뻔했다. 서베를린에서 살기로 마음먹은 것이나 〈앨라배마의 달〉에서 즐긴다는 건 궁극적으로 나와 비슷한 이유 때문이 아닐까? 거기서는 사회적으로 자신과 맞는 사람만 만나게 되지 않는다. 자신을 과시할 필요도 없다. 원하는 상대와 동침해도 주위에서 뭐라 떠드는 사람들도 없다. 베를린에서는 누구나 타인을 신경 쓰지 않는다. 모두 제각각이며 혼자다. 이런 면에 기질이 맞아야만 베를린에서 살 수 있다.

나는 그런 생각들을 모두 글로 적고, 만년필 뚜껑을 닫았다. 끔찍하기만 했던 몸 상태가 조금 나아져 빨랫감 꾸러미를 집어들었다. 코트를 집어들고 아래로 내려가는데 두 가지 소리가 내 귀를 자극했다. 턴테이블 바늘이 레코드 끝까지 가서 부딪치는 소리, 아플 때 내는 신음 소리.

신음 소리는 아주 나지막했다. 피 같은 게 입 안 가득 고여 있을 때 그 사이로 내뱉는 신음 소리 같았다. 정말 내가 생각한 그대로였다. 알스테어가 입에 피를 가득 품은 채 바닥에 쓰러져 있었다. 그는 괴로운 듯 숨을 거칠게 내쉬었다. 작업실은 한 마디로 엉망이 되어 있었다. 물감이 여기저기 튀고, 붓은 두 동강 나고, 작업대는 엎어지고, 창문은 깨어져 있었다. 그것만으로는 부족한 듯 알스테어가 그리고 있던 커다란 캔버스 세 개가 날카로운 흉기에 의해 찢겨 있었다.

알스테어의 주위는 온통 피 웅덩이로 변해 옆으로 가기도 힘들었다. 계단을 뛰어 내려간 나는 모퉁이 가게로 달려가 주인에게 소리쳤다.

"경찰! 경찰! 얼른 경찰에 신고해요."

가게 주인이 경찰에 전화했다. 3분 안으로 구급차가 온다고 했다. 나는 다시 아파트로 돌아왔다. 알스테어가 아직 숨을 쉬는지 확인한 다음 마약과 관련된 물건들을 모두 찾아내 비닐봉투에 담아 창밖으로 던졌다. 바로 그 순간 문을 두드리는 소리가 들렸다. 구급요원들과 경관들이 들이닥쳤다.

구급요원들은 알스테어를 들것에 싣고 지혈했다. 경관들은 나에게 갖가지 질문을 던지고, 여권을 내놓으라 하고, 알스테어와 어떤 관계인지 물었다. 위층에서 잠자고 있었다고 말하자 경관은 이 소란이 일어나는 동안 어떻게 그리 태연하게 잠만 잘 수 있었는지 캐물었다.

나는 스컹크 때문이라고 할 수는 없어 평소에도 한 번 잠들면 잘 깨지 않는 스타일이라고 대답했다. 알스테어와는 전혀 문제없이 잘 지냈으며 폭력을 쓴 적도 없고, 법을 어긴 적도 없고……

결국 나는 경관들에게 소리쳤다.

"저 사람은 내 친구고, 십 분 전에 그가 이렇게 된 걸 발견하고 급히 달려가 경찰에 신고해 달라고 부탁한 사람도 바로 나란 말입니다."

한 경관이 나를 향해 크게 소리쳤다.

"진정해요!"

"나를 잔뜩 의심하는 것 같은데 지금 진정하게 생겼어요?"

"당신, 체포되고 싶어?"

경관이 내 멱살을 잡고 흔들었다.

더 나이가 많은 다른 경관이 동료를 제지하고는 범인이라 의심해서가 아니라 절차상 묻는 것이니 잘 협조해달라고 말했다.

"이제 친구 이야기를 해보죠. 친구 이름이 뭐죠?"

"알스테어 피치몬스로스."

나이 많은 경관이 다른 경관에게 말했다.

"들었지? 아래 가게로 가서 알스테어 피치몬스로스를 아는 사람을 찾아봐."

명령을 받은 경관이 서둘러 나가고 나서 나이 많은 경관이 나에게 질문세례를 퍼부었다. 알스테어의 국적, 직업, 생활. 나는 알스테어가 유명한 화가이며 조용한 성격이라 설명하고, 서로 사생활도 다 터놓고 지낼 만큼 친하지는 않았다고 말했다.

"하지만 이 집에서 같이 사는 건 사실이죠?"

나는 알스테어와 나의 생활 리듬이 달라 서로 다른 세상에서 사는 것이나 다름없다고 설명했다.

다른 경관 두 명이 아파트로 들어와 서랍장을 뒤지고, 책장에서 책들을 다 빼내 훑고는 2층의 내 공간으로 올라갔다. 거기도 샅샅이 뒤질 게 분명했다. 알스테어의 마약을 재빨리 없앤 게 얼마나 다행이었는지 모른다. 혹시 알스테어가 다른 곳에 마약이나 도구를 숨겼으면 어쩌나 하는 생각에 침을 꼴깍 삼켰다.

그 와중에 응급대원이 경관에게 소리쳤다.

"환자를 어느 정도 안정시켰습니다."

응급대원들이 알스테어를 현관 밖으로 내가려 했다.

내가 물었다.

"생명에는 지장이 없을까요?"

"출혈이 심한 편이지만 간신히 지혈에 성공했습니다. 빨리 신고하셨으니 망정이지 십 분만 늦었으면 이미 사망했을 겁니다."

나는 그 말을 듣고 경관을 보았다. 경관은 그저 고개만 갸웃하고는 나에게 계속 물었다.

직업은? 불법 취업은 아닌가? 책을 썼다는 증거는 있는가?

그 사이, 응급대원들이 알스테어를 눕힌 침대를 밀었다. 알스테어의 얼굴에는 호흡기가, 혈관에는 주사 튜브가 붙어 있었다.

응급대원이 경관들에게 말했다.

"한 가지 더 있어요. 이걸 보세요."

응급대원이 침대시트를 들추고 알스테어의 팔에 난 바늘 자국을 가리키며 말했다.

"이 사람, 마약중독자예요."

경관이 화난 목소리로 물었다.

"당신도 알고 있었습니까?"

"전혀 몰랐습니다."

"그 말을 지금 믿으라는 겁니까?"

"진실을 말하는 겁니다."

경관이 아파트를 더 철저히 뒤지라고 동료에게 말했다. 이제 경관들은 헤로인의 증거를 찾기 시작했다. 경관이 다시 나에게 말했다.

"당신도 소매를 걷어 봐요."

나는 소매를 걷었다. 경관이 내 팔을 찬찬히 살폈다. 그의 표정을 보아하니 깨끗한 내 팔을 보고 잔뜩 실망하는 눈치였다.

"같은 집에 사는 사람이 마약중독자인 걸 몰랐다는 게 말이 됩니까?"

그때 아래로 내려갔던 경관이 가게 주인과 함께 올라오더니 나를 가리키며 물었다.

"저 사람이 가게로 와서 경찰에 신고하라고 소리쳤습니까?"

가게 주인은 나를 잘 알았다. 내가 하루에 적어도 한 번은 그 가게에 들러 물건을 샀으니까. 터키 출신의 50대 중반 남자로 고개를 제대로 들고 있는 적이 없었다. 가게 주인이 휘둥그레진 눈으로 엉망이 된 작업실과 피를 돌아보았다.

가게 주인이 나를 보며 고개를 끄덕였다.

"맞아요. 저 사람이 신고하라고 했어요. 우리 가게 단골이죠."

"지난밤에 알스테어 씨와 함께 지나간 사람도 저 사람인가요?"

"아뇨, 아닙니다."

"확실해요?"

"여기 사는 사람은 어제 저 사람과 같이 가지 않았어요. 아니, 사실 두 사람이 같이 다니는 걸 본 적도 없습니다."

"그럼, 어제 알스테어 씨와 함께 있던 사람은 어떻게 생겼던가요?"

"키가 작고, 머리를 빡빡 밀었어요. 한쪽 뺨에 문신도 있었죠."

"어떤 문신이었죠?"

"새 그림이었나? 어두울 때 본 거라 확실하지는 않아요."

"혹시 알스테어 씨와 그 남자가 같이 있는 걸 전에도 본 적이 있습니까?"

"아뇨. 아침에 가끔 알스테어 씨와 마주치는데 남자와 같이 있을 때가 많았어요. 어제 그 남자는 처음 봤습니다."

경관이 나를 보았다.

"알스테어 씨가 밤에 집으로 남자들을 데려오나요?"

"아까도 말씀드렸지만 우린 친구이긴 하지만 사생활에 대해서는 잘 모릅니다."

경관은 내 대답이 못마땅한 양 고개를 가로저으며 내 여권을 손가락으로 톡톡 두드렸다.

"네스비트 씨, 아파트를 좀 더 수색하겠습니다."

경관 두 명이 아파트를 수색하겠다며 난장판으로 만들었다. 경관 한 사람이 내가 쓴 이집트 책을 가져와 표지에 나온 저자 사진을 형사에게 내보였다. 형사는 표지에 나온 내 약력을 읽고, 책의 처음 몇 장도 획획 넘겨가며 읽었다.

"직업은 진술한 그대로군요. 어쨌든 글을 쓰려면 관찰력이 뛰어나야 할 텐데 알스테어 씨가 마약중독자인 것도 몰랐고, 남자들을 집으로 데려온다는 것도 몰랐다고요?"

"이미 보셨다시피 위층은 독립된 생활공간입니다. 내가 현관을 나갈 때에 알스테어 씨는 대부분 자고 있습니다. 이 집에 이사한 지 며칠 됐지만 그동안 두 번쯤 맥주를 마신 게 전부입니다. 알스테어에 대해서라면 실력 있는 화가라는 것밖에는 몰라요."

형사는 내 말을 다 받아 적었지만 믿을 수 없다는 표정이었다. 위층을 뒤지던 경관들이 마약이 없다고 보고하자 형사의 얼굴은 확연히 실망하는 표정이 되었다.

형사는 이제 어쩔 것인지 생각하는 양 내 여권을 다시 손가락으로 톡톡 두드리다가 입을 열었다.

"알스테어 씨가 살아나면 당연히 진술을 받겠죠. 그 진술에 따라 네스비트 씨의 말이 전부 사실로 밝혀지면 여권을 돌려드리겠습니다."

"가게 주인도 확실히 말했잖습니까? 어제 알스테어와 함께 있던 사람은 내가 아니라고……."

"당장 여권을 써야 할 일이 있습니까? 며칠 안으로 어디 여행을 떠날 예정이라도?"

"앞으로 일주일 동안은 그럴 계획이 없습니다."

"일주일이면 일이 다 해결될 겁니다."

형사는 재킷 주머니에서 크고 두툼한 수첩을 꺼내 내 여권 인수증을 써 나에게 건네며 당분간 여권을 크로이츠베르크 경찰서에서 보관하고 있을 거라 말하고는 내 전화번호를 물었다.

나는 형사에게 아파트에는 전화가 없고, 카페 이스탄불에 메시지를 남기면 된다고 대답했다.

형사가 차갑게 말했다.

"아, 그렇죠. 예술가들은 전화를 안 쓰죠. 네스비트 씨, 만약 거짓말을 했다면 우리가 언젠가는 찾아낼 수 있다는 사실을 잊지 마세요."

"알스테어가 어느 병원으로 실려 갔는지 알려 주시겠습니까?"

"알스테어 씨한테서 진술을 받기 전에는 말해줄 수 없습니다."

형사가 나가고 경관들도 뒤따라 나갔다.

그들이 모두 사라지자마자 나는 머리가 핑핑 돌았다. 머릿속이 마차 바퀴 같았다. 나는 작업실 바닥에 널브러진 알스테어를 본 순간부터 몹시 흥분해 있었고, 몸이 어지러웠다.

그때 얼른 다른 생각이 떠올랐다.

〈라디오리버티〉에 가져갈 원고는 어디 있지? 모퉁이 가게에서 복사를 해두었어야 하는데 도대체 왜 안 했을까? 그래도 그 가게 주인이 내 이름을 못 외운 건 천만다행이었어.

곧바로 원고를 떠올린 건 당연했다. 경관들이 내 방을 뒤지는 동안 원고가 찢기거나 사라졌다면 하루 온종일 다시 써야 했기 때문이다. 경찰이 〈라디오리버티〉에 가서 내가 동성애자에다가 마약 중독자인 룸메이트를 죽이려고 한 용의자라고 떠벌릴까봐 걱정이었다. 방송국에 괜한 소문이 돌게 되면 만약 내가 페트라에게 용기를 내 데이트 신청을 해도 '괜찮아요'라며 적당히 거절할 테니까.

위층으로 올라가 가장 먼저 타자기를 놓아둔 선반으로 갔다. 타자기는 선반이 아닌 책상 위에 놓여 있었다. 키 몇 개가 아무렇게나 눌려 있었다. 경관들이 타자기 안까지 뒤진 게 틀림없었다.

심장이 멎는 것 같은 아찔한 순간이 지나고 곧 바닥에 흩어진 원고 여덟 장이 보였다. 나는 원고를 집어들고 순서대로 간추렸다. 그 다음, 노트들이 모두 그대로 있는지 확인했다. 노트들도 바닥에 흩어져 있었고, 몇몇 노트는 펼쳐져 있었다. 경찰이 내 생각이 궁금해 노트를 펼친 게 아니라 노트 갈피에 혹시 마약을 숨기진 않았는지 확인해본 것이리라.

서랍장 서랍이나 옷걸이에 있던 옷도 모두 바닥에 흩어져 있었다. 주방 기구들, 식기들, 싱크대 밑에 둔 청소 도구들도 엉망으로 어질러져 있었다. 커피 메이커와 주전자까지 뚜껑이 열려 있는 것으로 보아 경찰이 그 안도 다 살핀 모양이었다.

다행히 접시들은 깨지 않았다. 그래도 다 정리하는데 시간이 많이 걸렸다. 게다가 욕실 선반은 더욱 엉망이었다. 치약도 다 짜고, 파우더도 다 바닥에 뿌려놓았다. 면도크림도 다 비었고, 샴푸 통도 열려 있었다. 경찰은 마약을 숨길 만한 장소를 다 뒤진 것이다.

내가 토해 놓은 걸 치우느라 욕실을 청소한 게 불과 몇 시간 전인데! 카세트플레이어의 배터리까지 빠져 있었지만 그나마 다행으로 중요한 게 없어지거나 망가지지는 않았다. 게다가 나는 알스테어처럼 다치지도 않았다. 아래로 내려가자 온통 피와 물감이 튄 벽이 보였다. 작업용 탁자와 의자도 피와 물감으로 뒤덮여 있었다.

나는 알스테어의 침실로 갔다. 그가 처음 공격을 받은 곳이 아마도 침실인 것 같았다. 침대시트가 피로 붉게 물들어 있었다. 경찰이 마구 흐트러뜨린 옷가지들 때문에 침실은 더욱 엉망이었다. 이 방에서 내가 치워야 할 게 없을까 생각하고 있는데 현관문에서 열쇠 소리가 났다. 나는 깜짝 놀라 거실로 튀어나갔다. 범인일까? 얼른 무기 삼아 의자를 집어들었다. 그러나 문을 열고 들어온 사람은 메메트였다. 메메트는 깜짝 놀란 얼굴로 나를 쳐다보았다.

나는 의자를 내려놓으며 말했다.

"끔찍한 일이 벌어졌어요."

"알스테어는 어디 있죠?"

"지금은 병원에 있어요. 간밤에 강도가 들어 칼에 여러 번 찔렸어요."

"죽지는 않았죠?"

"간신히 살았어요. 구급대원 말로는 내가 십 분만 늦게 발견했어도 죽었을지도 모른다더군요."

"범인은요? 잡혔어요?"

"아뇨. 강도는 알스테어가 자는 사이 창으로 들어왔나봐요. 싸운 흔적이 있어요. 그리고……."

메메트가 천천히 고개를 가로젓더니 중얼거리듯 작은 목소리로 말했다.

"거짓말하지 않아도 돼요. 강도가 한 짓이 아니라는 것쯤은 저도 알아요. 알스테어가 어떤 식으로 사는지 잘 아니까."

나는 메메트를 쳐다보았다. 남편이 계속 바람을 피우는 걸 알면서도 모르는 체하고 사는 여자의 체념한 듯한 표정이 메메트의 얼굴에서 그대로 엿보였다. 알스테어와 메메트의 관계가 어떠한지, 일주일에 세 번의 밀회 이상으로 친밀감이 있는지, 나로서는 상관할 일이 아니었다. 하지만 메메트가 크게 충격을 받은 건 분명해보였다.

메메트가 나에게 물었다.

"경찰이 왜 병원 이름을 알려 주지 않았죠?"

"구급대원들이 알스테어를 황급히 데려갔고, 형사는 나를 심문하느라 정신이 없었어요."

"어디 있는지 찾을 수 있을까요?"

"이제부터 수소문하려고요. 병원을 알아내면 같이 면회하러 갑시다."

"저는 못 가요."

"이해합니다."

"아뇨, 이해 못 해요. 아무도 이해 못 해요. 우리의 '우정'이 공공연히 밝혀지면 제 인생은 끝입니다. 정말 끝장이죠."

우리는 아무 말도 하지 않았다. 메메트가 재킷 주머니에서 담뱃갑을 꺼냈다. 그가 담배를 한 개비 물더니 담뱃갑을 나에게도 건넸다. 나는 담배 한 개비를 물고 주머니에서 지포라이터를 꺼내 불을 붙이고 나서 라이터를 메메트에게 건넸다.

내가 말했다.

"알스테어를 위해 우리가 해야 할 일이 있어요. 바닥과 가구에 묻은 피를 닦고 작업실을 다시 칠해야 합니다."

"우리 집은 세탁 사업을 하고, 저 또한 그 일을 하고 있지만 인테리어 일도 부업으로 하고 있죠. 물론 직원을 데려와 칠하게 할 수도 있지만 그러면……."

"저도 페인트칠은 잘합니다."

"내일 일찍 일어날 수 있어요?"

"보아하니 오늘은 너무 피곤해 밤 아홉시면 곯아떨어질 테니 내일 아침에는 일찍 일어날 수 있겠죠."

"좋아요. 그럼 내일 아침 여덟 시에 필요한 물건을 챙겨 오겠습니다."

"일어나서 준비하고 있을게요."

"고맙습니다."

"고마워하지 않아도 돼요."

"아뇨, 고마워해야죠. 댁은 믿을 수 있는 분이니까요. 알스테어가 진심으로 좋아하는 분이니까요. 알스테어가 좋아하는 사람은 아주 드문데, 댁을 좋아한다고 했어요."

메메트는 떠나기 전, 침실을 살펴보더니 며칠 내로 새 매트리스를 주문해야겠다고 말했다. 피가 튄 알스테어의 옷가지를 모두 챙겨 커다란 비닐봉투에 담아 자신이 운영하는 세탁소에 가져가 깨끗이 빨아 오겠다는 말도 했다. 그런 다음 그는 집을 나갔다.

나는 갑자기 몹시 피곤했다. 지난 12시간 동안 벌어진 일들을 생각하면 피곤한 게 당연했다. 시계를 보았다. 7시. 종일 아무것도 먹지 않았지만 식욕을 잃어 뭘 먹거나 마시고 싶지 않았다. 그저 잠이 필요했다. 위층으로 올라가 뜨거운 물을 틀어놓고 한참 동안 샤워하고 나서 침대에 누워 알람시계를 4시에 맞췄다.

새벽, 알람시계 소리에 깼다. 어찌나 곤하게 잤는지 깨자마자 잠시 멍한 상태로 '아, 새로 태어난 것처럼 기분이 좋아'라는 생각이 들었다. 그러다가 전날의 악몽 같았던 일들이 다시 떠올랐다.

알스테어가 밤사이 죽었으면 어쩌지? 그런 생각이 들자 무서웠다. 알스테어는 끔찍하고 억울한 일을 당했다. 나는 어느새 알스테어를 진정한 친구로 여기고 있었다. 경찰서에 전화해 알스테어의 상태가 어떤지, 살아 있는지, 언제 만날 수 있는지 묻고 싶은 마음이 간절했다. 그러나 아직 새벽이었다. 새벽 4시에 전화했다가는 나를 마약중독자 취급하거나 죄책감에 시달리는 사람으로 볼 게 틀림없었다. 해결책은 하나뿐이었다. 글을 쓰는 것. 그래서 커피를 만들고 빵과 치즈를 조금 먹었다. 연필을 깎고, 원고를 수정했다. 지나치거나 형편없는 묘사를 가다듬고, 거친 표현을 부드럽게 바꾸고, 문장을 읽기 쉽게 매만졌다. 두 번 퇴고했을 때, 6시가 지났다. 다시 커피를 만들고, 타자기를 놓았다. 새 종이를 끼우고 첫 담배에 불을 붙였다. 다시 손본 8페이지짜리 원고를 타자하는데 두 시간이나 걸렸다. 오타가 난 곳에 수정액을 바르고 기다린 시간도 그 두 시간에 포함됐다. 타자를 막 마쳤을 때 현관문에서 열쇠 소리가 들려왔다. 메메트가 도착한 것이다.

"내 자동차에서 물건들을 가져와야 하는데 도와주시겠어요?"

메메트가 가져온 물건은 시너 4갤런, 페인트 트레이, 롤러, 붓, 바닥용 큰 샌더, 가구용 작은 샌더, 사다리 두 개였다.

"세상에, 반나절 만에 이런 걸 다 어떻게 구했어요?"

"사촌이 근처에서 페인트 상점을 운영해요."

내가 커피를 만드는 사이 메메트는 벽부터 칠하는 게 좋겠다고 말했다. 하지만 무엇보다 청소가 더 시급했다. 나는 위층으로 올라가 가장 허름한 티셔츠와 청바지로 갈아입고 다시 내려왔다. 그 사이, 메메트는 벌써 작업용 탁자에 붓을 늘어놓고 페인트 뚜껑을 열어 만반의 준비를 갖추고 있었다.

우리는 30분 동안 말없이 청소에 임했다. 너덜너덜 찢긴 캔버스를 본 메메트는 알스테어가 보면 견딜 수 없을 만큼 마음이 아플 테니 버리는 게 나을 거라고 했다. 하지만 나는 한 구석에 모아 두었다가 알스테어의 결정에 따르자고 설득했다.

메메트는 한참 생각하다가 내 말에 따르기로 했다.

메메트가 조용히 물었다.

"새로운 소식은 없나요?"

나는 고개를 가로저었다.

메메트는 다시 입을 다물고 페인트를 트레이에 따랐다. 이후 세 시간 동안 우린 변변한 대화조차 나누지 않고 일에 열중했다. 내가 음악을 틀어도 되는지 물어봤을 뿐이다. 메메트도 좋다고 했고, 나는 알스테어의 음반들 중에서 글렌 굴드가 연주하는 바흐의 〈평균율 클라비에 곡집〉을 틀었다.

10시에는 카페 이스탄불에 가 〈라디오리버티〉의 포웰에게 전화했다. 벨이 다섯 번 울리고 나서 포웰이 전화를 받았다. 그는 내 목소리를 듣더니 딱딱하게 말했다.

"전화까지 주시다니 영광입니다. 무슨 일이죠?"

"원고가 다 됐습니다."

"아이고 엄청 부지런하시네."

'페트라 두스만이 보고 싶었을 뿐이지.'

"빨리 원고를 가져오라고 하셨잖아요. 그래서……."

"오늘 오후에 가져올 수 있어요?"

"그럼요."

"그럼 세 시에 봐요."

포웰이 전화를 끊었다.

나는 전화번호부를 가져와 근처에 있는 병원 여섯 곳에 모두 전화했다. 안내원에게 물었지만 신분증을 가지고 직접 병원으로 찾아와야 환자의 입원 여부를 알려줄 수 있다고 했다.

나는 그저 알스테어라는 환자가 그 병원에 있는지 없는지만 확인하면 된다고 불평했지만, 그때마다 병원 안내원들은 똑같은 말만 되풀이했다.

"병원 규정이 그래요. 우린 규정대로 따를 뿐입니다."

아파트로 돌아가 메메트에게 여러 병원에 전화했지만 아무런 정보도 얻지 못했다고 말했다. 메메트는 특별한 반응을 보이지 않았다. 우리는 다시 페인트칠에 열중했다. 정오가 되자 메메트는 이제 출근해야 할 시간이라고 말했다. 우리는 이튿날 아침 8시에 다시 일을 시작하기로 약속했다.

메메트가 말했다.

"사나흘 안에 일을 다 마쳐야 해요."

"오늘 혹시 경찰에서 알스테어 소식을 들으면……."

"내일 아침에 알려 주세요. 제가 여기 온다는 건 절대 비밀이니까요. 절대."

"비밀은 꼭 지킬게요."

메메트가 돌아가고 나서 나는 위로 올라가 샤워를 하고 깨끗한 청바지와 검정 터틀넥 스웨터를 입었다. 원고를 한 번 더 읽으며 생각했다.

'포웰이 마음에 안 든다고 할 거야. 내 원고가 형편없다는 소문이

페트라의 귀에도 들어가겠지. 페트라는 잘린 작가와 데이트할 리 없을 테고.'

몇 시간 뒤, 나는 베딩 역에서 길을 건넜다. 페트라가 내 쪽으로 걸어오고 있었다. 페트라는 추위 탓에 검정 가죽점퍼의 지퍼를 목까지 채우고 있었다. 아래는 검정 미니스커트와 검정 타이츠 차림이었다. 페트라의 갈색 머리카락이 겨울햇빛을 받아 반짝였다. 페트라는 나를 못 보았다. 고개를 숙인 채 걷고 있는 그녀의 얼굴에서 까닭 모를 수심이 엿보였다. 나는 페트라를 소리쳐 부르고 싶었지만 저렇게 심각한 표정일 때 낯선 사람이 부르는 이름을 들으면 기분 좋을 리 없다는 걸 잘 알고 있었다. 어쨌든 〈라디오리버티〉 입구에서 마주친 페트라는 나를 향해 살짝 미소를 지었다.

페트라가 말했다.

"아, 또 만났네요. 방송국에는 무슨 일로 다시 오셨어요?"

"포웰 씨에게 줄 원고를 가져왔어요."

"일을 빨리 하시네요."

"마감 시간을 늘 머릿속에 새기고 있죠."

페트라는 나를 앞서가며 말했다.

"다시 만나 반가웠어요."

"저, 내일 밤 필하모닉 티켓 두 장이 있어요. 지휘는 쿠벨리크가 맡고, 레퍼토리는 드보르작 작품만으로 이루어져 있어요. 쿠벨리크도 드보르작처럼 체코 사람이라서 연주가……."

"미안하지만 바빠서요. 어쨌든 초대는 고마워요."

페트라는 모퉁이를 돌아 사라졌다.

엄청난 실망과 좌절감이 밀려왔다. '관심 없어요.' 혹은 '다른 남자가 있어요.' 혹은 '됐네요.' 라는 뜻으로 이해하면 될까? 나는 실망스런 마음을 가라앉히고 페트라의 대답을 이성적으로 해석하려 애썼다.

'정말 내일 바쁜지도 모르고, 지금 회의가 있어 바삐 가야 했는지도 몰라.'

그래도 끝내 차였다는 생각을 떨쳐버릴 수 없었다.

"무슨 일 있어요? 표정이 안 좋아요."

접견실로 들어오는 포웰의 얼굴에는 미소가 걸려 있었다. 포웰은 다른 사람이 곤란을 겪을 때에만 미소를 짓는 듯했다.

포웰의 자리로 가는 동안 나는 혹시 페트라와 마주치게 될까 봐 고개를 푹 숙였다. 포웰은 나에게 앉으라며 자리를 권했다.

"자, 원고는?"

내가 원고를 건네자 포웰은 얼른 읽기 시작했다. 나는 포웰을 보지 않으려 애썼지만 나도 모르게 흘깃거리며 그의 표정을 살폈다. 포웰은 생각이나 감정을 얼굴에 내비치지 않았다. 10분이라는 시간이 길게만 느껴졌다. 마침내 포웰이 원고를 책상에 내려놓으며 말했다.

"좋은 글을 쓸 줄 아는군요. 아주 잘 썼어요. 그래도 몇 가지 제안할 게 있는데……."

포웰은 수정하길 바라는 부분들을 설명했다. 3분이나 걸렸다. 대부분은 동독에 대한 내 묘사였다. 포웰은 내 묘사가 지나치게 광범위한 게 문제라며 좀 더 섬세해야 한다고 지적했다. 그리고 찰리검문소에 대한 묘사는 유명한 첩보 소설 작가 존 르 카레의 작품 구절 같으니 빼라고 했다.

"그런 글은 질리게 봤어요. 그런 부분들만 빼면 원고는 정말 좋아요. 수정해서 내일 아침까지 가져올 수 있어요?"

"네."

"아침 아홉 시 전에 경비실에 맡겨두세요. 녹음 날짜가 정해지면 따로 연락할게요."

"그렇게 하겠습니다."

나는 집으로 돌아가자마자 원고를 수정하고 일찍 잠자리에 들었다. 이튿날 아침 6시 30분에 전철을 탔다. 정문 경비원에게 원고를 맡기고 나서 얼른 다시 지하철을 타고 크로이츠베르크로 돌아왔다. 8시에는 사다리에 올라가 흰 프라이머로 벽의 핏자국을 가렸다. 전날과 마찬가지로 메메트는 내 맞은편에서 말없이 벽을 칠하고 있었다. 우리는 잠시 커피를 마시고 담배를 피우며 집을 치우는 일에 대해 이야기했을 뿐이다("내일은 가구를 사포질할 수 있겠어요."). 메메트는 전날처럼 12시에 나갔다. 나는 샤워하고 옷을 갈아입고 나서 카페 이스탄불로 갔다. 12시 30분이었다.

오마르가 나를 보자마자 말했다.

"전달할 메시지가 있어요. 페트라 두스만이 이십 분 전에 전화했어요."

나도 모르게 놀란 목소리가 튀어나왔다.

"정말요?"

"정말이지 않고요. 전화해달라던데요."

오마르는 전화기를 올려놓으며 페트라의 이름과 전화번호를 적은 메모지를 건넸다.

신호가 울리자마자 페트라가 전화를 받았다. 직통번호였다.

"메시지를 받았군요. 포웰이 토마스 씨 연락처는 이 전화뿐이라고 하더군요."

"조만간 집에 전화를 달아야죠."

"그러면 터키 카페를 통해 연락이 되는 낭만은 사라지겠네요."

나는 페트라의 밝은 목소리에 놀랐다.

"포웰에서 원고를 받았어요. 제가 번역을 맡게 되었어요. 그래서 몇 가지 질문할 게 있어요. 혹시 시간 괜찮으시죠?"

"그럼, 커피라도 같이 마실까요?"

"질문이 많지는 않아요."

"페트라, 우리 같이 커피를 마시면서 이야기해요."

페트라는 한참 동안 말이 없었다. 나는 '그냥 커피 한 잔인데 뭘 망설여요?' 하고 보채고 싶은 마음을 꾹 눌러 참았다. 페트라의 침묵으로 나는 그녀 역시 내가 바라는 게 뭔지 잘 알고 있다고 확신했다. 아니, 나는 페트라도 알 것이라고 내 자신에게 최면을 걸었다.

나는 페트라가 침묵하게 내버려두었다. 뭐라 다그칠 수도 없어 대답만 기다렸다. 30초가 흐르고 나서야 페트라가 마침내 말했다. 거의 들리지 않을 듯 작은 목소리로.

"그래요, 만나서 커피를 마셔요."

제2장

크로이츠베르크 하인리히 하이네 가의 어느 카페에서 페트라를 만나기로 약속했다.
페트라가 말했다.
"이쪽으로 와도 괜찮겠어요?"
"그럼요."
"아니, 지리적으로 괜찮겠냐는 뜻이었어요. 그쪽은 크로이츠베르크에서도 더 화려한 동네에서 살잖아요."
"아, 그거 정말 새로운 소식이네요. 이 동네가 파리의 생토노레도 아니고……."
"파리에는 가본 적도 없어요. 제가 가본 도시라고는 베를린과 라이프치히, 드레스덴과 할레가 전부거든요."
"할레? 저는 전혀 모르는 곳인데."
"동독 사람이 아니면 알기 힘들죠. 동독 사람 중에서도 할레에 가본 사람은 아주 드물 테니까."

"페트라는 할레에 가봤다면서요?"

"거기서 태어나고 자랐으니까."

"크로이츠베르크 왼편 동네에 사는 것보다 심한 곳인가요?"

"미국에서 가장 형편없는 도시가 어디죠?"

"후보지가 워낙 많네요. 그래도 꼭 하나를 고르라면 메인 주의 루이스턴이죠. 건물은 흉하고, 도시는 우울하고, 전반적으로 퇴락해가는 분위기죠."

"그럼 루이스턴이 할레와 비슷하겠네요."

"루이스턴에서는 프랑스어를 쓰는 캐나다 사람들만 술을 마셔요."

"할레에서는 모두가 술을 마시죠. 공장에서 내뿜는 독성 화학 물질을 희석시켜주는 것이라고는 술뿐이니까."

"루이스턴에는 냄새 고약한 제지 공장이 있죠."

"그래도 루이스턴에서 자라지는 않았잖아요?"

"사실 대학시절 다른 대학교에 교환 학생으로 간 적이 있는데, 바로 그 대학교가 루이스턴에 있었어요."

"맨해튼에서 날아와 크로이츠베르크에서 사는 사람이라? 그런 사람을 흔히 낙오자라고 하지 않나요?"

"아, 하지만 저는 흔히 생각할 수 있는 맨해튼 아이가 아니었어요."

"어떤 맨해튼 아이인지는 나중에 듣기로 해요. 마감이 닥친 번역 원고가 있어 전화로 오래 수다를 떨 수 없어요."

페트라는 카페 주소를 말했다. 칸데레 가에 있는 앙카라라는 카페였다.

"이스탄불이 앙카라로 바뀌어도 큰 차이는 없잖아요?"

페트라의 편한 농담에 나도 농담으로 화답했다.
"이스탄불에서 앙카라라 정말 멀리 가는군요."
"여권도 꼭 챙기세요. 그럼, 내일 저녁 여덟 시, 괜찮아요?"
"네."
"오늘 드보르작 연주회는 잘 다녀오세요."

페트라가 전화를 끊었다. 나는 물론 마음이 들떴다. 페트라의 딱딱했던 태도가 한결 누그러져 보였기 때문이다. 말투로 보아 페트라는 정말 똑똑하고 세련된 여자라는 걸 알 수 있었다.

나는 페트라에 대한 호기심이 더욱 커졌.

이튿날 약속 시간까지 어떻게 기다리지?

우리는 바라는 걸 얻으리라는 기대로 이튿날을 기다린다. 하지만 바라는 걸 얻게 되리라는 보장은 그 어디에도 없다는 걸 우리 자신이 너무나 잘 알고 있다. 결국 기다림이란 자신의 바람이 이루어지리라는 믿음에 기초할 뿐이다. 하지만 그 바람을 서둘러 드러내면 이루어지지 않을 수도 있다. 관심을 보이되 속이 들여다보이면 안 된다. 그것이 기다림이다.

사소한 문제가 또 있었다. 페트라에게 베를린 필 공연을 보러 가자고 말할 때만 해도 나는 입장권을 구할 수 있을지조차 몰랐다. 그런데 이제 어떻게든 입장권을 구해야 할 상황이 됐다. 페트라에게서 연주회가 어땠는지 질문을 받으면 제대로 대답해야 하니까. 게다가 쿠벨리크가 지휘하는 드보르작이라면 정말 가볼직한 공연이 아니던가.

6시에 전철을 타고 포츠담광장으로 가 표를 구하기로 마음먹었다. 그러나 오후에 현관문에서 큰 노크 소리가 났다. 문을 열어보니 알스테어 사건 때 나를 심문한 형사가 서 있었다.

"들어가도 됩니까?"

나는 문을 활짝 열었다.

"뭐, 새로운 소식이라도 있습니까?"

형사가 안으로 들어왔다.

"친구 분은 정말 행운아더군요. 구급요원이 제때 도착해 지혈하지 않았다면 아마 살지 못했을 겁니다. 마약중독자치고 몸도 건강하더군요. 아직 중환자실에 있지만 곧 회복될 거랍니다. 금단증세 때문에 괴로워하고 있지만 마약에 얽힌 이야기는 더 이상 듣고 싶지 않겠죠?"

"그날 이 집을 다 뒤졌더군. 그 덕분에 집이 엉망이 됐죠."

"오늘은 수사하러 온 게 아니라 여권을 돌려드리러 왔어요. 오늘 아침에 알스테어 씨의 진술을 들었어요. 습격한 사람의 주소를 알더군요. 네스비트 씨는 아무런 연관이 없다는 확인도 받았고요. 알스테어 씨는 전날 술집에서 그 남자를 만났다고 하더군요. 네스비트 씨는 그 술집에 간 적이 없겠죠?"

"그렇습니다."

"네스비트 씨는 죄 없는 외국인이군요. 아무것도 모르고 아무것도 본 게 없으시니까. 우리 경찰도 아무것도 발견하지 못했으니 네스비트 씨한테는 정말 다행이네요."

형사가 주머니에서 내 여권과 인수증을 썼던 두툼한 수첩을 꺼냈다.

"여권을 돌려받았다는 확인 서류에 서명해야 합니다."

나는 형사가 가리키는 서류의 공란에 서명했다.

"알스테어가 입원한 병원이 어디죠? 이젠 말씀하셔도 되잖아요?"

형사가 말한 곳은 베를린 동물원에서 그리 멀지 않은 병원이었다.

동물원 근처 병원에서 죽을 알스테어가 아니지.

"오늘 저녁에 네스비트 씨가 면회를 왔으면 좋겠다고 전해달라더군요."
"알려 주셔서 고맙습니다."
"다시는 범죄 사건으로 만나지 않기를 바랍니다."

나는 메메트를 찾아내 알스테어가 무사하다는 소식을 전하고 싶은 마음을 꾹 눌러 참아야 했다. 베를린 필을 보러 가려는 계획을 접고, 베를린 동물원으로 갔다. 동물원에서 5분쯤 걷자 1950년대 건물이 나왔고, '크란켄하우스'라는 병원 간판이 걸려 있었다.

운 좋게도 막 저녁 면회 시간이 시작되었다. 집에서 책과 잡지를 챙겨 왔고, 로비 매점에서 초콜릿도 샀다. 안내데스크의 여자는 내 신분증을 확인하고 나서 환자 목록을 살피더니 알스테어가 B병동 K병실에 있다고 말했다.

K병실은 병원 4층에 있었다. 복도에서 지친 표정의 부모가 일곱 살쯤 되어 보이는 아들을 태운 휠체어를 밀고 있었다. 아이의 낯빛은 창백했고, 머리카락이 다 빠져 있었다. 항암치료를 받는 게 틀림없었다. 벽에 기대 엉엉 울고 있는 40대 과체중 남자도 있었고, 그 뒤쪽에서 30대 여자가 휠체어를 타고 복도를 지나가려 애쓰고 있었다.

내 작가 기질이 병원의 세세한 모습까지 눈여겨보라고 부추겼다. 나는 언젠가 병원에 대한 글을 쓸 때 써먹으리라 생각하며 주위의 절망과 슬픔을 모두 머릿속에 새겼다. 그러나 또 다른 나는 항암 치료를 받는 아이의 모습에 고개를 숙였다.

마침내 알스테어의 병실에 다다랐다. 안내원에게서 들은 알스테어의 침상 번호인 232번을 찾았다.

"빌어먹을 초콜릿. 내가 초콜릿을 싫어하는 거 몰라요?"

알스테어가 나를 보자마자 꺼낸 첫마디였다. 며칠 사이에 알스테어의 몸이 부쩍 오그라든 것 같았다. 뺨은 홀쭉해졌고 얼굴색은 더할 수 없이 창백했다. 수혈 백에서 주사액이 알스테어의 양팔로 흘러 들어가고 있었다. 병상 주변에는 갖가지 모니터와 스크린이 있었다. 심장 모니터에서 삐삐 소리가 났다. 아주 비참한 모습이었지만 늘 그랬듯 알스테어의 눈만큼은 밝게 빛났다.

알스테어는 내가 가져간 책들을 보며 또 불평을 토로했다.

"빌어먹을 소설은 읽기 싫어요. 거짓말쟁이들이 지어낸 이야기를 내가 왜 읽어? 여행기나 소설은 죄다 형편없다니까."

나도 모르게 웃음이 나왔다.

"몸이 많이 나은 것 같아 기뻐요."

"며칠 동안 다른 사람들의 피를 얼마나 수혈 받았는지 모를 거요. 이러다가는 흡혈귀가 되겠어."

"그래도 다행히 살아 있잖아요."

"경관들이 그러는데 작가 양반이 나를 살렸다면서? 작가 양반, 나에게 용서받지 못할 짓을 한 거요."

"경찰에서 범인이 누군지 알아냈다더군요."

"범인이 누군지는 나도 잘 알아요. 내가 멍청했지. 그런 놈과 알고 지내다니. 전에 만났을 때에는 나를 칼로 찌르지는 않았어. 그래서 또 집으로 데려와도 괜찮겠다고 생각했지. 문제는 그림인데……."

"그림을 걱정할 줄 알았어요."

"알았다니?"

나는 잠시 망설였지만 사실대로 알릴 수밖에 없었다.

"작업 중이던 캔버스 세 개가 다 찢어졌어요."

알스테어가 입술을 깨물고 눈을 감았다. 나도 마음이 아팠다.

"얼마나 찢어졌소?"

"아주 심해요."

"아주 심하다니? 정확히 무슨 뜻이오?"

"되살릴 수 없을 만큼 찢어졌어요."

알스테어가 눈을 꽉 감고 머리를 베개에 깊이 파묻었다. 나도 알스테어도 아무 말이 없었다. 나는 알스테어가 애써 울음을 참고 있다는 걸 알 수 있었다.

내가 마침내 말했다.

"안 좋은 소식을 전해 미안해요."

알스테어가 갑자기 화를 냈다.

"작가 양반이 왜 미안해요? 그런 짓을 저지른 놈은 따로 있는데."

알스테어는 다시 한참 동안 입을 다물었다가 말했다.

"나를 그냥 죽게 내버려둘 것이지."

또 침묵.

"고마워요."

"뭐가요?"

"지금 알려 줘서. 그림이 엉망이 되었다는 걸 나중에 알게 되었다면 더욱 괴로웠을 테니까."

"메메트도 만났어요."

"메메트에게 내가 다쳤다고 말했소?"

"메메트가 아파트로 들어왔어요. 상황을 직접 다 볼 수밖에 없었어요."

"맙소사. 왜 그런 일이 벌어졌는지 다 이야기했소?"

"강도가 들었다고 말했어요. 강도와 몸싸움을 하다가……."

"메메트가 그 말을 믿을 리 없을 텐데."

"메메트는 지금 저와 함께 아파트를 다시 꾸미고 있어요. 페인트와 샌더 같은 걸 메메트가 다 가져왔어요."

"젠장, 거기를 왜 꾸며요?"

"사방에 핏자국이 튀었어요. 퇴원해서 집에 올 때쯤에는 깨끗하게 정리해 놓을게요. 어쨌든 정말 살아나서 다행이에요."

"나는 다행이라고 생각 안 해요. 게다가 그 그림들 정말 아까워."

"일 년 넘게 쓴 원고를 날린 소설가도 있어요. 불을 붙인 담배를 든 채 침대에서 잠들었다가 화재가 났죠. 간신히 목숨은 건졌어요. 하지만 소설 원고는 원본과 복사본 모두 다 재가 됐어요. 그 소설가가 어떻게 했는지 알아요?"

"잠깐 토마스, 그렇게 시간이 남아돌아요? 미국 사람들이나 좋아하는 자기계발이니 뭐니 헛소리를 늘어놓고 있을 만큼?"

"기운을 내라고 한 말인데 거슬렸다면 용서하세요."

"지금 내 처지에 무슨 말을 들은들 기운을 내겠어요?"

"다시 그리면 되잖아요. 찢어진 그림보다 더 좋은 작품이 평생 나올 수 없을 거라 생각하지 말아요."

"작가 양반은 빌어먹게 착한 사람이오. 이제 메메트 얘기나 해봐요."

"당신을 무척이나 걱정하고 있고, 아침마다 집에 와 페인트칠을 하고 있어요. 언제쯤 퇴원할 수 있는지 알아요?"

"과다출혈만이 문제가 아니래요. 나를 담당한 돌팔이가 하는 말이 약 기운을 싹 빼낼 때까지 퇴원시키지 않겠다는 거요."

"마약 치료는 힘들지 않아요?"

"죽었다가 살아났는데 그게 대수겠어요? 내가 아는 마약중독자들 중에 치료를 받은 사람들이 있는데, 하나같이 그러더군. 지옥이 따로 없다고."

"그래도 지금은 괜찮아 보이는데요?"

"내가 마약을 끊을 기회를 찾아 나를 칼로 마구 찌를 사람을 만났다고 생각하는 거요? 그런 얘기는 관둬요. 나는 헤로인이 좋고, 끊을 생각이 없으니까."

"하지만 중독을 치료해야 퇴원할 수 있다면서요?"

"수혈만 다 끝나면 몰래 도망칠 거요. 경찰도 병원도 나를 붙잡아두면 곤란한 문제가 많다는 사실을 잘 알고 있어요. 영국이라면 마약을 근거로 나를 추방할 수도 있겠지. 하지만 독일은 영국이나 프랑스와 달리 마약 문제에 그리 엄격하지 않지. 그나마 경찰이 아파트를 뒤지지 않은 게 천만다행이오. 아파트에서 헤로인이 발견됐다면 적어도 이 정도로는 끝나지 않았을 테니까."

"경찰이 아파트를 뒤지지 않았다고 누가 그래요?"

"그냥 내 짐작일 뿐이오. 살인 미수 사건이니까 피해자 집을 뒤질 이유는 없을 거라고……."

"경찰은 주삿바늘 자국을 보고 댁이 중독자라는 사실을 알았어요. 그래서 아파트를 완전히 뒤집어놨어요."

"그런데 왜 아무것도 안 나왔을까?"

"내가 치웠으니까. 약에 관련된 물건들을 죄다 비닐봉투에 집어넣고 치웠어요."

"그걸 다 버렸소?"

"안 버리면 어떡해요? 돌아올 때까지 잘 보관해요? 경찰한테 발각됐으면 어떻게 됐을 것 같아요?"

"무려 칠백 마르크어치라고!"

"유죄 판결을 면한 값으로 그 정도면 싸죠."

"빌어먹을! 그나저나 메메트는 언제 또 만나기로 했소?"

"내일 아침 여덟 시. 바닥에 사포질을 하려고요."

"메메트에게 면회 오라고 전해 줘요."

"전하기는 할게요. 하지만 오지 못하리란 걸 잘 알잖아요."

"메메트가 그렇게 말했소?"

"네, 그렇게 말했어요."

"그럼 내일 저녁에 다시 와서 새 소식을 전해 줘요."

"새 소식이라면?"

"그냥 이 빌어먹을 병원 말고 바깥에서 일어나는 온갖 일."

"내일 저녁에는 곤란해요."

"왜?"

"선약이 있어요."

"만나는 여자 이름이 뭐요?"

"관계가 진척되면 그때 이야기할게요."

"반드시 진척될 거요."

"어떻게 확신하죠?"

"스스로도 잘 알면서 왜 그래요. 그럼 모레는 올 거요?"

"기꺼이 오죠."

"메메트에게 보고 싶다고 전해 줘요."

이튿날 메메트에게 그 말을 전했다. 벽은 다 칠해졌고, 우리는 네 시간 동안 바닥을 사포질했다. 가루가 모래폭풍처럼 날렸다.

메메트는 바닥 목재가 싸구려여서 사포질할 때 심하게 가루가 날린다고 말했다. 물론 메메트가 집에 들어오자마자 나는 알스테어가 무사하다는 말을 전했다. 이번 사건으로 큰 충격을 받지 않은 것 같다는 말도 덧붙였다.

메메트는 내 말을 들으며 그저 고개만 끄덕이더니 한참 동안 침묵을 지켰다. 그러다가 바닥의 핏자국을 지우자고 말했다. 우린 먼지가 심하게 나는 사포질을 반쯤 마치고 나서 잠시 커피를 마시며 휴식을 취했다.

메메트가 커피를 마시다가 갑자기 말했다.

"정말이죠? 정말 죽지 않고 무사하죠?"

"물론이죠. 알스테어가 메메트 이야기를 많이 했어요. 그냥 가서 면회하는 게 어때요? 여기는 동베를린도 아니고, 일거수일투족을 감시당하는 것도 아니잖아요. 병원에서 아는 사람과 마주칠 수도 있지만 그게 뭐 대수겠어요. 친구를 면회하는 것인데."

메메트는 고개를 가로저었다.

"그렇게 간단한 일이 아닙니다."

우리는 정오까지 말없이 일에 열중했다. 메메트는 분진 가루가 묻은 손을 씻고 넥타이를 고쳐 맸다.

"내일 여덟 시에 다시 오죠."

메메트가 간 뒤에 시계를 보았다. 페트라와 만나기로 한 시간까지는 아직 한참이나 시간이 남아 있었다. 나는 대학생 때 이후로 한 번도 하지 않은 조깅을 하기로 마음먹었다.

한때 나는 마라톤을 하겠다는 생각을 했었다. 아니, 적어도 마라톤을 훈련하겠다는 생각을 했었다. 학창시절에는 크로스컨트리 선수였다. 10킬로미터 종목에 뛰어났고, 대학 대회에서 3등을 한 적도 있었다. 대학교 육상 팀에 2년간 몸담았지만 담배를 좋아하게 되어 결국 그만두지 않을 수 없었다.

베를린의 콘크리트 바닥에서 조깅을 시작했다. 달리기 감각이 금세 되살아났다. 뉴욕학교 육상 코치였던 툴 선생의 목소리가 들리는 것 같았다. 해병대 출신이었던 그는 늘 나에게 소리쳤다.

"네 보 달리고 네 번 호흡해. 그 리듬을 꼭 지켜. 4·4 리듬을 잃으면 호흡이 흐트러지게 되고, 결국 페이스와 지구력을 잃게 돼. 장거리 주자 중에서는 가끔 숨을 참는 선수도 있는데 그건 명백한 실수야. 숨을 참으면 4·4 리듬을 잃게 되지. 달리기에서는 호흡이 곧 에너지야. 4·4 리듬을 기억해."

나는 크로이츠베르크에서 조깅을 하면서도 그 리듬을 충실히 따랐다.

'네 보 달리고 네 번 호흡. 코로 천천히 숨을 쉬자. 네 보 달리고 네 번 호흡. 절대 숨을 길게 끌지 말자.'

1킬로미터쯤 달리고 나자 내 머릿속에서는 단 한 가지 생각밖에 떠오르지 않았다.

'담배를 피우면서도 달리기를 할 수 있구나.'

멀게만 느껴지던 곳이 달릴 때에는 놀랍게 가까워진다. 하인리히 하이네 전철역도 그리 멀지 않았고, 행인도, 차도, 모두 휙휙 지나갔다. 베를린 장벽을 방향의 기준으로 삼아 북쪽으로 달렸다. 어느새 티어가르텐을 지나고 있었다.

기운이 빠지고 다리가 무거워지기 시작했다. 목이 따갑고 가슴이 크게 뛰었다. 나는 달리기를 멈추고 무릎에 손을 댄 채 허리를 숙이고 숨을 헐떡였다. 입에 마른 침이 찼다. 달리기를 오랫동안 하지 않았는데 40분 동안 쉬지 않고 달릴 수 있었던 것에 만족했다. 나는 시간을 확인하고 나서 택시를 잡아타고 집으로 갔다.

몇 시간 뒤, 샤워와 면도를 말끔히 하고 검정 진과 검정 가죽점퍼와 검정 터틀넥을 입고 카페 앙카라까지 걸어갔다.

카페 앙카라는 카페 이스탄불을 좀 더 허름하게 만든 곳 같았다. 지저분한 꽃무늬 리놀륨, 담뱃진으로 누렇게 변한 벽지, 카페 이스탄불과 같은 호마이카 테이블, 역시 똑같은 형광등 조명, 질 낮은 담배 냄새, 탄 커피 냄새, 기름 냄새도 똑같았다.

나 말고는 손님이 없었다. 칸막이 자리에 앉아 시계를 보았다. 약속 시간까지는 5분이 남아 있었다. 나는 마음이 급했다. 페트라에게 좋은 인상을 주고 싶어 마음이 초조했지만 티를 내지 않으려고 애썼다. 담배를 꺼내 말고 있는데 카운터 뒤의 남자가 소리쳤다.

"뭘 드릴까요?"

나는 커피를 주문하고, 노트를 꺼내 글을 썼다. 베를린 장벽을 따라 조깅하며 느꼈던 생각을 적었다. 커피가 나오고, 담배에 불을 붙였다. 초소한 마음을 억누르려고 계속 글에 집중했다. 작은 노트 위에서 내 만년필이 춤추듯 움직였다. 카페인과 니코틴이 오히려 내 흥분을 북돋았다. 티어가르텐에서 지쳤다는 이야기까지 썼을 때, 페트라의 목소리가 들려왔다.

"글이 참 많네요."

나는 고개를 들었다. 페트라가 앞에 있었다. 진회색 트위드 코트, 갈색 카디건, 짧은 녹색 코듀로이 치마, 왼쪽 무릎에 전에 본 적 있는 구멍이 난 검정 타이츠. 나는 마음이 편안해 보이려고 무척이나 애썼다.

"네, 글이 참 많네요. 하지만 다 허섭스레기일 겁니다."

페트라가 내 앞에 앉으며 검정 핸드백에서 HB담뱃갑을 꺼냈다. 나도 담배와 담배 종이를 집었다.

페트라는 담배 한 개비를 입에 물고 내 앞에 놓인 라이터를 집어 들며 말했다.

"담배를 말아 피우는 미국인은 처음 봐요. 존 스타인백 소설에 나오는 인물들을 빼고요."

"대학시절 생긴 습관이에요. 필터 담배보다 값도 더 저렴하죠."

"그 대신 맛은 덜하잖아요. 동독에 대한 묘사가 마음에 들었어요. 꽤 그럴싸하던데요."

"나머지는요?"

"우선 맥주부터 시키고 그 얘기는 나중에 해요."

"저도 맥주를 마셔야겠어요. 오 년 만에 처음으로 달렸거든요."

"어디에서 벗어나려고 그렇게 달렸는데요?"

"전에는 한 시간에 십 킬로미터쯤 달렸어요. 이제 담배를 너무 많이 피운다는 사실에서 벗어나기 위해 달렸죠."

"정말 전에는 잘 달렸어요?"

"고교시절에는."

"저는 담배 없는 생활은 상상도 못 하겠어요."

"심각한 이야기네요."

"네, 심각한 흡연자죠."

"하루에 얼마나 피워요?"

"두 갑."

"끊을 생각은 안 해봤어요?"

"물론이에요. 담배는 제가 두 번째로 좋아하는 기호품이거든요."

"첫 번째로 좋아하는 기호품은 뭔데요?"

페트라는 잠깐 동안 말을 멈추고 숨을 깊이 들이쉬었다.

"우리가 더 가까워지면 그때 이야기하죠. 지금은 어서 맥주를 마시고 싶어요."

나는 웨이터에게 손짓했다.

"나는 헤페바이젠을 좋아하는데……."

"서로 좋아하는 맥주를 마시기로 해요. 제 입에 헤페바이젠은 지나치게 바바리아 스타일이던데요. 저는 베를린 사람이에요. 물론 어른이 돼 베를린에 왔지만 늘 베를리네르 필스너를 마셔요."

"할레에는 전통 맥주가 없어요?"

"아버지가 집에서 맥주를 직접 만드셨어요. 맥주 만드는 솜씨가 정말 뛰어났죠. 할아버지한테서 배우셨다나봐요. 할아버지는 전쟁 전에 맥주 양조장에서 일하셨고요."

"부친의 직업은 무엇이었는데요?"

"동독 국영 라디오 방송국의 할레 지국 프로듀서였어요. 아주 교양 있는 분이셨죠. 욕심이 없어 진급에 신경 쓰지 않으셨어요. 진급하면 라이프치히나 드레스덴 혹은 베를린에서 일할 수도 있었겠지만 그러지 않았어요. 물론 공산당원이었죠. 할레 같은 곳에서도 국영방송국에서 일하려면 당의 신임을 얻어야 하니까. 하지만 아버지는 당에 진심으로 충성한 적이 없었어요. 아버지 상관들도 그런 사실을 알고 있었던 것 같아요. 그래서 아버지는 큰 도시로 나가지 못하고 할레에만 머물렀죠. 아버지는 클래식 음악과 책, 연극에 관심이 많았지만 할레에서는 가까이 접할 기회가 없었어요. 아버지는 가끔 드레스덴이나 라이프치히로 연주회를 들으러 가기도 했죠. 할레로 돌아올 때에는 늘 우울한 표정이었어요. 인생이 이렇게 허망하게 지나가는구나, 하는 표정."

페트라가 갑자기 고개를 가로젓고 얼굴을 찌푸렸다.

"지금 제 자신에게 화가 나요."

"왜죠?"

"제 개인적인 이야기를 너무 많이 해서요."

"저도 듣고 싶었는걸요."

"토마스, 사탕발림은 필요 없어요."

페트라가 처음으로 내 이름을 말했다.

"사탕발림이라뇨? 정말 흥미롭게 들었어요."

페트라가 내 말을 끊고 말했다.

"우리 두 사람 다 맥주가 더 필요하네요."

"어머님은 어떤 분이셨죠?"

"질문이 너무 많군요. 작가로서의 습관인가요?"

"아뇨, 그냥 궁금해서요."

"궁금하다, 흥미롭다……. 계속 그런 식이군요."

"사실이니까요."

페트라가 나를 살피듯 바라보았다. 내가 그저 예의를 차리느라 하는 말인지 확인하려는 것 같았다.

'페트라도 혹시 지금 나처럼 불안하고 초조한가?'

"좋아요. 일 얘기도 해야 하니까 간단하게 이야기하죠. 어머니는 베를린 사람이었어요. 사개국어에 능통했죠. 아마 작가나 편집자 혹은 기자가 되고 싶었던 것 같아요. 그런데……."

페트라가 담배를 끄고 웨이터에게 소리쳤다.

"베를리네르 필스너하고 헤페바이젠을 하나씩 더 주세요."

페트라는 주문을 마치고 나더니 나를 보며 말했다.

"사랑에 빠졌어요."

"네?"

"어머니가 사랑에 빠지셨다고요. 돌아가시기 전에 저에게 여러 번 말씀하셨죠. 사랑한 상대는 좋은 남자였지만 결국 그 사랑 때문에 할레에 갇혀 바라던 걸 못 이루고 평생을 살게 되었다고."

"어쩌다가 돌아가셨죠?"

"사십 대에 죽는 이유는 대개 한 가지죠. 암. 어머니는 난소암이었어요."

"그게 언제 일이죠?"

"육 년 전."

"우리 어머니도 그 즈음 돌아가셨죠."

"돌아가실 때 연세는?"

"마흔둘. 암이었고 이것 때문이었죠."

나는 그 말과 함께 담배를 껐다.

"서넌, 유감이네요."

페트라는 내 손을 살짝 토닥였다. 손가락이 따뜻했다. 하지만 자기도 모르게 손을 잡은 것에 놀랐는지 슬그머니 손을 거두어갔다. 나는 페트라의 손을 잡고 내 앞으로 끌어당기고 싶었다. 그러나 그랬다가는 일을 망치게 될까봐 두려웠다.

"어머니는 성격이 그다지 밝은 분은 아니었어요."

"마치 제 어머니 이야기 같네요. 부친은요?"

"현재는 회사원이고 전에는 군인이었죠. 규율을 따지고 위계질서를 따지는 분이었죠."

"부친께서는 작가가 된 아들에 대해 어떻게 생각하는데요?"

"저를 그다지 인정하지 않는 것 같아요. 그래도 제가 당신이 꿈꾸던 삶을 살고 있다고 생각하시는 것 같아요."

"인정하지 않아요? 그래도 부친께서는 내지 못한 책을 냈잖아요?"

"고작 한 권인걸요."

"그래도 아주 좋은 책이잖아요."

나는 페트라의 표정을 살폈다.

"다 읽었어요?"

페트라가 담배를 또 꺼내며 말했다.

"그렇게 놀라는 척하지 말아요."

"그 책을 어디서 알게 됐어요?"

"포웰이 갖고 있던걸요. 포웰한테 빌렸죠."

"빌려달라는 말에 포웰이 놀랐겠군요."

"놀라는 표정을 지을 사람이 아니잖아요. 어쨌든 포웰도 '나쁘지는 않다'고 말했어요. 포웰의 입에서 나온 말이란 걸 감안하면 칭찬이죠."

"페트라의 입에서는 무슨 말이 나올까요?"

"나쁘지 않아요."

페트라는 그렇게 말하고 살짝 웃고 나서 덧붙였다.

"제 생각이 중요한 건 아니잖아요. 당신은 책을 낸 작가고, 저는 단순히 기능적인 일만 할 뿐인데."

"번역이 단순히 기능적인 일은 아니잖아요. 두 가지 언어세계를 이해해야 하는데."

맥주가 나왔고, 우리는 건배했다.

"부모 이야기나 직업 이야기를 더 나누기 전에 일단 원고 얘기부터 해요."

페트라가 핸드백에서 독일어로 된 원고를 꺼냈다. 여백 곳곳에는 작고 깔끔한 글씨로 메모들이 잔뜩 적혀 있었다.

내가 말했다.

"궁금한 게 많은 것 같군요."

"대부분은 독일어 단어 선택에 대한 거예요. 그런 건 답을 쉽게 찾을 수 있어요. 하지만 원고에서 몇 가지 지적할 게 있어요. 그리고 미리 말씀드리는데, 여기 나오기 전에 포웰과 그 문제에 대해 잠깐 의논했어요. 저는 그저 번역을 할 뿐이고, 프로듀서는 포웰이니까요. 토마스는 반나절을 둘러봤지만 저는 십 년 동안 거기서 살았으니까."

"무슨 말이든 괜찮으니까 어서 말해봐요."

"영리하게 잘 쓴 원고지만 한 가지 근본적인 평을 하자면 동베를린을 잿빛의 황폐한 지역으로, 도무지 인간적인 면이라고는 찾아볼 수 없는 지역으로 묘사한 것은 좀 문제가 있어 보여요."

"사실이잖아요?"

"하지만 너무나 빤한 묘사죠."

"그래도 제가 보고 관찰한 바로는 사실이라서."

"서방세계 작가가 동베를린이나 프라하를 관찰할 경우 대부분 다 그렇게 쓰죠. 제 요점은 원고에서 달리 생각해야 하는 부분이 분명히 있다는 거예요. '흑백의 세계에서 살고 있다'는 이야기는 동독의 〈라디오리버티〉 청취자들도 이미 질리게 들었을 테니까요"

"하지만 웰만 지국장님은 '미국인이 동베를린에서 보낸 하루'라는 주제로 글을 쓰라 했고, 그대로 썼는데요. 마침 그날 눈이 내렸고, 제가 눈을 전체적인 은유로 쓰기는 했지만……. 상투적인 원고라는 지적에는 동의하기 어려워요."

나도 모르게 흥분했고, 말한 뒤에는 스스로 깜짝 놀랐다. 구석으로 몰려 내놓은 자기변명이 아니었다. 마음에 둔 여자한테서 비판을 들으니까 나도 모르게 감정이 욱했던 것이다.

"운터덴린덴을 장식하고 있는 스탈린주의 건물들이나 알렉산더플라츠에서 먹은 맛없는 음식에 대한 부분은……. 토마스, 이 글을 낭송하는 걸 들을 사람들은 동독에서 날마다 살아가는 사람들이죠. 형편없는 건물이나 물건이 없는 가게나 말보로를 쉽게 구할 수 없는 생활 너머에도 나름의 삶이 존재해요. 물론 반공교육을 받고 자란 토마스가 겨우 반나절 동안 동베를린을 둘러보고 나서 그 이상의 모습을 보기란 힘들었겠지만, 그래도 그 동베를린에서 저 역시 남편과 살았고……."

'남편'이라는 말을 들었을 때 내 얼굴이 아주 드러나게 찌푸려졌다. 페트라가 내 표정을 살피며 말했다.

"지금은 유부녀는 아니지만……."

"결혼생활은 얼마나 했는데요?"

"육 년. 아니, 그 얘기는 지금 하지 말기로 해요. 저는 동베를린의 프렌츠라우어베르크에 살았는데……."

"저도 거길 가봤어요."

"그래요? 왜?"

"알렉산더플라츠에서 걷다 보니 거기까지 갔어요. 건물 생김새가 다르더군요."

"당연히 다르죠. 그 지역은 그나마 전쟁 때 부서지지 않았으니까요. 프렌츠라우어베르크에서 또 어딜 가봤죠?"

내가 거리 이름을 말할 때마다 페트라의 얼굴이 밝아졌다. 페트라는 그곳의 볼거리에 대해 이야기했다.

작은 상점, 특이한 건물, 유서 깊은 가로등까지, 페트라는 그 모두를 생생하게 기억하고 있었다. 그러나 내가 콜비츠플라츠의 놀이터를 이야기할 때, 그곳에서 놀던 어머니들과 아이들의 모습에서 감동을 받았다고 말할 때, 갑자기 그녀의 얼굴이 표가 나게 굳어지며 고개를 숙였다.

"그 놀이터도 알아요."

놀이터 때문에 페트라가 우울해진 게 틀림없었고, 나는 그 사연이 몹시 궁금했다. 하지만 그 이야기를 캐물으면 안 될 것 같아 화제를 돌리려 했다.

"그러면……프렌츠라우어베르크에 살 때에는 온통 잿빛 콘크리트는 아니었다는 말인가요?"

페트라는 담배 연기를 길게 내뿜었다. 놀이터 이야기에서 벗어나 안도하는 것 같았다.

"그 동네는 동베를린에서 예술가들의 마을로 통해요. 제 친구들 중에 작가나 예술가가 많았죠. 정부정책에 잘 협조하면 작가나 예술가들에게 큰 아파트가 공짜로 제공됐어요. 물론 잿빛이고 허름하고 불편한 아파트이긴 해도. 동독에서는 모든 게 다 그러니까요. 하지만 우리는 서로 친했고, 배관을 잘하는 사람이 누군지 전기를 잘 쓰는 사람이 누군지 훤히 알고 있었죠. 무슨 문제가 생기면 서로 도왔어요. 정말이지 창작 공동체라 할 수 있었죠. 작가, 화가, 음악가들이 서로 작업을 도왔어요. 우린 희곡을 낭송하는 공연도 했고, 아파트에서 비공개로 사진이나 그림을 전시하기도 했어요. 초고는 함께 돌려 읽었죠. 파티도 열었어요. 미친 듯이 열광적인 파티였고, 금요일 밤에 시작해 월요일 새벽에 끝나곤 했어요. 동독 사회라는 한계 안에서도 정말이지 보헤미안으로 살았죠."

"거기서도 번역 일을 했어요?"

"국영출판사에서 영어를 독일어로 옮기는 일을 했어요. 저는 당원이 아니었고 '타락한 예술가 집단'에 속해 큰일을 맡지는 못했어요. 자연을 다룬 책이나 북미의 지리학 책, 기술적인 매뉴얼 등을 번역했어요. 재미는 없었지만 시간을 때우기에는 아주 좋았죠. 자, 이제 제 이야기는 충분히 한 것 같네요. 그런데 토마스는 왜 제가 겪은 일에 대해 그토록 관심을 보이죠?"

"페트라가 매력적인 사람이니까요."

"왜 그렇게 보았죠?"

"그냥 그렇게 느꼈으니까요."

"왜 그렇게 느꼈죠? 우린 이제 이야기를 나눈 지 겨우……어디 보자…… 삼십 분밖에 안 됐잖아요."

"그래도 그렇게 느꼈어요."

"사람을 난처하게 하시네요."

"아뇨, 제 생각을 솔직하게 말한 것뿐입니다."

페트라의 얼굴에 희미한 미소가 떠올랐다. 하지만 페트라는 금세 고개를 절레절레 흔들며 미소를 지우고는 맥주를 한 모금 마시고 담배를 피우며 말했다.

"다시 원고 이야기로 돌아갈까요?"

우리는 이후 20분 동안 페트라가 제기한 문제를 의논했다. 페트라는 자신이 옳다고 생각하는 걸 굽히지 않는 성격이었다. 결국 페트라가 옳지 않다고 생각한 내 원고의 아홉 부분 가운데 여섯 군데를 고쳤다. 동베를린에 대한 내 부정적인 시각을 좀 더 객관적으로 고쳤다. 그 다음에 페트라는 영어에서 독일어로 옮기기 까다로운 표현들을 객관적으로 물었다.

페트라가 손목시계를 보았다.

"이제 가봐야 해요."

나는 놀란 목소리로 말했다.

"뭐라고요?"

"저녁에 약속이 있어요."

"그렇군요."

"대단히 실망한 목소리 같아요."

"음……네 솔직히 실망했어요. 하지만 이번 주에 다시 저녁을 함께 하자고 하면……."

"물론 좋다고 대답하죠."

"내일 저녁에 만나자면 제가 너무 성급한 걸까요?"

"여기서 두 블록 지나면 비싸지 않고 맛있는 이탈리아 식당이 있다고 대답하죠. 식당 이름이 좀 우스꽝스럽긴 해요. 아리베데르치. 자, 어때요?"

"좋습니다. 아리베데르치에서 만나요. 여덟 시 어때요?"

"좋아요."

내가 테이블에 맥주 값을 내려놓자 페트라가 말했다.

"술값은 각자 계산해요."

"아뇨, 제가 사고 싶어요."

우리는 초저녁 거리로 나갔다.

"제가 사는 동네를 본 소감이 어때요?"

"제가 사는 크로이츠베르크와 다를 바 없네요."

"여기 살기 싫어요. 여긴 온통 회색뿐이에요."

"그런데 왜 여기 살아요?"

페트라는 베를린 장벽 너머 프리드리히샤인의 높은 건물들을 흘깃 쳐다보았다.

"그럴 만한 이유가 있어요."

페트라가 별안간 나를 끌어당기며 입을 맞췄다. 내가 다시 입을 맞출 여유도 주지 않고 페트라는 내게서 몸을 떼어냈다. 그래도 여전히 내 손을 꽉 잡고 있었다.

"그럼 내일……."

"네, 내일……."

페트라는 돌아서서 재빨리 걸어갔다. 짧지만 여러 가지 의미가 담긴 페트라의 키스 때문에 머리가 멍했다. 나는 멀어지는 페트라의 뒷모습을 계속 지켜보았다. 그녀가 모퉁이에서 뒤를 돌아 나를 보았다. 뭔가 안심하는 표정 같기도 했고, 나처럼 어쩔 줄 몰라 하는 표정 같기도 했다. 빙긋 웃은 그녀가 손을 입술에 댔다가 그 손에 입김을 날려 나에게 손키스를 보냈다. 내가 무슨 반응을 보이기도 전에 그녀는 모퉁이를 돌아 사라졌다.

그 후 나는 오로지 하나의 생각에 사로잡혔다.

'페트라를 다시 만나려면 하루를 더 기다려야 하다니!'

제3장

 사랑에 빠지게 되면 두 사람 사이에서 벌어진 모든 일에서 숨은 의미를 찾아내려 한다. 상대도 나를 좋아한다고 느끼며(아니 느낌은 있지만 분명한 증거는 없으며) 연애가 잘 되길 필사적으로 바라는 초창기에 우리는 의미론의 전문가가 된다. 우리는 상대와 나눈 대화 하나하나에 집착한다.
 아니, 적어도 나는 그랬다. 카페 앙카라에서 페트라와 함께 대화를 나누고 아파트로 돌아와 책을 읽으려 하다가 결국 다시 맥주를 마시러 나갔다. 나는 페트라와 나눈 이야기들, 그녀의 가벼운 몸짓, 둘이 함께 한 분위기 등을 계속해서 머릿속으로 떠올렸다. 가까워지려는 욕심에 한 걸음 다가가려 하다가도, 혹시 상대에게 거절당하지 않을까 하는 두려움 때문에 몸을 사리는 두 사람.
 내일 기꺼이 만나자고 한 것으로 미루어볼 때 페트라도 분명 나를 진지하게…….

아니, 전 남편에 대해 이야기할 때에는 숨기는 게 많아보였어. 아직 남편을 못 잊은 걸까? 프렌츠라우어베르크의 놀이터를 이야기할 때 슬픈 표정을 지은 이유는 뭘까? 아이를 갖고 싶었는데 실패한 것일까? 전 남편이 아이를 바라지 않았을까?

페트라가 슬픈 표정을 지은 건 그저 향수 때문이거나 더 단순한 이유 때문일 수도 있는데, 나는 혼자 어림없는 상상에 빠져들었다. 페트라가 동베를린을 여전히 자신의 도시로 여기고 있다는 건 확실해보였다. 그녀는 동베를린에 대해 커다란 애정을 품고 그 지역을 이야기하고 변호했다. 그 애정은 프렌츠라우어베르크에서 보헤미안들과 지내던 생활에 대한 향수 이상이었다. 페트라는 동독의 억압을 벗어난 망명자였지만, 동베를린에 두고 온 모든 걸 그리워했다.

페트라는 왜 동베를린을 떠났을까? 나는 그런 게 궁금하기 그지없었지만 아무런 답을 얻을 수 없었다.

이튿날, 메메트와 함께 바닥의 사포질을 다 마쳤다. 오후에는 운동복을 입고 조깅을 했다. 전날 오랜만에 달린 탓에 다리가 좀 아팠다. 그래도 이틀째가 되니 페이스와 호흡을 조절하기가 한결 수월했다. 브란덴부르크 문에서 다시 온 길을 돌아 크로이츠베르크까지 왔다. 완전히 지친 몸으로 카페 이스탄불에 들어가 탄산수와 커피를 시켰다.

내가 자리에 앉자마자 오마르가 말했다.

"오늘 아침 열 시에 포웰이라는 사람이 전화했어요."

나는 시계를 보았다. 1시 전이었다. 나는 포웰에게 전화했다. 포웰은 신호가 세 번 울리자 전화를 받았다.

"아, 토마스. 전화를 기다렸어요. 오늘 네 시에 비는 스튜디오가 있어요. 독일어로 번역한 원고를 세 시 십오 분에 녹음할 계획이에요. 그래서 혹시 네 시까지 방송국에 올 수 있으면 영어 낭송도 얼른 녹음해 두고 싶어서요. 원고를 읽는데 실수만 하지 않는다면 사십오 분이면 충분할 거요."

"원고를 낭송하고 녹음해본 경험이 없어요."

"그럼 쉽게 끝날 리 없겠군. 두 시간 정도 소요되겠어요."

나는 카페 이스탄불에서 커피를 마시고 나서 집으로 갔다. 원고를 꺼내 다섯 번을 소리 내어 낭송해보고 나서 베딩으로 갔다.

방송국에서 10분쯤 기다리면서 사무실을 두리번거렸다. 페트라가 있나 살폈지만 볼 수 없었다. 마침내 포웰이 나타났다. 옆에는 50대 중반의 음침한 표정의 남자가 서 있었다.

"이 분은 만하임 씨예요. 방금 독일어로 토마스의 원고를 녹음한 분이죠. 만하임 씨, 이쪽이 원고를 쓴 작가 토마스예요."

내가 인사했다.

"만나서 반갑습니다."

만하임은 고개만 까딱하고 포웰에게 다음 주에 일을 더 할 수 있다고 속삭이고는 밖으로 나갔다.

"참 다정한 분이시네요. 늘 표정이 저래요?"

"오늘은 오히려 밝은 편이죠. 저 분은 늘 표정이 어두워요. 하지만 목소리는 정말 좋아서 원고를 아주 잘 낭송하죠. 페트라 덕분에 원고 내용도 훨씬 좋아졌고요. 페트라는 동독 사람이라 나보다는 동독에 대해 훨씬 더 동정적이니까."

나는 최대한 가볍게 보이려 애쓰며 물었다.

"녹음할 때 페트라도 옆에 있었어요?"

"페트라는 오늘 아파서 못 나왔어요."

아, 이런······.

다행히 포웰이 앞장서서 걸어갔으므로 내 찌푸린 표정을 보지 못했다. 내가 스튜디오에 앉자마자 포웰은 나에게 원고를 처음부터 끝까지 읽어 보라고 했다. 포웰이 스톱워치로 시간을 쟀다. 내가 원고를 다 읽자 포웰이 스톱워치 버튼을 누르고 시간을 확인하더니 말했다.

"이 분 팔 초를 줄여야겠어요."

원고를 줄이고 나서 다시 읽었다. 그래도 38초가 남았다. 두 문단을 더 뺐다.

생각보다 힘든 작업이었다. 포웰은 일을 제대로 할 줄 알았다. 무리한 요구는 없었다. 주어진 시간인 45분에 딱 맞추려 애썼다. 포웰이 급하게 밀어붙였지만 나는 오히려 고마웠다. 그 덕분에 나는 페트라가 오늘 약속에 나올지 못 나올지 생각하지 않을 수 있었으니까.

연애 초기에는 만사가 매끄럽게 이루어지기만 바라기 마련이다. 연애 초기라면 취소된 저녁 약속을 가볍게 받아들일 사람은 없다. 나는 집에 돌아가는 길에 카페 이스탄불에 들러야겠다고 생각했다.

내가 들어가자마자 오마르가 말하겠지.

'어떤 여자가 전화했어요. 오늘 저녁에 못 나온다고요.'

그러나 여섯 시에 카페 이스탄불에 도착해 전화 메시지가 없었는지 묻자 오마르는 고개를 가로저었다.

나는 오마르에게 물었다.

"일곱 시에 다시 와 메시지를 확인해도 될까요?"

"그거야 손님 마음이죠."

페트라는 전에 카페 이스탄불에 메시지를 남긴 적이 있었다. 몸이 아파 약속에 못 나오게 되었다면 틀림없이 카페 이스탄불로 전화할 것이고…….

 젠장, 왜 페트라의 전화번호를 물어보지 않았지? 아니, 직장에는 아프다고 말하고 그냥 하루 쉬었는지도 모르잖아.

 그렇게 생각하자 기분이 조금 밝아졌다. 집으로 가 샤워와 면도를 깨끗이 했다. 데님 셔츠와 청바지를 입고 부츠를 신었다. 그 위에 늘 입는 검정 가죽점퍼를 입었다. 그런 다음 카페 이스탄불로 다시 갔다.

 "메시지는 없었어요, 미국인 양반."

 전철역으로 가 플루제르스트라세로 가는 방법을 확인했다.

 그 거리에는 식당이 두 개뿐이었다. 아리베데르치는 흔히 볼 수 있는 이탈리아 식당이었다. 테이블은 아홉 개로 내가 도착했을 때에는 텅 비어 있었다. 벽에는 누렇게 바랜 관광포스터가 붙어 있었다. 나폴리, 로마, 피사, 베네치아 관광 포스터였다. 포도주 병에 세운 초들이 포마이카 테이블 위에 놓여 있었다. 고리버들 바구니에 빵이 담겨 있고, 나폴리 사람들이 좋아하는 아코디언 음악이 흘러나왔다. 40대의 남자 웨이터는 흰 셔츠에 나비넥타이를 매고 있었고, 셔츠에 음식 얼룩이 묻어 있었다. 웨이터는 나에게 손님이 더 오는지 물었다. 나는 그렇다고 대답했다.

 약속 시간까지는 7분이 남았다. 나는 노트를 꺼내 글을 쓰기 시작했다.

 세 쪽을 채웠을 때 문이 열리는 소리가 들렸다. 페트라였다. 지난번과 똑같은 트위드 재킷에 청바지와 흰 티셔츠를 입고, 그 위에 두툼한 갈색 카디건을 걸치고 있었다. 내가 페트라에게 키스하려 할 때 그녀가 고개를 돌리는 바람에 내 입술이 그녀의 뺨에 닿았다.

 페트라의 눈빛을 보니 아주 힘든 하루를 보낸 것 같았다.

 "늦어서 미안해요."

"안 늦었어요. 그보다는 오늘 나올 수 있을까 걱정했어요."

"약속했잖아요."

"네, 그런데 오늘 오후에 〈라디오리버티〉에 갔다가 포웰한테서 아프다는 얘기를 들었거든요."

"포웰에게 오늘 저녁에 여기서 저와 만나기로 했다는 말은 안 했죠?"

"물론이죠."

"미안, 미안해요. 그냥……포웰을 그다지 좋아하지 않아서요. 직장 밖에서의 일을 포웰에게 알리고 싶지 않아요."

"포웰은 아무것도 몰라요. 그건 그렇고, 몸은 괜찮아요? 몸이 안 좋으면 다음에 다시 만날까요?"

"괜찮아요. 나올 만하니까 나왔죠. 나오고 싶었어요. 몇 시간 전만 해도……좀 좋지 않았어요."

"심각한 일이 있었나 봐요."

"그리 심각한 일은 아녜요. 그냥……사는 게 다 그렇죠."

페트라가 담뱃갑을 꺼내 한 개비 빼어 물고 불을 붙였다. 페트라는 아침에 일어났더니 누가 왼쪽 눈을 날카로운 바늘로 찌른 듯 아팠다고, 욕실 선반에 처방받은 약이 있었지만 너무 아파 욕실까지 걸어갈 수도 없었다고 말했다.

"일 년에 한두 번씩 꼭 그렇게 아파요."

꼼짝도 못하고 누워 통증에 시달린 게 한 시간도 넘었단다.

"제 편두통 이야기를 지루하게 늘어놓았네요. 골치 아픈 여자라고 생각하시죠?"

"무슨 말씀을? 나았다니 다행이에요."

"착하셔라."

내가 웃으며 물었다.

"착해서 문제인가요?"

"아니……특이해서요. 당신처럼 착한 사람이 왜 어두운 일들에 둘러싸여 있을까 궁금해요."

"내 주위에서 어두운 일이 많이 벌어진다는 건 어떻게 알았어요?"

"누구에게나 어두운 일이 있죠. 더구나 작가에게는. 그리고 당신이 쓴 책을 읽으며 호기심을 느꼈어요. 책 전체가 재미있고, 커다란 열정이 느껴졌죠. 특히 카이로 버스에서 만난 대학 강사, 교통사고로 남편과 세 살 된 아들을 잃은 여자의 이야기를 읽을 때에는 저도 모르게 눈물이 났어요. 그런데 책장을 덮은 뒤에 기분이 이상했어요. 책을 다 읽었지만 정작 작가 본인에 대해 전혀 알 수가 없었거든요."

"그 책은 애초에 그런 의도로 썼어요. 하찮은 작가의 삶은 치대한 드러내지 않고 만난 사람들의 삶만 이야기하겠다는 의도."

"정말 본인의 삶을 하찮다고 생각하는 건 아니죠?"

"물론 그런 건 아니지만 이집트 여행기를 집어든 독자라면 작가의 불행했던 부모에 대한 넋두리나 개인적인 삶 따위를 알고 싶지는 않을 거라 생각했어요."

"부모님 사이가 안 좋았어요?"

"그 이야기는 나중에 하죠."

"지금은 왜 안 돼요?"

"지루할 테니까."

"하찮은 삶 이야기라서?"

"그렇다고 할 수 있죠."

"저는 듣고 싶어요."

포도주가 나왔다. 페트라가 잔을 내 잔에 부딪쳤다.

"어제는 제 이야기를 들었잖아요. 오늘은 당신이 말할 차례예요. 왜 베를린에 왔죠? 책을 쓰려고? 아니면 달아나려고?"

나는 페트라에게 담배를 달라고 말했다. 페트라가 담뱃갑을 내밀었다.

"전투에 뛰어들기 전에 마지막으로 피우는 담배인가요?"

"제 개인적인 이야기로 지루하게 만들기 싫을 뿐이죠."

"궁금하니까 듣고 싶다고 했죠. 우리 둘 다 본인 얘기는 하기 싫어하는 것 같군요."

"그렇군요."

"그래도 저는 왜 당신의 부모님 사이가 불행했는지 그 이유를 알고 싶어요."

나는 담배에 불을 붙이고 연기를 깊이 들이마셨다.

왜 내가 초조했을까? 페트라의 말이 옳았기 때문인지도 모른다. 나는 과거를 드러내지 않았다. 알스테어도 내 이야기를 하지 않는다고 불평했다. 전에 사귄 여자들도 내 이야기를 하지 않는다고 화를 냈다. 그러나 나는 처음으로 내 이야기를 털어놓기로 했다. 내가 진정으로 반한 여자였기에.

'페트라를 믿지 못해 뭔가를 숨긴다면 이 관계는 진전될 수 없어.'

나는 이야기를 시작했다. 어머니의 우울증, 끝없이 서로를 물어뜯던 날들, 두 분이 서로를 탓할 때 종종 이름을 들먹이던 외아들, 그래서 점점 더 자신을 감추게 된 나. 고교 졸업반 시절에는 주말에도 혼자 영화관이나 서점에 숨어 있었던 아이.

"부모님께서 가족과 함께 할 일을 전혀 만들지 않았어요?"

"제가 고교 졸업반일 때 부모님은 거의 따로 사는 것이나 다름없었어요. 아버지는 주말이면 출장을 가고 집에 없었죠. 나중에 알았지만 출장은 핑계였고, 애인을 만나러 간 것이었어요. 아버지가 가끔 집에 있을 때면 저에게 영화를 보거나 이탈리아 식당에서 늦은 점심을 먹자고 하기도 했어요. 어쨌든 아버지는 권위적이거나 아들한테 일방적으로 명령하는 분은 아니었어요. 제가 열여섯 살이 되던 날, 아버지는 저에게 담배와 포도주를 권하며 술과 담배는 제대로 배워야 한다고 말씀하셨죠."

"남자다운 남자시군요."

"어머니 문제만 빼면요. 두 분은 서로 배우자의 인생을 망쳤어요. 그런데 끝내 헤어지지도 않았어요."

"우리 부모님 이야기 같아요."

"두 분도 사이가 나빴어요?"

"딱히 나빴다고 말할 수는 없어요. 하지만 함께 살면서도 함께 사는 게 아니었죠. 아버지는 직장에 애인이 있었어요. 어머니는 중학교 교사였는데 교장과 몰래 사귀고 있었죠. 어느 날 어머니가 교장을 만나는 걸 우연히 발견했어요. 방과 후 지름길인 골목으로 집에 가다가 자동차에서 서로 껴안고 있는 어머니와 교장을 봤어요."

"어머님과 눈이 마주쳤어요?"

"다행히 어머니는 저를 보지 못했어요. 교장과 꼭 껴안고 있느라 다른 곳으로는 눈길도 돌리지 않았죠."

"어머님께 그 얘기를 했어요?"

"미쳤어요? 그때 저는 열네 살이었지만 동독사회에서 지켜야 하는 룰이 뭔지 알고 있었어요. 비밀경찰이 모든 걸 감시하는 사회에서 살다 보면 가끔 혼자만 아는 비밀이 있어야 한다는 사실을 깨닫게 돼요. 특히 체제에 대한 의문 같은 건 절대 밖으로 드러내선 안 되죠."

"체제에 대해 어떤 의문을 품었는데요?"

"정부는 동독 체제 자체를 민중들을 위한 위대한 실험이라고 선전했어요. 노동자의 천국이라는 거죠. 문제는 저도 그 말을 믿었다는 거예요. 일곱 살 때부터 해마다 여름이면 몇 주 동안 〈젊은 개척자〉 캠프에 갔어요. 학교에서는 매일 이념 교육을 받았죠. 국경 바로 서쪽에 사악한 자본주의 세계가 있다고 배웠어요. 서독에서는 아이들이 끔찍한 착취를 당하면서 일하고, 뚱뚱한 미국인들이 소비문화를 끝없이 전파하고……."

"마지막 말은 어느 정도 진실이네요."

"조지 오웰도 '판에 박힌 문구'에 대해 '어떤 기준에서는 모두 사실'이라고 말했잖아요. 가장 인간다운 나라의 훌륭한 국민으로서 조지 오웰의 책을 읽을 기회가 전혀 없긴 했었지만……."

"그럼 언제 조지 오웰의 책을 처음 읽었죠?"

"유르겐과 살기 시작하면서부터요."

"유르겐이라면?"

"전 남편."

페트라는 담배를 끄고 얼른 새 담배를 입에 물더니 말을 돌렸다.

"제가 언제부터 동독 체제에 대해 의심을 품게 됐는지 물었죠? 마르게리트라는 친구와 주말을 보내고 나서였어요. 마르게리트네는 시골에 별장이 있었어요. 아주 단순하고 작은 방 세 개짜리 오두막이었죠. 별장에는 텔레비전이 있었는데 국경에서 이십오 킬로미터밖에 떨어지지 않은 곳이어서 난생 처음 서독 텔레비전 방송을 봤어요. 동독에서는 전혀 못 본 물건들에 대한 광고가 쏟아지더군요. 파리가 배경이지만 독일어로 더빙된 영화도 봤어요. 학교에서 지리 시간과 반파시즘 역사 시간에 배워 파리를 알고 있긴 했죠. 1940년에 프랑스는 나치의 습격을 받았고, 몇몇 용감한 공산주의자들을 빼고는 국민 모두가 파시즘에 협력했다고 배웠어요. 파리의 모습을 본 건 서독 텔레비전 방송으로 본 영화가 처음이었어요. 영화 제목은 잊어버렸는데 파리는 정말 아름다운 도시였어요. 그 영화를 보고 나서 파리의 모든 것에 푹 빠졌죠."

이튿날 집으로 돌아와 아버지에게 말했어요. 프랑스어를 배우고 열여덟 살에는 파리로 가서 살겠다고요. 그때 저는 아버지가 그렇게 심하게 화내는 모습을 처음 봤어요. 아버지는 왜 그런 생각을 하게 됐는지 물었어요. 저는 파리 사진집을 봤다고 말했지만, 아버지는 거짓말이라는 걸 금세 알아챘죠. 하긴 할레에서 파리 사진집을 어떻게 구하겠어요. 아버지는 마르게리드네 별장에 그런 책들이 있는지 물으며 또 크게 화를 냈어요. 평소의 아버지와 너무 다른 모습에 놀라 저는 모든 걸 사실대로 털어놓을 수밖에 없었어요. 결국 마르게리트네 별장에서 서독 텔레비전을 봤다고 고백했죠.

아버지는 그 별장에서 서독 텔레비전을 봤다는 얘기는 그 누구에게도 해서는 안 된다며 앞으로 마르게리트와 만나지 말라고 했어요. 저는 울기 시작했죠. 가장 친한 친구와 만나지 말라는 말도 슬펐지만 난생처음 아버지의 화난 모습이 무서워 더욱 슬펐어요."

"그 다음에는?"

"그 이야기가 흘러나가면 큰 화를 입게 될 거라 했어요. 아버지는 저에게 비밀을 지키겠다고, 그 일을 절대 아무에게도 말하지 않겠다고 맹세하라더군요. 그리고 이튿날 학교에서 마르게리트를 만나면 모른 체하라고 했어요.

내가 울먹이며 말했죠.

'그냥 텔레비전을 본 것뿐이에요.'

'금지된 방송이었어.'

'학교에 가면 애들이 서독 텔레비전을 본 얘기를 늘 하는걸요.'

'그 집 부모는 당에서 중요한 일을 맡고 있지 않아서 그래. 내 딸이 자본주의 텔레비전 방송을 보았다는 걸 당에서 알면 내가 얼마나 큰 곤경에 처하게 될지 넌 상상도 못할 거야. 앞으로 마르게리트와 다시는 어울리지 않겠다고 약속해.'"

내가 물었다.

"그래서 약속을 지켰어요?"

페트라는 고개를 숙이고 잠시 입을 다물었다가 말을 이었다.

"아무한테도 말한 적 없는 이야긴데……."

"정말?"

"이 이야기는 전 남편에게도 하지 않았어요."

"그래서 어떻게 됐어요?"

"아버지가 어머니에게 말했고, 어머니가 무척이나 걱정스러운 표정으로 몸을 부들부들 떨며 나에게 말했어요. 마르게리트 부모가 아주 위험한 잘못을 저지른 것이라고. 아버지 말을 꼭 따르라고. 제가 어머니에게 말했죠. '마르게리트 부모님이 우리가 서독 텔레비전을 본 걸 바깥에서 얘기할 리 없잖아요. 그냥 영화였어요. 저는 프랑스어를 배워 파리에 가고 싶어요.' 그러자 어머니가 냉랭하게 잘라 말했어요. '그건 불가능해. 바르샤바나 프라하, 부다페스트에는 갈 수 있어도 파리는 안 돼.' 서방에서 생각하는 여행이라면 가고 싶은 나라의 표를 사서 비행기를 타고 가거나 살고 싶은 곳에서 살면 되는 거잖아요. 그렇지만 동독에서는 불가능했어요. 그때 그 사실을 절실히 깨달았죠."

"마르게리트와는 어떻게 됐어요?"

페트라는 빈 잔을 멍하게 쳐다보았다.

"몰라요."

"모른다는 말은……."

"마르게리트는 이튿날 학교에 나오지 않았어요. 그 이튿날도, 또 그 이튿날도 보이지 않았죠. 제 부모님은 이후 저에게 마르게리트와 어떻게 지내는지 묻지 않았어요. 마르게리트와 말도 섞으면 안 된다고 그렇게 강조하던 부모님이 제가 말을 잘 따르는지 묻지 않는 게 이상했어요. 그러다가 일주일쯤 뒤에 선생님께 마르게리트가 왜 학교에 나오지 않는지 물었어요. 지금도 선생님의 어쩔 줄 몰라 하던 표정이 눈에 선해요. 선생님은 말했죠. '마르게리트의 아버지가 다른 도시로 전근을 갔다고 들었어.'"

내가 물었다.

"당신 부모님께서 마르게리트 가족을 고발했을까요?"

페트라는 잔에서 눈을 떼지 않은 채 대답했다.

"그건 모르죠."

"부모님과 그 일을 터놓고 얘기한 적 있어요?"

"아뇨."

"묻기는 했어요?"

"그런 일을 어떻게 물어보겠어요?"

"마르게리트를 다시 본 적도 없어요?"

페트라는 고개를 가로젓고 나서 말했다.

"그렇지만 그 일이 있은 지 반년이 지나 아버지는 할레 국영 라디오 방송국에서 문화국장으로 승진했어요. 사 년 뒤에 저는 훔볼트대학교 불문학과와 영문학과에 지원했어요. 지방 출신인데다 시험 점수도 부족해 합격하기 힘들 거라 생각했는데 입학 허가를 받았어요."

"가능성이 있는 학생으로 보여 합격시켰겠죠. 아버님의 승진은 본인이 노력한 결과일 테고요."

"당신은 역시 착해요. 하긴, 동독에서 살아 보지 않는 한 그 체제가 어떻게 돌아가는지 전혀 알 수 없을 거예요. 모두가 서로를 고발하죠. 우리 부모님이 마르게리트의 가족을 고발했다는 증거는 없어요. 하지만 마르게리트의 가족이 다른 도시로 갈 이유가 있었을까요? 중요한 건 동독에서는 모두가 고발될지 모른다는 두려움 속에서 살아간다는 거예요. 동독 사람들은 늘 어떤 이야기는 해도 괜찮고, 어떤 이야기는 절대로 하면 안 되는지 생각하며 자기 검열을 하죠. 그래서 저 역시 우리 부모님 앞에서 마르게리트 이야기를 전혀 꺼내지 않았어요."

"부모님과는 아직 연락하고 지내요?"

페트라가 천천히 고개를 가로저었다.

"연락을 시도해보긴 했어요?"

"당신은 알 리 없죠. 저는 서독으로 넘어왔어요. 그 뒤로 부모님에게 무슨 일이 일어났는지 하늘이나 알까요. 하지만 제가 지금 부모님과 연락하려고 애쓴다면 아마도 그 분들은 분명 더 큰 곤경에 처하겠죠."

"부모님께서 당신을 찾지는 않았을까요?"

"아직도 제 말을 이해하지 못하는군요. 우리 부모님이 동독에서 살아남으려면 저를 없는 자식 취급해야만 해요. 아예 존재하지 않는 자식이라 생각해야죠."

"그것 참 안됐군요."

나는 페트라의 손을 다독였다. 페트라는 손을 빼지 않고, 내 손가락과 자기 손가락을 깍지끼며 말했다.

"괜한 얘기를 했어요."

"이야기를 들어서 기뻐요."

"하지만 이제 저를 친구 가족을 망친 고발자로 생각할 거잖아요."

"그때 당신은 어렸어요. 서독 텔레비전 방송도 처음 봤잖아요. 무슨 일이 벌어질지 전혀 몰랐어요. 마르게리트의 부모가 부주의한 탓일 수도 있어요. 그런 일이 벌어질 수 있다는 사실을 잘 알면서도 방송을 틀었고……."

페트라가 손을 빼내며 말했다.

"아니, 제가 친구 가족을 배신했어요."

"페트리가 그런 게 아니라니까 그래요. 페트라의 부모님이 고발했다는 증거도 없잖아요."

"동독에서 살아남으려면 남을 배신해야 해요. 그게 문제죠. 하지만 자기 혼자 생존하기 위해 남을 배신하는 행위는 곧 자기 자신을 배신하는 것이죠."

나는 '누구든 자신을 배신하며 살아갑니다' 같은 말을 하고 싶었지만 페트라에게 조금도 위로가 될 것 같지 않았다. 페트라가 슬퍼하는 모습을 보자 그녀를 향한 내 감정이 더욱 애틋해졌다. 그리고 그녀가 그렇게 가슴 아픈 비밀을 내게 털어놓은 것이 내심 크게 기뻤다.

내 오른손을 페트라의 오른손에 얹었다. 페트라는 손으로 냅킨을 꽉 쥐고 있었다. 내 손이 닿았을 때에도 페트라의 손은 딱딱하게 굳은 채 냅킨만 잡고 있었다. 나는 페트라의 손을 꽉 잡았다. 페트라는 본능적으로 손을 빼려 하다가 내 손을 천천히 맞잡았다. 나는 페트라를 똑바로 바라보았다. 페트라는 울음을 애써 참고 있었다.

"미안해요……정말 미안해요."

"미안할 일이 어디 있어요? 없어요, 전혀."

페트라는 여전히 나를 보지 않은 채 말했다.

"당신은 정말 좋은 사람이에요."

"페트라도 정말 멋진 사람이죠."

"아니, 그렇지 않아요."

"아니, 정말이에요."

"아직 저를 잘 모르잖아요."

"멋져요."

"토마스, 제발……."

"멋져요."

"어제도 말했어요."

"어제 이후로 내 마음이 달라진 건 없어요."

페트라가 살짝 웃으며 말없이 내 손을 더 꽉 쥐었다.

"그런 말은 처음 들어요."

나는 너무 놀란 듯이 들리지 않으려 애쓰며 말했다.

"정말? 남편은 그런 말을 안했어요?"

"남편은……우리 결혼은 이상했어요."

나는 페트라의 다음 말을 기다리며 아무 말도 하지 않았다. 페트라가 갑자기 메뉴판과 담배를 집어들었다.

"배고파요. 하루 종일 아무것도 먹지 못했어요."

내가 웃으며 말했다.

"음식을 주문할까요?"

"고마워요."

페트라는 음식을 주문하자는 말에 고마워하는 게 아니라 내가 결혼 생활을 캐묻지 않는 것에 고마워하는 듯했다.

웨이터에게 파스타를 주문했다. 내가 백포도주를 시키는 게 어떤지 묻자 페트라가 고개를 끄덕였다.

"동독에서 추방되고 나서 이탈리아 음식을 처음 먹어 봤어요. 파르메산 치즈, 링귀니, 클램 소스, 미트볼. 모두가 다른 우주에서 온 음식 같았어요. 하지만 당신은 뉴욕에서 자랐으니 맛보지 못한 음식이 없겠죠?"

이후 30분 동안 페트라는 내 어린 시절에 대해 물었다. 이웃, 아버지와 자주 가던 작은 식당들, 어릴 때 본 브로드웨이 공연들, 1970년대 초 이스트빌리지의 분위기 등등.

페트라는 나에게 브루클린과 브롱크스의 억양 차이를 시범적으로 말하게 하기도 했다. 내가 우리 아버지의 말투를 흉내 내자 페트라가 살짝 웃기도 했다.

카르보나라 스파게티는 아주 맛있었다. 페트라는 저녁을 먹으며 한결 편안해진 모습이었다. 나는 페트라에게 내 뉴욕 생활에 대해 길게 이야기했으니 이제 페트라의 어린 시절에 대해 듣고 싶다고 말했다. 그러자 페트라가 말했다.

"하지만 저는 당신에 대해 더 알고 싶어요. 예전 애인 이야기만 빼고."

"별로 할 이야기가 없어요."

"누구나 자기 삶에 대해서는 할 말이 많잖아요. 게다가 지금 우린 와인을 앞에 두고 있고."

"페트라도 과거 이야기는 싫다면서요?"

"아, 그래도 당신 이야기가 저의 경우보다는 훨씬 행복할 텐데요."

"페트라의 이야기는 슬퍼요?"

"네, 슬퍼요."

페트라는 담배를 한 개비 꺼내며 덧붙였다.

"아, 괜찮다면 포도주를 더 시켜도 좋은데……."

나는 페트라의 얼굴에 손을 대며 말했다.

"괜찮다면? 안 괜찮을 리가……."

내가 말을 마치기도 전에 페트라는 내 입술에 손가락을 댔다.

"토마스, 말하지 않아도 돼요. 다 알아요. 정말 다 알아요."

갑자기 페트라가 양손으로 머리를 감싸고 굳은 표정을 지었다.

내가 물었다.

"왜 그래요?"

"그냥……."

페트라가 눈을 문질렀다. 나는 페트라의 손을 다시 잡으려 했지만 그녀는 내 손을 멀리했다.

페트라가 아주 나직이 한 번 더 말했다.

"그냥……."

"그냥, 뭐요?"

"토마스, 부탁인데 지금 여기서 나가줘요."

"왜?"

"저를 두고 그냥 나가세요."

"나가라고요? 말도 안 돼요. 저는 안 나가요. 게다가 제가 이렇게 사랑을 느끼고 있는데……."

"네, 그래요. 저도 사랑을 느끼고 있어요. 당신을 보자마자 느꼈어요. 그래서 지금 가라는 거예요. 우리 사이는 결코……."

"결코 뭐요? 안 된다고요? 왜? 페트라는 지금 내게 전부인데……."

페트라가 갑자기 담뱃갑을 쥐고 일어나더니 말했다.

"이히 리베 디히."

그런 다음 페트라는 문으로 내달렸다.

나는 얼른 테이블에 돈을 올려놓고 거리로 달려 나갔다. 하지만 거리는 텅 비어 있었다. 몇 번이나 페트라의 이름을 소리쳐 불렀다. 계속 페트라의 이름을 부르며 문들을 기웃거리고 골목을 들여다봤다. 아무런 대답도 없었다. 바람만이 차가웠다. 동네에는 사람의 그림자도 없었다.

머리가 어지러웠다. 페트라가 갑자기 떠났기 때문만이 아니라 내가 너무 성급하게 다가간 게 후회스러웠다. 그렇지만 페트라가 사라지기 직전에 남긴 말을 믿었다. 나를 사랑한다는 그녀의 말. 나를 보자마자 사랑을 느꼈다고 한 말.

진눈깨비가 내렸다. 피할 곳이 필요했지만 전철을 타고 집에 가긴 싫었다. 페트라를 찾고 싶었다. 그러나 주소도 모르고 전화번호도 모르니…….

방법은 딱 한 가지뿐이었다. 아까 그 이탈리아 식당으로 가서 혹시라도 페트라가 돌아오기를 기다릴 수밖에.

페트라가 갑자기 사라졌다는 생각, 페트라를 잃어버릴지 모른다는 생각, 미치도록 가슴 뛰게 만드는 격정을 잃어버릴지도 모른다는 생각, 이 모든 일들이 물거품처럼 다 사라질지 모른다는 생각, 이제 페트라가 영원히 내 삶에서 사라질지도 모른다는 생각. 그런 생각들이 나를 못 견디게 괴롭혔다.

나는 식당으로 돌아갔다. 웨이터가 나를 보더니 이마를 찌푸렸다. 웨이터의 얼굴은 답을 다 알면서도 '일이 잘 안 풀렸어요?' 하고 묻는 듯한 표정이었다. 나는 테이블에 앉아 담배를 말기 시작했다. 웨이터가 커다란 브랜디 병과 잔을 가져와 나에게 한잔 따라 주며 내 어깨를 위로하듯 토닥였다.

"마셔요."

웨이터는 술병과 잔을 놓고 자리를 피했다.

나는 담배 네 개비를 피우고 브랜디 네 잔을 더 마시며 혹시 페트라가 돌아오지 않을까 기다렸다. 그러나 그런 기적은 일어나지 않았다. 평소에 괴롭고 심란하면 노트를 꺼내 글을 썼지만, 그때에는 그럴 수도 없었다. 그저 멍하니 천장을 보며 페트라를 떠올렸다. 드디어 내 짝을 만났다고, 내 자신에게 말하고 또 말했다. 페트라의 외모, 지성, 재치, 편안함, 슬픔, 그 모두가 머릿속에서 계속 맴돌았다. 고개를 돌릴 때 반짝이던 머리카락, 놀란 듯 웃음 짓는 모습, 금세 눈물이 그렁그렁해지던 눈…….

나는 담배를 끄고 잔에 남은 브랜디를 마저 마셨다. 독한 브랜디에 몸이 부르르 떨리기를 바랐지만 마음만 슬펐다.

'페트라는 돌아오지 않아. 달아났어. 이제 다 끝났어. 시작도 하기 전에 끝난 거야.'

내가 웨이터에게 물었다.

"브랜디 값으로 얼마를 내면 될까요?"

"서비스입니다."

"아니, 돈을 받으세요."

"아까 급히 나갈 때 돈을 충분히 놓고 가셨어요. 오늘 마신 술값은 이미 다 내셨어요."

"정말 친절하시군요."

"다음에 또 오세요. 택시를 불러드릴까요?"

갑자기 더없이 피곤했다. 그래서 웨이터의 질문에 고개를 끄덕였다. 5분 뒤, 택시가 식당 앞에 멈춰 섰다. 웨이터는 다시 내 어깨를 토닥이며 말했다.

"아까 그 분을 사랑하시죠?"

"그렇게 표가 나던가요?"

"사랑을 느끼는 것만으로도 손님은 행운아십니다. 저는 누군가를 사랑해본 적이 없어요. 지금껏 단 한 번도."

"혼자세요?"

"아뇨, 이십오 년 전 결혼해서 지금도 아내와 살죠. 그래서 손님이 더욱 부러운지도 모르죠."

"하지만 그 사랑이 저를 괴롭게 하는걸요."

"그래도 누군가를 사랑하는 게 어떤 느낌인지는 알게 됐잖아요."

나는 웨이터와 악수를 나누고 나서 비틀비틀 걸어가 택시를 탔다.

택시로 집까지 7분도 안 걸렸다. 집에 도착해 알스테어의 작업 공간을 둘러보았다. 페인트칠과 사포질을 새로 한 공간은 깨끗했다. 내 방까지 비틀비틀 걸어 올라가 구석에 가죽점퍼를 벗어던지고 부츠를 벗은 다음 침대로 올라갔다.

다음으로 기억나는 건 귀에서 울리는 윙윙 소리였다. 나는 잠에서 덜 깨어 정신을 못 차리다가 비로소 내 방 침대에 누워 있다는 걸 깨달았다. 시계를 보았다. 새벽 2시 11분.

따르릉.

아파트 건물 입구의 초인종이 울리는 소리였다. 크게 계속 울렸다. 누군가 초인종을 계속 손가락으로 누르고 있는 것 같았다.

나는 벌떡 일어났다. 눈을 문지르며 맨발로 아래층으로 급히 내려갔다. 건물 입구를 지나 정문을 열고……

페트라였다. 진눈깨비에 페트라의 머리카락이 다 젖어 있었다. 몇 시간 동안 울었는지 눈이 빨갰다. 페트라는 덜덜 떨며 내 품에 안겼다.

"추워요."

페트라는 나를 꽉 껴안았다. 내 얼굴에 얼굴을 바싹 붙이고, 내 머리를 손으로 감쌌다. 마치 내가 살아 있는지, 정말 거기 있는지 확인하려는 몸짓 같았다. 나는 눈을 감았다. 눈물이 고였다.

페트라가 속삭였다.

"다시는 저를 그냥 보내지 말아요. 다시는."

제4장

　몇 시간 뒤, 시곗바늘은 5시 20분을 가리켰다. 잠에서 깨보니 페트라가 내 팔을 베고 누워 있었다. 침대 위, 내 옆에서 깊이 잠든 페트라. 나는 팔꿈치를 대고 모로 누워 그녀의 얼굴을 바라보았다.
　'정말 아름다워.'
　페트라를 보며 몇 시간 전을 떠올렸다. 순간순간들을 모두 다 떠올렸다. 우리는 몇 년 동안 헤어져 지내다가 마침내 다시 만난 연인들처럼 격렬하게 키스했다.
　서로 상대의 옷을 벗기고 침대로 갔다. 매트리스에 올라가자마자 페트라는 내 아래에 누웠다. 내가 삽입하자 페트라는 신음을 쏟았다. 페트라는 양다리로 나를 휘감고, 내가 최대한 깊숙이 몸으로 들어가게 했다. 페트라는 내 얼굴을 양손으로 감싸고 나를 보았다. 더없는 욕망, 희망, 사랑이 깃든 표정이었다. 그 순간 나는 깨달았다. 페트라를 처음 본 순간부터 나는 확실히 사랑을 느끼고 있었다는 걸.

우리는 서로 인사를 주고받듯 속삭였다.

"사랑해."

"사랑해."

우린 천천히 사랑을 나누기 시작했다. 열정은 곧 격정으로 바뀌었다. 더없이 복잡하고 미묘한 사랑이었다.

우리는 서로의 몸을 감싼 채 눈을 바라보며 누웠다. 우리 인생의 모든 게 방금 바뀌었다.

페트라가 나를 꽉 껴안으며 속삭였다.

"아, 내 사랑. 아, 내 사랑."

나는 페트라의 얼굴을 쓰다듬으며 속삭였다.

"그래, 나는 당신 거야."

페트라가 내 어깨에 얼굴을 파묻고 흐느꼈다.

나는 페트라를 감싸며 말했다.

"괜찮아. 약속할게. 이제 다 잘 될 거야."

페트라가 잠긴 목소리로 말했다.

"당신은 몰라……알 리 없어……."

"몰라? 뭘?"

"몇 시간 동안 길거리를 헤맸어. 무서워서……."

"뭐가?"

"당신에게 빠진 게 무서워서. 당신과 함께 한다면 행복할 수 있을 거라는 생각이 들었는데, 나는 그 행복을 받아들일 자신이 없었어. 그게 무서웠어."

"왜? 무엇 때문에?"

"이유가 너무 많아 지금은 설명할 수 없어. 나중에. 지금은……이 순간에 충실하고 싶어. 나를 더 꽉 껴안아줘. 당신 옆에서 자고 싶어. 내일도, 다음 주에도, 다음 달에도, 내년에도, 십년 뒤에도, 다음 세기에도……."

"지금이 1984년이니까, 다음 세기라면 최소한 십육 년 동안 내 옆에서 자고 싶다는 뜻이네."

"사랑해, 토마스."

"사랑해, 페트라."

페트라는 내 입술에 깊게 키스하고 베개에 머리를 댄 뒤 눈을 감고 잠들었다.

깨어나 보니 5시 20분. 페트라가 곤히 잠든 모습을 보기 전까지 나는 잠에서 덜 깨어 잠시 어리둥절했다. 모로 누워 페트라를 보고 있는 것만으로도 가슴이 벅찼다. 직접 경험하지 않는다면 미친 듯이 사랑에 빠지는 기분이 어떤지 절대로 알 수 없다. 자기도 모르게 그때껏 한 번도 생각해본 적 없는 일들을 생각하게 된다. 만사가 잘 풀리기만 간절히 바라게 된다. 세상 모든 일에 들뜨게 된다.

나는 페트라가 그때껏 겪은 고통과 아픔을 내 힘으로 치유해주겠다고 마음먹었다. 내 안에 숨은 미국인의 기질, 즉 '할 수 있다'는 믿음과 장애를 극복하고 태풍에 날아간 헛간도 다시 지을 수 있다는 자신감이 일었다. 다시는 페트라를 외롭게 내버려두지 않으리라. 페트라의 두려움을 모두 씻어 주리라. 나만은 믿을 수 있다는 확신을 주리라. 페트라의 남자가 되리라.

나도 모르는 사이 세상은 완전히 새롭게 변해 있었다. 나에게 몸을 파묻고 행복하게 잠든 페트라를 보고 있으려니 새삼 우리에게 다가온 변화가 놀라웠다. 폭풍처럼 갑작스럽게 밀어닥친 변화가.

난생 처음 나는 느꼈다. 평생 운명적인 사람을 찾아다니기만 할 수도 있다. 대개는 타협하고 적당한 상대를 만나게 된다. 하지만 절대 단 하나뿐인 운명의 상대를 만나게 되면 그 관계를 위해 모든 걸 포기할 수도 있다.

30분 뒤, 나는 가만히 침대에서 빠져나왔다. 페트라의 젖은 옷들을 라디에이터에 펼쳐 말렸다. 욕실로 가서 거울을 보았다. 나는 내 모습을 보며 즐거워한 적이 없는데 거울에 비친 내 모습을 보며 나도 모르게 미소를 지었다.

침실로 돌아갔다. 페트라가 누운 쪽에 의자를 두고 가운을 의자에 걸쳤다. 그런 다음 침대로 올라가 다시 페트라를 껴안았다.

페트라가 잠에서 덜 깬 목소리로 속삭였다.

"당신이야?"

"응."

"더 가까이 와."

우리는 꼭 껴안고 다시 잠들었다.

잠에서 깨자 가까이에서 콧노래 소리가 들려왔다. 블라인드 틈새로 햇빛이 새어 들어왔다. 시계를 보았다. 7시 12분. 콧노래가 더 선명해지고 페트라의 모습이 시야에 들어왔다. 커피 냄새도 났다. 페트라가 주방에서 콧노래를 부르고 있었다. 나는 윗몸을 일으켜 앉았다. 행복한 기분이 나를 감쌌다.

내가 말했다.

"잘 잤어?"

내 가운을 입은 페트라가 주방에서 나타났다. 아주 빛나는 모습이었다.

"잘 잤어?"

페트라도 나에게 인사하고 깊게 키스했다. 우리는 또 사랑을 나눴다. 이번에는 훨씬 천천히 몸을 움직였다. 서로의 몸이 하나가 되는 쾌감을 선명하게 맛보기 위해.

사랑이 끝난 뒤, 페트라는 내 얼굴을 손으로 감싸고 말했다.

"정말이지……아, '혁명적'이라고 말하고 싶은데, 그러면 내가 너무 공산주의자처럼 보일 것 같아. 그래도 혁명적이라는 말이 가장 잘 어울리겠어. 지금 나는 아주 새로운 세계를 경험하고 있으니까."

"그 세계는 우리가 함께 만들어가야지. 그게 중요해. 우리. 페트라, 중요한 건 우리야."

"오늘 아침 베를린에서 가장 행복한 여자가 누굴까? 바로 나야. 침대에서 아침을 먹고 싶을 만큼 행복해."

"방송국에 출근 안 해도 괜찮아?"

"어젯밤에 메시지를 남겼어. 아직 몸이 아프다고."

우리는 아주 길게 키스했다. 그리고 손을 맞잡고 나란히 누워 서로를 마주보았다. 그러다가 현실이 끼어들었다. 아래층에서 사포질하는 소리가 들려왔다.

내가 말했다.

"이런 까맣게 잊고 있었네."

"괜찮아. 아래층에서 기척이 들리기에 내려가 봤어. 당신이 아직 자고 있다고 말하니까 깨우지 말라고 했어. 알스테어의 상태는 내일 물어봐도 된다면서. 알스테어라는 사람이 집주인이야?"

"집주인이기도 하지. 그밖에도 붙일 이름이 많아."

"호기심이 당기는데?"

"알스테어에 대해 이야기하자면 길어."

"시간은 많아. 게다가 나는 당신 친구 이야기까지도 다 듣고 싶어."

"침대에서 같이 아침을 먹자면서?"

"내가 아침을 가져오면 당신은 알스테어 이야기를 들려주는 거야."

"나도 아침 준비를 거들게."

"아니, 내 남자에게 아침을 가져다주는 즐거움을 망치고 싶지 않아."

페트라가 콧노래를 흥얼거리며 주방으로 갔다.

"슈베르트 가곡이야?"

"정답! 슈베르트 맞아."

"좋은 곡이야. 더구나 당신이 부르니까 더욱 듣기 좋아."

"그렇다고 내가 나이팅게일 같다는 말은 하지 마."

"까마귀 소리는 아니잖아. 목소리가 아주 좋아."

"급질문이 있어. 평소 에스프레소를 블랙으로 마셔, 아니면 우유를 넣어 마셔? 빵은? 마멀레이드와 치즈 중에서 뭘 넣고 빵을 먹어?"

"커피는 블랙, 빵은 치즈와 먹어."

"나하고 취향이 같아."

5분 뒤, 페트라가 침실로 왔다. 그녀는 양손으로 쟁반을 들고 슈베르트 가곡을 콧노래로 불렀다. 페트라의 미소는 더욱 밝게 빛났다. 페트라는 쟁반을 침대에 내려놓고 내 입술에 키스했다. 그리고 커피를 잔에 따랐다. 페트라가 커피 잔을 들었고, 우리는 건배했다.

페트라가 말했다.

"우리를 위해."

나도 말했다.

"우리를 위해."

그런 다음 나는 페트라에게 또 키스했다.

커피는 아주 맛있었다. 어느새 낮이었고, 나는 몹시 배가 고팠다. 빵과 치즈를 얼른 먹었다.

"자, 이제 알스테어 이야기를 할 차례야. 얘깃거리가 많다고 했지? 빠짐없이 얘기해."

"알았어. 모두 말해줄게."

내가 이야기를 마치자 페트라가 말했다.

"알스테어를 많이 좋아하는구나."

"시간이 흐를수록 점점 좋아지는 사람이야. 괴짜처럼 사는 사람이지만 악의는 없어."

"다행이야."

"당신이 여기 들어와 살아도 알스테어와 부딪칠 일은 없을 거야."

"그것도 다행이네."

우리는 다시 키스했다.

"오늘은 이 방에서 나가기 싫어. 바깥세상으로 가는 문을 잠시 그냥 닫아 두자."

"아주 좋은 아이디어야."

"찬장을 봤는데 음식도 충분하던걸. 먹을 게 너무나 잘 갖춰져 있어서 놀랐어."

"내가 뉴욕 사람이잖아. 뉴욕 사람의 머릿속에는 항상 비상식량을 잘 챙겨야 한다는 강박관념이 있지."

"저녁식사를 무엇으로 할지 벌써 계획해두었어. 토마토소스와 앤초비를 넣은 스파게티. 냉장고에 바질, 마늘, 파르메산 치즈도 있더라. 백포도주도 두 병 있고. 정말 멋져."

우리는 또 키스했다. 그리고 또다시 하나가 됐다. 서로를 향한 우리의 욕망은 좀처럼 채워질 줄 몰랐다.

그날 오후, 한 시간쯤 더 자고 깨어났을 때 페트라가 침대에서 윗몸을 일으켜 앉은 채 나를 가만히 내려다보고 있었다. 내가 한밤중에 페트라를 바라보던 모습과 똑같았다.

나는 페트라의 손을 잡으며 나직이 말했다.

"안녕?"

"계속 나 자신에게 묻고 있어. 이럴 수 있을까? 혹시 꿈은 아닐까?"

"나도."

"지금까지는 신의 존재를 믿지 않았어. 내 말을 들어준 적이 없으니까. 하지만 지금은 계속 신에게 부탁하고 있어. 제발, 이 사랑이 계속되게 해달라고. 지금처럼 이대로 지낼 수 있게 해달라고."

"걱정하지 마. 우리를 방해할 사람은 아무도 없어."

페트라가 슬픈 표정으로 입술을 깨물었다.

내가 물었다.

"내가 무슨 실수라도 했어?"

"토마스, 지금껏 살면서 큰 행운을 맛본 적 있어?"

"행운? 맨해튼에서 태어나 서로 끝없이 싸우는 부모 밑에서 자랐고……글쎄, 그런 와중에 지금처럼 내가 하고 싶은 일을 하면서 살고 있는 게 그나마 행운일까?"

"나에게는 행운이 늘 비켜가기만 했어. 가끔 이런 생각을 해. 왜 이렇게 힘들까? 왜 이렇게 괴로운 일들이 끊임없이 생길까?"

"괴로운 일?"

"행운을 누리지 못한 사람은 좋은 일이 생겨도 기쁘게 받아들이지 못해."

"앞으로는 그렇지 않을 거야."

"약속하지?"

"당연히 약속하지."

페트라가 내 어깨에 얼굴을 묻고 다시 나를 꽉 껴안으며 말했다.

"고마워."

"나도 고마워."

"뭐가?"

"당신이 옆에 있어서."

"아직 나를 잘 모르잖아. 내가 이상한 여자일 수도 있고, 성가시게 굴거나 나쁜 여자일 수도 있고……."

"당신 장점일랑 이제 그만 나열하지 그래?"

"내가 너무 진지해지거나 마음이 어두워지려 하면 당신은 늘 웃음을 줘."

"앞으로도 그렇게."

"나를 두고 사라지지 마."

"절대로 사라지지 않아."

"예전에는 애인을 두고 사라진 적이 있다며?"

"인정해. 하지만 당신이라면 다를 거야. 난 늘 이런 만남을 꿈꿔왔어."

"우리는 둘 다 미쳤나 봐."

"왜 그렇게 생각해?"

"딱 하룻밤을 같이 지낸 것뿐인데 서로 아주 큰 비밀을 털어놓고 있잖아."

"오히려 멋지지 않아?"

"정말 이런 느낌은 처음이야?"

"정말이야. 당신은?"

"나야 결혼한 적도 있으니까. 하지만 그때도 지금처럼 이런 기분은 아니었어. 지금 내 기분은 뭐랄까? 광기야. 멋진 광기."

"이런 광기라면 얼마든지 좋아."

"하지만 곧 사라질까봐 걱정돼."

"아냐, 내 사랑. 절대로 사라지지 않게 할게."

해가 질 무렵 우리는 함께 샤워했다. 서로의 몸에 비누칠을 해주고, 물줄기 아래에서 서로 꼭 껴안고 키스를 나누었다. 긴 샤워를 마치고 서로 몸을 닦아 주고 옷을 갈아입었다. 소파에 기대앉아 포도주를 마시며 담배를 피웠다. 페트라가 음반을 골랐다. 이사한 뒤로 사놓은 음반이 스무 장쯤 됐다.

"오십 년대 재즈를 좋아하는구나. 베토벤 사중주곡, 버르토크, 바흐 피아노곡, 브람스 곡, 프랭크 자파 앨범도 두 개 있네."

"그 중에서 골라봐."

"브람스의 클라리넷 삼중주곡 어때?"

"좋아."

베니 굿맨이 연주한 클라리넷 삼중주곡이었다. 근처 고물상에서 15마르크를 주고 산 오디오는 낡은 축음기 같은 모델이었다. 고물상 주인은 턴테이블의 음반 바늘까지 여분으로 하나 더 주었다.

"지금 쓰고 있는 책의 주제는 뭐야?"

"베를린. 하지만 실제로 쓰기 전까지는 어떻게 될지 몰라. 실제 집필은……"

"베를린을 떠난 뒤에 시작할 거라고?"

페트라가 턴테이블에 음반을 올려놓고 버튼을 누르자 톤암이 자동으로 음반 가장자리로 왔다. 그리고 음반 가장자리 위에 바늘이 얹혔다. 잠시 후 브람스 삼중주곡 도입부가 흐르기 시작했다.

"아직 베를린을 떠날 계획은 없어. 당신이 내 곁을 떠나지 않는 한 나 또한 베를린을 떠나지 않을 거야."

페트라가 나에게 키스했다.

"하루 만에 그런 생각을 하다니. 아무튼 마음에 들어."

"처음 본 순간 깨달았어."

"나도……. 하지만 한편으로는 두려웠어. 우리가 정말 행복할 수 있을까? 그레이엄 그린의 소설을 읽은 적 있어?"

"여행기를 쓰는 사람이라면 그레이엄 그린은 필수 코스지."

"《사건의 핵심》을 작년에 읽었는데, 아주 감동스러운 문장이 있어 세 번이나 밑줄을 그었어. '그 사람은 누구나 느끼는 불행에 충실했다. 불행은 어느 누구도 벗어나지 못하는 감정이다.'"

"좋은 문장이네. 그러니까 그레이엄 그린이지. 마치 우리 부모님의 삶을 짧게 요약한 말 같아. 하지만 당신은 그 책을 읽으면서……."

"혼자 골똘히 생각해봤어. 내가 과연 단 한 번이라도 불행에서 벗어날 수 있을까?"

"이쪽으로 건너오기 전이야, 후야?"

"직전. 하지만……."

페트라는 말끝을 흐렸다. 우리의 대화는 다시 벽에 부딪쳤다. 페트라는 아직 베를린 장벽을 넘은 이유에 대해 이야기할 준비가 돼 있지 않은 듯했다.

나는 페트라를 껴안고 말했다.

"이제 안심해도 돼. 불행에서 벗어났잖아."

우리는 함께 스파게티 소스를 만들었다. 마늘의 양은 각자 입맛에 맞게 달리했다. 독특한 맛을 내기 위해 앤초비는 넣기로 했다. 나는 근처에 있는 이탈리아 상점에서 바게트를 사오자고 제안했지만 페트라가 싫다고 했다.

"오늘은 단 오 분도 떨어져 있기 싫어. 걱정하지 마. 늘 이렇게 달라붙지는 않을 테니까. 하지만 오늘만큼은 그러고 싶어. 내 작은 소망을……."

"당연히 들어줘야지."

나는 그렇게 말하며 페트라의 전 애인이 담배를 사러 간다 말하고 영원히 사라진 게 아닐까 생각했다.

스파게티 소스는 맛있었다. 커다란 냄비에 면을 삶는 동안 나는 초를 켜고 두 병째 포도주를 땄다. 페트라는 파르메산 치즈를 갈고 조명 밝기를 줄였다.

식탁에 치즈를 가져올 때 촛불에 비치던 페트라의 윤곽, 면을 어느 정도 삶아야 제대로 맛이 나는지 같은 가벼운 이야기, 페트라가 종이접기로 모양을 낸 종이 냅킨…….

그 모든 사소한 장면들이 지금도 며칠 전의 일인 양 머릿속에 선하다. 행복했던 기억은 이토록 오래도록 남는 것인가? 이십여 년이 지난 지금까지도 아주 사소한 부분까지 머릿속에 선명하게 기억되고 있다.

페트라가 종이 냅킨을 접어 예쁜 새를 만들고 있었다. 나는 그 모습을 지켜보며 말했다.

"페트라는 재주가 정말 많아."

"종이접기는 내 취미야. 사실 종이만 보면 종이접기를 하게 돼. 사

년 전부터 시작된 취미지. 동베를린 출판사에서 일할 때, 출간되지 않을 원고 더미에서 우연히 오리가미에 대한 책을 보게 됐어. 몰래 집으로 가져가 공부했지. 동독에서 절대로 품귀 현상을 보이지 않는 제품이 있다면 그건 종이일 거야. 처음에는 신문지로 종이접기를 연습했어. 종이접기는 평범한 재료로 가볍게 예쁜 소품을 만드는 일이잖아. 종이접기를 하다 보면 기분이 좋아져. 동독에는 작고 예쁜 게 거의 없거든. 내가 종이접기를 어찌나 잘하는지 유르겐이 아파트에서 비공개 전시회를 열자고 제안한 적이 있어. 우리 작은 아파트에 사람들이 쉰 명쯤 몰려왔을 거야. 내가 만들어 전시한 작품들을 모두 팔았지. 물론 값이라야 동독 화폐로 네댓 마르크쯤 했을까. 서독 돈으로 환산하자면 일 마르크도 안 돼. 그래도 정말 기뻤어. 그 아파트에 사는 사람들은 대부분 작가나 화가였거든. 내가 만든 작품들이 그 사람들에게 인정을 받은 셈이었지. 프렌츠라우어베르크에 살던 내 친구들은 종이접기를 금세 배웠어. 달리 재미있는 일이 없었으니까.

내가 아는 사람 중에 볼프강 프리드리히라는 화가가 있어. 추상화가로는 동독에서 실력이 가장 뛰어난 편이야. 그런데 볼프강 프리드리히가 화장실 변기를 고치는 전문가라면 믿을 수 있겠어? 볼프강 프리드리히는 집 변기가 망가지자 당국에 수리 신청을 했는데 몇 주가 지나도 배관공이 오지 않아 직접 화장실 변기 수리를 해본 거야. 그 다음부터 변기가 망가지면 볼프강을 부르면 된다는 소문이 퍼지게 됐어. 아마 일주일에 서른 번은 불려갔을 거야. 수리비로는 한 번에 동독 돈 오 마르크를 받았어. 일주일에 백오십 마르크가 넘게 벌었지. 내가 출판사에서 번역 일을 하며 받는 일 개월 급여와 같았어. 볼프강을 돈 때문에 헐뜯으려는 건 아냐. 변기 수리비로 오 마르크면 헐값이었으니까. 게다가 볼프강은 전화를 받으면 한 시간 안에 달려왔거든. 그런데 볼프강은 '이윤 추구'를 했다는 이유로 비판당한 끝에 어디론가 끌려갔다가 돌아왔어. 서글픈 일이었지."

나는 접시에 면과 소스를 담으며 말했다.

"잘 먹을게."

"키스해줘."

우리의 키스는 아주 길게 이어졌다. 페트라가 잠시 얼굴을 떼고 속삭였다.

"스파게티……."

스파게티는 아직 뜨거웠다.

"제대로 된 음식을 함께 먹기는 처음이네."

"앞으로 수없이 먹을 텐데, 뭘."

"당연하지."

페트라가 잔을 들었다.

"우리를 위해."

"우리를 위해."

그날 저녁, 우리는 시시콜콜한 기억까지 다 동원해 이야기를 나누었다. 학창시절에 좋아한 선생과 싫어한 선생, 첫 댄스파티, 첫 키스, 외동이라서 겪은 일들, 특활교사한테 당한 일, 댄스파티에서 꾸어다 놓은 보릿자루처럼 서 있었던 일 등등.

우리는 책, 패션, 영화에 관한 이야기도 했다. 페트라는 알프레드 히치콕과 잉마르 베리만의 영화들, 프랑스 누벨바그 영화들, 팝뮤직 등 이데올로기와 무관한 작품들조차 전혀 접하지 못하고 자랐다고 했다. 나는 그 말에 크게 충격 받았다. 하지만 동독의 할레에서도 패션이 중요한 위치를 차지한다는 이야기는 퍽이나 흥미로웠다.

페트라의 어머니는 루마니아 울을 짙은 청색으로 염색해 진 재킷 같은 옷을 만들어 페트라에게 입혔다고 했다. 그 옷에는 금속 단추가 달려 있어 리바이스 진 재킷과 아주 비슷했으며, 학교 친구들이 몹시 부러워하며 어디서 옷을 구입했는지 앞 다투어 물어본 적이 있다고 했다.

우리는 전에 어떻게 살았는지 서로에게 자세히 들려주었다. 지리적으로나 정치적으로 아주 멀리 떨어져 자랐지만 우리는 놀랍게도 비슷한 점이 많았다. 우리 둘 다 종교를 믿지 않았고, 지적인 체하는 걸 싫어했고, 소설에서 줄거리를 중요시했고, 라보엠 같은 '훌륭한 센티멘털리즘(페트라의 표현)'에 눈물을 흘리는 사람들이었다. 그 대신 페트라는 자연이 연출하는 장관을 믿지 않았다. 아직 큰 산에 한 번도 가본 적이 없기 때문에.

"알프스 산맥은 여기서 몇 시간이면 갈 수 있어. 당신이 일주일 정도 휴가를 내면 유로 익스프레스를 타고 가면 돼."

"돈이 많이 들잖아."

"돈은 내가 해결할게."

"내 비용은 내가 내야지."

"그런 건 나중에 상의하면 돼."

"상의? 그런 건 없어. 당신은 무조건 내 말을 따라야해."

"독재자구나."

"그래, 나는 행복한 독재자야."

"그 행복을 더 크게 만들어주지."

나는 식탁 서랍에 손을 뻗어 열쇠를 꺼내 페트라에게 건네며 말했다.

제3부 223

"내일 당장 짐을 옮겨."

페트라는 아주 오래 열쇠를 내려다보다가 말했다.

"정말 너무 이르지 않다고 확신해?"

"확신해."

페트라는 또 한참 동안 아무 말도 하지 않았다. 그녀는 눈에 눈물이 그렁그렁하게 고인 채 입술을 깨물었다.

"당신은 정말 멋진 사람이야. 좋아. 내일 간단한 짐부터 가져올게."

"아주 좋은 소식이야."

페트라가 자기 손목시계를 흘깃 쳐다보았다.

"어머 세상에, 시간 좀 봐."

페트라는 나에게도 손목시계를 보였다. 새벽 1시 33분.

"재떨이를 좀 봐."

꽁초가 수북이 쌓여 있었다.

"포도주도 두 병이나 비웠어."

내가 덧붙였다.

"드라이진도 반 병 비웠어."

"그런데 왜 취하지 않는 걸까?"

"글쎄다."

페트라가 다가와 목을 감싸며 내 무릎에 걸터앉았다.

"몇 시간 전에 잠에서 깨어나면서 무슨 생각을 했는지 알아? 이제 세상이 달라졌다고 생각했어. 일하는 동안 당신과 떨어져 있어야 한다는 게 가장 끔찍할 거야."

"나도 마찬가지야."

조금 뒤, 우리는 침대에서 꼭 껴안고 잠들었다. 곤히 잤다.

침대 머리맡에 놓아둔 알람 소리에 놀라 잠이 깨어 시계를 보았더니 9시였다. 내가 알람 버튼을 끄자 페트라가 나를 끌어당겼다.
"출근은 한 시간 뒤에 해도 돼."
우리는 사랑을 나누는 동안 서로의 얼굴에서 눈을 떼지 않았다. 서로를 향한 우리의 시선은 바닥을 알 수 없을 만큼 깊었다. 우리의 몸은 더없이 자연스럽게 격정적으로 리듬을 타며 움직였다.
"매일 아침 이렇게 하루를 시작하고 싶어."
내가 빙긋 웃으며 말했다.
"나로서는 그것만으로도 살아가는 목적이 되겠네."
페트라가 샤워하는 동안 나는 아침을 만들었다. 페트라가 주방에 들어왔을 때 커피가 막 만들어졌다. 페트라는 머리카락을 아직 말리지 않은 채 식탁을 차렸다. 나무 도마를 접시 삼아 빵과 치즈를 담고, 오렌지주스를 따르고, 커피 잔을 내려놓았다.
페트라가 말했다.
"내가 샤워하는 동안 무슨 생각을 했는지 알아?"
"글쎄, 말해봐."
"드디어 내게도 행운이 찾아왔구나."

제5장

드디어 내게도 행운이 찾아왔구나.

몇 시간 뒤 나는 티어가르텐의 벤치에 앉아 그 말을 생각했다. 페트라의 목소리로 들은 그 말은 내 머릿속에 박혀 잠시도 떠나지 않았.

나는 지난 서른여섯 시간을 머릿속에서 하나씩 되살렸다. 엄청난 열정, 깊은 친밀감, 애틋한 감정. 벤치에 앉아 차가운 베를린 하늘을 쳐다보던 순간 나는 갑자기 두려웠다.

'페트라가 달아나면 어쩌지? 내가 앤에게서 달아났듯 페트라가 내게서 달아나면?'

그러다가 나는 내 자신을 달랬다.

'아니야, 믿어야 해. 이제 나는 외톨이가 아니야. 서로를 바라보는 애인이 생겼잖아. 서로를 간절히 바라는 애인.'

벤치에서 일어나 서쪽으로 달렸다. 배낭에는 알스테어에게 온 우편물들과 신문들, 《뉴요커》 과월호가 들어 있었다.

나는 알스테어의 침상 옆에다 내가 가져온 우편물들과 잡지들을 꺼내놓았다.

알스테어가 대뜸 말했다.

"토미 보이, 빌어먹을 청구서들을 굳이 여기까지 가져와야 하는 거요?"

"안타깝지만 세상은 돌아가야 하니까요. 병원에서 퇴원하자마자 빚쟁이들한테 쫓기면 더 괴롭잖아요."

"내 수표책도 가져왔소?"

"우편물들 사이에 있어요."

"젠장, 나보다 나를 더 잘 챙기네. 그 빌어먹을 《뉴요커》는 싫어요. 보스턴에 눈이 내리고 모두가 찬송가를 부르는 동안 옆집 여자와 바람피우는 중산층 뉴잉글랜드 인간들이 쓴 글들이라니. 얼마 전에 《뉴요커》에 보니 스위스 아미 나이프의 기원을 80페이지나 늘어놓았더군. 미국 동부에 사는 미국인이라면 《뉴요커》를 읽고 자못 유식해진 기분을 느낄지 몰라도 나는……."

"몸이 많이 좋아진 것 같아 다행이네요."

"빨리도 알아챘네. 아직 괴롭지만 아주 쪼끔 나아졌소. 의사는 마약 기운이 다 빠질 때까지 보름 정도 더 입원해야 한다는군. 아니, 내 이야기는 집어치우고, 사랑에 완전히 눈먼 얼굴로 내 앞에 서 있는 당신 이야기나 해봐요."

"그게 무슨 말인지……."

"귀신을 속이지 나를 속여요? 저런, 이젠 얼굴까지 붉히네?"

나는 얼굴에 퍼지는 미소를 감추려 애쓰며 말했다.

"무슨 말인지 도무지 모르겠는데요."

"이름이 뭐요? 그 여자 이름."

"페트라."

"오, 독일인이네."

"맞아요."

"당신은 사랑에 푹 빠졌어. 아마 내 말이 틀림없을 거요."

"그렇게 티가 났어요?"

"당신은 유리처럼 투명해 속이 다 들여다보이는 사람이오. 당신이 여기 들어오는 순간 알아챘소. '젠장. 사랑에 빠졌군.' 경험에서 하는 말인데, 그 사랑을 잘 지켜야 해요. 그런 기분은 평생 한두 번밖에는 느낄 수 없으니까."

"프레드릭한테 그런 사랑을 느꼈나요?"

"맙소사, 프레드릭의 이름까지 외우고 있었던 거요?"

"당연히 외우고 있죠."

"그 사람 이야기는 더 이상 하지 맙시다. 더 이야기했다가는 밤에 여기서 빠져나가 몇 시간이라도 돌아다니며 마약을 구하지 않으면 못 견딜 테니까. 앞으로 나는 약에 의지하지 않으면 안 될 만큼 괴로운 심경에 빠지지 않을 작정이오. 그러니까 그 사람 이야기는……."

알스테어가 잠시 입을 다물더니 고개를 돌려 창밖을 바라보았다. 겨울 햇살을 받은 알스테어의 얼굴이 몹시 슬퍼 보였다.

"이제 그만 가봐요. 나는 당신이 지금 느끼는 그 진부하고 하찮은 감정을 몰래 부러워해야 하니까."

"알았어요."

"내일 또 올 거요?"

"물론이죠."

"메메트는 어떻게 지내요?"

"오늘은 다른 일이 있어 못 온다고 했어요. 작업실은 바닥만 칠하면 새 단장이 모두 끝나요. 예전보다 오히려 더 좋아졌어요."

"여기서 나가면 내가 얼마나 끈질긴 사람인지 세상에 확실히 알릴 거요. 그놈이 망가뜨린 그림을 금세 다시 되살려놓을 생각이오."

"틀림없이 잘될 거예요."

"가기 전에 한마디만 하겠소. 당신에게 찾아온 행운을 즐겨야 해요. 친구, 당신은 에이스 넉 장을 다 손에 쥔 거요."

집으로 돌아오는 길에 내 머릿속에는 알스테어의 충고가 계속 맴돌았다.

아파트로 돌아가 심하게 구겨진 침대시트를 벗기고 새 시트를 깔았다. 두 블록 떨어진 곳에 한국인이 운영하는 세탁소가 있었다. 벗긴 시트를 그 세탁소에 맡기고, 정육점에 들러 닭을 사고, 모퉁이 터키 상점에서 콩과 감자, 전날 마신 것과 똑같은 포도주 두 병을 샀다.

집으로 돌아와 닭고기와 감자를 손질해놓고 나서 집 전체를 깨끗이 청소하고 새 타월을 준비했다. 흠 잡을 데 없이 집을 깨끗이 정리하고 나서 시계를 보니 6시가 가까워져 있었다. 나는 5분마다 강박적으로 시계를 보았다. 그러다가 문을 여는 열쇠 소리가 들렸다. 나는 얼른 계단을 뛰어 내려갔다. 내가 현관으로 내려오자 페트라가 막 들어서는 중이었다.

내 눈에 가장 먼저 들어온 건 페트라의 얼굴에 환하게 떠오른 미소와 빛나는 두 눈이었다. 페트라가 머리에 쓴 베레모는 진눈깨비에 흠뻑 젖어 있었다. 페트라는 한 손에는 가방, 한 손에는 식료품 쇼핑백을 들고 있었다. 쇼핑백을 의자에 올려놓고, 가방을 그 옆에 내려놓은 페트라가 내 품에 안겼다. 우리는 서로를 꼭 껴안고 키스했다. 페트라는 내 입술에서 입술을 떼고 양손으로 내 얼굴을 감싸더니 나를 자세히 들여다보았다.

"그대로 있었네. 다행이야."

"당연히 그대로 있지. 내가 어디로 가겠어?"

"하루 종일 무서웠어. 당신이 나를 혼자 버려두고 어디론가 떠나지 않았나 해서."

"사실은 나도 똑같았어. 당신이 도망쳤을까봐 무섭고 두려웠어. 그래도 이제……."

페트라가 속삭였다.

"위층으로 올라가자."

위로 올라가자마자 우리는 침대에 몸을 던졌다. '사랑해'라고 계속 속삭이고 또 속삭이며 서로의 옷을 벗겼다. 페트라는 금방 나를 자기 안으로 들어오게 했다. 페트라가 신음하며 내 등을 할퀴었다.

얼마 뒤(그때 나는 시간을 아예 잊었으므로 정확히 얼마 뒤였는지는 모르겠다), 페트라가 말했다.

"지금부터 이십 년 동안 이렇게 계속 사랑을 나누고 싶어."

"우리가 아이를 갖길 원할 때에도 이렇게 열정적으로 사랑을 나누고 싶어."

페트라가 놀란 표정으로 나를 보며 물었다.

"정말이야?"

"내가 총이라도 겨눴어? 왜 그렇게 놀라? 다음 주에 아이를 갖자고 말한 것도 아니고, 그냥……."

나는 이야기를 잘못 꺼냈나 싶어 얼른 말끝을 흐렸다.

페트라가 내 얼굴을 어루만지며 말했다.

"계속 말해 봐."

"사랑하는 사람이 생기면 함께 아이를 낳고 싶어지는 건 당연하잖아. 내가 이런 말을 하고 있다니 정말이지 믿어지지 않지만……. 사실 이런 생각은 난생처음 해보거든."

"나도 난생처음이라고 말하면……. 당신을 보면서 아이를 갖고 싶다는 생각을 처음 품었다고 말하면……. 글쎄, 당신이 해외 파병 부대에 자원해 나에게서 도망치지 않기만 바랄 뿐이야."

"내가 당신에게서 왜 도망쳐? 내가? 그럴 리가. 정반대로, 우리가 함께 할 수 있는 일은 뭐든 하고 싶어. 뭐든."

"나도 약속할게. 당신이 세상을 여행하고 싶으면 얼마든지 떠나도 좋아. 여행을 마치고 나에게 돌아오기만 한다면."

"지금은 여행할 생각이 없어."

"하지만 여행은 당신 일이기도 하잖아. 그걸 바꾸게 하고 싶지는 않아. 나는 그저 당신 인생의 일부가 되고 싶어."

"나 역시 당신 인생의 일부가 되고 싶어. 우리 인생. 그럼, 여행도 함께 다니면 돼."

"아마도 내가 방해될 거야."

"방해라니? 절대로 그럴 리 없어."

"하긴 겨우 몇 시간일 뿐인데, 떨어져 있는 게 어찌나 힘들던지……. 그래도 퇴근하고 나서 곧장 오지 못했어. 집에 들러 옷가지를 챙겨 오느라고."

"당신이 가방을 가져온 걸 보고 얼마나 기뻤는지 몰라."

"사실 난 오늘 계속 걱정했어. 당신이 내 가방을 보고 마음을 바꾸면 어쩌나 하고. 내가 너무 빨리 당신 집으로 들어가는 걸 겁내면 어쩌나 하고."

"나도 걱정했어. 당신이 생각이 바뀌어 다시 한밤중에 달아나면 어쩌나 하고."

우리는 침대에서 한 시간 정도 더 누워 있었다. 잠시도 서로에게서 눈을 떼지 않은 채.

페트라가 말했다.

"어떤 헤어짐보다 앞서라. 이렇게 시작하는 릴케의 시를 알아?"

"불길한 시네."

"하지만 시 전체를 보자면 모든 게 변한다는 진리를 받아들여야 한다는 의미야. 오르페우스에게 바치는 소네트."

"우리 사랑은 변하지 않아."

"듣기 좋은 말이야. 하지만 우리 둘 다 영원히 살진 못하잖아. 좋든 싫든 앞으로 팔십 년 정도가 지나면 나도 당신도 세상에 없게 돼. 사람이라면 어느 누구도 피할 수 없는 일이잖아. 릴케는 그 시에서 인생이 유한한 걸 기뻐하자고 말하고 있어. 종교도 내세도 믿지 않는 우리 같은 사람들은 머릿속에 꼭 새겨둘 만한 시야."

"다 외울 수 있어?"

페트라가 나를 똑바로 바라보며 시를 낭송했다.

'어떤 헤어짐보다 앞서라. 모든 것이 시작되는 거대한 심연을 생각하라. 가장 깊은 떨림을 주는 원천을 찾아라. 그러면 이 한 번뿐인 삶을 완전히 즐길 수 있을 테니.'

"그래, 우리가 서로 사랑하며 이 한 번뿐인 삶을 즐겨야지. 정말 우리에게 딱 맞는 말이야."

"시의 힘이란 정말 강력하지 않아? 인생을 빛나게 만드니까."

"우리는 그 빛나는 인생을 늘 함께 할 거야."

"그런 말은 자주 할수록 좋아."

결국 배가 고파 침대에서 나왔다. 나는 닭고기를 오븐에 넣었다. 페트라는 음식 재료를 준비해놓다니 정말 멋지다고 나에게 말했다. 페트라가 사온 음식도 쇼핑백에서 꺼내 정리했다. 페트라가 오기 전에 옷장도 정리해두었다. 페트라가 가져온 옷은 그리 많지 않았다. 치마 두 장, 히피 스타일의 꽃무늬 원피스, 가죽 재킷, 트위드 재킷.

나는 내 옷장에 걸린 페트라의 옷을 보며 기뻐했다. 욕실에 놓인 페트라의 욕실용품을 보면서도 즐거웠다. 페트라가 이제 나와 같은 공간에서 살아갈 생각을 하고 있다는 증거였으니까. 이제 우리 두 사람이 함께 만들어가는 이야기가 시작되고 있었으니까.

저녁을 먹으며 페트라가 말했다.

"남자한테 이런 걸 묻는 건 처음인데, 로스트치킨을 이렇게 잘 만드는 법을 어디서 배웠어?"

"미국 남자들은 누구나 배워. 우리 아버지도 늘 바쁘고 술에 절어서 사는 광고회사 이사였지만 요리만큼은 썩 잘하시지."

"어머니는?"

"우리 어머니는 완전 공주과야. 외할아버지가 보석상이었는데 집에 가정부를 둘 수밖에 없었던 이유가 있어. 외할머니가 집안일에는 도무지 손도 안 대고, 카드놀이와 신세타령만 했다는 거야."

"어머니는 외할머니 말을 믿었어?"

"우리 어머니가 불행해진 가장 큰 이유야. 사실 어머니는 교육도 많이 받았고, 지적이고 똑똑했어. 하지만 부모에 대한 반항심 때문에 서로의 환경이 어울리지 않는 남자와 결혼한 거야. 하지만 아버지와 결혼한 어머니는 결혼생활이 품격에 어울리지 않는다고 내내 짜증을 내며 살았어. 내가 당신 앞에서 돌아가신 어머니에 대해 불평을 늘어놓다니 정말 부끄러워. 당신은 나보다 훨씬 더 힘들게 살았을 텐데."

"어린 시절 겪은 일에 대해 부끄러워할 필요는 없어. 동독 사회가 어렵긴 해도 아주 행복하게 어린 시절을 보낸 친구들도 많아. 물론 불행한 어린 시절을 보낸 친구들이 더 많긴 하겠지. 아무리 불행한 시절을 보냈더라도 성인이 되고 나서 어떻게 느끼는지가 더욱 중요한 문제 아닐까? 세상을 향해 분노만 쏟아내지 말고 어떤 일을 겪든 극복할 수 있는지, 내 자신이 행복해질 수 있는지, 어려움 속에서도 가능성을 찾으려고 애쓰는지, 괴롭고 슬플 때에도……."

"난 내가 행복할 수 있다고 믿어."

페트라가 내 손을 어루만졌다.

"나도 그래. 아니, 적어도 당신이 내 인생으로 걸어 들어온 뒤로는 그걸 믿게 됐어."

"인생으로 걸어 들어왔다? 정말 멋진 표현이야."

"정확한 표현이기도 해. 누군가 내 인생으로 걸어 들어왔다. 인생은 그렇게 돌고 그렇게 바뀌어가는 건가 봐. 우리는 늘 하는 일을 하고, 일상을 꾸려가지. 그러다가 인생이 겨우 이런 것인가, 덫에 걸린 느낌을 받게 되지. 그러다가 직장에서 우연히 누군가를 딱 만나게 돼. 지금 생각해보니까 그때 나에게 가장 힘들었던 건 당신도 나처럼 느꼈을까 하는 걱정이었어."

"당신도 나를 보자마자 첫눈에 반했다는 뜻이야?"

"그렇게 놀라는 척하지 마."

"아니, 정말 놀랐어. 처음에 당신은 나에게서 조금 거리를 두는 것처럼 보였거든."

"그건 당신이 나를 좋아할 리 없다는 생각에 불안하고 초조했기 때문이야. 아니, 당신이 날 좋아하지 않을까봐 두려워 달아나고 싶었어. 그래서 그날 이탈리아 식당에서도 달아났던 거고."

"그래도 이렇게 나에게로 다시 돌아왔잖아. 당신은 행복을 선택한 거야."

페트라가 속삭였다.

"자, 이제 또 침대로 갈까? 나를 행복하게 해줘."

그 당시, 우리의 사랑은 끝없이 이어졌다. 우리는 서로에게 완전히 중독됐다. 우리의 육체와 감정이 완벽하게 하나가 됐다. 흔히 말하는 '진정한 사랑'이란 바로 이런 것이구나 생각했다.

그날 밤에는 일찍 잠들었다. 이튿날 아침에 잠에서 깨어나보니 식탁에 아침이 차려져 있었다. 오디오에서는 빌 에반스의 음악이 흘러나오고 있었다.

나는 아직 잠에서 덜 깬 채 식탁으로 가 페트라에게 키스하며 말했다.

"식사를 차리느라 애썼어."

"특별히 애쓴 것도 없어. 그저 할 일을 한 것뿐이야. 오늘은 내 아파트에 가서 음반을 가져올게. 내일 아침에는 〈스톱 메이킹 센스〉로 당신 잠을 깨울 거야."

우리는 각자 그날의 일정을 이야기했다. 페트라는 하인리히 뵐의 에세이를 번역해야 한다고 했다.

"하인리히 뵐은 아주 훌륭한 작가야. 하지만 《카타리나 블룸의 잃어버린 명예》를 쓴 작가의 딱딱하고 학구적인 글을 옮기려면……."

"〈라디오리버티〉에서 고를 만한 작가네. 동독 정부와 동독 정보부를 크게 비난한 작가니까."

"그래서 하인리히 뵐의 에세이를 골랐어. 서방에서 동독을 어떻게 보는지 확인시키려고……."

페트라가 말하다 말고 갑자기 움찔하더니 다시 말을 이었다.

"아, 여기가 서방이지."

"괜찮아. 굳이 말을 바로잡지 않아도 돼. 자기는 망명했잖아. 그러니까……."

"언젠가 나도 진정으로 느끼게 될까? 서독에 살고 있다는 걸."

"서독뿐만 아니라 다른 서방세계에서도 살 수 있어."

"미국은? 내가 좋아할 만한 나라야? 내가 미국에 어울릴까?"

"글쎄, 인디애나나 네브래스카 주에 있는 작은 마을에 간다면 엄청난 문화적 충격을 느낄 거야. 하지만 맨해튼이라면 첫눈에 반할걸."

"토마스, 그렇게 딱 부러지게 말하는 당신 스타일이 정말 마음에 들어."

"우리, 맨해튼에 갈까?"

"오늘 당장?"

"좋지."

"지금 당장?"

"당신이 말만 하면 내가 지금 당장 비행기 표를 끊어올게."

"다시 슬슬 우울해지네."

"왜?"

"아직은 베를린을 떠날 수 없어. 계약상 〈라디오리버티〉에서 아직 일 년은 더 일해야 하니까. 동독 망명자를 담당하는 서독 정부 부서에서 주선한 일자리거든. 서독 정부에서 지금 사는 집과 삼천 마르크를 주었어. 그 돈으로 옷과 생필품을 샀어. 그런데 일하기로 약속한 기간을 내 맘대로 깨뜨리는 건 올바른 처사가 아니겠지."

"그래, 그건 그리 큰 문제가 아닌 것 같아. 나도 책을 쓰려면 베를린에서 몇 달 더 머물러야 하니까. 당신은 필요한 시간 만큼 베를린에서 지내도 돼. 그 대신 내가 늘 당신 곁에 있을 테니까. 맨해튼에는 조금 늦게 돌아가더라도……."

페트라가 나에게 키스하며 말했다.

"베를린에 꼭 있어야 하는 시간이 그리 길지는 않을 거야."

그리고 페트라는 식탁에서 그릇을 치우며 말했다.

"설거지한 뒤에 출근해야 해."

"당신은 어서 출근 준비나 해. 설거지는 내가 할 테니까."

"장도 보고, 요리도 하고, 설거지도 하는 남자."

"어차피 혼자 있을 때도 하던 일이야. 신경 쓸 것 없어."

"벌써 출근해야 할 시간이 됐네. 당신은 오늘 뭐해?"

아래층에서 사포질하는 소리가 들려왔다.

"메메트가 벌써 일을 시작했나봐. 메메트를 도와 사포질을 하고, 그 다음에는……베를린 거리를 좀 돌아다녀야지. 템플호프공항에도 들를까 해."

"템플호프공항에는 나도 가본 적이 있어. 무시무시하던걸."

"그냥 공항일 뿐이잖아. 흔한 이야기지만 건축미는 정말 대단한 곳이야."

"그건 맞지만 템플호프공항을 보면 자꾸만 동독에서 배운 나치의 만행이 떠올라. 동독에서는 나치의 만행을 모두 서독 사람들이 저지른 일이고, 독일공산당은 나치에 대항해 싸워 독립을 쟁취했다고 가르치지. 하지만 서독에 와 역사책을 보니, 동독이든 서독이든 독일인이라면 누구든 나치즘에 대해서만큼은 유죄라는 걸 알게 됐어. 결국 동독 사회는 나치즘의 악몽을 벗어던지지 못해 생긴 독재 국가가 아닐까?"

나는 '동독 생활이 자기에게 악몽이었어?'라고 묻고 싶었지만 페트라가 거기서 겪은 일을 잊으려 애쓴다는 걸 알기에 더 이상 묻지 않았다.

그 대신 '페트라, 이제 나에게 다 털어놓고 모두 잊어버려. 나에게는 무슨 일이든 다 이야기해도 돼. 나는 당신을 사랑하니까. 당신이 동독에서 무슨 일을 겪었든 내가 당신을 사랑하는 마음은 달라지지 않아.'라고 말해주고 싶었다.

"페트라, 이것 하나만 알아줬으면 해. 이제부터 당신은 행복해질 거야. 아니, 적어도 나는 당신이 더 행복해지기를 바라. 당신 자신을 위해. 그리고 우리를 위해."

페트라가 다가와 내 가슴에 얼굴을 묻으며 속삭였다.

"고마워."

페트라가 양손으로 내 얼굴을 잡고 키스하고 나서 말했다.

"또 아홉 시간을 떨어져 지내야 하겠네."

"우리 오늘 저녁 열시에 쿤스트하우스 공연을 보러 갈까?"

쿤스트하우스는 그리 멀지 않은 곳에 있는 재즈 클럽이었다.

"내가 만든 저녁을 먹고 나서."

"좋아. 장을 볼 목록을 적어 주면 내가 오후에 준비해 둘게."

"아니, 요리하는 즐거움의 절반은 재료를 준비하는 데 있어. 당신은 그냥 여섯시 전에 집에 돌아오기만 하면 돼."

"내가 달리 어디를 가겠어."

우리는 다시 키스했고, 또다시 욕망에 휩싸여 한순간에 옷을 다 벗었다.

 사람들은 시간이 가면 사랑도 어쩔 수 없이 변한다고 말한다. 시간이 흐를수록 처음의 애틋한 마음은 점차 사라지게 된다고. 활활 타오르던 불꽃은 시간이 지나면서 점차 잦아들게 마련이라고. 하지만 새로운 사랑에 빠진 연인들에게는 오직 그 순간밖에는 보이지 않는다.
 그 순간 나는 생각했다.
 '사랑은 환상이 아니라 실재하는 감정이야. 이 모든 게 지금 내 팔에 안겨 있는 이 특별한 여자 덕분이야.'
 페트라도 나와 똑같이 생각하고 있었나보다. 나와 나란히 누운 그녀가 말했다.
 "사흘 전에는 미처 깨닫지 못했던 걸 지금은 깨달았어."
 "그게 뭔데?"
 "세상에 행복이 존재한다는 것."

제6장

페트라와 내가 아래층으로 내려갔을 때 메메트는 바닥의 마지막 구석에 사포질을 하고 있었다. 우리를 본 메메트는 샌더를 끄고 보안경을 벗더니 수줍은 미소를 지었다. 내가 두 사람에게 서로를 소개했다.
페트라가 말했다.
"우리, 지난번에도 만난 적이 있죠?"
메메트가 고개를 끄덕였다. 페트라와 함께 있으니 메메트의 자신감 없는 태도가 더욱 두드러져 보였다.
페트라가 알스테어의 작업실 공간을 가리키며 말했다.
"정말 멋지게 고치셨어요."
작업실은 정말 흠 잡을 데 없이 변모해 있었다.
"토마스도 함께 애썼는걸요."
페트라가 내 팔을 꽉 쥐었다가 손을 밑으로 내려 내 손을 잡았다.
"토마스는 재능이 아주 많죠. 오늘 만나서 반가웠어요. 앞으로도 종종 만나겠네요."

나는 페트라와 함께 현관문 밖으로 나가며 메메트에게 말했다.

"금방 돌아올게요."

나는 계단을 내려가며 페트라에게 말했다.

"다시 당신과 내 방으로 돌아가고 싶어."

페트라가 말했다.

"나도 기꺼이 당신 방으로 올라가고 싶지만 지금 출발해도 삼십분은 지각이야."

"난 도저히 기다림에 익숙해지지 않을 것 같아."

"우리 기다림은 아홉 시간이면 끝나."

페트라를 보내기가 힘들었다. 페트라는 계단을 내려가며 환하게 웃었다. 나는 내가 얼마나 행운아인지를 생각했다. 그날 페트라가 포웰의 사무실 앞을 지나치지 않았다면 내 생활은 지금과 완전히 달랐을 것이다. 내 앞에서 행운의 여신이 미소를 보내고 있었다.

메메트는 다시 사포질을 하고 있었다. 내가 나타나자 메메트가 샌더를 껐다.

"조금 뒤에 바니시로 초벌 칠을 하면 되겠어요."

"좋아요. 옷 좀 갈아입고 올게요. 초벌 칠을 마치고 나서 나와 알스테어를 만나러가지 않을래요?"

메메트는 내 말을 듣자마자 잔뜩 긴장했다.

"사람들이 다 볼 텐데……."

"입원한 친구를 면회하러 가는데 보면 어때요? 달리 생각할 사람은 없을 거예요. 알스테어도 메메트를 보고 싶다고 했어요. 알스테어의 병실 침대에는 칸막이가 쳐져있어 옆 침대에 있는 사람들한테는 안 보여요."

"세상은 의외로 좁아요."

"아주 넓기도 하죠. 좋아요, 아는 사람을 만난다고 쳐요. 그럼, 실내 장식을 의뢰한 손님이 병원에 입원해 작업에 대해 의논하러 왔다고 말하면 그만이잖아요."

"누가 그런 말을 믿겠어요?"

"왜 안 믿어요?"

"눈빛에서 거짓말이라는 게 다 드러날 텐데요."

"그럼 눈을 똑바로 보지 마세요."

메메트가 고개를 절레절레 흔들었다.

"알스테어를 보고 싶죠?"

"물론 보고 싶어요."

"그럼 보러 갑시다."

"토마스, 그러지 말아요. 토마스는 몰라요. 우리 가족, 집사람 가족……."

메메트가 갑자기 고개를 숙이고 혼자 중얼거리며 이리저리 오가기 시작했다. 나도 늘 혼잣말을 하기 때문에 메메트의 행동이 이상하게 보이지는 않았다. 혼잣말은 작가들에게는 아주 흔한 버릇이다. 메메트는 흥분되는 마음을 가라앉히려고 혼잣말을 하는 게 틀림없었다. 잠시 후 메메트는 고민을 마쳤는지 나를 보며 말했다.

"옷을 갈아입고 와요. 저는 사포질을 마저 할게요."

5분 뒤, 내가 다시 내려오자 메메트는 브러시와 바니시를 준비해두고, 남은 먼지를 진공청소기로 빨아들이고 있었다. 메메트가 나를 보더니 진공청소기를 끄고 말했다.

"좋아요. 병원에 같이 가요. 일단 칠부터 끝내고요."

두 시간 뒤에 메메트와 나는 지하철에 몸을 싣고 있었다. 메메트는 흡연석에서 럭키스트라이크를 피웠다. 그는 3분도 안 돼 담배 한 개비를 다 피우더니 새 담배에 불을 붙였다. 그는 창백한 얼굴로 고개를 푹 숙이고 있었다. 그의 어깨가 가늘게 떨렸다.

"용기를 내요."

메메트가 몇 번 고개를 끄덕이고 나서 담배연기를 깊이 들이마시더니 속삭였다.

"불가능해요. 절대로 불가능해요."

물론 이렇게 생각하기는 쉽다.

'불가능하지 않아요. 인생에서 무엇이 가장 중요한지 깨닫고, 자신이 바라지 않는 삶에서 과감히 빠져나와요.'

물론 그런 결정을 내리기까지는 복잡하고 힘겨운 일들을 많이 겪어야 하리라. 하지만 바라지도 않는 삶을 유지하며 꾸역꾸역 괴롭게 살아가는 건 변화를 두려워하기 때문이다. 메메트가 가족과 주변 사람들의 기대를 벗어던지지 못하고 있어도 알스테어와 일주일에 세 번은 만나 사랑을 나누지 않던가. 누구나 주변의 기대, 가족의 기대, 사회의 규율을 따른다. 자유를 쟁취하기 위해서는 위험을 감수해야 하고, 정신력이 아주 강해야 한다. 정치적인 장벽을 뛰어넘은 페트라는 정신력이 아주 강인했을 것이고…….

그때까지만 해도 나는 페트라가 망명하게 된 정확한 사연을 몰랐다. 다만 페트라가 동독에서 빠져나오기 위해 큰 희생을 치러야 했으리라는 짐작은 했다. 페트라에게는 엄청나게 큰 용기가 필요했으리라. 후회와 슬픔이 복잡하게 뒤얽힌 힘든 선택이었을 테니까.

전철역 밖으로 나오자 메메트가 담뱃갑을 내게 내밀었다.

메메트가 내 담배에 불을 붙여 주며 말했다.

"그 여자 분과 꼭 결혼하세요."

"왜 그런 말씀을 하시죠?"

메메트는 평소처럼 심각한 얼굴로 고개를 갸웃했다.

"두 분이 함께 있을 때면 정말 행복해 보였어요."

메메트는 병실로 걸어가며 마주치는 사람을 흘깃거렸다. 알스테어의 침대가 가까워 질수록 메메트는 점점 더 긴장했다. 나는 메메트의 팔을 잡아주며 말했다.

"지나가는 사람 중에 아는 사람이 있었어요?"

메메트가 고개를 가로저었다.

"열 걸음만 더 가면 알스테어가 있어요. 병실에 들어가면 다른 사람 눈에 띌 염려는 없어요. 그러니까 제발 알스테어를 봐서라도 그 겁먹은 표정 좀 짓지 말아요."

메메트는 몇 번이나 고개를 끄덕였다.

"좀 괜찮아졌어요?"

메메트는 다시 몇 번이나 고개를 끄덕였다. 나는 알스테어의 병상을 들여다보았다. 알스테어는 침대에서 윗몸을 일으켜 앉은 채 《뉴요커》를 읽고 있었다.

"또 왔어요? 내가 뭐 그리 좋은 사람이라고 껌처럼 달라붙는 거요?"

"오늘은 멋진 손님을 데려왔어요."

나는 말 그대로 메메트를 앞으로 끌어당겨야 했다. 알스테어는 메메트를 보더니 정말 깜짝 놀란 표정을 지었다. 메메트는 바닥만 내려다보고 있었다.

"저는 산책 좀 하다가 한 시간 뒤에 다시 올게요."

나는 메메트가 나를 붙잡기 전에 얼른 돌아서서 복도로 나갔다.

병원 밖으로 나가자 작은 이탈리아 카페가 보였다. 카페에서 에스프레소 두 잔을 마시고 노트를 펼쳐 지난 24시간 동안의 일들을 모두 적었다. '그 여자 분과 꼭 결혼해요.' 메메트의 말이 머릿속에서 맴돌았다. 15분쯤 지나 카페 웨이터에게 전화를 쓸 수 있는지 물었.

웨이터는 카운터에 전화기를 올려놓으며 말했다.

"십 분에 일 마르크를 내세요."

"비싼데요."

"아뇨, 원래 그 값이에요."

나는 웨이터에게 1마르크를 내고 〈라디오리버티〉의 전화번호를 돌렸다. 교환수에게 페트라 두스만 자리로 연결해 달라고 했다. 신호가 울리고 또 울렸다. 일곱 번을 울려도 전화를 받지 않았다. 통화할 가망이 없다고 생각할 때 페트라가 전화를 받았다.

페트라는 숨찬 목소리로 말했다.

"페트라 두스만입니다."

"나 때문에 뛰어 온 거야?"

"맞아."

"회사로 전화해 일을 방해한 건 아닌지 모르겠네."

페트라가 아주 작게 말했다.

"당신 목소리를 들으니까 정말 좋아. 그래도 포웰이 돌아다니니까 크게 말할 수는 없어."

"당신 목소리를 듣고 싶어 전화했어. 저녁때까지 도저히 참을 수 없을 것 같았어."

"사랑해. 당장 달려가 당신 품에 안기고 싶어."

"베딩 역까지 십오 분이면 갈 수 있어."

"이십오 분 뒤에 점심 회의가 있어."

"그럼 오 분 동안 볼 수 있겠네."

"역 앞에서 기다릴게."

사실 베딩 역까지는 18분이 걸렸다. 역 계단을 올라가자 페트라가 계단 입구에 서 있었다. 페트라는 나를 보자마자 달려와 품에 안겨 키스했다.

페트라가 얼굴을 떼고 말했다.

"이제 가봐야 해."

"정말?"

"당신이 딱 오 분을 만나려고 여기까지 왔다는 사실에 난 그만……."

"당신만 좋다면 매일 올 수도 있어."

"사랑한다고 말해줘."

"사랑해."

"나도 사랑해."

다시 키스하고 나서 페트라는 달려갔다. 나는 벽에 기댄 채 가만히 서 있었다. 갑작스레 여자와 키스하고 나서 멍해진 만화 캐릭터가 된 기분이었다.

나는 다시 전철을 타고 병원이 있는 전철역으로 갔다. 면회 시간은 15분밖에 남아 있지 않았다. 뛰다시피 걸어 알스테어의 병실까지 갔다. 메메트는 없고, 알스테어만 침대에서 천장을 멍하니 바라보고 있었다.

"어디 보자. 그 여자 남편의 눈을 피해 몰래 만날 방을 구하고 오는 길이지요? 그 여자 남편은 낮에는 택시를 몰고, 밤에는 레슬링 선수로 인기가 높고……."

"알스테어는 화가가 되기보다는 추리소설가가 되었어야 했어요."

"그래, 방은 계약했소?"

"아뇨, 그렇지만……."

"아, 알았어요. 공원에서 짧게 만났군. 여자는 회사에서 잠깐 빠져나왔을 테고."

나도 모르게 얼굴이 붉어졌다. 알스테어가 환하게 웃었다.

"내가 딱 맞췄지? 자, 어서 자세하게 얘기를 해봐요."

"나중에 이야기할게요."

"메메트는 벌써 만났다던데. 메메트 말로는 정말 예쁜 여자라더군. 아름다운데 눈은 슬프다던가. 정말 그렇게 슬퍼 보여요?"

"누구나 어느 정도는 다 슬프지 않나요?"

"아하, 내 위층에 사는 사람이 철학자였군. 메메트 말로는 두 사람이 진정 서로 사랑하는 것 같다던데?"

"맞아요."

"아무튼 축하해요."

"오늘은 썩 기분이 좋아 보여요."

"어떤 미국 작가 덕분이지. 정말 고맙소."

"메메트는 알스테어를 사랑해요."

"넘겨짚어 말하지 말아요."

"아니, 분명한 사실이에요."

"사랑은 감정이지. 감정을 두고 '사실이다, 아니다' 말할 수는 없는 거요. 감정에는 순간의 현실만이 있을 뿐이지. 내일 완전히 뒤바뀔 수도 있고. 게다가 메메트처럼 복잡한 상황에 처해 있을 경우에는 더하지."

"알스테어가 그렇게 마음을 접으면 두 사람의 사랑은 불가능해져요. 어제 메메트가 병원에 오기까지 얼마나 고민했는지 모를 거예요. 메메트는 자신을 둘러싼 모든 위험 요소와 싸우면서 당신을 보러 왔어요. 그만큼 당신을 그리워했다는 증거고……."

"입 닥쳐요."

알스테어는 아랫입술을 깨물며 나에게서 시선을 돌렸다.

"지나쳤다면 미안해요."

"아암, 지나쳤소. 우리의 친한 모습을 남에게 보이기 싫은 사람이 메메트뿐인 줄 알아요? 잘못 알았어요. 세상 사람들 대부분이 우리 같은 사람들을 보기 싫어해요. 어쩌면 토마스 당신도 우리가 같이 있는 걸 보기 싫어 이렇게 손수 해결책을 찾아 상황을 정리해주려고 애쓰는지도 모르지."

"누구나 사랑하는 사람과 행복하게 살기를 바라지 않나요? 알스테어도 메메트와 행복하게 살기를 바라잖아요?"

알스테어가 눈을 감았다.

"내가 지금 절실히 바라는 건 담배 한 모금뿐이오. 당신이 사라지면 나는 곧장 니코틴 의존증 환자들이 있는 병동으로 가서 당신의 그 심문 투의 말들을 담배연기에 훌훌 날려 버릴 거요. 그 다음, 병실로 돌아오면 남은 하루를 담배 기운으로 잘 보낼 수 있겠지."

"건강은 괜찮아요?"

"당신이 나를 아무리 괴롭혀도 끄떡없을 만큼은 좋아요. 세상을 뒤엎을 수도 있을 것 같아요."

"곧 다시 일어나 그림을 그려야지요."

"그러다가 메메트는 가족한테 뭇매를 맞고, 나는 또 칼에 찔려 결국 죽을지도 모르지."

"알스테어, 당신 자신을 비극의 주인공으로 만들지 말아요."

"그게 내 특기인 걸 어쩌겠소. 아참, 좋은 소식이 있어요. 나를 찌르고 내 그림들을 찢은 그 미치광이가 마침내 체포됐다는구려. 그놈은 나를 공격하고 나서 뮌헨으로 도망쳤다가 경찰에 잡혔나봐요. 그놈은 정신분열증 진단을 받고 바바리아에 있는 정신병원에 영구 격리될 거라는군요. 그러니까 내가 이 병원에서 나가도 그놈과 다시 마주치면 어쩌나 하는 걱정 없이 크로이츠베르크 거리를 돌아다닐 수 있을 거라는 뜻이지. 그건 그렇고, 당신의 일생일대 애인은 언제 나한테 소개시켜줄 거요?"

"퇴원해서 집에 오면 자연스럽게 만나게 될 거예요. 그건 그렇고, 작업실은 다시 깨끗해졌어요."

"메메트한테서 벌써 얘긴 다 들었어요. 그나저나 집 수리비는 언제 청구할 거요?"

"집수리 대가로 바라는 건 한 가지뿐이에요. 여기서 나오면 약을 완전히 끊어요."

"내가 마약을 하든 말든 당신이 뭔 상관이람?"

"멍청하게도 제가 당신을 좋아하게 됐거든요. 알스테어가 없는 세상은 저에게 훨씬 재미없는 곳이 되겠죠."

"감상적인 개소리."

알스테어의 말과 함께 면회시간이 끝나는 걸 알리는 벨소리가 울렸다. 알스테어가 다시 눈을 감고 말했다.

"내가 감상적이 되는 바보짓을 저지르기 전에 얼른 나가요. 그래도 내일 또 올 거지요?"

"그렇게 말하는데야 안 올 수가 없죠."

"정오쯤에 오겠소? 메메트가 열한시에 온다고 했거든."

"그것 참 좋은 소식이네요."

"그럴지도 모르지. 어쩌면 당신과 나의 행운의 별이 일렬로 서는 기적이 일어났는지도 모르지."

몇 시간 뒤, 페트라가 현관 안으로 뛰어들어 내 품에 안길 때, 나는 알스테어의 마지막 말을 떠올렸다. 살다보면 행운을 만나는 순간도 있다는 것. 운명의 손길, 별의 기운, 신의 입김 등이 나를 위해 힘을 발휘할 때가 분명 존재한다는 생각이 들었다. 석 달 전부터 있었던 일들을 되돌아보면 그런 생각이 더욱 확실하게 굳어졌다. 나에게 페트라와의 사랑은 더없는 경이의 세계였다. 내가 페트라와 보낸 시간들을 지금껏 생생히 기억하는 건 우리의 사랑이 내 삶의 가치를 한껏 고양시켜주었기 때문이리라.

지금껏 나에게 사랑은 미지의 영역이었다. 페트라를 만나기 전만 해도 나는 사귀던 여자에게 늘 내 공간, 사생활, 적절한 거리가 필요하다고 말했다. 그러나 지금 페트라가 없는 저녁은 상상할 수조차 없었다.

나는 페트라가 퇴근하기 전까지 하루 분량의 일을 마치려고 낮에는 늘 열심히 일했다. 페트라는 조금도 늦는 법이 없었다. 우리는 언제나 서로를 존중했다. 우리가 함께 하는 생활은 항상 즐거웠다. 집안일을 서로 의논할 필요도 없었다. 난생처음 나는 다른 사람과 함께 하는 공간에서 즐겁게 살아갈 수 있었다. 저녁까지 간절히 기다리다가 페트라를 맞이하고, 비로소 함께 하게 되면 더없이 행복했다.

페트라와 함께 지낸 몇 달 동안 갖가지 추억이 다 있었다. 퇴원해서 집에 온 알스테어조차 '분위기가 바뀌었다'고 말했다.

알스테어가 퇴원한 날은 토요일이었다. 메메트와 내가 병원에서 알스테어를 집으로 데려왔다. 메메트는 아침에 실내장식 일이 있다고 가족에게 말하고 병원에 왔다. 알스테어의 보호자가 나로 되어 있어 나는 슈뢰더 박사로부터 30분 동안 환자를 보살피면서 명심해야 할 주의사항을 들어야 했다.

슈뢰더 박사는 메타돈 투여를 엄격히 지켜야 한다고 말했다. 메타돈은 일주일치만 처방될 것이며, 반드시 식전에 물에 타서 먹어야 한다고 했다. 그리고 월요일 아침 9시마다 병원에 와서 혈액 검사를 받아야 한다고 했다. 헤로인을 투여하지 않았는지 확인하는 혈액 검사였다. 슈뢰더 박사는 나에게 알스테어가 헤로인 주사를 맞는 모습을 직접 본 적 있는지 물었다. 내가 대답을 망설이자 박사가 말했다.

"괜찮아요. 환자의 법적 보호자도 아니잖아요. 환자가 다시 헤로인을 시작한다 해도 선생께는 책임이 없어요. 하지만 같은 아파트에 살고 있으니까 누구보다 환자의 상태를 잘 알 수 있겠죠. 그러니까 혹시 환자가 다시 헤로인에 손대기 시작하면 즉시 병원으로 전화해주세요."

"알스테어를 감시하는 역할을 맡고 싶진 않습니다. 게다가 괜히 전화했다가 알스테어가 체포되면 어쩌게요."

"그렇지만 환자의 생명이 달린 일입니다. 헤로인을 다시 시작했다가 적발되어도 감옥에 가지는 않습니다. 단지 격리병동에 입원해 치료를 받게 되죠."

"그래도 알스테어의 뜻과는 상관없이 몇 달 동안 갇혀 지내야 하잖아요."

"어쨌든 그래야만 환자는 헤로인을 완전히 끊을 수 있어요. 환자가 메타돈 처방을 제대로 지키기만 하면 아무런 문제가 없을 겁니다. 제 명함입니다. 병원에 알리는 게 고자질로 느껴질 수도 있겠죠. 저도 충분히 이해합니다. 하지만 환자를 진정한 친구로 생각한다면 헤로인에 다시 손댈 경우 저에게 지체 없이 전화해야 합니다. 아셨죠?"

나는 의사가 내민 명함을 받아들며 생각했다.

'아니야. 이건 옳은 일이 아니야. 이거야말로 정말 도덕적으로 고민해야 할 일이 아닐 수 없군.'

알스테어는 헤로인을 쓸 때에도 별 탈 없이 잘 지냈다. 병원에 오게 된 건 위험한 상대를 집에 들였기 때문이다. 내 마음속에 깃든 자유주의자는 이렇게 생각했다.

'알스테어는 자기 일을 알아서 잘 처리하는 사람이야. 나는 적어도 경찰 끄나풀 역할은 하지 않겠어.'

집으로 돌아오는 길에 알스테어도 그 이야기를 꺼냈다. 알스테어는 메메트가 듣지 못하도록 영어로 말했다.

"어디 보자, 의사가 당신한테 내 상태가 매우 위험하다고 말했지요? 헤로인 중독과 치료 사이에서 아슬아슬하게 줄타기하고 있다고. 그래서 내가 또 헤로인을 주사하면 곧장 병원에 연락하라고."

"네, 당신 말이 다 맞아요."

"당신은 어떻게 할 생각인데요?"

"답은 아주 간단해요. 마약만 멀리 한다면 아무 일 없을 거예요. 하지만 마약을 끊을 수 없다고 해도 그건 나와는 상관없는 일이죠."

"그 말을 들으니 반갑네요. 솔직히 벌써부터 감시당하는 기분이었거든. 월요일 아침마다 병원에 가서 혈액검사를 받아야 해요. 게다가 여권까지 뺏겼어요."

"그래도 시키는 대로 따르는 게 당신을 위해 좋겠어요."

"난 누군가 시키는 대로 따르는 게 정말 싫어요."

"생각을 바꿔요. 마약중독자는 일찍 죽어요. 지금 끊으면……."

"마약을 끊었다가는 먼저 담배와 지루함 때문에 미쳐서 죽을 거요. 이번 달에 런던에 있는 내 화랑으로 그림 석 점을 보내기로 했어요. 화랑은 지금 난리가 아닌 모양이오. 지난주에 당신이 가져온 우편물들 속에 그림을 빨리 보내라고 독촉하는 편지가 들어 있었어요.."

"사고가 있었다는 걸 화랑에 안 알렸어요?"

"내가 바보인줄 알아요? 몇 달 동안 매달린 작업이 다 날아갔다고 말하면 그것으로 계약은 끝인 거요. 작가로 살아가기 위해 지켜야 할 첫 번째 규칙이 뭔지 알아요? '돈을 쥔 사람한테 작품이 언제 끝날지 절대 말하지 않아야 한다' 는 거요. 화랑에는 작업이 예상보다 오래 걸린다고 편지를 써서 보냈어요. 과로로 병원에 입원해 있어 병원 주소로 편지를 보낸다고 했지. 작가라면 모름지기 마감을 미룰 때에는 '몹시 괴로운 상태' 라는 핑계를 대야 해요. 이제 겨우 시간을 좀 벌었지만 그래도 충분하지는 않아요. 작품을 보내야 돈이 들어올 텐데 이제 내 수중에 돈도 없어요."

"그래서 곧바로 그림을 그리기 시작하겠다고요?"

"오늘 오후는 쉬어야겠지만 내일은 화랑에 들러야 해요. 재료를 지원받는 화랑이지. 이틀 안에 재료가 준비되면 그림을 시작할 거요. 헤로인 없이 그림을 그려야 한다는 생각만 해도 끔찍하지만 어쩌겠소. 그릴 수밖에."

아파트에 들어서자 알스테어는 몇 분 동안 이리저리 돌며 새로 사포질하고 페인트칠한 벽과 바닥을 샅샅이 돌아보았다. 흠 잡을 데라

곧 없이 깨끗해진 집을 둘러보는 알스테어의 눈에 눈물이 고였다.
알스테어가 겨우 들릴 듯 말 듯한 목소리로 말했다.
"정말이지 나한테 이런 친절은 너무 과분해."
메메트가 고개를 가로저었다.
내가 알스테어에게 말했다.
"맞아요. 하지만 메메트와 나는 바보라서……."
"알았어요. 쓸데없는 소리는 그만하겠소. 젠장! 그래도 고맙다는 말은 해야겠네."
그 순간, 계단을 내려오는 발소리가 들렸다. 페트라였다. 청바지와 내 낡은 셔츠 차림이었다.
페트라가 알스테어에게 말했다.
"진심으로 환영합니다."
"페트라, 나도 당신을 만나 정말 반가워요."
"제 이름을 아시네요?"
"토마스한테 다 들었어요. 토마스는 자기가 세상에서 가장 행복한 사람이라는 말도 하던데."
나는 나도 모르게 고개를 바르르 떨었다. 하지만 페트라가 나를 팔로 감싸며 말했다.
"저 역시 토마스 덕분에 세상에서 가장 행복한 사람이 될걸요."
알스테어가 말했다.
"우리가 각각 다른 층에 사는 게 천만다행이오. 그런 축복을 받은 두 사람을 옆에서 보고 있자면 너무 부러워서 참기 힘들 테니까. 나는 부정적이고 우울한 모습을 봐야……."
메메트가 불쑥 말했다.

"입 다물어."

메메트의 목소리에 모두들 깜짝 놀랐다. 알스테어가 가장 크게 놀랐다.

알스테어가 말했다.

"이런, 이런. 내가 뭔가 말을 잘못했나봐."

메메트가 말했다.

"그래, 잘못했어."

알스테어와 메메트의 관계에서 힘의 역학이 완전히 뒤바뀐 걸 느낄 수 있었다.

알스테어가 조용히 말했다.

"잘 알았소, 페트라, 차차 알게 되겠지만 내 말투가 늘 개판이라서."

메메트가 말했다.

"또! 고운 말을 써."

알스테어가 말했다.

"오늘 내가 단단히 혼나네."

메메트가 말했다.

"나는 이제 가야 해요."

페트라가 말했다.

"점심도 안 드시고 가게요? 위에서 스파게티 소스가 끓고 있어요."

내가 말했다.

"정말?"

"그냥, 알스테어가 집에 오면 모두 함께 점심을 먹으면 좋지 않을까 생각했어."

알스테어가 말했다.

"나도 점점 페트라가 좋아지는군."

페트라가 말했다.

"그럼 저는 올라가서 스파게티를 준비할게요. 제가 알스테어를 위해 빵과 치즈, 우유, 커피도 준비했어요."

알스테어가 나에게 말했다.

"토마스, 빨리 페트라와 결혼해야겠소."

나는 페트라를 바라보며 말했다.

"당연히 그래야죠."

"이제 저는 올라갈게요. 메메트, 점심 드시고 가요."

"저는 안 될 것 같아요."

"메메트, 그럼 다음에 봐요."

페트라는 그렇게 말하고는 내 손을 꽉 잡으며 속삭였다.

"당신이 방금 전에 나와 결혼하겠다고 말해서 내가 손을 더욱 꽉 잡은 거야."

페트라가 위층으로 올라가고 나서 알스테어가 나에게 말했다.

"이런 망할 행운아를 봤나. 정말 멋진 여자요."

"맞습니다."

"설마 당신이 페트라에게 점심을 준비하라고 시킨 건 아니지?"

"아뇨, 페트라가 스스로 원한 일이에요."

"이런 망할! 당신은 행운이 두 배야."

나는 메메트를 흘깃 쳐다보며 알스테어에게 말했다.

"그냥 친절한 사람도 있어요."

알스테어가 말했다.

"나도 알아. 자기에게 부족한 상대와 지내는 멍청한 사람도 있지."

메메트는 그 말에 몇 번이나 머리를 절레절레 흔들고 나서 현관으로 걸어갔다. 알스테어가 얼른 메메트를 뒤쫓아갔다.

나는 위층으로 올라갔다. 위층에 다 올라갔을 때 메메트의 목소리가 들려왔다. 메메트는 화내며 소리쳤고, 알스테어는 메메트를 달래려 애썼다. 위층에서는 페트라가 레인지 앞에서 스파게티 면을 삶고 있었다. 면을 삶는 큰 냄비 옆에서 소스가 맛있는 냄새를 풍겼다.

"알스테어가 또 말실수를 한 거야?"

"그런가봐."

"우리는 서로 말조심하자."

"당연하지. 혹시 말실수를 했더라도 깊이 사과하고 뜨겁게 사랑을 나누면……."

페트라가 나에게 키스했다. 우리는 벽에 부딪치듯 기댔다. 페트라가 한쪽 다리로 내 허리를 감싸고 양손으로 내 청바지를 어루만지며 속삭였다.

"스파게티만 아니면 지금 당장 사랑을 나눌 텐데."

"스파게티? 알 게 뭐야."

"그렇지만 알스테어가 금세 다시 돌아올 수도 있어."

"알스테어? 알 게 뭐야."

우리는 침대로 갔다. 그러자 문에서 노크 소리가 났다.

페트라는 옷을 바로하고 곧장 스파게티 냄비로 달려갔다. 나는 청바지 단추를 채우고 문으로 어기적어기적 걸어갔다. 문을 열자 알스테어가 서 있었다. 눈이 붉게 충혈되어 있었다.

"괜찮아요?"

알스테어가 안으로 들어오며 말했다.

"안 괜찮아요. 집에 돌아온 지 오 분도 안 돼 일을 다 망쳤소."
페트라가 물었다.
"무슨 일인데요?"
"내가 메메트를 구석까지 몰아붙였어요. 메메트가 다시는 오지 않겠다는군."
"흥분해서 한 말이겠죠."
"아뇨, 오래전부터 쌓인 일이오."
"그냥 내버려두면 마음을 가라앉히고 내일 다시 올 거예요."
"그러면 얼마나 좋을까? 아뇨, 이제 끝났어요, 이제."
"술을 한 잔 마시고 마음을 진정시키는 게 좋겠어요."
알스테어는 눈물 젖은 눈을 손으로 비볐다. 알스테어가 이렇게 감정을 드러내고 슬퍼하는 모습은 처음 봤다.
"적어도 스무 잔은 마셔야겠소."
나는 페트라와 늘 마시는 값싼 이탈리아 백포도주를 땄다. 알스테어는 두 잔을 금세 비우고 담배도 두 개비나 피웠다. 알스테어는 갑자기 스위치가 켜진 듯 슬픔을 감추고 우리와 화기애애하게 대화했다. 페트라에게는 동베를린에 있는 화가 친구들에 대해 자세히 물었고, 동독 미술계에 대한 해박한 지식으로 페트라를 놀라게 했다. 백포도주 한 병을 다 비웠을 때, 알스테어가 불쑥 말했다.
"이런 빌어먹을! 식전에 메타돈을 먹어야 하는데 깜빡 잊어버렸어."
알스테어는 아래층으로 달려갔다.
"점심을 먹다 말고 메타돈을 먹으려고 뛰어가는 사람은 처음 봐."
"적어도 헤로인 주사를 안 맞는 게 다행이지."
"나는 알스테어가 마음에 들어. 좀 제정신은 아닌 것 같지만 충분히 매력적이야. 게다가 자기 자신은 인정하려 들지 않지만 사랑을 갈구하고 있는 것 같아."

"아주 정확한 표현이야. 알스테어와 지낸 지 얼마 되지 않은 사람이 그런 걸 언제 다 파악했어?"

"전 남편 유르겐이 알스테어와 비슷했어. 알스테어와 달리 동성애자는 아니었지만……. 유르겐은 머리가 복잡하고 생각이 많은 사람이었는데, 대중 앞에서 공연할 희곡을 써야 했으니 더더욱 미칠 수밖에. 유르겐의 희곡은 늘 다른 사람의 작품에 밀려 공연이 좌절됐어. 유르겐은 나중 일이야 어찌되든 말든 사람들 앞에서 솔직하게 고민을 털어놓고 하소연하는 성격이었어. 알스테어가 헤로인 주사를 맞고도 생활을 잘 꾸려나갈 만큼 자기 관리가 철저한 사람이라고 했지? 한때는 유르겐도 정말 똑똑하고 재미있는 사람이었어. 하지만 나와 함께 살기 시작하면서 유르겐의 눈에서 빛이 사라졌어. 유르겐은 가정에 정착할 수 없는 사람이었지. 재능은 뛰어나지만 자신을 통제하는 능력은 전혀 없었어. 동독에서 살아가려면 무조건 체제에 적응해야만 해. 체제에 아부하는 법도 터득해야지. 그러면서도 체제가 엿볼 수 없는 개인세계를 만들어야 해.

나는 프렌츠라우어베르크에서 개인세계를 만들었다고 생각했어. 내가 사는 동네가 동베를린의 그리니치빌리지 같은 곳이라 생각했지. 1960년대에 자발적으로 꽃을 피운 뉴욕 예술가들과 달리 우리는 동독 정부로부터 지원을 받았어. 집세를 낼 걱정도 없었고, 팔릴 작품을 만들려고 굳이 애쓰지 않아도 되었지. 정부 지원금으로 보헤미안처럼 살 수 있었으니까. 동독 정권에 대한 회의감만 품지 않는다면 전혀 문제될 게 없었어.

유르겐은 한 군데 정착해 살지 못했어. 편안한 생활에 안주하지도 못했지. 유르겐이 못 말리는 반항아였긴 해도 동독 정부 정책에 노골적으로 반기를 든 적은 없어. 유르겐이 쓴 희곡의 공연이 금지됐어. 반정부적이어서가 아니라 매사에 불만을 터뜨리는 내용 때문이었지. 나는 유르겐에게 대중 앞에서 공연될 만한 희곡을 쓰라고 충고했어. 돌려서 말하면 얼마든지 전하고 싶은 메시지를 전달할 수 있을 거라 말했지. 하지만 유르겐은 내 말을 듣지 않았어. 나는 믿을 만한 친구들에게 유르겐을 설득해 달라고 부탁했지. 유르겐에게는 친형 같았던 재즈 피아니스트도 나와 비슷한 충고를 했나봐. 유르겐은 불같이 화를 내며 재즈 피아니스트와 친구들을 모두 고발하겠다며 펄쩍 뛰었대."

페트라가 잠시 말을 멈추고 담배에 불을 붙였다.

내가 물었다.

"정말 고발했어?"

"유르겐은 나까지 끌어들였어. 동독에서는 사상범이 붙잡히면 그 배우자까지 끌려가게 돼. 미리 신고하지 않은 것에 대해 죄를 묻는 거지."

"유르겐은 체포됐어?"

"체포됐어."

"당신도 체포됐어?"

"그건 얘기가 또 달라. 나 좀 안아 줄래?"

나는 페트라 옆으로 다가가 그녀를 부축하고 소파로 갔다. 우린 소파에서 한참 동안 누워 있었다. 그저 말없이 서로 꼭 껴안고 있기만 했다. 마침내 페트라가 침묵을 깨고 말했다.

"과거 이야긴 정말 하기 싫은데 왜 또 시작했을까?"

"과거가 있기에 지금의 우리가 있잖아. 난 당신에 대해 뭐든 다 알고 싶어."

"난 동독에서 지낸 마지막 일 년을 깡그리 잊고 싶어. 내 기억에서 아예 지워버리고 싶어."

"그렇게 끔찍했어?"

"로버트 그레이브스의 책 《모든 것에 안녕》을 알지? 그 제목을 나에 대한 조언으로 삼자고 결심하고, 나 자신을 수없이 타일렀어. 그때 일을 모두 방에 가두고 문을 쾅 닫은 다음 다시는 열어 보지 말자고. 당신 덕분에 난 처음으로 비극이 아닌 미래를 보게 됐어. 그래서 당신은 나에게 더욱 소중한 사람이야."

그 대화 이후로 페트라의 전 남편 이야기는 더 이상 오가지 않았다. 우리가 만나기 전에 겪은 일에 대해 더 이상 서로 말하지 않았다는 건 아니다. 이야기하기 곤란한 문제에 대해 아예 입을 다물었다는 뜻도 아니다. 다만 페트라는 동베를린 시절에 겪었던 고통으로부터 조금이나마 눈을 돌릴 수 있게 되었다. 아프고 괴로운 추억을 더 이상 끄집어낼 이유가 없었기에. 나와 함께 하는 생활이 언제나 기쁘고 즐거웠기에.

나는 책을 써야 했으므로 낮에는 이야깃거리를 찾아 베를린 거리를 돌아다녔다. 찰리검문소의 미국인 구역에서 근무하는 미군들과도 대화를 나눴다. 뉴욕출판사의 편지를 증명서처럼 이용해 미군들과의 대화를 허락받을 수 있었다.

어느 날에는 건축사학자를 만나 대화를 나누기도 했다. 그 건축사학자는 알베르트 스피어에 대해 모르는 게 없었고, 자기 아내가 불가리아 출신 시인과 달아난 이야기도 들려주었다.

검문소에 만난 미군들 중에는 켄터키에 아내와 아이를 두고 왔는데 다시는 돌아가지 않을 거라는 사람도 있었다. 그 건축사학자도 아내를 되찾을 생각이 없다고 말했다.

나는 켐핀스키호텔의 술집에서 밤마다 재즈를 연주하는 미국 재즈 피아니스트 바비 블레이클리도 만나 이야기를 나눴다. 블레이클리는 1950년대에 베를린에 와 지금껏 살고 있다고 했다. 이 뿌리 없는 망명객은 친구도 거의 없이 홀로 지내며 1962년부터 밤마다 하루도 거르지 않고 호텔에서 악기를 연주했다고 말했다.

베를린에서 나는 그런 이야기들에 끌렸다. 내가 만나본 사람들의 삶이 소설처럼 극적이기 때문은 아니었다. 그보다는 내가 만난 사람들의 이야기가 베를린이라는 도시와 일맥상통했기 때문이다. 오마르와 카페 이스탄불 이야기도 내 책에 쓰고 싶었다. 알스테어의 이야기도 조금 각색해서 넣고 싶었다. 알스테어를 런던 출신으로, 메메트를 이탈리아 출신으로, 우리 아파트를 페트라가 사는 동네에 있는 집으로 바꿀 필요가 있었다. 그래야만 알스테어와 메메트의 사생활을 보호하면서도 두 사람의 이야기를 내 책에 넣을 수 있을 테니까.

페트라와 함께 한 생활도 빠짐없이 내 노트에 기록했다.

페트라도 내 글의 재료로 여겼을까? 작가가 겪은 모든 경험이 글의 재료가 되는 건 분명한 사실이지만 페트라를 내 글을 쓰는데 이용할 생각 따윈 없었다.

아침에 일어나면 페트라가 내 옆에 있었다. 나는 잠든 페트라의 얼굴을 그저 경이로운 눈으로 바라보았다. 그러면 페트라가 잠에서 깨어나 나를 마주 바라보며 미소를 짓고 내 얼굴을 어루만졌다. 페트라는 잠에서 깰 때마다 한 번도 빼놓지 않고 말했다.

"내 사랑."

페트라가 출근하고 나서 나는 아침 집필을 마치고, 알스테어와 함께 카페 이스탄불에 가서 점심을 먹었다. 카페 이스탄불에서 점심을 먹는 건 어느새 알스테어와 나의 일과처럼 되었다. 알스테어가 퇴원하고 나서 물감과 붓을 주문하러 갈 때에도 우린 함께 돌아다녔다.

 알스테어는 마침내 필요한 물감을 모두 다 구했다. 새 캔버스도 들여놓았다. 퇴원해 집에 돌아온 지 사흘째 되는 날, 알스테어는 헤드폰을 쓰고 작업에 몰두했다. 알스테어가 그림에 집중하는 모습을 보며 나는 생각했다.

 '알스테어는 누구보다 용감한 사람이야.'

 어떤 사람에게 얼마나 끈기가 있는지는 어려움을 겪기 전에는 제대로 알 수 없다. 어느 날 알스테어가 카페 이스탄불에서 점심을 먹다가 오마르와 카페 종업원에게도 다 들릴 만큼 큰소리로 말했다.

 "일주일에 삼백 마르크씩 병원비로 뺏기지만 않는다면 내일 당장이라도 헤로인을 맞을 텐데."

 "밖에 있는 경관 귀에도 들리게 아예 더 크게 말하지 그래요?"

 "머리에 들어 있는 생각을 말했다고 체포되지는 않아요. 더구나 베를린은 마약에 너그럽거든. 하지만 지금 내 행동은 메타돈 부작용 때문이오. 나도 모르게 목소리가 크게 튀어나오는데 난들 어쩌란 말이오. 그건 그렇고, 당신의 그 역겨운 사랑은 요즘 어떻게 진행되고 있는 거요?"

 "여전히 역겹게 잘 진행 중이죠."

 "내가 보기에도 그래 보여요. 내가 충고 하나 할까요? 조심해요, 작가한테는 행복이 오히려 재앙일 수 있으니까. 상실감이 없으면 창작욕도 사라질 수 있소."

 "공연한 궤변이라는 건 본인도 잘 아시죠?"

"행복한 상태에서 이른바 '창작'이라는 걸 하는 사람이 과연 있겠소?"
나는 그 말을 한참 동안 생각하다가 마침내 말했다.
"없어요."
"그렇다니까."
"하지만 이른바 '창작'이라는 걸 하면서 행복하지 않은 사람이 과연 있을까요?"
알스테어가 주저 없이 대답했다.
"아마 없을 거요. 하지만 당신 자신을 잘 봐야 해요. 당신은 지금 진심으로 행복해하고 있지. 아직도 어린 시절에 겪은 어둠의 흔적이 당신 얼굴에 작은 그늘을 드리우고 있긴 하지만."
"어린 시절의 어둠도 서서히 극복해가겠죠."
"그러지 말고 계속 그 상처에 화를 내야 하오. 페트라와 맛보는 행복에 대항할 수 있는 아픔이 있어야 하지. 나는 페트라를 잠깐밖에 못 봤지만, 그녀도 당신 덕분에 얼굴이 아주 밝아진 것 같았소. 전에 잠깐 보기로는 페트라의 얼굴에 분명 어둠의 그늘이 드리워져 있었는데 말이지."
"세상에서 어두운 기억이 없는 사람도 있을까요?"
"알았소. 이제 난 그만 입을 다물어야지."
사랑할 때 지켜야 할 규칙이 있다면 '연인에게서 느끼는 스트레스나 두려움을 남에게 털어놓지 말아야 한다는 것'이다. 물론 관계가 삐걱거리고 문제가 생겼을 경우 친구에게 조언을 구하는 거야 어쩔 수 없는 일이지만 둘 사이에서 벌어진 일은 절대로 발설하지 말아야 한다. 애인에 대한 신뢰를 깨뜨리는 일이기 때문은 아니다. 남에게 둘만의 일을 말하면 그 사랑의 심오함을 잃을 수 있기 때문이며, 암세포로 가득 찬 세상에서 둘만이 쌓아올린 성벽이 무너질 수 있기 때문이다. 물론 둘만의 성벽을 지키겠다는 건 로맨틱한 희망사항에 불과한지도 모르지만.

그러나 나와 페트라는 그런 성벽을 실제로 찾아냈다. 페트라가 저녁에 퇴근해 집에 오면 나는 그녀에게 포도주를 건넸다. 페트라는 집에 들어서는 순간 직장 일은 덮어두었다. 페트라처럼 나 역시, 일진이 나쁜 날이나 원고 마감 때문에 걱정하던 날에도 그녀가 집에 도착하는 순간 다 잊었다. 페트라와 함께 있으면 무엇이든 다 할 수 있다는 자신감이 생겼다.

우리의 대화에 빠지지 않는 공통된 화제는 포웰이었다. 페트라는 우리 관계에 대한 이야기가 〈라디오리버티〉에 퍼지지 않게 몹시 조심했다. 내가 회의 때문에 〈라디오리버티〉에 갔을 때 우연히 복도에서 마주쳤을 때에도 우린 서로 정중하게 인사만 건넸다.

페트라가 말했다.

"내가 당신과 만난다는 걸 알게 되면 〈라디오리버티〉 사람들은 갖가지 이야기를 지어내가며 나를 곤혹스럽게 할 거야."

"우리가 길거리에서 키스하다가 들키지 않는 한 누가 알겠어?"

그런데 바로 그런 일이 벌어졌다. 빌리 와일더 감독의 〈아파트 열쇠를 빌려드립니다〉를 보러 갔다. 델피극장에서 그 영화를 보고 나서 바깥으로 나와 페트라에게 키스하던 순간이었다. 뒤에서 낯익은 목소리가 들려왔다.

"두 분이 정말 다정해 보여요."

포웰이었다. 포웰이 마침 영화관으로 들어가던 길이었다. 우리는 얼른 밀착된 몸을 떼어냈다. 처음에 페트라는 사냥꾼 앞에 선 사슴 같은 표정을 지었다. 그러다가 포웰이 우리를 한껏 비웃듯 바라보자 페트라의 놀란 표정은 곧 분노로 바뀌었다.

포웰은 벌써 술에 취한 것 같았다.

"정말 재미있는 일이야. 역시 반체제 인사는 은밀한 행동에는 소질이 없나봐."

내가 말했다.

"이제 그만하시죠."

"아하, 미국인 남자가 안타까운 망명자를 변호하시네."

나는 페트라에게 말했다.

"그냥 갑시다."

포웰이 내 흉내를 내며 되풀이했다.

"그냥 갑시다. 화려한 잡지에 글을 싣는 작가가 심각한 척할 때 꺼내는 말인가?"

페트라가 포웰에게 말했다.

"당신은 정말 형편없는 사람이군요."

"그리고 그쪽은 평범한 척하지만……."

바로 그때 내가 포웰의 배를 힘껏 가격했다. 내 행동에 스스로도 깜짝 놀랐다. 그때껏 누구를 때린 적은 없었다. 포웰은 배를 움켜쥐고 허리를 굽힌 채 길거리에 먹은 걸 토하기 시작했다. 저녁 내내 마신 술을 다 토하는 것 같았다.

나는 페트라와 함께 서둘러 전철역으로 갔다. 열차에 오를 때까지 우린 아무 말도 하지 않았다. 열차에 오른 뒤에야 비로소 나는 고개를 가로저으며 말했다.

"세상에, 이게 무슨 일이람?"

"당신이 포웰에게 주먹을 날렸어."

"포웰은 괜찮을까?"

"맞아도 싼 말을 했어."

"아직도 충격이 가시지 않아. 내가 사람을 때리다니."

"포웰은 나쁜 놈이야. 고마워, 내 대신 놈에게 한 방 먹여줘서."

"혹시 그놈이……."

"나를 내쫓으려 하지 않겠느냐고? 포웰이 나에게 집적거린 일은 지국장도 다 알아. 놈은 나에게 같이 자자며 성희롱도 했어. 지국장한테 단단히 주의를 듣고 나서야 그런 짓을 안 하더군. 아무튼 포웰은 나에게 해코지할 수 없어. 하지만 당신에게라면……."

"〈라디오리버티〉의 일이 없어도 난 굶어 죽지 않아."

"그래, 나를 위해 싸워준 남자는 당신이 처음이었어. 고마워. 그러니까 앞으로는 나도 당신을 위해 나설 거야. 포웰이 이번 일로 당신을 자를 경우 지국장을 찾아가 다 이야기하겠어. 어차피 이제 〈라디오리버티〉에서는 우리 둘이 사귄다는 이야기가 파다하게 퍼질 거야."

"직장 동료끼리 연애하는 게 뭐 그리 대단한 일이라고."

"이젠 누가 알든지 상관없어. 누가 묻든 진실을 말해줄 테니까. 당신이 내 진정한 사랑이라고."

페트라가 그런 이야기를 할 필요도 없었다. 포웰은 그 사건 이후 일주일 동안 병가를 내고 출근하지 않았다. 일주일 후 다시 출근한 포웰은 페트라를 봐도 그저 일 이야기만 했다. 나에게 번역할 원고를 건네며 독감에 걸렸다고 말하고는 잘 지냈는지 안부를 물었다.

그날 포웰은 카페 이스탄불에 전화를 달라는 메시지를 남겼다. 나는 포웰에게 전화했다. 그의 말투는 정중하기 그지없었다. 포웰은 나에게 카라얀이 베를린필하모닉에 남긴 업적에 대해 사흘 안에 원고를 쓸 수 있는지 물었다. 원고료는 2천 마르크라고 했다. 전보다 네 배나 많은 큰 돈이었다.

"원고료가 전보다 훨씬 후하군요."

"뭐, 그 정도는 받을 만하니까요. 당신은 우리 방송국 프리랜스 작가들 중에서 일급이잖아요."

그 말투에는 놀리거나 비꼬는 기색이 전혀 없었다.

내가 카라얀에 대한 원고를 쓰고, 페트라가 독일어로 번역했다. 〈라디오리버티〉로 원고 낭송을 녹음하러 갔을 때, 포웰과 나는 복도에서 페트라와 마주치게 됐다. 우리는 셋 다 인사를 주고받았다. 그날 밤, 페트라가 집에 와서 말했다.

"배를 맞은 게 포웰에게는 인생 최고의 약이 되었나봐. 무슨 일이 있었는지 아무도 모르지만 사무실 사람들 모두가 입을 모아 말해. 포웰이 뒤늦게 사람이 됐다나 뭐라나. 얼마나 갈지는 모르지만."

"원고료로 이천 마르크를 받으면 파리에 가서 마음껏 쓰고 올까?"

페트라가 반기는 목소리로 말했다.

"정말?"

"정말이고말고. 오늘이 우리가 함께 지낸 지 석 달째 되는 날이야. 일종의 기념일이잖아. 특별한 이벤트를 해야지. 그러니까……"

"파리에서 네댓새를 보내면 정말 좋겠어. 며칠 정도는 휴가를 낼 수 있을 거야."

"파리! 정말 믿어지지 않아!"

이튿날은 토요일이었다. 페트라는 아침 일찍 일어났다. 내가 잠에서 깨자 집 전체가 구석구석 모두 깨끗했다. 페트라는 내가 전날 맡긴 빨래도 세탁소에서 찾아와 여분의 시트를 다림질하고 있었다.

내가 잠이 덜 깬 채 일어나자 페트라가 나에게 커피를 건넸다.

"집안일을 왜 혼자서 다 했어?"

"잠이 안 와서 그냥 바쁘게 움직였어."

비로소 잠이 깬 내가 페트라를 향해 손을 내밀었다. 페트라는 침대에 걸터앉았다. 내가 페트라의 손을 잡고 물었다.

"뭐 안 좋은 일이라도 있어?"

페트라는 나를 똑바로 쳐다보지 못했다.

"그냥 방송국 일 때문에."

페트라는 셔츠 주머니에서 담배를 꺼내며 입술을 깨물었다.

나는 똑바로 앉아 페트라를 보았다.

"방송국 일 때문이 아니지? 뭐야? 무슨 문제야?"

"진작 자기한테 말했어야 했는데……그렇지만 너무 겁나서 얘기하지 못했어."

"뭘?"

"겁났다니까. 자기가 그 일을 알면……."

"내가 뭘 알면?"

페트라는 일어나 방 반대쪽으로 걸어갔다. 거기 놓인 안락의자에 앉은 페트라의 눈에 눈물이 그렁그렁했다. 페트라는 눈물을 감추려는 듯 고개를 흔들었다. 나는 얼른 페트라에게 달려갔다. 페트라를 껴안고 요람에 누운 아이를 달래듯 몸을 앞뒤로 흔들었다.

페트라가 울먹이며 말했다.

"미안. 미안해."

"뭐가?"

"오늘 아침에 이렇게 힘든 이유⋯⋯그건⋯⋯."

"그건?"

"오늘이 생일이기 때문이야."

"누구 생일?"

페트라가 내 품에서 몸을 빼냈다. 시선도 나를 피해 먼 곳을 바라보았다.

"내 아들 요한. 오늘이 요한의 세 번째 생일이야."

제7장

페트라는 한 시간 동안 쉬지 않고 말했다.

"우선 나와 유르겐 이야기부터 시작할게. 유르겐과 나는 오 년 동안 같이 살았어. 나는 어릴 때 유르겐을 만났어. 유르겐을 만나기 전에는 쿠르트라는 남자와 이년 동안 사귄 적이 있어. 쿠르트는 나보다 스무 살이나 많았고, 라디오 방송국 클래식 음악 피디였어. 쿠르트는 아주 점잖고 조용한 사람으로 유부남이었어. 내가 대학을 막 졸업하고 국영 출판사에 배정받았을 때야. 나는 미테에서 폭이 구 미터밖에 안 되는 작은 집에 살았어. 좁은 주방에는 핫플레이트 하나, 개수대 하나, 아주 작은 냉장고 하나가 전부였지. 하나뿐인 창도 아주 작았어. 욕실은 좁은 옷장만 했고, 햇빛이 전혀 들지 않았지. 싱글 침대 하나, 탁자 하나, 의자 하나에 내 짐이라고는 라디오와 책 몇 권이 전부였어. 그래도 난생처음 갖게 된 나만의 공간이었어. 페인트와 붓을 구해 《이상한 나라의 앨리스》 분위기로 벽화를 그렸지. 그렇게 화려한 그림을 그렸지만 방은 여전히 답답하고 우울한 감방 같았어. 일주일에 세 번, 여섯 시부터 여덟 시까지, 쿠르트가 내 방에 올 때에만 그 방은 밝아졌지. 쿠르트는 아주 박식한 사람이었어. 피아노 실력은 연주회를 열어도 될 정도로 뛰어났지. 사실은 모스크바 음악원으로 유학을 갔었는데, 그 학교 선생들이 쿠르트에게 연주가가 될 재목은 아니라며 돌려보냈다나봐. 다시 동독으로 돌아온 쿠르트는 방송국에서 일하며 가끔 지방 연주회장에서 독주회를 열었어. 쿠르트의 가족은 판코에 있는 아파트에서 살았어. 쿠르트에게는 결혼생활이 덫에 빠진 기분이었는데 캐나다 학자가 쓴 음악이론 책의 자문을 맡게 돼 출판사에 왔어. 거기서 나를 만난 거야. 그 당시 나는 스물두 살이었고, 한 번도 남자를 사귄 적이 없었어.

우린 그렇게 이 년을 만났어. 쿠르트는 마음이 약한 사람이라 형편없는 결혼생활을 정리할 용기가 없었지. 사람들은 자신의 삶이 끔찍하다는 걸 알면서도 벗어날 수 없다고 생각하고 포기하기 일쑤잖아. 내가 쿠르트와의 만남을 지속한 것도 아마 비슷한 이유였겠지. 좁고 답답한 방에서 잠깐 동안 돌파구를 찾았던 거지.

그러다가 유르겐을 만났어. 프렌츠라우어베르크에 있는 어느 아파트에서 열린 비밀 전시회 자리였어. 유르겐은 그리 잘생긴 남자는 아니었어. 땅딸막한 몸에 수염이 무성하고 식욕이 대단한 남자였지. 게다가 담배를 하루에 세 갑이나 피웠어. 그 당시 유르겐은 동독에서 가장 촉망받는 극작가였어. 나는 언젠가 유르겐에 대한 신문기사를 읽은 적이 있었어. 그의 첫 희곡이 인물에 대한 해석이 뛰어난 작품이라는 기사였지. 유르겐의 데뷔작은 국영공장에서 폭발 사고가 일어나 노동자 예닐곱 명이 죽어간다는 이야기였어. 노동자들이 공장에 갇혀 있는데 공장 관리인이 더 큰 폭발이 일어나는 걸 막기 위해 노동자들을 구하지 않고 방치한다는 내용이었지.

유르겐의 희곡은 노동자들의 목숨과 공장의 피해를 두고 고뇌하는 관리인의 심리에 비중을 두어 밖으로 잘 드러나진 않지만 결국 동독 정부의 관료주의를 꼬집는 내용이었지. 프롤레타리아의 이야기를 펼치면서도 개인과 집단 가운데 어느 쪽을 선택할 것인지 생각하게 만든 거야. 나도 베를린에서 그 연극을 봤어.

이미 큰 성공을 거둔 유르겐이 나에게 관심을 보일 줄은 몰랐어. 유르겐은 베를린의 프렌츠라우어베르크에 있는 큰 아파트에서 살고 있었지. 좁은 내 집에 비하면 유르겐의 아파트는 대저택이나 다름없었어. 게다가 유르겐이 사는 동네에는 예술가 친구들도 많았지. 유르겐을 만나면서 나도 예술가 무리에 속한 사람이 됐어. 물론 예술가들은 동독 정부의 관리 아래 창작 활동을 했지. 그들은 모두 동독 정부의 감시를 받고 있다는 걸 잘 알고 있었어. 우리 중에 동독비밀경찰의 끄나풀이 있다는 것도 암암리에 짐작하고 있었지. 그 당시 동독에서는 어느 집단이든 예닐곱 명씩 비밀경찰에 고발되었으니까.

아무튼 나는 프렌츠라우어베르크에서의 새로운 삶이 좋았어. 예술가 집단에 섞일 수 있다는 게 무엇보다 좋았지. 문제는 내가 유르겐을 사랑하지 않았다는 거야. 유르겐도 나를 사랑하진 않았어. 유르겐은 나를 처음 만났을 때 좋아한다고 법석을 떨었지만 진심은 아니었어. 우린 한 침대를 쓰기 시작했고, 유르겐이 술에 취하지 않은 날에는 가끔 섹스도 했어. 하지만 그 이상은 없었어. 우리는 서로 필요에 의해 함께 살게 된 이방인들이었지.

그러다가 갑자기 임신을 하게 된 거야. 피임 기구에 이상이 생겼나

봐. 나로서는 전혀 생각하지 않은 일이었지. 유르겐은 말했어. '그 피임 기구는 할레에서 만들었나 보군.'이라고. 그런 다음 이렇게 덧붙였어. '아이를 낳고 싶으면 낳아. 하지만 그 아이는 전적으로 당신이 책임져야 할 거야.'

동독에서는 낙태가 아주 쉬워. 나는 딱 오 분 동안 생각했어.

'나는 임신했다. 난 가진 게 없다. 유르겐이 보인 반응 때문에 마음이 아프지만 난 아이를 원한다.'

나는 유르겐에게 아이를 낳겠다고 말했어. 유르겐은 내 마음대로 하라고 했지. 유르겐은 정말 아무런 신경도 쓰지 않았어. 임신한 아홉 달 동안 유르겐은 내가 임신한 사실을 아예 모르는 사람처럼 행동했어. 입덧으로 심한 고생을 할 때에도, 병원에 검진을 받으러 갈 때에도, 배가 불러와 장을 본 물건을 들고 사층까지 올라가는 걸 힘겨워 할 때에도, 양수가 터져 병원으로 서둘러 가야 했을 때에도, 난산이어서 우리 아기가 인큐베이터에서 닷새를 보내야 했을 때에도 유르겐은 모르는 척했어.

유르겐은 여전히 내가 차려주는 밥을 먹고, 내가 빨래하고 다림질한 옷을 입었지만 임신에 대해서만큼은 철저히 무관심했어. 임신 석 달째가 되던 어느 토요일, 우리는 결혼식을 올렸어. 프렌츠라우어베르크에 사는 친구들이 다 모였지. 사랑하지 않는 두 사람이 왜 법적으로 부부가 되어야 했을까? 내가 우겼기 때문이야. 그래야 나에게 유르겐의 아파트에서 생활할 수 있는 권리가 보장되고, 아이 부모에게 제공되는 몇 가지 권익을 누릴 수 있었으니까.

결혼식 때 나는 억지로나마 행복한 표정을 지었어. 주디트라는 조각가가 자기 아파트에서 결혼 파티를 열어 주었지. 거기서도 나는 억지로 행복한 표정을 지었어. 유르겐이 술에 취해 소파에 쓰러져 코를 심하게 곯았지만 나는 끝내 행복한 척했어.

소설가 두 사람이 유르겐을 우리 집까지 데려다주었어. 유르겐이 갑자기 소리쳤지.

'아버지가 되기에는 나는 아직 젊어!'

유르겐을 부축해준 친구들은 나에게 취해서 하는 말이니 신경 쓰지 말라고 했어. 하지만 나는 유르겐의 말이 진심이라는 걸 알았지. 유르겐을 침대에 눕히고 나서 나는 안락의자에 앉아 한 시간 동안 펑펑 울었어. 왜 울었을까? 나는 혼자였으니까. 감시의 눈길이 쏟아지는 나라에서 나는 철저히 혼자였으니까. 결혼식에는 내 아버지도 어머니도 오지 않았어. 아버지는 방송국 일 때문이었지만 어머니는 정부와 밀회를 나누느라 바빴겠지. 나는 아버지와 어머니를 원망하지 않았어. 유르겐의 무관심을 받아들였듯 아버지와 어머니의 무관심도 받아들였지. 그저 빈아들일 수밖에 없었으니까. 내 행복과 미래의 가능성을 모두 포기한 선택이었지. 물론 동독 사회 안에서도 행복하게 연애하고 결혼하는 사람들은 많아. 내 친구들 중에도 결혼해서 행복하게 지내는 사람들을 많이 봤어. 하지만 난 프렌츠라우어베르크의 넓은 아파트를 얻기 위해 내 모든 걸 버린 거야.

그나마 주디트 덕분에 살았어. 임신 기간 동안 주디트가 내 옆에서 큰 힘이 되어 주었지. 나는 자주 주디트의 어깨에 기대 울었어. 주디트는 간혹 유르겐에게 벌컥 화를 내며 임신한 아내를 위해 일주일에 한 번 정도는 장을 봐주고, 검진을 받으러 병원에 갈 때에도 함께 가주어야 하지 않겠냐며 충고했지만 아무런 소용이 없었어. 요한이 태어나던 날, 유르겐은 자기가 쓴 희곡의 지방 초연 때문에 드레스덴에 가고 없었어. 주디트가 대신 내 옆을 지켜주었지.

 난산이었고, 어찌나 힘들었는지 반쯤 정신을 잃었다가 깨어나 보니 내 옆에 아기가 없는 거야. 나는 하얗게 질렸지. 간호사가 아기는 인큐베이터에 있다고 했어. 나는 아기를 보러 가겠다고 우겼지. 한밤중이었고 주디트도 집에 돌아가고 없었어.

 인큐베이터가 있는 병실로 걸어가고 있는데 수간호사가 뒤따라와 좀 더 잠을 자야 한다고 말했어. 내가 싫다고 우기자 수간호사가 얼른 병실로 돌아가라고 명령했어. 내가 말을 안 듣자 수간호사는 반사회적인 행동을 한 죄로 나를 고발하겠다고 했어.

 난 미친 듯이 소리쳤어.

 '비밀경찰을 부를 테면 불러. 난 내 아기 옆에서 한 발짝도 움직이지 않을 테니까.'

 젊은 의사가 왔어. 의사는 수간호사를 회의실로 데려갔지. 두 사람이 나누는 대화가 내 귀에도 들렸어. 수간호사는 의사에게 화내며 소리쳤어.

 '내가 공식적인 지위는 당신보다 낮지만 이 병동은 지난 이십 년 동안 내 책임 아래 있었어요. 나에게 감히 명령하지 말아요.'

 젊은 의사도 만만하지 않았어.

 '당신의 행동은 인민공화국에 새 아들을 선사한 산모에게 절대로 해서는 안 될 짓이었다는 걸 알아둬요.'

 의사는 아주 영리한 사람이었어. 인민공화국의 이데올로기를 앞세워야 상대의 코를 납작하게 만들 수 있다는 걸 잘 알았지. 의사는 수간호사에게 권위적이고 부르주아적으로 환자를 대한 죄로 고발하겠다고 말했어. 그러자 수간호사의 태도가 싹 바뀌더군. 의사가 돌아와 나에게 말했어.

'침대를 아이 옆으로 옮겨줄게요. 이제부터는 아이 옆에서 자도 괜찮아요. 그리고 아이는 틀림없이 회복될 테니 너무 걱정 말아요.'

의사의 말대로 요한은 곧 회복됐어. 닷새 뒤 요한과 나는 퇴원해서 집으로 돌아왔어. 주디트가 요람과 유모차를 구해주었지. 주디트는 화가 친구들에게 부탁해 아이 방 천장에 별과 달을 그려주기도 했어.

내가 퇴원한 날에도 유르겐은 보이지 않았어. 퇴원한 지 사흘이 지나고 나서야 나타나더군. 수염이 덥수룩하게 자라고 옷은 더러웠어. 몸에서는 다른 여자 냄새가 났어. 일주일 내내 술을 마신 것 같았어. 잠도 안 잤나 봐. 잠을 자지 않아 감정이 예민해진 탓인지 유르겐은 요한을 안아들더니 울음을 터뜨렸어. 삼십 분 동안 쉬지도 않고 울었지. 나는 유르겐이 요한을 안고 있는 동안 아무런 말이나 행동을 하지 않기로 마음먹었어. 마침내 울음을 가라앉힌 유르겐이 나에게 요한을 건네고 내 이마에 키스했어. 그러면서 앞으로는 달라지겠다고 말했어. 유르겐은 다른 여자의 립스틱 자국이 곳곳에 남아 있는 옷가지를 바닥에 아무렇게나 벗어던지고 침대로 가서 누웠어. 그러더니 열두 시간 동안 한 번도 깨지 않고 잠을 잤어.

유르겐은 새벽 다섯 시에 깨어나더군. 나는 배앓이 때문에 고생하는 요한 때문에 이미 세 시간 전에 깨어 있었어. 유르겐은 자기가 요한을 돌볼 테니 방에 가서 쉬라고 했어. 나는 다섯 시간을 내리 잤어. 요한을 낳고 나서 그렇게 길게 잠을 잔 건 처음이었지. 깨어나 보니 유르겐은 소파에서 잠들어 있고, 요한은 그의 가슴에 편안하게 안겨 있었어. 그 모습이 얼마나 평화로워 보였던지 난 유르겐이 이제 아버지로서 조금이나마 책임의식을 갖기를, 가족으로 살아가는 법을 알게 되기를 진심으로 바랐어. 유르겐이 요한을 처음 안았을 때 흘린 눈물에는 아이에 대한 사랑과 회한이 담겨 있을 거라 기대했지. 그렇지만 곧 근본적으로 어긋난 관계에서 변화를 기대한다는 건 기만이고 환상일 뿐이라는 걸 깨닫게 되었어. 유르겐은 한 달 동안 남편과 아버지 노릇을 제대로 해보겠다는 의지를 보였지. 술도 줄이고 체중도 줄이고 복잡한 주변 정리도 했어. 요한을 유모차에 태우고 산책을 나가고, 집에서 함께 놀아주기도 하고, 가끔 나와 사랑도 나눴어. 유르겐과의 섹스가 만족스러운 적은 없었어. 언제나 부드러운 애무나 터치 없이 급히 끝내기에 급급했으니까. 유르겐은 술을 안 마셨을 때에도 몸에서 냄새가 났어. 처음 잔 날부터 알았지만 그냥 참기로 마음먹었지. 아, 우리는 왜 종종 직감을 따르지 않을까. 하지만 사랑스러운 아이가 있을 때에는, 아기를 낳은 게 인생에서 가장 잘한 일로 여겨질 때에는, 아기가 없었다면 삶에 아무런 의미도 없었을 거라 굳게 믿고 있을 때에는 아기 아버지의 단점 같은 건 그리 크게 부각되지 않나봐. 적어도 난 그랬어. 유르겐이 달라지려고 애쓴 그 한 달 동안 나는 우리가 곧 어려움을 이기고 진정한 가족이 될 수 있을 거라 확신했어.

유르겐이 국영영화사에 제출한 시나리오로 영화를 만들기로 했는데 촬영 시작 보름 전에 갑자기 연기됐어. 시나리오는 아주 좋았어. 사회주의자 작가가 나치 정권 말기에 감금돼 두들겨 맞고 코마상태에 빠졌다가 칠년 뒤에 동독이라는 새 나라에서 깨어난다는 설정이었어. 그렇지만 그는 곧 낙원이라 여겼던 사회주의 국가의 단점을 보게 되지.

요한이 태어난 지 얼마 지나지 않았을 때 난 그 시나리오를 읽었어. 유르겐에게 정부에서 촬영을 허가하지 않을 것 같다고 했지. 그때는 1981년으로 동독에 자유주의 바람이 한창 불 때였어. 작가나 영화감독들이 사회에 대해 비판을 가하는 게 용인되어야 한다는 움직임이 일었지. 유르겐은 그 시나리오가 그런 시대적 분위기에 편승해 영화로 만들어질 거라 자신했어. 감독과 배우들이 정해지고, 촬영지를 선정하고 있을 때 돌연 동독 정부에서 시나리오를 문제 삼고 나왔어. 반동독적인 프로파간다 영화는 만들 수 없다는 것이었지. 비밀경찰이 시나리오에 대한 수사에 착수했고, 유르겐은 일주일 동안 행방불명됐어.

나는 유르겐이 사고를 당한 건지 다시 옛날처럼 방탕하게 술을 마시고 다니는지 알 수 없어 안절부절못했어. 그러다가 어느 날 새벽에 유르겐이 갑자기 나타났어. 악명 높은 감옥에 갇혀 있다 왔다더군. 비밀경찰에 체포돼 밴에 갇힌 채 몇 시간을 이동했대. 밴 뒤에는 창도 없어 어디로 가는지 알 수 없었대. 몇 시간쯤 지나고 밤이 되어서야 감옥에 다다랐대.

유르겐은 감옥에서 겪은 일은 말하고 싶지 않다고 했어. 다만 하루에 두 번씩 고문을 당했나고 했어. 낮에는 사람이 가하는 고문을 당하고, 밤에는 캄캄한 독방에 갇히는 고문을 당했다고 했어. 비밀경찰이 뭘 알아내기 위해 고문했는지 물었지만 유르겐은 입을 꾹 다물었어. 비밀경찰에 끌려갔다가 일주일 만에 풀려나려면 다른 사람을 밀고할 수밖에 없다는 사실을 동독 사람들은 누구나 잘 알지. 유르겐은 나에게 이 일에 대해 그 누구에게도 말해선 안 된다고 했어. 나에게 그 일을 털어놓은 걸 후회하는 눈치였어. 나는 유르겐이 고문에 못 이겨 누군가를 밀고한 것이라 직감했어. 아무튼 나는 그 일을 어느 누구에게도 말하지 않겠다며 유르겐을 안심시킬 수밖에 없었지. 실제로 어느 누구에게도 그 일에 대해 말하지 않았어.

유르겐은 동독에서 가장 촉망받는 극작가였는데 그 일 이후 글을 쓸 수 없는 처지로 전락했어. 아무도 유르겐을 가까이하려 들지 않았지. 방송국의 드라마 피디들도 유르겐을 피했어. 작은 극단에서도 거부당하자 유르겐은 어디론가 모습을 감췄어. 보름 동안 보이지 않던 유르겐이 전처럼 황폐한 모습으로 돌아왔지. 어디에 있었는지 묻자 '여기저기'라고 대답하더군. 무작정 떠돌며 친구 아파트나 싸구려 호텔에서 잠을 잤고, 여러 번 기차에 몸을 던질까 생각했대. 그러다가 폴란드 국경 근처에서 문득 작품을 써야겠다는 생각이 들더래. 동독의 역사를 그린 3부작으로 출연자만 일백 명에, 하루 네 시간씩 닷새를 공연하는 대작을 기획했다는 거야. 유르겐이 작품에 대해 어찌나 열정적으로 설명하는지, 언뜻 보기에 제정신이 아닌 것 같았어. 그때부터 유르겐은 나를 보기만 하면 머릿속에 든 작품에 대해 설명했어. 유르겐의 광기는 점점 더 심해졌지. 나는 유르겐이 정말 미친 게 아닐까 걱정됐어.

그즈음 요한은 첫돌을 맞았고, 나는 이미 출산 휴가를 마치고 복직한 상태였어. 아침 출근 시간에 요한을 탁아소에 맡겼다가 퇴근할 때 데려왔지. 유르겐은 밤 10시부터 동이 틀 때까지 글을 썼고, 저녁마다 보드카를 한 병씩 마셨어. 동독에서는 보드카가 싼 술이지. 유르겐은 아파트에서 한 발짝도 안 나갔고, 심하게 살이 쪘어. 오후 세 시 경에 잠에서 깨어나면 허겁지겁 음식을 먹어댔지. 유르겐은 희곡에 깊이 빠질수록 현실에서는 더욱 멀어졌어. 얼마 못 가 누가 옆에 있다는 것도 모르는 지경이 됐어. 유르겐은 아이 방으로 꾸민 작은 방을 자기 서재라 부르며 거기에 간이침대를 놓아두고 먹고 잤어. 나와 요한에 대해서는 전혀 아랑곳하지 않았어. 나 역시 유르겐에게 보이지 않는 담을 둘러쳤어. 유르겐에게 음식을 주고, 빨래를 하고, 엉망이 된 방을 일주일에 한 번씩 청소하고, 침대 시트를 깨끗한 것으로 갈아주었을 뿐 나는 늘 요한과 함께 지냈어. 요한 덕분에 그나마 미치지 않고 견딜 수 있었지.

요한은 조용한 아이였지만 내 품에 안기면 늘 환하게 웃었어. 아이 방을 유르겐이 차지하고 있어 나는 대부분 부부 침대에서 요한과 함께 지냈어. 우리는 침대에서 주디트가 만들어 준 장난감을 가지고 놀았지. 주디트는 내가 밤에 외출해야 할 때면 기꺼이 요한을 맡아 주었어. 유르겐의 행동이 점점 이상해질 때에도 주디트는 나에게 큰 도움을 주었어.

유르겐은 프렌츠라우어베르크에서 '시지푸스의 신화'를 몸소 연기하고 있었어. 유르겐은 비교적 덜 취했을 때 말하곤 했어.

'내 작품은 괴테의 《파우스트》 이후 독일 문학사에서 가장 중요한 희곡이 될 거야.'

차라리 술에 덜 취했을 때가 너 끔찍했지. 프렌츠라우어베르크의 예술가들도 유르겐을 멀리하기 시작했어. 유르겐은 자신이 당의 블랙리스트에 올라 있다는 사실을 망각했어. 사람들 앞에서 자아비판을 하고 당에 충성을 맹세하지 않는 한 유르겐의 작가적 생명은 끝날 판이었지. 구석에 내몰린 사람들이 대부분 그렇듯 유르겐도 현실이 아닌 환상에 안주하려 했어.

'나는 걸작을 쓰겠어. 전국 모든 극장에서 내 희곡을 무대에 올리게 될 거야. 나는 천재로 평가받겠지. 문학상도 받고 대중들로부터도 크게 사랑을 받게 될 거야.'

그런 환상이 아니라면 유르겐은 그토록 끔찍한 상황을 견디며 하루하루 살아갈 수 없었겠지. 유르겐은 강박적으로 글을 썼어. 나는 될 수 있으면 유르겐과 눈을 마주치지 않으려 했고, 대화도 거의 나누지 않았어. 유르겐이 쓴 3부작은 편당 250쪽이 넘었어.

지금으로부터 일 년 반 전일 거야. 새벽 세 시쯤 유르겐이 제4막을 완성했어. 마지막 줄을 적고 나서 유르겐은 미친 듯이 소리를 질러대기 시작했어. 나와 요한은 놀라 잠에서 깼어. 유르겐은 엉엉 울면서 나에게 자기가 걸작을 썼다고, 이제 그 작품 덕분에 우리의 삶이 완전히 바뀌게 될 거라 말하더군. 친구 몇몇이 우리 집에 오자 유르겐은 자기가 동독 출신 작가 최초로 노벨문학상을 받을 거라는 말도 했지.

얼마 못가 내가 그토록 우려했던 일이 벌어졌어. 유르겐이 결국 미치기 시작한 거야. 석 달 동안 유르겐은 극단들을 찾아다니며 희곡을 보여주었어. 가는 곳마다 퇴짜를 맞았지. 아니, 퇴짜로 끝나지 않았어. 희곡을 읽은 누군가가 유르겐을 비밀경찰에 고발한 거야.

유르겐의 희곡을 검열한 경찰은 '반사회주의적인 희곡'이라 규정지었어. 경찰은 유르겐에게 희곡을 다른 사람에게 보여서는 안 되며 다른 작품을 구상하라고 지시했어.

유르겐은 집에 돌아와 보드카 한 병을 단숨에 들이켜더니 원고를 들고 베를린앙상블을 찾아갔어. 베르톨트 브레히트가 만든 극장으로 하이네 뮐러의 새 희곡이 첫 공연되는 날이었어. 극장에는 동독의 고위층 인사들이 많이 모이기로 되어 있었나봐. 동독 문화부장관도 참석하고, 동독과 형제국가의 대사들도 대거 참석할 예정이었나봐. 우리와 이웃인 수잔과 호스트도 베를린앙상블 극단 배우였는데, 그 연극에 출연하진 않았지만 그날 극장에 있었나봐. 호스트가 말하기를, 유르겐이 원고가 든 상자를 들고 극장 입구에 나타나 목이 터져라 소리쳤대.

'나는 위대한 독일 작가다! 나는 걸작을 썼다! 나는 비밀경찰에 감시당하고 있다!'

놀란 호스트가 유르겐에게 달려가 제발 그만두라고 사정했대. 그런 일은 작가로든 개인적으로든 자살 행위라고 말렸지만 유르겐은 오히려 더 크게 소리를 질렀나봐. 베를린앙상블에서 희곡을 받아줄 때까지 극장 입구에서 큰소리로 자신의 희곡을 읽겠다면서……

바로 그때 커다란 승용차가 경찰차 두 대의 호위를 받으며 극장 앞에 도착했대. 차에서 내린 사람은 동독 문화부장관이었나봐. 그때 유르겐이 바지 지퍼를 내리고 베를린앙상블 벽에 오줌을 갈겨대면서 '나는 위대한 독일 작가야. 나는 브레히트가 지은 극장에 오줌을 싸!'라고 소리쳤대. 그러다가 갑자기 몸을 돌려 문화부장관에게도 오줌세례를 퍼부었나봐. 호스트가 들려준 얘기로는 경찰들이 유르겐을 덮치더니 마구 짓밟았대.

그 일이 있은 후 수잔과 호스트는 곧장 우리 집으로 달려와 차를 빌려줄 테니 당장 요한을 데리고 달아나라고 했어. 그들은 발트 해 해변에 자기들 별장이 있다며 비밀경찰이 집으로 들이닥치기 전에 얼른 짐을 싸라고 했지. 동독에서는 누군가 반정부 행위를 하면 부인과 동거인까지 체포돼. 내가 발트 해의 별장에 숨는다 해도 비밀경찰에 발각되는 건 시간문제였을 거야.

나는 그냥 남아 경찰의 심문에 응하기로 결심했어. 결혼생활은 엉망이었고, 유르겐은 정신과 치료가 필요한 사람이었다고 대답하는 게 최선이라 생각했어. 괜히 별장을 빌렸다가는 내게 호의를 베푼 두 사람도 위험해질 수 있잖아. 그때까지 난 흠 잡힐 일 없이 살았다고 자부했거든. 정치적인 활동을 한 적도 없고, 의심스러운 행동을 한 적도 없었어. 나는 체제에 늘 순종했지. 경찰도 그걸 알아줄 거라 믿었어.

물론 나는 겁에 질려 있었고, 기분이 우울했어. 하지만 그런 일이 언젠가는 벌어질 거라 예상했었지. 굳게 마음먹고 유르겐을 진작 정신과 병원에 집어넣지 못한 걸 후회했어. 유르겐은 언젠가 분명 발작을 일으킬 게 틀림없었으니까. 하긴 내 손으로 유르겐을 정신과 병동에 집어넣는 게 두렵기도 했어.

이튿날 아침 요한에게 아침을 먹이고, 출근 준비를 하는데 문 밖에서 아무런 표시도 없는 자동차들과 트렌치코트를 입은 남자들이 나를 기다리고 있었어. 나는 탁아소에 가서 아이를 맡겼어. 요한을 담당한 보모 프라우 슈미트는 평소처럼 나에게 인사했어. 나는 탁아소에서 나와 프렌츠라우어 가에 있는 전철역으로 갔어. 그때 갑자기 회색 밴이 나타나더니 내 옆에서 끼익 소리를 내며 멈춰 섰지. 양복을 입은 남자 둘이 밴에서 나오더니 나에게 신분증 제시를 요구했어. 나는 이유를 밝히라고 말했지. 그러자 한 남자가 말했어. '반역죄.' 다른 한 남자가 또 말했어. '두스만 부인, 우린 당신이 반역죄를 저지른 증거를 가지고 있소.'

신분증을 보기도 전에 그들이 내 이름을 말하자 난 온몸에 소름이 돋았어. 다음으로 기억나는 건 내가 두 남자 사이에 끼어 밴의 뒤쪽 자리에 탄 거야. 밴에서의 일들이 지금도 눈에 보이듯 생생해. 밴은 천장이 아주 낮았고, 차 뒤쪽에는 감방처럼 만들어놓은 공간이 있었어. 난 잘못한 게 없고 그저 충성스러운 국민일 뿐이라 항변했어. 그러자 한 남자가 내 얼굴에 침을 뱉더군.

'그런 짓을 하고도 감히 충성 운운해?'

그 남자가 나를 어찌나 거세게 밀었던지 나는 밴 뒤쪽 바닥에 쓰러졌어. 발목을 삐끗해 비명을 질렀지만 남자는 아랑곳하지 않고 문을 걸어 잠그더니 말했어.

'조국을 배신하면 말로가 어떻게 되는지 앞으로 똑똑히 보게 될 거야.'

밴은 열한 시간 동안 쉬지 않고 달렸어. 가끔 10분이나 15분쯤 멈춰 선 것만 빼면 계속 어디론가 달렸지. 차안이 너무나 깜깜해 어디로 가고 있는지 방향을 전혀 알 수 없었어. 감방 같은 작은 공간에는 화장실도 없었어. 나한테 먹을 건 물론이고 물도 안 줬어. 나는 그저 밴의 바닥에서 이리저리 흔들리며 끌려갈 수밖에 없었지.

'어디로 끌려가는 걸까? 베를린일까, 아니면 여자 감옥이 있다는 작센일까? 요한은? 오늘 누가 요한을 탁아소에서 데려오지?'

요한을 생각하자 두려웠어. 저녁 다섯 시가 되어도 요한을 데려갈 사람이 없으면 어쩌지? 나는 마구 소리를 질렀어. 이웃집 사람에게라도 연락해 요한을 탁아소에서 데려가게 해달라고 애원하고 싶었어. 아무리 소리쳐도 대답이 돌아오지 않았어. 제발 차를 멈추고 전화 한 통만 하게 해달라고 애원했지. 나는 급기야 주디트의 전화번호를 소리치기 시작했어. 내가 아주 끔찍한 상황에 처했다는 걸 깨닫게 되자 내 비명은 점점 더 히스테릭해졌지.

결국 소변을 참을 수 없는 지경에 이르렀어. 구석에 놓인 양동이를 요강 대신 썼어. 밴이 크게 덜컹거려 소변이 사방에 다 튀었어. 나는 울기 시작했어. 벌써 이런데 감방에 가면 얼마나 더 심한 취급을 당할까? 정말 막막하고 암울한 생각이 들었지.

나는 온갖 끔찍한 상상에 시달렸어. 그들이 나를 우리 집 앞에 내려놓고 나쁜 남자와 결혼하면 결말이 어떻게 되는지 잘 알았겠지, 라는 말을 남기고 조용히 사라질지도 모른다는 희망을 품기도 했어. 내가 얼마나 제정신이 아니었으면 그런 생각을 했겠어. 사형수가 되면 가끔 그런 어림도 없는 희망을 품는다는 말을 들은 적이 있었지. 어떤 사형수는 단두대를 향해 걸어가면서도 사형당하지 않을 거라고 믿는다나봐.

나도 그런 기분이었어. 마침내 밴이 멈추고 육중한 문이 열리는 소리가 들렸어. 가장 먼저 누런 불빛이 시야에 들어오더군. 어둠 속에서 열한 시간을 달리고 나서 형광등 불빛을 받으니 눈이 아팠지. 가뜩이나 오줌과 땀 냄새에 시달린 데다 극심한 탈수 상태라 몹시 두려웠어. 그런 와중에도 요한이 보고 싶어 견딜 수가 없었지. 밴에서 끌려나오자마자 나는 또 미친 듯이 소리쳤어. 시멘트벽처럼 무표정한 여자 간수 두 사람이 곧장 나에게 달려들었어. 한 사람이 내 팔을 뒤로 꺾었고, 다른 한 사람은 손으로 내 얼굴을 감켜대며 입 닥치라고 소리쳤지. 겁에 질린 나는 얼른 입을 다물었어.

나는 간수에게 떠밀려 건물 안으로 들어갔어. 손목시계와 결혼반지를 빼앗겼고, 회색 죄수복과 속옷을 받았어. 앞으로는 이름 대신 번호로 불릴 거라더군. 그리고 잘 협조하면 빨리 나갈 수 있다는 말도 했어. 샤워실로 끌려가 옷을 다 벗고 미지근한 물 아래 서 있는 동안 여자 간수 두 사람이 나를 계속 지켜보았어. 갑자기 이성을 잃은 나는 요한의 이름을 소리쳐 부르며 제발 아들을 만나게 해달라고 애원했지. 간수가 나에게 당장 입 닥치지 않으면 또 얼굴을 맞을 거라고 엄포를 놓았어.

샤워를 마치고, 사포처럼 거친 속옷과 죄수복을 입고 감방으로 끌려갔어. 공간이 이 평방미터쯤 될까. 전구가 종일 켜 있었어. 콘크리트 바닥에 매트리스 하나만 달랑 깔려 있고 담요 한 장, 베개 하나, 세면

대와 변기가 전부였지. 간수들은 나에게 자라고 명령했어. 하지만 나는 도저히 잠을 잘 수 없었지. 좁은 감방 안에서 안절부절못하며 밤새 맴을 돌았어.

누가 요한을 돌보고 있을까? 언제 다시 요한을 볼 수 있을까? 왜…… 도대체 왜……여기 붙잡혀 온 걸까? 나는 마음을 가라앉히려 애쓰며 나 자신을 계속 타일렀어.

'내 이야기를 들으면 나에게 죄가 없다는 게 밝혀지겠지. 내일 저녁에는 요한과 집에 있게 될 거야. 아무리 비밀경찰이라도 죄 없는 사람을 무조건 가두진 않을 테니까. 방송에서도 신문에서도 늘 나오잖아. 새로운 독일은 인간적이라고.'

밤새 한숨도 못 자고, 아침 식사로 홍차와 딱딱한 롤빵만 먹고 나서 긴 복도를 지나 감옥 한구석으로 끌려갔어. 복도에는 끈이 길게 이어져 있었어. 나를 데려가던 여자 간수가 끈을 당기더니 근처에 있는 다른 간수가 다시 끈을 당길 때까지 기다렸어. 복도 끝에서 끈에 매달린 종이 울리면 그제야 또 움직였어.

나는 매일이다시피 심문을 받으러 끌려갔는데 그때마다 간수들은 끈으로 이상한 신호를 보내더군. 며칠이 지나서야 왜 그런 신호를 보내는지 알게 되었어. 죄수가 복도를 지나간다는 걸 간수들에게 알리고, 복도에 다른 죄수가 없는지 확인하기 위한 절차였지. 그 감옥에 갇힌 죄수는 다른 죄수들을 전혀 볼 수 없어. 모두 격리되어 지내니까. 거기가 바로 악명 높은 비밀경찰 감옥인 호헨쇼엔하우젠인지 아니면 또 다른 감옥이었는지는 나도 몰라.

심문을 맡은 담당자는 스텐하머 대령이었어. 삼십 대 후반에 키가 작고 몸매가 다부진 사람이었어. 평소 외모에 많이 신경 쓰는 듯 머리카락을 단정하게 빗고 얼굴 피부도 매끈했지. 손톱도 깔끔하게 다듬고, 군복도 주름 없이 잘 다려 입었어. 군화도 어찌나 윤이 나게 닦던지 쇠창살 틈으로 들어오는 햇살이 군화에 반사될 정도였지. 스텐하머 대령은 미국산 담배를 즐겨 피웠어. 금제 담배 케이스에는 항상 말보로가 담겨 있었지. 대령은 심문실을 '사무실'이라 부르더군. 내가 처음 그 방에 들어갔을 때, 대령은 책상 너머에 앉아 있었어. 책상에서 이 미터쯤 떨어진 의자에 앉은 대령은 나를 제대로 쳐다보지도 않고 손짓으로 나를 앉으라 지시하고 간수들을 내보냈지.

간수가 나가자 대령은 서류를 펼치고 나에게 기본적인 질문을 했어. 태어난 고향, 부모, 학력, 거주지, 직업 따위를 물었지. 그리고 내가 만난 남자도 모두 말하라더군. 나는 딱 한 번 대령의 말을 끊고 말했어. 여기 왜 끌려왔는지 모르겠다고. 아들 요한이 너무 걱정된다고. 더구나 남편 유르겐이······.

그러자 대령은 냉랭한 목소리로 말했어.

'매사에 인간적인 우리 동독 정부가 어린아이를 혼자 방치해둘 거라 생각하나? 애 엄마가 아무리 반역 혐의를 받고 있는 여자라 해도······.'

나는 소리쳤어.

'저는 절대, 절대로······.'

대령은 칼날처럼 날카로운 목소리로 나에게 조용히 하라고 명령했어. 계속 중간에서 말을 끊으면 최소한 닷새 동안 독방에 가두고 출입을 못하게 할 거라고 으름장을 놓더군.

나는 고개를 푹 숙이고 흐느껴 울며 '잘못했다'고 말했어. 눈물을 참으려 애썼지만 저절로 눈물이 펑펑 쏟아졌어.

'저는 그저 아들이 보고 싶고, 왜 끌려왔는지 영문을 몰라서······.'

'또 내 말을 막고 있잖아.'

나는 여전히 엉엉 울며 말했어.

'아니, 아니, 아닙니다……'

'이제부터 조용히 협조할 텐가?'

나는 수없이 고개를 끄덕였어.

대령은 아무 말도 하지 않았어. 가만히 앉아 이 분 동안 나를 노려보기만 했지. 나는 잔뜩 겁을 집어먹어 정신을 잃기 직전이었어. 이런 때일수록 정신을 차려야 한다고 나 자신을 타이르며 대령의 시선을 놓치지 않고 마주보았어. 그때 대령이 나에게 뜻밖의 미소를 짓는 거야.

'커피와 담배 어때요? 둘 다 줄 수 있어요.'

대령이 베푸는 갑작스런 친절에 어떻게 반응해야 할지 갈피를 잡을 수 없었지.

'고맙습니다.'

난 그저 그렇게 말했지. 대령이 자리에서 일어나더니 찬장을 열었어. 찬장 안에는 미국식 커피 메이커가 있더군. 아주 예뻤어.

대령이 물었어.

'커피를 어떻게 마시죠?'

나는 우유를 넣고 설탕을 한 스푼 넣는다고 대답했어. 대령은 잔에 커피를 따르고 우유를 넣고 설탕을 한 스푼 넣고 나서 손수 내게 가져다주었어.

대령이 담배를 권하며 부끄러운 듯 말했어.

'내가 미국 담배를 피운다는 건 어디 가서 말하지 말아요.'

'네, 커피와 담배를 주셔서 대단히 감사합……'

대령이 갑자기 한 손을 들어올려 내 말을 막았어.

'아, 감사 인사는 필요 없어요. 자, 어서 커피를 마셔요.'

나는 그제야 커피를 한 모금 마셨어. 향이 뛰어나고 맛도 풍부했어. 동독에서는 그런 커피를 구할 수 없지. 담배 맛도 아주 좋았어. 그때껏 미국 담배를 피운 게 몇 번밖에 안되었지. 동독에서는 미국 담배가 아주 귀해. 내 주변에는 당 고위 간부도 없고, 수입품 상점에 연줄이 있는 사람도 없었어.

물론 나는 대령이 잠시 '착한 심문관'을 연기한다고 생각했어. 또 다른 나는 한시바삐 이 악몽에서 빠져나가 요한을 만나려면 이 비밀경찰을 붙들고 늘어져야 한다고 생각했지.

그래서 말했어.

'커피가 아주 맛있습니다. 담배도요.'

'그럼 이제 기분 좋게 이야기를 시작할 수 있겠군요.'

대령은 테이프리코더를 켰어. 내가 앉은 의자 왼쪽 벽에 마이크가 보였어.

대령이 말하더군.

'자, 결혼 이야기를 해봐요. 아주 상세하게. 한 가지도 빼면 안 돼요.'

한 시간 동안 나는 대령이 시키는 대로 이야기했어. 솔직히 말하지 않았다간 더 큰 곤경에 처할 게 뻔했으니까. 내가 설령 조금 불리한 이야기를 덧붙인다 해도 유르겐에게 달라질 건 없으리라 여겼지.

나는 정치활동에 참여한 적이 없고, 유르겐은 그 일을 벌이기 전에 이미 미치기 일보직전이었다는 걸 강조했어.

'평소 결혼생활은 어땠나요?'

'솔직히 그리 만족하진 않았지만 아주 큰 선물을 받았어요. 예쁜 아들 요한을 얻었으니까요.'

'그럼 미국 스파이로 일하기 시작한 건 정확히 언제부터죠?'

대령의 말투는 평범하고 일상적이었지만 그 말에 나는 기가 막혔어. 나도 모르게 몸이 움찔거렸지. 다시 울음이 터지려는 걸 간신히 눌러 참고 말했어.

'저는 미국 스파이로 일한 적이 없습니다. 미국인이라면 한 번 만난 적도 없습니다. 저는 나라에 충성하며 조용히 살았습니다. 절대로……'

'당신은 절대로 당원이 된 적이 없어요. 나라에 충성을 다할 생각이 있었다면 일찍이 당원이 되었어야지. 할레에 알아봤더니 당신은 당원의 자녀더군요. 그런데 왜 당원이 되지 않았죠? 당신의 부모가 좋은 당원의 본보기가 아니었나요?'

나는 담배를 길게 빨았어. 바닥에 구멍이 생겨 당장 그 구멍으로 떨어져 죽어 버렸으면 좋겠다는 생각이 간절했지. 그 개자식은 이제 내 부모가 부적절한 당원이었다는 걸 고해바치라 종용하고 있었으니까. 내가 그의 말을 계속 부인하면 난 더 큰 곤경에 처할 게 분명했지. 그래서 겨우 이렇게 말했어.

'제 부모님이 나라를 위해 더욱 충성할 수도 있었다고 생각합니다.'

'진심이 아닌 것 같은데요?'

'저는 부모님을 사랑합니다.'

'당신 부모가 불륜을 저질렀어도? 당신 어머니에게는 오래 만나온 정부가 있던데……'

대령은 내 서류철을 뒤적이다 서류 한 장을 찾아내더니 교장의 이름을 소리 내어 읽었어.

'당신 어머니가 그 남자와 불륜을 저지르는 걸 알고 있었죠?'

나는 고개를 가로저었어. 대령이 또 다른 서류를 집어 들었어.

'거짓말하지 말아요. 할레에 있는 우리 쪽 사람들이 당신 어머니가 학교 근처에서 밀회를 나누는 장면을 사진으로도 찍어놨으니까.'

대령이 흑백사진을 쳐들었어. 어머니와 교장이 꽉 껴안고 있는 사진이었어.

'그 자동차 뒤에서 지켜보는 소녀가 누군지는 알겠죠?'

대령이 내 십대 때의 사진을 들어보였어. 어머니가 다른 남자의 품에 안긴 걸 발견하고 놀란 내 슬픈 모습.

난 갑자기 공포에 휩싸였어. 비밀경찰이 모르는 일은 없다더니 정말 사실이었던 거야. 대령은 이제 내가 거짓말한 걸 꼬투리 잡아 몰아붙였지.

'당신은 여기 이렇게 증거가 있는데도 아니라고 말했으니, 이제부터 하는 다른 말들을 어떻게 믿을 수 있죠?'

나는 고개를 푹 숙였어. 또 눈물이 나왔어.

'어머니를 보호하려던 것뿐이었습니다. 부디 이해해 주세요.'

'아뇨, 도저히 이해할 수 없어요. 부도덕한 짓을 하며 나라를 배신한 부모를 보호해요? 당신은 큰 아파트에서 살 수 있다는 이유만으로 자기 파괴적인 행위를 일삼는 극작가와 결혼했어요. 당신 부모처럼 부르주아적 성향이 몸에 밴 탓이겠지. 당신 남편이 보여준 반정부적인 희곡을 읽고도 당신은 아무런 조치를 취하지 않았어요. 나라에 충성하는 사람이라면 그런 희곡을 읽었으면 신고하는 게 마땅하지. 결국 당신은 남편이 반국가적 행동을 하는데 한몫 단단히 거든 셈이오.'

'남편은 혼자만의 세계에서 살았습니다. 세상뿐만 아니라 저에게도 담을 쌓고 살았어요.'

'아니, 당신 남편은 친구들과 매일 술집에서 술을 마셨어. 우리는

그 친구들의 이름도 다 알고 있지.'

'프렌츠라우어베르크에 사는 제 친구들한테 물어보시면……'

'아, 그 예술가들. 비생산적이고 전혀 건설적이지 않은 일로 세월을 탕진하는 호사가들. 나랏돈으로 호화롭게 살면서 끝없이 불평만 늘어놓는 자들.'

대령은 금제 담배 케이스에서 담배를 꺼내 물었어. 이제 나에게는 권하지 않더군.

'아까, 당신 남편이 세상과 담을 쌓고 살았다고 했지? 이상한 글을 썼지만 반정부 활동과는 상관이 없다고 했지? 당신 남편이 베를린앙상블 앞에서 벌인 행동은 정신병 발작 때문이라고 했지? 혹시 그 정신적 발작이 미국 스파이라는 증거라는 걸 알고 있나?'

'남편은 정신이 온전하지 않았어요. 틀림없이 병 때문에 벌인 짓이에요.'

'내가 언제 당신에게 상황을 해석해달라고 했나?'

나는 고개를 푹 숙이고 대답했어.

'죄송합니다.'

'당신 남편이 당신 앞에서 미치광이 흉내를 낸 것인지도 모르지. 하지만 당신 남편은 베를린 주재 미국 대사관의 CIA요원과 끊임없이 연락을 주고받았어. 두 사람은 프리드리히샤인 근처에서 두세 번이나 비밀리에 접선하기도 했고.'

내 충격은 점점 더 커졌어. 나는 손을 들었어. 말할 기회를 달라는 손짓이었지. 대령이 고개를 끄덕여 나는 겨우 입을 열었어.

'유르겐이 미국정보부에 무슨 정보를 줄 수 있겠습니까? 유르겐은 프렌츠라우어베르크에서 거의 밖으로 나간 적도 없고……'

'당신 남편은 동독 정부에 적대적인 외국 세력과 연락을 취했어. 당신 남편이 놈들과 만나는 장면을 우리 요원들이 목격하고 사진도 찍어두었지. 당신 남편이 스파이라는 증거는 충분해.'

대령은 거기까지 말하고 말보로를 길게 한 모금 빨았어. 한참 동안 침묵이 흘렀어. 그러다가 대령이 다시 말했어.

'설마 전혀 몰랐던 일이라고 발뺌하려는 건 아니지? 놀란 척하지 마. 진실을 감추려고 연극하는 걸 내가 모를 것 같냐? 당신 남편이 어제 벌써 다 불었단 말이야.'

'뭘 불었다는 거죠?'

'당신도 미국 스파이라는 사실.'

온몸이 바르르 떨렸어.

'거짓말이에요. 완전히 다 거짓말입니다.'

대령은 여전히 침착한 목소리로 말했어.

'내가 거짓말을 한다고?'

'아니, 제 남편이 거짓말을 했어요.'

'당연히 예상한 반응이야. 어디 보자, 남편이 정신병자라서 있지도 않은 일을 이야기했다고 말할 차례지? 당신 남편이 미국정보원들과 만났다는 증거가 있는데도.'

'남편이 그랬다고 해도, 저는……'

'아무런 상관이 없다고?'

'증거가 있나요? 제가 미국정보원과 만나는 사진이라도 있나요?'

'내 말을 막지 말라고 했지? 여기서 질문하는 사람은 나야. 게다가 반역행위를 한 사람은……'

나는 흐느끼며 말했어.

'저는 정말 모르는 일입니다.'

대령은 인터폰을 누르며 말했어.

'이제 심문은 모두 끝났어.'

'제 아들은요? 요한을 만나야 해요.'

'아까도 말했지만 요한은 우리 정부에서 잘 돌보고 있어. 당신이 미국정보원과 접촉한 사실을 다 털어놓을 때까지 정부에서 잘 돌볼 거야.'

'미국정보원과 접촉이라뇨? 그런 일은 없었어요. 저는 미국사람을 만난 적도 없어요.'

'당신 남편의 진술은 달라.'

'남편은 제정신이 아닙니다.'

'당신 남편은 미국 스파이야. 당신도.'

내가 소리쳤어.

'나는 미국 스파이가 아니야!'

노크 소리가 났어. 대령이 들어오라고 말했어. 나를 데려왔던 간수가 다시 들어왔어.

대령이 간수에게 말했어.

'심문은 끝났소. 데려가서 죄수 사진을 찍어요.'

나는 울부짖었어.

'제발, 애원합니다. 제 인생에는 아들밖에 없습니다.'

대령은 나를 멀리 치우라는 듯 손을 휘휘 내저었어.

'아들을 만나야 합니다. 아들 없이는 살 수 없습······.'

'죄를 모두 시인하면 생각해보지. 하지만 바른 대답을 하기 전에는······.'

'저는 죄가 없습니다!'

대령은 아예 등을 돌리고 돌아앉았어.

나는 또 울부짖었지.

'제 말을 믿어 주세요!'

간수가 나를 꽉 붙잡고 문으로 끌고 갔어. 나는 히스테릭하게 울었어. 간수는 복도로 나가 고문실 문을 닫고 나서 내 얼굴을 세게 갈기더군. 간수가 내 팔을 꽉 잡으며 말했지.

'히스테리 좀 그만 부려. 또다시 우는 소리를 내면 제대로 쓴맛을 보여줄 테다.'

복도를 지나가는 동안 간수는 내 팔을 세게 쥐고 있었어. 간수는 계단을 올라가더니 낯선 방으로 나를 밀어 넣었어. 작은 나무상자와 스툴 하나가 놓여 있고, 뒤쪽에는 회색 커튼이 쳐 있었지. 삼각대에는 낡은 카메라 한 대가 꽂혀 있었어. 제복 차림의 경관이 나에게 스툴에 앉아 카메라를 정면으로 바라보라고 말했지. 그가 나에게 몸을 꼿꼿하게 펴고 고개를 똑바로 들라고 소리쳤어. 셔터를 누른 경관은 나에게 옆으로 돌아앉으라고 하고 옆모습을 찍었어. 반대쪽 옆모습도 찍었지. 우린 잠시 후 감방으로 돌아왔어. 나는 죄수복 상의를 들어 올리고 몸을 살폈지. 사진을 찍을 때 플래시가 터진 곳에 화상처럼 붉은 자국이 생겼지만 대수롭지 않게 생각했어.

무엇보다 유르겐이 나를 모함한 게 가장 큰 문제였어. 유르겐이 왜 그랬을까? 일부러 그랬을까? 아니면 그저 미쳤기 때문에? 비밀경찰은 내 자백을 받아내기 위해 요한을 미끼로 이용할 게 뻔했지. 대령은 내가 만난 미국정보원의 이름을 밝히라고 다그치겠지. 하지만 나는 미국정보원을 만난 적도 없으니 당연히 이름을 댈 수도 없고, 무슨 정보를 주고받았는지 말할 수도 없는 상황이었지. 괜히 지어내 말했다가는 곧 비밀경찰이 사실여부를 확인하게 될 테고, 그러면 내 거짓말이 다 드러날 테고. 정말 이러지도 저러지도 못하는 상황이었지.

나는 대령도 내 무죄를 알고 있다고 생각했어. 하지만 유르겐이 나를 끌어들인 게 문제가 됐을 거야. 비밀경찰의 논리대로라면 문화부 장관에게 오줌을 갈긴 미치광이와 한 집에서 산 것만으로도 유죄의 근거로 충분했으니까.

대령과 첫 심문을 마치고 나서 나는 사흘 동안 독방에 갇혀 지냈어. 간수가 음식을 가져올 때를 빼면 아무도 만날 수 없었지. 운동은 하루에 한 시간씩만 허락됐어. 콘크리트로 둘러싸인 길이 5미터, 폭 2미터의 좁은 공간이었지. 높이가 3미터쯤 되는 벽은 가시철망으로 둘러쳐져 있었어. 그때껏 나는 운동을 즐기지 않았어. 하지만 그때만큼은 미친 듯이 뛰었지. 최대한 빨리 달려 힘을 다 소진해버리려고 애썼어. 뛸 때마다 여긴 벽이 없다고, 나는 지금 자유롭다고 상상했어. 나는 점점 이성을 잃어 가고 있었어. 하루 한 시간씩 주어지는 운동시간을 빼고 나머지는 독방에 갇혀 지내야 했으니까 미쳐가는 게 당연했지. 라디오도 책도 다른 읽을거리도 없었어. 내가 미치지 않으려고 어떤 방법을 생각했는지 알아? 내가 본 영화를 떠올리고 장면 하나하나를 생각했어. 알고 있는 영어 단어를 머릿속에서 종류별로 분류하기도 했지. 아무리 애써도 내 머리는 곧 요한에 대한 생각으로 가득 찼어. 세상 무엇과도 바꿀 수 없을 만큼 사랑하는 아이를 만날 수 없게 된 엄마의 심정을 과연 누가 알 수 있을까? 아마도 직접 겪어 보지 않고는 상상도 못 할 거야. 아이를 볼 수 없는 건 나에게 너무나 끔찍한 고통이었지.

사흘 뒤에 다시 심문을 받았어. 나는 완전히 황폐해져 있었지. 밤새 잠도 못 자고 두려움에 떨며 사흘을 보냈으니까. 단지 요한을 만날 수만 있다면 무슨 일이든 할 수 있을 것 같았어.

대령이 담배와 커피를 건넬 때 나는 모든 걸 자백하겠다고 말했어. 나는 지난 사흘 동안 머릿속으로 지어낸 이야기를 늘어놓기 시작했어. 운터덴린덴에 있는 서점에서 스미스라는 남자를 만났다. 스미스는 나에게 매주 오십 달러를 줄 테니 정보를 달라고…….

내가 생각해도 앞뒤가 맞지 않는 이야기였지. 오 분쯤 지나자 대령은 손을 들어 그만하라고 말하더니 녹음기를 껐어.

대령은 싱글벙글 웃으며 나에게 말했어.

'아들을 보고 싶나?'

'너무나 간절히 보고 싶습니다.'

'그럼 진실을 말해.'

'이미 진실을 알고 계시잖아요?'

'내가?'

'저는 미국인과 한 번도 만난 적이 없습니다. 그게 진실입니다.'

'다시 감방으로 가고 싶나?'

나는 갈라진 목소리로 말했어.

'진실을 믿지 않으시는군요.'

'계속 같은 말만 하는데 어떻게 믿어. 당신이 무슨 말을 한다 해도 난 믿을 수 없어.'

또다시 사흘을 독방에 갇혀 지냈지. 나는 자살을 생각하기 시작했어. 침대 시트를 물에 적셔 얼굴에 붙이면 질식사한다는 이야기를 어디서 읽은 기억이 났지. 비밀경찰은 내 머릿속도 읽은 것인지 이튿날 간수가 침대 시트를 가져가버렸어.

사흘이 지나 다시 만났을 때 대령은 나에게 미소를 지으며 담배와 커피를 내놓았어. 대령이 다시 '착한' 연기를 시작했지.

'여기서 어떻게 빠져나갈지 생각하고 있겠지?'

'내 아들이 잘 지내는지 궁금해요.'

'이미 말했지만 그건 걱정하지 않아도 돼. 좋은 가정에서 잘 돌보고 있으니까.'

'좋은 가정이라면 어딘데요?'

'그건 말할 수 없어. 하지만 나도 아는 가족이야. 요한은 따스한 보살핌 속에서 사랑 받으며 자라고 있어.'

나는 대령이 아는 가족이라는 말에 소름이 끼쳤어. 요한은 어느 비밀경찰 가족의 집에 있는 게 틀림없었으니까. 내가 고개를 숙이고 울기 시작하자 대령은 나를 걱정해주는 척했어.

'왜 우는 거야? 뭐가 잘못됐나?'

'아이를 다시는 못 만나는 거죠?'

'그렇게 말한 적은 없는데?'

'하지만 사실이잖아요. 요한은 비밀경찰 가족의 집에 입양되었죠?'

'목소리를 낮춰. 그리고 그건 억지스런 말이야.'

'저는 이미 충분히 진실을 말했어요. 더 이상 진실을 말할 것도 없지만 당신들이 원하는 대답을 듣는다 해도 요한을 못 만나게 하리란 걸 알아요.'

'이제는 이야기를 지어내기까지 하는군.'

내가 소리쳤어.

'거짓말! 당신들은 아무런 증거도 없이 내 남편과 나를 반역자로 몰아붙이고 있어. 아이를 볼모로 잡고 자백을 강요하고 있지. 눈물 날 만큼 고마운 민주공화국이고, 대단히 인간적인 정권이네. 정신이 온전

하지 않은 사람을 사상범으로 몰고…….'

대령이 내 말을 막았어.

'이제 그만!'

나는 흐느끼며 소리쳤어.

'당신은 진실을 들으려 하지도 않잖아! 죄도 없는 엄마와 아이를 떼어놓는 게 인간으로서 할 짓이야?'

대령이 내 뺨을 세게 때리며 말을 막더니 담배를 비벼 끄고 책상에 붙어있는 버저 버튼을 눌렀어. 표정이 무시무시하게 변한 대령이 계속해서 나를 때렸지. 나는 손으로 얼굴을 가리며 때리지 말라고 소리쳤어.

대령이 식식거리며 말했어.

'죽기 싫으면 이제 조용히 입 다물어.'

흥분한 대령은 취조실 안을 이리저리 걸어다녔어. 잠시 후 대령이 담배 케이스에서 말보로 한 개비를 꺼내 불을 붙이고 아주 길게 한 모금 빨더니 말하더군. 기묘하게 침착한 목소리였어.

'당신은 돌아올 수 없는 강을 건넜어. 당신은 심리적으로 불안하고, 행동도 종잡을 수 없고, 성격도 엉망이야. 더없이 인간적인 우리 공화국에서 당신 같은 정신병자가 아이를 키우게 내버려둘 것 같은가? 앞으로 당신 아들 요한은 절대로 못 봐. 당신이 미국정보원과 내통했다는 사실을 자백하고, 프렌츠라우어베르크 보헤미안 집단의 퇴폐적인 작태를 다 털어놓을 때까지 독방에 가둘 수밖에 없어.'

'그 사람들은 퇴폐적이지 않아. 난 그들에 대해 할 이야기가 전혀 없어.'

'그럼 여기서 평생 썩어야겠지.'

대령이 책상 위의 버튼을 누르자 여자 간수가 들어와 나를 붙잡고 의자에서 일으켰지.

나는 화가 나 식식거렸어.

'나를 가두느라 공화국의 소중한 돈을 낭비하지 말고, 차라리 밖으로 데려가 쏘아 죽여!'

대령이 대답했어.

'그냥 죽일 수야 없지. 천천히 고통을 맛보게 해주겠어!'

나는 다시 삼주 동안 감방에 갇혔어. 내 평생 가장 긴 삼주였어. 하루 이십삼 시간을 독방에 갇혀 지냈지. 전구는 낮이나 밤이나 계속 켜 있었어. 삼십 분마다 간수가 철문에 달린 창을 열고 안을 살폈어. 내가 자살하진 않는지 확인하려는 것이었지.

며칠이 지나고 나서 나는 산송장이 됐어. 생각도 할 수 없고, 식욕도 없었지. 하루 한 시간씩 주어지는 운동시간에도 벽에 기대 가만히 앉아 있었어. 오전 담당 간수가 아침마다 담배와 성냥을 주었지. 난 운동 대신 철조망 위 하늘을 쳐다보며 담배만 피웠어.

나는 혼자 생각했어. '언젠가 요한을 만나게 될 거야. 이 벽 너머에 아들이 살고 있는데 자살은 안 돼. 자살은 비인간적이고 부적절한 행동이고, 요한에게도 좋을 리 없어.'

시간이 흐를수록 내 상태는 나빠졌어. 제대로 걸을 수도 없었고, 살도 심하게 빠졌지. 하지만 무기력해진 나에게는 그런 게 다 상관없었어. 숨은 붙어 있지만 살아 있는 게 아닌 채 평생을 독방에서 살아야 할 테니까.

그러던 어느 날 저녁, 아니 저녁이었는지 확실히는 몰라. 내가 있던 독방에서는 밖이 전혀 보이지 않았으니까. 아무튼 그날 감방문이 열렸어. 정장을 입은 두 남자와 여자 간수 두 명이 서 있더군.

한 남자가 말했어.

'페트라 두스만, 일어나.'

나는 천천히 고개를 가로저으며 나직이 말했어.

'못 해.'

한 남자가 턱짓을 하자 여자 간수들이 나에게 다가왔어. 간수들이 평소처럼 나를 거칠게 끌어내려 하자 한 남자가 간수들에게 소리쳤어.

'부드럽게 대해!'

복도를 지나 샤워실로 갔어. 정장을 입은 남자들은 밖에서 기다리고, 여자 간수들이 내 옷을 벗기고 비누와 미제 샴푸를 주었어. 어찌나 기운이 없었는지 머리에 샴푸 거품을 낼 수도 없었지. 간신히 샤워를 마치자 간수들은 내가 체포될 때 입었던 옷을 돌려주었어. 옷은 깨끗하게 세탁돼 있었지만 그 사이 살이 얼마나 많이 빠졌는지 내 몸에 너무 컸어. 간수 한 명이 내 벨트를 들고 잠시 어딘가에 다녀왔어. 벨트에 새로 난 구멍 세 개가 더 뚫려 있더군. 옷을 입는 동안 한 가지 생각이 머리를 스쳤어.

'무슨 일일까? 누가 감옥에 감사를 나오나? 죄수를 인간적으로 대하고 있는 척하려 쇼를 벌이는 걸까?'

나는 간수에게 무슨 일인지 물어보았어. 간수는 고개를 가로저으며 서두르라고 말했지. 놀랍게도 그 말투가 너무나 공손한 거야. 우린 복도를 지나 계단을 올라갔어. 작은 식당에 다다르자 식탁에 앉으라고 하더군. 옆에서 음식을 끓이는 소리가 들렸어.

문이 열리더니 요리사 옷을 입은 여자가 그릇을 들고 들어왔어. 그릇에는 오믈렛과 빵이 담겨 있었지. 진짜 달걀을 넣은 오믈렛이었어.

동독에서는 달걀이 귀해 오믈렛에 달걀가루를 넣거든. 빵도 갓 구워 맛있었지. 커피도 나왔고, 간수가 담뱃갑을 놓고 피우라고 했어.

몇 주 만에 처음으로 맛있는 음식을 먹었어. '왜 이러지?' 계속 두렵기만 했어. 오믈렛과 빵을 게걸스레 먹고 담배에 불을 붙였을 때 문이 열렸어. 정장을 입은 남자가 서 있더군.

'시간이 됐습니다.'

내가 물었어.

'무슨 시간 말이죠?'

'곧 아시게 될 겁니다.'

간수가 내 어깨를 톡톡 쳤어. 일어나라는 신호였어. 오 분 뒤, 차고로 가서 밴에 올라탔어. 올 때와 마찬가지로 뒤쪽 공간에 갇혔지. 어디선가 윙 하는 기계음이 들렸어. 차고 문이 열리는 소리 같았어. 그리고 밴이 후진했다가 앞으로 달리기 시작했어.

한 시간쯤 지났을까. 밴이 멈췄어. 자동차 몇 대가 밴 옆으로 다가오는 소리가 들렸지. 한 시간쯤 그 자리에 서 있었어. 밖에서 사람들 목소리가 들렸어. 예닐곱 명쯤 되는 것 같았지. 바람 소리에 묻혀 사람들의 말을 알아들을 수 없었어. 그러다가 갑자기 빗장이 풀리는 소리가 들리더니 밴의 뒷문이 열렸지. 뒤에 있는 자동차의 헤드라이트 불빛이 밴 안을 가득 채웠어. 정장을 입은 남자가 올라와 내 옆으로 다가왔어. 남자가 말했어. '도착했습니다.' 나는 남자의 부축을 받으며 밴에서 내렸어.

차가운 바람이 날카롭게 얼굴을 때렸어. 눈도 내리고 있었지. 다리 한가운데였어. 앞에서 헤드라이트 불빛을 비추고 있는 자동차 옆에는 사복과 제복 차림의 남녀 예닐곱 명이 서 있었지. 나는 정장 입은 남자의 팔에 잡힌 채 그 사람들 앞으로 갔어. 한 여자가 앞으로 나왔지. 정장 입은 남자는 그 여자에게 나를 넘겼어. 헤드라이트 불빛과 하얗게 내리는 눈 때문에 나는 앞을 제대로 볼 수 없었지. 한치 앞도 분간할 수 없었고, 무슨 일이 벌어지는지 도무지 알 수 없었지. 내가 쓰러질 것처럼 비틀거리자 여자가 얼른 나를 부축하며 말했어.

'페트라 두스만, 나는 서독정보부의 마르타 요쿰이에요. 서독에 오신 걸 환영합니다.'

내가 물었어.

'무슨 말씀이죠?'

여자가 말했어.

'얼른 따뜻한 곳으로 가요.'

여자는 아주 커다란 자동차로 나를 데려갔어. 차문 옆에는 경관이 서 있었지. 경관은 차문을 열어 주고, 장갑 낀 손으로 내 어깨를 짚으며 '환영합니다'라고 말했어.

그 커다란 자동차 뒷좌석에 마르타 요쿰과 함께 앉았어. 다른 경관이 운전을 했어. 운전석 옆에는 아주 고급스러운 코트가 놓여 있었지. 운전하는 경관이 고개를 돌려 내 쪽을 보았어. 서른 살쯤으로 보이는 아주 잘생긴 남자였어. 경관이 나를 보며 다정하게 웃더군.

마르타 요쿰이 말했어.

'저 분은 울만 씨죠. 임무 수행 때문에 미국에서 베를린으로 오셨어요.'

울만이 유창한 독일어로 말했어.

'페트라 두스만 씨, 만나서 정말 반갑습니다. 몇 주 동안 당신에 관한 사건을 조사했습니다.'

'네?'

요쿰이 말했어.

'혼란스러우시죠? 궁금하시겠지만 오늘은 일단 푹 주무세요. 내일 아침 식사 후에 자세히 설명할게요.'

'제가 왜 여기에 있는지 듣고 싶어요. 저는 도무지……'

울만이 말했어.

'당신은 우리가 찾던 딱 그 사람이죠.'

'저는 민간인이에요. 정치적인 일은 해본 적도 없어요.'

요쿰이 말했어.

'우리도 잘 알아요.'

울만이 말했어.

'그놈들이 무슨 짓을 했는지도 잘 알아요. 아들을 그렇게 빼앗다니, 있을 수도 없는 일이죠.'

'다른 가족에게 입양시켰다고 했어요. 미치광이 남편이 우리 부부가 미국 스파이라고 비밀경찰에게 끌려가 자백하는 바람에.'

울만이 말했어.

'유르겐 씨와 관련된 이야기도 해줄 겁니다.'

요쿰이 얼른 덧붙였지.

'내일 아침에.'

내가 물었어.

'유르겐에게 무슨 일이 있었어요?'

요쿰이 말했어.

'의논할 일이 아주 많아요. 어쨌든 지금은 새벽 세 시니까……'

'유르겐에게 무슨 일이 있었다면 지금 당장 듣고 싶어요.'

'좋은 숙소를 마련해놓았습니다. 아주 현대적인 아파트죠. 몇 달 동

안 지내기에는…….'

'남편한테 무슨 일이 있었죠? 제발 지금 당장 들려주세요.'

울만과 요쿰이 서로 눈길을 주고받았어. 울만이 무겁게 고개를 끄덕였지. 그때 나는 알아챘어. 요쿰이 내 손을 살며시 잡더군.

'며칠 전에 감방에서 목을 맸어요.'

나는 놀라지 않았어. 더없이 당연한 일처럼 생각됐지. 유르겐은 아주 연약한 사람이었으니까. 비밀경찰 감옥에 갇혀 견딜 수 있는 사람이 아니야. 나는 유르겐이 죽었다는 말을 듣고도 몹시 슬퍼지지는 않았지만 요한을 생각하며 절망에 사로잡혔어. 아버지는 자살하고 어머니는 추방됐으니 요한은 부모 없는 아이가 된 셈이었으니까.

내가 물었어.

'유르겐이 자살해 제가 동독에서 추방된 건가요?'

울만이 말했어.

'유르겐은 우리 정보국과 아무런 상관도 없습니다. 동베를린에 있는 우리 측 요원들과 알고 지내긴 했지만 그건 어디까지나 개인적인 친분이었죠. 솔직히 말하면 유르겐은 정보국과 일하기에는 정신적으로 지나치게 불안정한 사람이었어요. 우리는 유르겐이 가정에 소홀했다는 걸 알고 있었고…….'

'그걸 어떻게 아셨죠?'

'동독비밀경찰에도 우리 정보원이 있습니다. 요점을 말하자면 동독비밀경찰도 페트라 두스만 씨가 미국정보국과 아무런 관련이 없다는 걸 잘 알고 있습니다. 다만 페트라 두스만 씨를 이용해 유르겐을 협박한 거죠.'

잠시 나는 엉뚱한 생각에 사로잡혔어.

'나를 심문한 대령이 비밀경찰 내부에 있는 미국정보원은 아닐까? 그가 나와 유르겐을 심문하고 울만에게 결과를 알려준 게 아닐까?' 나는 유르겐을 사랑한 적이 없었지만 그가 죽었다는 사실에, 게다가 아주 외롭고 서글프게 죽었다는 사실에 화가 났어. 아니, 아⋯⋯이렇게 말하긴 힘들지만 유르겐이 자살해 나와 요한이 더욱 힘들어졌다는 것에도 화가 났어. 유르겐은 재능 있고, 똑똑하고, 열정적인 사람이었지만 자기 파괴적이고 불행한 사람이었지. 하지만 내 아들의 아버지고, 그 아들이 다른 사람들의 손에서 자랄 수밖에 없게 된 거야. 요한은 친부모가 나쁜 사람들이었다는 이야기를 들으며 자라겠지. 앞으로 다시는 요한의 얼굴을 못 보겠지.

그런 생각을 하자 저절로 눈물이 흘렀어. 나는 고개를 숙였어. 요쿰이 내 손을 꽉 잡아주었지.

'듣기 괴롭죠? 그래서 내일 아침에 이야기하자고 한 건데.'

'저를 빼냈으니 제 아들도 빼내 줘요.'

울만과 요쿰이 또 눈길을 주고받더군.

요쿰이 말했어.

'그것도 내일 이야기해요.'

'요한을 데려오는 건 가망 없다는 말이군요.'

'모든 가능성을 찾아보고 있어요. 정말이에요.'

'평생 요한을 만나지 못하겠죠?'

울만과 요쿰이 또 다시 눈길을 주고받았어.

울만이 말했어.

'우리도 최선을 다할 겁니다. 하지만 분명 만만한 상황은 아니죠. 우리와는 전혀 생각이 다른 사람들이 있으니까.'

우린 서베를린의 서쪽 끝에 있는 아파트 건물에 도착했어. 요쿰의 말이 맞았어. 거긴 내가 상상도 하지 못한 고급 아파트였어. 아파트에는 루드비히라는 사십대 중반의 여자가 있었지. 그 여자가 앞으로 몇 주 동안 나를 돌볼 거라더군. 요쿰이 나에게 말했어. 아침에 의료시설에 검진이 예약되어 있으니 거기에 다녀오게 될 거고, 오후에는 자기와 이야기를 나누게 될 거라고.

요쿰이 떠나고 나서 루드비히는 앞으로 무엇이든 자기에게 부탁하라고 말하면서 우선 샤워를 하고 푹 쉬라고 했어. 거실에는 소파와 큰 안락의자에 텔레비전도 있었어. 침실에는 커다란 침대가 놓여 있었고, 더없이 푹신한 이불에 상상도 못할 만큼 촉감이 좋은 시트도 있었지.

나는 커다란 욕조에 한 시간 동안 몸을 담갔어. 향기로운 목욕비누를 물에 풀었지. 루드비히는 파자마도 준비해 두었어. 파자마로 갈아입자 루드비히가 줄자로 내 몸 치수를 재더군. 내가 입고 있던 옷이 너무 컸거든. 나는 침대에 올랐지만 잠을 이룰 수 없었지. 지난 삼 주 동안 겪은 고통이 떠올랐고, 너무나도 갑작스레 바뀐 환경에 쉽사리 적응할 수 없었지. 유르겐의 죽음을 생각하자 슬픔과 죄책감이 밀려왔어. 요한을 다시는 볼 수 없다는 불안감은 곧 공포로 바뀌었지. 나는 천장을 올려다보며 내가 왜 갑자기 풀려날 수 있었는지, 왜 아들을 만날 수 없는지 곰곰이 생각했어. 내가 해답을 찾기에는 너무 복잡한 문제였지.

결국 잠에 빠져들었다 깨어나 보니 정오가 지난 때였어. 루드비히가 리바이스 청바지를 두 벌 가져왔어. 코듀로이 치마, 아주 멋진 감색 코트, 속옷도 가져왔지. 그날 본 옷들을 지금껏 자세하게 기억하는 건 그 옷들이 정말 마음에 들었기 때문만은 아니야. 나한테 왜 이런 호사를 베푸는지 알 수 없었기 때문이야.

늦은 아침을 먹고 마당으로 나갔어. 마당을 지나 의료시설로 갔어. 아주 친절한 의사에게서 갖가지 검진을 받았어. 의사는 내가 감방에서 사진을 찍힐 때 몸에 생긴 화상을 살피더군. 그러면서 동독비밀경찰에게 붙잡혔던 사람들의 몸에는 이런 화상이 남는다며 방사선 때문에 생긴 것이라고 했어.

내가 물었어.

'그들이 왜 방사선을 쪼일까요?'

의사는 잠시 망설이다가 대답하더군. '표시를 남기려고 방사선을 쪼이는 것 같아요. 풀려난 뒤에도 언제라도 추적할 수 있게.'

'방사선을 쪼여 천천히 죽이려는 것인지도 모르죠.'

'그럴 수도 있지만 방사선을 쪼인다고 다 죽는 건 아닙니다.'

'이렇게 화상이 남을 정도면……'

'걱정하시는 뜻은 알겠지만 방사선이 건강에 얼마나 큰 영향을 미칠지는 몇 년이 지난 뒤에야 알 수 있어요. 아무런 이상이 없을 수도 있죠.'

'고통스럽게 죽을 수도 있겠네요?'

'아직은 알 수 없습니다. 화상 자국은 몇 주 지나면 사라질 겁니다.'

오후에는 울만과 요쿰이 찾아왔어. 나를 왜 동독에서 빼냈는지 알게 됐어. 서독정보국은 몇 달 동안 붙잡고 있던 동독 스파이 두 명과 나를 맞바꾸었다더군. 서독정보국에서 나를 지목한 이유는 동독비밀경찰도 내가 무죄라는 걸 알고 있었기 때문이랬어. 동독비밀경찰은 내가 무죄인 만큼 서독으로 보내도 문제가 없을 거라 판단했다는 거야.

요쿰이 말했어.

'페트라 두스만 씨를 심문한 스텐하머 대령에 관해 묻고 싶어요. 스텐하머 대령은 그곳에서 가장 영향력이 막강한 심문관이죠. 그에게 심문을 받고 나서 밖으로 걸어 나올 수 있었던 사람은 지금껏 아무도 없었어요. 당신이 처음이죠. 그러니까 앞으로 며칠 동안 두스만 씨만 허락한다면……'

'네, 기꺼이 협조하죠.'

나는 내가 받은 만큼 돌려 줘야 할 것도 있을 거라 예상하고 있었지. 게다가 혹시라도 요한을 다시 볼 수 있으려면 요쿰과 울만에게 기대는 수밖에 없다고 생각했어.

울만이 말했어.

'페트라 두스만 씨가 또 한 가지 알아둘 건 프렌츠라우어베르크에 있는 당신의 예술가 친구들 중에 동독비밀경찰의 끄나풀이 있다는 것입니다. 그 끄나풀이 당신 부부에게 큰 피해를 입혔죠. 두 분이 나눈 대화는 그 끄나풀을 통해 모조리 동독비밀경찰에게 보고됐어요. 당신이야 물론 그 여자를 친한 친구로 여기고 믿었을 테고……'

울만의 입에서 '그 여자'라는 말을 듣자마자 온몸에 소름이 쫙 돋았어. 나는 '그럴 리 없다'는 생각에 휩싸였어. 그럴 리 없어. 나한테 그랬을 리 없어.

'주디트는 오래 전부터 동독비밀경찰의 끄나풀이었어요. 동독비밀경찰에 있는 우리 스파이가 보고한 바에 따르면 그녀가 당신에게 들었던 말을 빠짐없이 동독비밀경찰에 밀고했답니다.'

바닥이 보이지 않는 벼랑에서 떨어지는 듯한 기분이었어. 요쿰이 내 어깨를 어루만지며 말했어. '물론 배신감이 크시죠? 그렇지만 주디트와 있었던 일들을 다시 한 번 잘 떠올려 우리에게 소상하게 이야기해주어야 합니다. 그래야 요한을 되찾을 때 약점으로 이용할 수 있으

니까.'

내가 말했어.

'요한은 지금 동독비밀경찰 집에 있죠?'

요쿰과 울만이 불편한 듯 서로 눈길을 주고받았어.

울만이 말하더군.

'그런 것 같습니다.'

'요한을 키우는 사람이 누구인지 알 수 있을까요?'

요쿰이 말했어.

'혹시라도 그 가족과 연락하면 지금껏 펼친 우리 노력은 물거품이 되고······.'

'그냥 제 아들을 데리고 있는 사람의 이름만이라도 알고 싶어요.'

'스테판 클라우스와 에피 클라우스 부부예요.'

'어디에 살죠?'

울만이 말했어.

'정확한 주소는 우리도 몰라요.'

'그냥 동네만이라도 알려줘요.'

'프리드리히샤인입니다.'

'주디트는요? 저를 배신하고 보상을 받았나요?'

울만과 요쿰이 또 눈길을 주고받았다.

그러다가 요쿰이 말했다.

'우리 정보원의 말에 따르면 두스만 씨가 체포되고, 요한도 비밀경찰 가족에게 보내지고 나서 주디트는 큰 충격을 받고 신경쇠약에 걸렸답니다. 두스만 씨는 당연히 주디트가 원망스럽겠죠. 충분히 이해합니다. 그렇지만 주디트도 비밀경찰의 협박을 받고 있었습니다. 주디트는 몇 년 동안 어떤 여자와 연인으로 지냈는데, 비밀경찰은 그 사실을 약점으로 이용한 거죠. 비밀경찰은 자기들 일에 협조하지 않으면 남편에게 레즈비언이라는 사실을 알리겠다고 주디트를 협박했어요. 요즘 주디트는 신경쇠약 증세 때문에 정신병동에 갇혔다고 합니다.'

머리가 어지러웠어. 남편 유르겐은 죽고, 가장 친한 친구 주디트는 정신병동에 갇히다니. 동독에서는 정신병원에 한 번 갇히면 빠져나오기 힘들다고 들었어. 그 모든 일보다 더 괴로운 건 요한이 비밀경찰 가족의 손에서 자라고 있다는 것이었어. 그들이 과연 동독에서 추방된 나에게 요한을 돌려줄 수 있을까. 그럴 리 없겠지. 분명 그럴 리 없을 거야.

요쿰이 내 생각을 알아채고 나를 달래기 시작했어.

'쉽지는 않겠지만 우리에게도 요한을 데려올 수 있다면 산이라도 옮길 각오가 되어 있어요. 정말입니다.'

내가 속삭였어.

'산을 옮길 필요까지는 없어요. 베를린 장벽만 옮기면 돼요.'

그 후 몇 주 동안 나는 울만과 요쿰의 질문에 답하며 보냈어. 그들은 나에게 살 집과 직장을 구해주었지. 〈라디오리버티〉에서 일하게 된 건 순전히 그들 덕분이야. 그들은 또 가구와 옷을 사라며 삼천 마르크를 주었지. 루드비히는 친언니처럼 내게 잘해 주었어. 쇼핑을 할 때도 함께 가 주었고, 서베를린 곳곳을 친절하게 안내해주었어. 내가 식사를 잘 할 수 있게 요리에도 신경을 써주었지.

그 무렵 나는 충격과 고통, 분노에 휩싸여 있었지만 하루하루를 묵묵히 견뎠어. 루드비히에게 베를린 장벽과 가장 가까운 크로이츠베르크에 아파트를 구하겠다고 했어. 루드비히는 내가 왜 그 동네를 고집하는지 알았기 때문에 반대하는 입장이었지.

루드비히가 말했어.

'요한과 가장 가까이에 있고 싶은 거지?'

'가급적이면 요한과 가까이에 있고 싶어요.'

'어차피 같이 지낼 수는 없어. 상처를 계속 헤집어놓는 셈이 될지도 몰라.'

'그 상처가 과연 아물 수 있을까요?'

'나도 아이를 둔 엄마니까 아물 리 없다는 걸 잘 알아. 하지만 안정을 찾는 게 무엇보다 중요해.'

'아이 없이 안정을 찾는다는 건 불가능해요.'

일 년이라는 시간이 흘렀지만 아직 그 상처는 그대로야. 토마스, 당신을 향한 내 사랑, 당신이 내게 준 사랑, 우리가 함께 하는 사랑, 그 사랑이 내 삶을 비꾼 긴 사실이야. 나는 다시 행복을 느끼기 시작했지. 하지만 당신을 만나기 전까지 내 삶에서 요한만이 유일한 행복이었어. 요한은 이제 포기해야 한다고, 다시는 볼 수 없다고, 이미 죽었을 수도 있다며 현실을 받아들이려 애썼지만 소용없었어. 나는 지금도 그 현실을 인정할 수 없어. 어디에나 요한의 그림자가 드리워져 있지. 그래서 내가 당신에게 그렇게 말했던 거야. 나에게 다가오지 말라고. 나를 멀리하는 게 좋다고. 내 아들 요한이 저 장벽 너머에서 비밀경찰의 손에서 자라고 있는 한 나는 늘 상처 입은 사람일 테니까. 늘 슬픈 사람일 테니까. 나 같은 사람과 산다는 건 매우 불행한 일일 테니까.

토마스, 지금이라도 나를 멀리 떠나. 당신은 이 일에 휘말리지 마. 복잡하고 슬픈 내 인생에 휘말리지 마."

제8장

 장시간의 말이 끝나자마자 나는 페트라를 꼭 껴안았다. 내 포옹에도 페트라는 냉담하기만 했다. 마치 생명이 없는 존재 같았다. 그 무시무시한 이야기를 다 털어놓은 페트라는 마치 빈껍데기만 남은 사람 같았다.
 나는 페트라를 꼭 껴안은 채 말했다.
 "우리가 처음으로 밤을 보낸 날, 당신이 나에게 말했지. 절대로 당신을 떠나면 안 된다고. 나도 약속했지. 떠나지 않을 거라고. 당신에게서 모든 이야기를 들은 지금 그 마음은 더욱 굳어졌어."
 "정말이야?"
 "당신을 위해, 아니 우리를 위해 나는 무슨 일이든 할 거야."
 "우리……."
 페트라는 '우리'라는 말을 조심스레 말했다가 덧붙였다.
 "나도 그랬으면 좋겠어. 하지만……."

"'하지만' 이라는 말은 하지 마. 당신은 끔찍한 일들을 겪었지만 잘 견뎌내고 살아남았어. 이제 진짜로 행복해질 차례야. 진짜 행복……."

"말했잖아. 요한이 다른 사람들의 손에 맡겨져 있는데 엄마인 내가 어떻게 행복할 수 있겠어?"

"나와 아이를 갖자."

"그렇다고 요한이 돌아오진 않아. 내 상실감도 사라지지 않을 거야."

"그건 맞는 말이지만 다시 엄마가 될 수는 있어."

"그 마음이 얼마나 갈 것 같아? 당신은 방랑자 같은 사람이야. 세상을 맘껏 돌아다니고 싶은 사람이지. 당신이 과연 집에 틀어박혀 기저귀를 갈고 싶어 할까?"

"물론 할 수 있어. 나는 당신과 아이를 낳고 싶어."

"내 마음을 달래주려고 하는 말인 거 다 알아."

"아니, 진심이라니까. 요한을 데려오기 위한 일이라면 뭐든 할 거야."

"당신은 정말 낭만적이야. 하지만 나는 일 년 전 울만이 들려준 말이 옳다고 생각해. 비밀경찰에게 협상은 없어."

"당신은 비밀경찰의 손아귀에서 무사히 빠져나왔잖아."

"교환조건이 있었으니까. 서독의 고위 공직자인 클라우스 메텔이 알고 보니 동독비밀경찰에 협조하고 있는 스파이였어. 서독 입장으로는 거물을 잡은 셈이지. 서독정보부는 나를 비롯한 네 명을 넘겨받는 조건으로 클라우스 메텔을 동독에 넘겼어. 서독정보부에서 나를 원했던 이유는 스텐하머 대령의 심문 방법을 알아내기 위해서였지. 비밀경찰에게 잡힌 서독정보원들이 스텐하머 대령에게 심문을 받을 경우 모두 못 견디고 자백했대. 나는 스텐하머 대령이 어떤 식으로 상대에게 위협을 가하며 심문하는지 울만에게 자세히 이야기해주었어."

"당신은 스텐하머한테 심문을 받았지만 아무런 자백을 하지 않았잖아?"

"스텐하머가 바라는 이야기는 하지 않았지만 나도 그 사람 때문에 심신이 완전히 무너졌어. 주디트가 무너졌듯이."

"주디트는 당신을 배신했어. 이유가 있었겠지만 그건 변명의 여지가 없는 배신이야."

"몇 달 전, 주디트의 편지를 받았어. 주디트의 육촌동생이 튀빙겐에서 교사로 일하는데 그가 동독에 들렀을 때 주디트를 만났나봐. 그 사람이 내게 편지를 몰래 가져다줬어. 주디트는 정신병원에서 몇 주 동안 격리되었고, 전기 충격 치료를 받고 나서 정신이 멍해졌나봐. 나를 배신했다는 죄책감마저 흐릿해졌대. 처음에는 비밀경찰이 나를 잡아가고, 요한도 데려가자 괴로움이 컸나봐. 신경쇠약이라고 알려졌지만 주디트는 사실 자살을 기도했대. 가스레인지 오븐에 머리를 넣고 가스를 틀었나봐. 주디트는 기절한 채 이웃 사람에게 구조됐나봐. 주디트가 나를 밀고한 건 레즈비언이라는 비밀이 드러날까봐 두려워서였지. 레즈비언이라는 사실이 알려지면 당장 미술 교사 자리를 내놓아야 했을 테니까. 주디트는 편지에서 나에게 변명도 용서도 구하지 않겠다고 썼어. 용서받을 수 없는 죄라는 걸 잘 알고 있다더군. 다만 내게 알려야 할 게 있다고 했어. 내가 체포되고 비밀경찰이 우리 아파트를 샅샅이 뒤지기 전에 주디트가 사진 앨범 몇 권과 편지들을 챙겨놓았나봐. 내가 혹시 올 수 있다면……."

"어떤 사진인데?"

"내 부모님 사진, 내 어릴 때 사진, 프렌츠라우어베르크에 있는 친구들 사진. 무엇보다 요한이 한 살이 되기 전까지 찍은 사진이 앨범에

다 들어 있다고 했어."

"주디트는 다시 학생들을 가르친대?"

"편지에는 그냥 병가 중이라고 했어. 편지 내용을 종합해 보면 아파트에서 거의 늘 혼자 지내나봐. 남편은 주디트가 정신병원에 있는 동안 다른 여자를 만나 떠났대."

"내가 주디트의 집으로 가서 앨범을 가져올까?"

페트라가 나를 조심스레 바라보았다.

"잘못했다가는 체포돼 감옥에 갈 수도 있어."

"무슨 죄로? 가족사진이 들어 있는 앨범 몇 권을 챙긴 죄?"

"그들은 어떻게든 꼬투리를 잡으려 들 거야. 그건 위험한 일이야."

"내가 보기에는 그리 위험하지 않아 보여."

"정말 다녀오려고?"

"말이 나온 김에 내일 당장 다녀오지, 뭐."

"그러지 않아도 돼."

"지금 당신에게 요한 사진이 한 장이라도 있어?"

"체포됐을 때 지갑도 빼앗겼어. 지갑에 사진이 몇 장 들어 있었는데 빠져나올 때 돌려받지 못했어."

"내일 저녁에는 사진을 볼 수 있을 거야."

"나도 다녀오라고 말하고 싶지만 무슨 일이라도 생기면……."

"주디트가 아직 감시 받고 있을까?"

"나는 망명했고, 주디트의 생활은 엉망이 됐으니 더 이상 감시할 이유는 없지 않을까?"

"그럼 내일 아침 일찍 찰리검문소로 갈게. 베를린 장벽을 넘은 뒤에는 전철을 타면 돼."

"찰리검문소에서 가장 가까운 동베를린 전철역은 스타트미테야. 거기서 전철을 타고 알렉산더플라츠로 가서, 단지헤르 역으로 가는 전철로 갈아타. 마리엔베르거 역에서 내려 전철 방향과 직각으로 두 블록을 더 가면 리케스트라세가 나와. 주디트의 아파트는 리케스트라세 삼십삼 번지야. 건물 입구 초인종에서 플라이슈만이라는 이름을 찾아. 그게 주디트의 성이야. 내가 주디트에게 짧은 편지를 쓸게. 주디트에게서 물건들을 받으면 조심해서 가져와야 해."

"사진 앨범 몇 권은 너끈히 들어갈 만한 배낭을 가져갈게."

"동베를린에서 나올 때 가방을 검사하면?"

"최악의 경우 사진 압수밖에 더 하겠어?"

"아니, 그 정도로 끝나지 않을 수도 있어."

"나는 미국인이야."

"미국인들은 자기들을 건드릴 나라는 세상에 없다고 생각하지?"

"그래, 밤이 되기 전까지 돌아올 수 없는 상황에 처하면 미국대사관에 전화해 도움을 요청하면 돼."

"굳이 위험을 무릅쓰면서까지 다녀올 필요는 없어."

"아니, 다녀올 거야."

나는 비로소 조금이나마 페트라의 공포와 슬픔을 이해할 수 있었다. 나는 페트라가 그런 어려움을 겪고도 살아남은 것에 안도하며 그녀를 더욱 깊이 사랑하게 됐다. 페트라를 위해 뭔가 특별한 일을 해주고 싶었다. 나는 침대에서 페트라를 꼭 껴안은 채 말했다.

"다 잘 될 거야. 몇 달, 아니 몇 년이 걸릴지 모르지만 요한을 반드시 데려올 거야."

"미안하지만 이제 그 이야기는 그만하자. 당신은 선의로 하는 이야기고, 꼬인 상황을 바로잡고 싶겠지. 그 마음이야 나도 잘 알지만 그런 낙관적인 말들이나 섣부른 희망은 나에게 오히려 역효과일 뿐이야. 절망적인 상황만 오히려 더 부각되어 보일 뿐이지. 게다가 당신이 거기에 갔다가 무슨 일이라도 생기면……."

"걱정할 것 없어. 조심스레 계획을 세울 테니까."

침대 옆에 놓인 알람시계를 보았다. 10시. 알람을 6시 30분에 맞춰놓고 페트라에게 말했다. 내가 일찍 일어나 찰리검문소로 가면, 아침 8시 30분까지 주디트의 아파트에 도착할 수 있을 거라고. 혹시 주디트가 외출할지 모르니 일찍 가겠다고.

페트라가 말했다.

"지난 번 보낸 편지 내용으로 보아 주디트는 거의 집에서 나가지 않는 것 같았어."

"주디트도 담배를 피워?"

"동독에서는 열세 살만 넘으면 누구나 담배를 피워. 폐활량을 신경써야 하는 운동선수들만이 예외야. 아, 그래. 카멜 한두 갑을 가져가면 주디트가 좋아할 거야."

"나를 소개하는 편지도 있어야지."

"당신이 내일 일어나기 전까지 써놓을게."

"사랑해, 페트라."

"사랑해, 토마스."

우리는 길게 키스했고, 나는 깊이 잠들었다. 여덟 시간 뒤 알람 소리에 잠에서 깼다. 공기 중에 담배 냄새가 떠돌았다.

페트라가 물었다.

"커피 줄까?"

내가 물었다.

"언제 일어났어?"

"안 잤어."

"왜……?"

"그냥 마음이 심란해서."

"내가 동베를린에 가는 게?"

페트라가 고개를 갸웃하다가 끄덕였다. 그리고 다시 갸웃하더니 내 눈을 피했다. 갑자기 페트라의 눈에 눈물이 그렁그렁했다. 나는 얼른 침대에서 나와 페트라를 안으려 했다. 그러나 페트라는 코트를 집어 들며 말했다.

"잠시 내 아파트에 가 있을게."

"페트라, 이러지 마."

"그냥 잠깐 혼자 있고 싶어."

"난 무사히 다녀올 거야."

"당신에게 그런 일을 시키는 게 싫어. 사진은 필요 없어. 사진을 보고 그 모습을 떠올려 봐야……."

"주디트에게 전해줄 편지는 썼어?"

페트라가 식탁을 가리켰다. 식탁에는 편지봉투가 놓여 있었다. 봉해진 편지봉투 겉에는 '주디트 플라이슈만'이라는 수신인 이름이 적혀 있었다. 그 옆에는 깔끔한 페트라의 글씨가 적힌 종이도 있었다.

"주디트의 집주소와 가는 방법을 다 적어놨어. 나는 저녁을 차려놓고 여기서 당신을 기다리고 있을게. 제발, 여섯 시까지는 꼭 돌아와야 해. 당신이 그때까지 돌아오지 않으면 나는……."

"여덟 시까지 반드시 돌아올게."

"당신이 돌아오기 전까지 난 아무것도 못 할 거야."

페트라는 나에게 키스하고 코트를 집어 들고 문으로 갔다.

나는 페트라를 쫓아가 내 품에 안고 다 잘될 거라고 다시 한 번 안심시키고 싶었다. 그러나 또 다른 나는 페트라를 잠시 혼자 내버려두는 게 나을 거라 생각했다. 페트라의 슬픔과 근심은 어느 누구도 덜어줄 수 없는 것이었으니까. 아이가 살아 있는데도 만날 수 없고, 앞으로도 다시 만날 기약이 없다면 얼마나 괴로운 일이겠는가.

날이 가고 달이 갈수록 아이는 새 부모에게 적응하겠지. 아이를 세상에 낳아준 엄마, 아이가 처음으로 숨을 쉰 순간부터 사랑한 엄마, 아이를 세상의 중심으로 여겼던 엄마, 그런 엄마에 대한 기억은 곧 아이의 머릿속에서 희미해지겠지.

내가 페트라와 같은 상황이었다면 아마도 진작 분노와 비탄으로 미쳐버렸을지도 모른다. 아이를 엄마에게서 떼어놓는 건 너무나 잔인하고 끔찍한 형벌일뿐더러 더없이 불공평한 일이었다.

요한의 사진이 페트라의 고통을 조금이라도 덜어줄 수 있을 거라고는 생각하지 않았다. 페트라의 고통과 슬픔은 그 무엇으로도 덜어낼 수 없을 테니까. 그럼에도 나는 동베를린으로 가서 사진을 가져오고 싶었다. 사랑하는 여인을 위해 좋은 일을 하고 싶었다. 물론 좋은 일을 하고 싶다고 생각한 건 미국인다운 발상이었다. 페트라가 겪은 끔찍한 일들을 조금이나마 위로해주고 싶었다. 나는 머릿속으로 벌써 페트라와 요한을 만나게 할 시나리오와 작전을 짜고 있었다.

그러나 옷을 입을 때 또 다른 생각이 떠올랐다. 내가 만약 동독경찰에 붙잡힐 경우 페트라에게 무슨 일이 생길지 확인하지 않았다. 주디트가 아직 동독경찰의 감시 대상일 수도 있었다. 주디트가 서방세계

사람을 만나면 또다시 체포되지 않을까? 동베를린에서 나올 때 찰리 검문소에서 몸수색을 받다 사진을 들키면 뭐라고 말해야 할까? 미국에서부터 가져온 물건이라고 말해도 거짓말인 걸 금세 눈치 챌 게 뻔했다. 미국에서 인화한 사진이 아니라는 게 분명하게 드러날 테니까.

내가 만약 저녁까지 서베를린의 우리 집에 돌아오지 못한다면……. 페트라는 얼마나 놀랄까? 페트라가 미국대사관에 전화한들 그 다음은?

여권을 챙기며 페트라에게 쪽지를 남겨야 할지를 생각했다. 밤이 되어도 내가 돌아오지 않으면 어떤 조치를 취해야하는지 쪽지에 적어두어야 할까? 그때 아래층에서 무슨 소리가 들렸다. 냄비들이 덜거덕거리고 있었고, 알스테어가 소리쳤다.

"이런 젠장."

그 순간 내 머릿속에 알스테어와 의논해야 한다는 생각이 떠올랐다. 알스테어는 극단적이고 거칠지만 그래도 속마음은 착해 내가 진심으로 믿을 수 있는 사람이었다.

나는 주디트에게 건넬 편지와 페트라가 주디트의 주소를 적어준 쪽지, 여행 가방을 집어 들고 아래층으로 내려갔다. 알스테어가 주방에 꿇어앉아 바닥에 흩어진 오믈렛을 쓰레받기에 담고 있었다.

"빌어먹을! 나는 헤로인을 할 때에 오히려 더 잘 살았어."

나는 벽에 기대어 놓은 캔버스들을 고갯짓으로 가리키며 말했다.

"약을 끊어도 작품을 하는데 아무런 영향도 없잖아요?"

그림 석 점이 이미 반쯤 완성되어가고 있었다. 알스테어가 사고를 당하기 전에 그린 푸른색 기하학적 형태의 그림과 비슷했지만 그렇다고 이전 그림을 그대로 답습한 건 아니었다. 오히려 새 그림들은 색상과 시선의 깊이가 훨씬 풍부하고 기묘해 이전 작품들과 확연히 구분

됐다. 우선 푸른색 사각형들의 외곽선이 사라져 훨씬 자신감 넘치는 그림으로 보였다. 추상주의를 바탕으로 한 작품이었지만 형태와 색상을 뛰어나게 다룬 솜씨가 돋보였다. 나는 알스테어의 그림들을 자세히 들여다보고 있었다. 아니, 더 정확히 말하자면 알스테어의 그림들에 완전히 빠져 있었다.

알스테어가 그런 내 모습을 보며 물었다.

"마음에 들어요?"

"정말 좋은데요."

"커피 마시겠소?"

"고마워요."

"아까 페트라가 나가던데 무슨 일 있었소?"

"일단 커피 좀 마시고 이야기해요."

"그야 어려울 거 없지."

알스테어가 커피를 끓이는 사이 나는 그의 골루아즈를 피웠다. 내가 말했다.

"일찍 일어났네요?"

"밤새 작업하느라 못 잤어요. 사실은 요 며칠 안절부절못했지. 생활의 변화 때문인 것 같아요."

"변화? 혹시 안 좋은 일이라도 있었어요?"

"작가답게 뜻을 제대로 살려서 물어봐야지. 만나던 상대와 헤어져서 기분이 안 좋아요? 라고."

"메메트 말인가요?"

알스테어가 고개를 끄덕였다.

"지난번에 조금 다툰 후로 다시 잘 지내지 않았어요?"

"그런데 메메트의 아내가 더욱 감시의 눈을 번득이기 시작했나봐요. 그래서 이제 더 이상 나를 못 만나겠대."

"언제 그런 이야기가 오갔어요?"

"그저께."

"왜 저한테 아무 말도 안 했어요?"

"수세기 동안 엄격하게 살아온 우리 피치몬스로스 집안의 전통을 깨뜨리라는 거요? 어쨌든 이런 날이 올 줄 알았지만 사람이란 모름지기 어떤 일이 벌어지리라는 걸 미리 알아도 모른 체하기 마련이지. 몇 주 전, 크게 싸웠지만 메메트는 며칠 지나지 않아 다시 나를 찾아왔어요. 하지만 그때 나는 느꼈소. 피할 수 없는 일이 머지않아 닥칠 거라고. 지금 내 기분이 어떤지 알아요? 자살하고 싶어요."

"정말 심각하군요."

"상대가 완전히 떠난 다음에야 그 사람에 대한 진짜 감정이 무엇이었는지 알 수 있나봐요. 배우자가 자신과 어울리지 않는다고 생각하며 사십 년을 살아온 사람이 있다고 칩시다. 그런 사람일수록 배우자가 죽은 다음에는 더 큰 상실감에 빠지는 법이지."

"붙잡지도 않고 떠나보낸 다음에야 비로소 사랑을 잃었다는 걸 깨닫는 사람도 있죠."

"나는 메메트를 그냥 떠나보내지 않았어요."

"나도 알아요."

"그래요, 생각보다 훨씬 괴로운 일이지. 하지만……."

알스테어가 고개를 돌리고 일어섰다. 나는 알스테어의 눈에 고인 눈물을 보았다. 알스테어는 눈물을 훔치며 커피포트 앞으로 가더니 마음을 가라앉히려는 듯 깊이 숨을 들이쉬고 나서 나를 돌아보며 말했다.

"이제 그 빌어먹을 이야기는 그만합시다."

나는 고개를 끄덕이며 손목시계를 흘깃 보았다. 어느새 7시 8분이었다.

"급히 갈 데라도 있어요?"

"내가 아주 비밀스러운 일을 한 가지 털어놓아도 괜찮겠어요? 절대 바깥에 알려지면 안 되는 일인데……."

알스테어는 내 말을 두 번 생각하지도 않고 흔쾌히 대답했다.

"물론이오."

알스테어의 맑은 눈빛을 보니 진심이 느껴졌다. 그래서 나는 동베를린에 갈 거라 말하고, 왜 가는지 이유도 설명했다. 페트라가 체포되어 갇혀 있던 일, 남편의 자살, 비밀경찰에 빼앗긴 아들 등. 알스테어는 말없이 내 이야기를 들었다.

이야기가 끝나자 알스테어는 담배에 불을 붙이고 잠시 허공을 멍하니 바라보았다.

"나는 페트라가 슬퍼 보인다고 생각했지만 실연이나 망명 때문이라고 생각했었지. 그렇게 끔찍한 일을 겪다니. 걱정 말아요. 절대로 다른 자리에서 말하지 않을 테니까. 페트라 앞에서도 하지 않겠소. 나를 믿고 이야기를 들려줘서 고마워요."

"나는 미국대사관에 아는 사람이 없어요. 대사관에 연락했다가 〈라디오리버티〉 베를린 지국에 그 이야기가 퍼지면, 페트라의 직장 생활이 위태로워질 수도 있어요. 하지만 내가 오늘 밤 여덟 시까지 집에 돌아오지 않으면……."

"내가 페트라를 진정시키고, 미국대사관 책임자한테 어떻게 된 상황인지 자세히 알리리다. 어쨌든 무사히 돌아와야 하오."

30분 뒤, 나는 '미국 구역을 벗어나고 있습니다'라는 안내판을 지났다. 이른 아침이어서 검문소로 가는 사람은 나뿐이었다. 제복을 입은 동독 경관이 내 여권을 확인해보고 나서 흔한 질문을 던졌다.

"방문 목적이 뭡니까?"

"관광입니다."

"신고할 물건이 있습니까?"

나는 고개를 가로저었다.

"자정 전에 반드시 이 검문소를 통해 다시 나가야 합니다."

"네, 알고 있습니다."

입장료 30마르크도 요구했다. 나는 이미 주머니에 30마르크를 준비해두고 있었다.

동독 경관이 마지막으로 물었다.

"동독에 두고 올 물건이 있습니까?"

사실 내 가방에는 카멜 필터 담배 다섯 갑, 리터 초콜릿 바 여섯 개, 커피 등이 있었지만 없다고 대답했다. 동독 경관은 나를 자세히 살피다가 더 묻지 않기로 마음먹은 듯 동쪽을 턱짓했다.

다음 초소에서 한 번 더 여권을 검사받았다. 나는 텅 빈 프리드리히 스트라세를 지나 스타트미테 전철역으로 향했다. 날씨는 맑고 따뜻했다. 휑한 거리를 바라보며 눈부신 햇살에 눈을 깜박였다. 거리에는 사람도 자동차도 없었다.

전철역 바로 앞까지 가 좁은 계단을 내려갔다. 차표를 사고 알렉산더플라츠로 가는 열차를 기다렸다. 플랫폼에는 나를 빼고 두 사람이 더 있었다. 20대 커플로 남자는 회색, 여자는 갈색의 나일론 재킷을 입고 어색하게 손을 맞잡고 있었다. 둘은 가끔 서로 마주보며 웃었지만 아직은 어색한 사이 같았다. 전철을 기다리는 내내 두 커플은 서로 부끄러워하면서도 애정이 담긴 눈길을 주고받았다. 하지만 말은 한마디도 하지 않았다.

열차가 들어오고, 내가 올라타려 할 때였다. 오른쪽을 보니 조금 전까지만 해도 보이지 않던 남자가 서 있었다. 감색 양복을 입은 남자는 기둥에 몸을 반쯤 가리고 조간신문을 읽고 있었다. 중절모에 커다란 검정 선글라스를 착용한 남자는 내 눈길을 의식한 듯 얼른 기둥 뒤로 몸을 숨겼다. 나는 혹시 그 남자가 검문소에서부터 나를 미행한 게 아닐까 생각했다. 나는 아래쪽으로 걸어가 끝에서 두 번째 칸에 올라탔다.

알렉산더플라츠까지는 10분밖에 걸리지 않았다. 선글라스 남자는 내가 타고 있는 칸에 나타나지 않았다. 역에 도착하고 나서 얼른 계단을 뛰어올라갔다. 황량한 광장에 방송탑이 지나치게 웅장한 모습으로 서 있었다. 손목시계를 확인했다. 서둘러야 했다. 전철을 갈아타기 위해 다른 역으로 내려가자 단지에 가로 가는 전철이 막 들어오고 있었다.

전철에 올라탔다. 다른 승객들이 나를 경계하는 눈빛으로 쳐다보았다. 내가 서베를린에서 온 게 그리도 표시가 날까? 낡은 군복 같은 점퍼를 입었는데도 그렇게 티가 날까? 객차 끝에 선글라스 남자가 서 있었다.

정말 나를 미행하고 있을까? 아니면 우연일까?

나는 페트라가 말한 대로 마리엔부르크 가에서 전철을 내렸다. 그러자 내 의문에 대한 해답도 분명해졌다. 선글라스 남자가 계속 나를 따라왔다. 나는 빨리 달리기 시작했다. 그러나 왼쪽으로 꺾어지는 대신 교회가 보이는 거리로 내려갔다. 거리 이름을 알리는 '하인리히롤러 가' 라는 표지판이 휙 지나갔다. 크로스컨트리로 다진 내 달리기 실력이 발휘되었다. 뒤돌아보니 남자는 나를 계속해서 쫓아오고 있었다. 언뜻 보기에 남자는 벌써 지친 것 같았다. 얼마 지나지 않아 나는 남자를 따돌리고 골목 안으로 몸을 숨겼다.

3분 뒤, 남자가 시뻘건 얼굴로 숨을 헐떡이며 골목 앞길을 지나가는 게 보였다. 남자는 어쩔 줄 몰라 하며 사방을 둘러보았다. 나는 1분 정도 더 기다렸다가 골목 밖을 내다보았다. 남자는 거리 끝까지 달려가더니 오른쪽 왼쪽을 번갈아 살피다가 오른쪽으로 달려갔다. 나는 얼른 길을 건너 전철 철로로 돌아갔다. 다행히 경관은 없었다. 의아한 눈길로 나를 쳐다보는 행인들이 더러 있었지만 전철을 놓치지 않기 위해 뜀박질을 하는 것으로 이해하는 것 같았다.

철로를 가로지르는 거리는 프렌츠라우어알리였다. 교차로에 경관이 있었으므로 나는 달리기를 멈췄다. 전후좌우를 거듭 살폈지만 나를 미행하던 남자는 이제 보이지 않았다.

점퍼를 벗어 가방에 집어넣었다. 고개를 푹 숙인 채 계속 걸어 리케스트라세에 도착했다. 19세기에 지은 아파트 건물들이 늘어선 거리. 칠은 다 벗겨졌지만 예전의 화려한 자취가 아직 그대로 남아 있었다. 거리 끝에 특히 낡고 지저분한 건물이 보였다. 나는 페트라가 남긴 쪽지를 펼쳤다. 주디트의 주소는 리케스트라세 33번지였다.

33번지 입구에 철문이 있었다. 슬쩍 밀자 문이 열렸다. 페트라의 쪽지에는 주디트의 아파트가 일층이며 위층으로 올라가는 계단 입구에서 왼쪽을 바라보면 된다고 적혀 있었다. 계단 돌바닥은 군데군데 깨어지고 지저분했고, 어디선가 기름 냄새와 양배추 냄새가 진동했다.

주디트의 아파트 현관문 너머에서 라디오 소리가 들려왔다. 문을 몇 번이나 노크했지만 대답이 없었다. 더 세게 노크하자 라디오가 꺼지고 현관문이 아주 조금 열렸다. 내 눈높이보다 한참 아래쪽에서 상대의 눈이 보였고, 쉰 목소리가 들려왔다.

"누구세요?"

"주디트 씨입니까?"

상대가 겁먹은 목소리로 되물었다.

"누구시죠?"

"저는 페트라의 친구 토마스입니다."

"그런 사람 몰라요."

"페트라의 편지를 가져왔어요."

"거짓말."

나는 이웃 사람이 엿듣지 않을까 걱정돼 목소리를 한껏 낮췄다.

"저는 크로이츠베르크에서 페트라와 같이 살고 있습니다."

현관눈 너머의 여자가 떨리는 목소리로 되물었다.

"정말 페트라와 살고 있어요?"

나는 주머니에서 편지를 꺼내 문틈으로 들이밀었다.

"페트라가 쓴 편지입니다."

여자의 작은 손이 덜덜 떨리더니 편지를 쥐었다. 잠시 후 문이 열렸다. 몸집이 아주 자그마한 여자가 나를 쳐다보고 있었다. 주디트는 150센티미터도 안 될 것 같은 작은 키에 짧게 자른 은발, 한때는 예뻤을 것 같지만 이제는 심하게 주름 잡힌 얼굴의 소유자였다. 담배를 쥔 그녀의 손가락 끝 손톱에 심하게 물어뜯은 자국이 나 있었다. 잠을 제대로 못 잔 듯 여자의 눈이 퀭했다.

"들어오세요. 누가 보기라도 하면……"

내가 안으로 들어가자 주디트는 서둘러 문을 닫았다. 15평방미터쯤 되는 좁은 공간이었다. 아파트에서 내세울 만한 것이라면 높은 천장뿐이었다. 아파트 안은 초라했다. 누렇게 색이 변한 리놀륨 바닥, 더러운 유리창, 얼룩진 우윳빛 블라인드. 구석에 놓인 침대에는 군데군데 담배 자국이 난 담요가 놓여 있었다.

빈 술병들, 담배꽁초가 수북한 재떨이, 접이식 탁자 옆에 쌓인 책 몇 권, 곳곳에 어질러진 옷가지들이 보였다. 아파트가 좁은 건 문제가 아니었다. 동독에서는 특권층만이 집을 화려하게 꾸밀 수 있을 테니까. 정작 나를 놀라게 한 건 아파트에 깃든 슬픔이었다. 친구인 페트라를 고발하고, 요한을 빼앗기게 한 주디트의 삶이 얼마나 피폐해 있는지 집안의 느낌만으로도 능히 짐작이 가능할 듯했다.

주디트가 라디오를 켰다. 아나운서의 목소리가 크게 울렸다.

"이렇게 해야 도청 당하지 않아요."

담배를 너무 많이 피워 갈라진 목소리.

"비밀경찰이 아직까지도 저를 감시하진 않겠지만요. 남편이 떠나고 나서 저는 어느 누구와도 이야기를 나눈 적이 없어요. 이 아파트를 도청해봐야 라디오 소리밖에는 들을 수 없을 거예요. 아까 이름이 뭐라고 했죠?"

나는 주디트에게 내 이름을 다시 알려 주었다.

주디트가 접이식의자를 가리키며 말했다.

"거기 앉아요. 홍차 드실래요? 커피는 없어요. 여기서는 좋은 커피를 못 구하죠."

"커피는 제가 가져왔습니다."

나는 가방에서 원두커피 두 봉지를 꺼냈다.

주디트의 눈이 휘둥그레졌다.

"저에게 선물하려고 커피를 가져왔어요?"

"다른 선물도 있습니다. 독한 필터 담배를 좋아하신다면서요? 페트라한테 들었어요. 그래서……"

나는 카멜 필터 담배 다섯 갑을 꺼냈다. 주디트는 몹시 괴로운 듯 고개를 절레절레 흔들었다.

"왜 이런 걸……?"

"그냥 선물이에요. 혹시 초콜릿도 좋아하시나요?"

나는 리테 초콜릿도 꺼냈다. 두 개는 박하 초콜릿, 두 개는 마지팬(아몬드, 설탕, 달걀을 섞은 것 : 옮긴이) 초콜릿, 그리고 요거트와 아몬드 초콜릿이 각각 하나씩이었다.

"저는 그런 걸 받을 수 없어요."

"여기에 두고 가겠습니다."

"페트라한테 저에 대한 이야기를 들었어요?"

"네, 전부 다."

"그런데도 이런 선물을 가져왔다고요?"

"페트라는 당신을 용서했어요."

주디트가 눈물을 감추려고 고개를 숙였다.

"어떻게 용서할 수 있죠?"

"페트라가 준 편지에 뭐라고 적혀 있죠?"

주디트는 낡은 안경을 꺼내 썼다. 안경다리에 검정테이프가 칭칭 감겨 있었다. 부러진 부분을 테이프로 붙여놓은 듯했다.

주디트가 편지를 펼쳤다. 내 눈에는 글자가 보이지 않았지만 반 장이 넘지 않는 내용이었다. 주디트는 입술을 달싹거리며 편지를 읽었다. 다 읽고 나서 그녀는 고개를 푹 숙이고 조용히 눈물을 흘렸다.

나는 의자에서 일어섰다. 싱크대 근처에 낡은 커피포트가 놓여있었다. 커피포트에 내가 가져온 커피를 세 스푼 넣었다. 주디트는 가만히 앉아 생각에 잠겨 있었다. 내가 커피포트를 핫플레이트에 올려놓았을 때 주디트는 그제야 정신을 차리고 말했다.

"제가 했어야 하는데……."

"괜찮습니다. 제가 싱크대 가까이에 있었으니까."

"정말 친절하신 분이군요. 이 담배를 좀 피워도 될까요?"

"선물로 드린 거니까 이제 제 것이 아닌걸요."

"그냥……어리둥절할 뿐이네요."

"부담 갖지 말고 편안히 계세요."

"페트라의 편지에는 별 이야기가 없어요. 요한과 찍은 사진을 부탁했어요. 병원에 있었다는 이야기를 들었다고, 회복되기를 바란다고 적혀 있네요. 마지막에 이렇게 썼어요. '우리 사이에 많은 일들이 있었지만 그래도 여전히 우린 친구야.'"

주디트가 눈물을 감추려고 고개를 숙였다.

"문제는 제가 제 자신을 용서할 수 없다는 거예요."

"페트라가 용서했으니 이제……."

"페트라는 아직도 요한을 만나지 못하고 있어요. 아이 엄마로서 절대로 벗어날 수 없는 고통이고……."

"시간이 흐르면 조금 나아질지도 모르죠."

"아직 젊은 남자니까 그렇게 생각할 수도 있죠. 아직 아이가 없죠? 아이 없는 남자들은 엄마가 아이를 빼앗긴다는 게 어떤 고통인지 상상할 수는 있어도 느낄 수는 없을 거예요."

"아이를 잃은 적이 있습니까?"

"저는 아이를 낳으려 한 적도 없어요. 괴로운 일이 생길 게 뻔했으니까. 지금 페트라가 겪는 것과 같은 고통. 게다가 그 고통의 주범이 바로 저란 말이죠."

"페트라가 체포된 건 당신 때문이 아닙니다."

"고맙지만 친절한 말은 이제 그만해요."

"그럼 끔찍한 말을 할까요?"

그러자 주디트가 슬며시 웃었다.

"직업이 뭐죠?"

나는 주디트에게 내 직업을 말했다.

"페트라가 또 작가를 만났군요."

주디트의 말투에는 단순한 아이러니 이상이 담겨 있었다.

"그렇게 볼 수도 있네요."

"아, 토마스 씨를 유르겐과 비교할 생각은 아니었어요. 유르겐은……한때는 천재였지만 정신 나간 짓을 너무 많이 했어요. 그때 비밀경찰이 저에게 접근했어요. 제가 페트라와 가장 친한 친구라는 걸 알고 있더군요. 비밀경찰은 제 약점도 쥐고 있었어요. 페트라한테 그 이야기도 다 들었죠?"

나는 고개를 끄덕였다. 내가 듣기에 주디트는 지금껏 수없이 스스로에게 되풀이한 독백을 늘어놓는 것 같았다.

"주디트 씨가 어떤 약점을 잡혔는지 페트라에게 다 들었어요."

"저의 추잡한 비밀도 알고 있겠군요."

"전혀 추잡하다고 생각하지 않습니다."

"제 남편은 생각이 달랐어요. 그 사실을 알고 나자 곧장 집을 나갔죠. 저와 만나던 여자도 비밀경찰의 조사를 받고 나서 어디론가 떠났어요. 그 여자에게도 남편이 있었어요. 그들이 아직 같이 살고 있는 걸 보면 그녀의 남편은 부인의 비밀을 전혀 모르나봐요. 하지만 저는……."

커피가 다 끓었다. 내가 일어서려 하자 주디트는 이제 자기가 하겠다고 말했다. 주디트는 오래됐지만 고급스러운 꽃무늬 도자기 잔을 내왔다. 디자인이 같은 설탕 그릇과 작은 주전자도 내왔다. 이렇게 엉망인 집에서 좋은 도자기 제품을 보니 기분이 묘했다. 주디트가 내 마음을 알아챘는지 도자기 이야기를 꺼냈다.

"할머니에게 물려받은 도자기죠. 드레스덴 도자기. 프랑스 사람들은 리모주 도자기가 최고라고 우기지만 이 드레스덴 도자기야말로 세계 최고죠. 할머니는 1976년에 돌아가셨어요. 여든 살이었죠."

주디트가 잔에 커피를 따르더니 잔을 코 가까이 대고 숨을 깊이 들이쉬며 커피 향을 음미했다.

"냄새가 아주 좋아요."

주디트가 카멜 두 개비를 조심스레 꺼내 한 개비를 나에게 권했다. 나는 주디트와 내 담배에 불을 붙였다. 주디트가 한 모금 길게 빨더니 나직하게 즐거운 탄성을 내뱉고는 담배연기를 내뿜었다.

"고마워요. 요즘 아무도 저에게 이런 친절을 베푼 사람이 없었는데……. 페트라는 어떻게 살고 있죠?"

"페트라는 잘 지냅니다. 우리는 아주 행복하죠."

"일도 해요?"

"네, 직장이 있어요."

"어떤 일을 하죠?"

"번역."

"아, 그럴 만하네요. 페트라는 언어 실력이 뛰어났죠. 정부기관 같은 곳에서 일하나요?"

나는 주디트에게 그런 질문이 못마땅하다는 뜻을 전달하기 위해 퉁명스런 말투로 되물었다.

"왜 그렇게 깊은 관심을 보이시죠?"

주디트는 내 목소리에서 낯선 느낌을 받고 얼른 둘러댔다.

"그냥 페트라가 어떤 회사를 다니는지 궁금했어요."

"지금 하는 일을 아주 좋아합니다."

"잘됐네요."

잠시 불편한 정적이 이어졌다. 주디트가 그 정적을 깼다.

"제가 페트라에 대한 정보를 캐내려 한다고 생각하시죠?"

"아닙니다."

"저는 이제 그 사람들과 상관없어요. 전혀."

"제가 알 바 아닙니다."

"여기 올 때 미행당했나요?"

"그런 것 같지만 프렌츠라우어알리에서 간신히 따돌렸어요."

"어떻게 따돌렸죠?"

"뛰었죠."

"사람들이 흘깃거리며 보지 않던가요?"

"그다지."

"그럼 비밀경찰이 지금 토마스 씨를 찾고 있겠군요."

"아마 그럴지도 모르죠."

주디트는 갑자기 잔뜩 긴장한 목소리로 말했다.

"토마스 씨는 제가 비밀경찰에 전화할 거라고 생각하죠?"

"솔직히 말하자면 지금 어떻게 생각해야 할지 저 자신도 모르겠습니다."

"맹세하지만 비밀경찰에 토마스 씨를 밀고하는 짓은 절대로 하지 않을 거예요."

"알겠습니다. 믿겠습니다."

그러나 내 말은 거짓말이었다.

"이 건물에서 나가는 옆문을 알려 드리죠. 거기로 나가면 뒷골목으로 빠져나갈 수 있어요. 그 길로 십 분만 걸으면 쇤하우저알리 전철역이에요. 거기서 전철을 타고 알렉산더플라츠까지 가서 다시 전철을 갈아타고 스타트미테로 가면 돼요."

"동베를린에 온 지 몇 시간 지나지 않아 다시 나가면 의심을 사지 않을까요?"

"그럴 염려는 없어요."

"그걸 어떻게 알죠?"

내 목소리는 다시 따지는 투로 바뀌었지만 그 질문 만큼은 하지 않을 수 없었다. 찰리검문소에서 어떤 질문을 받을지 주디트가 어찌 알고 그렇게 말했을까?

"그냥 제 생각이에요."

"그렇군요."

"담배 맛이 정말 좋아요. 커피도. 이렇게 착한 미국인을 만나다니, 페트라에게는 정말 행운이네요."

"제가 미국인이라는 걸 어떻게 아셨죠?"

"그냥 그럴 거라 생각했어요."

"그렇군요."

"미국인이 독일 말을 할 때 느껴지는 억양이 있어요."

나는 영어로 물었다.

"이제 미국인 같아요?"

주디트는 거짓말이 들통 난 사람처럼 긴장한 표정을 지었다가 곧 고개를 돌리며 말했다.

"저는 영어를 몰라요. 동독 밖으로는 나간 적도 없고, 독일어밖에 몰라요. 제가 무례했다면 용서하세요."

"제가 여기서 나가면?"

"아무 일 안 생겨요. 아까도 말했지만 비밀경찰은 이제 저를 쓸모없다고 여겨요."

나는 생각했다.

'비밀경찰은 누구라도 다시 이용하지 않을까?'

공포와 신경과민이 만연한 감시사회에 발을 담그면 이런 문제에 직면하게 된다. 누구를 믿어야 할지, 무엇을 믿어야 할지 전혀 알 수 없게 된다. 의심, 불신, 불확실. 이것이 동독사회를 이루는 삼위일체였다. 주디트는 점점 안절부절못했고, 나는 이제 떠날 때가 되었다고 생각했다.

"페트라가 편지에 쓴 사진들……."

주디트가 입에 담배를 문 채 일어섰다.

"아, 그럼요, 드려야죠. 잠깐 눈을 감고 계세요."

나는 애써 화를 누르며 말했다.

"제가 왜 눈을 감아야 하죠? 제가 사진을 숨겨놓은 위치를 누구한테 밀고할까봐서요?"

주디트의 몸이 다시 긴장으로 굳었다. 그러자 나는 갑자기 미안해졌다. 하지만 이 여자는 가장 친한 친구인 페트라를 비밀경찰에 밀고하지 않았던가? 아무리 그렇더라도 이곳 상황을 넘겨짚고 판단하지 말아야 한다고 내 자신을 타일렀다.

"알겠습니다. 제가 주디트 씨의 비밀공간을 볼 이유는 없죠. 돌아서서 눈을 감고 있겠습니다."

30초쯤 지나자 주디트가 말했다.

"이제 눈을 떠도 돼요."

나는 눈을 뜨고 몸을 돌렸다. 어느새 주디트는 울고 있었다.

"눈을 감아 줘서 고마워요."

"아니 오히려 제가 너무 예민하게 굴어 미안합니다."

"아뇨, 제발 저에게 사과하지 말아요. 사과해야 할 사람은 바로 저니까."

주디트는 앨범을 들고 있었다. 표지가 회색 플라스틱인 바인더 형태의 작은 앨범이었다.

주디트가 앨범을 나에게 건네며 말했다.

"그동안 페트라에게 어떻게든 편지를 전하려 했어요. 비밀경찰이 페트라의 아파트를 봉쇄하기 직전에 간신히 앨범들을 빼냈다는 걸 알려주고 싶었거든요. 페트라의 물건들을 좀 더 빼내고 싶었지만 시간이 없었어요. 제가 페트라의 아파트에 숨어든 지 칠 분도 안 돼 비밀경찰이 들이닥쳤으니까. 어쨌든 이 사진들로 페트라가 조금이나마 위안을 받을 수 있다면……."

주디트는 다시 울음을 터뜨렸다.

나는 앨범을 펼쳤다. 병원 침대에서 요한을 꼭 껴안고 있는 페트라. 요한이 태어난 직후에 찍은 사진이 틀림없었다. 작은 요람에서 잠든

요한. 요한에게 아침을 먹이는 페트라. 소파에서 요한과 놀고 있는 페트라. 얼룩말 봉제인형을 쥐고 있는 요한. 유모차에 요한을 태우고 걸어가는 페트라. 놀이터에서 요한과 놀고 있는 페트라. 침대에 누운 요한과 페트라. 처음으로 두 다리로 일어서서 즐거워하는 요한.

요한은 사진으로 보기에도 귀여웠다. 스무 장 남짓한 사진을 보며 내 머릿속에 처음 든 생각은 요한이 아버지와 함께 있거나 페트라가 남편과 함께 있는 사진이 전혀 없다는 사실이었다.

주디트가 내 생각을 알아챘는지 말했다.

"유르겐 사진은 다 빼냈어요. 페트라가 싫어할 것 같아서."

"그건 페트라의 판단에 맡겨야 하지 않을까요? 저에게 주시면……."

"죄송합니다. 드릴 수가 없어요. 제가 모두 태워 버렸거든요."

"왜요?"

"페트라기 이토록 끔찍한 새앙을 맞게 된 건 모두 유르겐이 미쳤기 때문이에요."

"그래도 사진을 어떻게 처분할지는 당사자의 판단에 맡겨야죠."

"유르겐은 우리 모두를 병들게 했어요. 토마스 씨가 이 땅에서 벌어진 일에 대해 뭘 안다고 그러세요? 토마스 씨는 아무것도 몰라요!"

주디트는 어느새 크게 소리치고 있었다. 주디트 자신도 크게 소리친 것에 놀란 듯했다.

주디트는 몹시 부끄러워하며 고개를 돌렸다.

"미안해요, 제가 정말 왜 이러는지 모르겠어요. 선물도 주시고, 제 친구의 애인이신데 왜 이러는지……. 게다가 페트라가 저를 용서했다는 말도 전하셨는데……."

"이제 괜찮습니다. 사진은 고맙습니다. 페트라에게……."

"페트라한테 전해 주세요. 저 자신을 증오한다고. 몇 달 전에 페트라에게 보낸 편지에서도 그런 뜻을 전달하려 애썼어요. 하지만 직접적으로 쓸 수는 없었어요. 용서받을 자격도 없는 저를 용서해 줘서 고맙다고 부디 페트라에게 전해 주세요."

"알았습니다. 그렇게 전할게요."

주디트는 사람들의 눈에 띄지 않고 쇤하우저 전철역까지 미로 같은 골목을 빠져나가는 방법을 아주 자세히 설명해주었다.

나는 가방에 앨범을 넣고 일어섰다.

"고맙습니다."

주디트가 말했다.

"부디 저를 용서하세요."

"뭘요?"

주디트는 방금 유죄 선고를 받은 범죄자인 양 고개를 푹 숙였다.

"모든 것을 다."

잠시 후, 나는 주디트의 아파트를 나왔다. 주디트가 문을 닫고 나서 나는 가방에 든 앨범을 꺼냈다. 사진을 모두 빼내 내가 가져온 봉투에 집어넣었다. 셔츠 밑자락을 올리고, 바지 뒤에 봉투를 넣은 뒤, 다시 셔츠 밑자락으로 허리춤을 덮었다. 빈 앨범은 쓰레기통에 버렸다. 나는 주디트에게 들은 골목길로 가야 할지, 아니면 큰길로 가야 할지 잠시 망설였다.

주디트가 비밀경찰에 밀고했다면 전철역에서 기다리고 있을 게 분명했다. 하지만 큰길을 지나 다른 전철역을 이용한다 해도 비밀경찰이 찰리검문소에서 기다리고 있게 될 것이다.

나는 허리 뒤쪽에 손을 대고 사진이 든 봉투가 잘 있는지 확인했다. 담배를 말면서 마음을 가라앉히려 애썼다. 비밀경찰이 건물 밖에서 기다리고 있다면 내가 피우는 마지막 담배가 될 것이다. 그러나 거리로 나가보니 아무도 없었다. 나는 이쪽저쪽 자세히 살폈다. 주차된 자동차 몇 대를 빼고 거리에는 지나가는 자동차도 없었다.

나는 리케스트라세를 지나 옆으로 꺾어진 뒤 프렌츠라우어알리와 나란히 이어지는 길로 들어섰다. 계속 불안했다. 선팅한 자동차가 내 옆으로 다가오고 검은 정장을 입은 남자들이 그 차에서 튀어나와 나를 뒷좌석에 밀어 넣지는 않을까 걱정했지만 다행히 그런 일은 벌어지지 않았다.

알렉산더플라츠에서 손목시계를 보았다. 오전 11시. 그냥 얼른 서베를린으로 돌아가고 싶었다. 알렉산더플라츠에서 전철로 스타트미테로 가 백 미터쯤 걸어간 뒤 찰리검문소를 통과하면 서베를린이 아닌가. 히지민 단 세 시간 만에 동베를린을 나서면 검문소에서 질문세례를 받을 게 분명했다. 겨우 세 시간을 다녀오려고 동베를린에 간 이유가 무엇인지 꼬치꼬치 캐물을지도 모른다.

나는 알렉산더플라츠를 지나 남쪽으로 계속 걸어 베를린 돔 근처에 있는 〈알테 미술관〉으로 갔다. 거기서 〈제정러시아 정권에 맞서 싸우는 노동자들〉이나 〈자본주의 압제자들에 대항해 평화의 노래를 부르는 동독의 아이들〉 같은 사회주의 리얼리즘 그림들을 보며 두 시간을 보냈다. 미술관에는 '사회주의 국가들의 복제 작품들'이라는 전시실도 있었다. 그곳에는 밀을 추수하며 기뻐하는 불가리아 농부들, 하바나 동쪽 집단농장에서 사탕수수 수확을 돕는 쿠바 야구선수들 등을 그린 그림들이 전시돼 있었다.

어느 미술품에나 정치선전이 개입돼 있었다. 정치색을 앞세운 미술품들을 두 시간 동안이나 보고 있자니 정신이 멍해지는 느낌이었다. 나는 미술관 화장실로 가 사진들이 든 봉투를 허리춤에 깊이 감추고 거리로 나갔다. 운터덴린덴을 지나 프리드리히스트라세에서 왼쪽으로 꺾여져 20분 뒤에 찰리검문소에 도착했다.

거기에 선글라스를 착용한 남자가 있었다. 젠장, 젠장, 젠장. 저 사람이 바로 나를 미행했던 남자일까.

선글라스 남자는 나를 보고 반가워하는 표정을 지었다. 나를 밤늦게까지 기다리지 않아도 되어 안심하는 듯했다. 하지만 나는 이제 곤경에 처했다. 선글라스 남자가 제복을 입은 간수를 손짓해 부르더니 뭔가 귓속말을 했다.

간수가 권총에 손을 댔다. 나는 두려웠지만 질문에 대답하지 않을 수 없다고 생각했다. 어떻게든 잘 대처해 문제없이 서베를린으로 넘어갈 수 있기를 바랄 뿐이었다.

문이 열렸다. 나는 선글라스 남자와 간수 앞으로 걸어갔다. 간수가 내 오른팔을 잡고 말했다.

"함께 가셔야겠습니다."

나는 초소로 끌려갔다. 선글라스 남자와 더 나이가 많아보이는 군복 차림 남자가 초소로 들어왔다. 군복 차림 남자의 양쪽 가슴에 훈장들이 빼곡하게 장식되어 있었다. 좁은 초소 안에는 긴 탁자만 비치되어 있을 뿐 의자도 없었다.

군복 차림의 장교가 말했다.

"서류."

나는 여권과 신분증을 건넸다.

장교는 내 서류들을 자세히 살피고 나서 선글라스 남자를 보며 말했다.

"달아났다는 자가 이 사람이 맞습니까?"

"맞습니다."

"확실해요?"

"네."

"네스비트 씨, 여기 계신 이 신사분의 말에 따르자면 전철을 내린 뒤에 달리기 시작했다고요?"

"맞습니다."

"왜 달렸습니까?"

나는 깊이 숨을 들이쉬며 공포를 가라앉히려 애썼다.

"원래 아침마다 조깅을 합니다. 동베를린에서 조깅을 하면 재밌겠다고 생각했습니다."

장교는 나를 미치광이 보듯 쳐다보았다.

"어이없는 대답이군요. 전철에서도 행동이 수상했다던데요?"

나는 가시 돋친 목소리로 물었다.

"이 신사 분은 누구죠?"

"질문은 우리가 합니다."

"프렌츠라우어베르크에서 조깅을 했다고 이런 질문을 받아야 하나요? 저로서는 도무지 이해가 안 됩니다."

"조깅할 복장이 아니지 않습니까?"

나는 나이키 운동화를 가리키며 말했다.

"운동화를 신었잖습니까?"

"서베를린에 살고 있습니까?"

"네."

"무슨 일을 합니까?"

나는 작가라고 설명했다.

"무슨 책을 쓰죠?"

나는 출간된 책에 대해서도 설명했다.

"그럼 서베를린에는 자료 조사를 하러 왔나요?"

"아뇨, 소설을 쓰러 왔습니다."

"무슨 소설?"

"실패한 연애 이야기죠."

장교는 또 나를 무시하는 듯한 표정을 지었다.

"오늘 아침에 동베를린에 온 이유는 뭐죠?"

"알테미술관을 보러 왔습니다."

"왜 알테미술관을 보고 싶었죠?"

"관심이 가니까."

"왜 관심이 갔는데요?"

"그런 미술품에 관심을 두고 있으니까요."

"연애소설과는 아무런 상관도 없지 않나요?"

"내 소설이 연애소설이라고 누가 그러던가요?"

"알테미술관에 가려 했다면, 왜 프렌츠라우어베르크에 먼저 갔죠?"

"예전 기록을 봐서 아시겠지만 저는 넉 달 전에 동베를린에 온 적이 있습니다. 그때 프렌츠라우어베르크에 가보았는데, 그 동네가 무척 마음에 들었습니다."

"혹시 거기서 만날 사람이 있어 간 건 아닌가요?"

"아닙니다."

"거짓말."

"거짓말이라뇨? 무슨 근거로 그렇게 말씀하시죠?"

내가 주디트의 아파트에 들어가는 모습을 들키지 않았고, 주디트가 비밀경찰에 밀고하지 않은 이상 나는 잡아떼야 한다고 생각했다.

장교가 말했다.

"거짓말인 거 다 압니다."

나는 아무렇지 않은 척 고개를 갸웃했다. 하지만 속으로는 정말 안절부절못하고 있었다.

"가방을 확인해봐야겠습니다."

나는 가방을 건넸다. 장교가 안에 든 물건을 하나하나 다 꺼냈다. 노트, 《뉴요커》 한 부, 담배와 담배 마는 종이, 펜과 연필, 그레이엄 그린의 《하바나의 사람》, 먹다 남긴 리터 초콜릿. 장교는 내 물건들을 세심하게 살피더니 내 주머니에 든 것도 모두 꺼내라고 말했다.

나는 열쇠와 돈, 지갑을 탁자 위에 올려놓았다. 장교는 내 지갑에 특히 큰 관심을 보이며 갖가지 카드를 하나하나 살폈다.

"이제 점퍼를 벗어서 이리 줘요. 시계도."

점퍼를 벗고 있는데 아침에 나를 미행한 남자가 나를 아래위로 살피고 있었다. 다행히 내 바지 허리춤은 셔츠 밑자락에 잘 덮여 있었다. 하지만 셔츠를 벗게 되면 바지 뒤쪽이 툭 불거져 있어 당장 발각될 것이다.

경비원은 내 점퍼 주머니를 일일이 살피고, 손목시계도 자세히 살펴보았다. 1950년대에 나온 오메가 손목시계로 몇 년 전에 할아버지한테 물려받은 것이었다. 나도 모르게 겨드랑이에 땀이 찼다.

장교가 말했다.

"잠시 기다리세요."

장교는 내 물건을 다 챙겨들고 선글라스 남자와 함께 초소 밖으로 나가 문을 닫았다. 나는 이제 무슨 일이 벌어질지 생각했다.

초소에서 혼자 두 시간을 기다렸다. 아니, 손목시계도 장교에게 빼앗기고 없었으므로 정확한 시간을 알 수 없었다. 읽을거리도 없고, 글을 쓸 종이와 펜도 없었다. 그저 바닥에 쪼그려 앉아 생각에 잠길 수밖에.

페트라가 비밀경찰 감방에 갇혀 있을 때에도 이랬겠지.

나는 겨우 두 시간을 그렇게 있었을 뿐이지만 혼자 갇히는 게 얼마나 끔찍한 고문인지 알 수 있을 것 같았다. 점점 더 화장실에 가고 싶었고, 앞으로 더욱 끔찍한 일이 벌어질지도 모른다는 두려움이 팽배해왔다.

그러다가 갑자기 문이 덜컥 열렸다. 장교가 내 가방을 들고 혼자 걸어들어왔다. 장교는 가방을 탁자에 올려놓으며 말했다.

"일어나요."

내가 일어나자 장교는 가방을 가리키며 말했다.

"물건이 빠짐없이 다 있는지 확인해봐요."

없어진 물건은 없었다.

"점퍼를 입고 소지품들을 챙겨요."

나는 장교의 말을 순순히 따랐다. 장교는 마지막으로 내 여권을 건넸다.

"이제 가도 좋아요."

묻고 싶은 말이 많았다. 왜 갑자기 나를 풀어주는지? 주디트가 신고했는지? 나를 의심했다면 왜 몸수색을 하지 않는지?

나는 가도 좋다는 말을 들었고, 그 말을 들은 이상 더는 머뭇거릴 필요가 없었다. 장교를 따라 초소에서 나갔다. 서쪽에 있는 차단막대가 위로 올라갔다. 장교가 내 어깨를 톡톡 치며 앞쪽을 가리켰다. 내가 검문소를 지나 전철역으로 가기 시작하자 뒤에서 차단막대가 철컥 내려가는 소리가 들렸다. 지하철 계단을 다 내려가고 나서 나는 허리춤에 감춘 사진 봉투를 꺼냈다. 크로이츠베르크로 돌아가는 내내 휘어 있는 사진을 펴기 위해 애썼다.

내가 아파트 건물 입구에서 열쇠를 찾고 있을 때 계단을 서둘러 내려오는 발소리가 들려왔다. 문이 열리고 페트라가 내 품으로 뛰어들었다.

"한 시간 전부터 계속 창가에서 내다보았어. 정말이지 걱정돼 죽는 줄 알았어."

"이렇게 무사히 돌아왔잖아."

"주디트를 믿었어?"

나는 점퍼에서 사진 봉투를 꺼내 페트라에게 건넸다.

"등에 감추었더니 사진이 조금 휘었어."

페트라는 얼른 안으로 들어가 아파트 건물 계단에 앉았다. 사진을 미친 듯이 넘기던 페트라가 갑자기 흐느끼기 시작했다. 페트라가 더 심하게 울기 시작해 나는 옆에 앉아 그녀를 감싸 안았다.

"당신을 보내는 게 아닌데……. 사진들을 보려 하는 게 아닌데……."

페트라는 미처 말을 잇지 못하고 내 가슴에 얼굴을 묻은 채 울었다. 나는 페트라를 부축해 계단을 올라갔다. 페트라는 나에게 필사적으로 매달리며 격정적으로 키스했다. 우리는 침대로 곧장 갔다.

한바탕 사랑을 나누고 나서 나른한 피로감에 젖어 깜박 잠이 들었다. 한 시간쯤 자다 깨어나 보니 페트라는 침대에서 몸을 일으켜 앉은 채 담배를 피우고 있었다. 페트라는 손에 든 사진을 더없이 애처로운 눈길로 바라보고 있었다. 요한이 풍선을 쥐고 있는 사진이었다.

페트라가 몸을 숙이며 나에게 키스했다.

"잘 잤어?"

내가 페트라에게 물었다.

"괜찮아?"

"응, 조금 괜찮아졌지만 그래도 힘들어."

"그렇겠지."

"요한의 사진을 가져다줘서 정말 고마워. 머릿속에만 있던 아이에 대한 기억이 이제 선명해졌어. 그게 나에게 얼마나 큰 의미인지 당신은 모를 거야."

"다행이네."

페트라가 나에게 담배를 건넸다.

"주디트는 어때 보였어?"

"오늘 있었던 일을 다 이야기하자면 아주 길어질 거야."

"그래도 듣고 싶어."

내가 이야기를 하는 동안 페트라는 아무 말도 하지 않았다. 이야기가 끝나갈 때쯤 페트라가 비로소 입을 열었다.

"미안해."

"그 정도 위험은 이미 충분히 예상하고 있었어. 사진을 무사히 가져온 것만으로도 기뻐. 주디트가 나를 내보내자마자 비밀경찰에 신고했을까?"

페트라의 얼굴이 콘크리트처럼 딱딱하게 굳어졌다.

"아마도 신고했을 거야. 주디트는 평생 자기가 한 행동을 부인하며 살아가겠지. 비밀경찰 끄나풀이 되면 누구나 다 그럴 수밖에 없어. 거짓말로 자신을 속이고 '달리 어쩔 수 없었다'고 자기 합리화를 하지. 사실 사람들은 두려움을 이겨내지 못해 밀고하고, 밀고를 일삼았으니 그게 또 두려운 거야. 일단 그 쳇바퀴 속으로 들어가면 죽기 전에는 빠져나오기 힘들어."

제9장

　페트라는 작은 사진첩에 요한의 사진 넉 장을 담아 늘 가지고 다녔다. 지갑에도 요한의 사진 두 장이 더 들어 있었다. 페트라는 가죽 커버에 끼운 큰 메모지에 초벌 번역을 했는데, 그 가죽 커버 안에도 요한의 사진 두 장을 넣고 다녔다.
　동베를린에 다녀온 이튿날 아침, 페트라가 출근하고 나서 나는 알스테어와 커피를 마셨다. 전날 밤, 나는 그의 작업실로 고개를 살짝 내밀고 무사히 도착한 걸 알렸다.
　"어제 거리에서 우연히 페트라와 마주쳤는데 표정이 환해 보이더군. 어두운 그늘이 많이 사라진 것 같았어요."
　알스테어의 말대로 페트라는 한결 밝아졌다. 과거의 어두운 기억을 잊고 밝은 미래에 집중하는 것 같았다.
　그 무렵 〈라디오리버티〉에서 원고료 2천 마르크를 받았다. 페트라에게 전화를 걸어 그 돈으로 닷새 동안 파리에 다녀오자고 말했다.

"오늘 밤에 이야기해."

그날 퇴근한 페트라가 일주일간 휴가를 얻었다고 말했다.

"내일 여행사에 다녀올게. 비행기를 탈까, 기차를 탈까?"

"기차로 가면 동독을 지나가야 하잖아. 기차가 동독에서 멈추지도 않을뿐더러 난 이미 서독 여권을 가지고 있지만 거길 지나가는 게 정말 싫어."

"걱정 마. 비행기로 가면 되니까."

에어프랑스 항공사에 파리 행 비행기 좌석 두 자리를 예약했다. 파리 5구의 게이뤼삭 가에 있는 저렴한 호텔도 예약했다.

테겔공항에서 비행기에 오른 페트라가 안을 둘러보며 말했다.

"사실 난 비행기를 처음 타 봐."

페트라는 비행기를 타는 내내 내 손을 꼭 잡고 있었다. 비행기가 동독 상공을 지나갈 때 페트라는 탈출한 나라의 텅 빈 벌판을 내려다보았다.

"이 구름 위에도 국경이 있다고 생각하다니, 내 상상이 너무 지나치지?"

"사람들은 선을 긋기 좋아하지. 어느 시대를 막론하고 인간은 늘 그랬으니까. 자기 영역을 표시하고 다른 사람들에게 '여기는 내 땅이니 넘어오지 마!'라고 선언하지."

"아니, 거기서 나갈 수 없게 하는 게 더욱 나빠. 그 선 밖으로 나가면 모든 걸 잃어야 하니까."

페트라가 담배에 불을 붙이고 나서 덧붙였다.

"파리에 가는 동안 내가 어떤 이야기를 하든 이해해. 나는 불가능한 줄 알았던 일이 가능해지면 늘 어쩔 줄 모르니까."

파리에서 지내는 동안 페트라가 우울한 말을 꺼낸 적은 단 한 번도 없었다. 파리에서의 엿새 동안 나는 머리가 핑핑 돌 정도로 행복했다. 게이뤼삭 가에 있는 작은 호텔에는 아주 부드러운 매트리스가 놓인 침대가 있었다. 우리가 사랑을 나눌 때마다 침대는 마치 상처 입은 짐승처럼 낑낑거렸다. 꽃무늬 벽지는 벗겨지고, 카펫 곳곳에는 담뱃불에 탄 자국이 보였다. 나무 책상 앞에서 누군가 동맥을 끊어 자살을 기도했는지 책상 한가운데에 붉은색 얼룩이 남아 있었다. 방 한구석에 있는 샤워장은 그저 녹색 커튼으로 가려놓은 게 전부였다.

화장실은 공용으로 복도 끝에 있었다. 공용 화장실은 150년쯤 묵은 담배냄새에 찌들어 있었고, 아래층 주방에서는 연신 싸우는 소리가 들려왔다. 가부키 배우처럼 짙게 화장한 프런트데스크의 여자는 담배를 너무 많이 피워 언제나 허스키한 목소리로 말했다.

파리에서 보낸 지 이틀이 지났을 때 페트라가 나를 보며 말했다.

"파리로 이사하자. 내일 당장."

시네마 악시옹 크리스틴에서 〈빅 슬립〉을 보고 나서 우리는 파리 6구의 까르푸 드 로데옹에 있는 카페에 앉아 있었다. 더없이 완벽한 날씨였다. 우리는 그리 비싸지 않은 적포도주를 마시며 손을 잡고 거리를 지나다니는 사람들을 구경했다. 석양빛을 받은 거리는 온통 브랜디 색으로 변모해 있었다. 이 마법 같은 초저녁, 우리는 함께였고 깊은 사랑에 빠져 있었다.

더 이상 바랄 게 있을까?

페트라가 파리로 이사하자고 말했을 때 나는 다른 생각도 떠올렸다.

"파리로 이사하는 건 전적으로 찬성이야. 하지만 하나 더 있어. 결혼부터 해야지."

페트라는 내 말에 일 분쯤 말없이 생각에 잠겼다가 입을 열었다.

"나도 그러고 싶어. 간절하게……그렇지만……토마스, 정말 확신하고 꺼낸 말이야? 나는 당연히 좋다고 대답하고 싶지만……."

"그러면 어서 좋다고 대답해. 난 확신해."

"하지만 두려워."

"뭐가?"

"당신을 실망시킬까 봐."

"왜 실망시킬까 봐 걱정해? 그럴 필요 없어."

페트라가 갑자기 일어서며 말했다.

"잠깐만."

페트라가 카페 안으로 들어갔다. 페트라가 돌아오기를 기다리며 나는 결혼하자는 말을 너무 성급하게 꺼낸 건 아닌지 생각해보았다. 하지만 나도 결혼을 절실하게 바라고 있었고, 페트라도 분명 바라고 있지 않았을까.

몇 분 뒤에 돌아온 페트라는 환한 표정을 지었다.

"그냥 좀……정신을 차릴 수 없었어. 당신이 나와 결혼할 생각을 하다니……."

"간절히 결혼하고 싶어."

"나도 그래."

"그럼 뭐가 문제야?"

"문제 없어. 그렇지만……."

"우린 잘해 나갈 수 있어. 당신이 파리에서 살고 싶으면 파리에서 살면 돼. 당신이 뉴욕에서 살고 싶으면 뉴욕에서 살면 돼. 나와 결혼하면 미국 영주권이 나올 거야. 당신이 아이를 원한다면 낳으면 돼."

"당신 말대로 된다면 얼마나 좋을까?"

"얼마든지 그렇게 될 수 있어."

"나도 알아, 나도 잘 알아."

페트라는 한참 동안 아무 말도 하지 않다가 마침내 나직이 말했다.

"좋아, 그럼."

"좋아, 그럼."

우리는 더없이 깊은 눈길로 서로를 바라보았다.

"이럴 때에는 샴페인이 필요하잖아."

웨이터가 샴페인을 가져오자 나는 들뜬 목소리로 말했다.

"우린 방금 결혼약속을 했어요!"

웨이터는 살짝 고개를 끄덕이며 축하한다고 말했다.

페트라와 나는 건배하고 샴페인을 마셨다. 샴페인을 두세 잔쯤 마셨을 때, 나는 페트라에게 조만간 미국에 다녀오자고 말했다.

"아버님께서 나를 좋아하실까?"

"틀림없이 좋아하실 거야. 내가 결혼약속을 했다고 말하면 아마도 '아직 어린데 벌써 자유를 포기해?' 같은 악담 정도는 하시겠지만."

"그게 옳은 말씀 아닐까?"

"우리 아버지가 가끔씩 말을 심술궂게 한다는 걸 알려주려고 예를 든 것뿐이야. 당신을 보게 되면 아버지는 나를 몹시 부러워할 거야."

"파리나 뉴욕에서 살고 싶다는 말은 진심이야. 토마스, 나를 베를린에서 빠져나가게 해줘."

"기꺼이 그럴게."

우리는 뤼 데 제콜에 있는 작은 식당에서 저녁 식사를 하며 앞으로 함께 할 결혼생활에 대해 이야기했다. 우리가 뉴욕에 함께 가면 맨해튼의 아파트에서 한두 달 정도 지내면서 더 큰 집을 알아보기로 했다.

"컬럼비아대학교 근처에 가면 한 달에 칠백 달러 정도에 방 두 개짜리 아파트를 구할 수 있을 거야."

"월세를 감당할 수 있을까?"

"잡지에 글을 쓰면 돼."

"내가 일거리를 못 찾으면?"

"그럴 리 없어. 학교에서 독일어를 가르쳐도 되고, 번역을 해도 되겠지. 고등학교, 아니 대학교에서도 독일어를 가르칠 수 있을 거야."

"학사 학위가 전부인걸."

"그 대신 전문번역가로 오래 일했잖아."

"번역과 강의는 또 달라."

"뭐가 달라?"

"당신은 정말 대책 없는 낙관주의자라니까."

"다 우리를 위해서야."

"뉴욕에서 당신에게 짐이 되긴 싫어."

"가령 오 년 후에 당신이 대학에서 독일어 교수로 일하게 되었을 때 내가 책을 한 권도 못 내고 놀고 있으면 어쩔 건데?"

"그럴 리가……."

"작가들에게는 늘 벌어지는 일이야. 두세 권 책을 냈는데, 팔리지도 않고 평론가들도 거들떠보지 않으면 갑자기 아무도 찾지 않는 신세가 되지."

"당신이라면 그럴 리 없어."

"어떻게 확신해?"

"당신이 쓴 책을 모두 읽고, 당신이 쓴 원고를 다 번역했으니까."

"당신이야말로 정말 대책 없이 낙관적이네."

"어머."

"내 말뜻을 알았지?"

"갑자기 동독 시절이 생각나. 우리는 사회주의혁명의 미래가 낙관적일 거라 교육받으며 살았지만 개개인의 상황을 보면……."

"앞으로는 점점 편하게 생각하게 될 거야."

"베를린에서 벗어나기 전에는 힘들 거야. 내가 베를린에 남고자 한 건 오로지 요한 때문이었어. 이제야 깨달았어. 요한은 내게로 돌아올 수 없어."

나는 페트라의 가슴이 아프리라는 걸 알면서도 그 말에 동의할 수밖에 없었다.

"그래, 정말 안타까운 일이지만 요한을 다시는 만나지 못할 수도 있어. 그걸 인정하는 게 용감한 생각일 거야."

우리는 잠시 말없이 앉아 있었다.

페트라가 말했다.

"전에는 파리가 달의 뒤편처럼 멀게만 느껴졌어. 그런데 이제……."

사흘 후 베를린 행 비행기를 타려고 오를리공항으로 가는 버스에서 페트라는 위로가 절실한 사람처럼 내 손을 꽉 쥐었다.

"무슨 일 있어?"

"돌아가기 싫어."

"보름 뒤면 떠날 거잖아."

"그래, 알아. 그래도 그냥……."

"집에 도착하자마자 미국대사관에 연락해 당신이 미국 영주권을 얻으려면 어떻게 해야 하는지 알아볼게."

"그 일이 얼마나 걸릴까?"

"나도 모르겠어. 이런 일은 처음이라서."

"최대한 빨리 영주권을 얻을 수 있어야 할 텐데."

"혹시, 그 사이 당신 마음이 변할까봐 걱정돼?"

"아니, 그럴 일은 절대로 없을 거야."

"그래, 그럼 걱정할게 전혀 없잖아."

"제발 그래야 할 텐데."

집에 돌아와 보니 알스테어가 작업실에 혼자 앉아 몇 주 동안 몰두해 온 그림 석 점을 뚫어져라 바라보고 있었다. 색의 깊이, 극단까지 끌어간 기하학적 형태, 화폭 깊은 곳에서 느껴지는 어둠. 그 그림들을 보고 있노라면 그 푸른색의 세계에 빠져들지 않을 수 없었다.

"비로소 다 그렸군요?"

"최선을 다 했어요."

"대단하십니다."

"하지만 전에 썼던 푸른색을 답습한 것 같아 괴로워요."

"아니, 아주 멋진걸요."

"빌어먹을 런던 평론가들은 '이브 클랑을 가볍게 그렸다'고 헐뜯을지도 모르지. 이브 클랑의 파란색보다 경박한 게 어디 있다고? 아, 페트라, 미안해요. 내가 원래 좀 입이 걸어서."

"아니, 정말 멋져요. 빠른 시간에 그린 그림이라는 걸 감안하자면 더욱……"

그때 내가 불쑥 말했다.

"우린 파리에서 결혼하기로 약속했어요."

알스테어는 내 말에 정말 깜짝 놀란 듯한 표정을 지었다.

"다시 말해 봐요."

"우리, 결혼할 거예요."

"당신은 두 번이나 말했는데 페트라는 아직 아무 말도 안 하는 게 이상하잖아요."

그제야 페트라가 빙긋 웃으며 말했다.

"토마스는 본인 이야기를 쉽게 하지만 저는 수줍음이 많아서요."

알스테어가 말했다.

"본인 이야기를 쉽게 한다……토마스가 '미국인'이라는 뜻인가요?"

페트라가 말했다.

"그래도 저는 이 미국인을 사랑해요."

"그러니까 본인 이야기를 쉽게 하는 이 친구의 말이 사실이라는 거죠?"

"네, 사실이에요."

"그럼……어디 보자, 내가 중요한 때를 위해 아껴 놓은 샴페인이 있었는데……냉장고에 숨겨 두었던가?"

내가 말했다.

"샴페인까지 꺼내게요?"

"당연하지. 내가 사실은 아주 낭만적인 사람이거든. 솔직히 말하자면 정말 두 사람이 부러워요. 부디 두 사람이 꼭 결혼해 행복하게 살길 바라요."

우리는 샴페인을 마시고 나서 동네에 있는 이탈리아 식당에서 저녁을 먹었다. 페트라가 화장실에 간 사이 알스테어가 나에게 말했다.

"당신이 정말 바라던 대로 되어서 기뻐요. 나는 오랫동안 예전의 당신처럼 살았어요. 누가 다가오면 도망가기 바빴지. 그러다가 정말 나에게 딱 맞는 짝을 만났어요. 우리는 완벽하게 통했어요. 그놈이 빌어먹을 식성 때문에 나를 두고 죽지만 않았더라면……무엇보다 중요한 건 당신이 비로소 진정한 짝을 만났다는 거요."

이튿날 나는 미국대사관에 전화했다. 아주 말을 사근사근하게 하는 직원이 나에게 친절하게 설명했다. 독일 여자와 결혼해 미국에서 살고자 한다면 대사관에 두 사람이 함께 나와 이민 문제를 담당하는 직원과 상담하는 게 가장 좋을 것이라고. 특별한 문제가 없는 한 법적으로 부부 사이가 되면 한 달 안에 배우자에게 영주권이 나온다고.

대사관 직원이 덧붙여 말했다.

"그러니까 일을 빨리 진행하려면 최대한 결혼을 서두르는 게 좋아요."

그날 밤, 나는 페트라에게 대사관 직원의 말을 전했다.

페트라가 활짝 웃으며 말했다.

"알스테어에게 증인이 되어 달라고 부탁할까?"

"나는 알스테어에게 신랑 들러리를 부탁할까 했는데."

"알스테어에게 신부 들러리까지 부탁하지 뭐. 나는 서베를린에 친구가 전혀 없으니까."

"그럼 다음 주에 결혼식을 올리자."

"내일 당장 필요한 것들을 알아볼게."

"대사관에 한시 삼십분으로 상담 약속을 잡아두었어. 그때까지 대사관으로 올 수 있어?"

"대사관에서 문제없이 영주권을 받을 수 있다면 〈라디오리버티〉에 그만두겠다고 말할게. 그래도 되지?"

"나는 맨해튼 아파트 세입자에게 전화해 다음 달에 미국으로 돌아간다고 말해놓을게. 갑작스럽게 쫓아낸다고 투덜거리겠지만 어쩔 수 없는 일이잖아. 별일 없으면 우린 팔월을 뉴욕에서 보낼 수 있을 거야."

이튿날 나는 크로이츠베르크 우체국에 가서 국제전화를 걸었다. 뉴욕은 아침 8시였다. 내 맨해튼 아파트의 세입자는 리처드 라운더로 《뉴요커》에 글을 발표한 적이 있는 무명작가였다. 그는 작가로는 드물게 아침에 일찍 일어나는 사람이었고, 그날 아침 8시에도 깨어 있었다. 그는 한 달 안에 집을 비워달라는 내 말을 아무런 불평 없이 받아들였다. 그렇잖아도 유망한 작가에게 제공되는 집필공간을 얻게 되어 구월 초에는 떠날 예정이었다고 했다.

미국대사관 직원의 이름은 마들린 애보트로 30대 후반의 여자였다. 공무원다운 회색 정장 차림이었고, 공무원답게 적당히 친절했다. 페트라는 흰 블라우스와 검정 치마 차림으로 대사관에 왔다. 대사관 입구에서 만났을 때 페트라는 왠지 안절부절못했다.

나는 페트라에게 키스하고 나서 말했다.

"생각이 바뀐 건 아니지?"

"관공서에 오면 왠지 늘 불안해."

"여긴 안심해도 좋아. 복잡한 일은 없을 거야."

"정말 그랬으면 좋겠어."

아주 공식적인 상담이었다. 결혼할 예정이라는 내 말에 대사관 직원은 축하한다고 말하고는 몇 가지 서류양식을 내놓았다. 직원이 페트라에게 이런저런 질문을 했다. 페트라가 작년에 동독에서 추방되었다는 말을 하자 직원은 잠시 펜을 멈추고 빤히 쳐다보았다.

"정치적인 이유로 추방됐나요?"

"그렇습니다."

"그 내용을 상세히 기록해야 합니다. 망명자라는 신분이 딱히 미국

입국에 영향을 주진 않을 겁니다. 하지만 왜, 어떤 이유로 망명했는지 정확하게 기록해야 합니다. 아시겠죠?"

페트라가 그 말에 고개를 끄덕였지만 한층 더 긴장하는 모습이었다. 직원은 페트라의 여권을 살펴보며 직업과 부모의 고향을 묻고, 전과가 없는지 물었다.

"형을 선고받지는 않았지만 전 남편의 정치활동 때문에 동독 감옥에 몇 주 동안 감금된 적이 있어요."

"공산당에 반대하는 활동이었나요?"

"그렇습니다."

"전 남편 때문에 체포됐다고요?"

"그쪽에선 공모 죄라고 하더군요."

"전 남편은 지금 감옥에 있습니까?"

"작년에 감옥에서 사망했어요."

"유감입니다. 아까도 말했지만 그런 일도 상세하게 적으세요. 한 가지만 더 묻겠습니다. 두 분이 만난 지 얼마나 됐죠?"

나는 직원을 빤히 쳐다보며 대답했다.

"반 년 됐습니다."

"두 분이 베를린에서 만났으니 별 문제가 안 되겠네요. 만약 미국에서 만났다면 영주권을 얻기 위한 위장결혼이 아닌지 의심을 받을 수도 있겠죠. 미국에 가기 전에 결혼식을 올릴 겁니까?"

"네, 그럴 계획입니다."

"그 경우 영주권 신청이 백 퍼센트 통과될 거라 장담할 수 없습니다. 물론 두 분의 배경에 특별히 의심스러운 점만 없다면 간단히 해결될 수도 있겠죠. 서류를 빨리 작성해 오실수록 심사도 빨리 이루어지게 됩니다."

페트라는 밖으로 나오자마자 담배에 불을 붙여 물었다. 몹시 긴장한 얼굴이었다.

나는 페트라를 껴안으며 말했다.

"너무 걱정할 필요 없어."

"뭔가 꼬투리를 잡아 영주권을 내주지 않을지도 몰라."

"그런 이야기는 없었잖아."

"관공서 사람들은 늘 그래. 마치 다른 사람의 인생을 망칠 방법을 찾는 사람들 같아."

"동독에서는 어땠을지 모르지만 미국은······."

"그들은 나를 공산주의자로 생각할 거야."

"아니, 밀고를 당해 추방된 걸 알면 오히려 반길 거야. 당신이 동독에서 무슨 일을 당했는지, 아이를 어떻게 빼앗겼는지 모두 밝히면 돼. 미국인들은 냉전시대의 전사들이야. 동독에서 큰 고통을 겪은 당신이 미국인과 결혼한다는 사실만으로도······."

"미안, 미안해. 마침내 나에게도 미래를 꿈꿀 수 있다는 희망이 보였어. 나에게 더없이 행복한 순간인데 혹시라도 불행이 다시 찾아오지 않을까 두려워."

"어떤 절차상의 문제로 당신이 미국 영주권을 받을 수 없다 해도 우리가 부부라는 사실만큼은 달라지지 않아. 당신은 서독 국적을 가지고 있으니까 프랑스 거주권이라면 금방 얻어낼 수 있을 거야. 일단 파리에 살면서 미국 영주권을 받을 수 있는 방법을 알아보면 돼."

"당신 말이 맞아. 그래, 내가 과민 반응한 것인지도 몰라."

"관공서라는 곳이 원래 그렇잖아. 당신이 긴장하는 건 충분히 이해해."

페트라는 그제야 나를 껴안으며 말했다.

"고마워, 고마워."

페트라는 미국대사관 방문을 마치고나서 다시 〈라디오리버티〉로 돌아갔다. 카페 이스탄불에 들러보니 메시지가 와 있었다. 빨리 연락 바란다는 포웰의 메시지.

포웰은 신호가 울리자마자 전화를 받았다.

"빨리 연락하라니 나쁜 일입니까, 좋은 일입니까?"

"토마스 씨는 늘 골칫거리군요. 토마스 씨에게 분명 도움이 될만한 일입니다. 전화로 이야기하긴 곤란해요. 방송국 옆 모퉁이에 있는 카페 알죠? 사십오 분 뒤에 그 카페에서 만나요. 나올 수 있죠?"

"저에게 얼마나 큰 도움이 되는 일인지 미리 알면 안 될까요?"

"많은 도움이 될 겁니다. 사십오 분 뒤에 카페에서 만납시다."

그렇게 말한 포웰은 전화를 끊었다.

무슨 일인지 궁금했다. 포웰이 그동안 마치 아부 일도 없었던 것처럼 나에게 다정하게 대하는 태도가 놀라울 따름이었다.

카페에서 만난 우리는 인사를 주고받고 맥주 두 잔을 시켰다.

포웰은 곧장 일 이야기를 시작했다.

"내가 지금부터 하는 이야기는 극비사항이에요. 지난주에 동독 최고의 무용수 두 명이 탈출했어요. 한스 브라운과 하이디 브라운 남매죠. 동독무용단이 장비를 내보낼 때 가방에 몸을 숨기고 탈출했다는 군요. 한스 브라운은 무용단 대표와 사랑하는 사이였대요. 동성애자라는 이유로 여러 차례 당으로부터 주의를 받았대요. 동독 당국은 유명한 무용수 남매가 탈출한 것에 몹시 당혹해하고 있답니다. 한스 브라운의 증언으로 동성애자 박해 사실이 알려질 수도 있으니 더욱 신경이 쓰이겠죠. 브라운 남매는 현재 서베를린에 머물고 있어요. 정보국 사람들에게 조사를 받고 있죠. 토마스 씨가 브라운 남매 인터뷰를 맡아줘야겠어요. 웰만 지국장의 생각도 같아요. 토마스 씨는 미국인이고, 독일어에도 유창해 적임자라는 것이죠. 게다가 뉴욕 출신이니까 무용에 대해 아는 것도 많을 테고."

"어릴 때부터 뉴욕발레단 공연을 보며 자라긴 했어요."

"거봐요, 내 그럴 줄 알았다니까. 어쨌든 내일 다섯 시에 여기서 만나요. 브라운 남매가 머물고 있는 장소로 데려갈 차편을 준비해 둘게요. 토마스 씨가 인터뷰 원고를 쓰면 일요일까지 번역작업을 끝내고, 다시 원고를 손봐야 하겠죠. 인터뷰 앞에 들어갈 서문도 써야 해요. 월요일 아침에 녹음해야 하니까 주말 내내 할 일이 많겠군요. 원고료는 천오백 마르크를 받게 될 거예요. 그 정도면 조건은 괜찮죠?"

"네, 괜찮네요."

"서독 정부는 일주일 뒤에 브라운 남매의 망명을 공식적으로 발표할 계획이랍니다. 동독의 정치선전 담당자들을 주말에도 쉬지 못하게 괴롭힐 생각이겠죠. 제가 말한 사실을 다른 사람에게 절대로 말해선 안 됩니다."

그날 페트라는 8시가 넘어서 집에 돌아왔다.

"오늘 웰만 지국장이 불러서 갔더니 주말에 함부르크에 같이 갈 수 있는지 물었어. 거기서 〈라디오리버티〉 회의를 하게 됐나봐. 그런 행사가 있을 때마다 주로 통역을 맡았던 지텔 씨가 독감이 심해 일을 할 수 없게 됐대. 지국장이 연설할 때 내가 동시통역을 해주었으면 하는 거야. 어쩌지? 나는 가기 싫은데."

"그럼 가지 마. 어차피 조만간 그만둘 거잖아."

"그동안 지국장의 도움을 많이 받았거든. 나에게 정말 잘해 주었지."

"그럼 별 수 없이 가봐야겠네. 사실은 나도 이번 주말에 아주 바쁘게 됐어. 혹시 한스 브라운과 하이디 브라운 남매에 대해 들어 봤어?"

"동독 무용수들?"

"당신도 그 사람들을 알아?"

"브라운 남매라면 동독에서 모르는 사람이 없지. 베를린발레단의 스타 남매니까. 그들이 언제 동독을 탈출했대?"

"며칠 전에."

"난 왜 탈출 소식을 전혀 몰랐을까?"

"서독정부에서는 다음 주말 전까지 무용수 남매의 망명 사실을 비밀에 부칠 건가 봐. 내가 그들을 인터뷰할 사람으로 뽑혔어."

나는 다음날 저녁에 무용수 남매를 인터뷰하고, 주말 내내 원고를 써야 한다는 걸 페트라에게 이야기했다.

"그 일의 남낭사가 포웰이야?"

"지국장이 포웰에게 일을 맡겼겠지."

"일요일까지 번역도 마쳐야 하고?"

"응."

"재밌겠네. 괜찮으면 내가 질문 몇 가지를 하고 싶은데……."

페트라는 나에게 예술 신동 아이들을 가두는 특수캠프에 대해 물어보라고 했다. 동독에서는 재능이 뛰어난 아이들을 어려서부터 캠프에 가두고 '국가의 완벽한 예술가'로 키워낸다고 했다. 그 다음으로 동베를린에 있는 동성애자 술집에 대해서도 물어보라고 했다. 한스 브라운도 단골일 가능성이 높은 그 술집은 동독 경찰의 잦은 습격 대상이라고 했다.

"주말에 돌아와 당신 원고를 읽어볼 수 있었으면 좋겠어."

"일요일 밤이면 서문과 인터뷰 원고가 완성돼 있을 거야."

"나에게 원고를 보여준 걸 알면 포웰이 당신을 죽이려 들지도 몰라."

"포웰이 그걸 어떻게 알겠어."

"하긴 그래."

"주말에 떨어져 지내야 하다니, 정말 보고 싶을 거야."

페트라가 출장을 떠나는 날 아침 8시에 알람이 울렸다. 내가 알람시계의 버튼을 누르기도 전에 페트라가 나를 껴안았다. 마치 우리는 앞으로 몇 달 동안 헤어져 지내야 하는 연인들처럼 간절하게 사랑을 나누었다.

"함부르크에 가서 지국장을 기쁘게 해주고 얼른 돌아와."

"알았어. 당신이 보고 싶을 거야."

"우리가 결혼할 장소는 알아봤어?"

"크로이츠베르크 주민회관이 결혼식을 하기에 가장 마땅한 장소 같아. 사흘 전에 예약하면 된다고 했어."

"그럼 금요일로 예약하는 게 좋겠어."

페트라의 눈에 눈물이 그렁그렁했다.

"당신은 정말 멋있는 사람이야."

"내 생각에 찬성하지?"

고개를 끄덕인 페트라가 눈물을 닦으며 말했다.

"토마스, 사랑해. 영원히."

나는 페트라에게 긴 키스로 작별인사를 하고, 카페 이스탄불로 아침을 먹으러 갔다. 페트라가 없자 나는 불안하고 외로웠다. 늦어도 48시간이면 돌아온다고 마음을 달랬지만 까닭 모를 불안감이 나를 자꾸만 괴롭혔다. 사랑할 때 갖게 되는 두려움, 사랑이 갑자기 사라질지도 모른다는 두려움.

나는 아파트 현관 앞에서 키스를 나누다가 페트라가 한 말을 머릿속에 되새겼다.

'정말 간절하게 당신의 아내가 되고 싶어. 무슨 일이 있어도 다음 주에는 결혼식을 올리자.'

오전 시간에 조깅을 하고 나서 몇 시간 동안 글을 쓰다 다섯 시에 〈라디오리버티〉로 갔다. 포웰은 한 번도 본 적 없는 남자와 함께 나타났다. 남자의 키는 170센티미터쯤으로 땅딸막했다. 젊었을 때에는 다부진 몸매였을 것 같은데 나이가 들어 근육이 살집으로 변한 것 같았다.

남자는 짧게 자른 머리에 감색 핀스트라이프 슈트, 파란색 버튼다운 셔츠, 스트라이프 넥타이 차림이었다. 재킷 왼쪽 옷깃에 달린 작은 미국 국기 모양의 배지가 눈에 들어왔다. 그는 마치 나를 깔보는 듯한 웃음을 싯고 있었다.

이 남자는 도대체 누구일까?

포웰이 말했다.

"이 분은 월터 부블리스키 씨입니다. 토마스 씨의 열성 팬이랍니다."

내가 물었다.

"폴란드인이세요?"

월터 부블리스키는 정확히 어디 출신인지 알 수 없는 억양으로 말했다.

"성만 그렇습니다."

포웰이 말했다.

"월터 부블리스키 씨는 베를린 주재 미국정보국에서 두 번째로 높은 분이세요."

부블리스키가 나에게 물었다.

"미국정보국에 대해 들어본 적 있습니까?"

물론 나는 〈라디오리버티〉 지국장을 처음 면접할 때 들은 이야기를 기억하고 있었다. 미국정보국에서 일한다는 사람은 죄다 정보원으로 간주하면 된다는 것, 미국정보국이란 사실상 CIA라는 것.

나는 애써 아무렇지 않은 척하며 말했다.

"미국정보국이라면 어느 정도 알고 있습니다."

"그렇다면 우리가 〈라디오리버티〉에 대해 아주 깊은 관심을 갖고 있다는 것도 잘 아시겠군요. 토마스 씨가 쓴 글이 아주 인상 깊었다는 말도 꼭 덧붙이고 싶네요."

"고맙습니다."

"토마스 씨가 브라운 남매의 인터뷰를 맡게 되어 기쁩니다. 하지만 인터뷰 일정이 뒤로 늦춰져 한 시간쯤 시간이 남는군요. 토마스 씨 팬으로서 이야기도 나눌 겸 제가 맥주를 사고 싶은데 괜찮겠습니까?"

나는 포웰에게 물었다.

"같이 가실 거죠?"

"저는 주말이 끝나기 전에 마쳐야 할 일이 있어요."

문득 이런 생각이 뇌리를 스쳤다.

'포웰은 인터뷰 시간이 여섯 시라는 걸 알면서도 나를 다섯 시까지 오라고 한 게 아닐까? 부블리스키가 나를 만나고 싶어 하니까 한 시간 일찍 부른 게 틀림없어.'

지금은 맥주를 마시며 이야기를 나눌 기분이 아니라고, 여섯 시에 다시 오겠다고 말하고 싶었지만 작가로 살아가기 위해서는 이런 자리도 그리 나쁘지 않은 경험이 될 것 같다는 생각이 들었다.

'미국정보원이 어떤 부류의 사람들인지 알아보는 것도 나쁠 거야 없지. 과연 냉전시대다운 경험이기도 하고.'

내가 말했다.

"팬과 함께 맥주를 마시는 건 즐거운 일이죠. 게다가 술값까지 지불하신다니 더욱 즐거울 수밖에요."

"토마스 씨는 뉴욕 출신이시죠?"

"네, 부블리스키 씨는 어디 출신인데요?"

"인디애나 주 먼시 출신입니다. 동부 사람들이 흔히 '미국에서도 비행기를 타고 지나갈 때나 보이는 지역'이라 부르죠."

대화가 재미있게 이어질 것 같았다.

우리는 〈라디오리버티〉 맞은편에 있는 술집으로 갔다. 전형적인 베를린 식 맥주 집으로 특별한 실내장식은 없었다.

부블리스키는 간막이가 있는 구석 자리로 앞장서 걸어갔다.

'정보원들은 저런 구석자리를 선호하는군.'

웨이트리스가 다가왔다. 우리는 둘 다 헤페바이젠을 주문했다. 맥주가 나오기를 기다리는 사이 나는 담배 마는 종이를 꺼냈다.

부블리스키가 말했다.

"그럴싸하군요."

"뭐가요?"

"담배를 직접 말아 피우는 거요."

"그게 왜 그럴싸하죠?"

"제가 생각한 토마스 씨 이미지에 딱 들어맞는다는 뜻입니다."

"저를 그만큼이나 많이 생각하셨어요?"

"토마스 씨의 팬이니까."

맥주가 나왔다. 웨이트리스가 돌아서자마자 부블리스키가 잔을 들고 길게 들이켰다. 건배 제의도 없었다. 나는 담배를 말아 불을 붙이며 생각했다.

이제 무슨 일이 벌어질까?

"제가 쓴 책을 읽으셨다고요?"

"어디 그뿐이겠습니까? 마음에 드는 작가를 발견했으니 신상에 대해서도 열심히 알아보았죠. 열성적인 독자라면 누구나 다 그렇게 하지 않나요?"

나는 그 말의 속뜻을 생각하며 맥주를 한 모금 마시고 나서 물었다.

"그래, 저에 대해 뭘 알아내셨죠?"

"많은 걸 알게 되었습니다. 맨해튼에서 보낸 어린 시절이 불행했다는 것. 아들을 미워한 어머니, 아들을 지나치게 감성적으로 여긴 아버지. 고교시절에는 파리에서 활동하는 예술가나 지식인이 되고 싶어 했고, 동부의 엘리트 대학교에 들어가고 나서는 트렌치코트를 입고 다니며 프랑스제 담배를 피우고, 프루스트와 트뤼포, 로브그리예를 이야기하며 돌아다녔죠."

"프랑스 문화와 작가들에 대해 아주 많이 아시는군요."

"먼시에서 자라 오하이오대학교에 다닌 사람치고는 많이 안다는 뜻인가요?"

"그런 뜻으로 말한 적 없습니다."

"말한 적은 없지만 나를 그렇게 생각하는 게 맞죠? 워싱턴에서 근무할 때 토마스 씨 같은 사람을 많이 접해 봤어요. 워싱턴에 있는 사람들은 대부분 좋은 집안에서 자라 아이비리그 대학을 졸업했죠."

"아시다시피 저는 좋은 집안 출신도 아니고, 프린스턴대학교에는 가본 적도 없습니다."

"프린스턴대학교를 지원하긴 했잖아요."

온몸에 소름이 쫙 끼쳤다. 이 남자가 나에 대해 이토록 많이 알고 있다니?

"그 이야기를 저에게 들려주는 이유가 뭐죠? 저에 대해 자세히 알고 있다는 사실을 알리는 것 말고 또 다른 이유가 있지 않을까요?"

"제가 좋아하는 작가의 삶에 대해 조금 관심을 가졌던 것뿐입니다. 그 작가는 이집트를 다룬 책에서 '보이스 오브 아메리카(미국 정부에서 해외로 송출하는 방송 : 옮긴이)'를 '어중간한 프로파간다'라고 일컬었죠. 대단한 문장 아닌가요? 미국 국영방송을 그렇게 깎아내리다니? 그런 작가가 미국 국영방송에서 일하며 원고료를 받아 챙긴다는 게 더 대단한 아이러니죠. 크로이츠베르크에서 마약 중독자 호모와 함께 사는 아파트 집세를 그 원고료로 내고……."

나는 담배를 눌러 끄며 말했다.

"그럼 실례했습니다. 저 먼저 일어서겠습니다."

"그 정도 농담도 못 받아들이십니까?"

"그건 농담이 아니라 잡소리에 불과하죠."

"'레이더'에 대해 알아요?"

나는 화제가 갑자기 바뀐 것에 당황하며 되물었다.

"레이더?"

"그래요, 레이더에 대해 들어본 적 있죠?"

"레이더라는 말을 모르는 사람도 있습니까? 그런데 그게 지금 무슨 상관인지……."

"레이더가 어떻게 작동되는지 아십니까?"

"말하고자 하는 요점이 뭡니까?"

"그냥 상식을 묻는 겁니다. 토마스 씨처럼 똑똑한 분이라면 당연히 아실 테니까."

"이만 일어나겠습니다."

"더 들어 보세요. 레이더의 기본 원리를 아십니까?"

"전자기장 같은 걸 기본 원리로 하지 않나요?"

"역시 엘리트 대학교 출신답게 잘 배우셨군요. 정말 잘 아시네요. 레이더는 'Radio Detection And Ranging'의 머리글자를 딴 단어죠. 1940년 미 해군에서 만든 용어입니다. 그렇지만 레이더 장치를 제대로 고안한 사람들은 영국인들이죠. 나치가 폭격을 감행하자 영국인들은 레이더 장비를 완성했어요. 레이더는 두 물체 사이에 자기장이 형성될 때 작동하죠. 자기장이 형성된 상태로 멀리 있는 물체에 신호를 보내면 그 신호가 반사되어 돌아오는 겁니다. 사실 반사된 신호는 그 물체의 이미지일 뿐이죠."

"아주 재미있군요. 그렇지만 저로서는 이 과학강의의 요점이 뭔지 감이 안 잡힙니다만……"

부블리스키가 계속 능글거리며 말했다.

"그래요? 정말 감이 안 잡혀요?"

"네, 전혀 감이 안 잡힙니다."

"동독 출신 여자와 사랑에 빠지고, 베를린 주재 미국대사관을 찾아가 곧 결혼한다는 사실을 알린 토마스 씨가 레이더의 속뜻에 대해 전혀 생각해본 적이 없다니 정말 안타깝네요. 저는 결혼생활 십 년째에 아내와 헤어졌어요. 이제 제 곁에는 아이들 둘만이 남았죠. 저도 토마스 씨와 똑같은 나이에 사랑에 빠졌어요. 철없는 나이였죠. 결혼하고 십년 만에 이혼하면서 문득 깨달았어요. 그때까지 저는 아내의 참모습을 전혀 보지 못한 거죠. 사랑에 빠진 저는 자기장 속에서 반사된 아내의 이미지만 보아왔던 겁니다."

나는 자리에서 일어서며 말했다.

"이만 실례하겠습니다."

"아직도 제 말뜻을 모르겠어요?"

"제가 뭘 알아야 하죠? 당신 같은 정보원들은 누구든 뒷조사를 한다는 것 말입니까?"

"토마스 씨는 지금 사랑에 빠져 있어요."

"오, 이런. 그런 것까지 알아내다니 미국정보원은 정말 대단하군요."

"토마스 씨가 사랑에 빠진 대상은 참모습이 아니라 이미지일 뿐입니다. 아직 철없는 토마스 씨는 그 이미지에 사랑을 투영하고……."

"이렇게 함부로 그런 말을……."

부블리스키가 싱긋 웃으며 말했다.

"어떻게 함부로? 나는 다 알고 있으니까요."

"당신이 뭘 알아요?"

부블리스키는 잠시 말을 멈추고 맥주를 길게 들이켰다. 그런 다음 차가운 눈길로 나를 쳐다보면서 말했다.

"저는 다 알고 있어요. 페트라 두스만이 동독비밀경찰의 스파이라는 사실을……."

제10장

순간 나는 정신이 아득해지며 넋이 나갔다. 깊은 충격을 받았지만 그 말을 믿을 수는 없었다.

나는 씩씩대며 말했다.

"나쁜 놈. 거짓말로 남을 괴롭히는 놈."

부블리스키는 크게 웃었다. 체스를 둘 때 상대를 외통수로 몰아넣은 사람이 지을 법한 웃음이었다.

"토마스 씨는 지금 엘리자베스 퀴블러 로스가 말한 상실의 다섯 단계 중에서 첫 단계 반응을 보이고 있습니다. 오하이오대학교 출신 남자가 정신의학까지 들먹일 줄은 몰랐죠? 토마스 씨는 대학에서 사회학 강의를 들을 때 상실의 첫 단계가 '부인'이라고 배웠을 겁니다. 방금 제가 한 말이 토마스 씨를 괴롭히려고 지어낸 악의적인 거짓말이라고 생각하시죠?"

나는 크게 소리쳤다.

"스파이학교에서는 상대방의 약점을 자극해 맘대로 조종하는 방법을 가르치는군요. 상대방이 정말 소중하게 여기는 가치에 대해 불신감을 심어주는 방법 말입니다."

"물론 토마스 씨는 페트라 두스만을 소중한 사람으로 여기겠죠. 부모에게서 제대로 된 사랑을 못 받고 자랐고, 줄리어드 음대 출신 여자는 이제 만날 수도 없을 테니……."

나는 자리에서 벌떡 일어섰다.

"더는 못 듣겠어요."

부블리스키가 명령조로 말했다.

"앉아요."

"나한테 이래라 저래라 강요하지 마!"

"내일이라도 여권을 압수당하고 싶어요? 나는 토마스 씨를 출국 금지시킬 수도 있고, 유럽 국가 전체에서 토마스 네스비트라는 이름을 블랙리스트에 올려놓을 수도 있어요. 적국의 스파이와 내통한 혐의 정도면 얼마든지 그런 조치를 취할 수 있단 말입니다. 아무리 진보적인 변호사를 고용해도 출국금지명령을 취소할 수는 없을 거요. 토마스 씨는 당장 위험인물로 분류될 테니까. 자, 그러니까 얼른 자리에 앉아요. 내가 정말 화가 나 좀 전에 한 말을 당장 실행에 옮기기 전에."

나는 어쩔 수 없이 자리에 앉았다.

"역시 영리하시군요."

나도 모르게 손이 떨려왔다. 부블리스키도 내 손이 떨린다는 걸 알아채고, 재킷 주머니에서 올드골드 담뱃갑을 꺼내 탁자에 올려놓았다.

"자, 제대로 된 담배를 피워 봐요. 말아 피우는 담배 말고."

나는 담뱃갑으로 손을 뻗었지만 손은 여전히 떨렸다.

부블리스키가 웨이트리스에게 드라이진 두 잔을 달라고 소리쳤다.

드라이진이 나왔다. 담배를 꺼내 물자 부블리스키가 지포라이터를 내밀었다.

부블리스키는 내 앞에 놓인 드라이진을 가리키며 말했다.

"얼른 마셔요."

나는 진을 단숨에 들이켰다. 술이 목을 훑으며 지나갈 때 저절로 얼굴이 찌푸려졌지만 그나마 마음이 조금 진정되었다.

"드라이진이 도움이 됐어요?"

나는 고개를 끄덕였다.

"자, 이제 한 가지만 확실하게 짚고 넘어가죠. 저는 토마스 씨가 페트라 두스만과 공모했다고 생각하지는 않아요. 그저 순진하게 속았을 뿐이라 생각하죠. 지금 토마스 씨의 반응을 보니 내 추측이 옳았던 것 같아요. 그렇다고 토마스 씨가 페트라 두스만에게 협조했다는 사실이 달라지는 건 아닙니다. 예를 들자면 토마스 씨가 페트라 두스만을 위해 동베를린에서 가져온 사진들에도 마이크로필름이 들어 있었으니까요."

"그건 페트라의 아들 사진이었어요."

"아, 물론 그것도 사실이죠. 하지만 토마스 씨는 그 사진들을 몇 장이나 보셨죠?"

"글쎄요, 열 장? 아니, 열두 장?"

"토마스 씨가 가져온 사진은 모두 몇 장이었죠?"

"아마 스무 장쯤 될 텐데요."

"그럼 나머지 사진들은 어디 있을까요?"

"그거야 모르죠."

"서베를린에 있는 동독 스파이 헬무트 해첸의 손에 있습니다. 해첸은 이년 전 우리 레이더에 잡혔는데, 현재 서베를린에서 여자 스파이 세 명을 관리하고 있죠. 페트라 두스만은 그 세 여자 가운데 한 사람입니다. 추방된 척 동독을 빠져나온 페트라 두스만은 해첸과 동침하는 사이죠."

나는 눈을 감았다. 이 순간, 세상이 다 사라지기를 바랐다.

"토마스 씨, 내심 이렇게 생각하죠? '믿을 수 없어. 페트라는 나를 사랑한다고 자주 말해왔는데.' 페트라 두스만은 분명 토마스 씨에게 자주 사랑한다고 말했죠?"

"정말 잘 아시네요."

"우리는 토마스 씨에 대해 모르는 게 없습니다. 대학교에서 사회학 강의를 단 한 과목만 들었다는 것, 토마스 씨의 아버지가 피우는 담배가 올드골드라는 것……."

"증기를 말해 봐요. 페트라가……."

"페드라 두스만과 처음 저녁식사를 하던 날 기억해요? 토마스 씨의 아파트에서 처음 동침한 날 말입니다. 아마도 일월 이십삼일이었을 텐데요?"

나는 깜짝 놀란 목소리로 물었다.

"그걸 어떻게 알았죠?"

부블리스키가 고개를 갸웃하고 나서 말했다.

"대답하세요. 일월 이십삼일이 맞습니까?"

나는 고개를 끄덕였다.

"페트라 두스만이 저녁을 먹다가 갑자기 아무런 이유 없이 식당에서 뛰쳐나갔죠?"

"우리를 철저하게 감시했군요?"

"페트라 두스만을 감시하고 있었다는 게 정확한 표현이겠죠. 토마스 씨는 어쩌다가 그 자리에 있었던 것뿐이고요. 페트라 두스만이 왜 저녁을 먹다 말고 뛰쳐나갔을까요?"

"그 이유는 모르죠. 그저 감정이 격해졌다고……."

"상관인 해첸에게 보고하러 간 거라면 믿을 수 있겠습니까?"

"거짓말."

"아, 증거가 필요하다고 했죠?"

부블리스키가 의자에 놓인 가방에서 두툼한 서류철을 꺼내 탁자에 올려놓았다.

"증거를 원한다면 보여드리죠."

부블리스키가 내 앞으로 흑백사진 두 장을 내밀었다.

첫 번째 사진은 우리가 처음으로 저녁을 먹은 식당에서 황급히 나가는 페트라를 찍은 사진이었다. 사진 왼쪽 구석에 날짜와 시간이 찍혀 있었다. 9시 22분. 다음 사진은 페트라가 호텔로 들어가는 사진이었다. 9시 51분.

"그 호텔은 테겔공항 근처에 있죠. 페트라 두스만은 헬무트 해첸과 밀회를 나눌 시간이 다 되어 황급히 뛰어간 겁니다."

부블리스키는 그렇게 말하고는 또 다른 사진을 내 앞에 내놓았다. 땅딸막한 남자가 호텔을 나서는 사진으로, 시간은 10시 41분으로 기록되어 있었다. 사진 속 남자의 얼굴은 흐릿했지만 염소수염은 알아볼 수 있었다.

"페트라가 호텔로 들어갔고, 이 남자가 그 호텔에서 나왔다고 해서 두 사람이 만났다는 증거는 없지 않습니까?"

"그럼, 페트라가 왜 갑자기 식당에서 뛰쳐나갔을까요? 페트라가 나가면서 호텔에 간다는 말을 하던가요?"

나는 고개를 가로저었다.

"헬무트 해첸이 호텔에서 기다리고 있었기 때문에 갑자기 밖으로 뛰어나가 사라진 겁니다. 아무리 정보원이라도 사람의 마음을 읽는 능력은 없습니다. 단지 여러 가지 정황을 모아 추측할 수밖에 없죠. 페트라 두스만은 토마스 씨를 완벽하게 낚았다고 생각되자 본격적으로 이용하기 시작합니다. 아들 사진을 가져다달라는 핑계로 토마스 씨를 동베를린에 보낸 것이죠. 토마스 씨가 동베를린에서 가져온 그 사진들 속에는 마이크로필름이 들어 있었습니다. 해첸 일당에게는 매우 중요한 정보를 담은 필름이겠죠."

"하지만 페트라의 아들은……"

"페트라 두스만은 아이를 낳자마자 입양을 보냈어요."

"그럴 리 없어요. 페트라가 아들 때문에 얼마나 괴로워했는데……"

"증거를 더 보여줄까요?"

부블리스키는 또 서류철을 펼치더니 뭔가를 복사한 종이를 나에게 건넸다. 상태가 아주 흐린 것으로 보아 원본 서류를 카메라로 찍어 인화한 것 같았다. 동독 아동복지국의 공식 서류였다. 아이의 이름과 아이 부모의 이름이 보였다. 아버지의 이름인 '유르겐'이라는 글자 위에는 '사망'이라는 도장이 찍혀 있었다. 서류의 내용은 페트라 두스만이 아들 요한을 법적으로 입양시키는 것에 동의한다는 내용이었다.

'아들에 대한 권리를 모두 포기한다. 이 서류에 서명함에 있어 어떤 외압도 받은 적이 없다. 입양이 아이를 위한 최선의 선택이라는 것에 이의 없으며 입양에 동의한다.'

문서의 끝에 페트라의 서명이 선명하게 적혀 있었다.

날짜는 1982년 5월 6일.

"동베를린에 있는 우리 공작원이 이 서류를 촬영해 보내왔습니다. 지금 토마스 씨가 무슨 생각을 하고 있는지 맞혀 볼까요? 한 살밖에 안 된 자식을 입양 보낼 엄마가 어디 있나? 그렇게 생각하죠? 수년간 남편을 비밀경찰에 밀고한 여자라면 자기 자식에게도 능히 그럴 수 있지 않을까요."

"그것도 못 믿겠어요."

"증거가 더 필요하겠군요."

부블리스키는 서류철을 또 뒤적이더니 역시 흐릿한 복사본 서류 한 장을 건넸다. 동독비밀경찰의 공식 서류였다. 페트라의 사진, 생년월일, 주소와 함께 '1981년 1월 20일부터 정보원으로 활동'이라고 적혀 있었다. 페트라가 요한을 임신한 시기였다.

"이 서류를 우리에게 넘긴 공작원은 지금 강제노동 이십 년 형을 선고받고 감옥에 갇혀 있습니다. 페트라는 서베를린으로 넘어오기 몇 년 전부터 동독비밀경찰을 위해 일했죠. 페트라가 아들 요한에 대해 뭐라 말하던가요?"

"진을 한 잔 더 마실 수 있을까요?"

"먼저 내 질문에 대답하세요."

"남편이 미치광이가 돼 미국정보원과 접촉하려 했고, 베를린앙상블 앞에서 문화부장관한테 소변을 갈기는 바람에 요한을 동독비밀경찰에 빼앗기게 되었다고 했어요."

"그 말의 일부는 분명 사실이지만 아까 서류에서도 봤듯이 요한은 페트라가 자진해서 입양시켰습니다. 요한을 빼앗겼다고 말한 걸 보면 비밀경찰이 페트라에게 고위직을 약속하고 서베를린 행을 제안했을 가능성이 큽니다. 비밀경찰은 페트라의 망명을 완벽하게 꾸몄어요. 페트라의 남편이 문화부장관 앞에서 광기를 부린 건 사실이죠. 유르겐은 프렌츠라우어베르크에 있는 아파트에서도 몇 달 동안 모습을 보이지 않았어요. 페트라가 완벽한 피해자로 보이게 하려는 조작극이었죠. 우리는 페트라가 해첸의 밑에서 일하는 스파이라는 사실을 알고 있었지만 속아주는 척했어요. 우린 페트라를 〈라디오리버티〉에서 일하게 하고 좀 더 큰일을 벌이기를 기다리고 있었죠. 그 사이 동독에 있는 우리 정보원이 페트라에 대한 서류를 또 보내왔어요. 토마스 씨가 증거를 더 보고 싶다면……."

부블리스키가 서류철을 펼치려 하자 나는 황급히 손을 내저었다. 다른 사진을 더 봐야 충격만 더해질 뿐이라는 걸 깨달았기 때문이다.

"페트라가 동침하던 남자 얼굴을 좀 더 자세히 보고 싶지 않습니까?"

"보고 싶지 않아요."

"그래도 보세요."

부블리스키가 서류철에서 새 사진을 꺼내 마치 포커 판에서 더 높은 액수를 배팅하는 사람처럼 내 앞으로 내밀었다.

아까 호텔에서 나오는 사진과 동일한 인물의 사진이었다. 다만 이번 사진이 훨씬 선명했다. 땅딸막한 체구에 머릿기름을 바른 검은 머리카락을 뒤로 빗어 넘기고, 검정 안경을 끼고 있는 사내. 볼썽사나운 염소수염에 가지런하지 않은 치아, 번들거리는 피부…….

"나 역시 체중을 줄여야 하고, 그다지 잘생긴 얼굴은 아니지만 이놈 사진을 보면 그저 흉물스럽다는 생각만 떠오르죠. 페트라는 크로이츠베르크에 방을 얻고 〈라디오리버티〉에 일자리를 구해 정착한 지 한 달이 지나고 나서 해첸과 동침하기 시작했어요. 토마스 씨와 사랑을 속삭이면서도 페트라는 일주일에 적어도 두 번씩 해첸을 만나 섹스를 했어요. 아마도 페트라에게는 색마의 본능이 숨어 있는 게 아닐까……."

"부탁인데 그런 말은 더 이상 듣고 싶지 않습니다."

"나는 그저 사랑하는 여자가 이런 못생긴 남자와 따로 만나는 걸 알게 되었을 때 기분이 어떨지 상상해본 것뿐입니다."

"그 정도면 요점을 충분히 파악했습니다."

"자, 페트라 두스만에게 조금이나마 동정을 표합시다. 자유를 맘껏 누릴 수 있는 이 서방세계에 와서도 섹스에 미쳐 비밀경찰의 손아귀에서 놀아나고 있는 불쌍한 여자니까요."

부블리스키는 서류철에서 보고서를 꺼내 훑어보며 말했다.

"페트라와 해첸은 집에서 만나는 적은 없고, 주로 싸구려 호텔 방에서 만납니다. 페트라는 감시받는다는 사실을 전혀 모르는 것 같더군요. 우리 정보원들이 보기에 페트라는 늘 자기가 여주인공인 양 드러내놓고 행동한답니다. 그 반면에 해첸은 전철을 탈 때도 아주 조심하고, 전철역에서 나오면 누가 볼세라 얼른 택시를 잡는답니다. 미행당하지 않게 조심하는 거죠. 해첸은 삼 주일에 한 번씩 베를린에서 벗어나죠. 하지만 그밖에는……."

부블리스키가 계속 사진을 내보였다. 사진마다 한 귀퉁이에 날짜와 시간이 찍혀 있었다. 해첸이 먼저 지저분한 호텔로 들어가고, 몇 분 뒤에 페트라가 뒤따라 들어가는 사진들이었다.

부블리스키가 물었다.

"지금 페트라가 어디 있다고 생각하죠?"

"웰만 지국장의 통역을 위해 함부르크에 가는 길이죠."

"페트라한테 들은 얘긴가요?"

"부블리스키 씨는 페트라가 자기를 조종하는 남자와 함께 있다고 말하려는 거죠?"

"조종하는 남자? 아주 멋진 표현이네요. 앞으로 자주 써먹겠습니다."

"포웰이 저에게 전화한 건 당신을 만나게 하기 위한 속임수였군요. 포웰에게 가짜 기밀서류를 맡기고 페트라가 그걸 복사하게 꾸몄죠? 포웰은 진급에 욕심이 나 그 일을 맡았을 테고요. 포웰이 미국정보국에 협조해 챙기는 이익이 도대체 뭡니까? 미국 영주권?"

"상상이 지나치시네요. 지금 토마스 씨는 '페트라는 함정에 빠진 거야. 미국정보국 사람들이 기밀서류를 일부러 페트라 앞에 늘어놓고 그걸 복사하게 한 거야. 다른 건 몰라도 페트라는 나를 정말 사랑해. 그게 아니라면 어떻게 매일 나와 그렇게 열정적으로 섹스를 할 수 있겠어.' 페트라가 뉴욕에서 같이 살면서 아이도 갖자고 말하지 않던가요?"

"그만 입 다물어요."

"진실은 늘 불편하기 마련이죠. 우리는 토마스 씨와 페트라의 대화를 도청하거나 녹음한 적은 없습니다. 하지만 두 사람이 섹스를 하면서 어떤 대화를 나눌지 상상하기란 그다지 어렵지 않죠. '이런 기분 처음이야⋯⋯우리 사랑은 영원히 변하지 않을 거야⋯⋯절대로 헤어지지 말자⋯⋯당신은 진정한 내 사랑이야. 단 하나뿐인 내 사랑. 내 모든 걸 다 바쳐 당신을 사랑해.'"

나는 손바닥에 얼굴을 파묻었다. 부블리스키의 말을 더 이상 듣고 싶지 않았지만 한편으로는 그가 계속해서 나를 괴롭혀주기를 바라는 마음도 있었다. 내 어리석음, 연약함, 너무 쉽게 속아 넘어간 순진함에 대해 혹독하게 야단을 맞고 싶었다.

이제…… 부블리스키가 나에게 퍼부은 이야기들이 모두 다 사실은 아니라 해도(하지만 그 말을 뒷받침할 만한 증거들이 서류철에 확실히 있었다), 그의 말이 증거를 바탕으로 한 말이라는 건 부인할 수 없었다. 페트라가 나에게 했던 행동과 말들이 어느 정도 진심이었다 하더라도 나는 철저히 속았던 게 분명했다.

'페트라는 아들 사진을 핑계로 나를 동베를린으로 보냈어. 그런데 이제 보니 페트라는 자진해서 요한을 양자로 보냈지. 아들 사진에 대해 말한 건 나를 시켜 마이크로필름을 가져오게 하려는 술수였던 거야. 내가 가져온 마이크로필름을 땅딸보 놈에게 바쳤어. 페트라는 내 앞에서 평생 사랑할 거라 말해놓고, 그 흉물스럽게 생긴 놈과 일주일에 두 번씩 밀회를 나누고……'

부블리스키가 말했다.

"토마스 씨는 지금 사랑에 빠졌습니다. 페트라는 그 마음을 계속 간절하게 만들려고 애쓰는 중이죠. 토마스 씨가 페트라가 만들어놓은 사랑의 이미지에 빠져들게 되면 어떤 장벽도 능히 뛰어넘을 수 있을 테니까요. 페트라는 토마스 씨의 그런 약점을 통해 철저하게 이용하려 했던 겁니다. 아까 제가 말한 레이더 이야기와 일맥상통하죠. 페트라와 해첸은 토마스 씨를 아주 순식간에 파악하고 장악했습니다. '그놈에게 사랑의 이미지를 던져줘. 하지만 쉽게 손에 넣을 수 없게 만들어야 해. 동독에서 극심한 고통을 받아 어느 누구에게도 쉽게 마음을 열 수 없는 여자를 연기해. 그러다가 때가 되면 비밀을 털어놓는 척하는 거야. 아주 비극적인 이야기일수록 약발이 제대로 먹히겠지. 그 다음에는 사랑한다고, 결혼하자고 말해. 그러면 놈은 우리에게 필요한 것들을 죄다 가져다주는 꼭두각시가 될 거야.'"

내가 물었다.

"그 마이크로필름에 어떤 내용이 담겼는지 아십니까?"

"그건 아직 알아내지 못했어요. 해첸은 머리가 잘 돌아가는 놈입니다. 증거물을 다 태워버리거나 교묘하게 숨기죠."

"동베를린을 나올 때 잠시 찰리검문소에 붙잡혀 있었는데 그건 왜……?"

"토마스 씨가 두 시간쯤 붙잡혀 있었다는 정보는 우리도 들었습니다."

"도대체 모르는 게 없군요. 그럼 제가 거기에 잡혀 있었던 것도 모두 다 계획된 일이라고 생각하십니까?"

"동독비밀경찰의 끄나풀인 주디트 플라이슈만을 만났다가 위험에 빠졌다고 생각하게 만든 거죠. 토마스 씨는 그 일 때문에 크게 겁을 집어먹었을 겁니다. 한편으로는 그 무시무시한 장소에서 몇 시간 동안 붙잡혀 있다가 무사히 빠져나온 자기 자신이 무척이나 대견스러웠겠죠. 게다가 페트라가 그토록 보고 싶어 하는 아들의 사진을 전달할 수 있었으니 더더욱……."

내가 부블리스키의 말을 끊고 불쑥 말했다.

"저 한 사람 때문에 그 모든 일들을 꾸몄다고요?"

부블리스키의 얼굴에 미소가 가득 번졌다. 이제 내 생각을 완전히 바꿔 놓았다고 확신하며 득의양양해하는 미소였다.

"토마스 씨가 자기 자신을 냉전시대 스릴러의 주인공으로 여기도록 정교하게 연출한 거죠. 아마도 토마스 씨는 동베를린에 발을 디딘 순간부터 줄곧 미행당했을 겁니다. 그 역시 잘 연출된 연극이었죠. 만약 우리가 해첸과 여자 스파이들을 체포하기로 결정하지 않았다면 페트라는 뉴욕으로 떠나기 전 토마스 씨에게 동베를린에 한 번 더 다녀오라고 했을 겁니다. 이번에는 아들의 기념품들을 핑계로 삼았겠죠. 아들이 가지고 놀던 인형들이 친구의 집에 있으니 가져다달라고 하는 거죠. 물론 그 인형 속에도 마이크로필름이 들어 있겠죠. 이번 일에서 각별히 저의 흥미를 끄는 게 한 가지 있습니다. 해첸은 왜 페트라를 미국에 보내려 했을까요? 페트라가 미국에 가면 첩보활동에 도움이 될 거라 생각했을까요? 유엔에서 좀 더 중요한 문서들을 번역하게 하려고? 아니면 이 모두가 더 정교한 연극의 일부분일까요?"

"연극이라면?"

"동독에 나가 있는 우리 정보원들로부터 모은 정보를 종합해보면 동독비밀경찰은 해첸과 부하 스파이들이 제공하는 정보에 그다지 만족해하지 않는 것 같습니다. 더 큰 성과를 바라고 있죠. 우리는 해첸이 더 큰 첩보활동을 벌일 때 체포할 생각입니다. 그래야만 얻어낼 것도 많고, 비밀경찰에 체포된 우리 정보원들과 교환할 때 유리한 카드로 사용할 수 있을 테니까. 가령 동독에서 이십 년 형을 받고 죽어가는 우리 정보원을 빼내야 하니까요. 문제는 해첸과 페트라가 〈라디오리버티〉의 서류를 의심하기 시작한 겁니다. 페트라를 체포하려면 〈라디오리버티〉에서 극비서류를 복사하는 현장을 덮쳐야만 합니다."

"그럴 기회는 많았을 텐데요?"

"기회야 많았지만 일부러 내버려뒀죠. 해첸과 페트라가 자기들 작전이 성공적으로 되고 있다고 믿게 하기 위해서죠. 해첸의 궁극적인 계획이 무엇인지 알아내야 하니까요. 그렇지만 우리가 내린 결론은 해첸도 페트라도 고위급 스파이는 아니라는 겁니다. 동독에 붙잡혀 있는 우리 측 정보원을 빼내오려면 해첸 일당을 모두 체포해야죠. 무엇보다 페드라를 체포하는 게 문제더군요. 〈라디오리버티〉에서 체포했다가는 사건이 공공연하게 드러나게 돼 곤란합니다. 그래서 토마스 씨의 아파트에서……."

"그건 절대로 안 됩니다."

"아직 내 이야기를 믿기 싫은 거죠? 충분히 이해합니다. 페트라를 깊이 사랑하셨으니 내 말을 받아들이기 힘들 겁니다. 누구라도 자기 인생의 중요한 일부라 믿었던 사람이 사기꾼으로 밝혀지면……."

"모든 상황을 종결하는 말은 이제 더 이상 듣고 싶지 않습니다."

"아직도 내 말을 믿지 못하는군요."

"당신 같은 사람들은 얼마든지 증거를 조작할 수 있을 테니까요."

"아주 좋은 지적입니다. 네, 맞아요. 목적에 따라 사실을 조작하는 건 우리도 적들과 크게 다르지 않습니다. 하지만 지금 내가 해준 이야기 중에서 어느 부분이 진실을 조작했다고 보십니까?"

"페드라가 해젠을 만나 단지 보고만 했을 수도 있지 않을까요?"

부블리스키의 표정이 더없이 밝아졌다. 아주 순진한 학생의 질문을 받은 선생님의 표정 같았다.

"아주 좋은 지적입니다. 하지만 증거 사진이 있잖아요. 멀리서 찍었지만 비교적 선명합니다. 두 사람이 침대에 함께 누워있는 사진. 삼주 전에 찍은 사진입니다. 보실래요?"

부블리스키가 서류철을 뒤적이며 사진을 찾았다.

"저를 꼼짝달싹할 수 없는 외통수로 밀어 넣는군요."

"왜 그런 말씀을 하시죠?"

"제가 조금이라도 반론을 제기하면 부블리스키 씨는……."

"꼼짝할 수 없는 증거를 내놓는다고요? 좋습니다. 페트라가 호텔에서 해첸을 만나 보고만 했다고 칩시다. 그래도 페트라가 동독의 스파이고, 토마스 씨를 속였다는 사실은 여전히……."

"페트라와의 일은 누구보다 제가 잘 압니다. 저는……."

나는 입을 꾹 다물었다. 진 두 잔이 새로 나왔다. 나는 진을 단번에 홀짝 마셨다. '그냥 일어서서 이 술집을 나가자. 집으로 가서 짐을 다 챙기자. 베를린에서 나가는 막차를 타고…….' 함부르크로 가는 마지막 열차겠지. 그래서 함부르크로 가면? 페트라가 일 년 동안 자신을 조종한 남자와 침대에 누워 있는 모습을 보게 될까…….

"페트라가 웰만 지국장의 통역 담당으로 함부르크에 간 게 아니라는 증거가 있습니까?"

"그거야 간단하죠. 웰만 지국장은 오늘 부부 동반으로 베를린 필하모닉 연주회에 갑니다. 토마스 씨도 클래식을 좋아하시죠? 오늘 베를린 필하모닉이 아바도의 지휘로 멘델스존과 슈베르트 곡을 연주한다는 걸 잘 아실 겁니다. 공교롭게 우리에게도 오늘 연주회의 입장권이 한 장 있네요. 웰만 지국장의 자리 바로 뒷자리입니다. 자, 토마스 씨, 증거가 필요하면……."

부블리스키가 주머니에서 베를린 필하모닉 연주회 입장권을 꺼내 나에게 내밀었다. 나는 주저하면서도 입장권을 받았다.

부블리스키가 말했다.

"자, 오늘 거기서 웰만 지국장을 보면……."

"그렇지만 페트라가 동독비밀경찰에서 일한다는 확실한 증거는 아직 못 봤습니다."

"내가 토마스 씨라도 당연히 그런 증거를 요구하겠죠."

"그렇다고 우리 입장이 바뀌는 건 아니잖아요. 게다가 부블리스키 씨는 제가 페트라를 문제없이 체포하는데 일조하는 덫을 놓기를 바라잖아요. 저는 그런 짓은 할 수 없습니다."

"토마스 씨, 이걸 생각해보세요. 토마스 씨는 페트라한테 동독 무용수 남매를 인터뷰할 거라 말했죠?"

"그건 이 일과 전혀 상관없지 않습니까?"

"그 말씀은 내 질문에 대한 긍정의 대답으로 받아들이겠습니다. 토마스 씨가 페트라에게 인터뷰 이야기를 하고, 작성한 원고를 보여 주겠다는 약속도 했겠죠?"

"저를 함정에 빠뜨릴 생각입니까?"

"아뇨, 토마스 씨 스스로 함정에 빠졌습니다. 인터뷰는 없습니다. 하지만 토마스 씨한테 '기밀'로 표시된 원고를 줄 겁니다. 토마스 씨는 그 원고를 아파트 탁자에 놓아두기만 하면 됩니다. 그러면 토마스 씨가 사랑하는 그 여자는……."

"페트라를 그렇게 부르지 마세요!"

"미안합니다. 하긴 흥분하실 만하죠."

"집어치워요! '착한 형사, 나쁜 형사'를 번갈아 연기하면서 저를 조종하려는 수작 따윈 당장 집어치우란 말입니다! 저는 당신이 싫어요. 정보원이든 정보국이든 다 싫어요. 국가를 위하는 척하며 벌이는 수작도 싫어요. 당신은 '애국적이고 평범하고 나라에 충성을 다하는 미국인'이 아니면 모두 경멸하죠? 당신의 그 대단한 흑백 논리에 동조하지 않는 사람을 죄다 적으로 몰아붙이겠지만 인생이란 게 그렇게 단순하게 나눠서 생각할 수만은 없어요."

"토마스 씨, 당신은 현실을 있는 그대로 보지 않고 있어요. 제 말이 냉소적으로 들렸을 수도 있겠죠. 저는 미국 중서부 출신이라 말이 퉁

명스럽기도 하죠. 저 역시 지금 토마스 씨가 겪고 있는 딜레마를 모르지 않습니다. 아니, 충분히 이해합니다. 그래서 페트라 두스만의 실체를 밝힐 간단한 실험을 하자고 제안하는 겁니다. 우리가 준 원고를 탁자에 놓아두기만 하면 지금까지 제가 페트라에 대해 말한 이야기가 진실인지 아닌지 분명하게 알게 될 겁니다. 자, 그럼 지금부터 그 계획을 설명해도 될까요?"

나는 고개를 숙이고 생각했다.

'이렇게 해서라도 증거를 확인해야 해.'

내가 나직이 말했다.

"설명해보세요."

"페트라가 일요일에 돌아오면 토마스 씨는 아무 일 없었던 것처럼 행동하세요. 할 수 있겠습니까?"

"모르겠어요."

"아, 물론 그게 솔직한 대답이겠죠. 하지만 토마스 씨가 원하는 해답을 얻으려면 며칠 동안 연기를 해야 합니다. 전과 다름없이, 여전히 페트라를 사랑하는 듯 행동해야 합니다. 페트라와 함께 침대에 눕고, 사랑도 나누고, 자주 사랑한다고 말해줘야 합니다. 그러다보면 무용수 남매 이야기가 저절로 나오게 될 겁니다. 그때 토마스 씨는 무용수 남매와의 인터뷰가 얼마나 흥미로웠는지, 그들이 탈출에 성공한 것에 대해 얼마나 즐거워했지 이야기하고, 인터뷰 글이 〈라디오리버티〉에서 아주 좋아할 만큼 잘 나왔다는 말도 하세요. 그 다음에는 인터뷰 원고에 대해 아무 말도 하지 마세요. 그냥 평소처럼 즐거운 시간을 보내다가 페트라를 침대로 데려가세요. 페트라와 하루도 빼놓지 않고 섹스를 했을 테니……"

"입 다물어요."

"그냥 전략적인 차원에서 말씀드린 것뿐입니다. 지금껏 매일 사랑을 나눴을 테니 일요일에도 반드시 그대로 해야 한다는 뜻입니다. 토마스 씨는 사랑을 나눈 뒤에 곧장 잠들죠?"

"곧장 자야 합니까?"

"네, 그렇습니다. 왜냐하면 해첸은 아주 조심스러운 인물이기 때문에……."

"해첸이 이 년 동안 활동하도록 내버려둔 건 당신들이 결정한 것 아닙니까?"

"더 큰 공작을 벌일 때까지 기다린 거죠. 하지만 해첸은 결국 조무래기로 밝혀졌습니다. 해첸은 원래 동독비밀경찰 감방에서 사상범들을 심문하던 자였습니다. 지독한 정신적 고문을 가해 자백을 강요하는 게 해첸이 맡았던 일입니다. 지난해에는 티어가르텐 근처에서 만난 매춘부를 심하게 학대한 적도 있죠. 놈에게 당한 그 매춘부는 얼굴이 완전히 망가지고 한쪽 눈을 잃었죠. 해첸은 동독에서 망명한 사람들을 공격하기도 합니다. 지난해 함부르크 근처 기찻길에서 망명자 중 한 사람이 시체로 발견된 적이 있습니다. 자살로 처리됐지만 과학수사 결과 기차에서 누군가 밀어뜨린 것으로 밝혀졌습니다. 해첸이 그 살인사건의 유력한 용의자죠. 페트라 두스만은 그런 남자와 동침하고 있고, 기밀서류를 복사해 바치고 있습니다. 페트라가 놈의 강요 때문에 그런 일을 할 거라 생각하시죠? 하지만 동독 감옥에 갇힌 사상범은 수천 명입니다. 그들 중 많은 사람이 스파이가 되길 강요받습니다. 하지만 아무도 그 협박에 굴하지 않습니다. 인생은 결국 두 가지로 요약됩니다. 바로 선택과 해석이죠. 페트라 두스만의 입장에서는 선택과 해석을 충실히 한 셈이죠. 토마스 씨를 사랑하는 동시에 배신하면서 서독에서 살아남으려면 이럴 수밖에 없다고 자기 자신을 독려했을 겁니다. 하지만 토마스 씨, 페트라 두스만은 스스로 그런 역할을 선택했다는 걸 명심하세요. 페트라가 토마스 씨를 속인 것은 스스로 선택한 일입니다."

긴 세월이 흐른 지금에 와서 그때를 되돌아보니, 부블리스키는 아주 교묘하고 효과적으로 나를 손아귀에 집어넣었던 것 같다. 하지만 내 안에서는 또 다른 목소리가 나를 재촉했다.

'얼른 여기서 빠져나가자.'

그러나 나는 분노 때문에 맥주 집 플라스틱 의자에 계속 엉덩이를 붙이고 앉아 내가 해야 할 일들을 차근차근 설명하는 부블리스키의 말에 귀를 기울였다. 부블리스키의 철저히 계산된 지시를 들으면서 나는 그가 아주 오랫동안 이 일을 계획했다는 걸 알 수 있었다.

"자, 다시 토마스 씨 방의 침대로 돌아가 봅시다. 일요일 밤이고, 토마스 씨는 페트라와 방금 사랑을 나누었습니다. 아까 했던 질문을 다시 하죠. 토마스 씨는 섹스를 한 다음 곧장 잠이 듭니까?"

"늦은 밤에는 대부분 그러죠."

"그럼 자정 전에는 침대에 올라가지 마세요. 섹스를 마치고 나서 잠든 척해야 하지만 절대로 잠들지는 마세요. 페트라는 토마스 씨가 잠들었는지 확인하고 나서 인터뷰 원고를 보려고 할 겁니다. 토마스 씨는 가방을 거실 탁자에 놓아두세요."

"거실에 탁자가 있다는 건 어떻게 아십니까?"

"토마스 씨의 집 구조는 이미 다 알고 있습니다. 침실 문에 난 열쇠 구멍이 꽤 큰 것도 알고 있어요. 페트라가 거실로 나가면서 침실 문을 닿으면 토마스 씨는 마음속으로 일부터 육십까지 센 다음 침실 문의 열쇠 구멍으로 거실을 엿보세요. 페트라는 아마 작은 첩보용 카메라로 인터뷰 원고를 촬영하고 있을 겁니다. 페트라가 촬영을 마치고 침대로 돌아올 테니까 들키지 않도록 조심하세요. 페트라는 토마스 씨가 잠든 사이 몰래 빠져나가 해첸에게 갈지도 모릅니다. 설령 그렇다 해도 토마스 씨는 가만히 계세요. 우리 요원들이 토마스 씨 집 앞에서 잠복하고 있을 테니까요. 그때부터는 우리 요원들이 페트라를 맡게 됩니다. 페트라가 침대에 다시 누우면 이튿날 아침 함께 잠에서 깨세요. 이튿날 아침에도 여전히 아무 일 없었다는 듯 행동해야 합니다. 페트라가 출근하면 곧장 주방에 있는 창문 앞으로 가서 블라인드를 내리세요. 페트라가 인터뷰 원고를 촬영했다는 신호로 블라인드를 이용하자는 뜻입니다. 페트라가 전날 밤 아무 일도 하지 않았다면 블라인드를 그냥 두세요. 그러면 우리도 아무런 행동을 취하지 않을 겁니다. 하지만 저는 토마스 씨가 페트라의 본질을 확인하게 되기를 바랍니다. 토마스 씨가 우리 일을 도우면 조국을 위해 아주 중요한 일을 하게 되는 겁니다."

"그런 일을 해 상장 따위를 받고 싶지는 않습니다. 부블리스키 씨의 칭찬도 필요 없습니다. 제가 이 일을 한다면 그건……."

나는 말을 맺을 수 없었다. 여전히 그 모든 일을 믿을 수 없었다.

"토마스 씨, 이것만 명심하세요. 토마스 씨는 페트라를 배신하는 게 아닙니다. 배신할 수도 없어요. 왜냐하면 페트라는 이미 몇 년 전에 자기 자신을 배신했고……."

"도무지 끝을 모르시는군요."

부블리스키는 나를 확실히 자기 손아귀에 넣었다. 배신이라는 주제를 건드려 내 마음의 가장 깊은 곳을 자극했다. 부모가 나를 짐으로 여겼고, 그래서 나는 세상 누구에게도 의지하지 않게 되었다. 나는 페트라를 만나고 그녀의 사랑을 받고 나서야 비로소 다른 사람의 감정을 믿게 되었다. 그런데 페트라가 나를 완전히 속였다면……. 페트라는 자기 입으로 비밀경찰이 자기 인생을 망쳤다고 했다. 그런데 페트라가 그 적들을 위해 일하고 있었다면…….

나는 더 이상 그 자리에 앉아 있을 수 없었다. 그래서 베를린 필하모닉 입장권을 주머니에 집어넣고 일어섰다.

"연주회에 가겠습니다. 거기서 더 생각해 보죠."

"그럼 우린 내일 또 만나게 되겠군요."

"무슨 근거로 내일 만날 거라 생각하십니까?"

"토마스 씨가 우리 일에 협조하지 않는다면 우린 부득이 토마스 씨를 적국을 도운 스파이로 간주할 수밖에 없습니다. 그렇게 될 경우 어떤 조치를 취할지 이미 다 계획을 세워두었습니다. 토마스 씨의 여권을 압수하고 당장 미국으로 추방시킬 수도 있겠죠. 그 경우 앞으로 외국여행이 힘들어질 수도 있을 테고……."

"간단히 말해 저에게는 선택권이 없다는 말씀인가요?"

"아까 내가 한 말을 잊으셨군요. 인생은 선택의 연속입니다. 그 선택에 따라 결과가 나오게 되죠. 토마스 씨, 자기 자신에게 물어보세요. '나를 속인 여자라면 내가 도울 가치가 있을까?'"

부블리스키가 자리에서 일어서며 나에게 악수를 청했다.

"현명한 선택을 하리라 믿습니다. 내일 카페 이스탄불에서 만납시다. 토요일이니까 아홉 시에 만나 같이 아침을 먹을까요?"

"카페 이스탄불도 알아요?"

"토마스 씨가 작업실처럼 쓰는 공간이라는 것도 압니다. 어쨌든 오늘 밤 연주회를 즐겁게 감상하시기 바랍니다."

그날, 가운데 자리, 그것도 앞에서 여섯 번째 줄에 앉았지만 베를린 필하모닉의 연주는 내 귀에 전혀 들어오지 않았다. 부블리스키의 말대로 웰만 지국장이 내 바로 앞자리에 앉아 있었기 때문이다. 내가 자리에 앉을 때 지국장이 나를 돌아보았다.

"이런 우연도 있을까요? 우리가 앞뒤로 앉았네요."

내가 말했다.

"막판에 표를 구했습니다."

"토마스 씨가 힘 있는 사람을 알고 있는 게 분명하군요."

지국장은 그렇게 말하고는 옆에 앉은 부인을 나에게 소개했다.

"집사람 헬렌입니다. 저 분이 그 유명한 토마스 네스비트 씨야."

그 말이 무슨 뜻일까? 혹시 이런 뜻일까?

'우리가 직진상 고용해 가짜 기밀서류를 내주는 동독스파이 여자 알지? 저 남자가 그 여자와 동침하고 있는 바로 그 남자야.'

지국장이 '힘 있는 사람'이라고 말한 건 내가 미국정보부 사람에게서 입장권을 받은 사실을 알고 있다는 뜻일까? 페트라가 주말여행을 떠나면서 지국장을 핑계로 거짓말을 했다는 것도 알고 있을까?

아무튼 지국장이 베를린 필하모닉 연주회에 앉아 있다는 것만으로도 부블리스키가 내게 한 말은 사실로 증명됐다. 페트라는 내게 거짓말을 했다.

'페트라는 지금 해첸과 함께 있을까? 나에게 열정적으로 사랑을 속삭이고 몰래 빠져나가 그 남자 앞에서 스스럼없이 다리를 벌려댔단 말인가?

나는 아직 '부정'의 단계였다. 증거가 더 필요했다.

'페트라는 일부러 해첸에게 가짜 정보를 주었을지도 몰라. 페트라는 적어도 해첸과 동침하지는 않았을 거야. 어쩔 수 없이 해첸의 명령을 따르는 척할 수밖에 없었을……. 하지만 페트라는 아이를 자진해서 입양보냈어. 그런데 어쩔 수 없이 명령을 따라야 할 이유가 뭐지?'

베를린 필하모닉의 연주회는 전혀 기억나지 않았다. 나는 계속 머릿속으로 혼잣말을 중얼거렸다.

'오리무중이야. 사진은 완벽한 증거가 될 수 없어. 사진 속에서 침대에 함께 누워 있던 남녀는 얼굴이 흐릿했어. 페트라가 함부르크에 간 건 단지…….'

청중의 기립박수를 끝으로 연주회가 끝났다. 웰만 지국장이 나를 돌아보며 말했다.

"주말을 즐겁게 보내시기를……."

주말을 즐겁게 보내라는 인사말에는 다른 속뜻이 담겨 있는 것 같아. 그저 '즐겁게 지내세요' 하고 말할 수도 있었는데, 왜 굳이 '주말을 즐겁게 보내시기를' 이라고 했을까?

나는 또 안개 속에 갇혔다. 이 안개 속에 과연 진실이라고 말할 만한 게 들어있긴 할까?

따뜻한 밤이었다. 나는 걸어서 집으로 돌아가는 동안 내내 생각에 골몰했다.

'페트라가 돌아오면 납득할 수 있는 해명을 들을 수 있지 않을까? 그러면 의심은 다 씻기고……. 그 다음에는 결혼식을 올리고 미국으로 떠나는 거야. 미국에서 새 보금자리를 꾸미고 나면 페트라는 지난 상처를 다 잊겠지.'

그러자 내 머릿속에서 다른 목소리가 소리쳤다.

'그만해! 넌 지금 환상에 빠져 이야기를 지어내고 있어. 확실한 증거가 있는데도 애써 무시하면서.'

하지만 감당할 수 없는 진실과 마주하면 누구나……

자정이 다 되어 집에 다다랐다. 아파트로 들어가자 알스테어가 식탁에 보드카를 올려놓고 앉아 있었다. 캔버스들은 보이지 않았다. 알스테어는 캔버스들이 걸려 있던 텅 빈 벽을 뚫어져라 바라보고 있었다.

알스테어가 나에게 물었다.

"한잔하겠소? 석 잔도 괜찮고."

나는 고개를 가로저었다.

알스테어가 물었다.

"무슨 일 있어요?"

"머릿속이 좀 복잡해요."

"베트라는 어디 간 거요?"

"함부르크에 갔어요."

"출장?"

"그런 셈이죠."

나를 조심스레 살피는 알스테어의 눈길이 느껴졌다.

"토마스, 무슨 일이오?"

"아무 일 없어요."

"거짓말."

"그림들은 어디 있어요?"

"오후에 런던 갤러리로 보냈어요. 말을 돌리는 걸 보니 정말 심각한 일이 있었군요."

"그만 자러 갈게요."

"나를 피하기까지 하는 거요? 전혀 당신답지 않아요."

"잘 자요."

"토마스……"

"지금은 얘기하고 싶지 않아요."

알스테어는 걱정스런 눈길로 나를 살피며 말했다.

"알았어요, 아마도 페트라와 관련된 일 같은데, 무슨 일이 있더라도 즉흥적으로 대응하지 말아요. 내가 보기에 페트라는 아주 멋진 여자요. 토마스, 당신에게는 페트라가 필요해요."

내가 대꾸했다.

"충고 고마워요."

하지만 내 목소리는 지나치게 날카롭게 나왔다.

위층으로 올라가 문을 쾅 닫고 보드카를 꺼내 계속 마셨다. 흠씬 취한 나는 비틀거리며 침대로 걸어갔다. 하지만 내 머리의 5퍼센트는 여전히 깨어 있었고, 옷을 벗고 이불을 덮기 전에 알람을 8시에 맞추었다.

아침이었다. 알람이 울렸다. 밤에 마신 보드카 탓인지 머리가 깨어질 듯 아팠다. 찬물에 샤워하고, 커피를 억지로 넘겼다. 정신을 차려야 했다. 곧 만나게 될 부블리스키 앞에서 어떻게 행동해야 할지 생각하려면 빨리 숙취에서 벗어나야만 했다.

부블리스키는 카페 이스탄불의 구석 칸막이 자리에서 터키 커피를 티스푼으로 저으며 나를 기다리고 있었다. 빨간 라코스테 셔츠와 베이지색 카고 바지 차림이었다. 부블리스키는 아주 조심스럽게 행동했다. 컨트리클럽에서 골프를 칠 차림으로 앉아 주위 사람 모두를 세심하게 감시하는 모습이 퍽이나 인상적이었다. 부블리스키는 앞 테이블에 앉은 터키 남자와 독일 여자의 대화를 엿듣고 있었다.

내가 맞은편에 앉자 부블리스키가 말했다.

"저 여자는 마약중독자죠. 남자가 저 여자한테 마약을 대주고, 가끔 뚜쟁이 노릇도 하고 있어요."

"네?"

"토마스 씨의 뒤에 앉은 남녀 말입니다. 남자가 여자한테 흰 가루를 대준다고요. 토마스 씨의 룸메이트가 몇 년 동안 빠져 있던 그 흰 가루 말입니다. 그나마 토마스 씨의 룸메이트는 약에서 벗어나 그림에 열중하고 있으니 경의를 표할 만하죠. 역경을 딛고 일어선 사람의 이야기는 언제 들어도 기분이 좋아요. 더구나 그 사람이 아직도 추상표현주의 그림을 그리는 마약중독자이자 동성애자 화가라면……. 그 사람은 자신이 추상표현주의에 빠져 있으면서도 로스코와 비교되는 걸 정말 끔찍이도 싫어하지."

"알스테어도 부블리스키 씨를 돕고 있나요?"

"이제야 재미있는 말씀을 하시는군요. 알스테어 피치몬스로스 씨는 우리와 아무런 상관도 없습니다. 하지만 토마스 씨가 마침내 사방에 귀가 있다는 생각을 하게 된 것에 크게 감명받았습니다."

"부블리스키의 세계에서는 사방에 귀가 있군요."

"실례지만 잠을 설치신 것 같은데요. 뭘 마셨기에?"

"그것까지 말해야 하나요?"

"물론 말하지 않아도 됩니다. 연주회는 어땠나요?"

"놀라웠습니다."

"다시 말해 연주를 전혀 못 들었다는 말씀이죠? 그런 상황에서 음악이 귀에 들어온다면 그게 더 이상할 테니까. 웰만 지국장은 만났습니까?"

나는 고개를 끄덕였다.

"이제 필요한 증거를 모두 얻었습니까?"

나는 아무 말도 하지 않고 부블리스키의 올드골드 담뱃갑에서 담배 한 개비를 빼냈다.

"더 확실히 해두려고 페트라 두스만과 해첸의 사진을 가져왔습니다. 어제 두 사람은 각기 다른 열차편을 이용했지만 둘 다 함부르크에서 내렸습니다."

부블리스키가 탁자에 올려놓은 서류철을 펼치려 했다.

"그럴 필요 없습니다. 부블리스키 씨가 어제 말한 대로 하겠습니다. 하지만 조건이 있습니다. 내일 페트라와 사랑을 나누지는 않겠습니다."

"그건 왜죠?"

"저는 그런 연기를 할 자신이 없습니다."

"솔직한 대답이군요."

"평소처럼 페트라를 침대로 데려가고 아무 일도 없었던 척하라고 하셨죠? 제가 이 일을 다 알게 되었는데 어떻게 그녀의 몸에 손을 댈 수 있겠습니까?"

"하지만 토마스 씨가 사랑을 나누지 않으면 페트라가 의심할 거고……."

"배탈이 났다고 하죠."

"그래도 의심할 겁니다."

"아닙니다. 페트라는 제 마음이 변할 리 없다고 믿고 있거든요. 그러니까 자기 비밀을 저에게 들켰으리라 생각하지 못할 겁니다."

"인터뷰 원고 이야기는 하실 거죠?"

"물론입니다."

"〈라디오리버티〉에서 번역도 했다고 말하세요. 쾨니그 씨가 번역했다고 하면 됩니다. 쾨니그 씨도 〈라디오리버티〉에서 번역을 맡고 있으니까요."

"페트라가 혹시 그 원고를 몰래 촬영하지 않으면……."

"쾨니그 씨도 페트라에게 어떻게 대응해야 하는지 잘 알고 있습니다. 하지만 페트라는 방송국에서 토마스 씨와의 관계를 비밀에 부치고 있으니까 쾨니그 씨에게 아무 말도 하지 않을 겁니다."

"맞는 말씀이군요."

"잠자리를 같이 하는 걸 빼면 계획은 그대로죠? 페트라는 함부르크에서 오후 다섯 시 사십삼 분 발 열차를 탈 겁니다. 우리 공작원이 토마스 씨 집 앞에서 대기하다가 페트라가 안으로 들어가면 아파트 뒤편에서 기다릴 겁니다. 토마스 씨는 아프다고 말하고 일찍 침대에 누우세요. 하지만 그 전에 기회를 봐 함부르크 출장은 어땠는지 꼭 물어보세요."

"그런 건 제가 알아서 할 수 있을 것 같습니다. 가짜 원고는 언제 받을 수 있죠?"

"내일 오전 열한 시에 여기에 맡겨 놓겠습니다."

"그래도 괜찮을까요?"

"여기 주인은……제 친구입니다."

나는 눈을 감았다. 부블리스키의 사람들이 내 생활 곳곳에 퍼져 있다니.

마침내 내가 말했다.

"친구가 아주 많으시군요."

"제가 무척 사교적이거든요."

그날은 영화관에 파묻혀 지냈다. 쿠담에 있는 영화관은 1시에 첫 상영을 시작하고, 날마다 프로그램이 바뀌었다. 그 영화관에는 상영관이 세 개였고, 나는 세 편의 영화를 다 보았다. 페트라가 돌아오면 어떻게 할지 생각하는 대신 영화에 몰두하고 싶었다.

새벽 1시에 집으로 돌아갔다. 다행히 알스테어는 집에 없었다. 전날 밤의 숙취와 불면 때문에 나는 곧장 잠에 곯아떨어졌다. 이튿날 아침에 깨어나 보니 10시였다. 날씨는 화창했다.

잠에서 깨어나자마자 공포가 밀려왔다. 운동복을 입고 아직 텅 빈 거리를 달렸다. 일요일 아침의 크로이츠베르크는 숙취에 시달리고 있었다. 거리는 온통 지저분한 쓰레기와 빈 맥주병이 널려 있어 어지러웠다. 간혹 쓰고 버린 콘돔도 보였다. 밤새 놀다가 이제야 집으로 돌아가는 올빼미족도 몇몇 보였다. 나는 머릿속을 비우려고 열심히 달렸다. 20분도 지나지 않아 티어가르텐에 다다랐다. 공원을 두 바퀴 돌고 나서 조금 속도를 늦춰 크로이츠베르크로 돌아갔다.

카페 이스탄불 앞에서 손목시계를 보았다. 한 시간 넘게 달린 셈이었다. 몸은 완전히 지쳤지만 머릿속은 저녁에 페트라를 만날 걱정 때문에 혼란스러웠다.

내가 과연 표정을 잘 숨길 수 있을까? 페트라가 금방 알아채지는 않을까? 페트라가 주말에 벌어진 일에 대해 거짓말을 늘어놓으면 어떻게 반응해야 할까? 페트라가 원고를 몰래 촬영하면…….

나는 카페 이스탄불에 고개를 내밀었다. 오마르는 늘 그렇듯 카운터 뒤에 서 있었다.

오마르가 말했다.

"손님 앞으로 물건이 와 있어요."

오마르는 두툼한 서류봉투를 내밀었다. 나는 칸막이 자리에 앉아 커피를 주문했다. 봉투를 열자 스물두 장의 원고가 나왔다. 맨 앞 장은 〈라디오리버티〉 공식 용지였다. 오른쪽 위에는 막달레나 쾨니그라고 번역자의 이름이 적혀 있었다. 내 이름은 본문 앞에 적혀 있었다. 원고는 독일어였다. 날짜는 전날로 적혀 있었다. 내가 브라운 남매와 인터뷰한 것처럼 꾸민 원고였다. 나는 세심하게 원고를 읽었다. 무용수 남매의 동독 생활, 정치 활동, 탈출 과정, 동독의 압제를 세상에 밝힐 계획 등등이 상세하게 적혀 있었다. 내가 읽으면서도 빠져들 정도였다. 특히 탈출 과정은 압권이었다. 페트라가 정말 동독비밀경찰의 스파이라면 분명 이 원고에 관심을 가질 것 같았다.

나는 페트라가 동독비밀경찰의 스파이라는 말을 여전히 '진실'로 받아들일 수 없었다. 페트라는 내게 비밀경찰 감옥에 갇혔던 공포가 어땠는지 자세히 말하지 않았던가? 동독 체제를 얼마나 증오하는지에 대해서도 분명히 말하지 않았던가? 아들을 잃은 고통이 얼마나 컸는지에 대해서도 말하지 않았던가?

페트라는 늘 공포에 사로잡힌 모습이었는데……그래, 그럴 리가 없어. 페트라가 동독비밀경찰에서 일한다는 건 거짓이야.

집으로 돌아갔다. 알스테어는 또 작업실의 빈 벽을 뚫어져라 바라보고 있었다. 그는 땀에 젖은 내 운동복과 헝클어진 머리카락, 겨드랑이에 낀 서류봉투를 차례로 살폈다.

"이렇게 이른 시간에 조깅을 하다니, 머릿속이 많이 복잡한가 보군요."

나는 씩 웃으며 대답했다.

"운동을 하면 잡생각이 없어지니까요."

"도대체 그 잡생각이라는 게 뭐요?"

"누구나 머릿속에 늘 잡생각이 떠다니지 않나요?"

"내 말을 잘도 피해가는군. 하지만 이 질문에는 어떻게 대답할 거요? 겨드랑이에 커다란 서류봉투를 끼고 조깅을 해요?"

"누가 카페 이스탄불에 일거리를 맡겨 놓았더군요. 오늘밤에 마감해야 할 원고가 있어요."

"나는 오늘 저녁에 외출할 생각이오. 아주 여성스러운 동성애자 미술평론가의 집에서 저녁을 먹기로 했거든. 그 평론가 아버지가 BMW에서 매우 중요한 인물인데, 큰 유산을 물려받았다는군. 그 평론가가 내 그림에 관심을 보였어요. 그러니까 내일 늦게 집에 올지도 몰라요. 페트라는 언제 돌아오는 거요?"

"저녁에요."

"비교적 일찍 돌아온다니 다행이오."

"나는 이만 올라가서 일을 해야겠어요."

"토마스, 혹시라도 나쁜 결정을 내릴 생각이라면……."

"지금 생각하는 건 마감 원고뿐이에요."

나는 위층으로 올라가 문을 닫았다.

'혹시라도 나쁜 결정을 내릴 생각이라면…….'

내 속이 그렇게 다 드러나 보였나? 적어도 알스테어는 집에 없을지도 모르겠군. 알스테어가 넌지시 암시했듯 그 미술평론가와 사랑을 나눈다면 외박을 할 수도 있을 테니까.

나는 운동복을 벗고 샤워를 한 다음 옷을 갈아입고 손목시계를 보았다. 페트라가 돌아올 때까지 시간을 때워야 했다. 선반에서 타자기를 꺼냈다. 식탁 한쪽 끝에 타자기를 놓고 종이, 노트, 펜, 스탠드도 챙겼다.

베를린에서 적은 노트들을 보관해둔 수납장을 열었다. 첫 번째 노트를 펼치고, 담배를 말았다. 카페 이스탄불에 들러 이 아파트를 세놓는다는 전단을 읽게 되었고, 그 결과 알스테어를 만나게 됐다. 웰만 지국장을 만나러 간 날, 페트라가 사무실로 들어오지 않았다면……?

이 모든 일들이 우연일까? 여러 우연들이 겹쳐 상상도 못할 만큼 끔찍한 음모에 휘말리게 되었을까? 그것도 운명적인 사랑을 발견했다고 느낀 바로 그 순간에? 그 상황이 우연히 벌어진 게 아니라면 부블리스키의 설명만으로는 뭔가 부족하지 않은가?

뭔가 다른 설명이 필요했다. 페트라에게 캐물을 경우 설사 그녀가 결백하다 해도 우리 사이는 전과 달라질 것이다. 하지만 내가 아무리 낙관주의자라도 이 상황을 '그저 조용히 지나가겠지'라고 단순하게 치부할 수는 없는 일 아닌가? 하지만 막다른 길에 몰린 사람이라면 누구나 그런 낙관에 빠지지 않을까?

'내일 눈을 뜨면 괴로운 일은 모두 사라져버리고 없을 거야. 내일 눈을 뜨면 페트라가 내 옆에 누워 있을 거야.'

진실은 무엇일까? 나는 다른 해석을 기대했다. 내가 그나마 인정하고 살아갈 수 있는 정도의 해석.

페트라가 돌아올 때까지 남은 시간은 여섯 시간이었다. 시간을 때울 일이 필요했다. 내 머리와 손을 바삐 놀려야 할 일이 필요했다. 베를린에서 적은 첫 번째 노트를 읽고 나서 나는 곧장 식탁으로 가 노트 첫 장을 펼치고 타자기에 종이를 끼웠다. 숨을 깊이 들이쉬고 타자를 치기 시작했다.

여행기의 첫 부분을 현지에서 쓰는 건 매우 어리석은 일이라는 걸 잘 알고 있었다. 베를린을 떠나기 전에는 책에 대해 아예 생각하지 말아야 한다는 것도 잘 알고 있었다. 그래야만 이 도시와 '객관적인 거리'를 유지할 수 있기 때문이다. 하지만 내가 당장 할 수 있는 일이라고는 그 일뿐이었다.

나는 두 시간 동안 꼼짝도 하지 않고 글을 썼다. 두 시간이 지나서야 커피를 끓이고 담배를 피웠다. 또 두 시간을 더 집중했다. 이제 4시가 넘었다. 원고 열두 장을 썼다. 원고를 읽으며 만년필로 맘에 들지 않는 부분을 수정했다. 전체 원고를 완성하고 나서 제대로 수정해야 했으므로 크게 손보지는 않았다.

시계를 보았다. 페트라가 집에 도착하기 전에 술집에 가 맥주를 마시고 배짱을 키우기로 마음먹었다.

'집'이라니? 나는 이 아파트를 '집'으로 생각했다. 내가 사랑하는 여자와 함께 사는 집. 앞으로 함께 살 여러 집들 중 첫 번째 집. 모든 가능성이 시작된 집. 그러나 이제 모든 게 안개 속에 파묻혀 버렸다. 페트라가 정말 동독 스파이고, 내가 그 사실을 알아낸다 해도, 과연 나는 부블리스키가 말한 대로 행동할 수 있을까?

갑자기 문이 열렸다. 페트라가 들어왔다.

"더 늦게 도착할 예정이었는데 당신이 보고 싶어 빨리 왔어."

페트라는 나를 보며 활짝 미소를 지었다. 더없이 기쁘고 행복한 미소였다. 페트라는 나를 다시 만난 걸 이토록 기뻐하고 있지 않은가?

나는 얼른 일어나 페트라를 꼭 껴안았다. 우리는 금방 함께 침대로 올라갔다.

완전히 녹초가 되어 나란히 누웠을 때 페트라가 말했다.

"얼마나 보고 싶었는지 몰라."

"나도."

"다시는 한순간도 떨어져 있지 않을래."

"정말?"

"정말이고말고. 모르겠어? 함부르크에 가 있는 동안 내내 한 가지 생각만 했어. 며칠 뒤면 우리는 부부가 된다고."

"잘했어."

나는 미소를 지으려 애썼다. 하지만 나는 내가 연기를 하고 있다는 걸 깨달았다. 나는 평소와 다르게 보이지 않기를 바랐다. 페트라가 죄책감을 보이거나 뭘 숨기는 듯한 태도를 보이지 않았으므로.

페트라가 물었다.

"주말은 잘 보냈어?"

"당신이 여기 있었다면 더 좋았겠지. 함부르크에서는 어땠어?"

"함부르크는 처음인데 정말 아름다운 곳이었어. 회의는 지루했고 웰만 지국장의 연설도 딱딱했어. 잠시 틈을 내 함부르크 현대미술관을 둘러보았어. 호수에서 보트도 탔지만 당신이 옆에 없다는 게 끝내 아쉬웠어."

나는 페트라에게 거짓말하지 말라고 소리치고 싶은 충동을 가까스로 억눌러 참아야 했다. 그런 한편 내 머릿속에서는 부득이한 이유 때문에 페트라가 해첸에게 끌려 다닌 건 아닐까 하는 생각이 끊임없이 떠올랐다.

페트라가 말했다.

"브라운 남매 이야기도 듣고 싶어."

나는 지난 서른여섯 시간 동안 머릿속에서 꾸민 이야기를 시작했다. 차를 타고 남매 무용수가 있는 곳까지 갔지만 차창을 검게 칠한 차였기 때문에 남매가 있는 곳이 어디인지는 알 수 없었다. 어쨌든 두 시간 동안 인터뷰를 진행했다. 하이디는 수줍음이 많은 성격으로 많이 긴장했더라. 그 반면 한스는 외향적이어서 동독 생활에 대해 많은 이야기를 했다. 특히 동독 동성애자들에 대해서 흥미로운 이야기를 들었다. 한스의 전 애인이 경찰에 폭행당해 식물인간이 되었다는 이야기를 할 때는 분위기가 숙연해지기도 했다, 등등.

나는 〈라디오리버티〉에 인터뷰 녹음테이프를 두고 왔고, 막달레나 쾨니그가 토요일에 인터뷰 원고를 모두 번역했다고 했다.

"번역 원고는 오늘 아침에 받아서 다 읽어 봤어. 인터뷰 원고가 방송되면 큰 화제가 되겠지. 내일 포웰을 만나 녹음테이프를 다시 듣고, 어떤 부분을 방송에 내보낼지 의논하기로 했어. 삼십 분 분량으로 편집해야 하니까."

"인터뷰는 언제 방송에 내보낼 계획이래?"

"서독 정부의 사인이 떨어지면 곧장 방송하려나봐. 아마도 금요일쯤일 거야. 한스 브라운은 프라이부르크 발레단에 입단하겠다는 의사를 밝혔는데 뉴욕발레단에서도 관심을 보이고 있나봐. 하이디에게도 과연 입단을 제안할 발레단이 있을지는 아직 의문이래."

"그들은 어떻게 탈출한 거야?"

나는 두 사람이 무대장치와 조명 장비를 싣는 트럭에 숨어 동독을 빠져나왔다고 말했다.

페트라가 말했다.

"프라이부르크의 탄잘무용단이면 정치적으로 급진적인 무용단 아니야?"

"미국 공연 당시 정치적 성향이 문제가 되었을 만큼 급진적인 좌파야. 하지만 무용수 남매의 탈출을 돕기도 했나봐."

"브라운 남매가 인터뷰 내내 직접 말했어?"

"당연하지. 아주 상세하게 말했어."

"그 인터뷰 원고는?"

"원고가 두 부인데 나한테 한 부가 있어. 오늘밤에 한 시간쯤 원고를 살펴볼 생각이야. 내일 아침 포웰을 만나 분량을 줄여야 할 테니까. 한 시간쯤 혼자 일해도 괜찮지?"

페트라가 무표정하게 말했다.

"물론 괜찮아."

우리는 7시쯤 침대에서 나와 근처에 있는 이탈리아 식당으로 갔다. 파스타를 먹고 포도주 0.5리터를 나눠 마셨다. 뉴욕 이야기를 하는 페트라의 표정이 들떠 보였다. 함부르크에서 돌아오는 기차 안에서 미국 영주권 신청서에 적을 내용을 정리했는데 내일 타자할 때 잘못된 영문 표현은 없는지 봐달라고 했다.

내가 말했나.

"자기 영어야 손볼 데 없이 완벽하잖아."

"미국에 가자마자 나에게 영어로 말할 거야?"

"여기 있는 동안에도 반은 영어로 말하는 게 어때?"

"그러는 게 좋겠어. 미국에 가면 우선 비싸지 않은 차를 사서 몇 달 동안 여행을 다니고 싶어. 나에게 모아둔 돈이 조금 있으니까 차는 내가 살게. 그렇게 돌아다니다가 마음에 드는 곳이 있으면 잠시 머물렀다 또 떠나는 거야. 당신은 베를린에 대한 책을 써야 할 테고, 나머지 시간은 토마스와 페트라의 〈길 위에서〉가 되는 거지."

페트라가 내 얼굴을 어루만졌다.

"베를린을 떠나기만 하면 다 잘 될 거야."

나는 계속 고개를 끄덕이며 나도 모르게 내 얼굴에 떠오른 의혹을 들키지 않기를 바랐다. 주말 내내 해첸과 있었으면서 어떻게 이런 로맨틱한 계획을 내 앞에서 말할 수 있을까? '베를린을 떠나기만 하면 다 잘 될 거야' 라니? 그 말에 혹시 숨은 뜻이 있진 않을까? 지금은 어쩔 수 없이 스파이 노릇을 할 수밖에 없지만 베를린을 떠나면 그 끔찍한 일에서 벗어날 수 있을 거라는 의미가 아닐까? 그렇다고 해도 처음에 거짓말을 해 나에게 접근한 건 여전히 사실로 남게 된다. 과연 그런 사실을 알고도 내가 페트라를 계속 사랑할 수 있을까?

나는 화장실로 가 세면대에 몸을 의지했다.

스파이가 첩보활동에서 벗어나는 걸 당연하게 여길 수 있을까? 미국인과 결혼해 미국으로 가는 걸 축복으로 여길 수 있을까? 페트라는 왜 나에게 이런 말을 하는 걸까?

나는 얼굴에 찬물을 끼얹으며 한 가지 생각에만 집중하려 했다.

'적어도 곧 해답을 얻게 될 것만은 분명해.'

집으로 돌아오고 나서 페트라에게 '미안하지만 한 시간쯤 원고를 손봐야 한다' 고 말했다. 페트라는 내가 혼자서 일할 수 있게 한 번도 내 옆에 오지 않았다. 어깨너머로 원고를 들여다보지도 않았고, 보여달라고 하지도 않았다. 페트라는 침대에 앉아 영주권 신청서에 쓸 내용을 정리하고 있었다. 나는 10시쯤 원고를 일부러 식탁 위에 놓고 침실로 갔다. 페트라가 수첩에서 고개를 들고 나를 보았다.

"벌써 끝났어?"

"내일 포웰을 만났을 때 좀 더 손보려고."

"피곤하겠다."

"좀 피곤하네."

"사랑을 나누지 못할 만큼 피곤하지 않았으면 좋겠어."

페트라는 그렇게 말하고는 양팔을 벌렸다. 우리는 옷을 벗고 아주 천천히 사랑을 나눴다. 어찌나 다정하게 사랑을 나눴는지, 나는 페트라가 나를 더없이 깊게 사랑하고 있는 건 아닐까 생각했다. 사랑이 끝나고 나서 페트라가 내 귀에 대고 속삭였다.

"무슨 일이 있어도 영원히 당신을 사랑해."

페트라는 불을 껐다. 우리는 서로의 팔에 안겨 잠들었다.

사실 나는 눈을 감았을 뿐 잠들지는 않았다. 몹시 피곤했지만 애써 밀려오는 잠을 가까스로 참았다. 십 분 후에 눈을 떴을 때 페트라가 곤하게 잠들어 있길 바랐다. 그러면 나도 얼른 편히 잠들 수 있을 텐데……

'페트라가 조용히 잠을 잔다면 우리 생활은 예전과 달라질 게 없는 거야.'

하지만 페트라가 일어난다면…….

10분 뒤, 페트라가 살며시 일어나 내 팔에서 조심스럽게 몸을 빼냈다. 그녀는 침대에서 윗몸만 일으켜 앉은 채 적어도 육십 초 동안 꼼짝하지 않았다. 내가 확실히 잠들었는지 확인하려는 듯했다.

페트라가 조용히 옷을 입고 침실 문 밖으로 나가는 소리가 들렸다. 그 다음에는 문이 조용히 닫히는 소리가 들렸다. 나는 마음속으로 1부터 60까지 세고 나서 침대에서 살며시 빠져나와 청바지와 셔츠를 입었다. 침실 블라인드가 살짝 열려 있어 달빛이 새어 들어오는 게 다행이었다. 나는 손목시계를 보면서 5분쯤 가만히 서 있다가 살금살금 침실 문으로 다가갔다. 부블리스키의 말대로 열쇠 구멍을 통해 밖을 엿보지는 않았다. 몰래 엿본다는 건 치사한 일 같았다. 그 대신 조용히 문을 열었다.

페트라는 식탁을 내려다보고 있었다. 식탁에는 원고 몇 장이 흩어져 있었고, 스탠드 불빛이 그 위를 비추고 있었다. 페트라가 소형 카메라로 원고를 한 장씩 촬영하고 있다는 걸 확인하는 순간 나는 몸을 움직일 수 없었다. 페트라가 침대에서 몰래 빠져나간 순간부터 이런 광경을 보게 될지도 모른다고 예상했지만 직접 내 눈으로 '첩보 활동'을 하는 애인을 보는 충격이라니……

나는 가만히 서서 내 희망이 산산이 부서져나가는 걸 바라보고 있었다. 사랑은 희망이다. 희망은 깨어지기 쉽다. 우리는 누구나 절망을 안기는 확실한 증거와 대면하게 되는 순간을 두려워한다.

나도 모르게 입에서 말이 툭 튀어나왔다.

"여기서 나가!"

페트라는 내가 문을 열고 나온 것도 모르고 촬영에 열중하다 내 목소리를 듣고 소스라치게 놀랐다. 페트라가 깜짝 놀라 식탁에 기대는 바람에 스탠드가 바닥으로 굴러 떨어지며 전구가 박살났다.

"토마스……"

"나가."

내 목소리는 침착했다.

"다 설명할게. 그럴 만한 이유가 있어."

"그렇겠지. 당신도 그들과 한패지?"

"토마스……"

나는 소리쳤다.

"아니야?"

페트라가 한쪽 손으로 입을 가렸다. 눈에는 눈물이 그렁그렁했다.

"내 설명을 들어봐."

"아니, 필요 없어. 당신은 나를 배신하고, 우리를 배신했어."

페트라의 목에서 흘러나오는 신음이 들렸다.

"사랑해."

"함부르크에서 다른 남자와 있었지?"

이제 페트라는 뺨을 세게 얻어맞은 표정이었다.

"그걸 어떻게……."

"어떻게 아느냐고? 나는 다 알아. 당신이 나에게 사랑 운운하면서 내내 그놈과 잤다는 것도 알아."

"토마스, 내 사랑은 당신이야. 내가 다 설명할 테니……."

"뭘 설명한다는 거야? 그놈에게 협조할 수밖에 없었다는 변명을 늘어놓으려고?"

"제발, 제발, 나에게 말할 기회를……."

나는 고함쳤다.

"염병할, 못 들었어? 나가! 낭상 나가!"

페트라는 흐느낌과 함께 양팔을 벌리고 나에게 다가오며 '제발'이라는 말을 되풀이했다.

나는 더욱 커다란 분노에 휩싸였다. 어린 시절부터 세상에 대해 느낀 배신감이 한꺼번에 밀어닥쳤다. 어마어마한 분노, 내 자신도 놀랄 만한 분노의 폭발이었다. 도저히 브레이크를 걸 수 없었다. 나는 원고를 집어 페트라에게 마구 집어던졌다. 페트라는 엉엉 울며 구석으로 뒷걸음쳤다.

내가 소리쳤다.

"가져! 다 가져! 이걸로 동독에서 훈장이나 타란 말이야!"

페트라는 울음 때문에 잘 나오지 않는 목소리로 간신히 말했다.

"제발……제발……제발…….."

"일을 다 망친 주제에 감히 용서를 빌어? 필요 없어! 나가!"

나는 나가라고 소리치며 의자를 집어던졌다. 페트라는 겁에 질린 얼굴로 원고를 주섬주섬 챙겼다.

나는 원고를 모으는 페트라를 보며 소리쳤다.

"당신 꼴을 봐! 그래, 그게 당신이 바라는 거지? 다 챙겨서 당장 꺼져!"

페트라는 핸드백을 얼른 집어 카메라와 원고를 넣고 문으로 달려갔다. 그녀는 겁먹은 얼굴로 울고 있었다. 페트라가 문 밖으로 나가고 나서 문을 쾅 닫았다. 나는 창가로 갔다. 여전히 분노에 휩싸여 있었다. 나는 블라인드를 내려 방금 페트라가 내려갔다는 신호를 보냈다. 그러다가 갑자기 마음이 바뀌었다. 나는 페트라에게 기다리라고 소리치며 계단으로 달려갔다.

내가 왜 그랬지?

분노에 미쳐 페트라에게 해명할 기회를 주지 않았다. 그제야 내 행동이 지나치게 비이성적이었다는 걸 깨달았다. 그러나…….

나는 최대한 빨리 달렸다. 아파트 문을 어깨로 밀고 나갔다. 어두운 거리를 이리저리 둘러보았다. 정장을 입은 남자 둘이 페트라를 자동차에 밀어 넣는 게 눈에 띄었다. 페트라의 이름을 소리쳐 부르며 자동차로 달려갔다. 그때 어둠 속에서 누군가 내 배를 세게 때렸다. 나는 숨이 턱 막히는 충격과 함께 그대로 나동그라졌다. 누가 내 멱살을 잡고 나를 일으켜 세웠다. 부블리스키였다.

"길거리에서 체포할 거라는 말은 없었잖아요."

부블리스키가 다시 내 배를 세게 때리더니 나를 끌고 아파트 건물 안으로 들어갔다. 그가 나를 벽에 밀어붙이며 식식거렸다.

"당장 입 닥치지 않으면 영원히 갇혀 지내게 될 줄 알아. 명심해. 진담이니까."

나는 부블리스키의 무시무시한 목소리에 겁을 집어먹고 연신 고개를 끄덕였다.

"당신이 할 일은 이제 끝났어. 당신은 좋은 일을 한 거야. 내가 조언 하나 해줄까? 당장 짐을 꾸려 베를린을 떠나. 이번 일에 대해서 누구한테 말하거나 글로 쓰면 내가 가만히 안 둬. 말썽을 피우면……"

"말썽은 안 피우겠습니다."

부블리스키가 내 멱살을 놓았다.

"그래, 똑똑해. 이제 올라가서 조용히 짐을 꾸려. 아침 일곱 시에 프랑크푸르트 행 비행기가 있어. 프랑크푸르트에서 열 시 이십오 분에 출발하는 뉴욕 행 비행기를 타. 왕복 오픈티켓을 가지고 있지?"

부블리스키는 나에 대해 모르는 게 없었다.

"내가 그 비행기 표를 예약해 두지. 이의 있나?"

나에게는 달리 선택의 여지가 없었다.

"없습니다."

"그래, 정말 똑똑해. 미국 정부를 대신해 감사의 말을 전할게. 페트라는 악질이야. 당신이 협조한 덕분에 겨우 잡을 수 있었지. 난 이런 해피엔드가 좋아."

나는 고개를 푹 숙이고 아무 말도 하지 않았다. 그 당시 느낄 수 있는 감정이라고는 수치심과 공포뿐이었다. 페트라는 '제발……제발……제발……'이라고 말하며 해명할 기회를 달라고 했다. 그런데 나는 마치 동독비밀경찰처럼 치졸한 방법을 쓰는 미국정보원들에게 페트라를 넘겼다.

부블리스키가 말했다.

"죄책감을 느끼고 있다면 잊는 게 좋아. 페트라는 조만간 동독에 잡혀 있는 우리 정보원과 교환돼 동독으로 가게 될 거야. 동독에 가면 큰 아파트와 차를 받게 되겠지. 우리는 페트라를 고문하지 않을 거야. 페트라가 알고 있는 건 우리도 이미 다 알고 있으니까. 페트라는 그저 동독에 있는 우리 포로들을 데려오기 위한 교환용 미끼일 뿐이야."

"해첸은 체포했습니까?"

"그건 말해줄 수 없어. 지금 당신에게 해주고 싶은 충고라면 당장 뉴욕으로 돌아가라는 거야. 당신은 베를린에 대한 책을 써. 《뉴욕타임스》 북 리뷰에서 좋아할 만한 글을 써. 하지만 오늘 일은 절대로 발설해선 안 돼. 당신은 말귀를 잘 알아듣는 사람이니까 내 말뜻을 잘 알아들었을 거야. 앞으로 우리는 당신이 쓴 글을 지켜보게 될 거야. 미국사회에 대한 비판적인 시각을 아예 담지 말라는 뜻은 아니야. 자유를 존중하는 미국 정부가 비판적인 예술가들을 탄압하는 것처럼 보여서는 안 되니까. 하지만 이번 일을 조금이라도 바깥에 흘렸다는 이야기가 들리면……."

"그런 일은 없겠지만 가령 알스테어가 저에게 왜 이렇게 급히 떠나는지 물으면……?"

"애인과 헤어져 베를린에 더 이상 남아있을 수 없다고 말해. 내일 아침 일곱 시 이후에는 무조건 비행기에 올라 있어야 해."

부블리스키가 뒤로 한 발짝 물러섰다.

"우리가 앞으로 다시 만날 일은 없겠지. 다시 한 번 말하지만 협조해 줘서 고마워. 당신의 공로에 대해서는 정부에 보고할 거야. 잘 가."

부블리스키는 돌아서서 어둠 속으로 사라졌다.

나는 내 아파트로 올라갔다. 계단을 오르는 내내 다리가 휘청거려 난간을 붙잡아야 했다. 알스테어가 차갑게 경멸하는 눈빛으로 나를 보고 있었다.

알스테어는 엄하게 나무라는 목소리로 말했다.

"토마스, 무슨 짓을 한 거요? 도대체 무슨 짓을……."

"무슨 말인지 모르겠군요."

"위층에서 벌어지는 소리를 다 들었어요. 페트라가 계단을 내려갈 때 막아서고 싶었지만 가까스로 참았소. 거리에서 벌어진 일을 블라인드 너머로 다 보았단 말이오. 당신이 그 남자에게 이끌려 아파트 로비로 들어섰을 때에는 몰래 계단참으로 가서 이야기를 다 들었지."

"그래서요?"

"내가 뭘 어쩌겠소. 당신이 벌써 그 남자로부터 얼른 베를린을 떠나라는 명령을 받았으니 내가 굳이 당장 나가라는 말은 하지 않아도 되겠네. 나도 낭신 얼굴을 다시는 보고 싶지 않아요."

"페트라가 무슨 짓을 했는지 몰라서 그래요. 그 배신을……."

"내가 보기에 가장 큰 배신은 여기에서 벌어졌어요. 사랑하는 여자를 그 따위 정보원 놈들에게 팔아넘기다니? 토마스, 당신은 스스로 인생을 망친 거야. 당신은 평생 오늘의 실수를 극복하지 못할 거요."

사흘 뒤, 나는 캠브리지 MIT 근처에 있는 스탠의 작은 아파트에 있었다. 맨해튼에 있는 내 아파트의 세입자가 집을 비우기로 약속한 날까지는 아직 몇 주가 더 남아 있었다. 나는 친구가 절실히 필요했다. 케네디공항에서 입국 수속을 마치고 나서 곧장 스탠에게 전화했다.

스탠은 거실에 간이침대가 있으니 얼마든지 자기 집에 와서 지내도 좋다고 했다. 스탠의 집에 도착한 시간은 밤 10시경이었다. 나는 서른

여섯 시간 동안 한숨도 자지 못했다. 스탠은 엉망인 내 몰골을 보고도 아무 말 없이 잠자리를 준비해 주었으며 이튿날 아침에 나를 깨우지도 않고 출근했다.

나는 오후 1시가 넘어 잠에서 깼다. 마치 출구 없는 감방에 갇힌 기분이었다. 그 후 이틀 동안 나는 스탠의 아파트에서 한 발짝도 나가지 않았다. 바깥세상이 두려웠다. 스탠은 나에게 아무것도 캐묻지 않고 나를 가만히 내버려두었다.

사흘째 되는 날, 내가 스탠에게 말했다.

"비밀을 지킬 수……."

"그런 건 묻지 않아도 돼."

스탠에게 베를린에서의 일을 모두 이야기했다. 스탠은 내 이야기를 다 들었지만 아주 오랫동안 아무 말도 하지 않았다. 그러다가 마침내 입을 열었다.

"자책하지 마. 부블리스키라는 남자가 말했다면서? 너나 페트라는 이 커다란 게임에서 아주 작은 부분일 뿐이라고. 그 말이 옳아."

"하지만 내가 분노에 미쳐서 일을 죄다 망쳤어."

"누구보다 페트라를 사랑했으니까 미쳤던 거야. 페트라도 그걸 잘 알겠지. 페트라는 그 일로 너를 악마라 생각하지는 않을 거야. '나를 너무 사랑해서 세상이 온통 무너진 듯 행동한 거야'라고 생각하겠지. 페트라 역시 평생 그 생각 때문에 괴롭겠지."

"나도 평생 괴로울까?"

"그 질문에 대한 답을 너는 벌써 알고 있을 것 같은데."

나는 고개를 푹 숙였다. 더 이상 할 말이 없었다. 스탠이 침묵을 깼다.

"넌 그 일에서 평생 벗어나지 못할 거야. 그저 아예 없었던 일이라고 생각하려 애써 봐."

　15년이 지나고 스탠이 갑자기 죽었을 때, 그 말이 내 귀에서 계속 울렸다. 내가 스탠에게 그 이야기를 들려주고 나서 15년이라는 시간이 흘렀지만 그 날의 기억은 내 머릿속에서 조금도 흐려지지 않았다. 아니, 오히려 그 기억은 나날이 선명해지며 나를 괴롭혔다. 우리 둘만이 알고 있던 그 비밀은 스탠의 죽음과 함께 더 깊숙이 묻혔다.
　하지만 나는 여전히 그 일을 극복하지 못했다.

제11장

원고는 거기서 끝났다. 마지막 장을 넘기고 원고를 옆으로 밀쳤다. 내가 그 원고를 다 쓴 건 2004년의 일이었다. 6주 동안 쉬지 않고 썼다. 내가 세상에 내놓지 않을 원고인 만큼 결코 출판되지 않을 책이었다. 원고를 다 쓰고 나서 캐비닛에 넣고 잠갔다. 다시는 읽지 않을 생각이었다. 부블리스키의 협박 때문은 아니었다. 베를린 장벽은 이미 몇 년 전에 무너졌고, 냉전은 과거의 일이 됐다. 그때 강제로 쫓기듯 빠져나온 뒤로 베를린에는 단 한 번도 간 적이 없었다. 1986년에는 베를린 생활을 담은 책을 펴냈지만 그 이야기는 전혀 언급하지 않았다.

1984년 여름, 베를린에서 돌아온 일주일 뒤부터 책을 쓰기 시작했다. 스탠의 집에서 머문 지 며칠이 지났을 때 그가 말했다.

"이제 여기서 나가. 탁 트인 곳에 가서 기운을 되찾으란 말이야."

스탠은 가족 별장의 열쇠를 나에게 주었다. 버몬트 주 벌링턴 외곽에 있는 챔플레인 호숫가의 별장이었다. 스탠의 부모는 그보다 2년 전에 교통사고로 세상을 떠났다. 스탠은 외아들이었고, MIT 교수 일만 해도 무척이나 바빴으므로 별장은 늘 비어 있었다.

"별장에 얼마든지 머물러도 돼. 집세를 내겠다고 하면 다시는 네 얼굴을 안 볼 거야."

별장의 어느 방에서나 호수가 내다보이고, 벌링턴 중심가까지 자전거로 10분밖에 걸리지 않았다. 침대와 책상도 좋았고, 의자도 편했다. 책, 음반, 라디오도 있었다. 챔플레인 호수와 애디론댁 산맥이 내다보이는 자리에도 작은 책상이 놓여 있었다. 바구니가 달린 자전거를 타고 벌링턴 시내로 나가 식료품도 사고, 커피도 마시고, 서점도 구경하고, 영화도 볼 수 있었다.

별장에서 나는 당장 글을 쓰기 시작했다. 별장에 도착한 그날부터 당장 타자기를 책상에 놓았다. 베를린의 아파트에서 7시 비행기를 타려고 서둘러 공항으로 가기 전 나는 기본적인 옷가지와 타자기, 무엇보다 중요한 노트들만 챙겨 나왔다. 베를린에서 산 책, 음반, 옷들을 모두 두고 나왔다. 식탁에 알스테어에게 남긴 쪽지와 200달러를 함께 올려놓았다.

'혹시 시간이 되면 내 짐들을 부쳐 주세요. 요금은 이백 달러면 충분할 겁니다. 그냥 다른 곳에 기부해도 괜찮습니다.'

이렇게 끝나게 되어 정말 아쉽다는 말을 길게 쓰고 싶었지만 꾹 눌러 참고 그렇게만 적었다. 가방 두 개를 끌고 내려갔다. 알스테어는 아래층에 있었다. 탁자에는 보드카가 놓여 있었고, 그의 손에는 담배가 들려 있었다. 그는 텅 빈 벽을 뚫어져라 바라보고 있었다.

"정말 달아나는 거요?"

"네, 그래요."

"당신 인생이니 참견 마라 이건가?"

알스테어가 돌아앉았다. 더 이상 할 말이 없다는 뜻이었다.

나는 낑낑거리며 가방을 끌고 거리로 나갔다. 20분을 기다린 끝에 택시를 탔다. 공항에서 확인한 결과 프랑크푸르트 행 7시 비행기와 뉴욕 행 비행기가 내 이름으로 예약되어 있었다.

대서양 상공을 나는 비행기 안에서 나는 화장실에 들어가 10분도 넘게 엉엉 울었다. 내 울음소리가 어찌나 컸던지 승무원이 화장실 문을 두드리며 괜찮은지 물었다. 그 소리에 나는 간신히 정신을 차렸다. 내가 화장실 문을 열자 승무원이 걱정스러운 눈으로 나를 보고 있었다.

"무슨 일인지 걱정했습니다."

"미안합니다."

"누가 돌아가셨나요?"

"영원히 잃었어요."

내 자리로 돌아와 앉은 나는 앞만 노려보았다. 머릿속에서는 오스카 와일드의 시구가 계속 맴돌았다.

'남자는 자기가 사랑하는 것을 죽인다.'

아니, 페트라가 나를 먼저 배신했어.

'너는 너 자신을 배신했고.'

내 스스로 나를 죽인 것이나 다름없었다. 첫 날에는 지쳐서 쓰러졌지만 그 다음 며칠 동안은 잘 수도, 먹을 수도, 스탠의 아파트 밖으로 나갈 수도 없었다. 스탠에게 밤새 그 일을 다 이야기하고 나서도 슬픔이나 죄책감이 가시지 않았다. 아니, 오히려 절망만이 더욱 깊어졌다.

내가 내 자신을 망쳤다는 알스테어의 말은 정확했다. 마지막 순간들, 페트라가 해명할 기회를 달라고 애원하던 모습이 머릿속에서 끊임없이 떠올랐다. 페트라의 말을 들었으면 어떻게 됐을까? 페트라가 동독정보국을 위해 일한 게 틀림없는 사실이었다면 어차피 함께 미국으로 오는 건 불가능했을 것이다. 하지만 다른 방법이 있었을지도 모른다. 그 마지막 순간에 페트라가 드러내 보인 절망적인 모습으로 미루어 볼 때 그녀는 진심으로 나를 사랑했는지도 모른다. 그렇다면 우리는 어떻게든 방법을 찾았어야만 했다. 하지만 페트라가 나를 사랑했다면 어떻게 그런 거짓말로 나를 속일 수 있었을까? 나에게 비밀경찰 감방에서 겪은 끔찍한 일들과 아이를 빼앗긴 일을 이야기한 사람이 사실은 그들의 하수인이었다니. 사랑과 배신이 그렇게 한 묶음일 수 있다니.

나는 끔찍한 생각을 잊기 위해 글을 쓰기 시작했다. 상처가 나을 때까지, 아니 적어도 상처에 익숙해질 때까지 혼신의 힘을 쏟을 일이 필요했다. 나는 귀신에 씐 사람처럼 글을 썼고, 아침마다 호숫가를 달렸다. 오후에는 자전거를 타고 시내에 나가 신문을 사서 카페에서 시간을 보냈다. 일주일에 한두 번씩 영화를 봤다.

맨해튼의 아파트 세입자가 약속한 날짜에 집을 비웠다. 마침 맨해튼에서 교사로 일하는 친구가 당분간 지낼 집을 찾고 있어 11월까지 다시 세를 주었다. 추수감사절까지 스탠의 별장에서 지냈다. 초고가 완성되었고, 추수감사절에 스탠이 칠면조를 들고 나타났다.

"살이 많이 빠졌네."

베를린에서 돌아온 뒤 6킬로그램이 줄었다.

나는 선반에 가지런히 쌓인 원고를 가리키며 말했다.

"대신 사백 매나 되는 원고가 생겼어."

"창작의 고통인가?"

"그런 셈이지."

"이제 무슨 일이 남았어?"

"뉴욕에 가서 원고를 넘겨야지. 한두 번 다시 퇴고해야 할 테고, 편집자가 부분적으로 다시 쓰라고 할지도 모르고. 그 다음에는……알래스카에 대한 책을 써볼까 해."

스탠은 내 말을 듣고 한참 동안 생각했다.

"알래스카는 기후가 아주 험한 곳이잖아. 외진 곳에서 지내고 싶은 거라면……."

나는 아무 말도 하지 않았다. 스탠이 내 침묵의 뜻을 알아채고 말했다.

"너는 상실감을 떨칠 방법을 찾아낼 거야."

그 말은 사실이었다. 내 담당 편집자는 베를린에 관한 원고를 읽고 '아주 뛰어나고 이셔우드(《싱글 맨》과 《베를린 이야기》 등을 쓴 작가 : 옮긴이) 분위기'라고 말했다. '현실감이 넘치는 인물들로 가득하다'는 말도 덧붙였다.

나는 알스테어를 영국에서 온 조각가 사이먼 채닝버넷으로 바꾸어 책에 적었다. 하지만 편집자는 내 책이 필요 이상으로 객관적이며 작가의 감정이 들어 있지 않다는 걸 지적했다. 편집자는 원고 수정 과정에서 작가의 감정을 좀 더 집어넣으면 어떻겠느냐는 의견을 제시했다.

나는 싫다고 우겼다.

"베를린 이야기에서는 우울한 표면이 가장 중요해요."

"그 우울한 표면 뒤에 작가가 일부러 드러내지 않는 이야기가 숨어 있는 게 느껴져요."

"누구에게나 감추고 싶은 이야기가 있잖아요."

"아무튼 저는 책에 작가의 감정이 좀 더 개입되는 게 좋겠다고 생각해요."

나는 편집자의 요구를 무시할 수 없어 알스테어와 메메트가 서로에게 상처를 준 사건을 사이먼과 유부남 그리스 애인으로 바꾸어 집어넣었다. 편집자의 지적은 옳았다. 나는 베를린 원고를 쓰면서 객관적인 관찰자 입장을 넘어서지 않았다. 그러다보니 더욱 이셔우드 스타일이 된 셈이었다.

스탠은 내 원고를 읽고 나서 말했다.

"넌 연기를 참 잘해."

다른 사람들에게도 읽혔는데 재미있고 읽을 만하다는 평이 대부분이었다. 조금 얄팍하다는 평도 있었는데, 그건 나도 인정한다.

그 다음 책은 알래스카에서 석 달을 보내고 나서 썼다. 알래스카에 대한 책이 출간된 뒤에는 곧장 오스트레일리아 들판으로 갔다. 그 다음에는 캐나다 서부로 가서 오스트레일리아에 대한 책을 썼다. 물론 여자들도 만나고 여러 가지 모험도 했다. 시드니에서 사진가 여자를 만나 석 달 동안 함께 지냈다. 사진가는 헤어질 때쯤 내 마음이 늘 '다른 곳'에 가 있다고 말했다.

밴쿠버에서 지낼 때에는 제니퍼라는 재즈 가수를 만났다. 제니퍼가 나를 사랑한다고 고백하자마자 나는 곧장 맨해튼으로 달아났다. 작가와 동침하는 걸 특별한 경험으로 여긴 뉴욕 주식 브로커 여자도 만났다. 하지만 그녀도 결국은 늘 다른 곳으로 떠날 생각만 하는 남자와 지낼 수 없다고 말했다.

그러다가 잔을 만났다. 잔은 똑똑하고 자신만만했다. 적당히 섹시한데다 유식했다. 같은 또래였고, 내가 자주 집을 비워도 이해했다. 잔이 나와 함께 살겠다고 했다. 그때껏 만난 남자들과는 다르지만 그렇기 때문에 오히려 도전의식이 생긴다고 했다. 나는 잔이 변호사로 뛰어난 것, 현실적인 일들을 잘 처리하는 것에 끌렸다.

우리가 처음 만난 건 내가 보스턴에서 저자 강연회를 할 때였다. 잔은 대학 동창이자 로펌 동료인 친구와 함께 강연회에 왔다. 우리는 함께 저녁을 먹었다. 잔의 모습은 인상 깊었고, 냉소적인 유머도 좋았다. 잔도 나에게 관심이 많은 것 같았다.

잔은 아주 괜찮은 아파트가 있으니 거기서 잠시 생활하라고 나에게 말했고, 나는 그 제안을 받아들였다.

칠레 아타카마 사막으로 여행할 때 잔과 동행했다. 제르바의 섬으로 취재하러 갈 때에도 잔과 함께 갔다. 연애를 시작한 지 반년쯤 되었을 때 잔은 피임을 잊고 사랑을 나눴다. 임신 사실을 확인한 잔은 아이를 간절히 원하지만 내가 심하게 반대하면…….

나는 반대하지 않았다. 잔에게 사랑한다고 말했다. 잔에 대한 사랑은 페트라의 희미한 그림자에 지나지 않았다. 잔 역시 우리의 사랑이 세기의 로맨스가 아니라는 걸 잘 알고 있었다. 임신 5개월이던 8월에 우리는 메인 주 바이널헤이븐 섬에 있는 집을 2주 간 빌렸다. 어느 밤, 계속 밀려오는 파도를 바라보다가 잔이 문득 말했다.

"토마스, 그거 알아? 자기 마음은 늘 다른 곳에 가 있어."

나는 놀라 말했다.

"뭐가?"

잔은 대서양의 파도에만 눈을 고정한 채 나를 한 번도 보지 않고 계속 말했다.

"자긴 나를 아주 좋아하지? 나도 알아. 앞으로 태어날 아이도 많이 사랑해 주면 좋겠어. 하지만 자기에게 진짜 사랑은 내가 아니라는 걸 알아. 내 입으로 말하긴 참 힘들지만 나도 그 사실을 인정해야겠지."

잔이 담담하고 침착한 태도를 조금도 흐트러뜨리지 않은 채 한 말이었다.

나는 뻔한 대답만 늘어놓았다.

"도무지 무슨 말인지 모르겠어."

"아니, 자기는 잘 알고 있어. 혹시 나에게 그 여자 이야기를 하고 싶으면……."

나는 잔을 보았다. 잔의 눈은 평소와 달리 슬픔에 차 있었다. 나는 손을 잡으려 했지만 잔이 뿌리쳤다.

잔이 물었다.

"그 여자 이름이 뭐야?"

"그 여자라니?"

"사실을 알게 된다 해도 얼마든지 견딜 수 있겠지만 거짓말은 견딜 수 없어."

하지만 페트라 이야기를 한다는 건 잔을 더욱 슬프게 할 뿐이란 걸 잘 알고 있었다.

"자기와 인생을 보내고 싶어."

"진심이야? 나 혼자서도 아이는 얼마든지 키울 수 있어."

"세상 무엇보다 이 아이를 간절히 원해."

그 말은 진실이었다. 계속 빙글빙글 돌기만 하는 삶에 나도 지쳤다. 아버지가 될 기회를 잃어버리면 크게 후회할 것 같았다. 나도 다른 사람들처럼 한곳에 뿌리를 내리고 제대로 된 인생을 살아야 한다는 생각이 들었다. 아주 똑똑하고, 긍정적이고, 능력 있는 여자가 나와 함께 살기를 바라고 있었다. 안정된 가정을 제공해주는 건 물론이려니와 내 방랑벽도 인정해주겠다는 것이었다. 이 여자는 살아오는 동안 지나치게 똑똑한 여자에게 겁을 집어먹는 남자를 많이 보아왔던 게 틀림없었다. 나는 겁먹지 않았고, 여자 역시 내가 겁먹지 않았다는 걸 알아챘다.

스탠은 처음부터 잔을 좋아하지 않았다. 잔은 냉정한 여자이며 그녀를 향한 내 감정은 그저 동경일 뿐 사랑은 아니라고 말했다. 그러나 나는 이제 더 이상 부초처럼 떠다니는 삶을 바라지 않는 나이가 됐다. 게다가 잔과 나는 잘 맞았다. 책 이야기, 영화 이야기, 시사 문제 등을 함께 이야기할 수 있었다. 취향도 비슷했다. 서로 상대보다 잘나 보이려 애쓰지도 않았다. 불필요한 역할은 서로 피했다.

우리는 어느 모로 보나 서로에게 잘 어울리는 짝이었다. 그러나 한 가지 커다란 문제가 있었다. 우리에게는 진정한 사랑이 없었다.

나는 나 자신과 타협했던 것 같다.

'잔을 봐도 가슴이 떨리지 않는 건 사실이야. 좋은 친구라는 건 분명하지만 운명의 사랑은 아닌 게 분명해. 하지만 살다보면 언젠가 사랑이란 감정도 생겨나겠지.'

나는 인정하기 싫은 의심들을 가슴 깊이 묻어두려 한 것이다. 사실 수많은 사람들이 그렇게 결혼한다. 이제는 안정된 생활을 할 때가 되었다고 생각하며, 결혼을 통해 삶의 바탕을 얻고자 기대하는 것이다.

1989년 11월, 나는 임신 8개월째에 접어든 잔을 두고 혼자 영화관에 갔다. 〈제3의 사나이〉를 보았다. 영화를 보고 나서 오래된 술집에 들어갔다. 캠브리지에는 옛날 분위기를 그대로 간직하고 있는 술집이 몇 집 있었다. 바에 앉아 세 잔째 술을 마시고 있는데, 텔레비전에서 뉴스 속보가 흘러나왔다. 찰리검문소 문이 활짝 열려 있고, 동독 사람

수천 명이 서쪽으로 몰려오는 모습이었다.
　CNN 기자가 흥분한 목소리로 말했다.
　"오늘 마침내 베를린 장벽이 무너졌습니다. 이제 세상이 달라졌습니다."
　기자의 그 말이, 동베를린과 서베를린 사람들이 서로 껴안고 환호하며 기쁨의 눈물을 흘리는 모습이 나를 완전히 사로잡았다. 나는 제정신이 아닌 채로 어두워진 거리로 나갔다.
　베를린까지 가는 데 몇 시간이 걸릴지 생각했다. 동베를린에서 페트라를 찾아내 꼭 껴안고 말해야지. 지난 5년 동안 단 하루도 당신을 생각하지 않은 날이 없다고. 그날 일을 후회하고 또 후회했다고. 시간을 다시 되돌릴 수만 있다면……
　하지만 시간은 되돌릴 수 없다. 이제는 지나간 일일 뿐이다. 나는 한 여자의 남편이 되었고, 곧 아이도 태어날 예정이다. 나에게 아내와 자식이 없다 해도 페드라가 과연 자신을 그토록 매몰차게 내친 나를 용서할 수 있을까? 그 사이 페트라가 다른 남자를 만나 아이까지 낳았다면?
　나는 제정신이 아니었다. 그날 나는 비겁하게 달아났고, 그 중압감은 여전히 내 어깨를 무겁게 짓누르고 있었다. 베를린 장벽은 무너졌지만 내 마음속 장벽은 그대로 남아 있었다.
　마침내 내 딸 캔디스가 태어났다. 딸을 사랑하는 내 마음은 무엇과도 견줄 수 없었다. 나는 잔과 함께 사랑스러운 캔디스를 돌봐야 했고, 그나마 아기 덕분에 우리는 사랑 없는 부부생활을 견딜 수 있었다.
　바이널헤이븐 섬의 별장에서 나는 왜 잔에게 페트라에 대해 말하지 않았을까? 잔에게 모든 걸 털어놓았어야 했다. 베를린을 떠난 지 몇 년이 흘렀지만 페트라와 헤어진 상처가 아직 아물지 않았다고. 운명이려니 받아들이며 살고 있지만 이제 더 이상 사랑 같은 건 믿지 않게 됐다고. 아니, 그 무엇도 믿지 않게 됐다고.

그럼에도 나는 그날 섬의 해변에서 잔에게 사랑한다는 말만 되풀이했다. 잔과 아이를 위해 최선을 다할 것이고, 우리는 잘살 수 있을 거라는 말만 되풀이했다. 캔디스가 태어나고 몇 년 동안 우리 부부는 아이라는 공동 목표를 위해 함께 애썼다.

캠브리지에 집을 샀고, 나는 보스턴대학교에서 시간 강사 일자리를 얻었다. 대학 강의는 9월부터 12월까지였고, 강의가 없을 때에는 여행을 다녔다. 일 년에 8주 이상 집을 비우는 일은 없었다. 책은 계속 썼지만 여행을 다니지 않는 열 달 동안 나는 집에서 늘 캔디스와 함께 시간을 보냈다.

자라는 아이를 지켜본다는 건 더없이 큰 경이였다. 한편, 잔의 냉정한 성격은 점점 나를 구석으로 내몰았고, 나는 점점 두터운 벽을 둘러쳤다. 잔은 나에게 '자기 머릿속에서만 사는 사람'이라고 말했다. 부부라면 당연히 서로에 대한 이해가 필요한데, 나는 혼자만의 세계에 빠져 있어 제대로 된 결혼생활을 할 수 없다고 말했다. 그렇다. 사실, 잔을 향한 내 마음은 깨어지기 쉬운 유리나 진배없었다.

우리는 일주일에 적어도 두 번 정도 사랑을 나누었다. 점점 열정이 사라져가는 섹스였지만 어쨌든 꾸준했다. 캔디스를 위한 일이라면 잔과 나는 힘을 합쳤다. 그러나 나와 잔의 사이는 점점 멀어지기만 했다.

'중심이 없으니 다 무너지지.'

캔디스가 어느 정도 자라 부모의 도움을 24시간 필요로 하지 않게 되자 우리 부부 사이는 본격적으로 표류하기 시작했다.

나는 2003년에 '여행'에 대한 책을 썼다. 일상에서 탈출하고자 하는 욕구는 아주 인간적인 것이며, 따라서 인간은 여행을 하지 않을 수 없다는 내용이었다. 이듬해인 2004년, 담당 편집자는 나에게 내 여행 경험담을 써보는 게 어떨지 제안했다. 세계를 여행하며 겪은 일들을 회고담처럼 쓰자는 제안이었다. 그 제안을 받을 당시 나는 잔이 동료 변호사와 바람을 피운다고 생각하고 있었다(몇 년 뒤, 잔도 그 사실을 인정했다).

그 무렵 나도 어느 잡지 편집장과 가끔 만나고 있었다. 편집장의 이름은 엘러너이며, 맨해튼에 들를 때면 늘 그녀를 만났다. 우리는 일 년에 두세 번, 일주일짜리 여행을 함께 다니기도 했다. 엘러너는 우리 사이를 '약속'이라 일컬으며, 그 이상은 전혀 바라지도 않았다. 엘러너는 나와 동갑이었고, 아주 똑똑하고 재미있고 영리하며 열정적인 여자였다. 하지만 나를 만나기 전에 만났던 유부남에게 큰 상처를 받아 사랑에는 마음의 문을 닫고 살았다. 만난 지 반 년쯤 되었을 때 우리는 함께 코스타리카를 여행했다. 그때 나는 엘러너에게 사랑한다고 말했다.

엘러너는 돌아누운 채 담배를 피우며 단호하게 말했다.

"사랑 같은 말은 이제 꺼내지도 마."

"나는 당신을 사랑해, 엘러너, 자기도 나를 사랑하잖아."

"아니, 내가 아는 건 자긴 유부남이고, 여기서 삼백 킬로미터 떨어진 도시에 살고 있으며, 아빠를 몹시 사랑하는 십대 소녀 딸이 있다는 것 정도야."

"내가 맨해튼으로 이사해도 캔디스는 나를 사랑할 거야."

"맨해튼에서 나와 함께 살고 싶어?"

"거기까지 생각해보진 않았지만 자기 옆에 있고 싶은 건 맞아. 두 달에 한 번씩 주말에만 만나거나 이렇게 가끔 함께 여행하는 것 말고.

자기와 함께 살고 싶어. 맨해튼에 집도 얻을게."

엘러너가 침대에서 몸을 일으켜 앉았다. 몸짓을 보니 몹시 흥분해 있었다.

"불가능한 일이야."

"사랑해. 자기도 내 사랑을 알잖아."

"토마스, 자기가 멋진 남자라는 건 나도 알아. 자기는 지금보다 행복해질 자격이 있는 사람이야. 하지만 나는 거기에 낄 사람이 못 돼."

"우리는 서로 잘 어울리잖아."

"나는 더 깊은 관계를 바라지 않아."

"내가 가까이 살게 되면 우리 사이가 어떻게 발전하는지 보고 싶지 않아?"

"나는 지금 이 상태가 좋아. 볼 수 있을 때 보고, 부담 없이 사랑을 나누는 게 좋아. 함께 해변을 산책하는 것도, 밤에 이야기를 나누는 것도. 다만 그런 일들이 내게 좋을 수 있는 이유는 우리가 떨어져 지내기 때문이야. 자긴 지금 부부생활에서 그다지 행복을 느끼지 않는다는 걸 알아. 하지만 자긴 내 앞에서 부인에 대한 불평을 한 번도 말한 적 없지. 행복하지는 않아도 문제는 일으키지 않고 살고 있다는 증거야."

"내가 뉴욕에 살아도 매일 만나지 않으면 되잖아."

"옆에 있으면 매일 보고 싶겠지. 그러면 문제가 생길 거야."

"하지만 그 말은 자기도 나를 원한다는 뜻 아니야?"

"그렇긴 하지. 내 말이 모순으로 들리겠지만 난……그래, 맞아 모순이야. 우리 그냥 모순되게 살자. 자기도 여행을 하는 사람이니까 잘 알잖아. 누구에게나 절대로 발을 들이기 싫은 곳이 있기 마련이야."

"하긴 나도 라고스에 가라는 제안은 거절했어."

"자기는 적절할 때 농담도 아주 잘해. 어쨌든 내 말뜻 알겠지? 자기도 나처럼 다른 사람에게 크게 상처받았지? 그 일로 오랫동안 괴로워했지? 하지만 절대 예전의 모습으로 돌아갈 수 없다는 사실도 잘 알고 있지?"

나는 서글픈 미소를 지으며 말했다.

"내 속이 그렇게 쉽게 들여다보였어?"

"우리가 그만큼 가까운 사이라서 그래. 우리가 같이 있을 때면 자기가 느끼는 상실감이 나에게도 전해져. 다른 사랑으로 그 상처를 씻으려는 몸부림도 느껴지고."

"아니, 자기를 사랑해."

"그건 나도 알아. 자기 눈을 보면 알 수 있지. 하지만······미안······나는 선을 넘을 수 없어. 내 나름대로 이유가 있지만 자기한테는 설명하고 싶지 않아. 다만 나도 선을 넘고 싶지만 그럴 수 없어서 괴롭다는 말만 할게."

이후 코스타리카 열대우림에서 48시간을 더 보냈지만 우리는 그 이야기를 다시는 꺼내지 않았다. JFK공항에서 엘러너에게 작별인사를 했고, 나는 보스턴으로 가는 비행기로 갈아탔다. 작별인사를 하며 키스할 때, 엘러너는 눈물이 그렁그렁한 채 내 가슴에 얼굴을 묻고 말했다.

"정말 미안해."

이튿날 아침, 엘러너가 보낸 이메일이 와 있었다. 전날 한밤중에 온 메일이었다. '너무 진지해지기 전에, 너무 깊어지기 전에 우리 관계를 정리하자'는 내용이었다.

나는 얼른 답장을 썼다. 사랑에는 늘 위험이 따른다고, 그래도 그런 위험을 무릅쓸 가치가 있다고. 그러나 엘러너는 아무런 답장도 보내지 않았다.

그 무렵 잔은 인수합병 전문인 브래드 빙글리 변호사와 바람을 피우고 있었다. 나는 커다란 상실감을 느꼈지만 잔이 일주일에 두 번 다른 남자의 품에 안긴다는 생각에 질투를 느낀 건 아니었다. 그저 내 생활의 반경에 다른 사람이 끼어든 게 싫었을 뿐이다.

엘러너와 헤어질 무렵, 잔은 로펌의 워싱턴 지부로 두 달 동안 파견 근무를 가야 한다면서 말했다.

"잠시 떨어져 지내며 서로에 대해 차분히 생각해보는 게 좋을지도 몰라."

나는 두 달 동안 아버지 역할에 충실했다. 캔디스가 학교에 가 있거나, 방과 후 과외 활동을 하거나 주말에 친구와 지낼 때, 나는 베를린의 일을 글로 썼다. 부블리스키가 절대로 발표하면 안 된다고 명령한 글이었다. 내가 얼마나 빨리 그 이야기를 썼는지 나 자신도 깜짝 놀랐다.

베를린에서 적은 노트들을 다시 꺼내 읽으며, 나는 당시 내가 얼마나 어리석고 철이 없었는지 새삼 깨달았다. 내가 페트라에 대해 단 한 번도 의심을 품지 않은 것도 무척이나 의아했다. 물론 내가 적은 노트에는 페트라의 과거에 대한 걱정이 가득했다. 페트라를 잃지나 않을까 두려워하는 마음도 가득했다. 내 분노가 일을 망친 그 끔찍한 밤의 일도 수사기록에 가까울 만큼 상세하게 적혀 있었다.

노트들을 보는 동안 세상 그 무엇보다 애틋했던 페트라와의 사랑, 둘이 함께라면 뭐든 할 수 있으리라는 믿음, 끝내 행복할 수 있으리라는 희망 그리고 그 모든 상황을 망친 비극이 생생히 떠올랐다.

나는 40대 남자의 지친 눈으로 20대 때 베를린에서 겪은 몇 달 동안의 기록을 다시 읽고 있었다. 중년남자가 대부분 그렇듯 나 역시 삶에

멍들고, 얼굴에 주름이 져 있었다.

6주 동안 미친 듯이 글을 썼다. '나는 결코 그 일을 극복하지 못했다.' 그 마지막 문장을 적은 바로 그 순간 나는 잔의 전화를 받았다. 잔은 워싱턴에서 예정보다 일찍 돌아오게 되었다며 떨어져 지내는 동안 내가 보고 싶었다고 말했다.

잔은 한밤중에 돌아오자마자 나를 침대로 밀어붙이고 열정적으로 사랑을 나눴다. 십 년 만에 처음 겪어보는 열정이었다. 사랑을 나누고 나서 모로 누운 잔은 나를 보며, 우리 결혼에 작은 문제들이 있지만 함께 다시 사랑을 불러일으키도록 노력하자고 말했다.

나는 '문제는 우리 사이에 아예 사랑이 없었다는 점이야. 십오 년을 함께 살았는데 이제 와서 서로에게 새로운 매력을 발견할 수 있을까?' 하고 말하고 싶었다.

내 머릿속에서는 가상 선서 그린 생각이 들었다. 그러나 얼른 그 생각을 머릿속에서 쫓아냈다. 잔이 우리 가정을 잃기 싫다는 반응을 보인 건 그때가 처음이었기 때문이다. 내 마음속 일부분에서는 잔과 내가 서로 잘 맞았기 때문에 15년 동안 함께 살 수 있지 않았나 생각하고 있기도 했다. 우리는 서로의 이상한 버릇에도 익숙해졌고, 아주 예쁜 열네 살짜리 딸도 있었다. 나는 어쩌면 지금이 우리 부부 관계를 다시 살리기에 가장 좋은 때가 아닐까 생각했다.

나는 베를린 원고를 다시 캐비닛 속에 집어넣었고, 이스터 섬으로의 여행에 잔과 캔디스를 데려갔다. 집으로 돌아오고 나서는 반년 동안 여행 회고록을 썼다. 《비상구로 표시된 문》이라고 제목을 붙인 그 책에서 나는 삶에서 탈출하지 않을 수 없었던 내 이야기를 털어놓았다. 그 사이에 우리의 결혼생활은 다시 예전처럼 냉담해져 가고 있었다. 결혼생활을 되살리려는 노력은 결국 6주 만에 흐지부지되었다. 1년 뒤, 내 여행 회고록이 출간됐다. 당시 애리조나 주에서 살던 아버지는 내 책을 받아보고 나서 나한테 편지를 보냈다.

형편없는 부모 때문에 네가 오늘날 작가가 됐다는 글을 읽으니 참으로 기쁘구나. 신세타령은 집어치워라. 네 어머니가 저 세상에 있어 네 불효막심한 글을 못 읽는 게 다행스럽다.

나는 아버지의 반응에 놀라지 않았다. 나는 책에서 그나마 아버지를 미화했다고 생각했지만, 매력 없는 인물로 그려진 건 어쩔 수 없는 사실이었다. 어머니는 그대로 묘사했다. 평생 실망하고 좌절하고, 만족스럽지 못한 삶을 탓하던 모습. 나는 그런 어머니에게서 외로움을 유산으로 물려받아 늘 무거운 짐을 짊어지고 산다고 적었다.

잔은 그 책에 대해 별다른 말을 하지 않았다. 어느 날 친구들과 식당에 모였을 때, 누가 우리 부부를 가리켜 '부부 두 사람 다 자기 일에서 성공을 거두면서 이혼하지 않은 부부는 드물다'고 말했다.

그러자 잔이 대답했다.

"결혼한 지 십육 년 됐지만 토마스가 집에 있었던 건 통틀어 오 년밖에 안 돼요. 그래서 우린 아직 함께 사는 거죠."

그 말에 분위기가 잠시 어색해졌다. 집으로 돌아가는 길에 그 이야기를 꺼내자 잔이 말했다.

"당신은 당신 인생을 살잖아. 나는 내 인생을 살고. 우린 그렇게 각각이잖아. 한 집에서 살고 한 침대를 쓰지만 우리가 아직 함께 사는 이유는 캔디스 때문이 아닐까?"

"참으로 로맨틱하군."

"나는 사실을 말한 것뿐이야."

"그럼 당신은 뭘 원해?"

"요즘은 사적인 일을 생각하기에는 너무 바빠. 당신이 우리 결혼생활을 끝내고 싶다고 하면 나도 말리지 않아."

그래도 나는 결혼생활을 지속했다. 캔디스가 대학교에 합격해서 기숙사에 들어가고 나서는 나도 자주 집을 비웠다. 로펌에서 진급한 잔은 높은 자리에 있었으므로 업무가 바빴고, 내가 집에 있건 없건 신경 쓰지 않았다.

내가 집에 있을 때 잔과 나는 함께 식사를 하고, 가끔 사랑도 나누었다. 추수감사절이나 크리스마스에는 가족으로서 해야 할 일들을 다 챙겼다. 팔월에는 노바스코샤에 있는 별장을 3주 동안 빌렸다. 서로에게 냉담했던 결혼기간 동안 정말 이해할 수 없는 일은 우리가 최소한의 예의 아래 모든 불편한 감정을 감추었다는 점이다. 잔과 나는 성욕을 해소하기 위해 섹스를 했지만 끝내 사랑은 없었다.

캔디스는 눈치가 빠른 아이라 부모의 결혼생활이 매끄럽지 않다는 걸 일찍이 깨달았다. 캔디스가 대학에 입학하기 전, 나는 왕복 비행기표와 2천 달러를 주며 한 달 동안 유럽여행을 다녀오라고 했다. 캔디스는 그리스의 섬에서 내 여행 회고록을 다 읽었다는 이메일을 보냈다.

'내 이야기를 온통 좋게 써주어서 기분이 우쭐해지기도 했지만 아빠가 평생 외톨이라는 생각으로 살아온 이야기뿐이어서 마음이 아팠어. 어쩌면 우린 모두 외톨이인지 몰라. 하지만 아빠한테는 내가 있다는 걸 명심해. 나도 아빠가 늘 옆에 있다는 걸 명심할게.'

나는 그 이메일을 읽으며 눈물을 주르르 흘렸다. 몇 주 뒤, 아버지로부터 이메일을 받았다. 아버지는 새 애인이 내 회고록을 읽었다면서 이렇게 적었다.

'그 사람 말로는 네가 책에 묘사한 내 모습이 무척이나 흥미롭다더구나. 게다가 네가 나를 사랑하는 게 느껴진대. 내가 지난번에 심한 말을 해서 미안하다. 내가 뭘 알겠니? 내가 원래 말을 좀 멋없이 하잖니? 나는 누구에게 낯간지러운 말을 해본 적이 없구나. 그러니까 앞으로도 그런 말을 들을 생각은 하지 마라. 내 새 애인의 이름은 홀리란다. 홀리는 네가 글을 정말 잘 쓴다고 하더구나. 뭐, 그래도 홀리가 마담 퀴리는 아니잖니……'

아버지의 이메일을 읽는 동안 내 얼굴에 저절로 미소가 피어올랐다. 아버지에게 평생 칭찬이나 사과의 말을 들은 적이 없는데 그 두 가지를 한꺼번에 다 듣다니! 당시 아버지와 나는 최소한의 연락만 취하며 살았다. 몇 주에 한 번씩 전화통화를 했으며 1년에 사흘씩 아버지가 머무는 애리조나 주 양로원을 방문했을 뿐이다.

2009년에 아버지가 세상을 떠났을 때 나는 몹시 슬펐다. 나는 장례식을 마치자마자 자동차를 타고 메인 주 에지콤 외곽에 있는 호텔까지 갔다. 그리하여 이 별장을 사게 됐고, 이혼하게 됐고, 퀘벡의 크로스컨트리 스키장에서 커다란 나무와 충돌해 죽을 뻔했고, 내가 그토록 받아들이지 않으려고 애쓰던 우울과 마주하게 됐다.

나는 몸과 마음에 시퍼렇게 멍이 들었지만 살아났다는 사실에 안도했다. 캐나다에서 돌아오자 베를린에서 온 상자가 나를 기다리고 있었다. 상자 오른쪽 위에 페트라의 이름과 프렌츠라우어베르크의 주소가 적혀 있었다. 집에 들여놓은 뒤로도 나는 상자 가까이 다가갈 수 없었다. 이미 26년이 지난 일인데도 나는 페트라의 주소를 선명하게 기억하고 있었다. 그만큼 페트라의 안부를 궁금하게 여겼기 때문일 것이다. 페트라를 다시 보고 싶다는 생각을 한시도 떨쳐버린 적이 없으면서 왜 찾아보려 하지 않았을까?

나는 베를린에 가지 않았다. 페트라를 만나게 되면 자기 파괴적인 관계에 빨려들게 되리란 걸 본능적으로 느꼈기 때문인지도 모른다. 그 시절의 상처가 도질 때마다 청춘의 한 때 저지른 불장난이었을 뿐이라고 나 자신을 타일렀다. 페트라를 다시 만난다 해도 다시 전처럼 사랑할 수는 없지 않겠냐고. 하지만 그런 생각들은 아픔을 감추기 위해 억지로 지어낸 방패막이일 뿐이었다.

내 사랑은 변하지 않았다. 지금 10년 만에 베를린 원고를 꺼내 읽는 것도 다 그런 이유 때문이 아니겠는가?

벌써 자정이 지났지만 베를린 원고를 여섯 시간 동안 읽었다. 바닷물이 날빛을 받아 반짝였다. 주방으로 가 스카치위스키를 잔에 조금 따랐다. 옆문을 열자 바닷바람이 시원하게 들어왔다. 나는 스카치위스키를 홀짝거리며 생각했다.

'이제 피하려 애써도 소용없어. 당장 상자를 열어야 해.'

상자를 열었다. 커다란 노트 두 권이었다. 갈색 표지에 스프링 제본으로 학창 시절에 쓰던 노트와 비슷했다.

노트 앞에는 번호가 크게 적혀 있었다. 주인의 이름을 쓰는 공란에 P.D.라고 페트라 두스만의 머리글자만 간단히 적혀 있었다. 첫 번째 노트를 펼쳤다. 페트라의 글씨가 빽빽하게 적혀 있었다. 날짜는 없었지만 한 단락이 끝날 때마다 별표로 표시되어 있었다. 회색 얼룩이 보이는 곳도 많았다. 담뱃재가 떨어져 생긴 얼룩 같았다. 페트라의 깔끔한 글씨는 어제 본 듯 친숙하고 가까웠다. 도대체 무슨 일 때문에 페트라는 그 오랜 세월이 흐른 뒤 이 노트를 나에게 보냈을까?

두 번째 노트를 펼쳤다. 짧은 내용이 적힌 편지지에 신문기사가 스크랩되어 있었다. 신문 스크랩의 절반은 여자의 얼굴 사진으로 채워져 있었다. 60대로 보이는 여자. 하얗게 센 머리카락, 푸석푸석한 얼굴, 깊이 파인 주름살. 한 번도 본 적 없는 여자였다.

그러다가 사진 위에 있는 이름에 눈길이 갔다. 그제야 깨달았다. 그 사진의 주인공이 바로 페트라였다.

사진 아래에 신문기사 제목이 조그맣게 보였다.

'페트라 두스만, 1월 2일 베를린에서 사망.'

부고였다.

아래의 짧은 독일어 기사를 얼른 눈으로 따라 읽었다.

'할레에서 마르틴과 프리다 두스만의 딸로 태어났으며, 요한 두스만의 어머니다. 베를린 《도이치벨르》에서 번역가로 일했다. 오랜 암투병 끝에 베를린 차리테병원에서 사망했다. 장례식 : 1월 5일 10시 30분, 프리드리히샤인 묘지.'

그 기사 스크랩을 붙여놓은 흰 종이에 휘갈겨 쓴 독일어 글자가 보였다.

'어머니의 부탁으로 보냅니다.'

그 아래에 집 주소, 이메일 주소, 전화번호가 있고, 맨 밑에 서명이 있었다.

요한 두스만.

나는 천천히 의자에 앉았다. 더없이 끔찍한 소식을 들은 적이 있는가? 그런 소식을 처음 들었을 때 기분이 어땠는가? 세상이 상상할 수 없을 만큼 고요해지지 않던가? 커다란 충격으로 세상의 모든 소리가 다 사라진다. 슬픔이 시작되는 소리를 듣지 않을 수 없게 거대한 침묵이 찾아온다.

내 슬픔은 이미 26년 전에 시작됐다.

그리고 이제…….

내 머릿속에는 이 말만이 맴돌았다.

'페트라. 나의 페트라.'

가만히 앉아 있었다. 얼마 동안 그렇게 꼼짝하지 않았는지 모르겠다.

'페트라. 나의 페트라.'

이럴 수는 없어.

그러나 더없이 분명한 사실이었다.

'어머니의 부탁으로 보냅니다.'

페트라는 내가 노드를 읽기 원했다. 그래, 그렇다면 읽어야지.

첫 번째 노트

립스틱. 그 여자가 나를 맞으며 처음 건넨 물건. 여자는 자기 자신을 루드미히라고 소개했다. 여기 미무는 동안 나를 돌뵈줄 기리고 했디. 요쿰과 울만은 내일 오후에 만나자면서 나에게 잘 자라고 인사했다.

그곳이 어디인지 전혀 감을 잡을 수 없었다. 오는 길에 다리를 건넌 것만이 기억났다. 나중에 알았는데, 베를린과 포츠담 사이를 흐르는 하벨 강에 놓인 다리였다. 나중에 울만에게 들었는데, 그 다리는 스파이 다리로도 불린다고 했다. 동독과 서독이 각기 체포한 스파이들을 맞교환하는 장소로 자주 이용되기 때문이었다.

요쿰은 서독정보원이라고 했다. 마르고, 키가 크고, 정장을 잘 갖춰 입고, 금테안경을 쓴 울만은 전형적인 미국인의 모습이었지만 유창한 독일어로 자기소개를 했다. 울만은 서베를린에 있는 미국정보기관에서 일한다고 했다. 하지만 나는 울만이 CIA가 분명하다고 생각했다. 울만이 나를 몇 주 동안 조사했고, 나를 만나 반갑다고 말한 것, 나를 빼내고 싶었다고 말한 것에 더 놀랐다. 나는 정치와 상관없는 사람이라고 말했다. 요쿰과 울만은 다 알고 있다며 일단 편하게 잠을 자고 내일 이야기하자고 말했다.

나는 어리둥절했다. 다리에서는 헤드라이트 불빛에 눈이 부셔 아무것도 볼 수 없었다. 내가 기억하는 건 요쿰의 좋은 옷차림, 화려한 차의 가죽 시트, 조용한 엔진소리, 요쿰과 울만이 일부러 나를 진정시키려 나직이 말하던 목소리가 전부였다.

내가 유르겐에 대한 소식을 묻자 요쿰과 울만은 불편한 눈빛을 주고받으며 서로 눈으로만 대화했다. 남편에게 무슨 일이 있었는지 캐물었을 때에도 요쿰과 울만은 일단 푹 쉬고 내일 이야기하자는 말만 되풀이했다.

나는 속으로 생각했다.

'유르겐은 죽은 거야. 그럼에도 동독 감옥에 나를 가둔 그 놈들은 부인인 내게 유르겐의 죽음을 알리지 않았어.'

나는 요쿰에게 다시 캐물었다. 결국 요쿰은 유르겐이 감방에서 목을 매 죽었다고 했다. 내 반응은 내가 생각하기에도 이상했다. 물론 큰 충격을 받았지만 나는 요쿰이 대답을 망설이던 때부터 이미 유르겐의 죽음을 짐작하고 있었다.

나는 배를 세차게 얻어맞은 듯 큰 충격을 받았지만 남편의 죽음에 놀란 아내들이 으레 느낄 만한 감정은 일지 않았다. 유르겐은 법적으로 내 남편이 분명했지만 실제로는 아파트를 같이 쓰는 사람 이상은 아니었기 때문이리라.

내 서류를 본 요쿰과 울만도 그 사실을 알고 있는 것 같았다. 요쿰과 울만은 유르겐의 광기어린 행동 때문에 내가 동독비밀경찰에게 잡혀 있었다는 걸 알고 있었다. 비밀경찰 감옥에 몇 주 동안 갇혀 있었던가? 거기서는 밤낮을 구분할 수 없어 정확한 날짜조차 알 수 없었다. 그저 내 느낌에 몇 주가 흐른 것 같았을 뿐이다. 나를 심문한 동독비밀경찰 스텐하머에게 남편이 나에 대해 무슨 소리를 했는지 물었다. 스텐하머는 나에게 질문을 삼가라고 윽박지르며 알고 있는 걸 다 털어놓으라고 으름장을 놓았다.

"솔직하게 털어놓으면 요한을 돌려받기가 훨씬 쉬워져."

그러나 나로서는 아무것도 고백할 게 없었다.

그렇게 몇 주가 흘렀다. 내 독방에는 24시간 내내 전등이 켜져 있었다. 독방을 벗어날 수 있는 시간은 하루에 한 시간뿐이었다. 가시철조망이 둘러쳐진 콘크리트 벽으로 가로막힌 공터에서 한 시간 동안 운동할 기회만이 겨우 주어졌다.

오전에는 다섯 시간 동안 심문을 받았다. 내 머릿속에서는 다시는 요한을 못 보게 되리라는 걱정뿐이었다.

나는 내 자신에게 수없이 말했다.

'저들에게 협조하지 않으면 요한을 다시는 볼 수 없어.'

유르겐이 무책임하고 이기적인 사람이어서 요한을 빼앗기는 끔찍한 일이 벌어지게 되었다고 생각하면…….

요쿰에게서 유르겐이 죽었다는 말을 들었을 때 나는 생각했다.

'적어도 유르겐은 자기 행동의 결과 때문에 괴로워하며 살아가지 않아도 되겠군.'

자동차 유리창이 진하게 선팅되어 바깥 불빛이 흐릿하게 보였다. 마침내 어느 정문 앞에 다다랐다. 제복을 입은 사람들, 밝은 불빛, 사방에 포진해 있는 경비원들. 안으로 들어가자 작은 집이 있었다. 집 앞에 여자가 서 있었다. 그 여자가 루드비히였다. 40대의 조용한 성격에 사무적인 친절이 몸에 밴 여자.

요쿰은 내일 오후에 다시 이야기하자는 말과 함께 떠났다. 루드비히가 나에게 말했다.

"페트라죠?"

갑자기 피로와 공포가 밀려왔다. 감방에 갇혀 있던 그 몇 주 동안 비밀경찰에 협조하지 않으면 몇 년 동안 아들을 볼 수 없을 거라는 말을 들으며 느낀 피로와 공포에 필적할 만했다.

결국 나는 동독비밀경찰이 시키는 대로 다 따랐다. 그들이 내미는 서류들에 모두 서명했다. 그들은 '거래'라고 했다. 내가 자기들을 위해 몇 가지 일을 해주기로 약속하는 거래.

스텐하머가 말했다.

"아주 중요한 일이오. 공화국에 큰 도움이 되는 일이지. 당신에게도 영예로운 일이 될 거요."

스텐하머는 그 대가로 나에게 '희망을 품을 수 있는 가능성'을 주겠다고 약속했다. 모든 희망이 짓이겨진 상황인데 그런 제안을 어떻게 거절할 수 있겠는가.

나는 협조하겠다고 말했다. 스텐하머는 나를 독방으로 돌려보내며 정말 협조할 것인지 48시간 동안 깊이 생각해보라고 말했다.

나는 48시간 동안 아무도 만나지 못하고 독방에 갇혀 있었다. 스텐하머의 말을 따르는 것만이 유일한 기회를 얻는 길이라는 생각밖에 없었다.

나는 스텐하머 앞에 완전히 무릎을 꿇었다. 전적으로 협조하겠다며 충성을 다하겠다고 맹세했다.

스텐하머가 씩 웃었다.

"충성이라? 중세시대 기사가 흔히 쓰던 말이지. 중세 봉건주의는 사회주의 이념과 반대되지만 우리 공화국을 위해 일하겠다고 맹세하는 그 자세에는 감동했어. 이제야 동독을 위해 해야 할 일을 깨달은 것 같으니 빠른 시일 내에 여기서 나가게 해주지. 빨리 시작할수록 더……."

스텐하머는 거기까지만 말하고 더 이상 말을 잇지 않았다. 내가 그들이 시키는 대로 일을 할 경우 얻을 수 있는 대가에 대해 굳이 말하지 않는 게 더 효과적이라 생각한 게 틀림없었다. 나는 그 미끼를 덥석 물지 않을 수 없었다. 서베를린에 온 뒤로 내가 안절부절못했던 건 바로 그런 이유 때문이었다.

요쿰과 울만의 태도는 정중하고 공손했으며 시종 다정한 말투로 나를 대했지만 나는 서베를린 도이치 극장에서 파우스트를 억지로 연기하는 촌뜨기 배우가 된 기분이었다. 과연 요쿰과 울만이 내 어설픈 연기에 넘어가줄지 염려스러웠다.

루드비히가 목욕물을 받으러 가면서 나에게 작은 선물을 준비했다고 말했다. 루드비히가 나에게 건넨 선물은 아주 예쁜 립스틱이었다. 내 눈에는 금세 눈물이 그렁그렁해졌다.

어느 영국학자가 2차세계대전에 대해 쓴 책이 떠올랐다. 내가 번역가로 일한 동독 국영 출판사에서 읽은 책이었다. 동독의 출판사에서 그 책을 검토한 이유는 그 영국학자가 좌파였기 때문인데 결국 출간 부적합 판정을 받았다.

동독에서는 이념에 위배되지 않는 외국 서적만 출간이 허용되었다. 내가 그 책을 발견한 곳은 출간 부적합 판정을 받은 책들을 쌓아 놓는 선반에서였다. 재미있어 보여 위험을 무릅쓰고 핸드백에 책을 숨겨 집에 가져와 찬장 틈에 숨겼다. 유르겐과 함께 살기 전이었다.

나는 잠이 오지 않는 밤마다 그 책을 꺼내 읽었다. 그 책을 통해 나치와 서독에 대한 동독의 교육이 모두 거짓이라는 걸 알게 되었다. 동독에서도 포로수용소에 대해 가르쳤지만 나치가 벌인 수많은 만행에 대해 자세히 가르치지는 않았다. 그 영국학자는 포로수용소에서 벌어진 나치의 만행을 객관적이고 사실적으로 전달했다. 동독에서는 전혀 언급되지 않고 있는 스탈린수용소에 대한 자료도 실려 있었다. 아이들을 부모에게서 강제로 떼어놓고, 가스실에서 처형하고, 금니를 뽑고…….

책을 읽다가 한 가지 사소한 내용에 눈이 번쩍 뜨였다. 영국군이 벨센에 있는 포로수용소를 점령하고 포로들을 해방시켰을 때, 살아남은 여자들에게 립스틱을 선물했다는 내용이었다. 그 작은 선물을 받은 여자들은 모두들 울음을 터뜨렸다. 마음의 울림이 큰 선물이었기 때문이다. 그 여자들은 끔찍한 몰골로 살아남았지만 립스틱이라는 조그마한 호사 덕분에 '여성'으로서의 감정을 되찾게 되었던 것이다.

루드비히한테 립스틱을 받았을 때 나 역시 목이 메어와 욕실에 들어가 문을 닫고 울었다. 요한을 빼앗긴 설움을 견딜 수 없어 울었다. 요한을 옆에 둘 수 없는 아픔에 울었다. 루드비히의 선물이 서글픈 감정을 불러일으킨 것이다. 이 새로운 세상에서 사람들을 속여야 한다는 것도 나를 슬프게 했다. 그들의 친절에 감동하면서도 끝내 배신해야 한다는 것…….

나는 이 모든 걸 견뎌내야 한다. 어떻게든 요한을 만날 수 있는 희망을 붙잡아야 한다.

***

다른 사람에게는 거짓말을 할 수 있어도 나 자신을 속이는 건 못하겠다. 유르겐은 끝없이 자기 자신을 일컬어 위대한 극작가라고 말했다. 위대한 사상가이자 혁명가라 말하기도 했다. 그러나 유르겐은 처음 거둔 잠깐의 성공에 안주했을 뿐이다. 첫 번째 희곡에서 선보인 재능을 살리기 위해 노력하기보다는 자기 자신이 천재라 속살거리는 내면의 소리에만 귀를 기울였다.

나는 창작에는 재능이 없고 그저 밥벌이로 번역을 할 뿐이다. 그렇다고 문학적으로 중요한 소설을 번역한 적도 없다. 그런 내가 유명한 희곡을 쓴 작가에 대해 무슨 말을 하겠는가.

인간은 때로 살아남기 위해 진실을 자기 입장에 맞게 각색하려고 한다. 나 또한 늘 내 자신의 행동을 정당화하려고 애쓴다. 내 안에 숨은 더 잔인한 나는 내 멱살을 잡고 거울 앞으로 밀어대며 말한다.

'자기 기만일랑 그만두고 네 꼴을 똑바로 봐.'

그런 핀잔의 소리는 흔히 어머니의 목소리로 들려온다. 어머니는 늘 내게 심하게 말했다. 어머니는 칭찬이 사람을 이기적으로 만든다고 말했다. 겸허하게 자기 자신을 비판하고, 계속 잘못을 찾아내고, 참모습을 발견해야 한다고 말했다.

거기에 나는 한 가지를 덧붙일 수 있었다.

'즐겁지 않게 살아야 한다.'

나는 과연 즐겁지 않게 살아야 하는 사람인가? 요한과 함께 있을 때 누린 온갖 즐거움에 대해 생각해본다. 요한 덕분에 매일 행복했다. 요한 덕분에 내 삶이 빛나던 날들이었다.

나는 스텐하머에게 이렇게 말한 적이 있다.

"요한은 내가 사는 이유입니다."

그러자 스텐하머는 딱딱한 어투로 대꾸했다.

"그러면 살아. 당신이 조국을 위해 할 수 있는 일을 해. 그럼 조국이 아이를 당신 품으로 돌려보내줄 테니까."

그래서 나는 뭐든 하겠다고 말했지만 나 자신에게는 차마 거짓말을 못하겠다. 한 가지 진실을 밝히지 않을 수 없다. 나는 요쿰과 울만을 만난 지 4주가 지나고 나서부터 이 글을 쓰고 있다. 오늘 이전까지는 내게 일어난 일에 대해 감히 글을 쓸 생각조차 할 수 없었다. 숨겨야 했으니까. 서베를린에 온 지 이틀쯤 지났을 때 루드비히가 '필기도구'를 원하는지 물었다. 아마 루드비히는 내가 겪은 일들이 너무 많아 필기도구가 필요하리라 생각했을 것이다. 내가 겪은 일들을 종이에 적어나가다 보면 내 감정이 차분하게 정리될 거라 여겼으리라. 내 괴로움, 아들을 잃은 고통, 나를 이렇게 만든 체제에 대한 분노 등이 글을 통해 분출될 수 있을 거라 생각했을 것이다. 스텐하머가 유르겐이 자살한 것에 대해 진작 말하지 않은 건 나를 이용하기 위해서였을 것이다. 유르겐의 죽음을 미리 알았더라면 나는 스텐하머의 제안에 말려들지 않았을지도 모른다.

스텐하머는 내가 서베를린에 가자마자 유르겐의 죽음에 대해 듣게 되리란 걸 알고 있었을 것이다. 내가 비록 유르겐을 사랑하지는 않았지만 그의 죽음에 큰 충격을 받게 되리란 것도 알고 있었을 것이다. 스텐하머는 요한을 미끼로 이용하면 나를 더욱 고립시키고, 더 큰 두려움에 떨게 할 수 있다는 걸 알았을 것이다.

아니, 어쨌든 다시 진실을 이야기하자. 적어도 내가 생각하는 진실.

내가 지금 이 글을 쓰고 있는 곳은 크로이츠베르크의 내 아파트다. 서독정보국에서 얻어준 집. 이 노트에 적기 전에는 작은 노트에 몇 가지를 적었다. 그 노트에 머리카락 세 가닥을 넣어 두었다. 내가 몇 시간 외출해 있는 동안 요쿰이나 울만이 보낸 사람들이 내 노트를 들춰 보는지 확인하기 위해서였다.

그러나 머리카락은 늘 그대로였다. 노트에 손댄 사람은 아무도 없었다. 내 방을 정기적으로 수색한다는 건 알 수 있었다. 나는 아파트 건물 지하실로 내려갔다. 어두운 구석에 쓰지 않는 환풍구 파이프들이 쌓여 있었다. 그 뒤를 보자 작은 공간이 있었다. 나는 그 공간에 노트를 숨겼다.

그 다음에는 내가 쓰던 노트와 비슷한 노트를 새로 사서 책상에 놓아두었다. 그날 밤, 처음으로 나는 지금처럼 일기를 쓰기 시작했다. 서독에 온 뒤로 내가 겪은 모든 일을 노트에 적을 생각이다. 누구에게도 말할 수 없는 나만의 이야기를 이 노트에 적겠다. 지하실에 숨겨 놓은 이 노트에, 며칠에 한 번씩.

나는 이 노트에 쓴 글을 들키지 않으려고 몹시 조심하고 있다. 다 쓴 뒤에는 곧장 지하실로 가져가 원래 자리에 숨긴다. 위장용 노트에도 계속 글을 적고 있다. 서베를린에 대한 감상, 아들이 얼마나 보고 싶은지, 얼마나 외로운지 같은 감정을 적는다.

〈라디오리버티〉에서 일하기 시작하고 나서는 노트를 늘 가지고 다니기로 마음먹었다. 미국정보국 사람이 〈라디오리버티〉 직원들 모두를 지켜보고 있다면 내 노트에 적어놓은 직장 동료들에 대한 생각, 일 이야기, 아들을 보고 싶다는 글들만 볼 수 있을 테니 나를 더 이상 의심하지 않을 것이기 때문이다.

위장용 노트는 늘 내 가방에 들어 있지만 아직까지 〈라디오리버티〉 경비원이 내 가방을 열어 보라고 한 적은 없었다. 집에 두었을 때 머리카락도 그대로였다.

'진짜' 노트, 즉, 지금 이 글을 쓰고 있는 노트는 늘 지하실에 숨기고…….

나는 글을 쓸 때에만 진짜 노트를 방으로 가져오고, 평소에는 늘 숨겨둔다. 하지만 그 역시 모험이라는 걸 잘 알고 있다. 내가 어쩔 수 없이 해야만 하는 거짓말을 이 노트에 다 적고 있다. 이렇게 노트에 적는 것으로 내 머릿속에만 있는 거짓말을 조금이라도 밖으로 내보낼 수 있다. 이렇게 해서라도 내 이야기를 털어놓지 못한다면 나는 미쳐버릴지도 모른다. 누군가에게 용서를 받으려고 글을 쓰는 게 아니다. 그저 고백하고 싶을 뿐이다.

글은 며칠에 한 번씩 쓴다. 지하실에서 노트를 가져와야 하므로 밤늦게만 쓴다. 지하실에서 노트를 가져올 때는 셔츠나 스웨터 속에 넣어 숨겨 온다. 글을 쓴 뒤에는 곧장 다시 지하실로 가져가서 숨긴다. 아무리 급히 쓰고 싶은 말이 있어도 낮에는 절대로 쓰지 않는다.

나는 크로이츠베르크에서 살고 싶다고 우겼다. 내가 요쿰에게 캐물은 결과 내 아들 요한이 프리드리히샤인에 사는 동독비밀경찰 부부에게 입양되었다는 걸 알게 되었다. 서베를린 지도를 보니 프리드리히샤인과 최단거리에 있는 지역이 바로 크로이츠베르크였다. 그 두 지역은 베를린 장벽을 사이에 두고 서로 맞닿아 있었다.

나는 지도에서 크로이츠베르크를 가리키며 말했다.

"여기에서 살고 싶어요."

요쿰이 말했다.

"과연 좋은 생각일까요? 요한이 사는 곳과 가깝기 때문이겠죠?"

"요한과 조금이라도 가까운 곳에서 살고 싶어요."

"내가 보기에는 그리 좋은 생각이 아닌 것 같아요."

"어쩔 수 없는 일이에요."

요쿰은 잠시 생각한 끝에 말했다.

"좋아요. 크로이츠베르크에 아파트를 구할게요."

지금 내가 있는 집이 바로 그 아파트다. 아파트를 구하러 다닐 때 루드비히가 늘 동행했다. 내가 서베를린 지리에 익숙하지 않으니까 루드비히가 자진해서 길안내를 맡겠다고 했다. 하지만 내가 보기에 루드비히는 나 혼자 잘살 수 있는 준비가 되었는지 확인하기 위해 내 옆에 붙어다니는 것 같았다. 내가 혼자 살 때도 계속 감시를 받지 않을까 염려되었다. 내가 아파트를 비운 사이 그들이 내 노트를 읽으면 어쩌나 걱정됐다. 요쿰과 움마, 루드비히는 정보원들이었다. 서독으로 오기 전 스텐하머는 나에게 경고했다.

"그 사람들이 겉으로 아무리 친절하게 굴어도 당신을 계속 감시한다는 걸 명심해. 당신이 여기서 겪은 일들에 대해서는 될 수 있으면 끔찍하게 말해도 돼. 억울하게 감옥에 갇혀 있었고, 아이를 빼앗겼다고."

내가 말했다.

"그 말은 다 사실이잖아요?"

"그런데 어제 왜 이 서류에 서명했지? 아이를 입양시키는 것에 동의한다는 서류잖아."

나는 비명을 지르며 소리치고 싶었다.

'당신들은 내가 요한을 입양시킨다는 서류에 서명하지 않으면 부모로 부적절한 처신을 한 증거를 내세워 다시는 못 만나게 하겠다고 협

박했잖아. 당신들이 나를 협박해 강제로 서명하게 해놓고 이제 와서 무슨 소리야!'

"당신이 조국에 도움되는 일을 하면 요한을 품에 안을 수 있는 날이 점점 더 가까워질 거야. 당신이 서쪽으로 넘어가 일을 어떻게 하는가에 따라 결론이 달라지게 돼. 그들은 당신을 학대당한 비극의 여주인공으로 대할 거야. 그런 서베를린 사람들을 잘 속여야 해."

"뭐든 시키는 대로 다 할게요. 요한을 돌려주겠다는 약속만 지켜주세요."

동독비밀경찰이 약속을 지킬 리 없다는 건 잘 알고 있었다. 요한을 입양했다는 비밀경찰은 자식이 없는 사람이 분명할 테고, 결코 돌려주려하지 않을 것이다. 스텐하머는 믿을 수 없는 사람이지만 지금으로서는 그가 모든 키를 쥐고 있었다. 나는 스텐하머가 제시하는 조건을 따르지 않을 수 없었다.

서베를린에 오고 나서 3주 동안 날마다 요쿰과 울만에게 동독에서 있었던 일에 대해 진술했다. 그 내용을 여기에 쓰지는 않겠다. 다만 요쿰과 울만의 태도가 아주 점잖고 공손했다는 사실은 밝혀두겠다. 나는 서베를린에 와서 파우스트처럼 악마에게 영혼을 팔았다. 서독에서 제공하는 아파트, 리바이스 청바지, 좋은 옷과 화장품, 직업, 내가 돈을 벌 때까지 제공되는 생활비 등을 받고 살면서 그들을 속였다.

요쿰과 울만은 스텐하머의 심문 방법이 어떠했으며 하루에 말보로를 몇 개비나 피우는지 물었다. 내가 갇혀 있던 감방의 벽 색깔, 바닥의 리놀륨, 운동하던 곳의 담 높이, 내 진술을 녹음할 때 쓴 녹음 장비에 대해서도 물었다. 심지어 아주 극히 사소한 걸 묻기도 했다.

'스텐하머가 끓여주던 커피의 브랜드가 혹시 뭐였는지 기억납니까?

요쿰과 울만은 '정보가 곧 지식'이라고 말했다. 그러나 그런 이야기들을 3주 동안이나 지겹게 하고 나자 '정보는 아무것도 아니에요'라고 소리치고 싶었다. 그렇지만 요쿰과 울만을 내 편으로 만들어두어야 했다. 요쿰과 울만은 사무적이긴 해도 나에게 매우 친절하고 정중한데다 다정하기까지 했다.

요쿰과 울만은 나를 통해 폐쇄된 동독사회의 실상을 들여다보려 했다. 나는 요쿰에게 모든 걸 고백하고 용서를 구하고 싶었다. 정말 간절히 그러고 싶었지만 두려웠다. 그 즉시 이들에게 쓸모없다고 낙인찍힌 다음 버려지는 게 아닐까. 어쩌면 감옥에 갇힐지도 모른다는 두려움이 일기도 했다(스텐하머는 내가 서독에서 발각되면 감옥에 갇힐 것이라고 겁을 주었다). 무엇보다 요한을 찾을 수 있다는 희망이 완전히 사라지게 될까봐 두려웠다.

죽고 싶은 순간들도 많았다. 전철역에서 가장 먼저 들어오는 열차에 몸을 던지고 싶은 충동을 느꼈다. 죽으면 온갖 고통이 다 사라지겠지. 이 모든 괴로움을 잠재우는 길은 그것뿐이야. 이중생활을 해야 하는 고통! 세상에서 혼자 내버려진 느낌! 아들을 다시 볼 수 없을지도 모른다는 두려움!

전철에 몸을 던지지 못하는 이유도 요한 때문이었다. 요한을 찾을 수 있다는 가능성이 남아 있다면 나는 계속 살아야 한다.

내 작은 희망을 포기할 수 없다. 나에게 남은 거라고는 그 희망뿐이니까. 요한은 내 전부니까.

* * *

아파트로 이사하기 싫었다. 안전가옥에서 계속 지내고 싶었다. 청소나 빨래, 요리를 내 손으로 직접 할 필요가 없는 그곳이 그리웠다. 안전가옥에는 늘 과일이 준비되어 있었다. 사과, 복숭아, 바나나, 딸기 등. 모두가 동독에서는 보기 힘든 과일이었다. 동독에서는 당 간부들만이 출입할 수 있는 특별상점에서만 귀한 물건을 팔았으니까. 국민들에게는 가난과 물자 부족을 당연한 것으로 여기라면서 동독의 당 간부들은 호사를 누린다. 당 정책에 의심을 품으면 즉각 감금시키고, 그 사실조차 비밀에 부친다.

어느 날, 루드비히가 안전가옥 근처를 산책하자고 했다. 그 동네는 시가지에서 조금 떨어진 곳으로 슈판다우교도소 근처였다. 주변에는 괜찮은 가정집들과 깔끔한 아파트들이 보였다. 루드비히는 그곳이 노동자들이 주로 사는 동네라면서 생활물품을 파는 상점을 내게 구경시켰다.

상점에서 커다란 브로콜리, 주먹만 한 토마토, 스무 가지도 넘는 초콜릿을 본 나는 눈이 휘둥그레졌다. 돌이켜보니 '촌뜨기 공산주의자'처럼 굴었던 것 같다. 보통 거리에 있는 작은 상점에도 이토록 많은 물건이 있다니? 나는 이제 내 앞에 열린 세상을 만끽하고 싶었지만 내 머릿속에서는 다시 한 가지 생각이 스쳐지나갔다.

'아, 난 자유를 누릴 수 없어. 동독비밀경찰이 씌워놓은 올가미를 벗어던질 수 없으니까.'

서독정보국의 보호를 받는 안전가옥을 벗어나게 되면 자유를 잃을 게 분명하다. 서베를린에 있는 동독비밀경찰의 연락책이 나에게 즉시 전화할 것이고, 그러면…….

나는 루드비히와 요쿰에게 안전가옥을 떠나기 싫다고 말했다. 정말이지 앞으로 닥칠 일이 두려웠다. 그들은 나를 안심시키려 최선을 다했다. 망명자들이 서방세계를 두려워하는 건 지극히 당연한 일이지만 곧 적응하게 될 거라며 나를 달랬다.

요쿰이 말했다.

"고문으로 상처를 입고 풀려난 사람은 자기 의지대로 살 수 있는 삶에 적응하지 못하는 경우가 많아요. 누구에게든 마음을 터놓고 이야기해요. 동독을 욕해도 이제 직장을 잃을 걱정은 없어요."

'하지만 나는 아직도 동독을 위해 몰래 일하고 있다.'

루드비히가 말했다.

"조급하게 생각하지 말아요. 조만간 적응할 거예요."

안전가옥에서 지내는 기간은 4주로 정해져 있었다. 나는 열심히 진술했다. 내가 유용한 정보를 제공하는 한 안전가옥에서 계속 지낼 수 있기 때문이었다. 3주쯤 지났을 때 울만이 〈라디오리버티〉에서 내 번역 일자리를 구했다고 말했다.

"번역 원고를 통해서라도 동독에 이야기를 전달할 수 있어요. 서베를린으로 망명한 사람들도 많이 만날 수 있어요."

울만은 내가 망명자들을 만나면 좋아할 거라 생각했을까? 동독에서 깊은 상처를 입고 서독으로 넘어온 사람들을 만나면 내가 기뻐할 거라 생각했을까? 이미 나는 스텐하머에게 반체제 인사가 되기 싫다고 수없이 말했다. 나는 동독에 커다란 불만이 없었다. 서독에서 살기를 간절히 원하지도 않았다. 정치활동에는 발끝도 담근 적이 없었다. 내가 좋은 아파트를 바란 건 사실이다. 내가 죽기 전에 파리에 한 번 다녀오고 싶었던 것도 사실이다. 하지만 나는 내 자신의 한계를 인정했다. 프렌츠라우어베르크에서 함께 생활한 친구들도 좋았다. 요한이 태어났을 때 유르겐은 아들에게 전혀 신경 쓰지 않았지만 상관없었다. 요한은 하늘이 나에게 내려준 선물이었다. 요한이 태어나고 나서 내 삶은 송두리째 바뀌었다. 요한 말고 그 누구에게도 그렇게 무조건적인 사랑을 느낀 적이 없었다. 동독생활이 아무리 어두워도 상관없었다. 내 직업이 아무리 재미없어도 상관없었다. 유르겐이 매춘굴에서 며칠씩 뒹굴다 나타나도 신경 쓰지 않았다. 나에게는 요한이 있었기에. 요한이 태어나고 나서 내 삶의 어두운 부분은 내게 그리 중요하지 않았다. 요한은 내가 존재해야 할 이유를 주었다. 살아갈 이유.

요한이 없으면 내 삶은 아무런 의미가 없다. 나는 아무것도 아니다.

* * *

닷새 전에 아파트로 이사했다. 루드비히가 집주인에게 미리 페인트칠을 다시 하고 욕실 타일도 새로 붙이게 했다. 내가 처음 이 집을 보았을 때는 새집 냄새가 났다. 흰 벽, 소박한 싱글 침대, 짙은 색 책상과 의자, 작은 식탁과 의자 두 개, 새 냉장고, 핫플레이트가 있는 작은 주방, 조그마한 욕실, 새 흰색 블라인드가 달린 창문이 있는 집. 창밖으로 보이는 골목은 조금 지저분했지만 큰길에서 떨어져 있어 조용했다. 이제 편안하고 풍족했던 안전가옥 생활은 끝났다. 그래도 내가 동독에서 살았던 어떤 집보다 훨씬 편안하고 가구도 잘 갖춰졌으며 넓은 집으로 왔다.

이사하기 이틀 전, 루드비히는 나와 함께 쇼핑을 했다. 이미 리바이스 청바지 몇 장, 티셔츠, 속옷, 밀리터리룩의 감색 더블브레스티드 코트 등을 받았다. 그날 루드비히는 카데베백화점에 나를 데려갔다. 동독에서도 백화점에 대해 들은 적이 있지만 실제로 보니 내 예상을 훨씬 뛰어넘는 곳이었다. 그렇게 화려하고 물건이 많은 곳은 처음 보았다.

나는 흰색 침대 시트를 살 생각이었지만 루드비히는 시트를 늘 다림질하는 게 귀찮을 테니 관리하기 쉬운 스타일로 시트 두 벌을 사라고 권했다. 루드비히는 사철 쓰기 좋은 이불을 권했으며, 코팅되어 설거지하기 편한 프라이팬과 냄비도 골라 주었다. 흰 자기 그릇, 은식기, 나무 도마, 부엌칼, 커피 프레스, 토스터 등도 샀다. 루드비히는 오디오 코너로 가 스피커가 두 개 달린 레코드플레이어와 라디오를 나에게 사주었다. 나는 부자가 된 이모한테 덥석덥석 선물을 받는 느낌이었다. 이렇게 친절을 베푼 사람들을 곧 배신해야 한다는 게 가슴 아팠다. 아니, 배신은 이미 시작되었다. 내가 이 사람들에게 내 사정을 정직하게 털어놓지 못했으니까.

'난 동독비밀경찰의 명령을 따를 수밖에 없는 몸이잖아. 그것 말고는 아무것도 생각하지 말아야 해.'

* * *

사흘 만에 처음으로 집 밖으로 나갔다. 월요일에 이사하자마자 동네 작은 슈퍼마켓에 가서 일주일쯤 버틸 만큼 충분한 음식을 샀다. 서독정보국에서 2천 마르크가 들어 있는 통장을 내게 주었다. 아주 큰돈이었다. 새 직장에서 첫 급여를 받을 때까지 2천 마르크면 충분히 생활할 수 있을 것이다.

울만은 서베를린 〈라디오리버티〉 지국의 웰만 지국장이 주중에 전화할 거라고 말했다. 주중이라고 하면 금요일이 될 수도 있다. 월요일에 이 집에 들어오니 루드비히가 카데베백화점에서 사준 물건들이 배달되어 침대와 식탁에 쌓여 있었다.

나는 딱 한 번 먹을 것을 사러 나갔다. 월요일에는 아파트를 정리하는데 하루를 다 쏟았다. 정리가 끝나고 나서 근처 골목으로 갔다. 거기서 중고 레코드숍과 서점을 보았기 때문이다. 볼프 비에르만의 음반을 샀다. 유르겐은 비에르만의 복제품을 갖고 있었다. 동독에서는 비에르만의 음악이 금지되어 있었으므로 유르겐은 그 음반을 몰래 갖고 있는 걸 자랑스럽게 여겼다.

비에르만의 음악이 동독에서 금지된 건 1976년에 서독 순회공연을 하고 나서였다. 사실 비에르만의 노래가 금지곡이 된 건 아이러니하다. 서독 출신인 비에르만은 사회주의적 이상을 실현하기 위해 동독으로 망명한 사람이기 때문이다. 그러나 비에르만이 동독정부를 비판하자 당장 추방되었다. 아버지의 사랑을 갈구하던 아들이 이유 없이 밖으로 내쳐진 셈이었다.

비틀즈의 앨범 〈서전 페퍼스 론리 하트 클럽 밴드〉도 샀다. 중고 레코드숍에서 이 앨범을 보았을 때 나도 모르게 한숨이 나왔다. 동독에서는 정말 듣기 힘든 음반이었기 때문이다. 주디트에게 복제판이 있어 우리는 가끔 보드카를 마시고 담배를 피우며 그 앨범을 듣곤 했다. 그럴 때마다 우리는 한 번도 가본 적이 없는 런던을 상상해보곤 했었.

집으로 돌아와 비에르만과 비틀즈를 몇 번이나 연속해서 들었다. 그러다 나도 모르게 울었다. 비에르만의 노래를 듣자 작은 아파트에 스무 명의 친구들이 모여 있던 프렌츠라우어베르크 시절이 떠올랐다. 루마니아 산 와인과 싸구려 보드카, 레코드플레이어에서 흐르는 비에르만의 음악, 끝없이 이어지던 대화, 작가와 미술가들 틈에서 고양된

나, 음악과 말소리, 웃음소리 속에서도 요한이 울지 않는지 15분마다 확인하러 가는 나. 나를 따라와 잠자는 요한을 보며 이제 아이를 갖기에는 너무 늦었다고 울던 주디트. 진심으로 믿을 수 있는 친구는 나뿐이라고 말하던 주디트.

주디트.

나를 동독비밀경찰에 밀고한 사람이 바로 주디트라는 말을 들었을 때 나는 그리 분노하지 않았다. 처음에는 충격을 받았고, 그 다음에는 슬픔을 느꼈다. 과연 누구를 믿을 수 있을까? 비밀경찰의 손아귀에 있지 않는 사람은 과연 누구일까? 비밀경찰의 무자비한 협박 속에서도 친구를 밀고하지 않을 사람은 과연 얼마나 될까?

주디트는 자주 우리의 우정이 그 무엇보다 값지다고 말했는데…….

'우리는 자매야. 언제까지나 서로를 위하며 살자.'

나는 그 말을 믿었다. 주디트를 믿고 나에게 벌어진 일을 모두 다 털어놓았다. 그런 주디트가 비밀경찰을 만나 나에게 들은 이야기를 밀고했다. 비밀경찰은 주디트의 말을 모두 기록하고, 그걸 근거로 나에게 협박을 가했다.

내가 그런 말을 했는지조차 기억나지 않는 것들도 있었다. 하지만 스텐하머는 분명 내가 한 말이라고 했다. 그 말들은 모두 지나가는 말로 동독생활을 비꼬고 자조하는 것들이었다. 아파트에서 친구들끼리 모여 술을 마시다 보면 누구나 쉽게 하는 말들.

비밀경찰에게 심문을 받을 때마다 나는 보헤미안그룹 가운데 끄나풀이 있었다는 걸 깨달았다. 스텐하머는 영리하게도 내가 한 말을 구체적으로 인용하진 않았다. 그래야만 주디트가 비밀경찰의 끄나풀이라는 사실이 드러나지 않을 테니까.

처음 요쿰에게 그 이야기를 들었을 때 나는 도무지 믿을 수가 없었다. 지금도 믿기지 않는다. 결국 이렇게 노트에 적고 있지만 충격은 여전하다. 나는 혼자라서 집 밖으로 나가지 않았다. 거리에 오가는 사람들을 보면 내 외로움이 더욱 커질 테니까. 나에게는 가족이 없다. 친구도 없다. 끔찍한 일에 발을 담그는 일만 벌어지지 않기를 바라며 주위 모두를 속이며 살고 있다.

나는 늘 상상한다. 내 침대 옆에 요람이 있고, 요한이 거기서 잠을 자는 상상. 입양한 사람들이 요한을 제대로 보살필까? 요한을 차갑게 대하지는 않을까?

이제 이렇게 글을 쓰며 생각이 정리되기를 바랄 수밖에 없다. 받아들일 수밖에 없다. 그래도 악몽은 더욱 무시무시하게 깊어지기만 한다. 밤새 잠을 설치다가 깨어나는 아침. 비몽사몽인 10초 내지 15초쯤, 나는 내 끔찍한 처지를 까맣게 잊어버리곤 한다. 그러다가 정신이 들며 한 가지씩 암담한 생각이 내 머리를 강타한다. 이 괴로움은 끝이 없다. 이 슬픔은 끝이 없다. 언제까지나 결코 사라지지 않을 것이다.

***

오늘, 마침내 용기를 내 외출했다. 눈이 왔다. 세상은 온통 흰 눈에 덮여 고요하다. 지저분한 크로이츠베르크도 새하얗고 경이로운 눈에 덮였다. 크로이츠베르크에서는 뿌리를 잃고 향수에 시달리는 터키 사람들을 자주 만날 수 있다. 터키 사람들의 표정도 흰 눈 때문에 한결 밝아 보였다.

나는 거리 모퉁이의 공중전화로 갔다. 울만에게 받은 전화번호대로

〈라디오리버티〉에 전화했다. 교환수가 전화를 받았다. 나는 웰만 지국장을 바꿔 달라고 했다. 사무적인 여자가 전화를 받아 자기가 웰만 지국장의 비서인 오르프라고 말했다. 내가 이름을 말하자 오르프가 대답했다.

"전화를 기다리고 있었습니다."

"이번 주 중으로 전화하라고 들었습니다."

"그래서 금요일 오후 세 시까지 미루고 있었어요? 실례지만 그다지 프로페셔널한 태도는 아니군요."

나는 죄를 지은 듯한 목소리로 말했다.

"아직도 이곳 생활에 적응하고 있는 중이라서."

"월요일 오전 열한 시까지 오세요. 새 직장 면접에 못 올 정도로 바쁘지 않으시다면."

"월요일 오전 열한 시에 가겠습니다."

"시간 잘 지키세요. 아니, 미리 와서 기다리세요."

* * *

전화를 끊은 다음 먹을거리를 사서 집으로 갔다. 그때 한 가지 생각이 머릿속에 떠올랐다.

'서독에 있는 동독비밀경찰이 나에게 연락할 거라고 했어. 왜 아직 아무런 연락이 없을까?'

나는 잠시 어림없는 몽상에 잠긴다.

'나에게 연락하지 않을지도 몰라. 내 연락책이 되기로 한 사람이 이미 체포됐는지도 몰라. 아니면 동독비밀경찰이 나를 쓸모없다고 판단

하고 방치하게 됐는지도 몰라. 그러면 나는 자유야.'
 하지만 내가 동독비밀경찰에게 무용지물이 되는 순간 요한을 결코 볼 수 없다.

* * *

 일요일에는 면접이 걱정돼 한숨도 못 잤다.
 아침이 올 때까지 담배를 스무 개비는 족히 더 피운 것 같다. 잠들 수 없었던 이유는 걱정 때문이었다. 취직을 못 하게 되면 어쩌지? 동독비밀경찰이 나에게 실망하면 어쩌지? 그러면…….
 동독비밀경찰은 내가 취직하지 못하면 내게 제시했던 조건을 지키지 않을 것이다. 하지만 내가 취직하면 연락책에게서 분명 연락이 올 것이다. 〈라디오리버티〉는 미국이 정치선전을 펴는 핵심 매체고, 내가 거기서 일하게 되면 동독비밀경찰은 매우 기뻐할 것이다.
 샤워를 하고 나서 거울을 한참 동안 들여다보았다. 거울 속 내 모습이 보기 싫었다. 진한 다크서클, 창백한 피부, 이마에 파인 주름. 끔찍했던 몇 달 사이에 10년은 더 늙어보였다. 지치고 우울한 모습. 이제 어떤 남자에게도 매력적으로 보일 리 없을 것 같았다. 슬픔에 겨워하는 여자를 과연 어떤 남자가 좋아할까? 어깨에 짊어진 고통이 너무 무거워 울기에도 지친 여자.
 잠을 못 잔 흔적을 가리려고 화장을 짙게 했다. 커피 다섯 잔을 마시고 담배를 끝없이 피웠다. 그 다음에 부츠를 신고 새 가죽점퍼를 입었다. 질 좋은 가죽의 부드러운 느낌이 좋았다.
 나는 전철을 타고 베딩으로 향했다.

〈라디오리버티〉. 겉모습은 황량하고 경비가 삼엄한 건물이었다. 나는 서독에 와서 새로 발급받은 신분증을 정문 경비원에게 내밀었다. 안으로 들어가자 로비에서 오르프가 기다리고 있었다.

"마침내 오기로 마음먹었군요."

"지난번에 전화가 늦은 건 여기 생활에 적응하는데 어려움이 많아서였습니다."

"그쪽 사람들은 늘 적응하기 어렵다고 하죠."

나는 아무 말도 하지 않았지만 분노를 느꼈다.

'그쪽 사람들'이라니? 그래, 나는 동독 사람이야. 우리는 열등하지. 그러니까 나를 경멸하는 게 당신의 그 하찮은 삶에 조금이라도 즐거움이 된다면 기꺼이 놀림감이 되어 주지.

그러나 나는 그저 한마디만 했다.

"이해해 주셔서 감사합니다."

오르프는 나를 전혀 이해하지 않았으므로 내 대답에 몹시 당황했다. 나에게 일그러진 미소를 지은 오르프는 지국장이 나를 만날 수 있는지 확인하겠다고 말했다.

나는 30분이나 기다린 끝에 지국장의 방으로 가라는 말을 들었다. 웰만 지국장은 점잖고 합리적인 사람이었다. 내가 몹시 긴장한 걸 알아챈 그는 나를 편안하게 대해주려 애썼다. 그는 나의 개인 사정에 대해 대략 이야기를 들었다며 나를 위로했다.

나는 또 소리치고 싶었다.

'나에게 너무 친절하지 말아요. 내가 어떤 일을 꾸미고 있는지 모르잖아요.'

웰만 지국장이 서류철을 펼쳤다. 루드비히의 도움을 받아 내가 쓴 이력서가 있었다. 나에 대한 다른 서류들도 있었다. 지국장은 동독 출판사에서 내가 어떤 책을 번역했으며, 그곳에서는 주로 어떤 영어책이 번역되어 출간되는지 물었다. 지국장은 어느 순간 영어로 말했고, 내가 거침없이 영어로 답변하자 몹시 즐거워했다.

지국장이 한 장짜리 원고를 내밀었다. 베를린 골동품상에 대해 쓴 영문 원고였다. 지국장이 나에게 원고를 번역해 직접 읽어보라고 했다. 나는 지국장이 시키는 대로 했다. 처음에는 목소리가 몹시 떨렸지만 마음을 가라앉히고 번역한 문장을 읽어나갔다.

웰만 지국장이 말했다.

"아주 좋았어요. 문어체가 아니라 대화하듯 독일어를 써서 좋군요."

"고맙습니다."

지국장은 다른 원고를 건넸다. 두 장짜리였다. 레이건 대통령의 이란 문제에 대한 연설문이었다. 지국장은 밖으로 나가더니 오르프에게 타자기가 있는 곳으로 나를 안내해주라고 말했다.

"이 원고를 최대한 빨리 타이핑해 나에게 가져오세요."

내가 지국장 방에서 나오자 오르프는 책상을 손가락으로 가리켰다. 책상 위에 IBM 전동타자기가 놓여 있었다. 그런 최신기기를 써본 적이 없어 처음에는 겁을 집어먹었지만 그 시험도 통과해야만 했다. 두 장의 원고를 30분 만에 얼른 번역해 초벌 번역한 원고를 연필로 몇 군데 수정하고 나서 타자했다. 타자기에서 종이를 뽑자마자 나는 웰만 지국장의 문으로 갔다. 오르프가 얼른 나를 가로막았다.

"반드시 내가 지국장님한테 보고한 뒤라야 사무실에 들어갈 수 있어요."

내가 나직이 말했다.

"미안합니다."

오르프가 인터폰 수화기를 들고 버튼을 누른 뒤 지국장에게 용건을 간략히 말했다. 그러고 나더니 나를 돌아보며 들어가도 좋다고 고갯짓했다.

"이렇게 빨리 하셨어요?"

웰만 지국장은 내가 건넨 원고를 받아보고 자세히 살피더니 내 번역이 깔끔하다고 칭찬했다.

"두스만 씨와 함께 일하자고 말하지 않을 수 없군요."

지국장은 주급이 500마르크라고 했다. 내가 상상한 액수보다 훨씬 많았다. 세금과 갖가지 보험금과 연금을 빼고도 매주 375마르크를 손에 쥘 수 있었다.

지국장이 물었다.

"만족하세요?"

"그럼요."

오전에 계속 서류를 작성했다. 신분증에 쓸 사진도 찍었다. 〈라디오리버티〉의 보안 책임자와 면접도 했다. 스투더라는 이름을 가진 그 남자는 서독에 와서 다른 동독 사람을 만났는지 주로 물었다. 나는 만난 사람이 없다고 대답했다.

스투더는 엄숙하고 분명하게 말했다. 〈라디오리버티〉의 문서를 밖으로 유출하면 안 되고, 번역 원고를 집으로 가져가서 일할 수도 없다고.

"여기서 취급하는 원고 내용에 극비사항이 있는 건 아닙니다. 다만 〈라디오리버티〉 방송이 동독 국민을 대상으로 한다는 사실을 명심하기 바랍니다. 그런 까닭에 동독 정부에서는 우리가 방송할 프로그램 내용을 사전에 알고 싶어 합니다. 가끔 퇴근할 때 경비원이 가방을 수색하기도 합니다. 보안을 위한 각서에도 서명하기 바랍니다. 〈라디오 리버티〉의 일을 어느 누구에게도 이야기하지 않겠으며, 이 건물 밖으로 어떤 서류나 원고도 내가지 않겠다는 각서입니다. 자, 각서에 이의 있습니까?"

나는 스투더의 말을 들으며 점점 초조해졌고, 그런 표정을 들키지 않기를 바라며 대답했다.

"없습니다."

나는 각서에 서명했다. 신분증이 코팅되어 나올 때까지 기다리며 내가 근무할 사무실을 구경했다. 몇몇 사람과 인사도 나눴다. 포웰이라는 폴란드 출신 프로듀서도 만났다. 못생긴 사람은 아니지만 나에게 지나치게 치근덕거렸다. 포웰은 내 가슴과 다리를 뚫어져라 쳐다보며 징그러운 미소를 짓더니 나에게 애인이 있는지 물었다.

나는 그를 상대할 의사가 없다는 걸 분명하게 알려주려고 단호하게 대답했다.

"남편이 있었는데 죽었어요."

포웰은 내 말에 힘을 얻었다는 듯 또 말을 붙였다.

"이런 미인을 두고 세상을 떠나다니 참 멍청한 남자군요."

나는 당장이라도 포웰의 뺨을 갈겨주고 싶었다. 그러나 포웰의 표정을 보니 내가 흥분하는 것이야말로 그의 페이스에 말려드는 것임을 알 수 있었다. 포웰은 잔인하게 남을 괴롭히는 스타일이 분명했다. 하지만 일 때문에 계속 만나야 할 사람이기도 했다.

지국장이 다시 나를 찾았다. 급히 번역해 녹음할 원고가 있다고 했다. 원고를 쓴 사람의 이름은 싱클레어 루이스로 나도 모르는 작가였다. 원고는 12장이나 됐다.

 지국장은 두 시간 안에 번역을 끝낼 수 있는지 물었다. 담당 번역가가 지병인 편두통 때문에 결근했는데, 성우가 오후 3시에 녹음하러 오기로 되어 있고, 지금 벌써 1시니까……

 나는 3시 전에 일을 마쳐보겠다고 대답했다. 어쨌든 일을 할 때에는 잡념이 들지 않아 좋았다. 내 머릿속에 오가는 온갖 감정과 생각을 잠시나마 잊을 수 있었다.

 내 자리로 돌아갈 때 포웰과 눈이 마주쳤다. 나는 고개를 숙였다.

 포웰이 말했다.

 "나를 계속 무시할 수 있을 것 같아요? 내가 그리 호락호락한 사람은 아닐 텐데."

* * *

 〈라디오리버티〉에서 보낸 일주일이 끝났다. 다른 번역가 쾨니그는 수시로 편두통 때문에 괴로워했다. 그런 까닭에 내 책상에는 번역할 원고가 많이 쌓였다. 방송국에서 일하는 작가들은 대개들 프리랜서인데 그 중 절반은 영어를 모국어로 쓰는 사람들이었다.

 일은 끝이 없고, 방송이라는 특성 때문에 누구나 마감 시간에 쫓긴다. 포웰이 자주 말하듯 직원이 지금의 두 배는 더 필요했다. 하지만 예산이 전 같지 않다고 했다. 레이건 행정부가 반공주의를 다시 부르짖고 있지만 〈라디오리버티〉의 예산을 올리지는 않는다고 한다.

 포웰이 내 자리에 와서 말했다.

 "레이건 행정부는 동독을 '사악한 제국'이라 표현하더군. 다만 빨갱이들을 다루는 데는 무력이 최고라 여기는 거야. 이깟 체제 홍보 방송 같은 건 하찮게 여긴다고나 할까. 동독 놈들과 무슨 대화를 나누겠어. 그냥 핵폭탄 한 방이면 끝장날 텐데."

포웰은 지적인 면만 **빼면** 정말 성가신 사람이다. 치근덕거리는 건 그냥 넘길 수 있어도, 내 과거를 꼬치꼬치 캐물을 때에는 정말 어이가 없어 나는 아무런 대답을 하지 않는다.

나는 포웰뿐만 아니라 사무실에 있는 누구와도 대화를 많이 나누지 않는다. 이틀 전에는 모니카 호지라는 프리랜서와 점심을 먹었다. 모니카는 서베를린에 사는 40대의 미국인 작가로, 두 주에 한 번씩 책을 소개하는 프로그램 원고를 맡고 있다. 나는 모니카의 원고를 모두 번역했다. 나는 모니카가 필립 K. 딕에 대해 쓴 원고를 번역하다가 몇 가지 문제에 직면했다. 공상과학소설에서 쓰는 용어들은 독일어로 번역하기가 무척이나 힘들었다. 그래서 어느 날 아침 모니카와 만나 내가 모르는 것들을 물어보았다. 두 시간쯤 일 이야기를 하고 나자 모니카는 근처 카페에서 점심을 먹자고 했다.

모니카는 자기 이야기를 많이 털어놓았다. 맨해튼에서 보낸 어린 시절, 부모 사랑을 받지 못한 성장기, 두 번 결혼했지만 알고 보니 모두 형편없던 남자들.

심지어 전 남편들 중 한 사람은 동성애자라는 사실을 숨기고 모니카와 결혼했다. 그녀는 요즘은 좋은 남자를 찾기 힘들다고 말하며 나이 때문에 취직할 데가 마땅찮아 어쩔 수 없이 〈라디오리버티〉에 붙어 있게 됐다고 했다. 포웰이 술을 마시자고 하면 반드시 거절하라는 말도 덧붙였다.

"포웰과 술을 마셨는데 이튿날 아침 한 침대에서 깨어나게 됐어요.

포웰이 잠에서 깨자마자 이러더군요. 원래 자기보다 나이가 많은 여자와 자지 않는데 나에게 동정을 베푼 거라나."

모니카와 점심을 먹으며 배운 게 많았다. 다행히도 모니카는 내 이야기를 묻지 않았다. 하지만 모니카가 앞으로 밥을 먹자거나 술을 마시자고 하면 적당히 핑계를 대고 거절하기로 마음먹었다. 〈라디오리버티〉에서 만나는 사람은 모두 그렇게 대해야 한다. 물론 동료로서 부지런하고 도움이 되는 존재가 되려고 애쓸 것이다. 늘 친절하고 공손하고 시간을 잘 지키고 일에 완벽을 기할 것이다. 하지만 누구의 접근도 허락하지 않을 생각이다. 밤이나 낮이나 나를 괴롭히는 어두운 사연을 아무에게도 이야기하지 않을 것이다. 동료들과 우정을 쌓지도 않을 것이고, 퇴근 후에 어울리지도 않을 것이다.

나는 나에게 관심을 두는 사람이 아무도 없기 바란다.

* * *

며칠 전 놀이터를 발견했다. 늘 다니던 길에서는 보이지 않았는데 어느 날 다른 길로 퇴근하다가 우연히 눈에 띄었다. 베를린의 겨울답지 않게 맑고 밝은 날이었다. 놀이터에는 아이를 데려온 내 또래의 어머니들이 많았다. 그 광경을 마주한 순간 나는 고개를 돌리고 달리기 시작했다. 눈물이 계속 흘러내리고, 비명이 목까지 차올랐다. 집으로 돌아온 뒤에도 30분 동안 울음을 멈출 수 없었다.

아무리 잊으려 애써도 잊히지 않는다. 요한은 살아 있으니까. 베를린 장벽만 없다면 10분만 걸어가도……

***

일한다. 집에 온다. 간단한 음식을 만든다. 맥주를 마신다. 담배를 피운다. 음반을 튼다. 책을 읽는다. 얕은 잠을 잔다. 출근한다.

이런 날들이 되풀이된다. 하인리히 하이네 가 전철역 근처에서 헌책방을 발견했다. 영문판 코너가 아주 잘 갖춰진 책방이다. 내가 번역하는 원고에서 간혹 언급되는 미국 작가들의 소설을 읽기로 마음먹었다. 싱클레어 루이스, 시어도어 드라이저, 존 더스 패서스, 제임스 존스, 제이 디 샐린저, 존 업다이크, 커트 보네거트. 내가 아예 몰랐던 작가들도 있다. 모니카가 쓰는 미국 문학에 관한 프로그램이 2주에 한 번씩 방송되고 있다. 나는 그 원고에서 언급되는 작가의 책들을 읽으며 보내는 시간을 유일한 탈출구로 여기고 있다. 헌책방 주인인 바우어 씨는 아주 친절해 내가 찾는 소설책을 영어 원본으로 찾아준다.

바우어가 나에게 말했다.

"미국으로 이민할 계획이세요? 아니면 미국을 특별히 사랑하거나."

"그럴 만큼 운이 좋지는 않아요."

밤에 가끔 외출도 한다. 영화를 보거나 재즈 연주를 들을 수 있는 술집에 혼자 앉아 보드카를 마신다. 접근하는 남자는 모두 뿌리친다. 하지만 대개는 집에서 음악을 듣고 책을 읽는다. 연락책에게서 연락이 오는 순간 이런 생활은 당장 바뀌어야 할 것이다.

〈라디오리버티〉에 출근한 지 4주가 되었을 때 결국 우려하던 일은 현실이 됐다. 출근길, 전철역에 들어설 때 녹색 파카를 입은 뚱뚱한 남자와 부딪쳤다. 몸을 부딪치는 순간 남자가 내 손에 쪽지를 쥐어주고 사라졌다. 나는 얼른 쪽지를 주머니에 넣었다. 퇴근해 집에 돌아오고 나서야 쪽지를 꺼내 읽었다.

'내일 저녁 6시, 론도너 가에 있는 클라우스만호텔 12호실에서 만납시다.'

나는 아주 오랫동안 쪽지를 노려보았다. 내가 나타나지 않는다면 어떻게 될까. 결과는 보나마나 뻔했다. 선택의 여지없이 그 호텔에서 남자를 만날 수밖에 없었다. 그들이 시키는 일이라면 뭐든 할 수밖에.

*　*　*

론도너 가는 테겔공항 근처의 허름한 동네였다. 지저분한 아파트 건물들, 며칠 동안 수거해가지 않은 쓰레기가 넘쳐나는 거리, 패스트 푸드점들, 낙서, 어두운 가로등, 버려진 동네 같은 느낌의 퇴락한 분위기.

호텔 프런트데스크에 다가갔을 때 직원은 꾸벅꾸벅 졸고 있었다. 얼굴에는 수두 자국으로 얽은 자국이 심했다. 호텔 로비 벽은 침울한 갈색이었고, 카펫은 얼룩지고 지저분했다.

프런트데스크를 지나쳐 계단을 올라갔다. 복도에는 희미하게 형광등이 켜져 있었고, 12호실은 복도 끝에 있었다. 가볍게 노크했다. 제발 아무런 소리도 들리지 않았으면 좋겠다는 희망을 품었다. 그러나 문 너머에서 남자의 굵은 목소리가 들려왔다.

"누구시죠?"

내가 대답했다.

"페트라 두스만입니다."

그 남자였다. 어제 전철역에서 몸을 부딪친 뚱뚱한 남자. 키가 167센티미터쯤 될까. 배가 툭 튀어나왔고, 수염이 덥수룩했다. 하얗게 센 머리와 누런 치아 때문에 50대로 보였지만 실제 나이는 그보다 적을 수도 있겠다는 생각이 들었다.

남자는 입에 담배를 물고 있었고, 흰색의 더러운 티셔츠에 누런 팬티만 입고 있었다.

남자가 명령했다.

"문 닫아."

"제가 혹시 방해가 됐다면 나중에 다시……."

"닥치고 빌어먹을 문이나 닫아."

나직하지만 무서운 어조였다.

나는 문을 닫았다.

낡은 더블 침대, 천장에 매달린 알전구, 벗겨진 꽃무늬 벽지가 눈에 들어왔다. 방에서는 곰팡내, 담배 냄새, 남자의 땀 냄새가 뒤섞여 났다.

"미행은 안 당했겠지?"

"신경 쓰지 않았어요."

"앞으로는 신경 써야 해."

"네, 그러죠."

"옷 벗어."

"뭐라고요?"

"옷 벗으라고."

그 순간 나는 생각했다.

'달아나.'

남자는 내 생각을 얼른 알아챘는지 이렇게 말했다.

"아들을 다시 보고 싶은 생각만 없다면 여기서 그냥 나가도 돼. 난 너를 서독으로 데려온 서독정보원에게 전화해 네가 이중스파이라는 사실을 말해주지. 내 말이 농담으로 들린다면……."

남자가 침대 옆 탁자에 놓인 봉투를 집어들더니 침대 위로 집어던졌다. 모두 최근에 찍은 요한의 사진들이었다. 어떤 부부가 요한을 안고 있었다. 밝게 미소 짓고 있는 남자는 동독비밀경찰 제복 차림이었다. 나는 얼른 사진들을 집으려 했지만 남자가 내 손목을 움켜쥐고 팔을 등 뒤로 비틀었다. 어찌나 아팠는지 나는 비명을 질렀다. 남자는 다른 손으로 내 입을 막았다. 남자는 내 팔을 높이 쳐들었다. 어깨가 빠질 것 같았다.

"앞으로 내 허락 없이는 뭐든 맘대로 할 수 없어. 알겠나?"

나는 수없이 고개를 끄덕였다. 남자가 손목을 놓으며 나를 침대 위로 밀쳤다. 침대로 쓰러졌던 나는 혹시라도 사진이 구겨질까봐 얼른 몸을 일으켰다.

남자가 말했나.

"옷 벗어."

나는 망설였다. 달아나고 싶었다.

"당장."

나는 우물쭈물 재킷을 벗었다. 스웨터, 치마, 타이츠, 속옷. 차례로 벗었다. 팔로 가슴을 가렸다.

"침대로 올라가."

나는 우선 사진을 치우려고 했다.

"사진을 치우기 전에 나한테 허락을 받아야지."

나는 흐느끼기 시작했다.

남자가 식식거리며 소리쳤다.

"당장 그치지 못해!"

나는 울음을 멈추려고 애썼다.

"사진을 집어도 될까요?"

"그래, 집어."

나는 사진을 모았다. 순간, 곰 인형을 쥔 요한의 독사진이 보였다. 남자가 소리쳤다.

"사진을 보라고 허락한 적은 없는데?"

"잘못했습니다, 잘못했습니다."

나는 사진을 모아 탁자에 놓았다.

"자, 침대로 올라가."

내 몸무게에 매트리스가 푹 꺼졌다. 나는 모로 누워 몸을 웅크렸다. 그저 죽고 싶은 생각뿐이었다.

남자가 소리쳤다.

"똑바로 누워."

나는 남자의 명령에 따랐다.

남자가 다가와 두 손으로 내 다리를 벌렸다. 팬티를 내린 남자가 손에 침을 묻혀 발기한 페니스의 귀두에 발랐다. 남자가 삽입할 때 나는 눈을 꽉 감았다. 나는 젖지 않고 괴로움에 치를 떨었다. 칼로 생살을 찢는 듯한 통증이 느껴졌다.

남자가 볼일을 보는 동안 나는 죽은 듯이 가만히 누워 있었다. 내 머릿속에서는 단 한 가지 생각뿐이었다.

'그래도 키스를 하지 않아 다행이야.'

그리고 또 다행히 남자는 일찍 사정했다. 삽입하고 몸을 흔든 지 1분쯤 지나 남자가 끄응 하는 신음을 뱉었다. 남자는 얼른 일어나 팬티를 올리고, 나에게도 옷을 입으라고 명령했다.

"우린 일주일에 두 번씩 만나게 될 거다. 그때마다 너와 섹스할 거야. 싫으면 당장 말해라. 동베를린에 알릴 테니까."

"그러지 말아요."

"내가 시키는 대로 하면 내가 네 이야기를 좋게 보고하지. 네가 아들을 다시 만나는 데에도 도움이 될 거야. 물론 네가 내 명령을 따르지 않으면……."

'나쁜 놈, 그 명령에 섹스까지 포함되겠지.'

"명령을 잘 따르겠어요."

나는 생각했다.

'지금은 달리 방법이 없어.'

"자, 이제 옷을 입어."

내가 옷을 입는 사이, 남자는 주머니에서 카멜 담뱃갑을 꺼내 한 개비 빼어물었다. 남자는 잠시 생각하다가 담뱃갑을 침대에 던지며 말했다.

"너도 하나 피워."

"고맙습니다."

"피임은 하고 있겠지?"

나는 고개를 가로저었다.

"그럼 이번 주부터 피임약을 먹기 시작해. 알았어?"

나는 고개를 끄덕였다.

내가 옷을 다 입자 남자는 옷장을 열고 싸구려 가방을 꺼냈다. 남자가 가방에서 작은 봉투를 꺼내 나에게 건네며 말했다.

"네 거야. 열어 봐."

나는 또 명령대로 따랐다. 봉투 안에는 작은 카메라가 들어 있었다.

손바닥으로 가릴 수 있을 만큼 작은 카메라였다.

"봉투에 열여섯 장짜리 미니 필름도 스물네 통 들어 있어. 네가 할 일은 간단해. 〈라디오리버티〉에서 받는 원본 원고와 네가 번역한 원고를 모두 그 카메라로 찍어. 카메라는 잘 숨기고 다녀야 해. 일주일에 두 번씩 나를 만나 필름을 넘기면 돼. 미행을 당하지 않고 나를 만나러 오는 방법을 잘 연구해두도록 해."

"왜 제가 미행을 당할 거라 생각하죠?"

"넌 신참이야. 망명한 지 얼마 안 된 사람은 서독정보국의 주요 감시대상이야. 왜 내가 한 달이나 지나서야 너에게 연락했겠어? 서독정보국의 감시가 약해지길 기다린 거야. 하지만 아직 조심해야 해. 미행을 따돌릴 수 있는 샛길을 찾아."

"오늘은 미행이 없는지 어떻게 아셨는데요?"

"서독정보국에는 우리가 심어놓은 사람도 있어. 그들은 이제 너를 의심하지 않게 된 것 같아. 연락은 간단히 취할게. 크로이츠베르크에 슐뤼셀이라는 술집이 있어. 그 술집을 단골로 삼아. 일주일에 최소한 다섯 번은 들러 맥주나 커피를 마셔. 거기 갈 때마다 반드시 화장실에 들러. 여자 화장실에는 칸막이 자리가 하나뿐이야. 변기 바로 오른쪽 바닥을 보면 헐렁한 타일이 보일 거야. 그 타일 밑에 쪽지를 남길게. 다음 만날 시간과 장소가 적혀 있을 거야. 만날 날짜 이틀 전에 남길 거야. 쪽지에 적힌 말은 머릿속으로 잘 외워두고, 쪽지는 곧바로 변기에 넣어 버려. 약속 시간은 반드시 정확히 지켜야 해. 필름은 늘 가지고 다녀. 일주일에 두 번씩 새로운 필름을 받아가야 할 거야."

남자는 미니카메라에 필름을 끼우는 법, 사진 찍는 법, 옷 속에 카메라를 숨기는 법 등을 간단히 설명했다.

"출근할 때 카메라는 바지 앞섶에 숨기는 게 가장 좋아. 〈라디오리버티〉에 금속 탐지기는 없어. 하지만 보안담당자들이 직원들 가방과 책상을 가끔씩 뒤지지. 그러니까 일주일에 두세 번만 카메라를 가져가 한꺼번에 원고를 촬영해야 해. 뉴스를 뺀 프로그램들은 일주일 앞서 작업하니까 미리 촬영해 필름을 넘기는 게 중요해. 자, 다시 한 번 말할 테니까 명심해서 들어. 약속 시간에 못 나오거나 번역을 맡은 원고를 다 촬영하지 못하면 내가 동독에 즉시 보고할 거야. 물론 넌 그런 보고가 올라가지 않기를 바라겠지?"

"네."

"금방 배우는 게 마음에 들어. 조만간 신념이 굳은 스파이가 될 수 있겠어. 그렇게 되어야 네 아들을 빨리 돌려받을 수 있을 거야."

"그럴 수만 있다면 뭐든 다 하겠습니다. 뭐든."

"내 이름은 해첸이야. 헬무드 해첸. 본명은 아니지만 벌써 몇 년 전부터 써온 이름이야. 과거에 무슨 이름을 썼는지는 상관없잖아. 이틀 뒤에 슐뤼셀 화장실을 확인해. 다음에 만날 시간과 장소가 적힌 쪽지가 들어 있을 거야. 이제 나가도 좋아."

* * *

밖으로 나오자마자 길거리에 꿇어앉아 구토를 했다. 지저분한 포장도로에 무릎을 꿇은 채 5분도 넘게 토했다. 길을 가던 중년남자가 다가와 도움이 필요한지 물었다.

남자는 나에게 '세상이 끝난 건 아니잖아요?' 같은 의례적인 말 대신 아주 인간적인 친절을 베풀었다. 한 손을 내 어깨에 살며시 올려놓은 것이다. 남자는 내가 진정할 때까지 손을 떼지 않았다. 마침내 내가 일어섰을 때 남자가 장갑 낀 손으로 내 얼굴을 어루만졌다. 남자는 염려하는 눈빛으로 나를 보았다. 더 끔찍한 일을 겪은 사람으로서 나를 다 이해한다는 눈빛이었다.

남자가 짧게 말했다.

"용기를 내세요."

집으로 돌아와 옷을 다 벗고, 아플 만큼 뜨거운 물에 샤워를 했다. 가운을 입고, 거울에 비친 내 모습을 한참 동안 노려보았다. 충격과 두려움이 곳곳에 새겨진 얼굴. 거울 속 여자의 모습은 점점 더 끔찍해지기만 할 뿐이었다.

누가 이 악몽에서 벗어날 방법을 나에게 알려 줄 수 있을까?

'요쿰 씨에게 전화해. 울만 씨한테 전화해. 용서를 구해. 그리고 요한은 포기해.'

그러지 않으면 일주일에 두 번씩 놈에게 다리를 벌려야 해……

'요한? 요한은? 요한을 미끼로 이용했으니 설마 그 약속은 지키겠지.'

가장 나쁜 거짓말은 무엇인가? 자기 자신에게 하는 거짓말이다. 하지만 달리 선택의 여지가 없을 때 나 자신에게 거짓말을 하는 게 끔찍한 현실을 잊을 수 있는 유일한 방법이 아닐까.

나는 종교에 기대고 싶다는 생각을 해본 적이 없다. 하지만 오늘 집으로 돌아오는 길에 성당을 지나며 신부에게 내 영혼을 맡기고도 싶었다.

'기도를 하면 응답을 받을 수 있나요?'

그러면 분명 신부는 기적이 일어난다고, 전능하신 하느님의 손이 신비롭게 움직여 기적을 부를 거라 대답하겠지.

그렇지만 크로이츠베르크의 신부는 속으로 생각하겠지.
'동독비밀경찰에 맞서다니, 그건 하느님도 손쓸 수 없다오.'

* * *

어제 슐뤼셀에 갔다. 형편없는 술집이었다. 보드카와 맥주를 주문해 단숨에 마셨다. 크로이츠베르크에서 흔히 볼 수 있는 펑크족, 폭주족, 마약중독자들이 주요 고객인 술집이었다.

30분 동안 면밀히 살펴보았지만 나를 주시하는 사람은 보이지 않았다. 나는 미행을 당하지나 않는지 두려워 늘 뒤를 확인했다. 오늘 오후에 〈라디오리버티〉에서 번역하던 영문 원고를 화장실로 들고 갔다.

화장실 칸막이로 들어가 문을 잠갔다. 변기에 걸터앉아 무릎에 원고를 올려놓고, 한 장씩 카메라로 찍었다. 베를린 장벽에서 야간 경비를 서는 미국 군인 두 명과 술을 마시며 나눈 인터뷰 원고였다.

지국장이 그 원고를 왜 방송하려는지 이상했다. 베를린 장벽을 지키는 사람들의 이야기는 동독 사람들에게 아무런 의미도 없었다. 동독 사람들에게는 베를린 장벽 서쪽 너머로 갈 기회가 전혀 없기 때문이다. 비번 때 여러 술집을 돌아다니며 술을 마신 이야기도 재미없었다.

〈라디오리버티〉는 미국사회의 자유로운 면면을 동독 사람들에게 이야기하기 좋아한다. 지국장은 서방에서는 언론의 자유가 보장되기 때문에 무슨 이야기든 할 수 있다는 걸 동독사람들에게 알려주는 게 가장 훌륭한 정치선전이라 생각하나보다.

원고를 카메라로 찍는 동안 나는 안절부절못했다. 여자 화장실에는 칸막이 자리가 두 개 있다. 옆 칸에 누군가 들어오면 어쩌지? 종이를 부스럭거리는 소리와 카메라 셔터 소리를 들으면 어쩌지? 임무를 받은 첫날 나는 점심시간에 화장실을 잘 살피며 감시 카메라가 없는지 확인했다. 다행히 감시 카메라는 없는 것 같았다. 화장실에 다녀올 때 경비원이 가방을 검사하지 않는지도 확인했다. 경비원이 건물에서 나갈 때 어쩌다 가방을 확인할 때는 있지만 사무실 안에서는 그런 일이 없었다.

나는 내 치수보다 더 큰 부츠를 샀다. 부츠에 카메라를 숨기기 위해서였다. 청바지 속에 카메라를 숨기라는 해첸의 말은 무모했다. 바지 앞이 불거지면 눈에 띄기 쉽지만 부츠 안에 숨기면 들킬 염려가 없었다. 경비원이 신발 속까지 검사하는 일은 없으니까.

원고를 화장실로 가져가긴 쉬웠다. 그저 자연스럽게 겨드랑이에 끼고 가면 된다. 누가 원고를 왜 화장실로 가져가는지 물으면 볼일을 보는 사이 원고를 읽어보려 한다고 대답하면 그만이니까.

어쨌든 묻는 사람도 없었다. 5분 안에 일곱 장을 다 촬영했다. 카메라를 다시 부츠 속에 집어넣고, 물을 내리고, 밖으로 나가 손을 씻고, 내 자리로 갔다. 다행히 심장이 쿵쾅거리는 소리를 감지하는 장치 같은 건 없었다. 나는 어린아이가 어른들에게 들키지 않고 나쁜 짓을 마쳤을 때와 비슷한 안도감을 느꼈다.

근무시간이 끝나자마자 퇴근했다. 경비원 앞을 지나갈 때 혹시 신발 속도 검사하면 어쩌나 걱정하며 숨을 죽였다. 전철을 타고 크로이츠베르크로 와서 카페 슐뤼셀로 갔다.

먼저 이상한 종업원이나 손님이 없는지 확인한 다음 화장실로 갔다. 소독약 냄새와 하수구 냄새가 지독했고, 누렇게 변색된 변기 상태도 끔찍했다. 화장실 바닥의 헐렁한 타일은 금세 찾아냈다. 타일 밑에 쪽지가 들어 있었다.

'수요일 7시, 올덴부르갈 33번지 리버만호텔.'

나는 쪽지 내용을 머릿속으로 되뇌고 나서 변기에 버린 다음 물을 내렸다. 밖으로 나오자 어느새 눈이 내리고 있었다.

그날 밤, 그리고 그 이튿날은 하루 종일 끔찍했다. 해첸의 지독한 몸 냄새와 끈적거리는 땀 냄새가 내 몸에 밴 듯했다. 기계처럼 파고들던 해첸의 페니스 느낌도.

스텐하머에게 동료 스파이를 성적 노리개로 이용하는 해첸을 고발해버릴까? 아니면 해첸에게서 달아나버릴까?

하지만 나는 해첸과의 약속장소에 갔다. 역시 뒷골목에 있는 허름한 호텔이었다. 해첸은 나를 보자마자 옷을 벗으라고 명령했고, 곧장 내 몸 위에 올라탔다. 역시 몇 분 지나지 않아서 사정했다. 해첸이 자기 페니스에 생리 혈이 묻은 걸 보고 나에게 욕설을 퍼부었다.

해첸은 물수건을 들고 욕실로 가더니 문도 닫지 않은 채 소변을 보았다.

화장실 안에서 해첸이 소리쳤다.

"필름은 가져왔겠지?"

"네."

해첸이 화장실에서 나오자마자 나는 필름 두 롤을 건넸다.

"이번 원고 내용은 뭐야?"

나는 원고 내용에 대해 간단히 설명했다. 베를린 장벽을 지키는 미국 군인들의 이야기라고 하자 해첸은 크게 좋아했다.

"잘했어. 사진이 잘 나왔는지 확인하고 나서 상부에 보고해야지."

해첸은 어디서 어떻게 사진을 찍었는지 물었다. 방송국에서 나를 눈여겨보는 사람은 없었는지, 수상쩍게 여기는 사람은 없었는지, 미행하는 사람은 없었는지 차례로 물었다.

해첸은 내 대답에 만족하는 눈치였다.

"그래, 잘했어. 이번에는 선물을 받을 자격이 있어."

해첸은 침대 옆 탁자에 놓인 봉투를 집어들더니 작은 사진 한 장을 꺼냈다. 요한의 사진이었다. 바닥에 앉아 나무 블록을 가지고 노는 요한. 내 마음을 들뜨게 하던 그 예쁜 미소. 요한의 미소는 나를 닮았다. 친구들은 나에게 환하게 웃는 적이 없다고 했다. 요한도 나처럼 반만 미소를 짓는다.

요한은 벌써 나처럼 세상을 믿지 못하는 성격을 갖게 되었을까? 물론 아이의 미소를 보고 그렇게 생각하는 건 지나친 예단일 것이다. 하지만 요한이 아직 어려 큰 변화를 알아차릴 수 없다 해도 갑자기 낯선 사람들의 팔에 안기게 되어 혼란스러워하진 않을까? 아이도 뭔가 변화를 느끼지 않을까? 사진을 들여다보고 있으려니 별안간 목이 메었다. 그러나 짐승 같은 해첸 앞에서 우는 모습을 보이고 싶지 않았다.

해첸은 내 옆에서 비열한 미소를 짓고 있었다. 놈은 모든 걸 잘 알고 있다는 표정이었다. 요한을 미끼로 이용할 수 있는 한 나를 마음대로 조종할 수 있다는 것을.

"이 사진을 가져도 될까요?"

"안 돼. 누가 그 사진을 보면……"

"안 들킬게요. 집에 숨겨 둘게요."

"하지만 늘 가지고 다니고 싶을 텐데?"

"저에게 그 정도의 자제심은 있어요."

"그래도 곤란해. 서독에 올 때 사진을 갖고 있지 않았잖아. 서독정보원들은 네가 여기 올 때 갖고 있던 소지품의 목록을 만들어두었을 거야. 혹시라도 직장 동료가 사진을 보게 되면 이야기가 퍼질 테고, 그러면 서독정보국에도 알려지겠지. 그럼 사진을 어떻게 구했는지 물을 테고, 네가 여기서 동독사람을 만났다는 걸 알게 될 거야."

"그런 일은 절대 없을 겁니다. 집에 다른 사람이 찾아오는 일은 없어요. 그러니까 딱 한 장만 갖게 해주세요. 저를 믿으셔도 됩니다."

"널 믿을 수 있는지 없는지 아직 충분히 검증되지 않았어."

해첸은 그 말과 함께 내 손에서 사진을 홱 낚아채갔다.

"나와 만날 때마다 사진을 보여 주겠어. 단, 내가 지시한 임무를 잘 수행해야만 사진을 보게 할 거야. 자, 이제 돌아가봐."

* * *

어제 병원에 들러 의사에게 피임을 원한다고 말했다.

그러자 의사가 물었다.

"나중에라도 아이를 가질 계획이 있습니까?"

나는 그 질문에 무뚝뚝하게 대답했다.

"없어요."

의사는 고개를 갸웃거리며 나중에 혹시라도 마음이 바뀔지도 모르는 일이라고 했다.

10분 뒤, 나는 처방전을 들고 약국에 갔다. 약사는 피임약을 먹기 시작하고 나서 일주일 동안은 효과를 기대할 수 없으니 주의해야 한다고 말했다.

"일주일 동안만 애인에게 콘돔을 쓰라고 하세요."

나는 살정제를 달라고 했다.

이튿날 해첸을 만나러 가기 전, 전철역 화장실에서 살정제를 꺼냈다. 바지를 내리고 살정제를 몸 안에 집어넣었다.

해첸은 살정제 냄새를 맡지 못했다. 피임약의 효과가 나타나기 전까지 나는 세 번이나 살정제를 사용했다. 해첸의 아이를 임신한다면 그런 끔찍한 악몽도 없을 테니까.

*　*　*

여기에 글을 쓰기 시작한 지 몇 주가 지났다. 겉으로는 일정하고 순탄한 생활이 지속되고 있다. 나는 일을 한다. 맡겨진 원고를 번역한다. 마감을 늘 잘 맞춘다. 늘 제시간에 출근한다. 일주일에 두 번은 부츠에 카메라를 숨기고 출근한다.

겨울이 지나 더 얇은 구두가 필요했다. 역시 내 발보다 큰 구두를 샀다. 처음에는 화장실에서 원고를 촬영했지만 다른 방법을 찾게 되었다. 마침 사무 비품 창고가 지하실에 있었다. 화장실보다 조명도 좋았다. 해첸은 윗사람에게 사진의 화질이 좋지 않다는 말을 들었다면서 더 잘 찍으라고 말하곤 했다.

비품 창고는 긴 복도 끝에 있었으므로 문을 열어놓고 사진을 찍어도 누가 다가오면 금세 알 수 있었다. 지하로 내려오는 계단 앞에 철문이 있고, 문을 지나야 지하 복도로 올 수 있었다. 바닥이 콘크리트로 돼 있어 살금살금 걸어도 발소리가 들린다. 처음에는 비품창고를 샅샅이 살피며 감시카메라가 없는지 확인했다. 이제 비품창고는 해첸의 명령을 수행하기에 가장 적합한 장소가 됐다.

일주일에 두 번 해첸을 만났다. 늘 다른 호텔이지만 똑같이 허름한 곳이었다. 일의 순서도 똑같았다. 내가 도착한다. 옷을 벗는다. 3분 뒤에 해첸이 사정한다. 담배를 피운다. 내가 필름을 건넨다. 나간다.

물론 해첸에게 익숙해진 건 아니다. 여전히 역겹고 끔찍했지만 내가 해야 할 일의 하나로 생각하기로 했다. 해첸은 한 번도 자기 이야기를 꺼낸 적이 없다. 나는 해첸이 어떤 사람인지 전혀 모른다. 부인이 있는지, 애인이 있는지, 아이가 있는지, 태어난 곳은 어디인지, 자란 곳은 어디인지, 부모에게서 사랑을 받았는지 아니면 외톨이로 자랐는지, 서베를린에 집이 있는지, 아니면 이 호텔 저 호텔을 전전하며 사는지. 해첸도 나에 대해 묻지 않는다. 그런데 얼마 전 〈라디오리버티〉의 직장 동료들에 대해 자세히 물은 적이 있다.

해첸은 특히 포웰에게 관심을 보였다. 포웰은 나를 계속 귀찮게 했고, 내 번역 원고에 트집을 잡으며 내 가슴을 뚫어져라 쳐다보곤 했다. 포웰은 나에게 술이나 밥을 먹자고 하면서 툭하면 성희롱에 가까운 추태를 부렸다.

내가 어느 날 해첸에게 말했다.

"웰만 지국장에게 포웰이 하는 짓을 알리고 싶어요."

해첸이 말했다.

"참아. 그놈이 못되게 굴수록 너에게 더 유리할 수도 있으니까."

"그건 무슨 뜻이죠?"

"포웰이 너에게 얼마나 치근덕거리는지 다른 동료들도 다 알아야 네가 얼마나 참을성이 많은 사람인지 인정하게 될 테니까."

'너 같은 놈에게 일주일에 두 번씩 다리를 벌리는 짓이야말로 얼마나 참을성을 필요로 하는지 넌 모르지?'

***

　번역 일은 틀에 박힌 듯 단조롭다. 프리랜스 작가들의 글은 대부분 그저 그렇다. 자기 재능에 지나치게 도취한 사람도 있지만 대개는 원고 분량을 채우는 데 급급해 보인다.
　포웰은 내 개인적인 일들을 알아내려고 안달한다. 다른 동료 네 명과 함께 점심을 먹을 때 포웰이 나에게 어떤 일을 했기에 동독에서 추방됐는지 꼬치꼬치 캐물었다. 포웰은 '아마도 보지를 자유롭게 쓸 권리를 노래한 시를 써 동독 정부의 눈 밖에 나게 됐을 것'이라 말했고, 나는 그 순간 그의 얼굴에 맥주를 끼얹었다.
　맥주 세례를 받은 포웰은 그저 낄낄거리고 웃기만 했다.
　그 일이 있고 나서 모니카는 포웰을 아예 쫓아내려 했다. 모니카는 웰만 지국장에게 동료 여직원들에 대한 포웰의 성희롱이 지나치다고 보고했다. 그 자리에서 모니카는 여직원에게 성희롱을 밥 먹듯이 하는 남자와 같이 일할 수 없다며 지국장을 압박했다.
　모니카가 나에게 말했다.
　"웰만 지국장은 내 말을 충분히 이해한다며 포웰에게 사과문을 쓰게 할 거고, 앞으로 절대 그런 일이 없게 주의를 주겠다고 하더군. 하지만 포웰을 해고할 수는 없다는 거야. 지국장의 말을 그대로 옮기자면 '그 점에 있어서는 나도 손이 꽁꽁 묶여 있어'라나."
　모니카는 다 안다는 듯 미소를 지으며 덧붙였다.
　"그게 무슨 뜻인지 알겠지?"
　포웰은 스파이다. 서독스파이. 스파이는 방송국에서도 손댈 수 없다.
　며칠 뒤 해첸에게 그 이야기를 보고했다. 해첸은 더없이 즐거워했다(어떤 일에도 감정을 보이지 않던 해첸이 그처럼 기뻐하는 모습을 보자 기분이 아주 이상했다). 해첸은 모니카와 웰만 지국장 사이에 오간 대화를 더 자세히 말해달라고 했다. 이틀 뒤, 나는 포웰이 쓴 사과 편지를 받았다. 그 편지를 복사해 해첸에게 주었다.

나는 해첸에게 명령을 잘 따르고 있다는 걸 각인시키려 애썼다. 정말 끔찍이 역겨운 일이었지만 해첸과 관계할 때에도 조금이나마 받아들이는 동작을 취했다. 그가 나를 믿어주길 바라는 마음에서였다.

몇 달이 지나서야 나는 그런 생각이 얼마나 무모했는지 깨달았다. 해첸은 도무지 변화를 보이지 않았다. 어느 날 나는 용기를 내 해첸에게 물었다. 과연 이 일을 다 끝내고 내가 아들을 되찾는 날이 언제가 될지.

해첸은 자기 손톱만 내려다 보면서 말했다.

"그건 내가 결정할 수 있는 일이 아니야. 그런 개소리로 내 참을성을 시험하려늘지 마. 넌 소국을 배신했어. 요즘에야 겨우 조국에 대한 충성심을 보이고 있지. 네가 아들을 키울 자격이 있다는 걸 이제야 조금씩 증명해보이고 있을 뿐이야. 넌 이런 기회를 얻게 된 걸 더없는 축복으로 받아들여야 해. 그런데 이제 겨우 몇 달을 보내고 성으로 가는 열쇠를 손에 넣겠다고? 어림없지."

그 뒤로 며칠 동안 나는 침울했다. 자살해야겠다는 생각이 머리를 떠나지 않았다. 해첸이 말한 내용을 몰랐던 것은 아니지만 혹시나 하는 기대가 있었다. 내가 아무리 애써도 달라질 게 없다면 정말이지 참담했다. 내가 자초한 이 거짓의 미로에서 빠져나갈 희망, 행운, 구원을 기대할 수 없다니.

사흘 내내 잠을 못 잔 아침이었다. 자살하고 싶다는 생각이 머릿속에서 꼬리를 물고 이어졌다. 샤워 물줄기 아래에서 손목을 긋는 게 나을까, 약을 먹는 게 나을까? 베를린 장벽을 넘어 동독 경비원에게 총을 맞는 건 어떨까? (아니, 그러면 동독에서 나를 정치 선전에 이용하겠지. '이 여자는 자랑스러운 동독 국민의 권리를 포기하고 서독으로 갔다가 더욱 불행해졌다. 결국 자기 자신이 배신했던 조국으로 목숨을 걸면서까지 돌아오려고 하다 사살됐다.')

절망, 불면증, 아무런 희망도 가능성도 없는 세상. 결국 죽음만이 구원이라는 생각이 들었다.

나는 죽기로 결심했다.

악셀 스프링어 출판사가 있는 38층짜리 옥상이 개방되어 있는지 확인했다. 안내데스크에 있는 여자가 나에게 고소공포증이 있으면 올라가지 말라고 농담을 건넸다.

'난간이 낮아요. 거기서 아래쪽을 내려다보면 정말 어지러워요.'

옥상 전망대 입장권을 사서 전용 엘리베이터를 타고 올라가면 그만이었다. 그러나 옥상으로 올라가 뛰어내리기 전에 한 가지 할 일이 남아 있었다. 요한에게 모든 일을 설명하는 긴 편지를 써야 했다. 나중에 요한이 나이를 먹어서라도 그 편지를 보게 하고 싶었다.

손목시계를 보았다. 지각할지 모른다는 지극히 독일인다운 생각이 머리를 스쳤다. 나는 서둘러 전철역으로 갔다. 베딩으로 가는 내내 깊은 생각에 잠겼다. 내가 죽은 다음 내 편지를 잘 보관해두었다가 요한에게 전해줄 사람이 과연 있을까? 내가 서베를린에서 그나마 가장 가깝게 지낸 모니카가 그 일을 해줄까?

회사에 5분 지각했다. 책상 위에 웰만 지국장이 남긴 원고와 쪽지가 있었다. 쪽지에는 '긴급'이라 적혀 있었다. 원고는 레이건의 스타워즈 프로그램에 대한 것이었고, 11시까지 번역을 마쳐야 한다고 쓰여 있었다. 나는 커피를 가져오고 담배에 불을 붙였다. 타자기에 종이를 끼웠다. 이 어이없는 시스템에 대한 딱딱하고 재미없는 글을 마감 전까지 번역하기 위해 일에 몰두했다. 번역을 마치고 한 번 교정을 보고 나서 지국장 사무실로 갔다.

지국장의 비서 오르프는 내 손에 들린 원고를 보며 말했다.

"아, 일을 다 마쳤군요. 지국장님께 보고할게요."

오르프는 인터폰으로 지국장에게 말하고 나서 문을 가리켰다. 나는 노크를 하고 안으로 들어갔다. 웰만 지국장의 책상 앞에 20대 중반의 남자가 앉아 있었다. 그 남자는 내가 들어서자 의자에서 일어났다. 그 모습이 보기 좋았다. 키가 큰 남자였다. 헝클어진 갈색 머리에 턱이 아주 단단해 보였다. 마른 몸매였고, 어딘가 모르게 눈길을 끄는 매력이 있었다. 게다가 아주 잘생긴 남자였다.

그 남자의 눈에 가장 먼저 눈길이 갔다. 날카롭고 관찰력이 뛰어난 눈이었다. 하지만 어딘가 모르게 쓸쓸해 보였다. 세상을 알지만 외로운 사람의 눈. 사랑을 바라지만 아직 찾지 못한 눈.

그 남자가 나를 쳐다보았다. 그 눈에 담긴 의미를 알 수 있었다. 그 남자도 내 눈을 읽은 것 같았다. 우리의 시선이 마주친 건 단 몇 초에 지나지 않았다. 극히 짧은 순간. 하지만 아주 오랜 시간이 흐른 것 같았다. 그 짧은 순간, 나는 그 남자의 포로가 되었다. 열정의 포로. 한 번도 느껴보지 못한 기분이었다. 착잡하고 놀랍고 당황스러운 마음이 한꺼번에 느껴졌다.

웰만 지국장이 우리를 인사시켰다.

토마스 네스비트. 그 남자의 이름은 토마스 네스비트.

나는 그 남자를 첫눈에 사랑하게 됐다.

노트 제2권

토마스 네스비트. 토마스 네스비트. 토마스 네스비트.

토마스를 만나고 나서 나는 그 이름을 거듭 불렀다. 그 이름을 말할 때면 소리의 느낌이 좋다.

웰만 지국장 사무실에서 나갈 때 토마스 네스비트가 나에게 미소를 지었다. 그 미소. 수많은 의미가 담긴 미소.

내가 어이없는 착각에 빠져 있는 걸까? 전혀 모르는 남자, 그것도 몇 시간 전에 짧은 순간 마주쳤을 뿐인 남자, 그런 남자에게 나도 모르게 갖가지 가능성을 투사하고 있다니?

사랑. 진정한 사랑. 이 노트에는 솔직히 적지만 나는 진정한 사랑을 모른다. 사랑에 있어 난 늘 불행하다고 느꼈다. 그런 내가 토마스 네스비트를 사랑한다고? 미국인이고 글을 쓴다는 사실을 빼면 그 남자에 대해 아무것도 모르는데? 틀림없이 애인이나 약혼자가 있겠지. 아니면 벌써 결혼했지만 결혼반지를 안 끼었거나.

아니, 토마스 네스비트는 결혼했다면 반드시 결혼반지를 끼고 다닐 사람이야.

아, 내가 또 마음대로 상상하고 있어.

사랑이란 혹시 이런 걸까?

온통 토마스 생각뿐이다. 토마스가 주위 여자 모두에게 치근덕거리는 바람둥이라 해도 상관없다. 하지만 토마스는 나에게 치근덕거리지 않았다. 내가 토마스를 처음 본 순간 느낀 감정을 그도 똑같이 느낀 게 틀림없다. 나는 확신할 수 있다. 내가 느꼈듯이 토마스도 느꼈다. 분명히.

토마스의 표정에서 외로움, 결핍, 누군가와 간절히 소통하고 싶은 갈망을 보았다.

하긴 내가 마음대로 상상하는 것인지도 모르지.

토마스 네스비트. 토마스 네스비트. 토마스 네스비트.

나는 그 이름을 계속 부르고 또 부른다. 주문처럼, 탄원처럼, 기도처럼.

* * *

토마스는 책을 썼다고 한다. 아직 한 권. 하지만 책을 한 권이라도 낸 사람이 세상에 몇 명이나 될까? 포웰의 악평과 달리 아주 내용이 그럴싸한 책이었다.

포웰에게 원고를 주러 갔다가 책상에 놓인 토마스의 책을 보았다. 몇 주 전, 포웰이 나에게 사과 편지를 쓴 사건 이후로 그는 더 이상 나를 괴롭히지 않는다. 아마도 이제 내가 자신의 정체를 알았으리라 생각하는 것 같았다. 해고시킬 수 없는 스파이라는 사실.

방송국 직원들 모두 그 사실을 알고 있는 것 같다. 〈라디오리버티〉

에는 불문율이 있다. 〈라디오리버티〉는 미국의 자금으로 운영되고, CIA가 관리하며, 미국정보국 사람들의 방문을 받는 게 사실이다. 그렇지만 〈라디오리버티〉가 '첩보기관'이라는 말은 아무도 입에 올리지 않는다. 하지만 나는 〈라디오리버티〉에 발을 내딛는 순간부터 알아챘다. 감시를 받고 있다는 생각을 떨쳐버릴 수 없었다. 그러나 몇 달이 흐른 지금 보니 내가 감시를 받고 있다고 느낀 건 너무 앞서간 생각 같았다. 〈라디오리버티〉가 첩보기관이라면 내가 원고를 몰래 촬영하는 걸 이미 들키지 않았을까?

이렇게 이중생활을 하며 어떻게 사랑에 빠질 수 있지? 일주일에 두 번씩 해첸을 만나면서 감히 다른 누군가를 만날 생각을 하다니?

나는 포웰의 책상에 놓인 토마스의 책을 가리키며 최대한 가벼운 말투로 물어보았다.

"저 책, 읽을 만해요?"

"내용이 가벼워요. 자기 자랑만 늘어놓고 재미만 추구하죠."

"재미를 추구하는 게 나쁜 건가요?"

"자기가 마치 그레이엄 그린 같은 여행 작가인 척하지만 너무 미국적이에요."

"미국적이라니, 그건 무슨 뜻이에요?"

"뉴욕 출신의 잘난 체하는 놈들이 죄다 그렇듯 계속 다른 책들을 인용하더군요. 자기가 책을 얼마나 많이 읽었는지 과시하려는 거죠. 모니카처럼. 모니카도 기회만 생기면 프루스트나 에밀리 디킨슨을 인용하잖아요. 토마스도 똑같아요. 이집트를 빌려 자기 자랑을 늘어놓더군요."

내가 말했다.

"그래도 책을 낸 작가잖아요. 지금 또 책을 쓰고 있고."

"책 두 권을 내고 사장된 삼류 작가라면 정말이지 셀 수 없을 만큼 많을걸요. 그 삼류 작가가 어쩌다 지금 베를린에 오게 됐고……뭐, 어쨌든 토마스가 우리와 일을 하게 된 건 사실이지만."

"이 책 좀 빌릴 수 있을까요?"

"아예 가져요. 나는 쓸 데 없으니까. 웰만 지국장이 토마스에게 일을 맡겼어요. 아무튼 나는 그에게서 최선의 원고를 끌어내야죠."

"남한테서 뭘 끌어내는 데에는 전문가시잖아요."

나는 토마스의 책을 집으로 가져와 밤새 읽었다. 포웰은 다른 사람에게도 늘 그러하듯이 토마스의 책에 대해서도 독설을 퍼부었다. 나는 포웰이 왜 그렇게 질투가 많은지 이해할 수 있었다. 토마스의 책은 구조를 잘 갖춘 소설 같았다. 토마스가 여행 중에 만난 사람들의 갖가지 흥미로운 이야기를 끌어내는 방식도 좋았다. 이집트의 문화유산뿐만 아니라 그 나라가 현재 치르고 있는 고난에 대해 이야기한 부분 역시 마음에 들었다.

시종 객관적인 시각을 유지하며 쓴 글이었지만 그나마 나는 책을 통해 작가의 생각을 조금이나마 엿볼 수 있었다. 토마스는 다른 사람들의 이야기를 끌어내는 데 능숙하지만 본질적으로 외로운 사람이었다. 그렇지만 외로움에서 벗어나고 싶어 하는 사람.

새벽 세 시까지 책을 읽었다. 내 머릿속은 한 가지 생각으로 가득 채워졌다.

토마스 네스비트. 토마스 네스비트. 토마스 네스비트.

나는 토마스를 만날 자격이 없어.

토마스 네스비트. 토마스 네스비트. 토마스 네스비트.

이건 몽상일 뿐이야. 사랑에 빠지면 누구나 그래. 현실감을 잃고 상상에 빠져들지.

* * *

출근하다가 토마스를 얼핏 보았다. 사무실 안에서도 보았다. 우리는 잠시 눈이 마주쳤다. 아, 세상에 나는 토마스에게 너무나 냉정하고 차가운 표정을 짓고 말았다. 토마스는 마치 사랑에 빠진 사람처럼 나를 보며 환하게 웃었는데…….
 '제발 상상은 그만해. 토마스는 그저 친절한 마음에 미소를 지은 것뿐이야. 아마도 만나는 여자 모두에게 그런 미소를 보내는 사람일 거야. 나도 그냥 가벼운 미소로 답해야 했어.'

* * *

토마스의 첫 원고가 오늘 도착했다. 내가 번역을 맡았다.
 동베를린에서 보낸 하루를 그린 글이었다. 토마스는 처음으로 동베를린에 가보았다고 한다. 당연히 나는 토마스가 동베를린을 어떻게 보았는지 궁금했다. 칙칙한 도시 미관을 다룬 이야기가 자주 나와 염려스러웠다. 하지만 눈을 은유로 사용한 건 아주 좋았다. 눈보라 속의 동베를린에 대한 묘사를 읽었을 때 나는 기묘하게도 향수에 사로잡혔다. 토마스 네스비트를 포함해 서방 사람들이 이해하지 못하는 사실이 있다. 동독 사람들은 잿빛 콘크리트 세상을 당연한 것으로 받아들인다. 그들은 리바이스 청바지와 새 폭스바겐 자동차를 원하지 않는

다. 동베를린은 그런 도시이다. 동독 사회를 처음 대하는 사람에게는 별나게 보일지 몰라도 동독 사람들은 그 별난 세상 안에서 살아간다. 동독 사람들은 그 안에서 나름 사랑하고 뭉쳐서 어울리며 산다. 그렇게 별난 사회이기에 사랑이나 우정이 더욱 깊어질 수도 있다. 물론 사랑하는 사람끼리 우정을 나눈 친구끼리 서로를 고발하기도 한다.

여러 감정이 충돌을 일으켰다. 토마스에게 다가갈 것인가? 아니면 완전히 피할 것인가?

오후에는 해첸을 만나야 한다. 해첸은 요즘 발기가 안 돼 나에게 오랄섹스를 요구한다. 입을 댔지만 해첸은 반응이 없었다. 나는 속으로 즐거워했다.

해첸이 팬티를 올리며 말했다.

"다음에는 더 잘 빨도록 해."

나는 해첸에게 마구 욕설을 퍼붓고 싶었지만 늘 그렇듯 꾹 눌러 참았다. 전적으로 어떤 사람의 명령에 따라 행동해야만 하는 것보다 끔찍한 일은 없다.

일주일에 두 번씩 당하는 모욕을 빼면 해첸이 내 생활에 끼어들 틈은 없었다. 내가 아는 한 그는 나를 미행하지도 않았다. 이 끔찍한 삶에서 빠져나갈 탈출구는 토마스다. 토마스가 있다면 나는 내 인생의 부끄러운 부분들을 참을 수 있을 것 같다.

물론 토마스가 나에게 관심이 없다면 아무런 소용이 없겠지만…….

'어제 토마스의 표정을 생각해 봐.'

그저 표정일 뿐이잖아. 그 이상도 이하도 아닐지 몰라.

'페트라, 넌 아직 다른 사람을 믿는 거야?'

***

오늘 아침에는 대담하게 나가기로 마음먹었다. 사무실에서 수화기를 들고 토마스가 원고 앞장에 적어놓은 전화번호로 전화했다. 외국 출신이 분명한 남자가 전화를 받았다. 토마스 네스비트를 바꿔달라고 하자 남자는 메시지를 남기면 전해주겠다고 했다. 토마스가 곧 들를 것이라 말하면서.

나는 내 이름과 전화번호를 남기고 전화를 끊었다. 토마스가 나를 귀찮게 여기면 어쩌지? 과연 그가 내게 전화할까? 내가 지나쳤을까? 토마스가 전화해 나를 만나자고 하면 뭐라고 하지? 토마스가 나에게 관심이 있다고 한들 내가 과연 받아들일 수 있을까?

나는 토마스를 원한다. 토마스의 마음을 얻지 못할까 봐 두렵다.

나는 일어나지도 않을 일을 혼자 꿈꾸고 있는지도 모른다.

그러다가 전화벨이 울렸다. 토마스다. 즐겁고 멋진 목소리. 그도 나처럼 긴장한 것 같았다. 내가 원고에 대해 물어볼 게 있다고 하자 토마스는 만나서 커피를 마시자고 했다. 나는 즉시 좋다고 대답하지 않았다. 망설여야 했다. 30초가 지난 뒤에야 겨우 용기를 내 좋다고 말했다. 나는 내 자신이 어리석다고 느꼈다. 그런 한편 작은 희망도 느꼈다. 두렵기도 했다. 사랑이 이루어지면 어쩌나 하는 두려움. 사랑이 이루어지지 않으면 어쩌나 하는 두려움.

***

내가 카페를 골랐고, 토마스가 거기로 오겠다고 했다. 집 가까이에 있는 앙카라였다. 토마스가 전화 메시지를 받는 카페 이름은 이스탄불이었고, 나는 이스탄불과 앙카라로 가벼운 농담을 했다.

간밤에 걱정하고 염려하느라 잠을 못 잤다.

나는 온갖 상황을 혼자 상상했다.

'토마스가 막판에 약속을 취소한다.', '토마스의 애인이 미국에 있고 다음 달에 베를린으로 온다.'

내가 토마스에게 느끼는 열정에 대해 어떻게든 화답을 받을 수 있을 거라는 생각도 받아들일 수 없다. 누가 나 같은 여자를 사랑할 수 있을까?

토마스의 원고를 예닐곱 번이나 꼼꼼히 읽었다. 내가 토마스에게 언급할 부분들도 정리했다. 세 시간이 걸렸다. 새벽 5시가 되어서야 잠들었다. 9시. 알람 소리에 잠을 깼다. 샤워를 하고 옷을 입었다. 갈색 카디건과 녹색 코듀로이 치마를 골랐지만, 토마스에게 크로이츠베르크의 보헤미안처럼 보이려고 애쓴 것으로 비치면 어쩌나 염려됐다.

방송국에서는 어찌어찌 시간을 보냈다. 약속 시간보다 5분 늦게 카페 앙카라에 도착했다. 토마스는 이미 와 기다리고 있었다. 노트에 뭘 적고 있었다. 토마스는 글쓰기에 어찌나 집중했는지 내가 들어오는 걸 알아채지 못했다. 다시 만나도 며칠 전 토마스를 처음 보았을 때 느낀 확신과 열정이 그대로 느껴져 기뻤다. 이제 토마스의 마음을 확인할 수 있겠지.

나는 토마스의 테이블로 다가갔다.

내가 말했다.

"글을 참 많이 적었군요."

토마스가 나를 쳐다보며 미소를 지었다. 세상에. 곧장 토마스의 품에 안기고 싶었다.

토마스는 두 손으로 내 손을 잡고 악수했다. 처음으로 우리의 살갗이 닿은 순간이었다.

자리에 앉아 원고 이야기를 나눴다. 토마스는 프렌츠라우어베르크의 내 생활에 대해 알고자 했다. 토마스는 나에게 관심이 많았다. 나도 토마스에 대해 알게 됐다. 가령 토마스의 아버지가 자기 꿈과 동떨어진 삶을 살았다는 사실 등.

토마스는 번역 일에 대해 멋진 말을 했다. 번역가는 두 세계를 살아야 한다는 말이었다. 내가 맡는 단순한 원고에 비하면 너무 문학적인 표현이지만 나는 토마스가 내 일을 값지게 생각한다는 사실이 기뻤다.

그러다가······그러다가······토마스가 뜬금없이 나에게 '멋지다'고 말했다. 나는 그 말에 들떠 바보 같은 짓을 저지르고 말았다. 저녁 시간이 다 되었는데도 그냥 일어서겠다고 말했다. 다른 약속이 있다고 핑계를 댔다. 왜 그랬을까? 난 그때 무슨 생각을 했을까? 나는 바보 같은 말을 꺼내자마자 얼른 취소하고 오늘 저녁에는 시간이 많다고 말하고 싶었다. 그러나 그랬다가는 심리적으로 불안한 사람으로 비칠까 봐 두려웠다. 그런데 다행히도 토마스가 내일 저녁은 어떤지 물었다. 나는 태연을 가장하며 좋다고 대답했다.

거리로 나온 나는 아주 충동적인 행동을 했다.

토마스를 끌어당겨 입술에 입을 맞추었다. 그런 다음 얼른 몸을 빼냈다. 더 오래 키스했다가는 토마스를 간절히 원하는 마음 때문에 미칠 것 같았다. 토마스는 여전히 내 손을 꼭 잡은 채 말했다.

"그럼 내일······."

토마스의 눈빛을 보면서 나는 느낄 수 있었다. 내가 토마스에게 반했듯 그도 나에게 반한 게 틀림없다는 것을.

* * *

젠장, 젠장, 젠장.

토마스와 헤어지고 집에 와 혼자 쓸쓸하게 오믈렛을 먹었다. 어떻게 하면 토마스와의 사랑이 이루어질까, 온통 그 생각뿐이었다. 토마스를 밀어내고 집으로 오다니? 내 행동에 화가 풀리지 않았다. 그런 한편 거리에서 갑자기 시도한 키스 때문에 토마스가 나를 헤픈 여자로 보면 어쩌나 걱정이 됐다.

젠장, 젠장, 젠장.

눈앞에 토마스의 얼굴이 계속해서 어른거렸다. 토마스는 정말이지 똑똑하고 지적인 사람이다. 토마스는 동독 작가들에 대해서도 잘 알고 있다. 토마스는 호기심과 열정이 넘친다. 그러면서도 그 눈에는 외로움이 서려 있다. 나는 정말이지 토마스에게 말하고 싶었다. 사랑한다고, 할 수만 있다면 내가 당신의 외로움을 덜어주고 싶다고. 나를 믿어도 된다고.

믿어도 되겠지. 하지만······.

오늘 슐뤼셀에 가서 해첸과 다음에 만날 약속 장소와 시간을 확인해야 했다. 슐뤼셀에서 늘 마시던 맥주와 보드카를 주문했다. 잠시 후 화장실에 갔는데······.

젠장, 젠장, 젠장.

쪽지에 적힌 호텔은 베딩 역 쪽이었다. 그리고 만날 시간은 내일 밤 10시.

젠장, 젠장, 젠장.

내일은 토마스를 만나야 한다. 하지만 내가 해첸을 만나러 가지 않으면…….

***

잠을 이룰 수 없었다. 〈라디오리버티〉에 전화해 병가를 냈다. 하루 종일 안절부절못했다. 토마스와 만나기로 한 이탈리아 식당은 집 근처로 전에 두 번 가보았을 뿐이다. 토마스와 만나기로 한 시간은 8시. 1시간 15분을 함께 있다가 얼른 떠나야…….

내가 호텔에 나타나지 않으면 어떻게 될까? 해첸이 나에게 어떤 보복을 가할까?

그 질문에 대한 답은 이미 나도 알고 있다. 해첸은 무자비한 사람이다. 그냥 넘어갈 리 없다. 토마스에게 핑계를 대고 잠시 자리를 비워야 한다. 하지만…….

토마스를 잃을 수 없어. 놓치지 않을 거야.

이탈리아 식당에 들어갔다. 토마스가 기다리고 있었다. 앞에 노트를 펼치고, 늘 가지고 다니는 만년필을 손에 쥐고 완전히 집중해 있었다. 그 순간, 토마스를 원하는 마음이 어찌나 간절한지 머리가 어지러울 지경이었다.

토마스는 반가운 미소를 지으며 나를 바라보았다. 그가 내 다크서클과 지친 모습을 알아보고 걱정스런 표정을 지었다. 그가 내 입술에 키스하려 했지만 나는 고개를 돌려 뺨을 토마스의 입술에 닿게 했다. 이렇게 마음에도 없이 거리를 두는 척하는 나 자신이 싫었다. 어제는 내가 먼저 키스하고, 오늘은 얼굴을 돌리다니? 토마스가 이런 나를 어떻게 생각할까?

테이블에 앉자마자 피곤이 몰려왔다. 잠을 못 잔 피로감이 마침내 나를 덮쳤다. 이러다가 내가 자제력을 잃고 내 몸속에 숨은 분노를 다 토해내면 어쩌나 걱정되었다. 하지만 토마스와 이야기를 시작하자 두 시간이 훌쩍 지나갔다. 나는 토마스의 이집트 책에 대해 물었다. 토마스 부모의 결혼생활에 대해 알게 되었고, 그가 책에서 자신을 드러내지 않고 다른 사람들의 이야기만 하는 이유도 알게 되었다. 외로운 어린 시절, 자기 방어를 위해 혼자 숨기, 불화 때문에 아들에게 충분한 신경을 써주지 못한 부모 등등. 놀랍게도 대부분이 내가 토마스를 보고 짐작했던 것들이었다.

우리는 서로에게 끌렸고, 상대를 더 많이 알려고 했다. 우리는 둘 다 '삶은 결국 우리를 배반한다'는 생각을 품고 있었고, 말하지 않아도 그 생각을 알 수 있었다. 토마스는 부모의 사랑을 못 받고 자랐고, 나는 남편 때문에 더없이 큰 상처를 받았다.

유르겐과 나는 진정한 부부가 아니었다. 나는 한 번도 다른 사람에게 말한 적 없는 일까지 다 털어놓았다. 내 친구 마르게리트의 일. 내가 국경 가까이에 있는 마르게리트의 별장에서 서독 텔레비전 방송을 보았고, 그 사실을 우리 부모에게 말하고 나서 마르게리트의 부모가 동독비밀경찰에 끌려간 일. 그 뒤로 엄청난 죄책감에 시달렸던 일.

토마스는 나를 이해한다며 위로를 표했다. 그는 내 손을 잡고 다독였고, 나는 손을 빼지 않았다. 토마스는 다른 손도 내 손에 대고 어제 했던 말을 또 다시 들려주었다. 내가 아주 멋진 사람이라는 말.

나는 그런 말을 한 번도 들어본 적이 없다. 부모에게도, 애인에게도,

친구에게도.

내가 포도주를 더 마시자고 했다. 토마스의 말, 그 한없는 이해심, 내가 말할 때 집중하는 태도, 나를 바라보는 표정. 그 모두를 합해 보니 그도 나를 사랑하는 게 분명했다.

시간이 흐를수록 내 마음속의 공포는 더욱 심해졌다. 내가 토마스를 받아들일 수 있다 해도 나는 내 자신을 용서할 수 없을 것이다. 토마스를 계속 배신하며 살아야 할 테니까. 나는 사랑하는 사람에게 거짓말을 하며 살기 싫다. 하지만 토마스는 이제 나의 전부다.

대화가 점점 깊어갔다. 그러다가 갑자기 나도 모르게 토마스에게 가라고 말했다. 어서 가라고, 더 큰 슬픔에 빠지기 전에 그만 가라고. 나는 계속 이래서는 안 된다고, 얼른 가라고 말했다. 토마스가 이해할 수 없다는 표정으로 나를 보았다.

그러다가 내가 불쑥 말했다.

"이히 리베 디히."

토마스를 처음 본 순간부터 꼭 해주고 싶었던 말.

그리고 나는 얼른 밖으로 뛰어나갔다.

큰길로 달려 나갔고, 운 좋게도 마침 빈 택시가 지나갔다. 택시를 세우고 올라탔을 때, 토마스가 거리로 뛰어나오는 모습이 보였다. 나는 택시운전사에게 행선지를 말하고, 뒷좌석에서 낮게 몸을 숨겼다. 나도 모르게 울음이 터져나왔다. 택시가 베딩의 허름한 호텔 앞에 다다를 때까지 나는 울음을 그칠 수 없었다.

택시가 멈췄지만 나는 몇 분이나 가만히 앉아 있었다. 택시운전사도 나에게 내리라고 말하지 않고 기다려주었다. 나는 내리고 싶지 않았다. 호텔 방으로 올라가 다시 놈을 상대해야 하다니? 핸드백을 열고, 요금이 얼마인지 물었다. 택시운전사는 그냥 내려도 된다고 말했다. 뜻밖의 친절에 나는 다시 눈물이 나왔다.

택시운전사가 말했다.

"다른 곳으로 모셔다드릴 수도 있어요. 가고 싶은 곳만 말씀하세요."

나는 훌쩍이며 말했다.

"정말 친절하시네요."

그리고 비틀비틀 호텔 로비로 걸어갔다. 프런트데스크 뒤에는 우울한 표정의 직원이 앉아 있었다. 해첸이 만나자고 하는 호텔의 프런트데스크 직원은 하나같이 표정이 우울했다. 어쩌면 그런 호텔에서 일하고 있으면 늘 그렇게 우울한 표정을 짓게 되는 것인지도 모른다. 나는 프런트데스크 직원에게 해첸의 이름을 말했다. 직원은 무뚝뚝하게 말했다.

"심백십육 호입니다."

평소와 다름 없이 해첸은 더러운 속옷 차림이었다. 나는 약속 시간을 왜 이렇게 늦게 잡았느냐고 물었다. 해첸의 대답은 간단했다.

"내가 시간이 없으니까."

해첸은 나에게 어서 옷을 벗으라고 했다.

"회사 동료들과 저녁 약속이 있었는데 중간에 빠져나와야 했어요."

해첸은 고개를 갸웃거리며 말했다.

"옷을 빨리 벗을수록 그들에게 더 빨리 돌아갈 수 있을 거야."

해첸은 더욱 끔찍하게 굴었다. 평소 안 하던 키스도 하려 했다.

종일 싸구려 맥주를 마셨는지 구취가 심하게 났다. 담배 냄새, 기름진 음식 냄새도 났다. 해첸은 페니스를 함부로 들이밀었고, 혀도 아무렇게나 들이밀었다.

늘 그렇듯 몇 분 안에 섹스는 끝났다. 나는 옷을 입고, 새 필름 네 통을 해첸에게 주었다. 이번에는 특별히 더 큰 죄책감을 느꼈다. 그 안에는 토마스의 원고도 들어 있었기 때문이다. 토마스가 또 국경을 넘으려 할 경우 동독에서 통행불가 처분을 내리게 되지 않을까? 그렇다고 토마스의 원고를 촬영하지 않을 수도 없었다.

해첸의 말에 따르자면 동독정보국에서 〈라디오리버티〉 방송을 빠짐없이 듣는다고 했다. 낮이나 밤이나 모니터링한다고. 동독정보국은 내가 이제 〈라디오리버티〉에서 꽤 중요한 번역을 맡고 있다는 것도 알고 있다. 〈라디오리버티〉에서 방송되는 프로그램 중 독일어로 쓰이지 않은 원고는 모두 내가 번역한다. 해첸은 나에게 자주 으름장을 놓았다.

"사진으로 넘기지 않은 내용이 〈라디오리버티〉에서 방송될 경우 넌 끝장이라고 생각해야 할 거야."

나는 내가 맡은 원고를 모두 촬영해 넘기지 않을 수 없다.

어쨌든 내가 평소보다 두 배나 많은 필름을 내놓자 해첸은 만족스러운 표정을 지었다. 해첸은 새 필름들을 내게 주면서 늘 하던 대로 마지막 말을 내뱉었다.

"이제 가."

거리로 나오자 진눈깨비가 내리고 있었다. 집으로 가 샤워 물줄기 아래에서 30분이나 서 있었다. 해첸의 흔적을 모두 물로 씻어 내고 싶었다. 이대로는 잠을 잘 수 있을 것 같지 않았다.

얼른 옷을 입고 밖으로 나갔다.

몇 시간을 정처 없이 걸었다. 어디로 가는지 나 자신도 알 수 없었다. 카페 네 곳에 들러 담배를 피우고 보드카를 마셨다. 그때마다 내 자신을 타일렀다. 이제 집으로 돌아가 문을 잠그고 자야 한다고. 토마스를 다시는 생각하지 말아야 한다고.

그때 토마스의 주소가 떠올랐다. 원고 앞장에 그의 주소가 적혀 있었다. 진눈깨비에 온몸이 흠뻑 젖은 채 하인리히 하이네 검문소를 지나갔다. 토마스 생각을 떨쳐버릴 수 없었다. 요한 생각도 떨쳐버릴 수 없었다.

'내가 선 자리에서 몇 분만 가면 요한이 곤히 잠들어 있는 곳에 갈 수 있을 텐데……'

그런 생각을 하며 나도 모르게 달리기 시작했다. 길바닥이 진눈깨비에 젖어 미끄러웠다. 보드카를 마셨고 감정이 몹시 들떠 발은 더욱 비틀거렸다. 어느새 나는 토마스의 아파트로 달리고 있었다.

정문 앞에 서서 3분이 지났을 때 토마스가 내려왔다. 자다가 깬 모습. 하지만 나를 보자마자 토마스의 눈이 휘둥그레졌다.

나는 토마스의 품에 안기며 말했다.

"추워요."

토마스가 나를 껴안았다. 나는 토마스에게 속삭였다.

"다시는 나를 그냥 보내지 말아요. 다시는."

* * *

위의 글은 오늘 아침에 내 아파트로 돌아오자마자 적었다. 나는 한 번도 시도한 적 없는 모험을 감행했다. 즉, 낮에 지하실에서 이 노트를 가져온 것이다. 출근하기 전에 모두 적어야 했기 때문이다. 오늘밤에는 토마스의 집으로 곧장 갈 테니까 밤에는 이 글을 적을 시간이 없다. 내가 글을 쓰는 걸 들키지 않게 블라인드를 모두 내렸다. 이 글을 다

적으면 그 즉시 노트를 지하실에 가져다놓을 것이다.

하지만 그 전에…….

금요일 밤. 토마스 아파트 건물 정문 앞에 다다른 시간이 몇 시였을까? 나도 몰랐다. 춥다는 사실, 내가 떨고 있다는 사실만 알 수 있었다. 하지만 나는 이미 굳게 마음먹었다. 토마스의 집에 가기로. 토마스에게 사랑한다고 말하기로. 토마스와 함께 잠들기로. 토마스에게 절대로 나를 그냥 보내지 말아달라고 말하기로.

토마스의 집으로 올라가 침대에 함께 누웠다. 토마스가 처음 내 안에 들어온 순간 나는 직감했다. 이 사람이 진정 내 사람이라는 걸. 그렇게 친밀한 느낌은 처음이었다. 대학생 때 2년 동안 만난 남자도 섹스는 괜찮았지만 사랑이 없었다. 토마스와 처음 섹스하는 순간 나는 사랑을 느꼈다. 두 번째도, 세 번째도, 네 번째도, 다섯 번째도, 여섯 번째도…… 매번 사랑을 느꼈다. 우리는 수없이 침대에서 서로의 사랑을 확인했다. 우리는 끊임없이 사랑의 말을 속삭였다. 서로의 눈에서 한 번도 눈을 떼지 않았다. 우리 사랑이 영원히 변하지 않을 거라는 확신이 우리를 휘감았다. 첫날, 잠들기 전 나는 저녁에 달아난 일을 토마스에게 사과했다. 토마스는 그 일도 너그럽게 이해했다. 나는 토마스의 품에서 편안히 잠들었다.

깨어나자 아침이었다. 토마스는 아침 일찍 일어났다가 다시 잠들었나 보다. 젖은 내 옷들이 라디에이터에 걸린 채 마르고 있었다. 토마스는 내 옆에서 잠들어 있었다. 나는 그 옆에서 몸을 일으켜 앉은 채 몇 분 동안 그를 바라보았다. 그의 머리카락을 쓰다듬으며 숨 쉬는 소리를 들었다. 토마스와 함께 살 수 있다면……. 그 짐승 같은 놈에게서 벗어날 수만 있다면……

 잠에서 깨어나 처음으로 토마스의 아파트를 제대로 살펴보았다. 아주 깨끗하고 널찍했다. 마치 잡지에서 본 집처럼 깔끔하게 정리돼 있었다. 비싼 가구도, 큰 오디오나 텔레비전도 없었지만 벽은 희디희고, 가구는 페인트를 벗겨 나무 본래의 색을 냈다. 꼭 필요한 가재도구가 있어야 할 자리에 있었다. 그릇과 잔, 책과 음반도 적절한 자리에 잘 정리되어 있었다. 옷도 나무 옷걸이에 걸어 옷장 안에 깔끔하게 걸어두었다. 신발도 모두 깨끗했다.

 아버지가 군인이었다는 토마스의 말이 생각났다. 하지만 아버지의 영향보다 자기 보호 때문에 이런 정리 벽이 생기지 않았을까 하는 생각이 들었다. 처음으로 아버지에게 허락을 받고 혼자 도서관에 갔을 때 알게 된 자기 보호. 그렇다. 나는 토마스의 그 이야기를 잠시도 잊을 수 없다. 나는 그 이야기를 듣고 토마스를 더욱 깊이 사랑하게 됐다. 나 또한 그런 그에게서 동질감을 느꼈다. 나 역시 부모 때문에 슬픈 어린 시절을 겪었고, 어느 누구와도 제대로 감정의 교류를 가질 수 없었다.

 '하늘이 두 번째로 나에게 미소를 보냈어. 첫 번째는 요한이 태어났을 때고, 이제…….'

 나는 그렇게 생각했다.

 주방으로 가 냉장고와 찬장을 둘러보았다. 역시 잘 정리되어 있었다. 나는 요한과 함께 살던 때에 하던 행동을 나도 모르게 하고 있었다. 콧노래.

 슈베르트의 〈음악에 부쳐〉였다. 커피를 끓였다. 빵과 버터, 꿀과 오렌지, 마멀레이드. 눈에 띄는 식재료를 모두 챙겨 식탁을 차렸다. 갑자기 토마스가 내 옆에 나타났다. 그가 내게 키스하면서 나를 침대로 이끌었다.

이번 사랑은 더욱 진하고 에로틱했다. 우리는 서로에게 정말 사랑한다고, 절대 헤어지지 말자고, 이런 사랑은 처음 느낀다고 이야기했다.

나는 토마스의 아파트를 떠나지 않았다. 토마스가 월세를 내는 아래층 남자의 애인도 만났다. 아래층 남자는 알스테어라는 헤로인 중독자인데, 거의 죽을 뻔한 걸 토마스가 발견해 겨우 목숨을 구했다는 이야기를 들었다. 토마스는 알스테어의 애인과 함께 아래층에 묻은 피를 닦아내고, 집을 다시 꾸미는 일을 하고 있었다.

그날 저녁에는 토마스와 함께 처음으로 제대로 된 식사를 준비했다. 앤초비와 토마토소스를 듬뿍 넣은 스파게티를 만들었다. 토마스의 냉장고에는 진짜 파르메산 치즈가 들어 있었다. 나는 토마스에게 종이접기 실력을 선보였다. 우리의 이야기는 끝이 없었다. 환상적인 섹스만큼이나 대화도 로맨틱하고 자연스러웠다. 토마스와는 무슨 이야기를 나누든지 즐거웠다.

어제는 내 인생에서 가장 행복한 날이었다고 감히 말하겠다. 이제야 깨닫게 되었지만 토마스를 만나기 이전에 내가 남자들에게 느낀 건 사랑이 아니었다. 나는 비로소 사랑을 알게 됐다.

토마스가 나에게 자기 집으로 들어와 함께 살자고 하면서 열쇠를 건넸다. 내일은 짐도 가져오라고 했다. 나는 뛸 듯이 기뻤지만 한편으로 당황스럽기도 했다. 그래서 내 입에서 나온 말은 고작 '정말 확신해?'였다.

토마스가 정말이라며 나를 안심시켰다. 나는 이튿날 짐을 가져오겠다고 말했다. 다시 내 본연의 경계심이 되살아났다. 내가 살던 방을 비우면 해첸이 당장 알아채지 않을까? 그럼 모든 일이 끝장나지 않을까?

그러나 내가 사랑하는 남자와 함께 살게 되었다는 게 무엇보다 중요했다. 불과 며칠 전만 해도 나는 고층빌딩 옥상에서 뛰어내릴 생각을 하지 않았던가? 삶에 대한 공포는 앞으로 누릴 행복으로 바뀌었다.

출근하기가 싫었다. 토마스의 아파트에서, 그와 누운 침대에서 빠져나오기 싫었다. 오늘 저녁 슐뤼셀에 들러 해첸이 남긴 쪽지를 확인해야 한다는 게 무엇보다 끔찍했다. 점심시간에 방송국 지하실에서 몰래 사진을 찍어야 한다는 것도 끔찍했다. 내 양심과 영혼을 피폐하게 만드는 그 끔찍한 일들에서 벗어날 방법을 찾아야 한다. 그런 일들 때문에 토마스와의 사랑을 망칠 수는 없다.

토마스와 나는 일찍 잠에서 깨어나 사랑을 나눴다. 필사적으로 느껴질 만큼 열정적인 사랑이었다. 우리는 사랑을 나누는 내내 상대의 눈에서 눈을 떼지 않았다.

섹스가 끝나고 나서 내가 말했다.

"매일 아침마다 이렇게 하루를 시작하고 싶어."

토마스는 언제까지나 그럴 수 있다며 나를 안심시켰다.

행운은 눈앞에 곧장 나타날 수도 있고, 보이지 않게 서서히 옆으로 다가올 수도 있다. 이제 나에게 한 가지 의문만이 남았다.

'내가 과연 이 분에 넘치는 행복을 받아들여도 될까? 나에게 그럴 자격이 있을까? 내가 이 행복을 지켜낼 수 있을까?'

* * *

이 노트에 마지막으로 글을 쓴 지 몇 주가 지났다. 집에 들어온 적이 없기 때문에. 마지막으로 글을 쓴 날, 내 짐을 반쯤 토마스의 집으로 가져갔다. 그리고…….

나는 난생 처음 세상에 행복이 존재한다고 진심으로 믿기 시작했다. 이전까지 행복이란 대가를 치러야 조금 맛볼 수 있는 거라 여겼다. 가령 요한 같은 아들을 얻는 행복을 맛보려면 유르겐처럼 괴팍한 남편과의 만남을 감수해야 한다든지.

토마스와는 함께 행복해질 수 있다는 생각이 든다. 우린 둘 다 똑같은 걸 바라고, 서로에게 가장 좋은 친구가 되기 위해 애쓴다. 날마다 나는 얼른 집에 가 토마스를 보고 싶어 견딜 수 없다. 어서 토마스와 마주 앉아 쉴 새 없이 이야기하고 싶다. 토마스와 책 이야기를 하는 것도 좋고, 영화를 보는 것도 좋고, 간단한 집안일을 하는 것도 좋다. 토마스는 빨래를 하고, 나는 그에게 커피를 가져다준다. 우린 서로를 위해 베푸는 작은 친절이 즐겁다. 토마스의 따스한 마음 덕분에 행복하다. 토마스가 나를 소중히 여기며 함께 있어주기를 바라는 마음. 나는 요즘 날마다 내 자신에게 말한다.

'나는 행운아야.'

정말이지 나는 행운아다.

*　*　*

오늘, 알스테어가 퇴원해 집으로 돌아왔다. 토마스에게서 알스테어에 대한 이야기를 많이 들었다. 나는 알스테어라는 사람이 실제로 어떤지 몹시 궁금했다. 습격을 받고 크게 다쳐 병원에 입원했던 알스테어는 헤로인 중독을 치료했다고 한다. 토마스는 그가 금단증세 때문에 까다롭게 굴더라도 이해해야 한다고 주의를 주었다. 하지만 나는 알스테어를 만나자마자 금세 호감을 갖게 됐다. 세상이 두려워 짐짓 딱딱한 태도를 꾸미고 살지만 한 꺼풀 벗기고 보면 그는 아주 점잖고 재미있고 똑똑한 사람이었다.

내가 보기에 알스테어는 토마스를 아주 좋아하는 듯했다. 토마스가 생명의 은인이라서가 아니라 말을 안 해도 서로 통하는 게 많아서인 듯했다.

알스테어는 퇴원한 지 하루 만에 다시 그림을 그리기 시작했다. 매일 아침마다 출근하려고 아래층으로 내려가면서 알스테어의 그림들을 보는 게 취미처럼 되었다. 토마스는 알스테어가 '아주 뛰어난 화가'라고 말했는데 그 말은 옳았다. 알스테어는 색과 형태와 빛을 정말이지 능숙하게 다루는 화가였다.

알스테어를 만나고 나서 며칠 지나지 않은 날 퇴근길에 우연히 그와 마주쳤다. 알스테어는 나에게 맥주를 함께 마시자고 했다. 자리에 앉자마자 알스테어는 자기 이야기를 조금 털어놓았다. 메메트가 그만 만나자고 한다는 이야기. 그는 이제 메메트와 헤어져야 할 때가 온 것 같다며 마음이 아프다고 했다.

알스테어는 조금 이상한 이야기도 했다.

"나는 사랑을 믿는 사람이 아닙니다만 토마스에게 페트라가 얼마나 소중한 존재인지 말해주고 싶군요. 토마스는 당신을 정말로 사랑해요. 아무리 어려운 일이 닥쳐도 두 사람 다 굳게 견뎌내기를 진심으로 바랍니다. 정말이지 이런 사랑은 끝내주게 드무니까요. 운명적인 사랑이라고나 할까?"

나는 알스테어가 말한 '끝내주게'의 뜻을 알 수 없어 나중에 사전을 찾아보았다. '끝내주다'는 '(속되게) 아주 좋고 굉장하게 하다'는 뜻이었다. 아무튼 '끝내주다'는 말의 어감이 마음에 들었다.
'끝내주게 드문 사랑.'
토마스와 나는 그런 사랑을 하고 있다.

* * *

토마스가 영화를 보자고 했다. 빌리 와일더 감독의 〈아파트 열쇠를 빌려드립니다〉. 아주 냉소적이고 지적인 영화이다. 빌리 와일더 감독은 베를린에서 기자와 시나리오작가로 일하다 미국으로 건너갔다. 냉소적인 베를린 사람의 특징에 미국의 풍부한 감수성을 받아들인 감독. 빌리 와일더는 그 영화를 통해 미국식 공동 주택을 통렬히 풍자하면서, 평범한 사람들에게도 복잡한 사연이 있다는 사실을 보여 준다. 영화도 좋았지만 토마스와 함께 보았다는 게 더욱 좋았다. 토마스와 함께 뉴욕에 가서 살고 싶다. 뉴욕에 가면 번역이나 독일어를 가르치는 일자리를 구할 수 있을까? 토마스와 함께 뉴욕에 아파트를 구할 수 있을까? 아이를 가질 수 있을까? 그러면 내 아픔이 조금이나마 줄어들 수 있을까…….

내 아픔은 결코 줄어들지 않을 것이다. 그 상처는 절대 희미해지지 않고 다른 모든 일들에 영향을 주게 될 것이다. 그래도 상처를 잘 어루만지며 살아가는 방법을 배울 수 있게 되지 않을까? 아니, 그 상처를 안고 살아갈 수밖에 없다. 하지만 토마스라면 내 상처를 덧나지 않게 어루만지며 살아가도록 도울 것이다.

영화를 보고 나서 즐겁게 들떠 있을 때 갑자기 포웰이 우리 앞에 나타났다. 우리는 영화관에서 막 나오는 중이었고, 포웰은 들어가는 길이었다. 우리를 발견한 포웰은 눈이 휘둥그레졌다. 분명 술에 취한 포웰이 우리를 비웃더니 망명한 동독 사람은 은밀한 행동에 소질이 없다고 말했다.

토마스가 포웰에게 그만두라고 했지만 그는 이죽거림을 멈추지 않았다. 포웰이 토마스의 글에 대해 시비를 걸자 나는 화를 참지 못하고 형편없는 사람이라고 말해주었다. 이어 포웰이 나에게 심한 말을 던지자 토마스의 주먹이 그의 배를 강타했다. 포웰이 배를 끌어안고 쓰러졌다. 토마스와 나는 얼른 그 자리를 빠져나왔다.

나는 충격을 받은 한편 마음이 후련했다. 토마스가 나를 보호하기 위해 주먹을 날리다니? 나는 방송국에 소문이 나면 '토마스가 내 애인'이라고 당당히 밝힐 각오를 했다.

월요일에 출근했다.

'방송국 직원 모두가 그 일을 알고 있겠지. 포웰은 험담을 좋아하는 사람이니까. 토마스에게 이유 없이 맞았다고 이미 떠벌렸을 거야.'

그런데 포웰은 아프다고 병가를 냈다. 나중에 포웰을 만났지만 아무 일 없었다는 듯이 행동했다. 아침에 나와 마주쳤을 때도 간단히 인사만 했다. 아무튼 그 일 이후 포웰은 나에게 항상 정중한 태도를 취했고, 적당히 거리를 두었다.

잘난 체하는 남자들은 한 대 맞으면 소심해지기 쉽다.

* * *

어제는 해첸을 만나는 날이었다. 내가 호텔 방 안으로 들어서자 해첸이 내 손목을 잡고 팔을 뒤로 해 거칠게 비틀었다. 나는 끔찍하게 아파 비명을 질렀다. 해첸은 비명을 지르면 목을 부러뜨리겠다고 협박했다.

해첸이 토마스와 나의 관계를 모두 알고 있다고 말했다. 온몸에 소름이 끼쳤다.

"계속 숨길 수 있을 줄 알았지? 이 싸구려 갈보 년아."

해첸은 나를 침대에 집어던지고 치마를 걷어 올리고 내 속옷을 찢었다.

해첸은 우악스럽게 밀고 들어왔다. 이번에도 짧게 끝났지만 그가 내 목을 양손으로 움켜쥐고 놓아주지 않았다. 그가 나를 노려보다가 배를 세게 때렸다.

"얼굴을 엉망으로 만들어주고 싶지만 사람들 눈에 띌 테니 참는 거야. 하지만 네가 저지른 짓은 이미 상부에 다 보고했어. 당연히 좋아하지 않을 거야. 이제 요한을 만나지 못할 수도 있겠지."

나는 울먹이며 말했다.

"제발 요한만은……."

"정신 차릴 거야?"

나는 고개를 끄덕였다.

"그걸 어떻게 믿지?"

"지금껏 시키는 대로 다 했잖아요."

"처음에는 다 했지만 넌 몰래 미국인을 만났어. 우리 사이에 비밀이 있어서는 안 돼."

"네, 잘 알겠습니다."

"미국인을 사랑하나? 아들은? 네 아들도 사랑하나? 그 미국 놈 때문에 아들을 포기할 텐가?"

나는 고개를 가로저었다.

"그래, 진작 그런 태도를 보였어야지. 그렇지만 아직은 그 미국 놈을 버리지는 마. 그놈을 이용해야지. 네가 협조하지 않으면……."

* * *

토마스에게 모든 사실을 털어놓고 싶었다. 토마스라면 다 이해해줄 수 있을 거야. 나를 사랑하니까. 아니, 그럴 수 없어. 이해의 범주를 벗어나는 일이야. 배신감이 얼마나 크겠어.

이젠 해첸이 나를 계속 미행할 거야. 어떻게 해야 할까? 어떻게 하는 게 가장 올바른 행동일까?

탈출구는 없어. 이제 다 끝장이야.

* * *

토마스는 연주회에 갔다. 나는 집에 돌아와 속옷을 버렸다. 해첸이 찢어버린 속옷. 뜨거운 물 아래에서 오래도록 몸을 씻었다.

토마스가 집에 돌아왔을 때, 나는 내 어두운 감정들(분노, 두려움, 죄책감)을 마음 깊은 곳에 숨겼다. 나는 얼른 토마스의 손을 잡고 침실로 가 사랑을 나눴다. 나는 평소보다 훨씬 격렬하게 반응했다. 절정에 올랐을 때에는 비명에 가까운 소리를 질렀다.

사랑을 나누고 나서 침대에 몸을 웅크리고 생각했다. 토마스가 나를 껴안으며 걱정거리가 있는지 물었다. 나는 그저 토마스에게 사랑한다고 말하고 눈을 감았다.

  자는 척했지만 한숨도 잘 수 없었다. 한밤중에 주방으로 가 포도주를 따라 마셨다. 담배도 몇 개비 피웠다. 마침내 결론을 내렸다. 결론을 내린 순간 갑자기 마음이 편해졌다.

* * *

  해첸은 지난번처럼 나를 괴롭히지는 않았다. 그가 키스하려고 해 나는 입술을 떨지도 않고 받아주었다. 아래도 더 꽉 조였다.
  해첸이 내 반응을 알아채고 말했다.
  "나한테 잘해주기로 마음먹었나?"
  "시키는 대로 잘 따르겠습니다. 제 아들을 위해. 우리 조국을 위해."
  해첸은 내 말을 믿는 것 같았다.
  "그럼 미국 놈에게 일을 한 가지 시켜서 네 충성심을 증명해 봐. 그 놈을 동독에 보내 주디트한테 맡긴 요한의 사진을 가져오게 할 수 있겠어?"

* * *

  그날 나는 아들이 있다는 사실을 토마스에게 처음으로 털어놓았다. 토마스는 충격을 받아 아무 말도 하지 못한 채 내 이야기를 모두 들어주었다. 나는 조금도 이야기를 과장하지 않았다. 토마스의 동정을 사려고 지어내지도 않았다. 몇 번이나 울고 싶었지만 절대로 울지 않았다. 내 친구 주디트가 나를 배신했다는 이야기도 했다. 그리고 요한이 없는 삶은 살아 있어도 죽은 것이나 다름없다고도 했다.

토마스는 더없이 다정했다. 내가 왜 슬퍼 보이는지 이제야 모두 이해할 수 있겠다고 했다. 그 자신도 아마 그런 일을 당했으면 견딜 수 없었을 것이라고 했다.

나는 주디트가 몇 달 전에 몰래 편지를 보냈다고 했다. 그 편지에서 주디트는 나를 배신한 것에 대해 용서를 빌며 요한의 사진을 가지고 있다는 말을 하더라고 토마스에게 말했다.

토마스는 그 말을 듣자마자 동베를린에 가 사진을 가져오겠다고 했다. 나는 토마스의 말을 듣고, 죄책감 때문에 칼에 찔린 듯 마음이 아팠다. 주디트가 편지를 보냈다는 말은 모두 거짓이었으니까. 주디트가 요한의 사진을 가지고 있는 건 동독비밀경찰이 사진을 맡겼기 때문이니까. 동독비밀경찰은 주디트가 토마스를 만났을 때 해야 할 말도 미리 일러두었을 테니까.

해첸이 말했다.

"그 미국 놈에게 사진 스무 장을 가져오게 해. 반은 내가 갖고, 나머지 반은 네가 가져도 돼. 넌 네 아들의 사진을 마침내 갖게 되는 거야. 그리고 조국은 너의 충성심을 높이 사게 될 거야. 너에게는 충성심을 확인시켜줄 절호의 기회야."

토마스는 사진을 가져오겠다고 말했다. 내가 토마스를 속이다니? 사랑하는 사람을 이 더러운 음모에 빠뜨리다니?

하지만 내 마음 깊은 곳에서 이성이 소리쳤다.

'몇 주 동안만 꾹 참고 견뎌야 해. 몇 주만 지나면 모든 일이 잘 될 거야. 난 자유를 찾을 수 있어.'

나는 토마스를 보내기 싫었지만 결국 이렇게 말했다. 주디트에게 다녀오면 정말 고맙겠다고.

* * *

토마스는 아침 일찍 동베를린으로 출발했다.

나는 조심하라고 말하며 한참 동안 토마스를 껴안았다. 전날 만난 해첸은 토마스의 안전에 대해 염려하지 않아도 된다고 했다. 토마스가 동베를린에 가서 사진을 무사히 가져오는 게 중요한 만큼 안전에 대해 걱정할 필요가 없다는 설명이었다.

나는 해첸의 말을 믿을 수 없었다. 거짓말, 조작, 음모, 협박, 폭력이 해첸의 전부였으니까. 토마스에게 무슨 일이 닥칠지 어떻게 알고 안심할 수 있을까? 동독비밀경찰에게는 도덕이나 윤리의식을 기대할 수 없다.

나는 창가로 가 토마스가 사라질 때까지 지켜보았다. 하느님, 제발 토마스가 무사히 돌아오게 해주세요. 제발 무사히.

* * *

토마스는 다섯 시에 돌아왔다. 피곤해 보였고, 긴장한 표정이 얼굴에 그대로 남아 있었다. 검문소에서 두 시간 넘게 붙잡혀 있었다고 했다. 아무런 설명도 듣지 못하고 마냥 붙잡혀 있었단다.

나는 요한의 사진을 보고 울음을 터뜨렸다. 요한은 내가 마지막으로 보았을 때보다 조금 살찐 얼굴이었다. 부쩍 더 자라기도 했다. 그나마 건강해 보여 마음이 놓였다. 요한이 잘 먹고 있다는 증거니까. 머리숱도 많아지고, 눈은 더 동그래졌다. 하지만 반만 짓는 미소는 변함없이 그대로였다. 몇 달이나 못 본 내 아들, 그 미소를 다시 보자 나는 눈물이 핑 돌았다. 토마스는 내가 울음을 그칠 때까지 나를 꼭 껴안아 주었다.

사랑을 나누고 토마스가 잠들었을 때, 나는 일어나 사진들을 한 장씩 살펴보았다. 마이크로필름이 붙은 사진들을 찾아보았지만 없었다. 하지만 동독비밀경찰이 사전에 무슨 수를 썼는지 누가 알겠는가?

* * *

해첸은 사진을 받고 흡족한 표정을 지었다.
"잘했어."
해첸이 스무 장의 사진 중에서 열 장을 나에게 건네며 말했다.
"당분간 연락하지 않을 거야. 다른 곳에서 할 일이 생겼어. 몇 주 뒤에 다시 연락하지. 평소처럼 그 술집에 두 번씩 들러 내 쪽지를 확인해. 나는 잠시 자리를 비우는 것뿐이야. 명심해."
서베를린에는 다른 정보원도 있을 것이다. 그 정보원이 나를 미행해 모두 해첸에게 보고하겠지.

* * *

토마스가 파리에 가자고 한다!
파리. 믿기지 않는다. 아주 머나먼 곳, 마치 우주처럼 가기 어려운 곳으로 생각했는데…….
나는 알스테어의 그림에 계속 크게 감탄했다. 내가 알스테어에게 그림이 특별하다고 말했다.

"나는 내 그림이 좋은지 아닌지 전혀 모르겠어요. 완성한 뒤에도 아마 내 마음에는 안 들걸요. 하지만 페트라의 마음에 든다니 다행이군요."

알스테어의 작업실에서 셋이서 함께 보드카를 마신 적이 있다. 토마스가 화장실에 간 사이 알스테어가 나에게 말했다.

"요즘 전보다 훨씬 행복해 보여요. 비결이 뭐요?"

"인생이 더 단순해졌어요."

해첸이 당분간 모습을 감추었기 때문이다.

* * *

방금 파리에서 돌아왔다.

'적어도 나는 파리에 가봤다. 사랑하는 사람과 함께.'

파리.

무슨 이야기부터 시작할까?

작지만 멋진 호텔이 있는 게이뤼삭 가부터 이야기할까? 호텔이 조금 낡고 시끄러운 점, 담뱃진에 전 객실, 수압이 낮은 샤워기가 대체로 문제였지만 나는 상관없이 다 좋았다. 파리에 있었으니까. 파리는 예상대로 나를 휘어잡았다. 눈을 돌리는 곳마다 볼거리가 풍성했다. 그래도 내가 가장 좋아한 곳은 호텔 근처의 작은 빵집이었다. 그 빵집에서 갖가지 크루아상을 사고 있으면 마치 종교의식을 치르듯 숙연해지는 기분이었다. 단 몇 프랑에 옛날 영화들을 실컷 볼 수 있는 작은 영화관들도 좋았다.

샤틀레 근처의 재즈클럽도 좋았다. 거기서 연주하는 뮤지션들은 미국에서 온 흑인들이었는데 모두들 실력이 뛰어났다.

호텔 근처의 작은 카페도 좋았다. 아침 9시에 동네사람들이 그 카페에서 포도주를 마셨다. 토마스와 보헤미안인 양 거기 앉아 있는 것도 좋았다. 카페에 앉아 바깥을 바라보고 있으면 일상의 자질구레한 걱정거리들이 모두 사라지는 듯한 기분이었다.

나는 이 노트가 아닌 다른 노트를 가지고 다니며 파리를 여행하는 동안 보고 들은 걸 죄다 적었다. 파리에서 본 영화, 우리가 들른 미술관과 카페에 대해서도 모두 기록했다.

해첸이 없는 지난 몇 주 동안 나는 피임약을 먹지 않았다.

토마스에게 말해야 했지만 하지 않았다. 그런 결정을 나 혼자 내리면 안 된다는 것, 토마스와 충분히 상의해야 한다는 걸 잘 안다.

내가 왜 토마스와 상의도 없이 아이를 갖겠다고 마음먹었을까?

앞으로 나에게 닥쳐올 일들이 두려웠다. 내가 임신했다고 말해도 토마스는 틀림없이 화를 내지 않을 것이다. 물론 당황하긴 하겠지. 갑작스럽게 임신 소식을 들으면 남자는 누구나 당황하니까. 토마스는 늘 아이를 갖고 싶다고 말했다. 나도 토마스의 아이를 원한다. 새 아이를 원한다. 새 인생을 원한다. 그런 한편 더없이 큰 죄책감을 느낀다.

토마스에게는 아직 말할 수 없다. 나의 커다란 배신을 아직 말하지 못한 것처럼.

'깊은 사랑에는 늘 배신이 따르기 마련일까? 토마스를 멀리해야 했을까? 그랬다면 이런 괴로움을 겪지 않았을까?

내가 토마스를 피했다면, 좀 더 안전한 길을 택했다면 나는 아마도 진정한 사랑이 뭔지 아직 모르고 있겠지. 도대체 왜 토마스에게 말하지 않았을까?

'당신 아이를 갖고 싶어.'

그렇게 말하면 토마스는 분명 내가 바라는 대답을 해주었을 텐데, 나는 왜 그 대답을 피했을까? 나는 일을 왜 이렇게 어렵게만 만들까? 토마스는 내게 진정한 사랑이 무엇인지 깨닫게 해준 유일한 남자인데, 내 생의 단 하나뿐인 사랑인데 왜 난 토마스를 시험에 빠뜨리는지…….

* * *

우리는 오데옹 카페에 앉아 손을 맞잡고 포도주를 마셨다. 토마스는 나에게 결혼하자고 말했다. 이전에도 결혼이야기를 꺼낸 적이 있었지만 구체적으로 계획을 말하지는 않았다.

이번에는 제법 구체적이었다. 내가 파리에서 살고 싶다고 말하자 토마스가 '결혼도 하자'고 했다.

처음에는 농담인 줄 알았지만 토마스의 말은 더없이 진지했다. 나는 내심 기뻤다. 무엇보다 바라는 일이었으니까. 하지만 나는 기쁨을 밖으로 드러내지 않았다. 화장실에 가 칸막이 자리에 들어갔다. 문을 잠그고 담배에 불을 붙였다. 내가 계획한 일을 이루고 나면 모두 다 잘 될 거라고 마음을 다잡았다.

나는 밖으로 나가 토마스에게 결혼하겠다고 말했다. 토마스는 샴페인을 시켰다. 우리는 뉴욕에 대해 이야기했다. 뉴욕에 가서 아파트를 구하고 내 일자리를 찾고……. 그럼 나는 요한을 만날 희망을 포기해야 한다. 그렇다. 토마스도 은연중 요한에 대한 희망을 포기하라고 완곡히 말하고 있는 셈이었다.

'나 역시 그 희망을 포기해야만 해첸에게서 자유로워질 수 있는 계

획을 실행에 옮길 수 있어.'

하지만 아직은 때가 아니었다. 해첸이 돌아오면 내 결혼계획과 미국 영주권은 영원히 사라질지도 모른다. 해첸은 뉴욕까지 나를 따라올지도 모른다.

해첸이 다 폭로하겠다고 협박할까? 하지만 내가 뉴욕에 가기로 결정했다면 요한은 포기한 상태라 이해할 것이다. 그렇다면 더 이상 해첸의 협박은 통하지 않을 것이다. 그러기 전에 일단 해야 할 일이 있다. 일단 해첸을 한 번 더 만나야 한다. 인생의 어두운 장을 덮어야 비로소 희망찬 새 인생을 시작할 수 있을 테니까.

나는 간절히 바랐다. 슬픔과 거짓과 실망에서 벗어나고 싶다. 사랑하는 사람과 살고 싶다. 적어도 사랑이 있다면 내 아픔이 조금은 줄어들지 않을까.

* * *

베를린으로 돌아와 토마스와 결혼하기로 했다는 말을 알스테어에게도 했다. 알스테어는 우리 이야기에 감동한 표정을 지으며 샴페인을 내놓았다.

오늘 미국대사관에 갔다. 나는 무척이나 긴장했다. 아니, 사실 겁먹었다. 상담은 간단했다. 담당자는 꼭 필요한 것들만 물었다. 동독에서 망명한 이유, 남편의 죽음, 토마스와 사귄 기간.

담당자는 내 영주권 신청이 기각될 이유는 없을 거라고 말했다. 하지만 자신이 최종 결정을 내리는 건 아니라는 단서를 붙였다.

대사관 밖으로 나왔을 때 하마터면 토할 뻔했다. 그만큼 긴장되고 두려웠다. 토마스에게는 관공서에 가면 늘 무서워 견딜 수 없다고 설명했다. 토마스는 아무 문제없을 거라며 나를 안심시켰다.

하지만 내가 두려워한 건 다른 이유 때문이었다.

나는 임신했다. 어제 화장실에 가 임신 테스트를 해봤다. 10분을 기다리자 회색 검사지가 분홍색으로 변했다.

토마스에게 임신 소식을 어떻게 알릴지가 문제다. 파리에 갈 때 깜박 잊고 피임약을 가져가지 않았다고 말하면 토마스도 이해할까? 토마스가 만약 싫어하면……. 나 때문에 덫에 걸린 듯한 표정을 짓는다면…….

아니, 토마스는 좋아할 거야. 이 아이가 나에게 좋은 일을, 행복을 가져다 줄 거야.

해첸이 없는 6주 사이에 임신을 하게 되어 기뻤다. 해첸과 동침해야 할 때는 피임약을 끊을 수 없으니까.

어제 슈뤼셀에 쪽지가 있었다. 늘 만나는 싸구려 호텔. 늘 그렇듯 내가 방에 들어가자마자 해첸은 내 몸 안으로 들어왔다.

"그놈이랑 파리에 다녀왔더군."

나는 아무 말도 하지 않았다. 해첸이 내 얼굴을 꽉 움켜쥐었다.

"다시는 내 허락 없이 베를린을 떠나지 마. 알았어?"

나는 고개를 끄덕였다.

내가 지금 해첸을 받아들이는 이유는 단 한 가지뿐이었다. 해첸에게 모든 게 예전 그대로라 믿게 하기 위해서였다. 이제 적절한 때를 기다렸다가 계획을 실행에 옮겨야만 한다.

나는 가만히 누워 해첸이 얼른 끝내기만 기다렸다.

해첸이 말했다.

"주말에 같이 갈 데가 있어."

"어디요?"

"함부르크."

"저도 같이 가서 해야 할 일이 있어요?"

"가면 알게 돼. 모레 출발할 거야. 갈 때는 각자 따로 가는 거야. 호텔도 따로 묵을 거야. 어쨌든 내가 네가 있는 곳으로 찾아갈 테니까 그렇게 알아. 서랍장 위에 봉투가 있어. 기차표와 호텔 이름이 적혀 있을 거야. 타자기도 가져와. 거기서 번역할 일이 있어. 베를린에 있는 내 연락책한테 전할 물건도 가져와. 〈라디오리버티〉가 동독에서 도망친 무용수 두 명을 인터뷰할 거야. 그 인터뷰가 방송되기 전에 원고를 나에게 가져와. 그러면 네 아들을 만날 날이 훨씬 가까워질 테니까."

* * *

계획을 실행에 옮길 날이 점점 다가온다. 베를린을 떠나 있다는 건 더없이 좋은 기회다. 함부르크라면 더 좋다. 해첸과 호텔 방을 따로 쓴다는 것도 행운이다. 봉투에는 호텔비와 기본 경비로 200마르크가 들어 있었고, 내 이름이 '힐데가르드 힌켈'로 적힌 가짜 신분증도 있었다.

여행에 필요한 물건들을 샀다. 동네가 아닌 먼 지역에서 샀다. 토마스에게는 웰만 지국장의 통역 때문에 함부르크에 출장을 가야 한다고 말했다. 평소에 지국장의 통역을 맡던 직원이 갑자기 몸이 아파 내가 대신 갈 수밖에 없다는 핑계를 댔다.

토마스는 내 말을 믿는 것 같다. 토마스는 한스 브라운과 하이디 브라운 남매를 인터뷰하게 되어 주말에는 자기도 일해야 한다고 했다. 나는 토마스에게 또 거짓말을 해야 하는 게 죽기보다 싫었다. 하지만 함부르크에서 계획을 실행에 옮기고 베를린으로 돌아와 일요일 밤에 토마스를 만나고, 원고를 몰래 촬영해 해첸의 연락책에게 넘긴 다음에는……

주말이면 나는 토마스의 아내가 되어 있을 것이다.

나는 속으로 생각했다.

'앞으로는 토마스와 절대로 떨어져 지낼 일이 없어.'

***

내가 받은 기차표는 12시 13분 발이었다. 나는 9시 47분 기차로 바꾸었다. 기차가 서독 경계를 지나 동독 지역으로 들어갔다. 국경에는 가시철망과 무장 군인들이 늘어서 있었다. 열차는 멈추지 않았다. 아니, 속도가 더 빨라졌다. 서베를린에서 함부르크로 가는 열차가 동독 땅을 지날 때에는 속도를 높이도록 동독 정부에서 요구했는지도 모른다. 이렇게 폐쇄적인 나라가 어디에 또 있을까?

내가 머물 호텔은 함부르크의 홍등가에 있어 사람들의 왕래가 빈번했다. 창녀들이 일하는 호텔이었다. 사람들이 하루 종일 들락거렸다. 직원들이 손님들을 보고도 못 본 체하는 게 오히려 예의인 호텔이었다.

호텔 근처를 산책했다. 골목과 샛길들을 샅샅이 돌아보았다.

머릿속으로 시나리오를 생각하며 호텔로 돌아왔다. 너무 긴장돼 담배를 피우며 함부르크 지도를 살폈다. 지하철 노선도 자세히 살피고 해첸의 전화를 기다렸다. 저녁 7시에 해첸이 전화해 건너편 술집에 있다고 했다.

"지금 갈까요?"

"아니, 조금 있다가 와. 우선 뭘 좀 먹어야 하니까."

좋은 기회였다.

"그럼 좀 더 있다가 내려가겠습니다."

나는 가방을 집어들었다. 함부르크의 날씨는 계절에 맞지 않게 쌀쌀했다. 청재킷을 입고 주머니를 확인했다. 준비는 완벽했다.

호텔을 나올 때 프런트데스크에서 나를 지켜보는 직원은 없었다. 길을 건너 술집에 들어갔다. 사람들이 많았고, 해첸은 바 앞에 서 있었다. 무대에서는 나신의 여자가 바나나를 음부에 끼우고 춤을 추고 있었고, 해첸은 스트리퍼의 공연을 지켜보고 있었다.

해첸이 무대를 턱짓으로 가리키며 말했다.

"어때?"

나는 고개를 갸웃하고 말했다.

"배고파요."

"여긴 음식도 파니까 뭘 좀 먹어."

"멀지 않은 곳에 작은 이탈리아 식당이 있는 걸 봤어요. 함부르크에서 피자를 가장 잘하는 집이라고 들었어요."

"언제 그런 걸 확인했어?"

"도착하자마자요."

"내가 호텔로 곧장 가라고 말하지 않았던가?"

"다리가 뻣뻣해 산책을 하다가 그 식당을 발견했어요. 창문에 신문기사를 붙여 놓았더군요. 피자가 맛있다는 평이 실린 기사를……."

"호텔에서 잠자코 있으라는 내 명령을 따르기가 그렇게 어려워? 정말 마음에 안 들어."

"십 분 정도 산책했을 뿐입니다. 다시는 안 그럴게요. 하지만 그 식당은 아주 좋아 보였어요."

"비싸?"

"아뇨."

"좋아. 하지만 저녁을 먹고 나면 곧장 내 방으로 가야 해. 일요일에 베를린으로 돌아가기 전까지 번역할 게 있어."

해첸이 봉투를 건넸다. 나는 봉투를 받아 얼른 가방에 집어넣었다.

"저에게도 좋은 소식이 있어요. 브라운 남매 인터뷰 원고를 월요일까지 손에 넣을 수 있을 것 같아요."

"정말이야?"

"그럼요."

"그거 정말 좋은 소식이야. 일요일에 인터뷰 원고를 확인할 수 있겠어?"

"주말까지 다 써야 한다고 제 친구가 말했어요."

"그럼 일요일 밤에 원고를 촬영해. 타이밍이 딱 좋군. 나는 함부르크에 며칠 더 있어야 해. 그 인터뷰가 〈라디오리버티〉로 방송되기 전에 반드시 원고를 입수하라는 지시가 떨어졌어. 그러니까 넌 내가 맡긴 번역 원고와 그 인터뷰 원고 필름을 월요일 아침까지 슐뤼셀 화장실에 놓아두면 돼. 그 두 가지 일을 차질 없이 마치게 되면 상부에서도 대단히 만족할 거야. 아마도 너의 충성심을 높이 사겠지."

해첸이 바에 술값을 올려놓았다. 스트리퍼가 오렌지를 들고 차마 말로는 표현하지 못할 공연을 펼치고 있었다. 조명이 어둡고 사람들이 많아 해첸과 내 모습을 기억할 사람은 없을 것 같았다.

골목으로 내려갔다. 해첸은 이상하게 기분이 편안해 보였다. 그는 베를린보다 함부르크가 좋다고 말했다.

"여기서는 모두가 서로를 감시하지 않으니까."

해첸은 그렇게 말하면서 나를 따라왔다. 나는 매음굴, 섹스 숍, 음란한 술집 등을 지나쳐 더 깊은 골목으로 들어갔다. 모퉁이를 돌아 창고들이 밀집한 지역으로 들어섰을 때 해첸이 말했다.

"이 길이 맞아?"

"이제 거의 다 왔어요."

다음 모퉁이에서 꺾어지면 식당이 있다고 말했다. 해첸은 나보다 몇 걸음 앞서 걸어갔다. 조금 걷다가 해첸이 나를 돌아보았다. 불빛이 전혀 없는 골목에 들어섰다는 걸 그제야 깨달았다는 표정이었다. 나는 해첸에게 바짝 다가서며 오른손에 단단히 움켜쥐고 있던 칼로 그의 심장부를 찔렀다. 해첸이 나보다 앞서 걸어갈 때 청재킷 주머니에 손을 집어넣어 장갑을 끼고 주머니칼을 미리 펴놓았다. 나는 모든 준비를 끝내고 해첸이 돌아보기만 기다리고 있었던 것이다.

나는 칼자루를 지렛대삼아 해첸을 골목 담벼락 쪽으로 밀어붙였다. 칼을 쥐지 않은 손바닥으로 해첸의 코와 입을 세게 틀어막았다. 해첸의 코와 입에서 피가 흘러 나왔다. 나는 해첸의 얼굴에서 눈을 떼지 않았다. 그의 눈은 공포와 충격에 사로잡혀 있었다.

해첸이 피를 토하기 시작했다. 내가 손을 떼기 무섭게 해첸이 길바닥에 쓰러졌다. 그는 잠시 몸을 부르르 떨다가 곧 꼼짝하지 않았다.

행운의 여신은 내 편이었다. 길에는 아무도 없었다. 다가오는 자동차 소리도, 발소리도 없었다. 나는 얼른 해첸의 바지 주머니를 뒤져 지갑을 빼냈다. 재킷에서 신분증도 꺼냈다. 벨트를 풀고 바지와 팬티를 아래로 내렸다. 그런 다음 해첸의 가슴에 꽂힌 칼을 뽑았다. 칼이 아주 깊게 박혀 뽑기가 힘들었다. 나는 지갑과 신분증, 피 묻은 칼을 한 손에 쥐고, 사방을 살피며 골목을 빠져 나왔다.

골목은 어두웠고, 인적은 전혀 없었다. 나는 빠르지만 침착하게 걸었다. 오른쪽으로 돌았다가 또 다른 골목으로 꺾어졌다. 그 골목도 어두웠다. 나는 피 묻은 장갑을 벗었다. 청재킷과 청바지, 티셔츠도 벗었다. 옷마다 피가 잔뜩 묻어 있었다. 가방을 열어 어제 베를린에서 산 똑같은 옷을 꺼냈다. 나는 얼른 옷을 입고, 피 묻은 옷과 칼, 해첸의 지갑과 신분증을 가방에 집어넣었다.

다시 한 번 꼼꼼하게 주위를 살피며 거리로 나갔다. 거리에는 행인도 없고, 자동차도 없었다. 나에게는 지극히 도움이 되는 장소였다.

오른쪽으로 돌자 큰길이었다. 조금 걸어가자 지하철역이 나왔다.

지하철을 타고 블로멘으로 갔다. 함부르크 역에서 산 관광지도에 따르자면 블로멘은 호수를 끼고 있는 넓은 공원이었다. 지하철역에서 나와 보니 공원 남서쪽이었다. 나는 호수로 곧장 걸어갔다. 걸어가는 사이에 마주친 사람이라고는 풀밭에서 자고 있는 노숙자 한 명이 전부였다. 호수 한구석에 다리가 있었고, 달빛이 다리를 비추고 있었다.

나는 돌멩이를 집어 들고 호수를 향해 던졌다. 돌멩이가 금세 가라앉았다. 호수는 꽤 깊은 것 같았다. 나는 미리 준비해둔 새 장갑을 끼고 가방에서 피 묻은 칼을 꺼내 호수에 던졌다. 지갑에서 현찰을 빼냈다. 지갑에는 피가 묻어있지 않았다. 공원을 나오면서 입구의 쓰레기통에 지갑을 던졌다. 조금 더 길을 걷다가 해첸의 신분증을 찢어 쓰레기통에 버렸다.

나는 전철역에서 그리 멀지 않은 곳에 와 있었다. 역으로 가는 길에 커다란 쓰레기차가 보였다. 쓰레기차의 뚜껑이 열려 있었다. 나는 가방을 쓰레기차에 집어던졌다. 새로 낀 장갑도 증거를 모두 만졌으므로 역으로 들어가자마자 쓰레기통에 집어던졌다.

지하철을 타고 호텔로 돌아갔다. 옷을 다 벗고 아주 뜨거운 물로 샤워했다. 손목시계를 보니 9시 9분이었다. 아직 출발하려면 한 시간을 더 기다려야 했다. 내일 아침에 호텔 직원이 방을 치우러 들어왔을 때 사람이 잔 것처럼 꾸미기 위해 침구를 흐트러뜨려놓았다. 가방에서 가져온 보드카도 꺼냈다. 세 잔을 연거푸 마시고 담배도 세 개비를 피웠다.

짐을 챙겨 아래로 내려갔다. 행운의 여신은 계속해서 내 편이 돼주었다. 프런트데스크에는 좀 전처럼 사람이 없었다. 지하철역까지 서둘러 걸었다. 얼른 지하철을 타고 기차역으로 가 23시 7분 열차로 베를린으로 돌아가면…….

새벽 2시. 내 방, 내 침대에 있었다. 잠을 이룰 수 없었다. 동독비밀경찰이 집에 들이닥쳐 나를 당장이라도 끌고 갈 것 같았다.

토요일 내내 집에서 숨어 지냈다. 해첸이 나에게 넘긴 서류를 번역했다. 정신을 쏟을 곳이 필요했다. 미국대사관에 제출할 영주권 신청서에 적을 내용도 연습했다. 이제 막 자정이 지났다. 한 시간 전에 지하실로 내려가 이 노트를 가져와 글을 쓰고 있다. 이제 18시간만 지나면 토마스를 다시 만날 수 있다. 함부르크에서 방금 돌아온 듯 가방을 들고 가야지. 토마스를 만나면 이 두려움을 모두 감추고 아무 일 없었다는 듯이 행동해야지.

일요일 밤에 토마스가 자는 사이 브라운 남매의 인터뷰 원고를 사진으로 찍어 월요일에 넘기지 않으면 동독비밀경찰의 의심을 사게 될 게 뻔했다. 이제는 시간을 잘 이용하는 게 무엇보다 중요했다. 내가 명령을 잘 따르고 있다는 걸 보여주어야만 저들을 속일 수 있을 테니까.

나는 이렇게 말할 계획이다.

'명령대로 함부르크에 도착해 호텔에서 기다렸지만 해첸이 나타나지 않았어요. 열 시까지 기다리다가 호텔에서 나왔죠. 이전부터 해첸은 혹시 약속이 어긋나면 그냥 돌아가라고 말했거든요. 그래서 베를린 행 막차를 타고 집으로 돌아왔어요. 어쨌거나 저는 할 일을 해야겠다는 생각에 한스 브라운과 하이디 브라운 남매의 인터뷰 원고를 명령대로 넘겼습니다.'

이런 시나리오 정도면 해첸이 사라진 게 발각되어도 나는 아무런 상관도 없다는 알리바이가 성립되지 않을까? 해첸이 바지를 내린 채 칼에 찔리고, 지갑이 사라진 것으로 보아 거리에서 섹스를 하다가 강도를 당한 것으로 처리되지 않을까?

하긴 신분증과 지갑이 없으니 신분을 확인하려면 많은 시간이 걸릴 수도 있었다. 동독비밀경찰이 해첸의 신분을 애써 확인하려고 서독경찰에 협조를 요청하는 일은 없을 테니까. 나는 함부르크 호텔에 가짜 신분증으로 체크 인했다. 따라서 내가 베를린을 떠났다가 돌아왔다는 증거도 없다.

토마스와 함께 미국으로 떠나기 전, 또 다른 동독비밀경찰 스파이가 나에게 연락해올지 모른다. 이번에는 만나지 않을 생각이다. 그러면 그들이 〈라디오리버티〉에 내가 스파이라는 사실을 알릴까? 그랬다가는 미국과 서독정보국에서도 가만있지 않을 것이다. 결국 동독비밀경찰에게도 좋을 일이 없지 않은가? 그들이 나를 죽일지도 모른다. 하지만 과연 그들이 나처럼 특별할 것 하나 없는 스파이를 죽이는 위험을 무릅쓸까?

나는 지금 몹시 두렵다. 두려워하면서도 살아남고 싶어 필사적이다. 해첸을 죽이고 나서 다시 정신을 차렸을 때 나는 온몸이 마비되는 것 같은 충격에 휩싸였다. 내가 새 출발을 하려면, 불행한 과거를 모두 덮으려면, 이 끔찍한 고통에서 벗어나려면 선택의 여지가 없었다. 해첸은 죽어 마땅한 사람이었다. 더구나 내 뱃속에서는 새 생명이 자라고 있지 않은가?

과연 무사히 벗어날 수 있을까? 내 깊고 어두운 과거를 모두 쓸어 넣고 문을 완전히 잠가버릴 수 있을까?

자신할 수 없었지만 나는 차분하게 계획을 세웠다. 이 글을 다 적고 나면 곧장 이 노트를 지하실 파이프 뒤에 숨길 것이다. 토마스와 함께 독일을 떠나기 전까지 이 노트를 다시 꺼내지 않아야 한다. 행운이 따르면, 10년 아니 15년 뒤쯤 토마스와 두 아이를 데리고 베를린에 들르겠지. 그때 나는 잠깐 다녀올 데가 있다고 말해야지. 크로이츠베르크에 와 어찌어찌하여 이 건물 지하실로 들어와야지. 마치 내 어두운 시절의 타임캡슐처럼 이 노트가 나를 기다리고 있을 거야. 그때가 되면 나도 어두운 기억을 모두 떨쳐버렸겠지. 다만 요한을 잃은 슬픔은 끝내 극복할 수 없겠지. 아마도 그 상처는 죽는 날까지 나를 따라다닐 거야. 다른 상처들은 다시는 돌아보지 않을 거야. 내가 살아남기 위해 한 사람을 죽였다는 것도 모두 다 잊을 거야.

나는 내 뱃속에서 자라는 아이를 위해 해첸을 죽일 수밖에 없었다. 내가 임신한 사실이 발각되면 해첸은 틀림없이 낙태를 강요했을 것이다. 나는 자유를 얻기 위해 어쩔 수 없이 저지른 살인을 기억 속에서 모두 지워버리려 애썼다. 아주 깊고 어두운 구멍 속으로 그 모든 기억들을 집어던지고 콘크리트로 철저히 봉한 다음 다시는 돌아보지 않으리라.

과연 성공할 수 있을까? 내가 저지른 일들을 나는 과연 모두 잊을 수 있을까? 시간만이 그 답을 알려 주겠지.

살인의 증거는 완벽하게 은폐했다. 내가 함부르크에 다녀왔다는 증거도 없다. 그렇다면 해첸을 죽였다는 의심을 받지 않을 수도 있다.

그럼 이제…….

그렇다. 이제 나는 자유다. 토마스와 진정으로 새 삶을 시작할 수 있다. 토마스와 우리의 새 아기. 나는 다시 엄마가 된다. 그리고…….

나는 자유롭다.

우리는 자유롭다.

제1장

페트라의 기록은 거기서 끝났다. 나는 노트를 덮고 옆으로 치웠다. 창밖을 보았다. 어느새 밖이 어두워져 있었다.

'나는 자유롭다.

우리는 자유롭다.'

페트라의 그 마지막 글이 내 가슴을 먹먹하게 했다.

페트라가 그 글을 쓴 다음날, 내 아파트에서 벌어진 풍경은 어땠는가? 나는 눈을 감고 그 당시 일을 떠올렸다. 나는 페트라를 다그치기만 했다. 모든 걸 해명하겠다고 애원했지만 나는 듣지 않았다.

'제발 나에게 설명할 기회를 줘.'

나는 끝내 페트라의 말을 듣지 않고, 내 다친 자존심, 내 분노의 소리에만 귀를 기울였다. 그 중요한 순간에 나는 문을 쾅 닫았다. 그리고…….

스카치위스키를 또 한 잔 따라 홀짝 마시고 베란다로 나갔다. 메인주의 밤은 늘 그렇듯 빛 하나 없이 캄캄했다. 영하의 기온에 눈이 가볍게 내리고 있었다. 추위도, 눈도 상관없었다. 그 순간 나는 베딩의 술집으로, CIA의 부블리스키 요원에게서 레이더에 대한 이야기를 듣던 때로 돌아가 있었다.

'레이더는 두 물체 사이에 자기장이 형성될 때 작동해요. 자기장이 형성된 상태에서 멀리 있는 다른 물체에 신호를 보내면 그 신호가 물체에 반사되어 돌아오는 겁니다. 반사된 신호는 그 물체의 이미지죠.'

부블리스키는 그 다음에 페트라 이야기를 했다. 그는 내가 페트라의 실체를 보지 못하고 그녀의 '이미지'와 사랑에 빠졌다는 사실을 지적하면서 레이더의 원리를 인용했다.

페트라에 대한 죄책감이 느껴질 때마다 나는 '페트라는 나에게 진실을 보이지 않고 이미지만 꾸몄어'라는 말로 스스로를 달래곤 했다.

내 행동은 성급하고 충동적이고 감정적이었다. 그 행동으로 나는 내가 사랑했던 여자를 잃고, 내 인생을 망쳤다.

페트라가 그렇게 간절하게 매달리며 애원했는데 왜 난 들어주지 않았을까? 왜 내 오만과 자만을 앞세워 설명할 기회를 주지 않았을까?

페트라의 노트로 알게 된 것은······.

'사랑. 진정한 사랑. 지금껏 한 번도 못 느낀 사랑.'

세상에 수없이 많은 사랑의 표현이 있다. 하지만 나에게는 페트라의 저 표현만큼 절절하게 느껴지는 사랑의 말은 없다.

'진정한 내 짝.'

페트라는 노트에 그 말을 간간이 적었다. 페트라는 내 자기 방어적인 태도와 어린 시절의 상처에서 벗어나지 못하는 심약한 성격을 노트에 적었다. 나는 그 글을 읽으며 페트라만큼 나를 진정으로 알고 있는 사람은 세상에 또 없을 거라 생각했다.

베란다의 칠흑 같은 어둠 속에서 내 머릿속에 떠오르는 단 한 가지 생각이 있었다.

'너는 너를 진정으로 사랑한 사람을 버렸어. 세상에 단 한 명뿐인 사람. 네가 그 사랑을 죽였어. 이기심에 가득 차 그 사랑을 외면했어. 소심한 생각에 사로잡혀 상황을 제대로 알아볼 생각조차 품지 않았어.'

페트라의 노트에는 그녀가 얼마나 진실을 밝히고 싶었는지 적혀 있었다. 그녀가 동독비밀경찰의 끄나풀 노릇을 한 건 어쩔 수 없는 함정에 빠졌기 때문이다. 그들에게 협조하지 않으면 요한을 다시 만날 수 없을 거라는 협박을 받았기 때문이다. 페트라는 그 사실을 나에게 밝히려 했는데 나는 설명할 기회조차 주지 않았다.

페트라가 해첸을 죽인 건…….

우리 아이 때문이었다.

'나는 자유롭다.

우리는 자유롭다.'

우리 아이.

우리 아이는 어떻게 됐을까? 딸일까 아들일까? 지금 살아 있다면……아, 세상에! 스물다섯 살이다.

나는 주방으로 다시 들어갔다. 노트와 함께 들어 있던 요한의 편지를 집어 들었다. 이메일 주소가 적혀 있었다. 나는 얼른 서재로 가 컴퓨터를 켜고 요한에게 이메일을 보냈다.

'모레에 베를린으로 출발하겠네. 만날 수 있길 바라네.'

이메일을 보내고 나서 여행 사이트에 접속했다.

급히 구할 수 있는 비행기 표를 알아보았다. 보스턴에서 뮌헨을 거쳐 베를린으로 가는 표가 있었다. 다음날 밤 8시 30분에 보스턴에서 출발하는 비행기였다. 여행 사이트에서 베를린의 호텔도 알아보았다. 미테 지역에 호텔이 있었다.

미테. 예전에는 동베를린이었던 곳. 금지된 땅이었던 곳. 이제는……. 레이더.

'레이더는 두 물체 사이에 자기장이 형성될 때 작동해요. 자기장이 형성된 상태에서 멀리 있는 다른 물체에 신호를 보내면 그 신호가 물체에 반사되어 돌아오는 겁니다. 반사된 신호는 그 물체의 이미지죠.'

나는 부블리스키의 그 말에 넘어갔다. 그 말에 속아 페트라의 사랑이 그저 이미지일지도 모른다고 생각했다. 이제야 페트라의 사랑을 깨닫게 되었다. 그 사랑은 이미지나 환상이 아니었다. 진실 되고 참되고 진정한 사랑이었다.

내 머릿속에서는 이런 생각이 계속 맴돌았다.

'자존심은 가장 파괴적인 힘이야. 자존심이 우리 눈을 가리지. 자존심 때문에 눈이 멀면 자신을 보호하려는 이기적인 생각밖에 못하게 돼. 그럼 우린 주위를 올바로 볼 수 없게 되지. 자존심 때문에 돌이킬 수 없는 길을 가게 되는 거야. 진실의 소리가 들려와도 귀를 완전히 닫아버리지. 내 생애 단 한 번뿐이었던 진정한 사랑을 만나고도 끝내 잃어버리게 된 건 그 빌어먹을 자존심 때문이었어.'

나는 페트라의 부고를 뚫어져라 쳐다보았다. 세월이 할퀴고 간 페트라의 사진. 요한을 빼앗기면서 시작된 페트라의 고통은 오랜 시간 동안 계속되었고, 나의 배신으로 정점을 찍게 되었을 것이다.

우리 아이.

페트라가 우리 아이를 임신했는데, 나는 그런 그녀를 정보국에 넘겼다.

우리 아이는 지금 어디에 있을까?
페트라는 어떻게 요한을 다시 만났을까?
우리 아이.
나는 베를린으로 가 우리 아이를 찾을 것이다.

*　*　*

잠을 자려고 했지만 잠들 수 없었다. 가만히 누워 천장만 말똥말똥 쳐다보고 있었다. 동이 트자마자 침대에서 일어났다. 가방을 챙기고 이메일을 확인했다. 요한의 답장이 와 있었다.

'내일 저녁 6시에 프리드리히샤인 72번지 칼 마르크스 가에 있는 카페 시빌에서 만나 뵙고 싶습니다. 시트라우스베르크에서 전철을 타고, 프리드리히샤인 역에서 내려 10분쯤 걸으면 됩니다. 제가 선생님의 얼굴을 알고 있으니 서로 알아볼 걱정은 하지 않으셔도 됩니다.'

육지. 들판. 건물. 도시 윤곽이 지평선 너머로 멀어진다. 비좁은 비행기 좌석에서 불편하게 자느라 온몸이 뻣뻣했다. 창밖의 풍경이 멍한 머릿속에서 사라졌다.
베를린을 양쪽으로 나누던 벽은 사라졌다. 마치 신이 손수 장벽을 무너뜨리고 없애버린 것 같았다. 한때는 굳건하고 강력한 장벽이었다. 그런데 이제는? 그저 베를린이라는 하나의 대도시가 있을 뿐이었다.
테겔공항에 내려 택시를 타고 미테의 호텔 주소를 택시운전사에게 말했다. 베를린은 개발이 한창이었다. 곳곳에 새 건물들이 보였다. 초

현대적인 디자인의 건물들이 서로 경쟁하듯 위용을 자랑했다. 최근에 새로 완공된 베를린 중앙역이 보였다. 유리와 철제로 이루어진 거대한 건물 사이로 기차들이 지나갔다. 몇 분 뒤면 베를린 장벽이 있던 자리를 지나게 된다. 이제는 더 이상 존재하지 않는 그 경계. 베를린 장벽의 잔해는 어디에도 보이지 않았다. 동서로 나뉘었던 곳은 이제 아무런 경계 없이 하나의 도시가 됐다. 마치 '베를린 장벽'은 애초에 존재하지 않았던 것 같다.

알렉산더플라츠는 조금 변하긴 했어도 스탈린 양식 그대로였다. 2층에는 커다란 피트니스센터가 있었다. 근처에 커다란 쇼핑몰을 짓고 있었다. 동독의 예전 아파트 건물들도 보였다. 페트라가 처음 동베를린에 왔을 때 살던 아파트도 저런 곳이었겠지. 하지만 그 옛날 아파트 건물들은 모두 새롭게 리노베이션되었다.

택시가 호텔 가까이로 접어들었다. 옆 거리는 차량이 통제되는 보행자 전용 구역이었다. 세계 어느 대도시에서나 볼 수 있는 패션과 외식 브랜드 상점들이 곳곳에 보였다.

나는 처음 베를린 장벽을 건너 동베를린에 발을 내딛었던 1984년의 추운 겨울을 떠올렸다. 그 당시의 알렉산더플라츠는 시베리아 벌판처럼 음울하고 비밀스러웠다.

그런데 이제…….

내가 예약한 호텔은 아주 세련돼 보였다. 미니멀리즘 스타일로 매 음굴을 디자인한 것 같은 느낌이었다. 나는 샤워를 하고 손목시계를 보았다. 약속 시간까지는 아직 몇 시간이 더 남아 있었다.

나는 호텔 근처를 돌아다녔다. 미테는 뉴욕 소호와 비슷한 곳이었다. 재미있는 갤러리, 카페, 디자이너 옷집이 있었고 유행의 첨단을 걷는 관광객들이 보였다. 뒷골목에 있는 영화관과 극장, 새로 고친 아파트 건물들에서는 자본주의 사회의 돈과 상흔이 느껴졌다.

나는 얼떨떨한 상태로 돌아다녔다. 페트라의 노트를 읽은 나는 비탄과 슬픔에 겨워 말 그대로 정말 '작아져' 있었다. 베를린의 풍경이 확 바뀌어 얼떨떨하기만 했다. 동베를린이었던 지역은 과거를 모두 뛰어넘고 새로운 도시로 변모했다. 사회주의 양식의 건물이 많았던 프리드리히샤인만 해도 건물 형태가 모두 바뀌었다. 기능적이고 실용적인 기본 건물에 밝은 색상과 새로운 디자인을 더한 모습이었다.

시트라우스베르크 역에서 나왔다. 요한이 동독비밀경찰 부부의 손에서 자랄 때 살던 동네. 페트라는 이곳에서 가장 가까운 서베를린의 크로이츠베르크에 살았다. 아들과 최대한 가까이에 있으려고.

카페 시빌은 거대한 빌딩 1층에 있었다.

1930년대 모스크바 건축가들이 좋아할만한 양식이었다. 카페 장식은 1955년경 동유럽 지역에서 좋아하던 스타일이었다. 이 카페의 주인은 냉전시대에도 살아남은 동독 카페 분위기를 그대로 살리고 싶었나 보다. 나는 여행기를 쓰는 작가여서인지 무엇을 보아도 늘 머릿속으로 이런 문장을 되뇐다.

합판 테이블에 딱딱한 표정으로 앉아 나직이 속삭이는 노파들, 험상궂은 얼굴의 스킨헤드족들이 눈에 띄었다. 지난 30년 동안 그 자리에서 꼼짝도 하지 않은 양 크게 부풀린 헤어스타일로 현금등록기 뒤에 앉은 뚱뚱한 여자가 보였고, 구석 자리에는 일본 만화가 프린트된 티셔츠와 파란색 후드 카디건을 입고 머리카락에 젤을 발라 머리카락을 세운 청년이 일본 만화책을 열심히 읽고 있었다. 청년은 만화책이 무척이나 재미있는지 가끔 혼자 웃으며 아주 집중해서 읽고 있었다.

그 청년이 바로 요한이었다.

요한은 만화책에서 고개를 들고 나를 보았으며, 얼른 내가 누구인지 알아보고 고개를 끄덕였다. 나는 다가가 악수를 청했다. 요한이 우물쭈물 내 손을 잡았다.

"내가 토마스라네."

"압니다."

"어떻게 날 안다고 하는가?"

"책에서 사진을 봤으니까요."

"내 책을 읽었는가?"

"겸손한 척하지 마세요."

"겸손한 척하는 게 아니라네. 실제로 내 책을 산 독자는 아주 소수니까. 앉아도 되지?"

요한의 앞에는 빈 맥주잔이 놓여 있었다.

내가 말했다.

"내가 한 잔 살까 하는데 어떤가?"

요한은 고개를 갸웃하고 나서 말했다.

"좋습니다."

"내 간단한 이메일에 금방 만나자고 답을 줘서 고맙네."

"제가 그다지 눈코 뜰 새 없이 바쁜 사람도 아닌걸요, 뭐."

"자넨 이제 대학생인가?"

"아뇨. 대학교에 입학한 적도 없어요."

"일부러 안 간 거야?"

"뭐 그런 셈이죠. 공부도 안 하고 시험에도 신경을 안 쓰면 대학입학에도 떨어지게 마련이니까. 그렇지만 제가 왜 대학교에 못 들어갔는지 들으려고 그 멀리에서 여기까지 오신 건 아니죠?"

요한의 말에는 높낮이가 없었다. 말하는 내내 내 눈을 똑바로 쳐다보지도 않고 다른 곳을 보고 있었다.

"자네를 만나보고 싶었네."

"왜 저를?"

"자네 이름은 정말 많이 들었지. 내가 지은 죄도 있고."

"아저씨의 죄가 뭔데요?"

요한의 말에 화난 느낌은 없었다.

"페트라와 자네에 대한 죄책감 때문에 여기까지 온 것인지도 모르지."

"저도 어머니 노트를 읽었어요. 아저씨는 죄책감을 느껴 마땅해요."

"그건 자네 말이 맞아."

"어머니는 늘 아저씨 이야기를 했어요."

"페트라가?"

"놀랐어요?"

"글쎄다, 벌써 사반세기가 지난 일이라······."

"아저씨가 우리 어머니를 CIA에 넘긴 지 사반세기가 지났군요."

나는 그 말에 아무런 대꾸도 변명도 할 수 없어 발아래만 계속 내려다보았다.

나는 더 심한 소리를 듣는다 해도 할 말이 없었다.

"변명하진 않겠네. 다만 페트라의 노트를 보기 전에는 진실이 무엇인지 몰랐어."

"어머니가 해첸을 죽였어요. 그 놈은 죽어 마땅한 악당이었죠. 저를 오 년 동안 가두고 기른 그 동독비밀경찰과 똑같은 놈이었어요."

"비밀경찰 가족과 산 게 오 년밖에 안 되었나?"

"오 년밖에라고요? 그 오 년이 저에게 얼마나 긴 시간이었는지 알아요? 뭐, 이런 이야기는 아저씨와 상관없긴 하겠죠."

"왜 그렇게 생각하는가?"

"어머니 노트에 정말 충격을 받았군요?"

"당연하잖은가?"

"글쎄요, 저야 아저씨가 어떤 사람인지 알 수 없으니까요."

"나에 대해 아는 것들도 있잖은가?"

"어머니한테서 아저씨 이야기를 듣긴 했어요. 아저씨가 무슨 짓을 했는지도 알아요. 어머니가 어떤 희생을 치렀는지도."

"희생이라면?"

"그건 또 다른 이야기라 할 수 있어요."

"자넨 어떻게 어머니를 다시 만났지?"

"아주 직설적으로 물으시는군요. 미국인은 누구나 그렇게 직설적인가보죠?"

"나만 그래. 자네가 어머니와 어떻게 다시 만나게 됐는지 듣고 싶네."

나는 당장이라도 묻고 싶었다. 동생이 있는지. 하지만 왠지 물어보기가 망설여졌다. 요한은 내 질문에 대답을 피하며 말을 돌렸다.

"아까 맥주를 한 잔 사겠다고 하시지 않았어요?"

나는 손을 들었다. 웨이트리스가 다가왔다. 요한은 헤페바이젠을 주문했다. 나도 같은 맥주를 주문했다. 웨이트리스가 떠나자 요한은 아주 오랫동안 앞쪽을 응시했다. 내 쪽으로 눈을 돌리지도 않았다. 마침내 요한이 입을 열었다.

"하기 싫었어요."

"나를 만나기 싫었다는 말인가?"

"어머니의 노트를 보내기 싫었어요. 하지만 어머니가 꼭 보내라고 하셨죠. 유언이었어요. 저는 노트를 꼭 보내겠다는 약속을 해야만 했죠."

"어머니는 어쩌다 돌아가시게 된 건가?"

"암이었어요."

"저런! 페트라가 암을?"

요한은 고개를 끄덕였다.

"그래도 돌아가시기 전까지 줄곧 담배를 피웠어요. 그런 면에서는 정말 대단한 분이셨죠."

"폐암이었겠군. 아니면 후두암?"

"동독비밀경찰 감옥에 갇혔을 때 방사능에 노출된 게 암의 발병 원인이었어요. 적어도 병원에서 어머니를 담당한 의사들은 그렇게 말했어요. 당시 비밀경찰 감옥에 갇혔던 수백 명의 죄수들 모두가 혈액 암에 걸렸죠. 어머니도 예외가 아니었어요.

어머니의 말로는 처음 체포되어 감옥에 갇혔을 때 이상한 방으로 끌려가 사진을 찍혔대요. 사진을 찍은 뒤로 온몸에 화상이 생겼고, 그게 바로 방사선 때문이었나봐요. 그 빌어먹을 동독비밀경찰 놈들은 죄수에게 방사선을 쪼이면 표시가 남아 도주를 해도 언젠가는 잡을 수 있을 거라 생각한 거죠. 사이코 악당이 등장하는 공상과학영화에서나 볼 수 있을 법한 이야기 아닌가요? 동독비밀경찰 감옥에 다녀온 사람들은 모두 이런저런 이유로 일찍 죽어갔어요. 어머니는 그나마 오래 사신 거죠."

"정말 유감이네."

"진심이시겠죠?"

"물론이지. 말로 다 표현 못 할 만큼."

요한은 다시 한참 동안 침묵을 지키다가 입을 열었다.

"며칠 전에 길에서 우연히 옛날 양부모와 마주쳤어요. 이제 육십 대 노인이 되었더군요. 여전히 부부가 함께 다니던데 옛날에도 늘 그랬 듯이 여전히 딱딱한 표정이었어요. 어머니와 다시 만난 뒤로 이십오 년 동안 양부모를 만난 적이 없어요. 그런데 길거리에서 제가 있는 쪽으로 다가오는 게 보이는 거예요. 저는 그때 씩 웃어주려 했어요. 양부모는 그냥 지나가더군요. 저를 못 알아본 거예요."

"정말 놀랐겠군 그래."

"아뇨, 기뻤어요. 그 사람들과 살 때에는 어머니가 다른 곳에 계신 다는 걸 아예 몰랐거든요."

"페트라는 동독에서 또 갇혀 있었나?"

"이저씨가 그 짓을 한 뒤에 갇혀 지내다가 칼 마르크스 스타트로 추방됐죠. 거긴 동독의 시베리아 같은 곳이죠. 아니, 이야기가 다른 곳으로 흘렀네요. 친부모인 척한 그 양부모와 오 년을 같이 살았어요. 그들은 아주 엄했어요. 어쨌거나 아빠 엄마인데도 꼬박꼬박 존댓말을 써야 했어요. 저는 어머니의 보살핌을 받을 시간이 없었어요. 아니, 지금 생각해보면 그랬지 않았을까 추측할 뿐이죠. 당시에는 저도 너무 어려 기억나는 게 없어요. 그저 부모라는 사람들이 저에게 거리를 두고 딱딱하게 대했다는 것만이 기억나요. 하지만 그때에는 그 사람들이 친부모인 줄 알았죠. 저는 부모란 다 이런 분들이려니 생각했어요. 그러던 어느 날, 여기서 멀지 않은 프리드리히샤인에 있는 우리 아파트에 양복을 입은 남자들이 찾아왔어요. 경관 두 명도 함께 왔어요. 그 남자들 중 한 사람이 아버지와 이야기를 나눴어요. 그러더니 저에게 말하더군요. 자기들과 함께 가서 만날 사람이 있다고요. 저는 영문을 알 수 없었죠. 양부모는 아무 말 없이 가만히 서 있었고, 양복 입은 남자 중 한 사람이 제 양부모에게 서류를 내밀었어요."

요한이 말을 멈췄다.

"제가 너무 많이 떠들고 있진 않나요?"

"아니, 결코 그렇지 않아."

"거짓말 마세요. 저도 잘 알아요. 제가 너무 많이 떠들고 있다는 걸. 학교에서 선생님들이 늘 저에게 말하죠. 말이 많다고. 친구들도 그래요. 친구라고는 몇 명 없지만. 디트리히도 그러고."

"디트리히라면 누구를 말하는 건가?"

"직장 상사요."

"직장?"

"여기서 멀지 않은 곳에 서점이 있어요. 저는 거기서 일해요. 칠년쯤 됐어요. 만화 전문 서점이에요. 일본 만화."

"자네에게서 어머니를 다시 만난 이야기를 더 듣고 싶네."

"정말 듣고 싶어요?"

"그렇다마다."

"양부모는 상황을 이해했나봐요. 양어머니가 울기 시작했죠. 양아버지는 입술을 앙다문 채 가만히 서 있었어요. 양복을 입은 남자가 아주 다정하게 저에게 말했어요. '요한, 친엄마를 만나고 싶지 않니?'

저는 양어머니를 가리키며 말했죠. '엄마는 저기 계신걸요.'

그러자 양어머니는 더 큰 소리로 울기 시작했어요. 양아버지가 양어머니를 달랬어요.

양복 입은 남자가 말했죠. '클라우스 부부는 네 친엄마가 건강이 좋지 않은 동안 너를 돌보았을 뿐이란다. 이제 네 친엄마의 건강이 많이

좋아져 너를 보고 싶어 한단다.'

'그렇지만……이 분들이 제 부모님인걸요.'

나중에 알게 됐지만 양아버지는 비밀경찰이었는데, 제 말을 듣고는 눈물을 흘렸어요.

양복 입은 남자가 말했어요.

'자, 이제 진짜 엄마를 만나러 가자. 친엄마와 함께 있는 기분이 어떤지 느껴 보려무나.'

양복 입은 남자들이 저를 학교 같은 곳으로 데려갔어요. 장난감이 많은 방이었어요. 양복 입은 남자가 저를 어떤 여자에게로 데려갔어요. 여자는 아주 다정했어요. 그 여자가 저에게 주스를 주면서 어떤 장난감을 좋아하는지 물었어요. 저는 퍼즐을 좋아한다고 말했죠. 여자가 퍼즐을 찾아 줬어요. 브란덴부르크 문 그림이 있는 퍼즐이었던 것 같아요. 어린아이가 맞추기 좋게 조각이 큰 퍼즐이었죠. 서는 구석에 앉아 한참 동안 퍼즐을 맞췄어요. 고개를 들자 그 여자가 저를 물끄러미 지켜보고 있더군요. 머리가 짧았어요. 그때에도 여위었는지는 기억나지 않아요. 하지만 제가 고개를 들자 그 여자가 미소를 지었어요. 저도 미소를 지었죠. 그 다음 일은 잘 기억나지 않아요.

어머니가 돌아가시기 전에 저를 처음 만났던 날에 대해 물었죠. 어머니는 그날 눈물을 참으려고 무진 애를 썼다고 말했어요. 어머니가 울면 제가 겁먹거나 놀랄까봐 울지 않았대요. 어머니는 울음을 참으며 저와 퍼즐을 맞췄대요. 그러다가 제가 처음 태어났을 때의 이야기, 아버지가 작가였다는 이야기, 저에게 자장가를 불러 주었다는 이야기를 들려주셨죠.

중요한 건 저는 그런 게 하나도 기억나지 않는다는 거예요. 하지만 어머니는 바로 삼 주 전에도 그때 일이 마치 어제 일인 양 생생하게 기억난다고 했어요. 어머니 말로는 이야기를 나눌수록 제가 어머니를 점점 더 신뢰하는 것처럼 보여서 얼마나 기뻤는지 모른데요. 그러다가 한 시간쯤 지난 뒤에 제가 피곤했는지 어머니의 어깨에 머리를 기댔다더군요. 그제야 어머니는 몰래 울었나봐요. 비밀경찰이 옆에 있었지만 그래도 울었대요.

그때 어머니와 며칠을 더 지냈어요. 제가 잘 적응하는지 살피기 위해서였겠죠. 제가 친엄마를 받아들인 건 저에게 무척이나 다정하고 친절했기 때문이었어요. 일주일쯤 뒤에 어머니는 저를 데리고 집에 갈 수 있었어요."

"집은 어디에……?"

"프렌츠라우어베르크요. 어머니가 아버지와 살던 아파트였어요. 아버지가 돌아가시고 어머니가 서독으로 간 뒤 한동안 다른 사람이 들어와 살았나봐요. 하지만 베를린 장벽이 무너지고 칼 마르크스스타트에서 풀려난 어머니는 아파트를 되찾으려고 무던히 애를 썼나봐요. 어머니의 친구 분들에게 들은 바로는 그래요. 동독 정권이 무너지고 일주일도 지나지 않아 어머니는 서베를린에서 유능한 변호사들을 데려와 저를 돌려받고 아파트도 돌려받았다더군요. 양부모는 항소할 엄두도 못 냈대요. 오 년 전, 암이 발병했을 때 어머니는 감방에서 쬔 방사선 때문에 병에 걸렸다며 정부를 상대로 소송을 냈어요. 그때도 적지 않은 보상금이 나왔어요. 아마 십만 유로쯤 되었을 거예요. 어머니는 그 돈으로 아파트를 샀죠. 어머니는 저에게 유산을 물려주고 싶다고 말했어요. 어머니의 병원비는 나라에서 지급됐어요. 연금도 나왔죠. 하지만 투병생활 오 년 동안에는 일을 할 수 없어 연금으로 간신히 생활했어요. 그 와중에도 어머니는 일 년에 두 번씩 저를 데리고 여행을 갔어요. 런던, 파리, 이스탄불, 시칠리아, 마라케시. 돈을 많이 쓴 여행은 아니었어요. 그렇지만 볼 건 다 보았죠. 어머니는 세계 곳곳을 자유롭게 돌아다니는 게 젊은 시절의 꿈이었다고 말했어요. 당시 동독에서는 여행을 아예 꿈꿀 수도 없었대요. 어머니는 말했어요. '나의 토마스처럼'이라고. 딱 그대로 말했어요. '나의 토마스처럼.'"

나는 고개를 푹 숙였다. 아무 말도 할 수 없었다.

"제가 또 말이 너무 많아졌죠? 디트리히가 늘 저에게 그래요. '요한, 넌 말이 너무 많아. 한번 말을 시작하면 멈추질 못하잖아. 머릿속에 떠오르는 생각을 모두 말하면 어떡해? 입을 못 다무는 것도 병이야.'"

"그건 병이 아니야. 아무것도 문제될 게 없단다."

"아저씨는 저에게 죄책감을 느끼니까 그렇게 말하는 거죠. 어머니가 그 노트들을 아저씨에게 보내라고 했을 때 제가 말했어요. '왜요? 세월이 이렇게 많이 흘렀는데 이제 와서 그 아저씨한테 죄책감을 주고 싶어요?' 그때 어머니가 말하더군요. '아니, 내가 얼마나 큰 잘못을 저질렀는지 알려주고 싶어.'"

"자네 어머니는 아무런 잘못도 하지 않았어. 모든 잘못은 나에게 있었지."

"그런데 여긴 왜 왔어요?"

"자네를 만나러 왔다네."

"저를 만나려고 이 먼 길을 왔다고요?"

"어떻게 설명하면 좋을까? 당시 페트라와 나에게는 자네가 아주 중요한 존재였어. 페트라는 자네를 빼앗겨 볼 수 없게 되자 견딜 수 없이 괴로워했다네. 당시 페트라에게는 자네를 되찾는 게 목숨보다 중요한 문제였지. 페트라가 한 행동은 모두 자네를 되찾기 위한 것이었어."

"저도 다 알아요. 노트에서 다 읽었거든요."

"자네 어머니가 기록한 노트를 읽으면서 무슨 생각이 들던가?"

"이렇게 생각했죠. '어머니, 저에게 왜 그렇게 온힘을 쏟으셨어요? 저는 그저 서점에서 일하는 평범한 놈일 뿐인걸요. 늘 일본 만화책이나 보는걸요. 친구도 별로 없고, 애인도 없어요. 정신과의사는 뭐든 말해야 직성이 풀리는 저를 보고 일종의 병이라 진단했어요.'"

"페트라는 그 누구보다도 자네를 사랑했네."

"그래요. 그게 문제였죠. 아저씨를 사랑한 것도 문제였고요."

나는 또 아무 말도 할 수 없었다.

요한이 나에게 말했다.

"그런 말을 들으니까 마음이 아프죠?"

나는 그저 고개만 갸웃했다.

"솔직히 말씀하세요. 마음이 아프죠?"

"그래, 당연히 아프지."

"다행이에요. 일어나세요. 어머니가 살던 곳을 보러 가요."

밖으로 나오자 택시가 있었다. 요한은 택시를 타느라 돈을 낭비하는 건 바보짓이라고 말했다. 하지만 나는 몸이 몹시 어지러웠다. 잠을 못 잔 데다 시차에 적응이 안 되었고, 요한이 직설적으로 던지는 말을 듣느라 정신이 혼미했다.

요한은 머릿속에 떠오르는 생각을 말할 때 상대의 기분을 고려하거나 예의를 따지는 것 같지 않았다. 하지만 요한과 이야기할수록 신경 쓰이는 일은 따로 있었다. 요한이 핵심만 꼬집어 느끼는 사실만 곧장 말한다는 것. 아주 주관적이긴 해도 더없이 진실한 말이었다.

나는 요한을 설득해 택시를 탔다. 택시 안에서 요한은 만화 전문 서점을 운영하고 싶다고 말했다. 장소도 프렌츠라우어베르크로 정했다고 했다. 요한의 아파트는 야블론스키 가에 있고, 집에서 5분만 걸으면 프렌츠라우어베르크라고 했다.

"프렌츠라우어베르크에는 젊고 돈 많은 보헤미안 가족들만 살아요. 만화책 독자들이 많죠. 은행을 잘 설득해 대출만 받으면……."

"지금 다니는 서점에서는 급여를 얼마나 받는가?"

"주급 이백오십 유로. 거기서 세금을 떼면 백팔십 유로쯤 되죠. 어머니 덕분에 집세는 내지 않아도 돼요. 저는 돈도 많이 안 써요. 일주일에 오십 유로씩 저금하죠. 지금까지 사천 유로쯤 모았어요. 은행에서 대출을 좀 더 받으면……."

"어떤 서점을 운영해볼 생각인가?"

"베를린에서 가장 좋은 만화 전문서점을 열고 싶어요. 벌써 직딩한 가게를 봐뒀어요. 건물 주인은 월세를 일천 유로 밑으로 해주겠다더군요. 그리 싸지는 않아 저도 나름 계산을 해봤어요. 내 서점을 베를린에서 꼭 가봐야 할 명소로 만들면 일주일 매출로 삼천 유로 정도는 문제없이 벌 거라 생각해요."

"자네가 사장이 되면 마음껏 서점을 운영할 수 있어 좋겠군."

"좋은 일이죠. 만화에 대해서는 아무것도 모르면서 만화서점을 운영하는 놈에게 일일이 대꾸할 필요가 없을 테니까요. 게다가 지금 서점 주인은 자기가 파는 책을 좋아하지 않아요. 어머니는 아저씨 책을 이야기할 때마다 사랑을 말했죠. 아저씨 책에는 사랑이 담겨 있다고 했어요."

"페트라가 정말 그렇게 말했나?"

"아저씨 책에는 글에 대한 사랑, 여행에 대한 사랑, 도피에 대한 사랑이 들어 있다고 했어요."

"다른 건 몰라도 도피는 사실일 거야."

"어머니도 아저씨가 늘 도피하며 산다고 말했어요."

야블론스키는 아파트 건물들이 늘어선 곳이었다. 이제 베를린의 새로운 상징이 된 그래피티 아트가 곳곳에 보였다. 아파트 건물의 겉모습을 새롭게 단장하긴 했어도 동독 시절의 분위기는 그대로 남아 있었다. 요한의 아파트 건물도 그랬다. 빛이 바랜 갈색 벽돌, 깨어져서 판자를 덧댄 지저분한 창문, 경첩이 떨어지기 직전인 정문. 아파트 건물 로비에서는 아직 미처 마르지 않은 콘크리트 냄새와 곰팡내가 났다.

요한이 말했다.

"건물 전면과 로비를 리노베이션한다면서 가구별로 삼천 유로를 내래요. 하지만 여기 사는 사람들 중에서 삼천 유로를 낼 수 있는 사람은 드물죠."

요한의 아파트는 꼭대기 층이었다. 나는 아주 지저분한 집을 떠올리며 요한을 따라 올라갔다. 개수대에 높이 쌓인 그릇, 먼지, 몇 달 동안 닦지 않은 변기, 사방에 흩어져 있는 더러운 빨래, 냉장고에서 썩는 음식.

4층짜리 건물이었지만 계단이 어둡고 가팔라 올라가기 쉽지 않았다. 계단의 조명이라고는 알전구 하나뿐이었다.

그러나 아파트 안은…….

요한은 마치 무질서한 세상을 질서로 해결하려고 마음먹은 사람 같았다. 50평방미터가 넘지 않는 아파트였다. 그 절반쯤이 거실로 기본적인 가구만 놓여 있었다. 단순하고 현대적인 검정 소파, 안락의자

(요한은 거리의 가구 전시장 옆에서 그 안락의자를 주워왔으며 페트라도 아주 좋아했다고 말했다)가 전부였다. 처음에 소파와 안락의자는 낡을 대로 낡아 스프링이 여기저기 튀어나오고 가운데가 푹 꺼져 있었다고 했다. 요한은 가구공장에서 일하는 동창의 도움을 받아 100유로를 주고 소파와 안락의자를 고쳤다고 했다.

요한은 정말 싸게 고쳤다면서 아주 자랑스러워했다. 벽에 붙여놓은 50장쯤 되는 만화에 대해 설명할 때도 아주 자랑스럽게 말했다. 액자를 살 돈이 없어 만화들을 액자에 끼우지 않고 그대로 벽에다 붙여놓았다고 했다. 만화들은 접착제의 두께 때문에 벽에서 어느 정도 일정하게 튀어나와 있어 마치 액자에 들어 있는 것 같은 효과를 냈다. 간격도 완벽할 만큼 일정하고 가지런히 붙어 있어 더욱 눈길을 끌었다. 애초에 철저하게 계산해 붙여놓은 게 틀림없었다. 깔끔한 주방, 선반마다 알파벳순으로 잘 정리되어 쌓아놓은 만화책들.

요한은 침실도 보여 주었다. 단순한 싱글 침대로 침대 커버의 모서리가 팽팽하게 잘 접혀 있었다. 침실에 비치해둔 시디꽂이에는 나는 한 번도 들어본 적 없는 스칸디나비아 헤비메탈 밴드의 CD들이 가지런히 정리되어 있었다.

요한이 문을 열며 말했다.

"어머니가 일하고 자던 곳이에요."

문이 안으로 열렸다.

방은 7평방미터를 넘지 않아 보였다. 단순한 싱글 침대가 한쪽 벽을 차지하고 있었고, 다른 쪽 벽에는 흰 책상이 놓여있었다. 책상 위에는 낡은 컴퓨터가 놓여 있었고, 책상 옆의 높이가 180센티미터쯤 되는 긴 책꽂이에는 내가 쓴 책 열네 권이 모두 꽂혀 있었다. 미국에서 출판된

초판 하드커버는 물론 페이퍼백까지……. 그 위쪽에는 독일어, 프랑스어, 이탈리아어, 그리스어, 폴란드어, 스웨덴어, 핀란드어로 번역 출간된 내 책들이 꽂혀 있었다.

커다란 파일 상자 네 개도 있었다. 파일 책등에는 'T.N. 기사 모음'이라고 적혀 있었다. 요한이 파일 하나를 펼쳐 보여 주었다. 지난 20년 동안 내가 《내셔널 지오그래픽》, 《뉴욕타임스》북 리뷰, 《타임스》 등 갖가지 매체에 기고한 글들이 모두 스크랩되어 있었다.

페트라는 내 글을 어떻게 다 찾아냈을까? 왜? 왜 굳이 힘들여 이런 일까지 했을까?

왜? 내가 생각해도 정말 어이없는 질문이었다. 나도 모르게 페트라의 책상 의자를 끌어 당겨 풀썩 주저앉아 울기 시작했다. 이제 내 슬픔은 끝이 없었다.

오랜 세월, 나는 페트라가 떠오를 때마다 어두운 과거의 이야기일 뿐이라고, 다시는 돌아보지 말자고, 그 판도라의 상자를 열어선 안 된다고 나 자신을 그렇게나 타일렀는데, 그 세월 동안 페트라는…….

오랜 세월, 내가 남몰래 페트라를 그리워할 때, 아련한 추억을 떠올릴 때, 내 자신이 망가뜨리고 잃어버린 사랑에 안타까워할 때, 그녀의 해명을 끝내 묵살한 게 가슴이 미어지도록 아플 때…….

오랜 세월, 페트라는 여전히 나를 사랑했고, 나와 함께 있었던 것이다. 내 작업에 관심을 보이고, 내 글을 읽고, 갖가지 언어로 번역된 내 책을 사 모으고, 내가 잡지에 기고한 글도 모두 찾아내 읽은 것이다.

페트라는 나와 몸은 떨어져 있었지만 내가 무슨 일을 하는지, 내가 어떤 일에 마음을 쏟고 있는지, 내가 세상과 인생에 대해 무엇을 생각하고 쓰는지 모두 알고 있었던 것이다.

페트라가 힘들게 모아 완벽하게 정리해놓은 책들과 기사들을 보고 있자니 내 머릿속에서는 한 가지 생각만이 떠올랐다.

'페트라는 나를 사랑했지만 나는 그 사랑을 지켜 주지 못했어.'

내가 소리 없이 우는 동안 요한은 침대에 걸터앉아 무심하게 나를 지켜보았다. 내가 마침내 울음을 그치자 요한이 말했다.

"아저씨를 미워했어요. 어머니가 아저씨 책을 살 때마다, 뉴욕이나 런던이나 리스본에서 아저씨 책이 담긴 소포가 올 때마다, 어머니는 지금 아저씨가 앉은 그 자리에 앉아 있곤 했어요. 그때 어머니도 아저씨처럼 행동했어요. 울었다는 말이에요."

요한이 일어서더니 위쪽 선반에서 봉투를 꺼냈다. 두툼한 서류 봉투. 요한이 봉투를 내 앞에 던졌다. 내 이름이 적혀 있었다. 페트라의 글씨였다.

"어머니는 아저씨가 베를린에 와 이 집에 들르면 이 편지를 전해드리라고 했어요. 그렇지만 여기서 읽지는 마세요. 이제는 내가 못 참겠어요. 이 집에서 얼른 나가주세요."

요한이 일어섰다. 나는 봉투를 집어 들고 요한을 따라 현관으로 나갔다. 요한이 현관문을 열었다. 나는 봉투를 겨드랑이에 끼고 문지방을 넘었다.

내가 나직이 말했다.

"미안하네. 정말……미안해."

요한은 먼 곳만 뚫어져라 쳐다보다가 말했다.

"어머니와 저, 우리는 전혀 미안하지 않아요."

제2장

사랑하는 토마스에게.

마침내. 결국.

끝이 왔어. 이게 그 끝이지. 몇 년, 아니 몇 십 년 일찍 편지를 썼어야 했어. 그래, 이렇게 미룬 이유는 많아. 복잡한 이유도 있고, 너무 개인적인 이유도 있어. 너무나 평범한 이유도 있고.

끝.

무슨 말부터 시작하지? 어떻게 시작하지?

우선 객관적인 사실부터 시작할게.

지난 5년 동안 나는 혈액 암으로 고생했어. 급성백혈병이야. 나는 내 생명을 뜻하지 않게 빨리 앗아가려는 그 병에 대해 자세히 알아보았어. 관련된 글을 읽어보니 발병의 원인이 스무 가지쯤 되더군. 그러다가 인터넷에서 아주 흥미로운 정의를 읽었어.

'급성백혈병의 특징은 미성숙한 혈액 세포가 급속도로 증가하는 것이다. 건강한 혈액 세포가 체내에서 생성되지 않는 것이다. 건강하지 않은 혈액 세포가 혈액을 타고 온몸에 퍼지기 전에 신속한 치료가 필요하다.'

내 몸에 '미성숙한' 혈액 세포가 있다는 말에 나는 놀랐어. 내가 그 혈액 세포만큼 미성숙했던 20대 때 그 병이 시작되었다는 뜻이었으니까.

하지만 이것 역시 나만 알아볼 수 있는 은유였을까?

그 인터넷 사이트에는 백혈병의 원인이 나와 있었어.

'성인이 급성백혈병에 걸리는 원인 가운데에는 방사선 노출도……'

지난 30년 동안 매일 두 갑씩 담배를 피운 것도 문제겠지. 하지만 방사선 노출이 무엇보다 큰 발병 원인이었어. 내가 처음 동독비밀경찰에 체포되었을 때 감옥에서 사진을 찍혔다고 이야기했지? 1984년에 서베를린에서 추방된 뒤에도 나는 비밀경찰 감옥에 잠시 붙잡혀 있었어. 내가 그때 붙잡힌 이유는 해첸의 죽음 때문이었어. 비밀경찰은 내가 연루된 살인사건이라 확신했지. 서독과 미국정보국이 나를 동독비밀경찰에 넘기자마자 나는 살인혐의로 조사를 받아야 했지. 하지만 나를 확실하게 범인으로 지목할 증거는 없었어. 내가 흔적을 아주 잘 숨겼고, 해첸도 함부르크에서 나를 만났다는 증거를 전혀 남겨놓지 않았으니까. 동독비밀경찰은 나에게 자백을 강요하며 무던히 괴롭혔지. 잠을 재우지 않고, 하루에 열여덟 시간씩 심문했어. 일주일이나 계속 그렇게 심문하더군. 하지만 나는 감방에 갇히는 순간부터 내가 카드를 쥐고 있다고 확신했어. 아주 간단한 카드야. 바로, 침묵이지. 자백하면 끝장이겠지. 종신형을 받을 게 틀림없었으니까. 끝도 없는 악몽이었지.

무려 다섯 달 동안이나 동독비밀경찰에게 붙잡혀 있었는데, 말하지 않고 버티기 위해 필사적인 노력이 필요했어. 사흘마다 나는 그놈들에게 끌려가 방사선 사진을 찍혔어. 그때마다 등에 붉은 화상이 남았지.

방사선.

결국 동독비밀경찰도 포기했지. 내가 이긴 거야. 비밀경찰은 나에게 앞으로 절대 요한을 만나지 못하게 하겠다고 말했어. 나는 그때 임신 중이었어. 6주에서 8주쯤 됐을 거야.

동독비밀경찰의 손에 넘겨졌을 때 나는 여러 의사들한테 검진을 받았어. 혈액 검사와 소변 검사 결과만으로도 임신이 드러났지. 동독비밀경찰은 해첸의 보고로 아이 아빠가 당신이라는 걸 알고 있었어.

감방에 갇혀 있던 어느 날, 나는 병원으로 끌려갔어. 나는 왜 병원에 데려왔는지 계속 물었지만 비밀경찰은 그저 검사를 하는 것뿐이라고 대답했어. 예감이 아주 안 좋았어. 책임자를 만나게 해달라고 요구했어. 변호사를 요구했어. 또……

하지만 갑자기 검사실에 남자 간호사 두 명이 들어와 나를 꼼짝 못하게 붙잡았어. 나는 벗어나려고 몸부림쳤지만 소용없었지. 여의사가 나에게 주사를 놓았고, 나는 깜빡 정신을 잃었어.

몇 시간 뒤 깨어났을 때 나는 병실 침대에 묶여 있었지.

다리 사이에서 통증이 느껴졌어. 전신 마취로 내가 정신을 잃은 사이 무슨 일이 벌어졌는지 직감했지. 켈러라는 여의사가 병실로 들어오더니 미소를 지으며 말했어.

"추악한 자본주의의 잔재를 몸에서 싹 긁어냈지."

그 순간, 나는 맹세했어. 언젠가 이 여의사를 해첸처럼 내 손으로 죽이겠다고. 요한을 나에게서 빼앗아 키운 부부도 찾아내 죽이겠다고. 이제 되돌아보니 정말 너무나 끔찍한 생각이었지.

나는 주디트를 용서했어. 주디트는 엄청난 협박에 못 이겨 동독비밀경찰에 협조할 수밖에 없었을 테니까. 하지만 자발적으로 동독비밀경찰을 위해 잔인한 행동을 한 사람들은 결코 용서할 수 없었어. 이제 죽음을 며칠 앞둔 마당이니 감히 고백하지만 해첸을 죽이고 나서 죄책감 때문에 잠을 설친 적이라고는 단 한 번도 없었어. 나는 해첸의 잔인한 짓 때문에 서서히 죽어가고 있었으니까. 나를 없애라는 명령이 떨어지면 해첸은 한 순간도 망설이지 않고 나를 죽일 게 틀림없었으니까. 동독비밀경찰이 나를 없애지 않은 건 오로지 미국과 서독정보국에서 내 존재에 대해 알고 있었기 때문이야. 미국과 서독정보국이 나를 동독에 다시 넘긴 건 사실이지만 나를 죽인다면 보기가 아주 안 좋았겠지.

동독비밀경찰은 나를 죽이지 못하는 대신 정신적으로 황폐하게 만들기로 작정한 것이지. 그들은 내가 그토록 간절히 원한 우리 아이를 없앴어. 그리고 동독에서도 가장 황량한 곳인 칼 마르크스스타트로 나를 추방했지.

칼 마르크스스타트는 아무런 멋도 매력도 문화도 없는 곳이었어. 그런데 거기에 동독 국영 라디오 방송국의 지국이 있었어. 나는 거기서 책 프로그램 원고를 쓰는 일을 맡았어. 아주 작은 아파트도 받았어.

방송국 동료와 만나기 시작했어. 이름이 한스 쉬굴라인데 조용한 남자였어. 한스도 나처럼 베를린에서 추방된 처지였어. 한스는 동독 국영 방송에서 프리재즈를 튼 죄로 추방됐어. 당시 50대였던 한스는 이혼하고 혼자 살았는데 점잖고 인정이 많은 사람이었어. 내가 하루하루를 견딜 수 있었던 건 한스의 도움 때문이었을 거야.

내가 처음 칼 마르크스스타트에 도착했을 무렵에는 한스의 도움이 특히 더 컸지. 당시 나는 낙태로 인한 절망을 극복하려고 애쓰고 있었거든. 아이를 잃은 게 어찌나 괴롭던지.

토마스, 당신 때문에 비밀경찰에 잡히게 됐다고 내가 미워할 거라 생각했겠지? 그래, 당신이 밉게 여겨지던 순간도 있었어. 특히 동베를린으로 추방된 초기, 감방에 갇힌 몇 달 동안, 그리고 강제로 낙태를 당했을 때.

토마스, 그렇지만 솔직히 난 당신보다 내 자신을 더 미워했어. 당신에게 내 이야기를 모두 털어놓았어야 했는데 용기를 내지 못한 내가 미웠지. 내가 부조리한 사회적 조건 속에서 자라 숨기고 참고 억누르는 법만 배웠기 때문인가 봐.

당신이 나를 얼마나 깊이 사랑하는지 나는 알고 있었어. 그런데 나는 당신의 사랑을 완벽하게 믿을 수 없었던 거야. 내가 모든 사실을 털어놓으면 당신은 배신감에 치를 떨며 내 곁을 떠날 거라 생각했어.

결국 해첸이 나를 어떤 식으로 괴롭히고 있는지 당신에게 말하지 못했어. 그 결과 나는 모든 걸 망쳐버린 거야. 아마 내가 그때 당신 입장이었더라도 똑같이 행동했을 거야.

이제 나에게 커다란 희망이 남아 있다면 한시바삐 당신이 화를 푸는 거야. 당신은 어느 책에서든 자신만의 비밀스러운 슬픔이 모여 이루어지는 게 인생이라고 묘사했어. 나는 당신이 쓴 책들을 모두 읽었지. 요즘 쓴 책들에서는 재미없는 결혼생활에 대한 암시를 자주 볼 수 있었지. 어쨌든 그때 우리에게 벌어진 일로 당신이 받은 상처가 아직 아물지 않고 있다는 걸 느꼈어.

한스의 도움으로 칼 마르크스스타트에서의 생활을 하루하루 참아내고 있던 중에 베를린 장벽이 무너졌어. 아무런 문제없이 서베를린으로 건너갈 수 있게 되자마자 나는 크로이츠베르크로 걸어갔어. 곧장 내가 예전에 살던 건물 지하에 숨긴 노트 두 권을 되찾았지. 그 다음에는 아주 뛰어난 인권 변호사인 줄리아 코시를 찾아갔어.

줄리아에게 내가 요한을 빼앗긴 이야기를 자세히 털어놓았어. 줄리아가 흔쾌히 내 변호를 맡아주기로 약속했지. 줄리아는 내 사례를 일종의 시험으로 받아들인 것 같아. 동독비밀경찰이 어떤 식의 반응을 보일지 살펴볼 수 있는 기회로 삼은 거지.

줄리아의 도움으로 요한을 데려간 동독비밀경찰 부부의 이름이 언론에 공개적으로 오르내리기까지 6주밖에 안 걸렸어. 그러자 사람들은 그 부부의 갖가지 비밀에 대해서도 떠들어댔어.

클라우스 부부가 동독비밀경찰에서 정치범을 심문하는 일을 맡았던 사실, 누명을 쓰고 비밀경찰에 붙잡힌 여자에게서 아이를 빼앗아 양자로 삼았다는 사실……. 나중에 들었지만 클라우스 부부는 설국 살던 아파트에서 쫓겨났고, 작은 지역 세무서로 좌천되어 잡일을 맡게 됐다더군.

줄리아는 아이를 긁어냈다면서 웃으며 말했던 그 의사도 추적하기 시작했어. 그 의사의 이름이 언론에 공개되자마자 동독비밀경찰 감옥에 감금된 적 있는 여자들 서른 명이 앞 다투어 말했어. 모두들 그 의사한테 강제로 중절수술을 당했다고. 아니, 아예 다시는 임신을 할 수 없게 자궁적출수술을 당했다고. 결국 그 의사는 의료면허를 취소당하고 반년 뒤 자동차를 탄 채 베를린 근처 다리에서 떨어져 죽었어.

그 의사가 죽어서 기뻤냐고? 내 마음은 그다지 기쁘지 않았어. 다른 사람들에게 잔인한 짓을 저지른 사람들은 늘 자기 행동을 정당화하는 변명을 늘어놓지. '명령을 따랐을 뿐이다.' 혹은 '조국을 위한 일이라 생각했을 뿐이다.' 혹은 '당시에는 체제 때문에 그럴 수밖에 없었다.' 같은 변명들.

한 인종을 완전히 말살하거나 나라 전체에 '반파시즘 보호 장치'라는 장벽을 둘러치거나 체제에 조금이라도 반대하는 목소리를 내는 사람을 무조건 가두거나. 그런 방법으로 모든 문제가 해결될 수 있다고 믿는 것이지.

얼마 전, 내가 조금 걸을 수 있을 때 요한에게 브란덴부르크 문까지 데려다 달라고 했어. 나는 거기, 그 상징적인 입구 앞에 늘 베를린 장벽이 있는 걸 보며 자랐지. 옛 독일의회 건물 잔해, 티어가르텐 공원의 숲. 그 모두가 얼마나 가까우면서 얼마나 멀었는지……. 절대로 건너다닐 수 없었던 두 세계.

고르바초프가 동독을 더 이상 지원하지 않기로 했고, 중심이 사라진 세상은 금세 무너졌어. 그래서…….

이제 누구라도 걸어서 베를린 장벽이 있던 자리를 지나다닐 수 있게 되었어. 2주 전, 나도 내 아들과 함께 브란덴부르크 문 옆에 서 있었지. 베를린 장벽이 상징하는 모든 부조리 때문에 고통을 받은 내 아들. 요한은 이제 스물여덟 살이야. 특별하고 멋진 청년이 되었지. 하지만 사람들은 요한을 기묘하고 이상한 청년이라고 생각해. 그래, 요한은 외톨이야. 자신만의 세계를 구축하고 살아가지. 만화책의 세계와 비슷해. 다른 사람들의 현실과는 아무런 상관없는 세계.

그래서 요한이 더욱 매력적이지 않을까? 요한에게는 친구가 별로 없어. 애인도 없지. 그렇지만 좋은 아이라는 건 분명해. 나에게는 너무나 착한 아들이었지. 요한을 볼 때마다 나는 생각해. 요한을 빼앗긴 공포, 요한을 되찾은 기쁨.

요한을 되찾은 지 20년이 지났어. 요한은 지금도 말하기를 나와 떨어져 지낸 5년 동안의 기억이 없대. 동독에 대한 기억도 아예 없대.

요한은 브란덴부르크 문 옆에서 나를 부축한 채 물었어.

"정말 여기에 장벽이 있었어요?"

내가 대답했지.

"나에게 수없이 이야기를 들었으니 너도 잘 알잖니? 학교에서도 배웠을 테고."

"하지만 아무런 흔적도 없잖아요."

"흔적을 남기기에는 너무 끔찍했으니까."

"그래도 뭘 남겨 두었어야죠. 끔찍한 역사일수록 되새기며 반성하도록 흔적을 남겼어야 하지 않을까요?"

나는 요한의 생각에 크게 감동했어. 하지만 요한도 조금 더 나이가 들면 깨닫지 않을까? 우리를 나누고 가둔 그 장벽의 흔적을 계속 보고 있노라면 그 공포에서 결코 벗어날 수 없으리란 것을.

항상 앞으로 나아가야 한다고 모두들 충고하지. 하지만 우리가 정말 앞으로 나아갈 수 있을까? 우리의 인생을 송두리째 바꿀 만큼 괴롭고 아픈 과거를 우리는 과연 그대로 짊어진 채 살아가야 할까? 아니면 그 과거의 공포를 가둔 채 문을 완강하게 걸어 잠그고 지내야 할까?

내가 우리 아이를 그토록 간절히 원한 이유는 바로 그 때문이었어. 그래, 당신에게 알리지도 않고 피임약을 먹지 않은 건 내 잘못이었지. 그리고 내가 늘 쫓기던 자들에 대해 미리 털어놓을 용기만 냈다면…….

그래, 하지만 난 그런 용기를 내지 못했어. 이제야 깨달았는데, 나는 나도 모르게 나 자신을 믿지 못한 거야. 당신이 내게 가져다주는 행복을 받을 자격이 없다고 생각한 거야. 우리가 함께 살면서 얻을 수 있는 행복을 누릴 자격이 없다고 생각한 거야. 내가 지난 30년 동안 가장 견딜 수 없었던 건 바로 그렇게 내 스스로 행복을 받아들이지 않았다는 거야.

토마스, 당신이 내 인생의 진정한 짝이라는 사실을 잘 알면서도, 당신 이전에도 이후에도 당신만큼 나를 사랑해줄 남자가 없을 거라는 사실을 잘 알면서도, 나는 끝내 당신을 선택하지 못한 거야. 당신과 함께 한 순간, 아주 특별한 그 순간들을 나는 아무에게도 말하지 못하고 내 가슴에만 묻은 채 무덤까지 가져가겠지. 너무나 슬프게도.

우리가 순간을 붙잡지 못한다면 그 순간은 그저 '하나의 순간'에 불과할 뿐이야. 그런 인생은 단지 의미 없는 시간의 흐름일 뿐이라 생각해. 주어진 생명이 다할 때까지 멈추지 않고 앞으로 나아갈 뿐인 순간들의 합.

감방에서 명령대로 나에게 방사선 총을 쏘아 나를 이렇게 일찍 죽게 만든 사람들을 생각하곤 해. 지금부터 50년 후, 그 사람들이 모두 세상을 떠났을 때 그들이 정치범들에게 방사선을 쏘아 혈액암에 걸리게 만들었다는 사실을 기억이나 할까?

요즘 사람들이 과연 세계1차대전 때 쓰인 독가스의 영향에 대해 생각이나 할까? 참호에 번진 장티푸스는? 1910년대에 베를린에서 한 살짜리 아들을 빼앗기고 다시는 돌려받지 못한 한 여자의 상실감을 과연 기억할 수 있을까? 오늘날 그 여자의 이야기를 알고 있는 사람이 과연 얼마나 될까? 아무도 그 여자를 기억하지 못하겠지. 그 여자의 동기, 친구, 동료, 이웃, 함께 자란 어릴 적 동무, 일 년에 한 번 만나는 사촌, 아침마다 그 여자에게 신문을 팔던 신문장수 등 그 모두가 이미 세상을 떠난 지 오래일 테니까. 하지만 그 여자가 짊어지고 산 아픔을 생각해봐. 그 시대에 그 여자와 비슷한 고통을 겪은 사람들의 고통을 모두 모아봐. 그들도 나처럼 살아 있는 동안에 더없이 힘겹고 고통스럽게 싸웠어. 그러나 인간의 생명은 유한하고, 그 세대는 이제 모두 세상을 떠났어. 그 사람들이 짊어졌던 고통도 사라졌어.

토마스, 나는 내 인생을 불행하다고 생각하지 않아. 오히려 그 반대야. 통일이 된 후에 한스와 나는 칼 마르크스스타트에서 베를린으로 이사했어. 한스는 라디오 방송국에서 빼앗겼던 자리를 되찾으려고 애썼지. 한스와 나는 각기 다른 아파트에서 살았어. 요한에게 적응할 시간이 필요했기 때문이었지만 한스나 나나 따로 생활하는 게 더 편했기 때문이기도 해.

한스가 2년 전 췌장암으로 세상을 떠나기 전까지 우리는 줄곧 연인으로 지냈어. 그를 사랑했냐고? 꼭 그렇다고 말할 수는 없어. 하지만 한스는 내 버팀목이었어. 내 병세가 시작되자마자 줄리아 변호사를 만나 피해보상금에 대해 상담해보라고 조언한 사람도 한스였어. 줄리아는 결국 정부에서 피해보상금을 받아냈지. 그다지 큰돈은 아니었지만 요한에게 아파트를 사줄 수 있었어. 이제 최악의 상황이 닥쳐도 요한이 최소한 지붕 아래에서 잠을 잘 수 있을 테니 안심하며 눈을 감을 수 있을 것 같아.

내 사랑 토마스, 이제 당신에게 부탁할 일이 있어. 요한이야. 내가 곧 세상을 떠나게 되면 요한은 세상에 혼자 남게 돼.

물론 요한이 생활비를 못 벌 정도의 아이는 아니고, 빨래와 집 정리도 제대로 할 줄 알아. 하지만 요한이 친구 한 명 없이 지내는 외톨이가 되지 않을까 걱정스러워. 다른 사람과 소통하는 법을 깨우치지 못할까봐 염려되는 게 사실이야.

당신에게 한 가지 부탁을 하고 싶어.

요한의 친구가 되어줘. 요한에게는 대화를 나눌 상대가 필요해. 조언을 얻고 기댈 사람이 필요해. 당신이 지금 이 편지를 읽고 있다면 미국에서 이곳 베를린까지 왔을 테지. 당신은 우리 사이에 아직 풀리지 않은 매듭이 남았다고, 커다란 상실감이 죽는 날까지 결코 사라지지 않으리라 생각하겠지.

진작 당신에게 연락하는 게 옳았겠지. 나도 알아. 나도 무척이나 연락하고 싶었어. 하지만 그래서는 안 된다고 생각했어. 예전에 당신을 속였다는 죄책감 때문이었지. 용서 받을 자격이 없다고 생각했기 때문이야. 우리는 정말 이상하지? 우리 괴로움, 분노, 꿈을 모두 움켜쥔 채 우리가 그토록 바라고 원하는 것을 붙잡지 못하다니…….

당신을 사랑한 것, 당신에게 사랑을 받은 건 나에게 정말이지 더할 수 없는 선물이었어. 나는 당신의 짝이었고, 당신은 내 짝이었지. 다가온 순간, 지나간 순간, 나는 지금도 우리를 생각하면서 울어.

사랑해. 그때도 지금도 영원히.

그대의 페트라.

제3장

사랑해. 그때도 지금도 영원히.
그대의 페트라.

나는 편지 마지막 장을 책상에 툭 떨어뜨린 채 아주 오랫동안 꼼짝도 하지 않고 가만히 앉아 있었다. 이미 자정도 훨씬 넘은 시각이었다. 이보다 앞서 프렌츠라우어베르크에서 혼자 저녁을 먹고 콜비츠플라츠 주위의 거리를 돌아다니다가 리케스트라세 33번지를 지나갔다. 한때 주디트가 살았던 곳이다.

26년 전, 나는 주디트의 집 현관문을 노크했다. 사진을 받으러 갔던 것이다. 어느 여자의 아들 사진. 그 여자는 내 진정한 사랑이었다. 그 여자는 주디트의 친한 친구였다. 주디트는 그 친구를 배신했다. 나도 내 사랑을 배신했다. 내가 배신을 당했다고 오해한 까닭이다.

하지만 이제 와 돌이켜보니 나는 나 자신을 배신한 것이었다.

'페트라. 나의 페트라.'

저녁을 먹는 내내, 나는 편지를 품에 지니고 있었다. 봉투를 뜯지 않았다. 저녁을 먹고 나서 프렌츠라우어베르크 아래쪽에 있는 술집에서 술을 마셨다. 여전히 페트라의 편지를 품에 지니고 있었다. 알렉산더 플라츠로 천천히 걸어와 호텔 바에서 마지막 술을 마시고, 내 방으로 올라왔다. 그제야 나는 편지봉투를 뜯을 용기를 낼 수 있었다.

단숨에 읽었다. 일어선 채로 방 안을 서성거리며 읽었다. 정신이 흐릿하고 아득했다. 한 번 더 읽었다. 그리고 한 번 더. 나도 모르게 코트와 방 열쇠를 집어 들고 방을 나섰다.

밖은 추웠다. 눈이 내렸다.

호텔 오른쪽으로 꺾어졌다. 동독 시절에 지어진 오래된 아파트 건물들을 지나갔다. 한때 베를린 궁이었던 자리도 지나갔다. 동독 정권은 1950년대에 베를린 궁을 허물고 흉측한 콘크리트 건물을 세웠다. 독일 통일 뒤, 2002년에 베를린 궁을 재건하기 위해 그 건물을 다시 허물 때, 건물 벽에서 인체에 해로운 석면이 나왔다.

석면에 노출되면 방사선에 노출된 것과 마찬가지로 암에 걸릴 수 있다.

'페트라. 나의 페트라.'

나는 계속 걸었다. 베를린 성당, 예술사 박물관, 오페라 극장 등을 지나갔다. 훔볼트대학교 캠퍼스도 지나갔다. 한때 페트라가 다닌 대학교. 공산주의가 종식되면 건물마다 페인트칠을 새로 해야 하나보다. 동베를린의 상징적이고 음침한 대로인 운터덴린덴은 이제 관광객을 반기는 쇼핑가가 되었다.

구겐하임미술관, 페라리 전시장, 5성급 호텔들. 도시는 이렇게 될 수 있다. 골격은 그대로라도 한때의 모습을 허물처럼 벗어던지고 새로운 모습으로 변모할 수도 있다. 인간도 겉모습을 바꿀 수 있다. 살을 빼고, 근육을 키울 수 있다. 아니, 그 반대로 살을 찌울 수도 있다. 옷으로 자기 이미지를 표현할 수도 있다. 부를 나타낼 수도 있고, 자신감을 나타낼 수도 있다. 인간도 도시처럼 겉모습을 싹 바꿀 수도 있다. 하지만 지금의 자신을 존재하게 만든 과거의 이야기를 바꿀 수는 없다. 복잡한 인생의 순간순간이 수없이 모여 이루어진 이야기. 즐거움과 두려움, 의욕과 무기력, 빛과 어둠.

그동안 살면서 겪은 일들이 모여 존재하는 게 인간이다. 그리고 우리 인간은 그 모두를 짊어지고 살아가야 한다. 우리에게 결핍된 것, 간절히 바랐지만 결코 손에 넣을 수 없었던 것, 전혀 바라지 않았지만 결국 가지게 된 것, 찾아내고 잃어버린 것. 그 모두를.

페트라기 옳았다. 살다 보면 우리를 근본적으로 바꾸어놓고 영원히 우리 곁을 떠나지 않는 일들을 만나게 된다. 우리는 결코 그런 일들을 피할 수 없다. 아무리 두려워도.

'페트라. 나의 페트라.'

프리드리히스트라세에서 왼쪽으로 꺾어졌다. 더욱 화려한 상점들이 이어졌다. 스위스 시계, 파리 디자이너의 옷, 스웨덴 생활용품, 벨기에 초콜릿. 늦은 밤이어서 상점들은 모두 문을 닫았다. 거리에는 사람이 없었다. 이 도시에서 움직이는 사람은 나 하나뿐인 것 같았다. 나는 계속 걸었다. 페트라의 글들이 내 머릿속에서 계속 꿈틀댔다. 26년이나 지났는데, 내가 느끼는 상실감은 지금 이 순간에 겪은 것처럼 생생하고 간절했다.

내가 나 자신을 용서할 수 있을까? 아니면 늘 고통을 짊어지고 살아가야 할까? 행복을 찾아냈다. 행복을 잃어버렸다. 행복을 흘려보냈다.

우리는 운명을 어쩔 수 없는 일로 여긴다. 하지만 운명을 조종하는 건 언제나 자기 자신이다. 자기도 모르는 새, 자신의 바람과 달리, 우리는 자기 자신의 운명을 조종한다. 아무리 끔찍한 비극과 맞닥뜨려도 우리는 그 비극에 걸려 넘어질지 아니면 넘어서서 앞으로 나아갈지 스스로 선택할 수 있다. 비극에 맞설지 피할지도 선택할 수 있다. 가족에게 구속될 걸 두려워하면서도 가정을 이루는 길을 선택할 수도 있다. 영원히 오점으로 남을 결정이란 걸 알면서도 그대로 밀어붙이는 길을 선택할 수도 있다. 사랑을 받아들일지 피할지도 선택할 수 있다.

위에 열거한 모든 일들에 대해 나는 잘못을 저질렀다. 페트라의 목소리가 귀에 생생한 지금에야 나는 깨달았다. 내가 지금 여기에 와 있게 된 건 내가 선택한 길이었음을.

눈이 내리는 거리를 혼자 걷기. 사랑하는 사람을 하늘로 보내고, 한 번도 진심으로 사랑한 적 없는 아내에게 이혼 당하고, 딸을 그리워하고, 페트라와 함께 살았다면 어땠을까 생각하고……. 페트라가 해명할 기회를 달라고 애원할 때 내가 진실을 볼 수 있었다면, 내 인생이 과연 달라졌을까? 더 밝아졌을까?

'다가온 순간, 지나간 순간, 나는 지금도 우리를 생각하며 울어.'

나는 계속 걸었다. 과거에 대한 생각과 후회로 머릿속이 멍했다. 나도 모르는 사이 코시스트라세 전철역에 와 있었다. 거기서 나는 새삼스러운 깨달음에 화들짝 놀랐다. 찰리검문소를 지나지 않고도 동베를린에서 서베를린까지 걸어왔다는 걸 깨달은 것이다.

찰리검문소는 사라진 지 오래였다. 이념 때문에 베를린의 동서를 가로막았던 거대한 장벽은 이제 모두 사라지고, 남은 건 서베를린 쪽에 붙은 유명한 표지판뿐이었다.

'여기서부터 미국 지역이 끝납니다.'

냉전의 다른 모든 표식들, 철조망, 문, 벙커, 쌍안경을 찬 경비원, 총, 베를린 장벽은 모두 사라졌다. 찰리검문소 자리에는 작은 박물관이 있었다. 베를린 장벽이 있던 자리는 이제 사무용 건물 지역으로 변모했다. 반짝이는 새 건물들. 그렇게 많은 것을 갈라놓은 장벽이었는데……. 내 평생을 송두리째 바꾸어놓은 상징이었는데…….

사라졌다. 완전히 없어졌다.

나도 베를린 장벽이 있던 곳이라는 생각조차 못하고 그 자리를 그냥 걸어서 지나오지 않았던가.

사람들의 개인적인 역사도 대부분 사라졌다. 정치 지리학적 역사도 대부분 사라졌다.

* * *

호텔로 돌아오자 새벽 2시가 넘어 있었다. 새 이메일이 도착해 있었다.

'동네 단골 술집에 갑니다. 프렌츠라우어베르크에 있는 베베렉이라는 곳입니다. 거기에서 3시까지 있을 겁니다. 요한.'

나는 택시를 타고 10분 안에 베베렉에 도착했다. 베베렉은 대체적으로 고스족들이 즐겨 다니는 듯한 분위기였다. 검은 벽, 어두운 조명, 촛불, 테이블에 흘러내린 촛농. 요한은 구석 자리에 앉아 만화책을 읽고 있었다. 테이블에는 맥주잔이 놓여 있었다.

내가 다가가자 요한이 말했다.

"아저씨도 불면증에 시달리시나봐요."

"늘 그렇지. 맥주 한 잔 더 할 텐가?"

"좋죠."

나는 바텐더에게 맥주 두 잔을 달라고 손짓했다.

요한이 물었다.

"왜 늦게까지 주무시지 않으셨어요? 시차 때문에? 양심의 가책 때문에?"

"그 둘 다 내가 잠을 못 이룬 이유라 할 수 있지."

"어머니 편지는 읽으셨어요?"

나는 고개를 끄덕였다.

"어땠어요?"

"자넨 안 읽어 봤나?"

"어머니가 돌아가시기 닷새 전에 편지를 봉투에 넣고 봉했어요. 저에게는 절대로 읽으면 안 된다고 당부하셨죠. 아저씨를 베를린으로 오게 해서 여기서 읽게 하랬어요. 마침내 어머니의 마지막 소원이 이뤄졌군요."

내가 나직이 말했다.

"그런 것 같네."

"늘 그렇게 어떤 일에든 죄책감을 느끼세요?"

내가 웃으며 말했다.

"정확히 맞혔네."

"어머니가 아저씨 이야기를 할 때 그런 지적을 자주 했어요. 아저씨 책에서는 어디에서나 후회하는 마음이 보인데요. 아저씨는 늘 자기 자신에게서 달아나려 하는 것 같다고 했어요. 아저씨가 쓴 글을 가장 정확하게 보는 평론가는 우리 어머니였어요."

"그래, 맞아. 나는 자네 어머니를 세상 그 누구보다 사랑했⋯⋯."

요한이 손을 내저었다.

"그런 소리는 더 이상 듣기 싫어요. 늘 들었거든요. 어머니는 아저씨의 팬이었어요. 아저씨를 지지하고, 글을 더없이 열심히 읽었어요. 어머니는 아저씨 책을 읽으면서 이렇게 말했어요. '토마스가 코스타리카 열대우림을 얼마나 뛰어나게 묘사했는지 봤니?' 혹은 '이 책에서 토마스가 자기에게 냉정한 아내에 대해 좀 더 이야기했으면 좋겠는데…….' 어머니는 마치 아저씨가 늘 우리와 함께 있는 듯이 말했죠."

"내 아내가 냉정한 사람이란 걸 페트라도 알고 있었다는 뜻인가?"

"글쎄요. 책에 그런 내용이 있지 않나요?"

"지금 아내와 이혼 수속 중이니까 조만간 우린 부부가 아닌 사이가 된다네."

"우리 어머니는 얼마 전에 돌아가셨고요. 타이밍 한 번 절묘하네요."

나는 입술을 깨물었다. 눈에 눈물이 고였기 때문이다.

요한이 물었다.

"제가 말을 잘못했나요?"

나는 조용히 말했다.

"괜찮아."

"아니, 괜찮지 않아요. 저 때문에 지금 우시잖아요. 저에게 나쁜 놈이라고 욕하셔야죠. 왜 욕을 안 하시죠?"

"나쁜 놈은 나 자신이기 때문이야."

"아뇨, 아저씨는 이 술집 안에서 가장 슬픈 남자죠. 그동안 어머니에게 쭉 들으면서 자랐어요. 아저씨는 계속 슬프게 살았다는 걸. 제가 완전히 잘못 생각한 게 아니라면."

"그래, 슬프게 살았다고 할 수도 있지."

"그럼 제 말이 맞은 건가요? 아저씨는 슬픈 남자죠?"

"그래, 맞아. 그게 바로 나야. 슬픈 남자."

요한은 잠시 생각에 잠겼다가 말했다.

"어머니도 아저씨가 슬픈 사람이라 생각했어요. 그것 때문에 항상 괴로워했죠. '토마스는 아주 똑똑하고 뛰어난 사람이지. 행복해야 하는데…….'"

"나도 한 때는 행복했다네. 자네 어머니와 함께 있을 때에는."

"그런데 아저씨는 슬픔을 택했죠."

요한의 그 말을 듣자 주먹으로 얼굴을 세게 얻어맞은 기분이었다. 그래도 나는 움찔하지 않았다. 그저 고개를 갸웃하고 말했다.

"그래, 나는 슬픔을 택했어."

조금 뒤, 바텐더가 오늘은 세 시에 문을 닫겠다면서 우리를 쫓아냈다. 밖으로 나오자 요한은 만화 전문서점을 내고 싶은 장소를 나에게 보여 주고 싶다고 했다.

우리는 남쪽으로 한 블록을 더 걸어갔다. 창문에 '점포 임대'라는 표지가 붙은 빈 가게가 나타났다. 원래는 미용실이었다가 문을 닫은 곳이었다. 큰 쇼윈도가 두 개였다. 먼지 낀 쇼윈도 안을 실눈으로 들여다보았다. 서점으로 쓰기에 적당할 만큼 꽤 넓었다.

요한에게 물었다.

"월세가 얼마라고 했나?"

"구백 유로요."

"주변 상권을 생각하면 꽤 괜찮은 장소인 것 같네."

"네, 아주 좋은 조건이죠. 친구들 중에 목수와 칠공도 있으니까 가게 수리도 싸게 할 수 있을 거예요. 그렇다고 해서 수리하는 데 돈을 무작정 아끼지는 말아야겠죠. 낮에도 말했지만 베를린 최고의 만화 서점에 그치지 않고 독일 최고의 만화 서점을 만들 생각이에요."

"제대로 시작하려면 일만오천 유로 정도가 필요하다고 했나?"

"은행을 설득하는 게 문제죠."

"내가 그 돈을 대겠네."

요한은 나를 조심스레 살폈다.

"정말이세요?"

"그렇다마다."

"서점이 망할지도 모르는데요?"

"안 망해."

"어떻게 확신하시죠?"

"자네가 운영하니까."

"내 아이디어라는 이유만으로 서점이 실패할 거라 생각하는 사람도 많아요."

"나는 아니야."

"동정이나 자선이라면 싫어요."

"그럼, 내가 거저 주는 게 아니고 투자하는 걸로 하지."

"이자와 원금을 갚아 나가는 걸로요?"

"그것도 괜찮겠네. 하지만 이자는 내지 않아도 되네."

"아뇨, 내야죠."

"그럼 나야 좋지."

"그만한 돈이 있어요?"

"모아둔 게 좀 있어."

"그렇다고 부자는 아니잖아요?"

"아무튼 그 문제는 내가 알아서 할게."

"죄책감 때문에 저에게 투자하겠다는 거죠?"

"그것도 이유라면 이유겠지."

"그럼 다른 이유는 뭔데요?"

"페트라가 바랄 테니까."

침묵. 요한이 고개를 숙였다. 요한의 눈에 눈물이 고였다. 요한이 눈물을 훔쳤다.

마침내 요한이 말했다.

"어머니가 보고 싶어요."

"페트라가 자네를 얼마나 사랑했는지 나도 잘 알지."

요한은 나를 만나고 나서 처음으로 나를 똑바로 쳐다보았다.

"어머니는 돌아가시던 그날 밤 저에게 말했어요. '나는 늘 굳게 믿었어. 인생이란 근본적으로 불공평하다고. 너를 내 품에서 빼앗긴 그 몇 년 동안 그런 생각이 더욱 절실했지. 그러다가 너를 되찾았어. 그러자 인생이 불공평하다는 생각을 다시는 하지 않게 됐어.' 비밀경찰의 가혹 행위 때문에 암에 걸려 남들보다 삼십 년이나 일찍 죽게 된 여자가 죽기 직전에 그렇게 말했어요. 인생은 불공평하지 않다고."

"요한, 자네 덕분에 페트라는 인생을 되찾을 수 있었던 거라네."

"아저씨 덕분이기도 하죠."

* * *

이튿날 저녁, 나는 미국으로 돌아왔다. 보스턴공항 주차장에서 내 자동차를 찾아 어두운 고속도로를 타고 북쪽으로 달렸다. 내가 독일에 가 있는 사이 눈이 내렸지만 누가 내 집 앞 진입로까지 눈을 치워놓았다.

집 안으로 들어섰다. 그제야 내가 사흘 동안 잠을 전혀 자지 않았다는 사실이 새삼 머릿속에 떠올랐다. '텅 빈 집에 들어오는 것에 아직도 익숙해지지 않았구나.' 라는 생각도 함께 떠올랐다.

가방에서 빨랫감을 꺼내 세탁기에 집어넣었다. 샤워 물줄기 아래에서 15분 동안 서 있었다. 열 시간 비행, 세 시간 운전의 피로를 샤워를 통해 씻어 내렸다. 위스키를 아주 조금 따라 마셨다. 이메일을 확인했다. 딸에게서 온 이메일.

'아빠, 미국에 있어? 내일 저녁을 같이 먹을 수 있을까?'

나는 얼른 답장했다.

'네가 있는 곳으로 가마. 전에 네가 좋아하던 이탈리아 식당이 있었지? 거기 이름이 뭐였지?'

우리는 저녁 7시에 만나기로 했다.

요한에게서도 이메일이 왔다.

'오늘 부동산중개업자를 만나 이야기했어요. 다음 주에 계약하기로 했어요. 변호사도 만났어요. 변호사가 계약서를 작성하겠다고 했어요. 아저씨가 투자한 돈은 제대로 서류를 만들어놓을게요. 제가 계약서를 보내면 아저씨도 계약서를 공증하세요. 말씀드렸듯이 아저씨 돈은 투자개념으로 받는 거예요. 서점 오프닝 날 베를린에 꼭 오세요.'

나는 답장을 썼다.

'오프닝 때 꼭 가겠네. 특별한 용건이 없어도 괜찮으니까 전화하고 싶으면 스카이프로 연락하게.'

요한에게서 답장이 왔다.

'저도 스카이프 써요! 스카이프가 있으니까 전화요금 걱정도 없네요. 이제부터 만화책 이야기로 몇 시간이고 아저씨를 괴롭힐지도 몰라요.'

나도 당장 답장했다.

'얼마든지 괴롭혀도 좋아. 밤이든 낮이든 언제라도 괜찮으니 연락해. 나도 잠이 별로 없으니까.'

하지만 그날, 나는 깊은 잠에 곯아떨어졌다. 아홉 시간을 계속 잤다. 깨어났더니 메인 주의 겨울날치고는 보기 드문 날씨였다. 파란 하늘. 기온은 비록 영하였지만 칙칙하거나 음침하지 않았다. 눈도 아직 파삭하게 남아 있었다. 드물게 보는 맑고 깨끗한 아침. 세상이 뜻밖에 합리적이고 균형이 잘 잡힌 곳처럼 보였다.

밀린 우편물들을 확인했다. 크리스마스 전에 마감해야 하는 모리타니 여행기를 몇 장 더 써 탈고했다.

자동차를 몰고 남쪽으로 향했다. 캔디스가 좋아하는 이탈리아 식당으로 갔다. 내가 식당 안으로 들어서자 캔디스가 먼저 와 기다리고 있었다. 캔디스는 내가 들어오는 모습을 보지 못했다. 나는 테이블에 혼자 앉아 있는 캔디스를 보았다. 검정 스웨터와 청바지. 단순하지만 멋진 옷차림이었다. 지성미와 우아한 매력이 넘쳤다. 다행히 제 어머니의 냉정한 모습은 닮지 않았다.

캔디스는 연필 끝을 질겅질겅 씹으며 등을 굽힌 채 열심히 책을 읽고 있었다.

나는 테이블로 다가가며 말했다.

"집중해서 읽을 만한 책이니?"

캔디스가 나를 보며 환하게 웃었다. 하지만 그 미소 아래 설핏 수심이 보였다.

"토마스 만의 《마의 산》이야. 다음 주 월요일에 이 책으로 시험을 봐."

"좀 길고 고압적이지만 좋은 책이지."

"고압적이라는 말, 마음에 드네."

나는 자리에 앉았다.

"시험 볼 때도 써먹으렴. 포도주 마실까?"

"아빠, 나 술 마실 수 있는 나이가 되려면 아직 몇 달 더 기다려야 해."

"경찰이 오면 내가 책임지지 뭐."

캔디스가 웃으며 말했다.

"우리 아버지는 무법자네."

"내가 대학교에 다닐 때에는 만 십팔 세를 넘으면 술을 마실 수 있었어. 하긴 그때는 1970년대였지. 사소한 규범들에는 신경쓰지 않아도 되던 때였어."

"진짜 자유주의자처럼 말하네."

"오십대 남자처럼 말하는 거지."

웨이터가 왔다. 나는 키안티 반 병을 주문했다.

웨이터가 캔디스를 흘깃 보고 나서 고개를 갸웃하더니 포도주를 가지러 갔다.

"봤지? 아무 말도 안 하잖아."

"그래도 나는 딱 한 잔밖에는 못 마셔."

"나도 마찬가지야. 곧 운전해야 하니까. 먼 곳에 다녀왔어. 미국에 돌아온 지 얼마 안 됐어."

"먼 곳? 어디?"

"한 달 반 만에 미국을 나간 거야."

"한 달 반이나 여행을 안 떠나다니 아빠에게는 신기록이겠네."

"베를린에 다녀왔어."

"옛날에 베를린에서 산 적이 있었다면서? 아빠, 오늘 좀 우울해 보여. 베를린에서 무슨 일 있었어?"

"많은 일이 있었지."

"나에게도 들려줄래?"

"그래, 하지만 지금은 아니야."

내 딸이 나를 세심하게 살피고 있었다. 캔디스는 늘 조용히 상황을 가늠하고 흥미로운 분석을 내놓는다. 캔디스가 이제 이해했다는 듯 미소를 지으며 말했다.

"알았어, 아빠. 나중에……나도 기꺼이 들을게. 하지만 아빠, 지금 모습이 무척이나 슬퍼 보여."

"그래, 맞아. 하지만 아까 너를 처음 봤을 때 나도 네가 슬퍼 보인다고 생각했어. 토마스 만의 책 때문만은 아니었지?"

포도주가 나왔다. 우리는 건배했다. 캔디스는 어떻게 말을 꺼낼까 몹시 고민하는 눈치였다. 캔디스가 중요한 결정을 내리려고 애쓸 때에 짓곤 하는 표정이 지금 얼굴에 그대로 드러나 있었다. 나는 내 딸이 그렇게 혼자 고민하는 모습을 보며 무한한 사랑을 느꼈다. 어린 내 딸이 어느새 어른이 되어 복잡하고 미묘한 세상사를 이해하려 애쓰고 있다니.

캔디스는 앞에 놓은 빈 잔을 내려다보면서 말했다.

"폴이 결혼하재."

폴 포부시. 아주 착하고 생각도 깊은 청년이다. 뉴욕 북부에서 자랐고, 캔디스와 같은 학교에 다니며 철학과 종교학 전공이다. 나도 몇 번 만난 적이 있다.

폴은 캔디스에게 더할 수 없이 다정했다. 즉, 내 딸을 무척이나 사랑했다. 폴은 주말에 우리 집에서 지내기도 했다. 그때 폴은 나에게 캔디스를 사랑한다고 말했고, 캔디스와 한 방에서 잤다. 그래도 나는 '충격을 받은 아버지' 같은 모습은 내보이지 않았다. 캔디스가 먼저 위층으로 올라가자 폴이 나에게 말했다.

"이 말씀을 꼭 드리고 싶습니다. 선생님의 따님 캔디스는……."

"폴, 지금은 제인 오스틴 시대가 아니라네. 나에게 그렇게 깍듯이 말하지 않아도 돼. 그리고 캔디스가 내 딸이라는 건 나도 잘 알아."

"아, 제가 드리고 싶은 말씀은 캔디스를 만난 게 제 인생에서 가장 행복한 일이라는 것입니다."

"캔디스의 아비로서 아주 듣기 좋은 말이군."

"캔디스는 제가 지금껏 만난 사람 중에서 가장 똑똑하기도 합니다."

나는 캔디스가 어릴 때 사주 집을 비웠고, 우리 부부 사이도 냉랭했다. 그런 까닭에 폴의 눈에 캔디스가 나이보다 점잖아 보이지 않았을까. 점잖고 안정된 모습은 사회생활을 할 때는 좋은 자질이지만 연인이라면 그다지 매력적인 자질은 아니다.

그런데…….

"결혼하자는 이야기가 언제 나왔니?"

"삼주 전쯤에."

"그렇구나."

"늦게 이야기해서 미안해, 아빠."

"아니야, 괜찮아. 나에게 말하기 전에 너도 생각할 시간이 필요했을 테니까."

"엄마한테는 아직 말 안 했어."

"기분이 어때? 좋아? 얼떨떨해? 아니면, 무서워?"

"모두 다. 폴이 예일대학교 신학대학원에서 입학허가를 받았어. 석사 학위를 따려나 봐. 박사 과정도 하게 될 것 같아. 나중에는 성공회 목사가 되겠대."

"그거 좋네."

"지금 비꼬는 거지?"

"캔디스, 성공회는 다행히 그리 까다로운 종파는 아니야. 폴은 좋은 친구지만……."

"나도 폴이 좋아."

"결혼할 상대라면 당연히 사랑한다고 말해야지. 넌 지금 '좋아한다'고 말했어. 그래, 미안해. 내가 펄쩍 뛸 듯이 좋아하면서 '정말 축하한다'고 말하지 않아서……. 그렇지만……."

"폴이 아빠 성에 차지 않는 거지?"

"폴은 아주 착하고 사려 깊은 청년이야. 너를 사랑하는 것도 분명하고."

"이제 곧 '그러나'라는 말이 나오겠네."

"있지……네 졸업 선물로 일만오천 달러를 준비해 뒀는데, 그 돈으로 일 년쯤 여행이나 떠나지 않을래? 동남아시아를 돌고 오스트레일리아로 가는 거야. 오스트레일리아에서는 대학 졸업생한테 주는 근로비자 같은 걸 받을 수 있어. 그레이트배리어리프에서 반년을 지내거나 시드니 신문사에서 일해. 거기에 아빠가 아는 사람들이 있어. 그렇게 여행을 다녀오고 나서 어떻게 할지 생각해도 늦지 않아."

"그러니까 결혼하지 말라는 뜻이네."

"세상에서 무얼 하며 살아야 할지 먼저 찾으라는 뜻이야. 너 자신을 구석으로 몰아넣지 마."

"폴도 나에게 같은 말을 했어. 폴도 그 일만오천 달러에 대해서 알고 있거든. 아빠가 나에게 그 돈으로 여행하라고 한 것도 알아. 폴은 자기 아버지라면 그렇게 멋진 말을 못할 거래. 폴도 나에게 여행을 다녀오라고 해. 여행을 다녀오고 나서 자기와 결혼하자고."

"아주 발전적인 생각이구나."

"아빠, 또 비꼬는 거지?"

"폴의 말이 맞아. 세상 밖으로 떠나. 여행을 해. 모험을 겪어. 그런 다음 일 년 뒤에도 폴과 결혼하고 싶다면……."

"나는 지금 당장 결혼하고 싶어."

"아."

"분명 실망한 목소리지?"

"캔디스, 아빠는 너에게 실망하지 않아. 절대로."

"내가 충분히 생각하지 않고 급하게 결혼하려 한다고 생각하지? 사실, 나는 정말 깊게 생각했어. 폴은 나를 존중하고 사랑하는 사람이야. 나를 있는 그대로 받아들이고, 늘 내가 더 뛰어난 사람이 되도록 격려하지."

"아주 좋은 얘기로구나. 그래도 일 년쯤 세상을 둘러본 뒤에 결혼을 생각하면 어떨까?"

"그래서 일년 사이에 본다이비치(시드니 외곽의 해변 : 옮긴이)에서 어떤 서퍼를 만나 앞으로 목사가 될 남자의 아내가 되는 것보다 중요한 일이 많다는 얘기나 들으라고?"

나는 혼자 씩 웃으며 나 자신을 타일렀다.

'이제 입 다물어. 캔디스에게 충고는 그만.'

그러나 내 입에서는 다른 말이 흘러나왔다.

"캔디스, 이 아빠는 너에게 이래라저래라 강요하지 않아. 그저 네가 정말 폴을 사랑하는지 확인하고 싶을 뿐이야."

"폴을 사랑해. 그래, 내가 아까는 '좋아한다'고 말했지. 하지만 그냥 좀 돌려서 말한 거야. 내가 만약 아빠에게 '폴이 진정한 내 반쪽이야'라고 말했으면, 아빠는……."

"내 생각은 중요하지 않아. 네가 어떻게 느끼는지가 무엇보다 중요하지. 그게 다야. 네가 정말 폴을 진정으로 사랑한다고 확신한다면……."

"내가 그렇게 확신한다는 건 아빠도 잘 알잖아."

"그래, 알아."

"엄마는 반대래."

"네 엄마가 확실히 그렇게 말했어?"

"딱 그렇게 말했어. 엄마는 아빠한테 확신이 없었대."

"네 엄마라면 더 심한 이야기도 할 수 있지."

"그런데 엄마 말로는 아빠가 그 사람 이야기를 피하기만 했다는 거야. 아빠가 사랑한……."

"내가 네 엄마에게 그 사람에 대해 이야기했다면 분명 그 자리에서 벌컥 화를 냈을 거야."

"아빠가 누군가를 진심으로 사랑했다는 걸 엄마도 알게 되면……."

"게다가 나는 아직도 그 사람을 못 잊고 있으니까."

"정말 슬픈 일이야."

"아니, 사는 게 다 그래. 어쨌든 그 사람과 잘됐다면 너는 세상에 태어나지도 않았을 거야."

"그럼, 내가 아빠한테는 보상이야?"

"아니, 넌 내 인생 최고의 선물이지."

캔디스가 몸을 앞으로 숙이고 내 손을 쥐었다.

"고마워, 아빠. 그래도 아빠는 여전히 외롭잖아."

"그것도 바뀌겠지."

"아빠 스스로가 바꾸겠다는 의지를 가져야지."

"누구나 희망을 품고 살아야 해. 모든 걸 잃어버렸다는 생각이 들 때에도 우리는 늘 인생이 바뀔 수 있다고, 가능성이 얼마든지 남아 있다고, 자신을 설득해야만 해."

"그러니까 내가 폴을 정말 사랑해서 결혼해도……십 년 뒤에 일이 엉망이 되고 아이 둘에 돈 한 푼 없이 곤경에 처하면……"

"그렇게 된다 해도 난 너에게 '내 말을 왜 안 들었니?'라고 말하지 않을 거야. 하지만 그런 일이 일어난다고 가정해봐. 아이 둘이 있고, 결혼생활이 제대로 이뤄지지 않았다고. 만약 그렇다 해도 해석하기에 달렸어. 가능성이 전혀 없다고 생각할 수도 있지만 위기를 기회로 여길 수도 있겠지. 교외 주택에 주저앉아 한탄만 할 수도 있겠지. 아이들을 데리고 다른 나라로 가서 처음부터 새 출발할 수도 있어. 그런 위기가 닥치면 누구나 몹시 상심하게 되지. 그럴 경우 인생이 얼마나 쉽게 바뀔 수 있는지 망각하기 쉬워. 한계와 가능성은 언제나 양립하는 것이고, 어떤 걸 선택할지는 자기 자신에게 달린 문제인 거야."

"아빠, 아빠처럼 자유롭게 생각할 수 있는 사람은 많지 않아."

"나도 자유롭지 않아. 아니, 그 반대야."

몇 시간 뒤, 나는 캔디스를 집까지 데려다주었다. 집 앞에 차를 대고 올려다보자 폴이 그 집 거실 흔들의자에 앉아 아주 두꺼운 책을 열심히 읽고 있었다.

캔디스가 말했다.

"이번 주말에 아빠를 만나러 갈까?"

"좋지."

"아빠, 어쨌든 나는 폴과 결혼할래."

내가 무슨 대꾸를 하기도 전에 캔디스는 나에게 키스하고 차에서 내렸다.

나는 캔디스가 집안으로 사라질 때까지 지켜보았다. 그 다음에 자동차 시동을 걸었다. 나는 캔디스의 마지막 행동을 생각했다. 캔디스는 자동차에서 내리면서 얼른 마지막 선언을 했다. 그래서 슬펐다. 하지만 한편으로는 캔디스의 행동이 이해되기도 했다. 캔디스와 나는 아주 친하다. 하지만 캔디스는 이제 스물한 살이다. 캔디스 스스로 인생을 개척해야 한다. 어쩌면 폴이 캔디스에게 가장 좋은 선택인지도 모른다. 캔디스를 전적으로 사랑하고 응원하고 끝까지 기쁘게 할 사람인지도 모른다. 아니면 폴이 이기적인 사람이어서 캔디스를 평생 괴롭힐지도 모른다.

어쨌든 인생은 선택이다. 우리는 늘 자신이 선택한 시나리오로 스스로를 설득해야 하고, 앞으로 전진해야 하고, 좋은 일이 있을 거라는 희망을 품어야 한다. 아니, 적어도 우리에게 주어진 이 길지 않은 인생을 가치 있게 만들어야 하고, 어느 정도는 뜻대로 완성해 가야 한다.

완성.

인생에서 '완성' 될 수 있는 게 과연 있을까? 아니면 그저 잃어버린 것과 우연히 마주치는 게 인생의 전부일까?

내 딸이 결혼하겠다고 한다. 물론 나는 축복할 것이다.

물론 나는 그 결정에 의심을 많이 한다. 나는 캔디스가 어린 시절 결핍된 걸 애인에게서 찾으려 하는 게 아닌지 걱정스럽다. 물론 나는 어릴 적 캔디스에게 결핍된 게 있었다면 모두 내 잘못이라고 생각한다. 그리고 물론 나는 캔디스와 내가 허물없이 가깝고, 속을 터놓고 이야기하고, 서로를 잘 안다는 사실로 그 죄책감을 덮으려 애쓰고 있다.

'그래도 아빠는 여전히 외롭잖아.'

사실이다. 하지만 나는 더없이 깊고 순수한 사랑을 경험했다. 잃어버렸다가 찾아냈다. 찾아내고 잃어버렸다.

그 사랑을 찾아낸 것만으로도 얼마나 큰 위안인가? 아무리 짧은 찰나였다 해도…….

그런데 이제……?

이제 나는 고속도로에 있다. 어둡고 추운 밤이다. 이제 나는 혼자 차를 몰고 북쪽으로 가고 있다. 이제 나는 혼자다.

고속도로는 넓고 깨끗하다. 몇 시간 뒤면 동이 틀 것이다. 하루, 또 하루, 수많은 가능성, 수많은 권태, 선택이 전부일 수도 있다. 선택이란 아무것도 아닐 수도 있다. 해피엔드로 끝날 수도 있다. 비극으로 끝날 수도 있다. 그러나 길은 늘 앞으로 뻗어 있다. 우리는 싫든 좋든 그 길을 지나가야 한다.

우리는 그 길을 어떻게 지나가는가? 지나가는 도중에 누구를 만나는가?

사랑은 늘 가장 중요한 발견이다. 계속 줄어드는 인생의 시간. 그 시간의 흐름을 줄이는 사랑이 없다면, 인생이라는 머나먼 여정에 진정한 의미를 부여하는 사람이 없다면 우리는 과연 어떻게 삶을 견딜 수 있을까?

'페트라. 나의 페트라.'

나는 평생 저 말에 사로잡혀 살까? 내가 어디를 가든 그 세 단어가 나를 쫓아다닐까? 나는 우리 모두가 그렇게 찾고자 애쓰는 걸 한때 찾아냈다.

그런데 그 모두를 잃어버렸고······.

길이 있다. 새로운 날이 있다. 눈앞에 기다리는 것들이 있다. 깨달음을 줄 심오한 무엇을 바라는 희망. 다시는 못 느낄 생각. 인생의 제2장으로 들어설 거라고 스스로를 타이를 필요. 앞으로 나아가고 싶은 충동. 인간 실존의 중심에 있는 고독. 타인과 연결되고 싶은 욕망. 타인과 연결될 때 피할 수 없는 두려움.

이 모든 것의 한가운데에······

순간이 있다.

모든 걸 바꿀 수 있는 순간, 아무것도 바꿀 수 없는 순간, 우리 앞에 놓인 순간. 우리가 누구인지, 우리가 찾는 것이 무엇인지, 우리가 간절히 바라는 것이 무엇인지, 결코 얻을 수 없는 게 무엇인지 알려 주는 순간.

우리는 순간으로부터 자유로울 수 있을까? 아주 짧은 찰나라도 순간으로부터 진정 자유로울 수 있을까?

〈끝〉

옮긴이의 말

 진정한 사랑이 어딘가에서 나를 기다리고 있진 않을까. 나도 언젠가 나의 진짜 반쪽을 만나게 되진 않을까. 그렇게 운명 같은 사랑을 바라다가 '그런 낭만적인 일은 영화와 소설에서나 가능한 거야'라고 생각하며 자신의 바람을 어리석다 여기게 될 때, 그때 우리의 청춘은 끝난다.
 어쨌든 그 낭만적인 바람이 환상일지라도, 청춘을 한참 벗어난 나이가 되었을지라도, 소설에서 그런 사랑 이야기를 만나게 되면 우리는 여전히 가슴 떨리는 흥분과 함께 대리만족을 경험하게 된다. 이 소설에서는 그런 사랑이 독자를 기다리고 있다.
 운명적인 사랑을 만나 행복한 미래를 눈앞에 두었던 주인공은 자존심에 눈이 멀어 그 사랑에 눈을 질끈 감는다. 청춘의 실수. 그것은 한순간이다. 놓쳐 버린 기회, 사라져 버린 행복. 청춘의 굴레에서 벗어나 사반세기의 세월이 흐르고 나서 그 청춘을 돌아보게 된 중년 남자는 비로소 그 모든 순간과 순간이 모여 지금의 삶을 만들었음을 깨닫는다.

물론 주인공의 실수는 자신의 어리석음에서 비롯되었지만 잘못을 탓하기에는 당시 주인공이 처한 상황이 너무나 특수했다. 베를린 장벽이 무너진 지 스무 해가 넘은 지금, 젊은 독자에게는 '동서로 나뉜 베를린'이라는 배경이 낯설게만 느껴질지도 모르겠다. 하지만 내가 학교에 다닐 때만 해도 독일은 우리나라와 같은 분단 국가였으며 분단 상황에 대해서도 더욱 자세히 배우곤 했다.

1980년대 초, 분단시대의 베를린이 소설의 중요한 배경이다. 독일이 통일된 지도 어언 20여 년이 지났으며, 동독과 서독으로 나뉘어 왕래도 자유롭지 못한 상황과 냉전, 정치와 이데올로기 선전, 정보국과 스파이 등등의 요소가 우리 젊은 독자에게는 낯설게 느껴질 수도 있겠다. 그래도 우리는 아직 분단국가에서 살고 있어 오히려 이 소설 속 요소들이 더욱 친숙하게 다가올지도 모른다.

우리에게는 《빅 픽처》로 처음 소개됐지만, 《모멘트》는 더글라스 케네디의 열 번째 소설이자 가장 최근에 발표한 작품이다. 더글라스 케네디는 미국 출신의 작가이면서 오히려 유럽에서 더욱 큰 인기를 모았다. 어쩌면 작품 속에 유럽적 감수성이 풍부하게 녹아 들어있기 때문인지도 모르겠다.

더글라스 케네디 소설의 주인공은 대개 작가이거나 문화와 예술 관련 직업에 종사하는 사람이기 마련이며, 주인공의 시각을 통해 본 묘사와 감정이 무척이나 감성적이고 섬세하다. 이런 이유들 때문에 소설 속에서 스릴러의 요소도 단순히 긴장감을 고조시키는 데 그치지 않고 인물들의 감정 속으로 더 깊숙이 파고 들어가게 한다.

유럽에서는 올해만 해도 더글라스 케네디의 소설을 원작으로 한 영화가 두 편이나 개봉된다. 《빅 픽처》와 《파리 5구의 여인》이 바로 영화화된 작품이다. 《파리 5구의 여인》은 2011 토론토 국제영화제 출품작으로 선정되기도 했다.

또한 미국에서도 더글라스 케네디의 소설들을 새롭게 재조명하고 있다. 그의 전 작품이 모두 다시 출간될 예정이다. 지금 유럽과 미국에서는 더글라스 케네디의 위상이 점점 더 높아지고 있다. 그만큼 그의 작품들이 몇 년의 세월이 지난 뒤에도 빛이 바라지 않는다는 증거다.

로맨스와 스릴러가 얼마나 적절하게 균형을 이루며 하나의 소설 속에 녹아들 수 있는지 잘 보여 주는 이번 소설 《모멘트》에서 작가는 주인공의 입을 빌려 '순간과 순간이 모여 삶을 이루며, 개인의 역사든 사회의 역사든 순간에 바뀔 수 있다'고 역설한다. '순간'이라는 뜻의 영어 단어 '모멘트'가 이 책의 제목이 된 것만 보아도 작가의 의도를 분명히 알 수 있을 것이다. 본문에서도 '모멘트'라는 말이 의도적으로 보일 만큼 자주 쓰이는데, '순간'이나 '한순간' 혹은 '순간순간'으로 적힌 부분은 모두 '모멘트'를 번역한 것이다. 혹여 책의 제목이 이 소설과 무슨 연관이 있는지 궁금히 여길 독자를 위해 '모멘트'에 대해 짚어 보았다.

조동섭

모멘트

초판 1쇄 발행일 2011년 10월 15일 | **초판 23쇄 발행일** 2023년 4월 19일
지은이 더글라스 케네디 | **옮긴이** 조동섭 | **펴낸이** 김석원
펴낸곳 도서출판 밝은세상 | **출판등록** 1990. 10. 5 (제 10 - 427호)
주 소 (10881) 경기도 파주시 문발로 119, 202호
전화 031-955-8101 | **팩스** 031-955-8110 | **메일** wsesang@hanmail.net
블로그 blog.naver.com/balgunsesang8101 | **인스타그램** www.instagram.com/wsesang

ISBN 978-89-8437-111-8 03840 | **값** 13,800원
잘못된 책은 구입한 곳에서 교환해 드립니다.